U0529037

人民艺术家·王蒙

创作70年全稿

讲谈编

演讲录

（三）

王　蒙

目　录

文化／修养

关于北京话 …………………………………………（3）
关于转型期文化 ……………………………………（10）
文化性格漫谈 ………………………………………（15）
文化选择与中国的未来 ……………………………（34）
世纪之交的华文写作 ………………………………（38）
当代中国的文化价值歧义 …………………………（40）
中国社会转型期的文化走向选择 …………………（49）
小说与电影中的中国人 ……………………………（54）
从修齐治平到大公无私 ……………………………（58）
不同文化间的对话 …………………………………（62）
印度演讲中文稿 ……………………………………（66）
一要继承　二要发展 ………………………………（69）
在国家艺术院团中青年干部研修班的讲话 ………（74）
赴法国等四国演讲稿 ………………………………（87）
这辈子哪本书是属于自己的 ………………………（92）
人文精神与社会进步 ………………………………（96）
关于科学与人文 ……………………………………（116）
智慧也是一种美 ……………………………………（120）

快乐学习 …………………………………………… (125)
汉字与中国文化 …………………………………… (134)
汉字与中华文化 …………………………………… (139)
我的读书生活 ……………………………………… (144)
报纸有点文艺副刊是非常可爱的 ………………… (157)
全球化视角下的中国文化 ………………………… (161)
岳阳楼说忧乐 ……………………………………… (175)
昆曲的青春 ………………………………………… (184)
改善高校的人文环境 ……………………………… (188)
快乐学习 …………………………………………… (192)
我对文化外交的几点理解 ………………………… (208)
思想的享受 ………………………………………… (230)
在《中国书画家》创刊座谈会上的讲话 ………… (255)
在接受澳门大学荣誉博士学位仪式上的答词 …… (257)
漫谈智慧 …………………………………………… (258)
在首届两岸汉字艺术节新闻发布会上的讲话 …… (278)
《热瓦普恋歌》国家大剧院首演致词 …………… (280)
对话与理解 ………………………………………… (282)
充满信心地开展对外文化交流 …………………… (286)
政治情怀与传统文化 ……………………………… (291)
传统文化中的三个问题 …………………………… (297)
读万卷书,行万里路 ……………………………… (315)
珍惜并发展新疆的多民族文化 …………………… (334)
当前文化生活的繁荣与歧义 ……………………… (341)
全球化与民族文化建设 …………………………… (348)
新疆的现代化焦虑与民族传统文化 ……………… (371)
放逐与奇缘 ………………………………………… (389)
我们要的是珍惜与弘扬文化传统的现代化 ……… (396)

中俄文化交流的历史意义 …………………………… (399)
现代性、文化与阅读 ……………………………………… (401)
在铜陵文化讲座的演讲 …………………………………… (412)
中华传统文化的治国理念 ………………………………… (437)
文化繁荣:"头脑和灵魂"高于一切 ……………………… (455)
文化自信与文化定力 ……………………………………… (463)
中华文化随谈 ……………………………………………… (476)
斯文的优胜 ………………………………………………… (484)
永远的阅读 ………………………………………………… (508)
传统文化与价值建设 ……………………………………… (517)
道通为一 …………………………………………………… (546)

文化／修养

关于北京话*

一九八九年初我去河南,河南洛阳的几个朋友告诉我,但我不知是不是真的,在我国三十年代,当时的国民政府曾为确立什么地方的话为国语展开了激烈的争论。最有希望候选的一个是北京话,一个是河南话(中州韵)。表决时只差一两票,河南话败给了北京话。河南人可能对此感到不愉快,但我想北京话确实有它的一些优点。他的四声特别明确,抑扬顿挫,读起来有音乐感。它的语音有一种具象性,从音调里能产生一种形象。比如过去北京人说"少"——"一丢丢儿",使你从声音里就觉得少(very very little)。说"受到驳斥"——"驳儿回来了",像皮球撞到墙壁上反弹回来。北京的"儿"话也带来许多变化,比如"劲"和"劲儿"意思就很不一样。"没劲"是说没有趣味、很枯燥;"没劲儿"是说没有力气,很衰弱。有一本《北京口语儿话词典》收录了现在还活着的儿话七千多种,"温乎儿""软乎儿""面乎儿"都是儿话,有特定的含义。北京话中还有一些它独有的词,如"敢情",第一它表示同意,第二所说的事情很浅显。比如:

"美国人可是比中国人有钱哪!"

"敢情!其实美国人有钱也舍不得花。"

---

* 本文是作者在北京师范大学和美国普林斯顿大学联合举办的暑期中文培训班的演讲。

"敢情！美国人那点儿钱还真不够花。"

说很深奥的事情不说"敢情"，研究美国的民主制度问题、人权问题没有人说"敢情"，问题太复杂了，你"敢情"不了。

北京话不等同于普通话，普通话是在北京话的基础上规范化的语言。有些北京土话很难懂，我也不懂。比如我们说"好（good）"，文言中有一个词"妙"，"妙哉妙哉"的妙，表达好的意思。不仅是好而且让人感觉很舒服时说"赛"，比如冬天买一个水萝卜吃，别人问味道怎么样啊？你觉得很好吃很爽口，就可以回答说"真赛"！是哪个"赛"我也不知道，现在已经不这么说了。"棒"也是说好，"好棒""真棒"。这个说法在台湾还很流行，在北京已不怎么时兴了，台湾同胞替我们保存了这种说法。说人长得漂亮——"帅"。现在的北京人既不爱说"棒"，也不爱说"帅"了。六十年代初期说"份儿"，买了一件好衣服，同事们见了说"够份儿的呀"！"真份儿"！一个人很神气，别人可以说"这小子真份儿呀"！七十年代后期、八十年代初期人们喜欢说"盖"，那时包括一些外国留学生也都会说"真盖""盖了帽了"。这个词现在也已经过期了。现在称赞一个东西、一件商品不说"盖"而说"潮"——赶得上潮流、新潮的意思。还有的时候说"狂"，比如说我家买了一套真皮的沙发，样式也很讲究，别人看了就说：嚯，你这个沙发真狂！"狂"的本义是 crazy、mad（疯狂之义），引申出来就是"很奇特""好得让人发疯"。不知这么理解对不对。在人与人的关系上，"好"也有很多变化，现在大家都喜欢说"瓷"。"瓷"以前叫"铁（iron）"——说他们的友谊像铁一样牢不可破，现在又说"瓷"。"瓷"是什么意思我完全不知道，有人写成磁铁的磁，对此我很怀疑，儿童或青年不大可能从物理学、电学的角度去创造一个词。我觉得应当是瓷实的瓷，写出来就是"瓷"，而我们的作家朋友们都喜欢写成"磁"。

想方设法讨好别人叫"套瓷"。比如两人一见面：

"你是哪儿人哪?"

"我是河南人。"

"我也是河南人哪!咱们是老乡啊。"

"你在哪儿读书?"

"我在普林斯顿大学。"

"普林斯顿我住过两个星期呀!海·瑞顿就是我的朋友啊!你认识海·瑞顿吗?"

"不认识。"

"你认识谁呀?噢,你认识利克·白瑞,利克·白瑞我也很熟呀!利克·白瑞不就是白瑞·利克的弟弟吗?"

这叫"套瓷",用话与别人拉近乎。

我小的时候,小女孩对别人不满意爱说"德行"。德行是什么意思呢?就是 your manner is too bad(行为不好)。如果男孩子对女孩子说一些不礼貌的话,女孩子就说"德行""德行样儿",表示她们对男孩子们的话连同说话的形象都不满意。她们还爱说"讨厌",男孩子经常被骂"讨厌",就编出歌谣来把骂幽默化——"讨厌鬼儿,喝凉水儿,砸倒的冰,卖汽水儿!"这与当时冷饮的状况也有关系,最普遍的饮料是汽水,现在要编可能是"砸倒的冰,卖可口可乐"了。当时一般还没有冰箱,用冰块儿冰汽水儿,所以是"砸倒的冰"。男孩子念这样一套咒语脸就不红了。两个女孩子互相骂"德行"也很好玩儿:

"德行!"

"你德行!"

"瞧你那德行样儿!"

"你德行好!"

两人就互相"德行"起来了。"散德行"是"出丑"的意思,比如一个人很喜欢吹牛,他明明不懂的东西却到处乱吹,就像穿上了一件很难看的衣服还要招摇过市一样,我们就说他"散德行"。

现在的女孩儿都不怎么说"德行"了。我现在与女孩子接触不多,但我知道她们对别人不满意的时候喜欢说"你有病啊"。"你有病啊"这句话完全不具有医学上的意义,没有对他人的健康表示关心的意思,没有 are you ill(你病了吗)的意思,是说他的做法也是很"德行"的,令人讨厌的。

这些都反映了北京话中一些词语的变迁,变化较大的是关于"聊天(talk)"的说法。中国人是很喜欢聊天的,相互之间要说很多的话,我不知道是不是比美国人多些?就我所看到的,美国人在地铁里、电车、汽车上很少说话,多是安静地坐着,或拿一张报纸看。苏联人则不单是看报纸,还捧着很厚的长篇小说看,有人给我解释说这是由于莫斯科的报纸太没劲了。在我小的时候,大家喜欢说"聊""神聊",这里还有一个歇后语:二郎爷的鸡巴——神聊。在土话中"寮""寮子"的意思是 sex organ(性器官),与"聊"同音,二郎爷是神,所以二郎爷的××就是神聊(寮)。这个话已经有了倾向,就是他说的话你不要相信,他的话是二郎爷的性器官一类的东西,不要太认真,当成很可靠很可信的话。中国关于聊天的说法非常丰富,中国西北地区把聊天叫"谝""谝闲传"。北京人聊天还叫"抡""胡抡",非常形象,是说他的话着三不着两,不着边际,不可靠不可信。由"抡"现在又变成了"砍""砍大山",一般人写"砍大山"写了一个很文雅的字,即"侃",侃侃而谈的侃。侃侃而谈是指滔滔不绝,很有学问和风度的谈话,所以我不相信是这个"侃"字,就像我不相信"瓷"是电磁的"磁"一样。年轻人最初说"砍",肯定不是从侃侃而谈出发的,它比"抡"还要厉害,像用斧头、用刀砍一样,这才是形象的、通俗的。

中国在政治上有一个口号叫做"向前看",意思是不要老想着那些历史上的麻烦。我不知道这个词儿是不是日本人首先发明出来的,因为中国与日本在探讨两国关系的时候,日本人特别强调向前看。随着中国市场经济的发展,出现了只认钱的不好的倾向,人们称之为"向钱看"。"向钱看"与"向前看"的读音相同,一个老作家提出把"向钱看"读成"向钱儿看",以与"向前看"相区别,因为"钱"有儿音,而"前"没有。"前门"不能读成"前儿门","前门儿"也不行,虽然可以这么说,但意思变了,"前门儿"不再指北京城的正阳门,而是指一个很具体的门。这是北京儿话的妙用。

另外,还有"早班"和"早班儿"的例子。"早班""晚班"是说上班时间的不同,而"早班儿"没有这个含义,它是起得早、来得早的意思。

在我很小的时候,孩子们嘲笑美国兵叫"三轮儿车"。当时我们都是反对美国兵的,那是第二次世界大战之后,在北京、在中国其他各地有许多美国兵,他们叫三轮儿车——"三轮!"让人听了觉得特别好笑。你只能叫"三轮儿",而不能叫"三轮",为什么,我也不知道。同学们上街要是想坐,你要叫"三轮儿",不能叫"三轮",不过现在坐三轮儿比 taxi 还要贵,最好不叫。

"小说"和"小说儿"。比如有人问我,王蒙你最近在干什么呀?我说我刚写完一部"小说儿",而不说刚写完一部"小说"。"小说"就太认真了。

我女儿常拿我太太开玩笑,因为我太太常有忽然不用儿话的时候。比如要吃晚饭了,我太太常喜欢说要落实"人头","人头儿"就是 number(多少人)。我有三个孩子,他们都结了婚,如果都来的话,人数就会很多,不来人就很少,就我太太和我两个人。但她常常不愿意说"人头儿"而说"人头",但"人头"就很可怕。

北京有开"片儿会"的说法,由某一地区的人参加的会议,这个地区有多大很难确定。这样的会议你不能叫"片会","片"和"骗"同音,弄不好理解成"骗会"就麻烦了,成了 lie meeting(说瞎话的会)了。

"篇"和"篇儿"。一"篇"指整个文章;一"篇儿"指 one page(一页),也是不一样的。

北京话还有一个很大的特点就是轻声。"我们""早晨""妹妹"的第二个字读轻声,读重了就成了港台和新加坡的中文了。所以会不会使用轻声是判断他是不是 original Beijinger(北京人)的一个标准。中国人管外祖母叫"姥姥",第二个字也必须轻读,如果你说这是我姥姥(轻),人家能懂;要说这是我姥姥(重),人家就糊涂了。"姥姥(重)"还有一个意思——根本不可能(it's impossible)。"别价"也是轻声,用在比较亲热、比较轻松地劝阻别人的时候。如果一个朋友对我说他要与他老婆离婚,我一定会说"别价呀",它与郑重的反对和阻止有所不同。又如大家在这里听我讲,觉得没意思了,七八个人站起来要走,我连忙说"别价,别价,我这就完,请你们再耐心坐两分钟"。

关于"死"北京话中也有很多说法。可能是由于大家都不喜欢 dead(死),所以就用了各种各样的说法。"过去了(pass a way)",这与英语中表达死的说法完全一样。"走了""老了""没了"这都是很普通的关于死的说法。还有些不太好听的——"吹灯了""吹灯拔蜡了"。还有更好玩儿的——"听蛐蛐儿叫去了"。蛐蛐儿就是蟋蟀,坟地里蟋蟀很多,死人有更多的机会听蛐蛐儿叫唤。还有"哏儿屁了""哏儿屁着凉了""哏儿屁着凉大海棠了"。大海棠,我想它没有实在意义,就是为了押韵,但你不能说它没有任何意义,它显示着说话人对死者的态度或说话者的性格。

"缺德"。"缺德"就比"德行"更严重了,尽干坏事没有道德,说一个人非常缺德叫"缺德带冒烟儿"。"冒烟儿"与缺德也没有什么直接的联系,但"缺德带冒烟儿"显然比"缺德"还要厉害得多。与此相联系的还有一句话——这小子"缺德带冒烟儿,生孩子都不长屁股眼儿"。为什么要这么想我也不知道,他太缺德了,所以他的孩子生下来是没有肛门的。可为什么不说"不长鼻子""不长眼睛""不长耳朵"呢?这也是很有趣的现象。

可能是受英语的影响,港台的小姐讲话声音高高低低连绵不断。

我去年十二月到过台湾,台湾华视对我进行现场采访,采访开始前播音小姐正在报告新闻,我注意到她的讲话就是这样,完全是英语式的语流。而大陆、北京的中文发声方法不是这样的,词与词之间是有停顿的,略略有一点儿中断。我这样讲希望不致引起台湾小姐的不愉快,其实我很喜欢听港台小姐讲话。讲中文我的感觉是某个词有时略高有时略低,有时略重有时略轻,不把语气表现在语流的升降上。

近年随着市场经济的发展,北京话也引入了一些新词,特别是从香港和广东。比如给吃饭付账叫"买单"。北京一部分人还对广东话香港话进行了创造,香港有"茶包(tea bag)"的说法,北京人就把"茶包"与"trouble(麻烦)"联系起来,说这个人是个"大茶包"——trouble maker(制造麻烦的人)。中文中有很多外来语是大家所熟知的,如"坦克""沙发""逻辑"等等。除从英语外,还有从阿拉伯语引进的,这是回民朋友告诉我的。北京人说一个人心地不好——他"泥胎"不好,"泥胎"就是阿拉伯语"尼亚特",含有动机、目的之意。"泥胎"不好就是心地不善良。北京话中还有波斯语,香菜也叫"芫荽",它来自波斯,波斯语叫 yumhakent,"芫荽"两字在中文里没有别的用途,就是为称呼这种来自波斯的蔬菜而创造的。"菠菜"也是从波斯语"波来特"而来,最初叫"菠棱菜"。还有满语、蒙古语,就不一一列举了。

北京话还有一些歇后语,有些歇后语是全国到处都有的,如猪八戒照镜子——里外不是人,一张纸画个鼻子——好大的面子,等等。还有一些很有北京人的特色,如狗掀帘子——全仗着嘴,用于嘲笑那些光说不练,说空话大话的人。还有吃铁丝拉笊篱——自编,死孩子放屁——有缓,这都是带有京油子味道的歇后语。

另外,北京话里还有绕口令,比如"吃葡萄不吐葡萄皮儿,不吃葡萄倒吐葡萄皮儿",等等。

1994 年 6 月 28 日

关于转型期文化*

这个会议,令我喜出望外的是,《东方艺术》杂志正在努力把自己办成高品位、高质量的刊物,也看到省委宣传部、文化厅和有关部门的领导及各界人士对刊物的重视、支持。因为我知道,现在办刊物是很寂寞的,不太可能造成热烈的氛围,但《东方艺术》的努力说明河南的文化界、文化人正在励精图治,希望在发展经济的同时,在文化上有自己的表现。

《东方艺术》这个题目下面可以有一些当代人们最关心的文化热点问题,这些问题都值得在这个刊物上来进行探讨。

我们国家正处于一个转型期。我们民族的文化、艺术都面临着严重的挑战。与此同时,它又面临着新的机会和机遇,诸多的此类问题,都可在刊物上有所反映。刊物也因此会办得更引人注目。

首先是东西方文化的冲突、交流和汇合的过程中,存在不存在全球一体化的问题,抑或东风压倒西风的问题。全球性的文化前景是怎样的,不少人对此已很关注。

其次是关于东方美学问题。我个人认为,长期以来我们缺少自己的美学体系,甚至使整个东方美学处于一种比较困难的境地。我们的革命文艺运动及早期的左翼运动,接受的是苏联的和俄国的别

---

* 本文是作者在《东方艺术》杂志恳谈会的讲话。

（别林斯基）、车（车尔尼雪夫斯基）、杜（杜勃罗留波夫）那一套文艺理论。那一套语言系统、那一套符号系统,长期以来被我们所运用。它们基本上是用反映论来解释文艺现象,其中最突出的、最核心的概念是典型,是人物,是题材,是主题,是生活,是真实性和艺术性等等。这些对我们文艺工作者的启迪是非常之大、非常重要的,我丝毫没有否定的意思。但是,我们中国的理论,中国的美学,包括中国的绘画、戏曲、书法理论,实际上完全是另外一套系统。我们似乎是更重在"表现",讲的是诗言志,讲的是寄托情致,实际上画什么东西、再现什么并不是最主要的,以这些东西为载体来表达他们的情感那是更重要的,等等。中国的这套美学缺少系统性,但它非常灵活,不拘一格,它很容易与其他美学体系接轨,很容易与任何一种新的美学理论接轨,这种接轨是非常值得探讨的东西。

刚才讲的别、车、杜和苏联的一套语码系统,我们曾长期予以膜拜,现在则又完全换成了西方的一套语码系统,没完没了地用西方的一套语言、观念来解释中国的艺术现象——现代还是后现代、感觉还是知觉、新闻主义还是新新闻主义,等等。对于上述的种种问题,可以不可以有所发展,可不可以有所突破,可不可以用中国传统的思路来讨论东方的艺术现象,我们实在面临着很多课题。对此,我们不能不重视。

比如,中国戏曲的发展,从国家领导到文化主管部门来说,态度都是积极的,都非常重视扶持和提倡戏曲。振兴京剧、振兴昆曲的活动,文化部每年都拨很多钱。陈云同志最关心曲艺,亲自担任苏州评弹学校的名誉校长,这是全国级别最高的校长。但是,毋庸置疑的是,戏曲的观众在一天天减少,大量戏曲演员转向通俗歌曲的演唱。有一次中央电视台介绍的一批歌星,几乎都是从戏曲演员转行过来的,其中有唱黄梅戏的,还有一个是程派艺术的高手。这种景象让人看着觉得心情非常复杂,而且用行政命令也好,发文件也好,都解决不了这个问题。到底是怎么回事？此外,还有中国画的前途、走向,及中国音乐、中国民乐的前途、走向等等，牵动了许多人的心。我个人不是消亡论者，但有许多问题需要证实。

一些外来的艺术形式，在这个经济转型期和社会转型期，它的问题也非常多。比如说对话剧和电影、电视和电视剧，这种人们关心的而且又莫衷一是的问题非常之多，正是写文章的好时候。大家可以各抒己见，看能不能得到一些启发，刊物上应该反映这些内容。

如果讲艺术，范围就更广泛。比如说建筑，建筑是城市的风貌，随着经济的发展，城市的面貌变化非常快，特别是北京、上海。五年前我来过郑州，今昔比较，面貌发生了巨大变化。但是，建筑风格问题、民族传统问题，也是一个非常麻烦的问题。以北京来说，我经常接触的一些外国人士和海外朋友，在赞叹北京面貌日新月异的同时，也流露出些许遗憾，就是觉得北京不像北京了，比如说在某个区、在国贸大厦旁边、在电视塔旁边，一抬头看到那些房子，以为置身于香港。诸如此类问题，大家都是非常关心的。

通俗文化是一个很大的阵地。我觉得我们这个刊物不必把自己变成通俗刊物，但是完全可以，也应该正视和面对通俗文化，报道它的情况，反映它的动态，同时也探讨它的得失。我对通俗文化是最不抱偏见的，但是值得争论的问题也很多。就拿卡拉OK来说，世界上许多国家是否定它的，而欧美一些国家就没有卡拉OK，因为他们是非常讲究音乐的民族，特别是讲究声乐。有人说这与和他们的生理、身体构造有关系，有人说在意大利最容易碰到的是那种带共鸣的说话声音，非常动听，他们是运用腹腔、脑腔达到声音的完美。所以，他们认为卡拉OK是对音乐的一种破坏，是一种污染，是对听觉的污染，是对音乐艺术的污染。当然，我无意于在河南提倡意大利式的对卡拉OK的态度。我去广东时，有时朋友们拉着我去唱卡拉OK。卡拉OK的问题，歌星、戏曲演员转成了歌星等问题，简单地骂一顿是绝对不行的。道理很简单，他唱戏，观众少，挣不了钱，但他一唱流行歌曲，就变得特别红，什么问题都解决了，原来在别的城市也调到北京了,钱也有了,户口也有了,更理想的工作也有了,他何乐而不为呢! 这些问题都非常值得探讨。

对通俗的文学读物,需要有更多的研究。现在突出的问题是管理,包括"扫黄打非"。但是,更大的问题是通俗文学读物:它们基本上是一种什么态势、朝哪个方向发展,它们为什么会受到一部分读者的欢迎,这些有趣的问题都应该引起我们的关注和思考。

再比如引起争议的相声,它的讽刺和幽默大家都是赞成的,但具体到一个节目上的看法确是失之毫厘,差之千里,争论得一塌糊涂。我知道中央电视台的春节晚会中最难办的就是相声,成活率最低的也是相声。

另一个非常严重的问题是青少年的美育问题。不知道河南的情况怎么样?记得解放前我上学的时候,音乐课还是教五线谱,至于我个人的识谱能力很差,那是我个人问题,但那时的音乐课是非常认真的。可是现在,我的几个孩子上完了大学,没有人认识五线谱,这是美育方面的问题。另一方面,还有一些满足民间美育要求的形式正在发展,种种活动在不绝如缕地出现。比如,钢琴班一个孩子一个月缴二百五十元才能去上课,而不少孩子仍然在热衷于学琴,这说明随着老百姓生活水平的提高还是有这个要求的。

我觉得《东方艺术》的题目非常之大,把它办得品位很高,办得很有生命力,办得热气腾腾,办得蓬蓬勃勃,办得引起各个方面的关心,是完全可能做到的。我个人认为,办刊物,特别是它最初出版的时候,领导和各界给予一些资助是完全合理的,否则,它就像机器一样没法启动。经过一段发展,经过一段努力,刊物获得了与生活的密切联系、与读者的密切联系,经过这么一个过程,即使是品位很高的刊物,仍然会取得相当的成功的。《读书》杂志是一个专门性很强的刊物,但它的发行量达到五万份。(按:据最新消息,一九九五年《读书》的印数将达八万份。)又诸如《家庭》《女友》这些题目都被人家作了,像甘肃的《读者》——原来叫《读者文摘》——也有很大的发行量,它们也都经过了一个艰难、麻烦的操作过程。

河南省有一个《东方艺术》,它的存在是很重要的。河南有这么一本杂志,这也是搞艺术的人追求的一种精神的喜悦、一种精神的价值,读者还是非常重视这件事的。

所以我衷心祝愿《东方艺术》办下去,而且能够取得越来越大的成功。

1994 年

文化性格漫谈[*]

我在《读书》杂志上写文章经常是什么都说一点儿,今天我也不想专门谈文艺。原来我定了个题目叫《经验与常识》,这也是我最近一篇文章的题目,意思是说我没什么学问,只有些常识,而这些常识又是从生活经验中来的。后来我又想,干脆说说文化性格的问题,由于我们独特的文化传统和近百年来的独特的处境,有些文化性格不妨予以讨论,这里面当然有好的也有坏的。

老舍先生写过一篇文章,讲他的家乡流传的一个故事:一个有钱的人有一个瓷器,特别漂亮,特别珍贵。他的几个子女都想得到这个瓷器,但他不愿意给他们,临死前就把这个瓷器摔碎了。意思是说我不能在人间生活了,这个瓷器我让你们谁也得不着。老舍说当他把这个故事讲给日本人听的时候,日本人吃惊地瞪起眼睛,不相信能有这样的事。因为不管从哪个道理讲,从很值钱也好,从遗产也好,把瓷器摔碎都是不可理解的。

有一个日本人和我讨论过这样一个问题,对不对请大家思考。他说他最不理解的就是越王勾践的故事,一个人为了达到自己长远的目的,那样地委屈自己,受那样的侮辱,做那么多卑贱的事。他说日本人无论如何做不到,日本人喜欢的是樱花的性格,要开全都开,要谢则一两天之内全部谢光。

---

[*] 本文是作者在三联书店读书会的演讲。

还有一个很奇怪的现象，我们的一些文化遗产在我国失传了，而在日本保留下来了。比如说茶道，在唐朝的时候我国有类似茶道的东西，在陕西扶风县法门寺看到发掘出来的文物，有一些器具与日本茶道的器具惊人的相似，当然也有许多不同了。日本保留了茶道并十分珍视它，不管外国人喜欢不喜欢。日本人不惜工本地到处宣扬他的茶道，比如说茶道祖师爷家元的流派之一千宗室，他与日本天皇有亲戚关系，他几次自费到中国来，在人民大会堂表演茶道。又如相扑，《水浒传》里的浪子燕青就是搞相扑的，现在中国没有了，日本还有。

前些年我了解到在日本的一个县有一所毛泽东思想大学，它有一个代表团来中国，它是讲阶级路线的，代表团里有出租汽车司机，有保姆，有家庭妇女等，都是贫下中农以下的一些人。这所大学一直坚持对毛泽东思想的研究和学习，不管中国对毛泽东、对毛泽东思想的评价有些什么样的起伏。这不知能不能给我们一些启发？

中国文化有很长远的历史，有光辉灿烂的篇章。它有很强的适应性与应变能力。中国文化几乎是世界上唯一的没有中断的古代文明的延续。但它也有自己的一些毛病，比如说它本身就含有一种破坏性。

最近看了一个电影《西楚霸王》，是与香港合拍的。尽管是一个商业化的片子，但它使我们联想到西楚霸王的故事。西楚霸王的故事可以说是一个胚胎，是一个政治斗争、军事斗争、权力斗争的胚胎。至少有两点值得我们思索：一、像楚霸王这样的英雄好汉，具有不凡的个人品质的人，却在占领阿房宫以后把它放火烧掉，这是一种什么样的思路？二、楚汉之争以楚霸王失败告终，这是令人叹息的，因为从道德上来说刘邦比项羽更加堕落、更加厚颜，更加不择手段地搞阴谋诡计。

近百年来由于中国的积弱，我们面临着严重的挑战，用毛泽东的话说就是开除"球籍"的问题。我们经历了大动荡、大分解、大蜕变，所以在文化性格上表现出某些偏颇。比如说非常急躁，非常急功近利，急于找到一个捷径，奇迹般地使中国由弱变强，由穷变富。我们是一个非常相信奇迹的民族，对特异功能本身我不想多说，但某些失实的有关特异功能的传言传得那样热烈，使人不能不感到我们上上下下渴望着奇迹的出现。大兴安岭的火灾是怎么止息的？有人说是北京的几位有特异功能的大师发功，使大兴安岭下了三天三夜大雨才浇灭的。古代有点穴的说法，把人的哪个部位一点，这人就定在那儿不能动了；把另外哪个部位一点就恢复了，又能动了。我们那么多的忧国忧民之士，是不是也想对中国采取这种点穴的治疗方法？以为可以通过一个便捷的途径，所谓抓牛鼻子的办法使一切问题都得到解决。毛主席《矛盾论》中有不少精彩的论述，比如矛盾的同一性问题。但他说的"主要矛盾解决了，其它的矛盾就可以迎刃而解"这一点，没有或很少与我的经验相符，我这一辈子很少碰到这么便宜的事，我经常碰到的经验是主要矛盾解决了，其他的矛盾更复杂了、更尖锐了、更麻烦了。比如说革命的主要矛盾是推翻反动政权，夺取政权，当我们实现了这个目标的时候一切矛盾都迎刃而解了吗？穷困的问题解决了吗？文盲的问题解决了吗？房子问题解决了吗？一个人在政治上受到不公正待遇的时候，觉得这是个主要矛盾，这个问题一解决其他的问题就都好办了，可这个问题解决了，他（她）又要和他（她）的老婆（或丈夫）打离婚了。人生没有那么方便，那么便捷。这当属矛盾的转化问题，暂不说它。

　　由于这种急躁的情绪，在我们的文化生活当中，在我们的学术生活当中，我们特别喜欢大言。在《读书》杂志上我们经常可以看到陈四益的文和丁聪的漫画合而为一，文和画都非常漂亮。有一个是讲怎么吹牛的，话说得越大人越爱听。"大跃进"时话都说到了极限，"文化大革命"当中话就说得更大了。为什么喜欢讲大话？喜欢夸张？把科学性的问题用感情色彩、情绪色彩很浓的话来加以描述？有个新词叫错位，我觉得这也是一种错位。比如说政策，政策应该是很科学的,而我们在政策性的问题上常喜欢用象征和文学的语言。用形容词、用比喻来讲法制、法律和政策性的问题,常常不太有节制,不太有"谱";而我们在衡量文学作品的时候又那么喜欢运用政治和法律性的语言,"影射"呀,"矛头"呀等等。这使我常常想起《三国演义》里刘备说马谡"言过其实,终无大用"的话,失街亭诸葛亮挥泪斩马谡,别人问他为什么?他说不是为马谡流泪,而是想起了先帝的话,他没有记取铸成了大错。这当然也是诸葛亮的一种掩饰。我们可以回想一下,我们曾经是多么热烈地欢迎、接受和崇拜那些说大话的人,似乎话说得越大越好。

还有动不动就否定一切,否定得越彻底越好。这种否定和我前面说到的急躁也有关系,因为他急于找到一个替罪羊。比如说中国人穷,就说中国的文化不好。在批评中国文化的时候,就说我们没有文化了,中国文化什么都没有剩下,我们有什么文化呢?一位学者有过这样的论述:我们已经没有自己的语言了,"五四"以后的白话文运动受西方影响,词汇学、语法学都是根据西方语言学的路子发展起来的。按照这位学者的观点我们全盘西化的任务早已经完成了,因为我们现在的话,包括我现在正说的话都已是西化的话了。我发现十分有趣的是在看法上互相否定的双方有一个共同点——在论证方法上抹杀事实,六经注我,用不客观的态度对待旁人、对待不同的见解。他所要求的自由和宽容是对自己坚持的主张和见解的自由和宽容,而对自己不喜欢、自己所反对或反对自己的意见则喜欢采取行政手段用权力去干预。这方面的例子非常多,我不细说了。

这样在文化学术的层面就缺少一种积累,一个时期刮一个时期的风,刮这个风的时候肯定甲否定乙,刮那个风的时候肯定乙否定甲,三五年一变,又肯定甲否定乙,又肯定乙否定甲,陷入一种互不相容的否定循环之中,得不到应有的积累和建设。在文化问题上建设往往不如破坏有更好的"效益",长期的政治运动使一个人用三年五年或十年八年搞一部学术著作往往不如另一个人瞅准了风向大骂一通收益好。可不可以这样说,在蜕变、分解和动荡之中,中国的文化失去了信心和信念,出现了失信和失范的现象。我们这里倒是很热闹,一些到国外去的朋友最怀念的就是中国的这个热闹劲儿,在国外你一辈子也活不了这么热闹,写小说你不可能这么热闹,研究语言也不可能这么热闹,卖书也不可能这么热闹。我说这些话也不是否定一切,它也反映了中国文化在新的考验、新的挑战面前正在继承与更新,以适应新的情况、回答新的问题,但确实也呈现了这样一种乱哄哄、急匆匆、吹牛冒泡、大言欺世的情形。我们是不是可以思考一下这个问题。

我最近在一篇文章里讲,我没有受过学校十分完好的教育,读的书也很有限,我无非是有过一些浮沉沧桑的经历,也还算好学、好想,所以总结出一些经验。都包括一些什么样的经验呢?也不妨在这里说一说:一、不相信简单化的结论。我到处讲一句话——凡是把复杂的问题说成小葱拌豆腐一青二白者概不可信,凡把复杂的任务说成探囊取物易如反掌者概不可信。这样的例子太多了。有时候我们把事情的不如人意说成是由于某一个人或某一种念头所造成的,对此我常常持保留的态度,我不认为去除某一个人或改变一念之差可以使天下太平、万事大吉。二、我也不赞成那种极端的两极对立的观点。在听到的各种寓言、各种故事里,我最推崇的是瞎子摸象的故事。有许多的文学争论,当时争得是那样激烈,都那么振振有词,那么排斥对方,但实际上给人的一种感觉确实与瞎子摸象一样。比如说"再现"和"表现",这样的争论对作家来说没有多大的意思,哪种文学是在空白的情况下创作的呢?它当然再现着大自然、再现着社会、再现着历史、再现着世界,一个人的认识不可能脱离开这个世界,在完全空白和真空的状态下进行。同样,它也不可能不表达一个作家、一个诗人的情致、趣味、风格和情感。"再现"与"表现"的争论,实际上是大象像一根柱子还是像一条绳子的争论。

有一些非常著名的提法,这些提法讲得非常漂亮,讲得非常好,实在是好极了,其言也巧,其思也深,就是经不住平心静气的推敲。比如说人都是具体的,没有抽象的人。那岂止人是这样,世界上什么东西都没有抽象的呀!没有抽象的马,马都是具体的。具体的马就不是马或者说马不是具体的马吗?这不又回到白马非马的命题上去了吗?人都是具体的,有地主、有雇农、有革命、有反革命,也有大量中间状态的人物,他们都有一个共同的人的属性,我们为什么要否定这一属性呢?包括一些伟人的有名的论述——劳苦的人是不会养兰花的。这是一个非常好的非常正确的论述,但是这也否定不了人的某些普遍性。穷人如果改变了他的生活情况,改善了他的受教育的情况,那么他不但可以养兰花,还可以欣赏交响乐,还可以产生或培养出很多各式各样的兴趣或雅癖。这都是可能的。当然在没有解决他的吃饭问题、温饱问题以前,这些都谈不到。与其搞二元的极端的对立,不如努力去做多元的互补。我们承认大致上每一个人对事物的认识是一个局部、一个角度,有可能从别人不同的认识当中获得某些补益。好多年以前我就提出,我不赞成党同伐异,可以党同,但不要伐异,最好能够党同喜异,党同学异。观点相同的可以引为同道,观点不同的也能从中学到一些有用的东西。我还讲过老王卖瓜自卖自夸是难免的,王麻子剪刀只此一家别无分号是要不得的。自己所不喜欢的东西仍然有它存在的价值,这和整个自然界生态平衡的道理是一样的。

　　自鸦片战争到现在一百五十多年过去了,一个重要的经验就是仅仅有变革的愿望和激烈的实践并不能解决国计民生的许多问题,需要的是做大量的脚踏实地的工作,需要循序渐进的积累。生产力的发展总是一步一步去完成的,文化教育的普及和提高也只能一步一步来做。我说的是常识,只是普通的常识,因此它缺乏吸引力。如果我是一个特别的气功师的话,也许我的讲话会更具魅力,带上一种令人惊讶的神奇的色彩。

　　积我半个世纪的经验,靠分类、靠划类别、靠扣帽子是解决不了任何问题的。我们的思想方法往往习惯于把对一个事物的价值判断转变成类属判断,我们先验地认为某种类属是好的,它就是好的;我们先验地认为另一种类属是不好的,它就是不好的。用类别判断来代替价值判断。比如说对一个文学作品,写得好还是不好取决于给它戴一个什么样的帽子。给它戴上现实主义的帽子,戴上新潮先锋的帽子,戴上寻根、文化积淀的帽子,我们就说它是好的。如果说戴不上这些帽子,而是戴上比如说伪现代派的帽子、封建残余的帽子,这个文学作品就一定是不好的。我们通常有两类帽子,一类是桂冠,一类是屎盆子。能纳入桂冠的就是好的,能纳入屎盆子的就是臭的、坏的。我的经验告诉我这样的分类很不可靠,你说的桂冠不一定准是桂冠,过几年它不是桂冠了怎么办?同一个帽子下又有那么多不同的情况!

我在《读书》上写过一篇有关李香兰的文章《人·历史·李香兰》,并不是我对这个伪满时期的影星歌星有着特别的兴趣,而是因为我看了她的自传得益很多。日本侵占中国,日本是侵略这是无可怀疑的。在它侵略、统治、占领了大片的中国国土的情况下,在侵略阵营当中仍然有许多复杂的情况,仍然有生活,仍然有一批人(你不能把他们都设想成妖魔鬼怪),尽管它整个的集团是侵略的、压迫的。

在一九九五年第三期《当代》杂志上发表了我的长篇小说《失态的季节》,有的人看了以后和我"侃",说他看了以后大吃一惊,因为我写了许多在改造当中划错了的右派分子种种的情况,写了他们值得同情的东西,也写了他们至少是客观上丑态毕露的种种表现。在一些人脑子里头右派分子就是两种:一种就是胡可的《槐树庄》里的右派分子,很丑陋、自私、令人讨厌、很晦气。还有一种就是像《天云山传奇》等作品所描写的,成了悲剧的英雄,成了背着十字架的崇高而又痛苦的人物。这是非常戏剧化的处理,应该说也是一种简单化的处理,实际情况远远不是这样。我的作品,包括一些小品、随笔,期望的是让读者能面对一个千姿百态的大千世界,而不是面对已经分类分好了、过滤过完了、清清楚楚的黑和白两种颜色。用分类代替价值判断使我们吃了很大的亏。

　　再谈一个问题就是不争论。我在《读书》上发过两篇文章——《从"话的力量"到"不争论"》和《不争论的智慧》。今年第十期《读书》上就有两位读者作出反应,这当然很好了——写的东西能听到一点回声,我很高兴。第一篇说,中国很少争论,常出现的是一边倒的情况。我非常同意他的见解。这位朋友说有一点说得很有意思,他说有人把"辩论"变成了及物动词——我辩论你! 本来辩论是两个人辩论,现在则成了单向的。这样的经验我也是有的,一九五八年我在北京的郊区劳动改造思想,那时常听到"把他辩论辩论""小心辩论你"这样的话,当时的农民都会说这样的话。所以这位朋友说现在不是争论不争论的问题,而是有没有争论的可能的问题。对此我也深有体会,我们的"争论"有时确实是布置好了的圈套,上当只一回,我现在是不会上这个当了。另一篇文章说,你不争论是明哲保身,连四七二十七你都不愿指出他的错误。四七二十七的故事是我引用的张中行老师讲的一个笑话。笑话很精彩:两人争论,一个说四七二十七,一个说四七二十八,两人争得不可开交去找县太爷。县太爷问其中之一:"你是不是认为四七二十七?"那人回答:"是。"县太爷说:"你没罪,你走吧。"随后把说四七二十八的那个人打了三十大板。挨打的人喊冤——明明四七二十八,我为什么挨打? 县太爷说:"刚才那个人已经糊涂到四七二十七的程度了,你还和他讨论问题,像你这样的人还不该打吗? 那个人你打死他他也认为四七二十七,你呢,打你一顿你能记住以后不值得争论的事情你不要争论! 这是一个很大的教训。"挨打的人听后很服气。这真是中国人的智慧! 全世界没有哪个国家的人能讲出这样的故事来,真是邪了门儿了。但它确有它的道理。这篇文章的作者说你这是明哲保身,让谁去背十字架呢? 不争论的意思并不是什么都不干,而是让人多去做实事,少说多做。另外还有一层意思就是多做建设性的事,如果你碰上这样一位强迫观念型的精神病人,他就认为四七二十七,这确实是一种精神病的征象,与其和他争论,不如找他的家属给他吃点镇静剂,起码帮助他改善一下睡眠。如果你还担心四七二十七谬种流传的话,你和你的朋友可以义务地到小学里去教一堂算术,告诉大家四七绝对等于二十八,你一定会取得胜利。不争论不是让大家不去做事,而是让人们不去进行那些无谓的争论、抽象的争论、空洞的争论,去进行建设性的劳动,去缩小谬误的地盘。

我借此机会谈我个人的一个看法,我越来越不喜欢"背十字架"这样一个提法。刚才讲到一些作品把错划的右派分子描写成背十字架的英雄,我也有过这样的经历了,但我觉得这里面水分很大。为什么我不喜欢"背十字架"这样的提法呢?第一你不是救世主,世界上也没有救世主。所谓背十字架就是耶稣,就是整个世界等着你来拯救,你愿意为整个人类的罪恶把十字架背起来,这种自我感觉太良好了,太夸张了,这牛皮太大!这种救世主意识,这种膨胀了的救世主意识,一旦掌了权会相当的极端、相当的排他,因为他觉得我是在拯救你呀!我在拯救整个世界,世界在堕落、世界在毁灭、人类在灭亡,我把这个十字架背起来了,我做什么都是可以的。这种救世主的心态可以对凡人、普通人做出很可怕事情来。这里有一种非常激烈的对立意识,与现存的世界和现实势不两立,甚至准备像耶稣一样被钉在十字架上。这既是一种救世主意识,也是一种烈士意识。这是不是伟大的?当然是伟大的,但不是每一个人每一个时刻都要来做烈士的,我们更多的人、更多的时刻有权利也有义务过正常的生活,来做建设性的劳动,做好你自己的事情。比如我现在在这里讲话,我不希望在座的哪一位是抱着做烈士的必死的信念来听我讲话,我也不能给你们提供这样的前景。

越是正常,越是有希望,就越不要做激烈的事。长期的批判啊、斗争啊,加之我们文化性格上的一些缺点,在人们当中形成一种乖戾之气,这是很可怕的。日前中央电视台播放了《9·18大案纪实》,不知在座的朋友看过这个电视片没有?片子拍摄得非常好,好像就是讲在我们河南发生的事。我印象很深的是主犯刘农军,那真是"视死如归"啊!在宣判他死刑的时候,他脸上一个冷笑。多可怕呀!然后我一想,自从严打以来,我在电视上看到的被宣判死刑的人几乎没有一个垂头丧气的。你们想想我这个印象对不对?他们全都镇静极了。过去我认为只有为了伟大的目的去死的人才能视死如归,现在我知道了贪污犯、抢劫犯、强奸犯也可以视死如归,这是事实。我从《文摘报》上看到一个统计,说一九九四年我国自伤的人数有三百多。其中有这样一个例子,一个工人请几个朋友在家里喝酒,喝得太多了,他的妻子担心他们喝得过量,天又晚了,就把桌子上的两瓶酒拿走了。他的几个朋友看到这个情况,就不好意思灰溜溜地告辞走了。他觉得丢了自己的面子,拿起切菜刀咔喳一声把自己的小指、无名指和中指全都切掉了。吓得他的妻子跪在地上给他磕头,连说:"我错了,我错了。"多可怕!

我觉得我们正常的教育反倒进行得很少,一个人应该珍惜自己的生命,一个人有活下去的权利,我们不应当总是制造那种不让人活下去的环境。当然如果发生特殊的情况,比如外敌入侵,自然灾害等,每个公民都有责任和义务为国、为民、为他人去英勇牺牲,他们理所当然会受到万民的景仰。不管是中国还是外国,不管是共产主义观念还是基督教的观念,对这样的行为都是肯定的、赞扬的。但我们必须承认在多数情况下人是要活下去的伟大的道理。自从米兰·昆德拉的小说《生命中不能承受之轻》(韩少功的译法)发表以后,大家都学会了"媚俗"这个词,到处骂"媚俗"。"媚俗"可能是不够好的,但是"媚伟"就是好的吗?假想一个伟大的、绝对的、高于人的生命、高于人类的利益、高于人们的正常生活的"绝对精神",然后我们作出一个背十字架、高于凡人俗人老百姓的姿态。对此我很怀疑。在我们的知识分子当中,在我们的文化人当中除了"媚俗"的,有没有

"媚伟"的？我可以明确地说我不打算背十字架,我也不喜欢这样一个在中国一点根儿都没有的比喻。与其去背十字架,不如去做好你能做好的事情。

最后我再稍稍概括一下。我在前不久度过了我的六十岁生日,一个甲子的经验使我做了一个什么样的选择呢？是一个中道或中和的选择。用恩格斯的说法,历史的发展是由合力构成的那个对角线,对角线就是中道。不是极端的,不是绝对的,不是排斥别人的,不是"背十字架"的。其次,我做的是一个常识和常态的选择,我相信事物有许多的变态和特殊状态,但是变态也是由常态变为特殊状态的,变态终归要回到常态上来。在大言与常识之间,我越来越愿意选择常识而不选择大言。当然对于许多新奇古怪的大言我也不轻易否定它,明智的办法是听一听先挂起来,慢慢地再研究。我刚才讲的许多事情也是一个常识和常态的问题,在特殊情况下,如出现了自然灾害,大家都去救灾;出现了外敌入侵,大家都去救亡。但是我们不能用变态和异态的特殊性来否定常态,比如说我们提倡爱的时候,马上(一秒钟都不会耽搁)就有人问你是不是爱结核菌？你是不是爱黄世仁？爱结核菌、爱黄世仁这不是太特殊了吗？类似的例子特别多。承认常态和常识也算是我学到的一点聪明。最后,我选择的是健康的原则。就是对待世界上的各种事物、各种问题努力采取一种健康的态度,健康的态度是理性的态度、善意的态度、谨慎而最终是乐观的态度。健康的原则是一个利己的原则,就是希望做一件事情能在身心健康的情况下作出选择,从长远来说也希望这件事有利于我的身心健康。因此这是一个利己的原则,也是一个乐生的原则,同时我相信它也是一个道德的原则。一个以健康的态度对待各种问题的人,他给别人带去的也是健康,不是痛苦,不是折磨。有越来越多的人喜欢折磨自己,再去折磨别人,这对谁都没有好处。健康的原则又是一个智慧的原则,对问题采取一种聪明的、可行的办法。我讲的以上这几点是分不开的,所谓健康的原则指的也是在常态下面。我们文化品格中的诡辩术和抬杠的办法那真是厉害极了！你说你要采取一种健康的态度，他马上说如果你有癌细胞，你也希望癌细胞和你一样的健康吗？所谓中道的选择也是常态。如果走在大街上来了一个抢劫犯，他拿刀子捅过来了，我怎么中道？所有我说的这些东西都不算学问，也不高深，调子也不吸引人，没有伟大和神圣的东西。但它是我的常识，也是我的经验，我希望这些经验和常识能提供给各位作参考。在刀光剑影、尔虞我诈、勾心斗角的人类社会当中，健康、中和、和谐或循序渐进这些提法有时听着是非常不过瘾的，没有爆破型的、背十字架型的壮烈感。听了我的讲话不可能使各位面红耳赤，血液加速流动，心脏猛烈撞击。但是我相信，如果我们希望中国人活得好一点，今后活得比现在好一点，希望我们的子孙比我们这一代人和上一代人活得好一点，这种理性的态度、健康的态度、建设性的态度最终会被人们所接受，这是我的希望。

我要讲的就是这些，欢迎大家提问题。

（作者答与会者问）

问：请谈谈《第三只眼睛看中国》这本书。

答：《第三只眼睛看中国》具备我刚才所说的那些我不喜欢的特点，话说得特别大，天马行空。前后说得又不一致，它前面列的那些提纲和后面的内容许多地方配合不上。我尤其不喜欢这种方式，假装成一个洋人似乎就取得了高高在上地对中国加以评价、指导的权力。我们的一部分读者也被唬住了，一看连洋人都说了这样的话，似有醍醐灌顶之感。《第三只眼睛看中国》引起许多读者的兴趣也不是偶然的，这说明我们的改革开放发展到今天这一步，确实有许多方面的东西暴露了出来。对这些问题怎么看？怎么解决？此书使我们的读者有了一个接触思考这些问题的机会。顺便谈一下，使我深感痛心的是我们的传媒、出版物可以随便欺骗读者，对此居然没有一点责任心，到现在为止出版者不准备向读者作任何交代，究竟作者是谁？作者是不是德国人？出版物骗读者的事情越来越多,比如说版权页上应如实注明出了多少本书,有的印数很少,怕作者丢面子,就印上一个高于实际的数字,有的为了少付作者版税,就印上一个低于实际的数字。还有捏造读者来信的,明明是编者自己的意思或是有组织地搞的,却冠以读者来信的名义。

问:中国作家离诺贝尔文学奖有多远？

答:这个我也不知道,因为我也没有参与过诺贝尔奖的评奖工作。我不认为这是一个多么大的了不起的问题,也用不着朝思暮想。关键是你有没有好的作品。你有非常好的作品,诺贝尔奖不给你发,首先不是你的损失而是诺贝尔奖的损失。如果你没有很好的作品,就是给你发了诺贝尔奖、尔贝诺奖、贝尔诺奖,恐怕也不能给你带来更多的光彩,热闹一阵儿而已。讨论我们文学的长短得失而不去讨论怎样得奖我觉得更好。

问:能否谈一谈您与《红楼梦》？

答:我从小很喜欢看《红楼梦》,我觉得《红楼梦》里头有许多的滋味,有许多的智慧,有许多人生的经验。其中包括感情的经验、人际关系的经验,夸张一点说与政治经验也是相通的。我觉得从《红楼梦》这样一个话题可以探讨人生的、艺术的、社会的、文化的各种问题,所以我喜欢谈《红楼梦》。我刚才发现这儿的三联书店还有几本我在前年出的《红楼启示录》。前不久我到武汉去参加全国的书市,书市上展出并开始销售漓江出版社出版、由我用中国传统的评点方式评述的《红楼梦》。

问:经验也许是人生的普遍原则,但就每个人的人生而言却是具体而复杂的,经验是否也有可能成为一种十字架？您对此怎么看？

答:我觉得这个朋友说得非常好,对此我一直是很警惕的,我从来不把我自己作为一把尺子来衡量别人,每个人的情况不同。写小说我不能要求别人和我写得一样,写得一样就糟糕了！做事做人我从来不希望别人采取和我相同的方式来处理各种问题,每个人面临的问题不一样,本钱不一样,处境也不一样。只能从大的方面来说我们相信常识和经验,常识和经验又因人而异,哪些经验和常识是可靠的、可取的、符合实际的,还需要多数人的甄别取舍。这是一种非常难以抑制的诱惑,就是把自己当尺来衡量别人,许多伟人都有这种特质,有时显得也很高尚,但是谈起什么事情来你就会感到他的潜台词是"如果你像我这样就好了"。对这个潜台词我很警惕,我希望别人对我也警惕。

问:您所说的健康原则与胡适的"少谈点主义"是否有一定的继承性?

答:胡适的文章我读得不多。他的一些看法是有一定道理的,但在当时那样一种情况下,一大批人包括后来像我这样的人都在那儿热血沸腾,投身革命,他自然就被划入反动的阵营。他的许多观点是值得人们思考的,也可以有所继承和探讨。

问:子非鱼,安知鱼不乐?

答:我只能按常识和常态来划分。比如我前面讲到的那个把自己的三个手指切掉的人,我想他是不快乐的。如果说他从切掉自己的手指当中获得了什么乐趣的话,那是我所难以体会的。

问:您对现在讨论的人文精神建设问题有什么看法?

答:我想人文精神建设是一个长期的过程。我在《东方》杂志上有一篇文章谈人文精神的问题。有一点我不完全理解的就是"人文精神的失落"这种提法。如果说失落的话,那就意味着我们原来是充满着人文精神、洋溢着人文精神、饱和着人文精神的,现在人文精神忽然没了。我觉得我们压根儿就缺少欧洲意义上的人文精神——humanism,我们中国的人文精神是另一种,比如说孔子的"仁"。所以在大谈人文精神的时候我不太了解的是失落了什么?我们可以谈革命精神的失落,可以谈孔子的人伦关系上的道德原则的失落,甚至可以谈延安精神的失落,但他谈的不是这些。我在这篇文章中开玩笑说,有一个流行歌曲叫做"不要天长地久,只要曾经拥有",在谈人文精神失落的时候我们需要问一下——我们是否曾经拥有？如果不是的话，我们总不能把歌曲改成"即使从未拥有，也要天长地久"。我觉得人文精神的问题不是一个失落的问题，而是像这位朋友所说的是一个建设的问题。

问：您对冯骥才画画有何看法？

答：报纸上已经宣布他今年不画画了，而是要写大量的文学作品了。冯骥才老弟往往在写作前先发宣言，说要写两个长篇、四个中篇、五个短篇，到底写多少你也弄不太清楚。

问：邓友梅搞文物去了吗？

答：没听说。

问：韩少功翻译外国文学作品吗？

答：好多年以前翻译过。

问：张贤亮下海经商了，您对此怎么评价？

答：张贤亮给我写了一封公开信，说他下海经商怎么伟大，下海经商和当年参加土改一样。我认为下海无可厚非，但不必戴这么伟大的帽子。不下海的人也不必给自己戴伟大的帽子，说不下海是为了人文精神什么的，都用不着。张贤亮表示他还要写作。

问：新时期的作家们似乎都在写一些《读书》上面的文章，而作品少了。

答：新时期的作家在《读书》上写文章的也不多，我在《读书》上写文章最多，但我的作品并不少。今年二月我的长篇小说《失态的季节》已向人民文学出版社交稿，最近我又刚刚给"布老虎"完成了一个长篇《暗杀3322》。

问：在文学不景气的今天，王朔的作品很火，包括冯小刚等人，经济效益也佳，观众广泛，请您谈谈他们的作品。

答：这个问题我多次说过。最近王朔的作品仍然卖得很好，《文汇读书周报》介绍说他是作品销量最大的作者之一。我想他的轻松、调侃、对假大空的消解是赢得读者的重要因素，他的作品对那些动不动就背十字架、对别人施行语言和精神暴力的人是一服药。王朔的作品也有不足,不是什么样板。作家无样板。在美国有人问,中国的作家都像王朔怎么行？我说中国的作家都像王朔当然不行,大家都像鲁迅也不行啊！中国有一个鲁迅很伟大,中国有五十个鲁迅那文坛成什么样子了。这种思维方式就是一种文化专制主义的方式。中国的专业作家有好几千,几千人中有一个王朔到处调侃还没有什么。王朔是一九五八年生的,今年三十六岁,谁知到他四十六、五十六岁的时候会不会也背一点十字架呢？王朔后来的作品有许多辛酸甚至愤怒,比如说他的《审讯记录》写两个中学生一个被打成流氓、一个自杀的故事。他在《我是你爸爸》中也有许多对小人物的同情。我们看一个作家主要应当看他的作品而不是他的宣言。王朔的宣言也有语不惊人死不休的成分,喜欢说得过一点。我们不要因此就把他说成是痞子文学,写痞子文学的人就是痞子,这都是一种简单化的探讨。王朔身上也有中国文人佯狂的传统,他作痞子状,但不是痞子。如果中国的痞子都能写出王朔这样的小说,那我们中国的文化层次实在是太高了！一定是世界第一,诺贝尔奖全都得给中国。当然对王朔的作品你看得多了也会非常不满足,也希望他有更郑重的、更严肃的、更加正视人生和世界的种种问题的作品出现,人们的这种愿望我想也是非常合理的。

问：最近刘心武先生评《红楼梦》的文章在一些杂志转载,能否把您的《红楼启示录》与他的文章作一个比较？

答：刘心武评《红楼梦》的文章中最精彩和独特的部分是他对秦可卿的解释,他认为秦可卿地位那么特殊,是有着不凡的来历的,是与清朝宫廷内部的政治斗争有关系的。他还写了中篇小说《秦可卿之死》来演义她不平凡的来历。他还对大家不喜欢的《红楼梦》中的一些人物,如赵姨娘、李嬷嬷等作过一些有趣的评论,这也是人生的一种经验。

问：在当前金钱至上物欲横流的时代,您却采取了一种独善其身的态度,您觉得这种态度能说服并影响包括政治家、经济家们急功近利的思想吗?

答:我只能做我能够做的,说我能够说的。我希望更理性、更健康的态度在社会上能慢慢地扩大。

问:您对八十年代以来兴起的文化热如何看?请您谈谈对中国文化未来的态度。

答:八十年代以来人们很愿意讨论中国的文化问题,这是在改革开放当中人们呼唤文化发展和更新的一种表现,讨论中我们也听到过急躁和轻率的断言,比如把中国不发展的原因归咎于中国的文化,我认为中国的文化很难承担这样的责任。一个国家发展不发展有许多具体的原因,与一个时期采取的体制和政策有关,与商业的形势、资源的开发等许多近因也有关。简单地说成是长远的文化积累所致往往是不符合事实的。在文化没有改变的情况下,一个国家可以很穷很弱,又过了十年二十年它变得富强起来,而这个国家的基本文化并没有改变。我们不能那样急功近利地衡量一种文化的长短利弊,比如看到中国发展慢了,就大骂中国文化,看到新加坡发展得快了,就觉得儒家文化很了不起,这不是郑重地研究和评价一种文化的态度。

问:市场经济以来我们的社会陷入了一定的思想旋涡,对此您怎么看?变革时期应如何调整自己的思想?

答:这个题目比较大,我不知说什么好。市场经济的发展必然会形成新的机会、新的挑战,也必然会带来新的失范,在这种情况下能不能采取一种更加全面和健康的态度我觉得是十分重要的。

问:张承志是不是背十字架的作家?他身上的宗教色彩与当今人们的精神信仰相对照是否显得极端?

答:张承志是我的非常好的朋友,他最近的一批文章表达出一种期待,就是在人们变得实利化的时候,他渴望精神的价值,渴望精神生活的充实。这对我们整个社会精神的平衡是有意义的。河南的鲁枢元老师在给我的信中提出了精神生活上平衡的观念,我觉得是很对的。中国有十二亿人,有一个张承志发出比较激烈的声音,这完全是正常的,也是需要的。但是这种声音如果变得非常强大,也会造成一定的片面性。

问:你与别人有过几次大的或小的争论,道理是不是越辩越明?

答:我和别人怎么会没有争论呢?我说的不争论是对有些空洞的、抽象的、无疑的或当前不适宜讨论的东西不争论,不要放下自己手边的事情去和别人没完没了地争论,也不要相信道理越辩越明,很多情况下是道理越辩越糊涂。很多问题不是靠道理和争论自身来解决的,只能靠事物长期的发展来解决。

问:请谈谈您对钱学及钱锺书先生的看法。

答:很抱歉我对此没有很深的研究。钱锺书先生当然是很有学问的一个人,他的成就受到各个方面的尊重。我个人在这方面学习得不太多,作不出更多的评论。

问:美国之音说您对毛泽东没有任何积极的评价,请问是否属实?

答:我对毛泽东当然有积极的评价,在《精品》杂志一九九三年十一月的创刊号上发表了《我看毛泽东》一文,此文也收入了我的随笔集中。如果美国之音说了这样的话,我不知它的根据是什么。

问:请谈谈您对《废都》的看法。

答:《废都》的作者带有一种挑战性,他在小说的"前言"中有这样一句话——"笑骂由他笑骂"。他可能有一种想法,就是对社会上的虚伪、伪善抗议。当然他这种抗议的方法不算非常高明。在我的小说《活动变人形》里,主人公倪吾诚受到岳母母女三个人的大批判的时候,倪吾诚的杀手锏最后一招(河北省农村里常使用这一招)就是把裤子脱下来,吓得那几位就都跑了。当然这不是一种现代的、健康的、文明的方法。写性是可以的,但完全可以写得更好一点,以体现出对人性的深层次的探求。这些方面都觉得令人遗憾。但我也反对把这本书简单地当做什么淫秽作品。

问:您对当前的教育特别是中小学教育有什么看法？请多谈一点。

答:我确实不是什么都知道,也不是什么都想评论的。我的两个孙子在上小学,我觉得他们的功课太多,老师管得非常严。关于教育问题我有一个非常奇怪的感觉,毛泽东在"文化大革命"前后就教育讲了许多他的想法,说上课可以打瞌睡、可以看小说、可以交头接耳、可以这可以那,当时大家包括我自己在内都觉得老人家的话有点匪夷所思,如果照他的设计,学校成什么样子了呢？一九八〇年我参观美国的小学,我觉得他们做到了按毛泽东思想上课——可以打瞌睡、可以交头接耳、可以自己选择座位(椅子很轻,想搬到哪儿就搬到哪儿),在大学里听课更是可以早退、可以迟到。我不知道美国的教育是不是受了毛泽东的影响,还是毛泽东受了美国的影响,但我确实见识了世界上有这样的教育。当然对美国的教育争论是很大的。

1995 年

文化选择与中国的未来[*]

中国的以汉族为主体的文化源远流长,悠久自足,创造了灿烂的中国古代文明,具有强大的示范与同化力量,对国内各兄弟民族与亚洲一些国家产生了巨大的亲和力与吸引力。

一八四〇年鸦片战争以来,暴露了中国文化的弱点与国家的贫弱,使自尊自大的中国人受到了惨重的打击。有志之士遂立志变法图强,汲取西方的富国强兵之道。一批精英人士倾向于激进的以欧洲文明为坐标的启蒙主义,并开展了对强调和谐与秩序的封闭的中国传统文明的激烈批判,直至全盘否定中国的文化传统。另一些人则企图在"中学"与"西学"之间寻求一种平衡和整合,他们提出了"中学为体、西学为用"的口号,但缺少具体的内涵,不能被愚昧保守的统治者与急于变革的文化先驱们所接受。

近百年间,中国充满了动乱、分裂直至内战,造成这样一个不幸的局面的原因之一是中国传统文化面对西方列强和它们的优势文明,恐慌急躁、拒纳失据、缺乏整合与调节能力。中国文化必须适应现代化的要求,丰富、蜕变、创造,寻求新的活力。中华文化的前途问题已经与中华民族的生死存亡问题纠结在一起。

中国的紧张的内部关系与外部关系,知识分子对近代中国的丧权辱国的经验的痛切感受与改变这种状况的紧迫感,统治阶层的腐

---

[*] 本文为作者在全国政协"展望二十一世纪论坛"的发言。

化与僵硬,使得西方式的自由主义与渐进主义在中国显得华而不实,软弱无力,乃至形同伪善。而马克思主义的历史唯物主义,阶级斗争与民族斗争学说,暴力革命的严肃性与可行性、有效性,以及苏联十月革命的成功与革命成功后高扬的反帝反殖民主义旗帜,苏联通过实行计划经济实现工业化与现代化的一个时期的成功,对中国人民有巨大的吸引与感召力量。中国的优秀人士选择了马克思列宁主义,以俄为师,选择了共产党。

中国的革命者的反封建反帝的政治口号也是文化口号。中国的激进知识分子唾弃封建旧文化、殖民主义文化与自由主义的价值观念。毛泽东思想是马克思列宁主义与中国革命的具体实践的结合,也是马克思列宁主义与中国的源远流长的文化传统的结合。马克思列宁主义理论从而更加中国化、民众化、通俗化,马克思列宁主义从而更加富有实践性和实效性。在众多的社会革命思潮派别当中,毛泽东取得了最为压倒性的胜利,不是偶然的。同时共产党领导的以农民为主体的革命战争环境展现了崭新的价值追求——廉洁、朴素、联系群众、自力更生、艰苦奋斗、三大民主等等。

中国革命给予古老的中国以发展的巨大的新动力,提供了中国走向统一、内部和平与发展的前提条件。但是毛泽东并没有完全解决中国走向现代化的具体道路问题,在建设新中国方面,他没有取得应有的成功,而他的主观主义与唯意志论一度把国家带入了危险的境地。同时,由于中国革命环境的特殊严峻,战争中形成的军事共产主义精神,国际上二元对立格局的单纯性与尖锐性,中国的农业社会的前现代性质以及人们对中国文化传统的惰性、对于异质文化的拒斥性估计不足,尤其是人们对中国传统文化的生命力与永恒价值、对中国文化在现代化进程中充当一个积极的角色的可能性的认识远远不够;革命成功以后,中国的文化冲突并没有缓和而是更加剧烈。新中国的思想文化批判运动一浪高于一浪,连年的政治斗争与文化冲突造成了消极的后果,批来破去的结果造成了新一代的思想的贫乏和价值的失范，造成了知识的落后和对外部世界的阻隔乃至道德的和信仰的危机，更造成了人文知识分子的浮躁心态，急于求成，企图以某种万能的文化观念一揽子解决中国一切社会与历史问题的夸大狂与乌托邦幻想。

改革开放是中国的又一次革命，邓小平的建设有中国特色社会主义的理论开辟了中国现代化的道路，中国的面貌焕然一新，自一九一九年"五四"以来席卷中国的新文化运动也从而走上了更加务实、更加成熟、更加与中国人民创造新生活的实践紧密结合的新阶段。

当然，进入新阶段的同时也产生了新的问题：改革开放的年代西方文化思潮大量涌入，新名词铺天盖地。人们在热情学习西方发展经济与企业管理经验的同时，又产生了全盘西化的极端主义幻想。而全盘西化的空想是完全行不通的，它只能给中国带来新的混乱与灾难。

作为全盘西化的反拨，也作为对西方国家对所谓"东方主义"的批评的回应，近年来在中国的知识分子中，爱国主义、民族主义、对抗西方话语霸权和文化霸权的声浪日益高涨，从而引起了一些人士对于狭隘民族主义的警觉。

目前，中国的经济与科学技术正在迅速地向全球一体化的方向发展。这种趋势愈是明显，人们保持自己的文化性格与文化传统的愿望就愈加强烈。没有民族文化的自信与发展，中国人就不可能找到自己的立足点，就不能正常参与国际社会生活，不可能与外国建立新型的平等合作的健康关系。

我们指望，同时我们也坚信，经过严重考验的中国学人在走向新世纪的时候会更加成熟地选择理性的与建设性的文化战略：结束对制造文化冲突的片面鼓吹，珍重本民族的文化传统，焕发民族自尊心、自信心与凝聚力；结束极端主义造成的偏执、动荡和分裂，勇敢地学习与汲取属于全人类的一切文化成果与人类共同的价值标准，使之变为自己的血肉与力量的一个部分，使中国文化生发出蓬勃的生机。我们指望中国学人以建设有中国特色的社会主义理论为指导，以中国的传统文化特别是儒家文化与儒道互补的文化为基础，追求社会关系以及人与自然的关系的公正秩序、平衡和谐与道德自律，珍视人民革命的自力更生艰苦奋斗精神与马克思主义的解放全人类的伟大理想，珍视中国革命与社会主义建设的物质与精神成果，吸收人类社会公认的价值准则——如和平与尊重各国主权、民主、法制、基本人权、保护环境、各种族与民族平等，等等——创造新的、健康的、更加开放和富有活力的文化多元共存、多元互补与多元整合的新局面。这将是中国的也是世界的福音。

数千年来的特别是近百年来的历史已经证明，只有选择正确的文化战略才能以最小的代价实现中国的现代化，保持中国的稳定、繁荣、发展、进步，实现中国的民族振兴，并且对一个和平、发展、公正的世界做出应有的贡献。同时，世界各国特别是西方发达国家，也只有认真理解中国的文化性格、文化冲突、艰难的文化选择与中国文化的独特的活力与不可摧毁性，学会尊重中国的独一无二的文化，放弃以西方主流文化征服、同化、消解中国文化的文化霸权主义企图，才能正确地与有效地与中国打交道。

作为目前世界上保留下来的唯一没有中断过的古老文明的中国文化，它在近百年中所受到的挑战、打击、冲撞，与它所表现出来的适应能力、吸收能力与更新和再生的能力都是前所未有的；它的悲惨与混乱的际遇与"大难不死、历久弥新、否极泰来"的命运和它的迅速发展壮大的前景都是极其独特的。中国文化是目前世界主流文化的最重要的参照系之一，是使人类文化保持多元性与丰富性，从而保持活力的一个重要因素。过去，现在和将来，中国曾经也必将表现出其文化大国的风貌与魅力。在实现现代化经济建设两步走的战略目标的同时，制定建设文化大国的目标与战略，将有助于中国找到自己的位置，有助于树立中国的美好形象并造福于亚洲与世界的未来。

1997年

世纪之交的华文写作[*]

随着中国的经济实力的增强与改革开放,随着香港回归,中国的国际影响正在扩大,重要性正在增长。二十一世纪确有可能在某种意义上成为亚洲、太平洋的世纪,而中国在亚太地区日益发挥着举足轻重的作用。在新的世纪,中国必将吸引全世界愈来愈多的目光。

经受了严峻的考验、反思、批判、震荡直至断裂的危险,中华文化表现了自己的顽强的生命力与适应能力、发展与更新能力,汲取与消化能力。愈来愈多的有识之士回到了民族文化本位上来。中华文化(包括文学)正面临着前所未有的振兴机遇。

近百年的中国,特别是近半个世纪的中国变化迅速巨大,目前处于转型期,文人写作与业余写作十分蓬勃兴旺,显示了民族精神的高扬与活跃;同时呈现出日益增多的歧义:题材与风格更加多样;不同"代"的写作人写作的社会背景文化背景十分不同,其价值判断与理念追求有明显的不同特点;市场因素与传媒大量发展,正在影响写作,各种论辩此起彼伏——既扩大了思维与写作的空间又出现了某种无序、内耗乃至失范状态;泡沫写作出现的必然性与过渡性;提高写作质量的努力正在增强。

华文写作与华人的英语写作正在扩大着自己的影响,中华文化在世界上的影响正在扩大。愈来愈多的人渴望了解中国,了解中华

---

[*] 本文是作者在马来西亚华文作协研讨会的讲话稿。

民族,了解中华文化。近二十年来,大量华文作品被介绍到世界的各个角落。

中国内地与海外华人的写作交流日益增多,华文写作已经逐渐出现多元共存、多元互补、多元整合的新的前景。

中文电脑技术的发展,提高了高科技时代汉字的适应能力与传播能力,增加了华文写作的上网、贮存、检索、被全人类普遍利用的新的可能性。

中华文化特别是华文文字语言的独特性既是华文写作的魅力所在也仍然是一种交流的困难乃至障碍,华文写作应有的地位与影响的确立仍须假以时日,不可急躁。

中华文学源远流长,博大精深,历经磨难而绵延不绝,是当今世界主流文化的主要参照系统之一。中华民族的近、现代历史,其丰富性与悲剧性都是无与伦比的。华文写作必将出现伟大的传世之作,华文文学必将在全世界产生愈来愈大的影响。

汉字是华文写作的基石,华文写作将弘扬光大汉字文化。华文写作只有更充分更深刻地理解和运用汉字的诸种特点和可能性,更加注意保持华文汉字的纯洁与规范、摆脱廉价与浅薄不通的"洋泾浜"污染,同时不拒绝并善于接收外来影响与语言文字的通变,在华文深厚的积淀基础上焕发自身语言文字的新活力,才能取得自己的身份、实现自身的价值。

华文写作将保持中华文化的性格,同时也一定会融入全人类的文学宝库。中华文化的性格只能是开放的而不是封闭的。

关键是充实与振奋华文写作人自身。避免急功近利,避免急于求成,避免浮躁哄抬,避免抱残守缺与仰人鼻息的亦步亦趋,避免追逐争夺的无谓消耗,甘于寂寞、苦心孤诣,为缔造出大境界的无愧于中国文学史的巨著名篇而努力学习,努力工作。

1997 年

当代中国的文化价值歧义[*]

这是我第一次到美国南部。自一九八〇年以来,我已经访问过你们国家七次了。我也曾经多次给很多的美国听众演讲,我谈中国的当代文学、中国的文化态势,还有好些别的话题。我对谈论这些话题很有自信,因为我在中国有着丰富的经历。青年时代我是,也希望成为一名职业革命者。我曾经被打成右派并在二十年里不得不保持沉默。我也曾担任政府高官,当过三年的文化部长。由于这些原因,我与最广泛的人群有过接触,有政治领袖、囚犯、学者、真正的或不怎么真正的不同政见者、农民、少数民族人士等等。我一生中得到的官衔、位置和身份地位来了又去了,但有一点是永远不变的,也就是作为作家的我。我曾经是个作家,而且将永远是个作家。我希望成为一个好的作家,并望能成为当代中国生活的见证人。我要以我的作品来保存现代中国的一段记忆。我相信自己很了解中国,我从没有因了某些不如意而感到特别的敏感和愤怒,我也从没有幻想政治和社会之梦会在一个早上马上实现。我并不会突然感到过特别的兴奋和乐观。我怀疑人们仅仅通过写小说能否拯救中国,但我会以我最大的努力去达到读者的灵魂深处,并保存我的每一个前进的足迹。我希望在我与读者的沟通中,通过写作,使我们都能变得更加心地善良、更加明智、清醒和更富有远见。中国是我的家,我的祖国,我的主

---

[*] 本文是作者在美国莱斯大学演讲的中文稿,演讲时用的是英文。

40

体与我的客体、我的优越与我的忧虑、我的悲伤与我的幸福、我的灵魂与我的肉体。写作是我选择的用于分清这些关系的途径。

我经历着一九四九年成立的新中国的发展过程,我想我会保持我的写作对象与之相始终。还有什么呢?作为一个还算好的演讲者,我对描述一个变化中的、发展中的中国的综合图景感到愉快。

一九八六年当我参加第四十八届国际笔会年会时,一位先生问我:"你们中国作家还怎么写啊?听说中国的每一本书都要经过政府的审查!"我微笑着问他:"你知道中国一年出多少种书吗?每年大约要出九万种新书(王注:现为数十万种)。如果所有的书都要经过政府部门的审查,那么整个政府,所有的部委,包括外交部、国防部、财政部和公安部就不得不停下他们的工作,所有的中国官员与公务员不得不集中他们的所有精力去阅读、阅读,阅读成千上万的中国出版社出版的各种图书。从一月读到十二月,从这一年读到下一年,他们除了读呀读就不能再做别的事情了。如果这是真的,那么整个中国的政府机构将消失,将由一个'中国读书俱乐部'来取代。这是一个多么理想的事情啊!"

在北京的一次研讨会上一位外宾问我:"在中国怎么可能连文学艺术都由共产党领导呢?"我回答:"对你来说也许不可能,但对于我们来说,这是我们的现实,这是我们的日常生活。不但是文化艺术,就连你喝的青岛啤酒和崂山牌矿泉水都是在中国共产党的领导下生产的。"她回答:"是,我明白了。"这段对话发生在一九八六年,但现在,一九九八年,有的已发生了戏剧性的改变。

我的目的不是想告诉你现在中国什么都好,我们都知道完成中国的重大变革有多么的艰难。在探索改革的过程中我们要面对问题、麻烦和痛苦。我们深刻而清楚地认识到这一点。但我提醒你们注意一个事实,我们中国的作家与知识分子自一九四九年以来有着丰富的经历,并在不断的变革中尽着我们最大的努力。我们不需要就我们的社会生活给予很多的指导,因为我们就是这个社会的组成部分。还有值得注意的是，中国人，特别是中国的知识分子，对中国社会的基本情况都知道得很清楚，ABC 我们是知道的，我们需要的是继续对 EFG 进行考察。

但现在好像事情有点不同，中国自身正在日新月异地变化着，社会图景中的一些局部，当然，还保持着不变，但另一些地方却与过去有着根本的不同。一九九八年的中国社会是一个多种成分共同构成的社会，一些基本元素没变，而另一些却在飞速变化着。过去我还比较有信心地描述中国的生活，今天这种信心已然不再。你可用多种方法来描述中国，都是对的：有好事，有坏事，中国比较发达了，但还不发达。中国有那么多的豪华宾馆、超市、百货商店和酒楼。在中国你可以买到你在美国商店里能看到的任何东西。一位美国朋友告诉我，她认为中国不是一个发展中国家，而是一个发达国家。但与此同时，也可以说中国是世界上最贫穷的国家之一。中国政府承认中国还有五千万人的温饱问题还没有解决。这两幅关于中国的图景都对。既富有又贫穷。你可以说中国的个人自由受到限制。但如果你知道中国的历史你也可以说是中国社会的最好时期。我的意思是说这是中国近代历史上百多年来最好的时期。这不单是我的个人意见，原美国驻华大使芮效俭（Stapleton Roy）四年前在一次讲话中也得出了同样的结论。今天的中国人民正享受着和平的生活，生活水平正在稳步得到提高。

我愿意跟你们讲一个关于中国人自由的笑话。一位新加坡朋友告诉我一个关于若干年前在中国旅行时的有趣经历。当他不得不在北京机场停留时，他受到了无处不在的吸烟者的极大的干扰。当他看到人们，包括机场工作人员到处吸烟，甚至是在"禁止吸烟"的牌子底下吸烟时他感到厌烦以至痛恨。他感到很不高兴，他找不到一个可以自由呼吸的地方。想找一个空气清新而洁净的地方几乎是不可能的。最后，他终于在机场里找到了一个既无烟也没有人的地方。你能想象这个美好的地方是个什么地方吗？为什么？当然是在允许吸烟的走廊里。我的新加坡朋友的最后结论是最自由的人是中国人：中国人民有着法律赋予的自由，他们可以在一个专门为他们开辟的吸烟室里吸烟，同时他们也可以享受他们的非法自由，在任何一个地方吸烟。

回到文学的话题，这里有着如此之多的争辩、讨论与批评。谁是对的又什么是对的？二十世纪九十年代初，小说家王朔很有名。在上海进行的一次关于谁是最受欢迎的作家的问卷调查中，结果居第一位的是金庸，一位以武侠小说著称的香港作家，第二位是伟大的作家鲁迅，一九四九年以后他有着如此之高的地位，以至于成为了中国知识分子的精神领袖。但居第三位的就是王朔，他的特点就是幽默。他嘲讽所有的事物。过去的政治、爱、性、意识形态、商业、苏联和美国都成为了他的笑料。他有着新的态度并总是觉得中国的所有的事情都有着可笑的方面。一位他的小说中的英雄以这样一句话著名："我是流氓我怕谁？"

王朔也写到，在过去，作家里有很多流氓，而现在流氓里有很多作家。王朔的作品获得了巨大的商业成功。但很多好的作家强烈的仇视他。他们说王朔是真正的流氓：他低劣、没教养、十分颓废。他们认为王朔是中国文学的耻辱。

再如贾平凹的小说《废都》也是一个比较典型的故事。他在一九九三年出版了这部小说。在这部小说里，他描写了西安所有的无可救药的感觉。他写道：地球是宇宙中废弃的都城，中国是地球上废弃的都城，西安是中国废弃的都城。这部小说里有很多性的描述和有关性的细节描写，描写得如此的翔实，实际上不但是领导，甚至是很多好的作家都被激怒了，他们对他进行了尖刻的批评。特别是女性作家们，认为他的小说是对女性的严重侵犯。但最近贾先生得到了法国一个女权主义评奖委员会颁发的一个著名奖项。所有中国的好作家们都感到了困惑。一位中国教授说，她觉得法国仅对奇怪的东西感兴趣。不管怎么说，中国有很多的作家是不喜欢贾先生的

《废都》的。

在中国，我们经常说建设有中国特色主义。但什么是中国特色呢？我想向你们介绍介绍。自从我一九八〇年第一次访美以来，中美关系得到了快速发展。近年来，我访问了很多所美国的大学，我看到很多教工食堂在试着做中餐。但中餐用的是什么样的做法呢？他们不经过中餐做法培训，而是凭空想象着将鸡肉、猪肉、土豆、胡椒、辣椒酱、醋、豆腐、豆子往锅里一扔混到一起，以为这就是中国菜了。中国菜做法的一个秘密就是将不同的东西混合在一起，这是对的，但这种混合是依据一定的办法的。美国人做中国菜，将中国厨师用的材料都混到一起了，但没有依照炒中国菜的做法去做。在中国，很多事情也面临着类似的情况，西方的与中国的也都随机地混在了一起。政治架构与经济模式、意识形态与商业利益、社会主义与资本主义，甚至于封建主义都存在并混杂在一起。因此，要归纳是很困难的，特别是要用一种正确的和全面的方式来归纳就更难了。

在讲话的这个部分我会介绍一下由于中国的快速变革带来的有关价值的争论。什么样的现代化是我们所期待的？在这个快速的社会变革中文学的使命是什么？实际上，我们重要的有启发性的论题是什么？为什么近年来中国文学圈子里和人文领域会有如此之多的歧见？特别是，我会介绍一种近年来变得很普遍的新的激进潮流，其特点就是对现代性的批判。

变革时期价值系统的矛盾解释。由于快速变革，很多新的条件与新的问题都产生了。知识分子对此该如何回应？想法是大胆的。九十年代中期以来，一种相当激进的思潮产生了。它的主张者们强调在快速发展的市场经济条件下人文精神的缺失，批判群众特别是知识分子的世俗化倾向，呼吁抵制向市场投降。他们还批判科学技术和工业发展带来的负面影响。他们批判西方中心主义和全球经济一体化，揭露中国人的崇洋媚外心理。

他们批判大众文化与大众传媒，特别是电视带来的负面影响。

他们要求重视精神、精神生活和知识。要求知识分子紧紧地把握自己的位置和主要使命。

这种思潮不断发展并于九十年代后期相对成熟了。他们的基本观点如下：

一,中国社会的资本主义要素正在不断增加,当前的社会问题主要来自于资本主义固有的矛盾,不是源于苏联模式的计划经济或毛泽东发动的"文化大革命"的影响。知识分子的主要任务是批判资本主义和跨国资本,而不是左派强硬路线与"文化大革命",这与专制主义一起,已经成为完全过时的和落伍的东西了,再谈论这些就是"白头宫女在,闲话说玄宗"了。

二,必须重新整理和批判在过去一个世纪里知识分子们所追求的概念与思想：现代化、启蒙、科学、民主、个人解放、法制与法治,达到自由主义、宽容的所有途径、生产力的发展,因为所有这些都是属于国际资产阶级意识形态的东西,并且是为他们的利益服务的,比如跨国公司的利益。很多这些概念都是殖民主义说教。更进一步,实现现代化不会给中国带来理想的幸福与公平。

三,批判欧洲文化中心主义。批评五四运动接受了西方殖民主义说教,导致了中国传统文化的丧失,导致了价值与文化根基的总体丢失和文化语言的完全失落。他们要求加强中国文化的自我导向意识。

四,批判文化生产与交流的商业化,批判迎合低级趣味与市场需求,强调知识分子精英的必然作用,批判大众文化的规模化、庸俗低级的特性,并将其当做资产阶级意识形态的一部分进行批判。

五,要求对毛泽东思想及他的晚年实践有一个更正确的评价,对"文化大革命"和红卫兵运动一个更正确的评价。在邓小平去世后,关于提高红卫兵的理想主义认识的文章第一次出现在印刷品中。

六,呼吁建立稳固的普通人意识(与群众意识相对)和非官方的大众立场,要求作为贫困者和受压迫者的发言人,要求重新分析中国的阶级结构和批判知识分子中的中产阶级倾向。

这种观点的一些代表性人物来自于"文革"中成长起来的一代，特别是他们中间的作家们。其他的一些是近年在欧洲和美国完成他们的学业回到中国的人文学者。当前，他们的声音和关于这一话题的争论影响范围还不大，但他们是人文领域当前精力充沛的一拨人，他们的观点赢得了那些从改革开放中得不到多少实惠，并由于社会失调而陷入麻烦的一些人的不少掌声。

这一思潮的主要知识来源：

一，西方马克思主义、法兰克福学派、爱深斯坦特的现代化理论，霍克海姆和马尔库塞的科学的批判，阿得诺和哈拜马斯的资本主义批判。

二，文化精英主义，一个世纪以来中国知识分子关于传统文化认识的综合，他们的情感需要和寻求一条不同于西方的道路的实用主义的必然。

三，后现代主义。来源于中国的实践与欧洲、美国的理论。中国知识分子不断意识到，现代化不是解决所有问题的万能灵药。他们甚至怀疑这是不是最好的解决办法。

四，古典社会主义的理想主义。左派思潮的传统继承。

五，毛泽东的反体制思想，特别是红卫兵运动的精神动力。毛泽东努力寻求一条与西方国家不同的发展道路努力的再次肯定。即使是将毛泽东与后现代主义联系起来就已经吸引了人们的兴趣。

这种思潮的有利条件：

一，他们能够掌握独立批评而不会与马列主义毛泽东思想的基本主张相对立的标识，有时还是对这些主张的呼应。

二，他们有着为民请命的思想。

三，新潮的后现代主义标识和西方马克思主义新左翼思潮有着共同点。

四，中国的改革开放日益深入并不断碰到新困难。改革开放结果的杂合性与非浪漫特质。

对这一新思潮的批判与担心：

它的分析与结论粉碎了它的部分主张者们充满希望的想法，包括道德理想主义或脱离历史的乌托邦社会主义。他们无视或避开中国社会的最重要的问题即非现代化与前现代化的因素，有一种缺乏建设性贡献的空谈的感觉。

中国人文领域的知识分子进入了新一轮讨论、混乱、争论和探索的过程，也显示了他们建立自己的价值体系的努力。这一努力是十分重要的，并将经历一个很长的过程才会有结果。中国的知识分子总觉得他们与主流社会处于一种矛盾之中，同时他们也发现自己在不断调整。还有，他们中的一些人采取了面对现实的态度来调整自己与周围的关系，另一些人则在显示出调整的姿态时采取了现实的行动，调整了的责备不愿意调整的，矛盾的责备那些不矛盾的。中国知识分子互相反对的激烈语言经常超出这样的争论所允许的规则范畴。一方面，这反映中国知识分子的思想与追求走在了时代的前面，这让"百花齐放、百家争鸣"能够真正在中国变成现实，不同的价值观念与文化目标可以在某种程度上共存。另一方面，也显示了这一群体的不成熟、鲁莽，缺乏牢固的知识、观点和逻辑推理。因此，这使它很难成为一种可以为社会变革和发展作出更多贡献的力量。

我再补充一点，前面部分我用英语讲得好像我是很自信，我知道这个，知道那个，到后来就不太自信，不知道这个，不知道那个，甚至对中国的知识分子也有一些批评。我想主要是中国确实正面对着新的形势和新的问题。面对着这种新的形势和新的问题，中国的知识分子的人文资源很贫乏，很多话题都是从西方引进来的。包括批评西方的很多观点，也都是从西方引进来的，就是到了欧洲，到了美国，找到了武器，批评欧洲和美国，当然这也很好。再有就是近百年来，中国的文化讨论往往非常的情绪化，因为作为一个中国人，他有非常深厚的感情，所以容易产生认为每个人自己给中国开的文化药方是最好的,而别人的药都是毒药,所以知识分子就在这样的争论中搞得精疲力竭,搞得谁都是灰头灰脑的。而且大家关心的都是大问题,都是方向问题、性质问题、路线问题,包括我在内,都不会讲小的问题了。当然了,也有人告诉我,这也正是中国的希望之所在,通过这样的探索,这样讨论,也许中国的知识分子会变得更加成熟。中国的生活里会找到更有中国特色的价值标准。

1998 年

中国社会转型期的文化走向选择[*]

中国人最骄傲的是自己的文化,特别是我们这些读书人,文化就是我们的命根子,没有中国文化,我们连存在的依据都没有。但在上个世纪中叶,中国的门被列强打开,国势日衰,贫穷落后,在世界上完全没办法跟列强抗衡,于是人民就从新的角度来批判自己的文化,反思自己的文化。

中国人却常常怀着一种急功近利的心情来看文化,当国家碰到问题,就觉得文化的问题很大。国家经济近年发展得好一点,又觉得自己国家的文化很好。

我所说的转型期是一个比较长远的阶段。我觉得从整个十九世纪后半部分至今都是中国的转型期。中国从一个封闭的、自主的,发展得很成熟,已经走向衰微的国家,变成走向现代化的、发展中的新兴国家,这本身就是一个很大的转型。

在转型中,中国一直面临如何评价自己的文化、怎样进行选择的问题。概括起来,我觉得有以下几个问题:

一个是"中西"的问题,一个是"西西"的问题——西方文化能给我们什么选择;还有一个是"中中"的问题,就是在中国传统文化中,我们选择什么;另一个是"新旧"的问题;最后是目前发展中面对的商业文化、大众文化、精英文化的问题。我就这些问题谈一点看法。

---

[*] 本文是作者在香港中华文化促进中心演讲的提纲。

向西方学习引发民族自尊心问题

"中西"的问题一直是一个非常激动人心的问题,因为要中国读书人承认自己的文化有问题是很痛苦的,我们不像日本,日本喜欢学什么就学什么,根本没有这种痛苦。但对中国人来说,我们要向西方学习真是困难极了,我们的民族自尊心、老大帝国的骄傲,我们对自己文化的迷恋都阻止我们这样做。因此,当看到自己的文化前景不妙的时候,或是看到它遭受极大挑战和考验的时候,那种痛苦的心境是别人所不能理解的。

一大批先进的、爱国的、忧国忧民的知识分子,他们痛切地感到,仅仅靠祖国古老的文化是不够的,必须向西方学习。他们甚至痛切地感到,中国古老文化中有许多落后的、封闭的、甚至是野蛮的东西,比如旧礼教和古代酷刑。所以中国在一九一九年发生了五四运动,这是中国文化历史上一个很重要的启蒙运动,更提出了"打倒孔家店"的口号。

学习西方的一些人道主义、人本主义的东西,有助于中国推行民主和科学的呼吁与启蒙,推动中国的前进。当然,也始终有人耿耿于怀,对学习西方的东西有各种各样的反感。

过分强调彻底抛弃中国文化,又会产生一些新的问题,就是文化没有了根,特别是中国这样一个有五六千年历史的文明古国,不重视自己文化的根基,确实也是很悲惨的事情,这种轻视或过分否定传统文化的态度,一直维持到一九四九年以后,特别是在"文革"中兴起了"破四旧"的高潮,给传统文化带来一场浩劫和灾难。

到八十年代改革开放,兴起了一次对中国传统文化的反思,人民怀着一种急切的心情,希望中国很快成为像西方发达国家般民主法治、经济发展得很快、生活质量很高的国家,但实际在目前却未能做到。在这种情况下,又有全盘西化的思潮,对中国文化全面批评。

所以说,中国文化一直是面对着许多自我批评和批判,但近几年来中国文化又获得了一种新的机会,就是随着改革开放,出现了比较兴奋的、正面肯定中国文化的思潮,有人甚至预言,二十一世纪是东方的世纪、是太平洋的世纪,而首先就是中国人的世纪。

实事求是对待马克思主义

第二个问题是"西西"的问题,从西方学习一些具体的技术是比较容易的,梁漱溟先生曾开玩笑形容学习西方文化是学习小把戏,他写完文章后签署:某月某日写于西洋小把戏下,所谓"西洋小把戏"就是指电灯泡。中国文化是"修身、齐家、治国、平天下"的大道理,而外国能给我们提供的是电灯泡、麦克风、眼镜、手表等。

学习小把戏比较容易,阻力也比较少,但对于西方的价值观,我们可以学习什么?我想,这里面有一些是全人类公认的价值观念,例如和平、种族与民族的平等、基本人权等等,这些应该可以说还是比较容易接受的,但再往下就有自由主义、社会主义(马克思主义)、后现代主义和新的左翼思潮、西方马克思主义的问题。

目前中国人对马克思主义的态度,也有很大的变化。邓小平以"实事求是"四个字对马克思主义的解释是非常耐人寻味的。中国现代主流的解释是,马克思主义和中国的实践相结合,变成了毛泽东思想,又往前发展就变成了邓小平理论。我认为,所谓毛泽东思想是马克思主义和中国文化的结合。

其实,可以用一种新的实事求是的态度来对待马克思主义。马克思主义与人本主义、人伦主义、自由主义、个人主义,是否一定是截然对立的呢?我们能不能从中也吸收一些有营养有益处的东西呢?这是值得今天的中国文化人与领导人思考的问题。

中国文化不应仅以意识形态划分

在"中中"之间也有同样的问题。一九四九年以后流行把中国文化划分阵营、阶级。有人把《红楼梦》也看成是一个纯粹反封建的作品。但仔细想起来,这些划分是很辛苦,而又不一定很准确和必然。过分强调意识形态的特点,是不适宜的。

在我的心目中,文化是非常宽泛的概念,有些直接作用于国家经济、科学的发展,也有些是多元的,是一种生活方式、审美方式,是一种习惯、趣味。比如说,语言和文字在文化中起了很大的作用,这是与意识形态无关的。特别是汉字在中国文化中起了非常决定性的作用,因为汉字和汉语在各方面表意的方法、符号的选择,都和西方语文有很大区别。汉字兼具备音形意的特点,语法不是特别精确,但汉字的概括力和信息量非常多。

我在一九七九年写过一篇小说,名为《夜的眼》,被翻译成很多种外文,但那些翻译家都问我"眼"字是单数还是复数——是 eye 还是 eyes。其实我这个"眼"字的含义模棱两可,既有拟人化之意,同时也是指主人翁的见闻。

不同意识形态的人,他们的背景文化、思想和表达方法却很相同。因此,对文化问题不应用简单的意识形态二分法来划分,因为文化本身体现长期的积累,包括生活方式和生活趣味,都是无法代替的,甚至比意识形态和社会体制的变化还要稳定。

新旧兼容　互补整合

关于"新旧"问题,一九四九年后在中国展开一种观念,就是新的一定比旧的好,人类总是用新的代替旧的,在这种思想指导下,也产生过不少悲剧,例如把北京的城墙拆了。这事当时在国内外都引发了很大争议。

其实有些新的事物比旧的好,但有些也不一定比旧的好,很难说的。例如我们挖出的一些古代文物的工艺,是今人所不能达到的。文化和艺术,每个时代都有自己的高峰和特点。现在,人们已能用比较理性和建设性的态度对待新与旧的问题,其实两者有时也可以共存,不一定急于以淘汰、批判、破坏、消除来对待旧的东西。

近年来中国社会急剧商业化和世俗化,严肃文化不及流行文化大行其道,以致精英文人感到有困扰。我个人通常替通俗文化辩护,因为通俗不等于价值低,而且大多数老百姓有权利享受他们所喜欢的东西,这也是一种民主的态度,我们不必把两者对立起来。

过往各种不同的观念之争和策略之争太惨烈了,事实上它们不一定是那种截然对立的关系,所以我们应提倡一种兼容并包、既继承传统又充分吸收世界上新事物的态度,我们应提倡一种喜新而不厌旧的态度。要做到这点当然也很不容易,鱼与熊掌,难以兼得。但如果中国这样一个文化大国既能保持自己独特性格而又能得到长足的发展,不致在世界上落后封闭或走回头路,我们就不得不开阔视野,用一种更理性的、兼收并蓄的态度,让各种不同的文化形式和形态在中国互补整合,使中国能以自己的文化站立在世界上。

中国知识分子面对西方的强势文化,在选择上感到了困扰。其实我们碰到的无非是继承、开放和创造的问题,只有大胆地继承、大胆地开放,才能有新的创造,继承和开放并不是目的,而是起步的根基,最后的目的是要有创造性的发展。

其实,对中国这样的一个大国,我们可以很有信心。古代,佛教传到中国以后曾达到很鼎盛的时期,但也就中国化了。我们说马克思主义改变了中国的面貌,也可以说是中国改变了马克思主义。西方的很多东西来到中国以后,中国同样也改变了它们。因此,继承传统与接受西方文化二者之间并不是势不两立的。

1999 年 1 月

小说与电影中的中国人[*]

一九八〇年我访问美国的时候,在电视节目中看到一个测验,主持者请求一些美国居民列举他们所知道的中国人名。他们的答案中提到了孔夫子、孙中山和毛泽东,这是很容易理解的。但是排名第四的是功夫演员李小龙,排名第五的是并不存在的侦探小说中的人物陈查礼。这就很有趣了。

小说和电影是能提供某种信息的,但是这种信息不一定准确。

美国华裔英语女作家汤婷婷描写了在美的华裔早期移民修建横亘美国的大铁路的情况。还有一些电影表现了早期华裔淘金者。从这些作品中,可以看到华人的坚忍、勤劳、刻苦、节省与服从长上、服从命运的特点,也表现了某些华人的嗜酒、嗜赌、殴打妻子等。我想这些作品大致上是写实的,我对它们的评价基本上是积极的。

小说与电影不仅有写实的一种,也可以包含许多虚构和想象。一些好莱坞的娱乐片中,唐人街的华人多是非法移民、黑手党徒,充斥在那里面的对于华人的负面描写也就是想象的成分居多了——如果我不说这里有什么偏见的话。事实如何呢?请注意,一九九三年美国移民局统计,中国人在非法移民总数中,并不占首位,数量上占首位的非法移民恰恰是来自一个欧洲国家。

---

[*] 本文是作者在联合国教科文组织"2004 巴塞罗那文化论坛"组织委员会筹办的"传播中的他者"研讨会上演讲的提纲。

一些在西方十分畅销的小说,如谭恩美的《喜福会》(Joy Luck Club),也包含着明显的对于西方读者趣味的迎合,改编的电影竟然把中国的民间比喻"千里送鹅毛,礼轻情义重",表现为一个中国女人当真从中国拿着一片鹅毛不远万里到美国去探望亲戚,这是荒唐不经的。当然,这本书也有它的动人之处,我无意在这里对全书做出轻率的价值判断。

不仅在西方,近年来,在中国,许多作家和电影导演,热衷于做"被看"的"他者",热衷于表现中国人的奇特、神秘、古怪以至于贫穷、野蛮、残酷、愚昧。一些青年作家从哥伦比亚作家加西亚·马尔克斯的成功受到了极大鼓舞和启发,他们也热衷于用类似魔幻现实主义的手法描写"神秘的东方",热衷于写一些匪夷所思的地理条件下的闻所未闻的故事,即专写穷乡僻壤里的奇闻佚闻,或只是曾经存在于一些人的口头而早已灭绝了的奇风异俗,加上来自原始迷信的传说故事。

可能是由于外国硬通货的吸引力,或是由于对西方文化的追逐,一些急于成功的作家从开始谋篇就考虑到翻译成外文的前景,竭力投合西方可能的读者的口味。电影也是如此,张艺谋的才能是世界驰名的,他在中国也有极多的观众,我个人对他的成就一直极表敬意。但是他在《大红灯笼高高挂》一片中所表现的挂灯以表示"驾幸"、捶脚以增进性欲等情节,全都是杜撰,中国并不存在这样的性风俗。电影家、小说家有权虚构情节,对此我对我的同行们没有任何异议。问题是如果有机会告诉北美与欧洲的观众,哪些情节是写实的,哪些情节是杜撰的,以避免不必要的误解,也许就更好了。

也许这些提到了的小说和电影更适合于娱乐和抒情,而不是反映中国的真实。也许那些奇特的描写表现了作家的出色的想象力,乃至具有某种文化学的意义,但它们显然无助于正确地了解中国。请不要太相信流行在你们那里的以中国人和中国为题材的小说和电影,想了解中国还是到中国去看一看更好。

中国历史上确实存在过多妻制。描写中国的多妻故事也许迎合了某些男性的性心理，所以这类题材的作品很容易得到市场。

我的朋友意大利著名导演贝尔多鲁奇导演的《末代皇帝》得到了巨大的成功。我在部长任上支持他完成了此片的拍摄。他描写的皇帝与两个妃子同时做爱的场面，其中对被单的起伏的表现或许是有中国文化特色的，因为中国古典诗词中有时用对牙床、锦衾和罗帐的描写来曲折地写人们的性生活。然而，具体到中国皇帝，他同时与两个女人做爱是不可能的，他们不是猫王，他们大都患有性无能症，多妻制对男人也并非总是好的。当然，同时，中国的旧时代虽然允许男人特别是皇帝的多妻，从道德和风俗上是绝对不允许同时在同一张床上与一个以上的女人做爱的。群交和乱交，这在中国是没有记录的，它的发明权显然是属于现代西方社会。

上面提到的只是一个并不十分重要的细节。重要的是，贝尔多鲁奇的电影表现了对中国人在近现代的遭遇的巨大同情，面对着历史的冲突、历史的曲折、历史的考验，历史的挑战，个人常常是渺小的，个人的选择余地是很有限的。那些动不动想教训中国人的人，那些整天要给中国人上文明社会的 ABC 课的人，遇到了中国人在近现代遇到过的境遇，我不认为他们一定比中国人表现得更有道德或更智慧。

简单的结论：

小说和电影对于"他者"的形象推广，有着重要的意义。然而，小说和电影毕竟不一定可靠。

为取悦西方受众而过分地编造，虽然可能取得市场上的成功，从艺术良心与艺术质量的角度来看，这不是很可取的。至于具体作品，还是要做整体评价，我前面提到过的张与贝的电影，从整体上看都是优秀的成功的。

全球化的进程将使东方不再神秘，依靠神秘来吸引受众，将不可能长期成功。

演 讲 录(三)

  我们(华人)与欧美人互为主体与他者,在以往许多代中国人的眼里,中国人才是主体,而欧美人正是他者异类。中国人也有过许多对欧美人、对"洋鬼子"的荒谬的描绘,许多外国人在中国的形象也并不佳妙。这需要一个过程来增进相互了解,需要一个过程学会更文明也更聪明地共处于一个多元的世界。

  随着亚洲的崛起,随着中国的进步,我个人并不为中国人的形象问题而感到担忧。中国人在开放过程中学到了许多好东西,发展与壮大了自己,这也增加了中国文化的自信,树立了中国与中国人的日益良好的形象,使中国传统文化的弘扬获得了新的可能。中国在世界上不会永远是"他者"。我们也从不认为具有五千年不间断的文明史的中国是"他者"。这里需要的是交流。文化交流将对各方有益。友谊离不开正确的理解。

1999 年

从修齐治平到大公无私[*]

中国古代四部最重要的典籍之一《大学》中提出了个人的道德修养是实现全部政治理想的基础的思想。它说:"欲平天下者,先治其国;欲治其国者,先齐其家;欲齐其家者,先修其身……"反过来,此书又提出"身修而后家齐,家齐而后国治,国治而后天下平……"的命题。

这个在逻辑上未必经得住推敲的命题却为许多代的中国士人所信奉。修,齐,治,平,是中国封建社会士人的最高人生理想。只是在道德层面上,个人是高度受重视的。至于个人的正当利益,却少有论述。儒家的第二号人物孟子提出"义利之辩",他轻视"利益"的观念,而强调"道义"是高于一切的,儒家还提出了"杀身成仁,舍生取义"的命题,认为为了道义原则而牺牲生命是最崇高光荣的事。

一九一九年五四运动以来,修齐治平的理论人们讲得少了,共产主义也好,自由主义也好,民主主义也好,更侧重的是社会的制度方面的变革。但是对于家庭的重视却是一直很少变化的。中国古典的八种美德:孝、悌、忠、信、礼、义、廉、耻中,前两种就是专门讲家庭和血缘关系的。儒家学说首先不是人权的学说而是人的义务的学说,它认为:人是生存在与他人特别是与自己的亲属的伦理关系的链条中的,每个人都有自己的位置,也都有相应的义务;如果各安其位,各

[*] 本文是作者在奥地利举行的一次国际会议上演讲的提纲。

行其义务,这个社会就是清明和太平的,反之就将是灾难。甚至婚姻的基础也不是爱情,而是伦理义务。在长篇小说《拂晓前的葬礼》中,强壮而有活力的主人公被强迫和他所不爱的女人成婚,理由是因为他的母亲去世,而他的父亲和他幼小的弟弟妹妹,都需要一个能劳动的女人来操持家务。当主人公拒绝这桩婚姻时,他的父亲和弟妹全部跪在他的面前,向他哀求,于是他不得不接受这桩婚姻。中国历史上确有过四世同堂、五世其昌的大家庭,世人以拥有这样的家庭和大量的子孙后裔为人生的最大幸福。一般人也强调家庭的意义。"文化大革命"中的自杀者,很大一部分是由于不仅在社会集团中受到批判斗争孤立,而且在家庭中也处境不妙才走上了绝路的。至今,一个独身者仍然会受到过多的关心和忠告,会有许多人帮助他或她寻找婚姻伴侣。

中国人的家庭观念在人民革命中受到了很大冲击,因为领导这一革命的中国共产党主张"阶级论",认为人的归属首先是阶级,其次才是家庭。党提倡那些出身于资产阶级家庭或反动地主家庭的人与自己的父母划清界限。多有革命者检举自己的家人的反革命罪行的情况,这种行为受到表彰和肯定。

现在的计划生育大大增加了孩子在家庭的重要性,独生子女被称为家中的小太阳,有许多家庭孩子处于家中的特权地位。

近年来这些情况开始有些变化,独身者、不结婚而与异性同居者、结婚而不要孩子者,在大城市逐渐多了起来,但在整个人口中,他(她)们只占极少数。

在中文中,国家的概念是崇高的,国家一词既是 country,又是 nation,并且也是 state。在古老的中国,国的概念与君的概念密不可分,因此对国与君的忠诚被视为极大的美德。但中国又屡屡发生农民革命与改朝换代的事情,不断地发生背叛、变节、归顺新主子的故事,这里常常发生政治道德政治价值上的悖论。从孔子治《春秋》时起,哲人们就致力于以说得通的政治道德政治价值论点来说明历史的变革。然而,这始终是中国的政治哲学上的一个无法完全解决的难题。

鸦片战争以来中国的屈辱经验大大加强了国家观念的民族主义色调。爱国主义、反对帝国主义、反对外来侵略压迫、拯救濒临灭亡的中华民族,一直是近现代中国最富有动员力的政治主题。

在中国的传统哲学与历史发展中,少有多元制衡的观念与实践。适应着大一统的封建王朝与严格的尊卑长幼秩序,儒家强调的是中庸之道,即通过抑制极端主义的偏激做法来维持社会的平衡。历史上中国人提倡忠君,同时又抨击暴政,要求君王爱民如子,并提出"民为贵,社稷次之,君为轻"。同样,在提倡孝敬父母、师长的同时,提出"子不教,父之过,教不严,师之惰"。儒家的理想包括了被统治者的忠诚与驯服,但它的前提是统治者的仁爱、谨慎、宽容和在道德教化方面的表率作用。至今,中国的执政党仍然时时强调党员干部的身教胜于言教;至今,中国共产党的选拔干部的标准仍然是德才兼备,就是说,把一个人的道德表现道德形象,视为担任干部的首要的条件。"仁政"是中国几千年来的政治理想,这也是官员的腐败问题在中国往往会引发特别激动的情绪的一个原因。

中国共产党人强调自己是代表无产阶级利益的,而无产阶级由于一无所有,由于失去的是锁链而得到的是全世界,所以是最大公无私的。毛泽东在延安时期就提出了完全彻底地为人民服务的观点。刘少奇在《论共产党员的修养》中提出个人利益应该无条件地服从革命利益。解放后,在六十年代,周恩来为学习雷锋题词时提出要"公而忘私""奋不顾身"。毛泽东的"老三篇"上出现过"毫不利己、专门利人"的说法。中国报刊上还出现过"个人主义是万恶之源"的提法。"文革"中,提出了"狠斗私字一闪念"的口号。当时有许多说法提倡大公无私。如"个人的事再大也是小事,国家的事再小也是大事""把有限的自我,融会到无限的为人民服务中去"等。对个人利益的极端漠视,影响了劳动者的积极性,妨碍了社会生产力的发展,也妨碍了文化、科学、艺术的繁荣。

早在一九一九年的五四运动中,人们已经提出张扬个性的启蒙主张。改革开放和市场经济大大发展以来,人们更倾向于合理地界定与保护个人的合法权益,注意运用个人利益原则来刺激劳动的积极性。文化艺术上发展与张扬个性也被各方面所认可。与此同时,又产生了见利忘义、贪污腐化、道德滑坡、信仰危机以及社会犯罪现象有所增加的问题。中国的执政党与政府,则一直强调集体主义与继承革命传统,强调两个文明一起抓,希望能建立起一个富裕而且文明的社会主义的国家,但是迄今为止,这方面仍然面临着巨大的挑战。

简单的结论:

一、中国的文化传统比较强调群体和集体、强调个人对自身的道德约束与个人对集体的奉献直至牺牲,这与西方的文化传统有不同。

二、中国正在走向现代化,中国的传统道德观念社会理想正在发生变化,这个变化远非一帆风顺和轻松愉快,相反,这是一个充满了机遇和挑战、充满了价值失范的陷阱与价值歧义的冲突的过程,对这个过程做出轻率的判断和干预,是危险的。

三、中国永远不可能全盘西化,过去不可能,现在不可能,将来也不可能。同时中国必然走向现代化,必然实现中国传统文化的价值观与人类的普遍价值观念的整合,并在这一整合过程中,做出对全世界全人类的贡献。

2000 年 9 月

不同文化间的对话[*]

　　文化的多元性是世界的丰富多彩的一个重要体现。世界的经济政治的全球化、一体化、数字化与标准化的进程越是迅猛,人们(个人、集团、民族或是国家)越是会强烈地要求保持自己的身份,自己的性格,自己的价值系统与生活方式,自己的独立性亦即保持文化的多元性。

　　多元的即不同的文化之间,既有差别性又有共同性。人们需要认识它们的共同性,更需要重视它们的差别性。

　　不同文化之间的关系有以下的几种模式:

　　以强势文化作为衡量一切文化的尺度,特别是以强势文化的价值系统与思维方式作为剪裁取舍一切文化的唯一标准。以世界文化的主宰自居,从而在事实上消灭弱势文化。如白人殖民主义者对原住民的做法。它表现的是一种文化霸权主义、文化殖民主义。它必然引起弱势文化的激烈反抗。

　　一种文化拒绝接受任何新的东西,拒绝接受人类文化特别是价值系统的共同准则;采取人为的封闭战略并且与外部世界持对抗的态度来保持自身的独立与自足,结果导致此种文化的衰微直至灭亡。这是文化关门主义或文化保守主义。

---

[*] 本文是作者在全国政协举办的"二十一世纪论坛"上的发言提纲。

只看到不同文化间的冲突,看不到它们的互补、交流、融合与相互促进;强调文化之间的对立,如宗教与种族战争。怀着各种偏见,扩大不同文化之间的误解与敌意。如巴尔干地区与中东地区的某些消极情况,清代国人之强调欧人之无父无君,剖食胎儿,西方对于中国的妖魔化。这是文化沙文主义。

为某种野蛮、愚昧、反人性的精神现象或行为辩护,如恐怖主义、极端主义、邪教、集体犯罪等;完全否认多元文化之间的某些共同价值准则,这是文化相对主义。

而比较理想的模式是多元文化之间的对话交流,求同存异,相互学习,相互理解,各自发展与共同发展。

多元的文化有先进与落后的差别,也有共同的价值准则。先进文化的代表者应该理解所谓先进的相对性,同时应该知道强势与先进、弱势与落后之间并无必然的关联。只有承认自身的远非尽善尽美和大有缺陷,承认对话与交流的双向性,才有可能与他者进行对话与交流。而落后文化的困扰者只有承认自身文化的不足与亟待变革发展,同时保持应有的自信与尊严,才有可能更有效地汲取外来的先进文化并发展自身。不论什么样的文化传统,承认先进文化的有效性与优势,接受人类文化特别是价值系统的共同准则:如和平、种族与性别平等、承认差别与互相尊重、社会公正、基本人权的各个方面、人际关系上的诚信与推己及人即己所不欲勿施于人等,是保护与发展自身所珍视的文化性格的基础。不能以文化的多元性为理由为违反人类准则的言行辩护。

不同文化之间的交流与相互影响能够给各自的文化带来新的挑战与机遇,能大大丰富各自的文化,减少误解与敌意,促进各自文明与人类文明的共同发展。任何单一的文化,在发展到自以为几乎尽善尽美的同时,会遭遇巨大的危机:僵化,保守化,自足循环形成的陈陈相因与停滞不前,排他性,丧失活力等。这个时候,恰恰是他者文化的撞击与挑战,造成了自身文化推陈出新的契机。

以中国为例:一八四〇年鸦片战争以来,文化上的妄自尊大与崇洋媚外的民族文化虚无主义一直困扰着中国人民。一九一九年五四运动以来,中国的有识之士全面学习先进的西方民主与科学的理念以及体现现代文明的生产、生活、管理、技术与体制的各个方面。中国传统文化曾经遭受重大的挫折、挑战与批判。而被一些文化人士极为热衷的维新与革命一派,他们的一切照搬欧美的一套的做法也都失败了,不论是照搬自由民主还是照搬第三国际,都被证明是行不通的。尽管如此,中国的面貌,中国文化的面貌,随着中国传统文化与欧美现代文明的碰撞与交流,随着中国的有识之士对于现代文明的全面引进和吸收而焕发了新的活力,成为中国社会变革与进步的一个重要契机。同时,现代文明与中国传统文化的交流也丰富了人类的文明成果。例如马克思主义从西方传到中国,与中国的文化与中国的社会实际相结合,形成了毛泽东思想与邓小平理论。再如,电影、歌剧、芭蕾、话剧等舞台艺术形式,都是外来的,但这些艺术样式被中国人接受以后,创造了有中国特色的、来源于并有别于原生状态的西洋舞台艺术。例如中国的民族歌剧,中国的一批在世界上卓有影响的影片,曹禺与老舍的话剧《雷雨》《茶馆》等。中国的绘画与西方美术的交流也产生了可喜的成果。

再如,中国文化对日本、朝韩半岛与东南亚国家,都发生过巨大的影响,同时,这些国家和地区仍然保持了自己的文化特色。反过来,近代以来,大量的新思想新概念新名词,中国人又是首先从日本引进的。

当然,中外文化对话与交流的历史里,也充满了可悲的与可耻的记录。近代史上西方列强对中国的战争,日本军国主义的对华侵略,满清王朝的闭关锁国、盲目排外与丧权辱国,"文革"中对一切对话与交流的拒斥以及各种霸权主义在中国的经验,都给我们上了沉痛的一课。这些篇章我们难以忘记,同时大家理应从中学习到那些用沉重的代价换来的教训。

　　二十世纪七十年代末期以来中国实行的改革开放政策,为中外文化对话与交流创造了成功与成熟的新经验。解放思想,全面开放,全面了解外部世界与掌握信息,大力促进派遣留学生与人员往来,积极学习西方先进的科学技术与管理经验,搁置"姓社姓资"的抽象争论,强调执政党代表先进生产力与人民群众的根本利益的同时强调执政党要代表先进文化的发展方向,保持选择的慎重与主动性,防范一切腐朽思想文化的侵袭,强调与时俱进的创新精神等。这使中国做到了保持稳定与迅猛发展,不断深化改革与扩大开放,中国文化的包容性与创新活力都发展到一个新的水平。当然,经济增长与社会转型也给文化带来大量新的挑战与困惑:诸如价值系统的歧义与失范、虚无主义与颓废思想、抱着过时了的条条不放的僵化思想的出现与干扰、商业化对文化事业的负面影响等,这些都是必须长期正视和逐步解决的难题。但历史的进程已经告诉我们,我们有理由对中外文化对话抱乐观的态度,对中国与人类的未来抱乐观的态度。

2001 年 9 月

印度演讲中文稿[*]

　　自一八四〇年鸦片战争以来,中国的古老社会解体,内外交困,四分五裂,与列强战败连连,割地赔款,丧权辱国。一直发展到二十世纪三十年代,日本侵略军大举占领中国,中华民族面临亡国灭种的危险。各种社会矛盾、民族矛盾、阶级矛盾,全面激化。

　　这个时候,中国人纷纷向西方寻求救国的真理。自由主义的渐进主张,没有帮助中国实现人民解放与国家富强的可能,从而形同伪善。只有马克思主义、社会主义才能救中国。

　　中国人的经验在于,马克思主义不是教条而是行动的指南。马克思主义必须中国化,必须与中国实际与中国文化结合起来。乃有毛泽东思想、邓小平理论、"三个代表"的论述。毛泽东强调马克思主义归根结底是一句话:造反有理。邓小平强调马克思主义的精髓是实事求是。十六大强调的是解放思想、实事求是、与时俱进。这说明,马克思主义在中国一直是发展的,前进的。

　　只有坚持马克思主义的指导地位,才能维护中国政局的连续性、稳定性和统一性;只有与时俱进,开拓创新,才能避免僵化和碰壁。

　　指导地位指的是中国共产党的指导思想。至于社会上,将长期存在宗教、唯心主义、各种思潮、流派、学术与艺术争鸣。在共产党内,对于马克思主义的解释、运用、发挥、发展直到创新,也必然会有、

---

[*] 作者演讲时用的是英文。

应该会有日益生动活泼民主开放的讨论研究。

马克思主义本身也必须时时汲取最新的自然科学、社会科学与人文科学的成果,批判地继承人类的一切有益遗产,我个人认为包括印度圣雄甘地的非暴力抗争的思想,才能维护自身的活力。

中国作家自古以来就有关心社会、文以济世的传统。在近百年的革命斗争中,中国作家的大多数,终于选择了中国共产党,与苏联革命成功时作家艺术家纷纷逃亡的情况不同,一九四九年中国是大量作家艺术家回归新中国。

不幸的是,由于革命的惯性,新中国成立后,又夸张地制造了大量可以避免或可以缩小规模的政治斗争,使许多文艺家受到迫害,这是令人痛心的教训。

目前的中国作家,除了极少数以推翻现政权为己任者外,都能享受到稳定的、率先实现了全面小康的生活保障,创作和学术研究的自由,并受到社会各方面的极大尊重。中国当代作家的作品在美、英、法、德、俄、意、各欧洲国家以及日本、韩国和拉丁美洲国家都有大量译本。许多著名的外国作家访问过中国,他们包括德国的君特·格拉斯,美国的托尼·毛里森,哥伦比亚的加西亚·马尔克斯,日本的大江健三郎,巴西的亚马多,智利的聂鲁达等。三十年代,印度作家泰戈尔也曾访问中国。中国许多文艺家都使用电脑、IT与互联网,他们能够获得足够的资讯。有史以来,尤其是近代以来,中国文艺家从来没有经历过现在这样好的时期。与世界各国相比较,中国文艺家的处境也是最好的之一。(我现在实在不知道有哪个国家的文艺家生活得比中国更好。)如果说中国文艺家有时仍然会碰到一些不愉快不方便不舒畅,那首先是由于中国的经济仍然不够发达,中国的国民素质仍然有待提高,中国的法律的法律体系还有待完备,中国的环境有待进一步治理,各部门办事的官员也有待于提高知识教养,还有就是中国文艺家自己学识不足、讲不好英语、才华不够,没有能做出更惊人的创造等造成的。如果去接触各国的文艺家,你将会发现他们遭遇的困难和他们的愤懑、牢骚,也许比中国的文艺家更甚。

领土问题不是一个学术问题,也不是一个感情用事的问题。谁都知道,欧洲现在的版图划分,乃是历次战争特别是第二次世界大战的产物,没有什么狂人可以提出对于欧洲版图划分的挑战。特别是中国人,这方面的记忆又痛苦又恶劣,中国人愿意用鲜血和生命捍卫国家主权和领土的完整,不必怀疑这一点。

个人曾经率领中国作家代表团访问印度。我对于印度的文化,包括文学、历史、文物、音乐、舞蹈、电影、民俗与宗教,极感兴趣。文化的交流是人与人的交流,心与心的交流,我希望今后中印文化交流的规模能够扩大,深度可以加强,我希望有日益多的与好的印度文化人成为中国文化人的朋友。

2001 年

一要继承　二要发展*

毛泽东的《在延安文艺座谈会上的讲话》在整个国际共产主义运动中,是个比较重要的文献。马克思和恩格斯对文艺问题的思想,散见于他们的一些书信当中,缺少系统的论述。列宁有一篇很重要的文章《党的组织和党的文学》,或译为《党的组织和党的出版物》。一九八四年,我在莫斯科问过一位教授,他对此文标题的真正含义也是含糊其词。我最近又读了一本书,是托洛茨基的《文学与革命》。他的一个观点就是,我们现在不需要多少文学,人民的实践早就高于文学了。这就衬托出来《讲话》的意义,它是开拓性的、起了重大历史作用的文献。

《讲话》一上来就说,我们谈事情,看问题,不是从定义出发,而是从实际出发。这具有重要的方法论意义。毛主席不是就文学来讨论文学,而是从整个革命事业的利益来考虑文艺问题。当时已经在局部地区建立起革命政权,但更大范围内的斗争还相当残酷,敌对势力很强。在当时情况下,或敌或友,很难再有其他的选择。所以《讲话》首先特别强调立场问题,号召文艺工作者要站在人民大众的立场。同时,毛主席还提出了一个很重要的观点,就是要和新的时代、新的群众相结合。这对从亭子间到根据地的一些人有引导作用,促

---

* 本文是作者在《群言》杂志举办的纪念毛泽东《在延安文艺座谈会上的讲话》发表六十周年座谈会上的发言。

使他们从旧社会的批判者转变为新社会的歌颂者。

《讲话》发表后,革命文艺对于革命事业的胜利发挥了巨大作用。我听人讲过,老区的歌唱家聚会的时候,有人说:我们的革命是怎么胜利的?是唱歌唱胜利的。国民党虽然装备精良,可是他们没有一首好歌。这话是当笑话讲的,可是你不能说它没有一点道理。我想来想去,国民党确实没有一首好歌。连台湾人都跟我说,将来统一了,还得唱《义勇军进行曲》,我们那"三民主义吾党所宗"实在太难听了!说念经不像念经,说背书不像背书。所以毛主席说,军事上的"围剿"是以国民党的失败而告终,文化上的"围剿"更是彻底失败,甚至它根本没有力量组织起文化上的"围剿"。它哪里是左翼文艺的对手?左翼文艺多棒啊!

无可讳言的是,也有教训,起码可以说是有值得探讨的问题。譬如说,当年对丁玲、萧军、艾青的批评是不是过火,尤其是对王实味的批评,更造成了悲剧性事件。把人的脑袋都批掉了,这是违背毛主席的精神和指示的极端事件。可这样的事情为什么能在毛主席眼皮底下发生呢?这就值得深思,值得研究。毛主席说,人的脑袋不像韭菜,不能割了再长。我非常拥护这样的态度,这就叫实事求是。可以说,《讲话》通篇都贯穿着实事求是的精神。

毛主席对发展文艺事业的贡献,当然远远不限于《讲话》所讲,他还有一系列的著作、文章谈他的文艺思想。譬如说,在《论联合政府》中提出的"民族的、科学的、大众的文化"思想,至今都有指导意义;关于"百花齐放、百家争鸣"方针的提出,也非常了不起。就算后来贯彻得不好,也了不起。毕竟是提出来了,而且是毛主席提出来的,不是别人提的。别人提的不会有那么大作用。还有关于十大关系、关于诗歌、关于绘画和"文革"后期的关于繁荣文艺的某些论述等,都有重大的理论意义。毛主席提出"双百"方针的时候,也对我的少作《组织部来了个年轻人》做了某些肯定和保护,我一直感谢这样的爱护,铭刻在心。

一九五八年前后,毛主席还提出了一个很重要的文艺思想,就是革命的浪漫主义和革命的现实主义相结合。意义在于,它突破了仅仅是现实主义定于一尊的框框。苏联就是只强调社会主义现实主义,真实地、历史地、具体地描写生活。我请教过苏联科学院的一位朋友,问他们对现实主义怎么看。他说,我们也闹不清什么叫现实主义,老百姓说凡是党和政府允许出版的就都是现实主义。按这个标准,雨果的书他们也出,拜伦的诗他们也出,雨果和拜伦就都是现实主义作家。这不能自圆其说。一九五八年,毛主席在南宁会议上说:"光搞现实主义一面也不好,杜甫、白居易哭哭啼啼,我不愿看。李白、李贺、李商隐,搞点幻想。"这是他的原话,老人家并不保守。他对文学艺术是通的,而且喜欢带点灵气的东西。所以他突破了单一讲现实主义的局限。我觉得,毛主席作为新中国的奠基人,社会主义事业的奠基人,在文艺工作上也起到了奠基的作用。

当然,文艺问题上,他也有过若干的失误。譬如关于"文化大革命"的做法,譬如关于裴多菲俱乐部的批示,譬如关于"利用小说反党是一大发明"的批示等等。党的十一届三中全会以来,党的有关领导人说到过这类问题,甚至对《讲话》中的个别不妥提法也曾经正式讲过,收入到了党的正式文献当中。胡乔木同志在关于《苦恋》问题的讲话中说:《在延安文艺座谈会上的讲话》的精神实质,我们应该很好地继承。其中也有一些提法,是根据当时的情况提出来的,还有一些提法即使在当时也是不够妥善的。例如把政治标准和艺术标准对立起来、划分开来。

乔木同志这段话见于党的《三中全会以来重要文献选编》的正式文本。在这里重提此话,意思是我们对《讲话》的纪念应该本着一要继承、二要发展的基本精神,既不能抛弃与否定《讲话》与整个革命文艺的传统,也要注意防止用《讲话》的一些文字来否定今天活生生的文艺创作、文艺生活、文艺事业。与六十年前相比,情况已经有了很大变化,我们所面对的已经不只是根据地时代的文艺。要继承

《讲话》精神,就必须深入学习邓小平理论,学习江泽民同志"三个代表"的重要思想。

邓小平同志有关文艺问题的思想是发展的、适应时代要求的。其中比较突出的,一个是它面对更广泛的人民群众,发展以经济建设为中心的时代的文学艺术。所以,就把为工农兵服务的口号扩展成为人民服务,把为无产阶级政治服务的口号扩展成为社会主义服务,使"二为"方针有了很大发展,为文艺事业开拓了更加广阔的空间。第二是小平同志对文艺队伍给予了比较充分的肯定。经过十年浩劫,文艺队伍是个重灾区,小平同志郑重、庄严地表达了中央对文艺队伍的信任、尊重甚至是感激之情。小平同志对艺术规律的尊重,对文艺工作不要横加干涉的指示,这都是不得了的事情,我们都记忆犹新。

当然,那个时期,也面临过另一种倾向的一些问题,处理过例如《太阳和人》的剧本等。从小平同志文艺思想指导下的处理方式中,我们可以看到,和过去那种用搞运动的方式、用大批判去处理武训、胡风、俞平伯等文艺问题的方式,已经大不一样。既然是尊重文艺规律,那就既不能软弱涣散、不闻不问、放弃领导,又要尽量做到有控制、有序地做好必要的工作,绝不能又变成对知识分子整体的整肃和打击。今天回顾这段历史,我觉得,小平同志对文艺工作是既汲取了《讲话》和毛泽东思想中那些正确的、具有长远价值的东西,又做了发展、做了必要的调控,避免了大起大落、避免了左右摇摆、避免了在知识分子中造成新的不稳定。小平同志对发展文艺事业的贡献值得感念。

江泽民同志提出的"三个代表"思想,标志着包括文艺在内的文化工作在国家全局中受到的重视程度上升到了一个新的阶段。今天对各项文艺工作的领导,对有关问题的处理,尽管还有不尽如人意的地方,但在总体上是保持了稳定。既保持了改革开放的势头,也保持了主旋律和多样化的结合。有提倡的作品、有支持的作品,也有允许存在的作品的足够空间。人民大众的文艺生活,从来没有像现在这样多姿多彩。在前不久举行的文代会、作代会上,江泽民同志还提出了民族精神的问题,我想这是着眼于执政党对整个的国家、民族和全体人民所负有的责任感和使命感。好的文艺有很强的凝聚力,用我们的民族语言,用独一无二的中文,用文艺的力量,用先进文化的力量来铸造民族精神,也是我们综合国力的一部分。这有助于我们在全球化的浪潮中站稳脚跟,维护我们民族的尊严和优秀文化传统。今天我们纪念《讲话》,着眼于继承和发展,着眼于继往开来,与时俱进,我们的讨论能有益于先进文化的进一步繁荣,就是最好的纪念。

2002 年 5 月

在国家艺术院团中青年干部研修班的讲话

今天在这里和大家讨论几个问题：

一、关于开拓精神空间和坚持价值追求问题。

改革开放以来，党提出了解放思想、实事求是的方针政策，对文艺工作者来说，实际上是给文艺工作者扩大了精神空间，换句话说，就是扩大了创作选择的空间。在思想不解放的情况下，选择余地是非常有限的。改革开放前，整个社会的选择空间非常有限。经济只能是计划经济。八十年代、九十年代以前没人敢提市场经济，个体所有制形式减少到最低程度。文学上也反对写杯水风波，写鸡毛蒜皮之类的家务事、儿女情。上海优秀作家茹志鹃在五六十年代初非常活跃。她的作品较多地写家务事、儿女情，受到批评。八十年代，她真的写了两个短篇小说，题目就叫《儿女情》和《家务事》。又如作家铁凝有部作品就叫《杯水风波》。现在，作家选择的余地非常宽。悲哀的可以写，调侃的可以写，讽刺的可以写。选择余地小的时候，有非常明确的尺度。什么是好的什么是不好的，非常明确。"文革"前有段时间非常推崇《欧阳海之歌》，当时我的感觉就是今后文艺要向这个方向走，就是要写一个英雄人物，要表现英雄怎样热爱毛主席，怎样用毛泽东思想武装自己，然后创造了英雄的业绩。在"文革"中批修正主义文艺思想，甚至到了有一条，就是写英雄活，不能让英雄死。作为唯物论者，怎么可以回避死亡？有寿终正寝的，有无疾而终的，有英勇就义的，有刘胡兰式的等等。现在，这些都不要回避了。

从作家方面讲,开拓了精神空间,作家、艺术家精神生活扩大,减少禁忌,这是好事。从受众这方面讲,他们的各种感情都能在文艺作品中得到共鸣,得以宣泄。颓废、困惑、悲哀、忧患等情绪可以写了,到底写到什么程度不必禁止?到什么程度不能忍受?我觉得要从总体上把握。如《上海宝贝》,就引起了从上到下、从老师到家长的一些非议和不安。再如,电视剧不断写皇帝题材,写宫廷争斗,写皇帝的艰难和失意,有的写得很好,有的也使有识者厌烦。老学者张中行就觉得看这种电视剧不如观看《动物世界》。

生活中有喜怒哀乐,有成功有挫折,受众有着各种情感需求。如笑,有哈哈大笑,有微微一笑。光有笑,没有哭也不行。我国戏曲有不少哭戏,观众带着手绢去看,哭个痛快。这就是说,人的心理有一些悲观、消极的情绪,需要在文艺作品中得到共鸣与宣泄。

即便如此,我们不能忘了几个价值。有些价值是值得提倡的,是比较正派的,光明、乐观和积极向上的。另外一些是不可避免但不能一味沉溺在里面。

二、关于文学艺术中浪漫主义、英雄主义和对现实生活反映的问题。

在革命年代和战争年代,我们文艺的调子非常高昂。在这种激烈的民族斗争和阶级斗争、正义与邪恶的斗争中,使文艺对人物的概括非常简明或说是非常简约。敌方阵营、我方阵营,无论怎样是混同不得的。如写抗日战争中的作品写一个日本将军很儒雅,会下棋,会什么乐器,会书道,精通汉书,你可以增加很多优点,就是这样的人也卷入战争、卷入对中国人民的屠杀中来,但你不可能把他当自己人写。另外,他有一种英雄主义。因为在斗争中总有英勇牺牲、排除万难、宁死不屈、团结互助,甚至是虽败犹荣。《狼牙山五壮士》,寡不敌众而败。《八女投江》《赵一曼》《刘胡兰》《董存瑞》《邱少云》都有一种献身精神。在这种斗争中,有一种激情、激烈,有一种热血沸腾的精神,正因为革命没有成功,对革命胜利充满幻想。尽管变成了套路，还屡用不爽。如《董存瑞》，在拉响炸药包之前，与战友想象革命胜利后的情景，胜利了，就像苏联一样，似乎有些可笑。现在看，苏联也不怎么样。到了共产主义，楼上楼下电灯电话。这，我们早就做到了。吃的什么呢？顿顿有香油，顿顿有白糖。这有一个特点，香油、白糖如果摆在眼前了，是微不足道的。如果给咱们班上的同志每人发一瓶香油、一包白糖，也会很奇怪。可在没有香油、白糖的情况下，关于香油、白糖的理想高于香油和白糖的物质存在。我们是唯物论者，可那是事实。列宁说过，面包会有的，黄油会有的。面包、黄油不过是香油、白糖的水准。俄语面包，叫列巴。阿·托尔斯泰的作品《保卫察里津》，原名叫列巴，就是面包。面包作为物质存在很土，可作为理想存在时就很浪漫，在千千万万人忍饥挨饿时，面包、干粮的重要性一下子就凸出变成一种理想。革命文学往往非常富于浪漫主义、英雄主义和理想主义。不仅是无产阶级革命、共产党人革命，非无产阶级的革命，也留下了这样的浪漫主义、英雄主义和理想主义的传统。如《牛虻》，因对意大利历史不太熟悉，究竟是怎样的革命不清楚，可《牛虻》是苏联女英雄最喜爱的书。由于五十年代初《卓娅与舒拉的故事》在中国广泛流行，《牛虻》被介绍翻译进来。中国还给处于潦倒之中的作者送过稿费。有一本描写俄国十二月党人革命的书，巴金也多次提到过，叫《夜未央》。内容是一对年轻情侣，牺牲自我，暗杀沙俄将军。这有一点恐怖，但与现在的恐怖主义不同，起码是不伤害平民。我年轻时读这些，佩服得五体投地，觉得为革命献身，伟大，壮烈，革命很有浪漫主义魅力。可是今天的生活不是以夺取政权为中心，不是以阶级斗争为纲。从党的十一届三中全会以来，实现了从以阶级斗争为纲到以经济建设为中心的转变。转变得晚了，否则会少走很多弯路，我的解释是革命惯性太强。我们已经取得了全国胜利，还要跃跃欲试找敌人，批判，找目标。我们现在面对的是大量的日常生活，是杯水风波、儿女情、家务事，是正常的和平时期的经济问题。当然也有灾害，如遇到洪灾，也出现英雄主义颂歌。也不排除已有的或将要有的尖锐斗争、隐秘的敌人挑衅、台独、藏独、东突等等。但作为全球主体来说更多地面对的是经济生活中的一些问题。很实在,具体,非常现实。人变得越来越现实。真正在战争时期,谁讲钱? 没有人讲钱。生死存亡的问题早就冲淡了其他问题。在部队工作的战友有一条经验,一打仗,兵就好带。说怪话的、有意见的都没有了,都相互救助。战争一结束,所有问题都回来了。比较平静的、相对正常的经济建设时期,怎样表现英雄主义和浪漫主义? 这个问题很难解决。我在文化部工作时曾向胡乔木汇报,他同意我的观点。中国的歌剧一直不怎么振作,不怎么理想,与英雄主义色彩越来越淡有关系。因为很多歌剧都与某个英雄故事有关系。《刘胡兰》的故事,有两个版本,都非常受欢迎。《红霞》《江姐》《洪湖赤卫队》,都是写革命斗争中的英雄。《白毛女》《血泪仇》都写苦大仇深。相反,构思一个反映国企改革,引进技术、招标等题材的作品,都较难。我国的国歌非常好,"万众一心,冒着敌人的炮火前进"本身充满了悲壮气概。相对来讲,在今天各式各样的作品中,反映小情趣的东西比较多,喜剧性的东西比较多。拿小品来说,从来没有像现在这样发达,观众也爱看。赵本山、郭达、宋丹丹、黄宏等都很受欢迎。赵本山的小品确实演得非常好。从另一方面来说,若让赵本山演一个英雄主义、浪漫主义的角色就完了。他可以演小人物的、滑稽的、土得掉渣的角色。有的教授写文章说,新年看维也纳新年交响音乐会,乐手身着燕尾服,著名指挥家指挥,连马都那么高贵。回头看咱们中国的新年晚会,中国的文化水平可怎么办呢? 大可不必如此犯酸。奥地利也不是人人都能走近交响乐,奥地利也有失业工人。赵本山大致上可以算是雅俗共赏,表演得一绝,但是,若要精神上有什么攀升,也很难。赵本山越演那种嘎人,越像。像卖拐,推销手推车,演得非常好。这就是创作上的一个问题,就是怎样在日常生活中,树立一种价值? 怎样在平凡生活、平凡工作、事业中,树立优美的情操和品质? 去年提出的公民道德建设"明理,诚信,敬业"已经根据我们的工作重点转移,经过调整而符合了和平时期的要求。怎样去挖掘在日常生活当中乃至在经济生活中的道德感、人们碰到的精神困惑以及怎样以比较正确的态度对待这些精神困惑?

三、关于文艺上的全球化和民族化问题。

全球化是个不可避免的过程,又是个充满斗争和争议的过程。世界上召开这种会议时,遭到过所在国群众的反对。正在南非召开的可持续发展会议,游行的、反对的都有。实际上全球化过程不是单向发展过程,它也是民族化的过程。近二十年来这一问题随时都能碰到。表面上看,西方发达国家的文化商品、精神产品、文化产业涌进来,对我们形成冲击,甚至威胁。我在文化部工作时,不止一次能听到京剧界人士的愤怒:流行歌星的出现,压迫了戏曲艺术、民族艺术。本来很好的苗子、戏曲表演人才,学成了唱流行歌曲去了。如常香玉的孙女小香玉,唱黄梅戏的吴琼。还要看到一面,越是进来的东西多,越是产生一种强大的内在要求,保护和发扬我们的民族传统。保护、发展、尊重民族传统是西方国家在文化方面的趋向。虽然他们很少谈文化政策或自称没政策,但实际上,非常重视文化。欧洲发达地区对老建筑都有非常明确的法律规定,不能随便拆除、动外观,内装修可以。我们这些年也越来越重视保护城市旧观了,多多少少也受了欧洲这方面的影响。罗马、巴黎,旧城不动,发展新区。北京则是个很大的遗憾,现在已经完全没办法了。五十年代,梁思成等教授年年提建议,北京旧城不动,向复兴门、五棵松那边发展。现在已完全做不到了。现在开始做一点恢复旧貌的努力,成功不成功,也是议论纷纷。平安大道竣工后,不实用,停车等问题解决不了,两边很多房子还空着。再如戏曲。有一段时间,戏曲要衰亡了,要进博物馆了,说得很多,但现在各地做了很多工作。部里抓振兴昆曲盖有年矣。上海在高中、大学设立戏曲选修课教戏,说明起码有一部分人热爱戏曲。中央台11频道,举办国际票友大赛、儿童戏曲比赛等等。我们要看到另一面,戏曲艺术不可能一下子就被替代,或被消灭。美国是个没有什么传统的国家,一七七六年至今,二百四十年历史,但也发展出一套自己的东西来,对世界影响最大的是被称为"次文化"的东西。因为它并不是美国最高级的文化。美国也有高级的文化如思想家爱默生、富兰克林、林肯等代表美国精神,但他们在世界上的影响远不如快餐文化影响大。Disco、音乐剧、摇滚乐、流行歌曲以及非常强有力的好莱坞电影。好莱坞电影特点是以商业性的包装宣传美国的价值观。为什么那么多人想上美国?他们是研究了美国宪法、杰克逊的宣言,研究南北战争历史、外交政策以后,觉得美国实在好,才往美国跑的吗?这里不指那些出于政治原因的人。一般的人对美国的好感靠的是好莱坞,好莱坞电影制造了一个美国神话,一个美国梦。辽阔的国土,发达的高速路,高标准的物质生活条件,美女,英雄豪杰式的好打斗的男人。这种片子说它肤浅也好,但作用非常之大。有很多人对美国文化表示不屑一顾,不看《泰坦尼克号》,少收二十元门票,全世界不知有多少人在看。它既有文化上的成功又有政治意识上的成功。这些反过来又刺激我们更要重视我们的文化。李瑞环主席说,加入 WTO 以后,我最不担心文化,因为中国文化是不可替代的,文化离不开语言和文字。有个说法,我很同意。他说可以提倡大家学英语,英语很重要,还有专门频道第 9 频道,但不可能中国人不会说中国话,只说英语了。而且说英语与说汉语并不矛盾,而且某种程度上汉语说得好的人才能把英语说好,思路清晰的人才能把语言学好。再看中国的历史,五四时期,经过长期的闭关锁国,左派右派对改革开放的要求都非常偏激。这不应苛责五四。五四运动仍然是新文化运动的开端。胡适、吴稚辉都提出来"把线装书扔到茅厕里去",鲁迅提出的是"不看中国书"。这本身就很矛盾。第一鲁迅本人读中国书读得太多了,学问非常之大,但是又非常激烈,那是一种恨铁不成钢的心情。那时掀起了一个全面引进、全面否定传统的思潮。恰恰在近几年,在改革开放取得辉煌成就的时候我们空前地走进了全球化进程,中国也走进了这个进程。加入 WTO

就是标志，就是在这个时候，又出现了一个空前的高潮，就是对传统文化的挖掘、热爱、尊重。从书法、戏曲到诗词都非常热，还有楹联。去过台湾才知道，台湾的报刊上从来不刊旧体诗词。只有大陆的报刊才有旧体诗词出现，还有专门的刊物，中国有《中国诗词》，北京有《北京诗词》，还有各种群众团体。在文学作品中出现越来越多的毛泽东讲的中国作风、中国气派。所以说，全球化过程是个双向过程，既面临着一个全球化的过程，也面临着一个民族化的过程，既是一个进一步扩大开放的过程，同时又是进一步弘扬民族文化的过程。这两者并不是注定互相排斥。在浅层次上可能相互排斥，在深层次上是互相促进的。例如用两个小时学习英语，没有背诵四书五经，好像矛盾，但从另一角度讲，在广博的基础上会更好地给自己的民族、自己的文化找到自己的位置。

四、关于社会性、时代性和人性的问题。

我国的文艺长期将人性视为禁区，说起来是一件很好笑的事，但确实有一段时间批评过人性论，批评"三人主义"，即人情、人性和人道主义。六十年代批判过巴人（王任叔），他担任过人民文学出版社社长，还做过中国驻印尼大使。他写了本书，主张文艺作品表达人情、人性这些东西。我们为了追求作品的社会性、时代性，甚至闭上眼睛不看人性。革命样板戏中，只有一个阿庆是有配偶的。剧中有胡传魁问："阿庆呢？"但是他不在，不能上场，因为以什么身份上场，非常麻烦。以交通员身份，与阿庆交换密码？怎么处理都不行。有人问，江水英的先生是谁？她是不是大龄女青年未婚？回答不了。杨子荣很喜欢小常宝，但他自己有女儿没有？或者也是未婚？非常尴尬，人变成了阶级斗争的符号。这二十来年，风起云涌，在人性上放开多了。有关毛主席的回忆录中，什么都有。像毛主席爱吃红烧肉，像毛主席看《白蛇传》，激动时站起来，裤子徐徐落下等等。这些年由写人性到写性，性潮澎湃，不可阻挡。而且越是女作家越敢写。这点，我比较保守。客观地科学地看，性与文艺关系比较密切。各种学术理论都是从某一角度解释文艺。从弗洛依德理论来说,文艺就是性意识的转移、升华。这种说法有点以偏概全。《三国演义》表现的性意识比较淡。中国文化是不太一样。周扬最爱举的例子就是:谁说爱情是文学的永恒主题?《三国演义》就没有爱情,爱情全是阴谋。《封神演义》里妲己是妖孽、祸水。中国古代的情诗是思君、忠君,所谓香草美人的比喻。"思美人兮,在水一方"。思美人,历代学者言之凿凿肯定是思其君。外国是这种情况,写的可能是爱一座山,爱一株树,一只兔子,一个老头,但是心里想的都是性爱对象。如果是男的写的,思的就是美人,如果是女人写的,思的就是帅哥、靓仔。可在中国,思美人却是思君。可见,中国文化确实不一样。从宗教的观点看,文艺与宗教挂在一块儿。从唯物史观来看,我们强调文艺与生产、劳动的关系,认为舞蹈的起源是劳动生产,绘画的起源也是劳动生产。这些问题各有各的角度,但不管怎样,性对人的情感、行为,特别是心理有非常强大的作用,这是无可否认的。实际上在戏曲、电影、绘画等造型艺术中都有性意识,这是事实,很难不承认。如《武松杀嫂》,戏非常好看。从内容上看,是讲对女性的不道德所谓通奸的惩罚,对正义的宣扬。但是人们欣赏的是什么?最好看的是潘金莲的表演。她为了躲避刀,有各种特技、各种舞蹈动作,在很特殊的情况下,表现了女性的特点,甚至是美。我看过《武松杀嫂》后,觉得审美很复杂。还有,《宇宙锋》里装疯的赵玉蓉,她装疯的动作显示了中国女性的美。因为中国封建道德非常厉害,在正式的舞蹈中不能有那样的动作,像《武松杀嫂》中下腰到那种程度。正式舞蹈最美的是表现端庄的,大方的,雅致的,淑女的。淑女型舞蹈对腰部、腿部动作、脖子动作、肩膀动作尤其是胸部动作都是限制、排斥的。可以有上肢、有手的动作,眼神的动作,其他一些是限制的。中国的舞蹈形式把美的塑造放在一个很特殊的情况下,一个是疯,一个是被杀。也许我的说法比较奇怪,会引起作家愤怒,请原谅。但是我也非常不赞成把性的表现粗俗化。不管什么类型的作品,绘画也好,文学描写也好,总得与黄色、淫秽东西有界线,界线就是文化化、审美化。作为一个有文化的人,受到过二十一世纪的中国的长期文化的教化,我们能否把男女之间的种种情感、吸引、欲望、结合,变成一种非常美好的东西?能不能变成一个审美的对象,审美的过程,还是仅仅当成一个生理过程?生理过程可以通过医学挂图来解决,可以到医院妇产科、男科学习有关知识来解决。

当然我们不能不考虑中国国情,包括我们的道德制约。你可以把男女之间的事想得很简单,但,离不开社会的看法,如果完全脱离了道德制约和社会规范,文艺作品会走到死胡同中去。当然文艺存在着臆断色彩。中国对性的禁忌是非常多的,但恰恰在中国,有大量的文学书、戏曲作品涉嫌或者就是黄色书,《肉蒲团》等,还有很多很多。戏曲中,包括旧社会在农村表演的一些不堪入目、不堪入耳的动作和语言。

五、关于主旋律与多样化问题。

对主旋律和多样化提法,有各种各样,也有争论。主旋律问题可以换一种提法,像国外那样,叫主流作品,指文学作品可以在社会上占主流,包括被党的领导所肯定、提倡、期盼的。一是题材问题,一个是思想问题。通常把反映革命历史题材的作品看作主旋律作品;把反映重大政治斗争事件、重大社会变迁的作品看作主旋律作品。有时,也包括反映一个地区、一个部门、一个行业的重大进展的东西。各行各业往往有一种愿望:文艺家到我这里来写反映行业的作品,比如石油战线,作品有电影《创业》,刘秉义唱的歌曲《我为祖国献石油》。听说石油公司还是石油工会还给他发了名誉职工这样的证书。地质部门,也希望写地质;军队,也希望表现军队、军旅题材。作品里表现的指导思想是党和政府对社会发展和建设进行革命性的改造、提高。主题思想是和邓小平理论、"三个代表"相一致的思想。这样的作品都应算为主旋律作品。但是与过去不同。我们不是教条地认为凡是不符合这些思想的,一律不要。显然,我们看到,有些作品虽然不能达到主旋律标准,但又不造成什么害处或大害。举个例子:如娱乐性的文艺节目、消费型文艺节目、休闲型文艺节目,随着社会的正常化,老百姓在这方面的要求越来越多。不知艺术司有没有注意到现在一些旅游点的旅游文艺?可能属旅游局管理,我看过一些。在河北涞水野三坡我看过表演,从云南来的杂技、舞蹈,基本没有什么思想,但用云南风情、特技吸引人。它的噱头是最后一个节目是婚俗表演。从游客中挑选一名男性,穿上新郎服装,背新娘,表演娶亲场面。旅游节目还具有一种联欢性质,节目里还加上猜谜语、摸奖、中彩等等。在云南还看过斗马表演,也很好看。还有一种节目是面向外国游客的。我在汉城也看过一次表演,韩国文化受中国文化影响太深。有说唱,也有舞蹈,中国游客看的比较多。这就属于消费文化,花钱,解闷,一块乐一乐,不想从中得到学习,也不想通过文艺欣赏,加深认识生活或表达特殊意义。

这又是个很微妙的问题。像刚才说过的好莱坞电影,表面上是娱乐的,又蕴藏着深层的潜台词。像旅游文化,潜台词就是,第一,我们的文化形式是丰富多彩的,第二,我们生活得很轻松而且逐渐富裕。如果生活不轻松,红卫兵或日本鬼子杀过来,这些节目谁看呢?有些拼命地向洋的东西靠拢,它也有潜台词,就是不要觉得我们土,我们现在洋了。这可能对也可能不对。像现在说的韩流,韩国的这些歌手基本上都是学美国的通俗文化。香港有的歌星也是英语歌星,当然有的也能讲粤语和国语。这里总是有一些潜台词,有一些意味。从接受者来说,是消费型的,从生产者来说,总要赚钱,反映了社会的开放程度、稳定程度和健康程度。这是从多样化这边讲的。

从主旋律这边讲,主旋律作品带来了一些新的观念和新的解释。在去年作家代表大会上新当选的作协副主席黄亚洲,是浙江的,他就是《开天辟地》《日出东方》的编剧。描写共产党的诞生,这里也表现了在改革开放时期新的胸怀、新的角度。比如对陈独秀的处理不是简单地把他当做右倾机会主义的胆小鬼,一个可笑的反派人物。

《开天辟地》中的陈独秀写得很有个性,很执着,很坚定,对两个儿子又很残酷。两个儿子到了一定年龄,他让他们自立,脱离家庭的接济。电影里两个儿子在卖烧饼之类的东西,很穷困,很艰苦,但是他走过去没有跟他们说话,只让车夫过去买二十个饼。实际上他用这种方式帮助他们。他不是不疼爱他们,而是坚信西方那种教育,要自食其力,不跟家里要钱。《开天辟地》也没有回避当时胡适的某些积极、正面的表现。比如陈独秀被军阀带走后,胡适表达抗议、激愤的感情。这在改革开放前,是根本不可能的,会被江青之类说成是为陈独秀立传,不仅不可能当作协副主席,被枪毙都有可能。三大战役的电影处理得也还可行,比如对林彪的处理。不可能处理得跟其他领导或战区司令一样,但一样肯定了他,而且也很有派。电影上动不动就是一个背景,他迟迟不做决定,而且有道理,将在外君令有所不受。他责任心非常强,一旦决定,口授出来就是军令,不容置疑的。还有些生活细节,爱吃黄豆,很有个性,虽然有些阴沉、自私,但责任感非常强。现在宣传得很厉害的电视剧《激情燃烧的岁月》,实际用一种相当人性的观点在写这段历史。为积极革命的同志解决个人问题,专门举办舞会,现在看来不可思议,带着任务参加,也有点夸张。但说明了主旋律作品也要有更宽的胸怀,用更人性的态度加以处理。

历史题材,算不算主旋律?我谈一点看法。现在历史题材作品空前高涨。不管是文学,还是戏曲,尤其是电视剧,空前高涨。历史题材应当研究历史、反映国情,但出现了为称颂一个人把一个古代皇帝写得非常现代,如用一些政治术语,因作者不了解当时的语言,观众听到的就很现代。但历史题材作品要与现实联系得太紧了,往往是失败的。把历史题材处理得现代是很可笑的一件事。当然还有很多可笑的事,如错别字。把汪精卫写成名精卫字兆明等,很多常识性的错误。还有,如果把一个封建皇帝过于美化了,也会让人觉得中国没出息。

反贪题材像《生死抉择》获得了很大成功。有一批这样的作品受到越来越多的欢迎这是事实。反贪题材作品问题在于能否造一个廉洁的反贪的英雄,哪怕这个英雄不很完美。像李高成,他并不完美,家庭出现了漏洞,但是他是个英雄。这样写下去有一个危险,有一点像当年反走资派的作品,黑白分明,清官一个营垒,贪官一个营垒。清官被压得简直喘不过来,最后由于一个非偶然的原因,如一把手上党校或住院期间,贪官胡作非为,待一把手回来后,整顿一番,最终一片光明。这种作品写得很好,也受老百姓的欢迎,问题是怎么深化下去?这就联系到官场题材。这在戏曲中还不怎么能看到,但文学中不断出现。往往写的这批干部都是琐琐碎碎,争权夺利,享受特权,吃吃喝喝,表里不一。不否认干部中有各式各样的问题,但,反过来说,这与《官场现形记》中那些官员有区别没有?我们这些领导干部是否还有振兴中华的雄图大略?是否还有为人民做点事的愿望?是否还有对事业的辛劳?如一个城市领导要不要考虑城市的交通、治安、贫民救济?有无这方面内容?这方面内容如果都抽空了的话,怎么对干部有深刻的表现?这样写法,表现了文艺创作上的摇摆和一些值得探讨的东西。

六、关于市场对文艺的作用以及文艺对市场的作用的问题。

我们的文艺大部分都要在市场上生存。电影也好,戏曲也好,都有个票房。也有的艺术受到国家和社会的扶持。中国的文化市场水平,向来不是够高的。有时,还有些低级趣味的东西、文化素质低的东西。旅游上就能看出来。我以前夏天爱去北戴河旅游,现在不想去。因为山海关城墙上设立了很低级的游戏,甚至带着一些初级赌博性质。还有的做一些假景物供游客照相。已经有那么好的真景,为什么再做假的?用一种简单的激愤态度解决不了问题。还有,对市场的追求、艺术内容的追求应有个大概的框架,允许各种各样不同的重点,最理想的是面面俱到,所谓雅俗共赏、德艺双馨。作品既有很健康的世界观和哲学的意蕴,又有非常精美非常高的艺术水准,又是受群众喜闻乐见的,有广大市场的。这是最理想的。但是,不可能所有的艺术品都能这么理想。那种所谓探索的艺术产品，可能怪一点，能接受的观众少一点，但是在艺术上确有探索价值。还有的娱乐性很强，但看完后也不会受到什么教育，只能是没有大害，有些浪费时间。还有的像表现重大事件的作品，花钱很多，节日一过，演三场、五场不再演了。我们无法排除这种艺术产品。建国五十周年庆祝后，中央发过文件，对主题晚会有所限制，使其不至于太泛滥。既要有一个大的框架，又允许有所侧重。头头都占，像刚才说的票房也好，艺术也好，内容也好，最好不过。实在不行，顾住一头儿。但是实在无法帮助、称赞那些一头儿都不占的东西。说思想，思想有点恶劣；说艺术，艺术水平很差；说群众喜闻乐见，排成的戏还非赔钱不可，一头都不占，比较难办。

  我作为一个艺术从业者，就以上问题与大家讨论。没有什么好的解决办法，供大家学习、思考时参考。

2002 年 9 月 9 日

赴法国等四国演讲稿

四年以前,在我的大孙子年龄将要满十四岁的时候,我教育他说:你的爷爷十四岁上中学的时候已经加入了中国共产党的地下组织,为推翻国民党政权而斗争,那时的我已经钻研社会发展史、辩证法、苏联共产党的历史与毛泽东著作。而你现在是同样的年龄,只知道玩电脑游戏和购买价格昂贵的玩具。

我的孙子不假思索地回答道:"很简单,你的少年时代没有足够的玩具,除了去革命,你还能做些什么别的呢?"

他的回答告诉我:

第一,现在的中国与五十多年前的中国已经完全不同了,毛泽东喜欢用的一个说法是:换了人间。

第二,一个国家一个政权有义务给他的青少年提供足够的食品、服装、住房,同时也必须提供足够的玩具,否则,它的青少年有权利选择革命。

当然,二十世纪的中国人选择了革命不仅是由于没有玩具,更是由于激烈的内外矛盾使中国人活不下去了。中国人民尤其是中国知识分子近一百五十年来承受了难以想象的屈辱与痛苦。那时的主流是左翼文化运动、左翼思潮,人们期待着大革命,期待着暴风雨,期待着通过铁与血的斗争,彻底改变中国。

一九四九年一月人民解放军和平地进入了北平,四月占领了南京,国民党政权败局已定。这时大量作家与人文知识分子从世界的各个角落回到北京，人们选择了共产党，选择了新中国。这与苏联十月革命时期作家艺术家们吓得仓惶逃跑、流亡国外的情况成为鲜明的对比。

不仅如此，早在抗日战争时期，就有许多作家与人文知识分子心甘情愿地选择了共产党游击队的根据地延安，女作家丁玲，留法诗人艾青，东北作家萧军，都是那个时代就到延安去了的。

然而这里不仅存在着作家对于革命的选择，这里同时还存在着革命对于作家的选择。一个以农民为主体、以武装斗争为主要形式的革命运动并非欢迎所有的作家，而是欢迎那些革命意志坚定、恪守纪律、勇敢、吃苦、充满奉献精神的知识分子。同时，并不欢迎作家的浪漫主义、自由主义、强调独立思考与批判精神。于是出现了悲剧：一些追求革命的作家到了根据地以后，受到了整肃与批判。这样的矛盾一直继续到一九四九年以后。阶级斗争、武装斗争的惯性一直延续到了"文化大革命"中，这个革命几乎取消了整个文学，废黜了所有作家。

现在的情况大不相同了，就是说中国又是换了人间了。虽然还有许多不如人意的地方，但是中国作家正享受着历史上从没有过的安定、日益提高的生活质量与文学活动的空间。

与此同时，文学的商业化也使一些作家极不愉快并且深感困惑。一位著名的老诗人由于预计市场没有保证，他的毕生写下的诗集被出版社拒绝，这对一个诗人的晚年的打击是致命的。另一个诗人十年前收到国际诗歌活动的邀请，但是他没有钱购买国际机票，他悲愤地在报纸上写文章，吁请支持和赞助，当然，没有人理睬他。四名年富力强、自我感觉极其良好的作家为自己的新著签名售书，但是购书者寥寥，于是他们大怒，向媒体抱怨说中国读者的素质太低。

也有不少作家对于商业化的图书市场完全能够适应，他们的新书达到了一定的水准，同时市场上也获得了巨大的成功。有的作家靠一本新书的版税购买了两套新房子，有的作家自费去欧洲美洲旅行。除了文学描写与构思上的新意外,他们的成功常常有赖于他们的大胆的性描写。

于是在一部分中国作家中出现了"坚守""抵抗"乃至"悲壮抵抗"的说法。他们当中有人在文章中表达了自己对于中国文学的忧虑,对于市场经济的失望,对于社会价值虚无、理想缺失的忧心。他们发出了"世风日下,人心不古"的叹息。这样的叹息在中国百余年来从来没有中断过。

目前的中国作家是悲壮的吗?这个问题难以回答。一个作家十年来发表了多部长篇小说,得了许多次奖,每部小说的发行量是两万到三万册,当选为一个省的作家协会主席,经常得到欧洲、美洲与港、台的邀请去访问旅行。同时他是愤愤不平与悲壮抵抗的代表。另一个作家更是由他的新作而名利双收,从北京得了大奖,本省又给了奖,又从海外得了奖。他也参加了悲壮抵抗的言论。还有一位作家说是他们在一个全球化的时代坚持用中文写作所以是悲壮的。那么,所有未必愿意学习也没有学习好英语、法语的中国人(他们占人口总数的百分之九十九点九九)都是悲壮的爱国主义者了。今天我在这里用中文讲演也是悲壮的表现?我个人并没有觉得多么悲壮,倒是觉得遗憾,如果我的法语或者英语能够学得好一些,我宁愿不经过翻译直接与你们交谈,即使后一种方法影响了我给各位的悲壮感也罢。在快要结束讲演的时候我想起了二十世纪八十年代的一次经历。那一年我去西柏林参加一个艺术活动。我结识了一位先生,对不起,我不能说出他的名字,让我们称之为 A 先生吧。A 先生父亲是中国公民,母亲是德裔,家乡属于当时的民主德国即东德。A 先生带着妻、子定居在姥姥家,即东德,享受着那个城市的价格低廉的住房、日用品、托儿所与文艺演出。由于 A 先生精通中、德两种语言文字,他在西柏林获得了一份很好的工作,挣着西德马克,也获得了丰富的资讯。同时他在西柏林还有一位女友。他拿的是中国护照和西柏林的居住许可证件,出入于东西柏林之间非常方便。

这是我看到过的世界上最精明的人,他享受了两极对立的世界的一切好处。我要说的是,今天中国的作家们的精明是不次于A先生的。

就是说,没有哪个作家拒绝市场经济的任何好处,如版税,更丰富的商品以及更广泛的创作自由与出版的便利。也没有几个作家拒绝计划经济的好处,如住房补贴,按月发给大部分作家的工资,以及对于文学刊物的财政补贴。

同样,没有哪个作家拒绝从道义上为弱势群体说话,批评社会的不公,忧国忧民,长太息以掩涕。

当然,我完全不怀疑我的中国作家同行追求理想、追求正义、追求完美的真诚与勇气。近百年来,中国作家为了自己的理想付出了太多的代价。现在,人们的日子好过了一些,这是理所当然的。

人们将会记住这个时期,珍视这个时期,同时不拒绝批评,不拒绝悲壮,不拒绝一切文学与生活的可能性。

我还要讲一个趣闻,为什么要讲这个趣闻,我不解释,请你们判断。

当然,这是多年以前的事。一位新加坡教授告诉我,他一次在北京首都机场等飞机,他发现许多人吸烟,甚至有的机场工作人员站在禁止吸烟的牌子旁边吸烟。这位教授极讨厌吸烟。最后,他找到了一个完全没有人吸烟的地方:那就是挂着牌子——"吸烟室"的一个舒适的休息室。

毋庸置疑,中国现在进入了它近二百年来历史上最好的时期,这不是我首先说的,而是前任的一位美国驻华大使芮效俭说的。那么中国作家也进入了他们近代以来的历史上的最好时期了。我想是的,你很难否认这一点。

中国的文学会是怎么样呢?第一,最好的时期应该有最好的文学。第二,文学史的经验证明,最好的文学未必产生在最好的时期。比如俄罗斯十九世纪末的文学与我国明清时期的长篇小说。

我的愿望呢,当然是最好的时期,最好的生活,最好的文学,最好的中国与贵国的交流。如果我们还没有拿出最好的能够令全世界叹服和感动的作品,与其是去怨天尤人,不如责备我们自己。

2003 年

这辈子哪本书是属于自己的*

关于读书,我随便说一点。

第一,我读书不是读得最好的,有很多书别人读过,我都没读。还有别人非常热爱读的,我老读不完。比方说《战争与和平》,写得好,我也好多次看,但是读不完。还有《百年孤独》,我也读过,有一次我都读到五分之三以上,快到五分之四了,我死活不读了,因为我觉得这位大师的路子已经被我给掌握住了,就不想再看了。当然还有《追忆似水年华》,很多人我问了半天都跟我一样没有读完,在座的有没有读完的?

人老了以后,回想一辈子到底读过几本书,印象真正深的没有几本,包括被反复阅读过的。《毛泽东选集》是反复背,不仅用汉文背还用维文背,印象很深。毛主席的逻辑、句法,包括反毛泽东的那些人,都在跟毛泽东学。还有《唐诗三百首》,不管编得多么差,有什么缺点,都是理论家说它有缺点,作为读者,没有什么别的可以代替,你编一个新的《唐诗三百首》别人不愿意看。相信在座的各位都熟读《唐诗三百首》,见了《唐诗三百首》不读的人很少。

真正读的一个是《红楼梦》,一个是《道德经》。庄子好看,但是看多了起急,因为有的地方分析得绝,有的地方发飘,不如老子,一句是一句,能砸出坑。真正爱读的书,真正算读过的书是非常有限的。

---

* 本文是作者在《北京日报》"一个人的阅读史"座谈会的发言。

所以,一个人总要找几本自个儿最爱读的书真读,其他的只能算浏览或者是获得一些信息。

第二,工具书。什么都可以省,工具书不能省,特别是像我这样没有多少真才实学的人,全靠工具书,我不管想一个什么问题都先查《辞源》,查完以后,我的学问立刻就大了,不但查《辞源》,而且查《汉英辞典》,学问就更大了,再查《百科全书》。我想起我女儿小时候的一个名言,她那时候看我老查辞典,就问她妈,这是什么书这么厚?我老伴说这叫辞典。她说辞典是干吗的?你爸爸不认识的字就找它。我女儿说,我爸爸这么多字都不认识啊?她算抓住问题要点了。很多字其实咱们都不认识,中国人又特别讲究字。

每一个人要掌握自己最佳的读书与人生阅历的平衡点。中国有一些人,不读书但是鬼精鬼精,非常聪明,也很干练,也很狡猾,甚至很有能耐,甚至比读书读得多的人还能耐。为什么读书读太多反倒显得傻呢?因为中国的现实不按书本办,书本也不一定按现实写。如果你读得太多了绝对傻,但是不读书,你的本事再大,再干练,确实还是低水平。但是每个人的平衡点不一样,钱锺书就以读书为乐,但是这个人绝对聪明,绝对不是傻子,够精,该得道了,成仙了。有的偏于务实,读的书有限,但是有限的书能够理解出花来,能用出花来。就这几本书陪他一辈子,你就觉着他的学问对他来说就相当够了,要什么有什么。每个人的平衡点不一样,但是你要找自己最佳的。现在书太多了,一年出十九万到二十万种新书,不要说这些书读不完,读这些书名都读不完。

还要寻找一个平衡,所谓博与专的平衡,这视个人情况而定。读书与人生有一个自相矛盾之处,我始终解释不了,我在书里写了,我给天才下一个定义:集中精力,但是我又提倡一个人应该多有几个世界。到底怎么把它解释清楚?我说不明白。有时候我到大学讲课,很多人给我提一个问题,现在大学课程要学英文,中文水平都越来越低了,可还把精力用在英语上。对此我又信又不信,信是因为错别字一大堆，中文的报纸、刊物、书籍，包括咱们自己的著作，你连看都不看，令人生气，语文水平降低活该。可是另一方面，我一想起那些历史上双语、多语的人物，外语学得好，你能有辜鸿铭学得好吗？他的中文怎么样？谁敢说比辜鸿铭的中文好吗？你外语学得好，你有林语堂学得好吗？林语堂双语著作，一些作品都是用英语写的。可是你看林语堂用中文写得怎么样？钱锺书外语也好，我想，外语越好中文就越好，因为如果外语你一点都不懂，中文的妙处你就不知道，中文的特色你就不知道，必须两相参照。另外，如果你的中文基础坏，外语能学好吗？连母语，一句人话都说不清楚，你能学好外语吗？根本不可能。跟老婆打架，那么点小事都解释不清楚，你改用英文解释你能解释清楚吗？更不清楚。你如果能用英文解释清楚，前提是你已经用中文把它解释清楚了。所以，母语好是学好外语的条件，外语好是回过头来加深母语的条件。可这是理论，是理念，具体到一个孩子身上就麻烦。

第三，好读书不求甚解。我最近也有亲身体会，不求甚解是什么意思呢？有一类特别伟大的语言，包括《道德经》里边的那些语言，比如他讲到大道，那意思是在战争当中兵器伤不着他，到了水里水淹不了，到火里火烧不了。看这个你要一较劲，就这一段你能较三年，头发白了都不能理解。我觉得这是一种审美的理想，这不是一个操作规程。

我看书，有的是为了补充自己的知识，有的是为了融会贯通。融会贯通我也举一个例子，有时候我看小说，这样的小说我已经看过许多，一个短篇或中篇小说，说这个人寻找旧友，寻找他童年时代或者少年时代最好的朋友，但见面以后，旧友已经不是当年的人，几经岁月，已经找不到当年最天真或者最爱恋、最纯美的东西了。

我既相信自然流淌，我也相信一种驱动。你没有驱动装置，不给它一定的指令，等着电脑自个儿运行绝对不可能。两者都要有。我不相信所谓下笔万言，但我也不相信为写一个字，拈断三根须。大家都讲推敲的故事,故事本身很可爱,但是不必要那么推敲,推也可以,敲也可以,不求甚解。读书也是这样。有人说苦读,苦读精神真是有,头悬梁、锥刺股真是很感动人,什么映雪、萤火虫。可都是那么苦读我也不信,都是闲读、恬读,我也不信,学一个具体知识,背单字,没有点苦劲也是不行,没有定法。

我也买书,这些年也有别人送给我的书,所以我的书是越来越多。如果书摆在你家里,摆了二十年,忽然你想起一个什么事,你想找,最后找着了,非常高兴。可能就用了三分钟,翻一下,我认为这本书就值,这也是"养兵千日,用在一时"。书也是一样,这么多书都没看,不看也别惭愧,你不能天天都看,但是如果你真想起什么事了,一下子想起来这儿还有一本书,挺满意,挺高兴。有一些怪知识,到时候一查就查出来了,真是高兴极了。就连找着那本书都很高兴,跟找着自己的"往日情人"一样,你藏在这儿了?丰采依然。

读《钢铁是怎样炼成的》,激动的情形都能想起来。读赵树理的《李家庄的变迁》,也非常感动。但你别没事老去看,老去看感情就没了。你年轻时候看着特别好的东西不见得现在就好。有的书没必要老去看,会把一本好书看坏的。

2004 年 2 月 24 日

人文精神与社会进步[*]

人文精神与社会进步是个大题目,牵扯到一些很大的问题,并不是我能够讲清楚、说明白的,我只能从某个特定的角度,即从文学和价值的角度,来讨论一些有关的问题。

第一,为什么现在人文的问题显得很突出?这在全世界说来有它的背景,这个背景就是近百年来,特别是近五十年以来,科学技术的迅猛发展,无论是信息科学、航天科学、材料科学、能源科学和生命科学都展示了一个全新的面貌,使人们的生活方式、生活水准、生活质量有了空前的可能性,这在中国也一样,尤其是最近二十多年,这方面有很大的发展,但与此同时,大家对人文科学到底有多大的发展,到底解决了哪些新问题,到底给我们呈现了什么新理念、规则和前景,却有点说不清楚。我们可以肯定地说,现在的电脑技术远远比我们中国人喜欢用的算盘先进得多,但是我们不能肯定我们现在写的小说比一千年以前,或者比两百年以前写得好,我们也很难肯定或者找出目前中国的某个哲学家比当年的老子更高明。人文科学的发展不像自然科学,也不像体育,它没有一个公认的标准。这让人不知道人文科学到底解决了哪些问题。

第二,科学技术发展了,经济发展了,生产力发展了,但是一个新的矛盾又出来了,甚至新的矛盾比原来还激烈。西方国家有一个概

---

[*] 本文是作者在厦门的演讲。

念,我对这个概念半信半疑,但我觉得它讲得有一定的道理,就是最近几十年以来人文、科学技术、经济、生产、生活、衣食住行有了很大的发展,但是人类对自己生活的满意度还和七十年代差不多,这个我不太肯定,因为这个满意度是怎么统计的,我还不太清楚。难道找一百个人,每个人问一下你满意不满意,你满意到哪个程度?这倒确实,因为人的满意度是没有止境的,没有多少人会回答:"我现在满意得已经不行了,已经到头了,不能再满意了,这样就行了。"我想大概不会有人这样回答的。但它提出这个问题是有道理的,就是人们并不感到自己幸福了,在我们中国也有这样的情况。

再有,在这种经济、科学急剧发展的时期,人们的道德面貌、价值观念并不见得像技术一样地一点一点地向上攀升,相反的,现在出现了许多新的问题,这些新问题甚至让人感到更大的困惑。就是说人们的价值观念,在许多国家和地区与人们的宗教意识是有关系的。西方发达国家基本上是基督教文明,从基督教文明衍发出了原罪的、博爱的、天堂的和祈祷的观念等等;还有一些是由于尖锐的意识形态的对立所唤起的信仰,甚至是一种激情,可以称之为价值激情,为了这个信仰可以牺牲生命。比如我们的烈士诗,"砍头不要紧,只要主义真,杀了夏明翰,还有后来人";《洪湖赤卫队》里有"砍头只当风吹帽";《红岩》里头有为人民献出生命"脸不变色,心不跳",是一种意识形态强烈的斗争性的表现。可是随着科学的发展和两极世界的解体,不管是宗教的信仰,还是意识形态的激情,都受到了某种挑战。早在尼采时期他就宣布"上帝死了",就是因为科学的发展证明原来的神本的、宗教的很多说法站不住脚。近些年,由于环境问题的日益突出,现在不光是"上帝死了",还有一个说法,"人死了"。"人死了"就是指科学已经研究出人并不是宇宙的中心,不是宇宙的一切都围绕着人,并且为人服务的。相反的,人要尊重宇宙的规律,要尊重大自然的规律,要尊重地球的规律,人只是它的一部分。

这样它使得许多不管是神本的,还是人本的价值观念受到了挑战。随着苏联的不复存在,那种二元对立的、激烈的、确实也饱含着浪漫主义、理想主义、斗争激情的意识形态所带来的那种价值的强度、价值的充实也受到了挑战。这种价值的充实,如果你在志愿军的战壕里是不会受到挑战的,因为你面对的是美军强烈的炮火,面对的是死亡、死神,面对的是战友跟你一心一德地抗击敌人。反过来,对方也是这样,很充实,他也很积极。远在"九一一"以前,距离现在也有八九年了,美国发生了一起恐怖事件,是美国人自己搞的,在俄克拉荷马州,一个参加过越南战争的军人,他把整座市政府大楼炸了,死了好几百人,伤了好多人,其中有妇女和小孩。理由是他从越南战场回到美国以后,发现美国人太腐化了,美国不再拥有原来那种解救世界的使命感了,整天歌舞升平、花天酒地、性解放、贪欲、贪婪、无耻,所以他认为要拯救美国人的心灵,必须来一个大爆炸。

恐怖问题我不想在这儿说,我不研究恐怖问题,我的工作与反恐也没有很密切的关系。作为国际政治它应该怎么解决,不是我所能够讲的。作为法律问题,如何对恐怖分子绳之以法也不是我能够讲的。但这里有一个重大的价值歧义,就是到现在为止全世界主流的文化,都是把生命的价值放在第一位,所以一切体制、语言、学科都是站在维护生命价值这个角度上的,但基地组织不把生命放在第一位。就在"九一一"以后,美国要对阿富汗动武的时候,拉登的一个发言人讲了一段话。那年的"十一一"我在美国,我听美国人讨论这个。那个发言人说:美国有一切,而我们只有生命和身体,所以我们和美国战斗,我们渴望献出生命和身体来完成这个对战,渴望在和美国的战斗中死亡,就和美国人渴望活着一样。这个价值观对西方人来说简直就毫无办法,这个人说,你渴望活着不是,我渴望死。这使我想起老子曾说"民不畏死,奈何以死惧之"。恐怖是我们不喜欢的,但是这确实也非常惊人,一个美貌的十八岁女青年浑身绑着炸弹。为什么会产生这些价值上的重大歧义、价值困惑和价值真空?我觉得有三个原因:

第一,科学技术和经济的发展,使许多人的生存问题基本解决了,而生存问题的解决立即给人带来了第二个苦恼,就是生存的意义和价值是什么。生存问题没有解决以前,这个精神生活反倒比较好办。我从一九五八年至一九七九年二十多年来大部分时间都在农村和农民一起劳动,我深刻认识到对农民来说就一个问题——怎样才能活下去?怎样才能有饭吃?怎样才能有水喝?怎样才能有房子住?怎样才有衣服穿?没有布票了,买手绢,五张大手绢缝在一起变衬衫。没有褥子了就用草,草上搁一个单子,就是一张很好的床了。冬天要考虑过冬,春天要考虑播种,就是怎样活下去的问题。那时候我就觉得知识分子的问题是奢侈的,因为知识分子想:我活着干什么?我活着的意义是什么?那农民活还活不了,你还要什么意义?你先给我活下来再说。如果你饿极了,你绝不会考虑意义问题,你饿极了根本不用去考虑一张大饼有什么意义,老玉米有什么意义,红薯有什么意义,花生有什么意义,猪肉有什么意义。如果我很饿,然后你跟我讨论吃红薯是没有意义的,我非把你打出去不可,等我吃完了再跟你讨论。所以生存问题的解决带来了一个无限的苦恼,而解决这个意义和价值的问题比解决生存的问题在某种意义上说更麻烦。

第二,两极对立斗争的松懈,使人的精神放松下来。美国有一部电影,好莱坞的恐怖片,一些极端分子劫持美国的一艘核潜艇,准备用潜艇上的核武器来消灭美国。他跟刚才提到的俄克拉荷马的恐怖分子是一样的,他说他现在怀念六十年代,六十年代的美国人为了战胜共产主义,在越南是何等地有斗争性,我们不怕牺牲,献身自由事业,而现在战斗精神失落了。

第三,自然科学技术的发展与人文科学不成比例。从自然科学角度讲几乎什么事都能做到,造一个人都行。但是你想处理好你同邻居的关系,或者一对正闹离婚的先生与太太的关系,你就处理不好,我们中国也是这样。当然我们面临的问题很多,包括社会秩序、道德、金钱至上、腐败、犯罪,还有恶性案件,不计其数。

所以不管在国际上还是在中国都有一种思潮，这种思潮在质疑经济的发展，质疑科学技术的发展，质疑现代化、现代性，特别是质疑全球化的进程，这个思潮非常时髦，非常流行。如果现在讲话不骂一骂现代性，不骂一骂科学主义，好像你的思想就不够先进，跟不上时代潮流。

但是我们中国又有另一面，就是你经济必须要再发展一点以后，你才能发牢骚。"虽然你发展了，但道德越来越差，精神越来越空虚，人际关系越来越坏"，这些牢骚和批评可能是正确和英明的，但它都有一个基础，就是已经实现了温饱，才有这些批评。前不久在北京开一个会，国家图书馆的老馆长任继愈讲，你讲精神生活怎么重要，是在经济有了点发展之后讲的，就像在奥运会上我们讲风格应该更高，是在你得了一些金牌以后。

如果你一块金牌也没有，在那说我们的风格很高，是有点缺乏说服力的。你已经得了好几十块了，再来说你的风格应该怎么样、友谊应该怎么样、风度应该怎么样，这是无可厚非的。你有了相当的实力，人家才会注意你的风度。如果你连预选赛都没有资格参加，那你风度好也只能是在家里的风度好。你不可能到雅典去风度好。

对科学的批评也是一样，在我们对科学进行批评的时候我们不能忘记中国还是一个缺少科学的国家，在我们中国，迷信、愚昧、落后的事件多得不得了。前十几年，四川一个农村有个人突然自称他将要当真命天子，村里的人全信了，而且都把自家的女儿献上来做妃子，只剩下了一个支部书记不信。有一次支部书记从他家经过，看到里面一大堆人，有下跪的，有旁边侍立的，就像他已经当了皇上一样，这支部书记从他眼前过去，走了几十步以后心里就有点害怕，全村的人都信了，就我一个人不信，回头他要把我杀了怎么办，干脆折回去，于是给他磕了两个头才走。差不多在同一个时代，东北也发生过一件事，有个媳妇变成了女巫，然后宣布她的公公是黑蛇精附体，说她的公公已经不是公公了，是黑蛇了，全家人都信了，于是就把这个公公捆到厨房里,用柴草烟熏,最后把他活埋了。放进棺材里的时候,他在棺材里又哭又叫,全村的人都听见了,其实她的公公根本没有病,为这件事还逮捕了十几个人。我到某寺庙去,寺庙里的人就让进香,说是这里每逢开"两会"、换届的时候,各级干部都来烧香。最近我在电视上还看到一个节目,一个房地产开发公司的总经理,举行了个仪式——"神鸡定价"。他养了一只公鸡,说是神鸡,他每次盖好一处房子,这价位是高一点好还是低一点好,是由神鸡决定的。他用纸写了四样价格,这张纸写着每平方米四千二百元,那张纸写着每平方米五千二百元,这张纸写着每平方米五千八百元,这边六千四百元,然后请了一大堆人,就像作法事一样。把这神鸡一撒手,鸡就在纸条上飞,"啪"落在一个纸条上,捡起一看四千八百元,定价了,每平方米四千八百元。公司所有重大决策都是由神鸡做出的,而且屡试不爽,当地老百姓也相信这只神鸡懂经营。所以在这样一种国情下,我们批评科学主义,我总觉得有点不放心,有点底气不足,我觉得我们还得普及科学和发展经济,然后在这个基础上再讨论一些其他的问题。

因为我是做文学工作的,写一些小说,所以我下面谈谈文学对我们的人生观、对我们的价值体系能够提供一些什么帮助。文学它不像一个宗教的教主,也不像意识形态的发明人、创造人,可以提出一个系统的、全局性的、包治百病的答案,文学提不出来。究竟我们生活中应该追求一些什么样的价值?应该追求一些什么样的意义?我觉得所有的文学作品都包含着对价值的一种追求、一种热情、一种梦寐以求的趋向。下面我谈几点体会:

第一,文学追求一种对记忆的尊重。从这个意义上来说,记忆是一种价值。文学是人类的一种特殊的记忆方式,文学把一个时代人们的心灵,尤其是人们的情感,用语言和文字表述在那里,固定在那里,因此语言文字会比人更长久。两三千年以前的生活我们已经看不到痕迹了,但《诗经》还在,《诗经》所记载的那种生活、那种感情还在；两百年前的社会制度、生活、风俗习惯、服装、饮食跟现在也有很大的不同，但《红楼梦》还在，有了《红楼梦》就有了永远年轻的贾宝玉、林黛玉、薛宝钗、史湘云、晴雯、鸳鸯等等。《红楼梦》歌颂的是一批少女，人类最可爱的就是这些少女了，但对这些东西你不能从理论上来分析。《红楼梦》通过贾宝玉的口，他老发牢骚，他说女孩儿都是那么可爱，他就不懂为什么女孩儿结了婚以后、长大了以后就变得那么讨厌。这从理论上讲当然是错误的，"岁数一大就讨厌了"，任何国家都没有这种制度和规定。

当年钱玄同提出过"人过四十就该枪毙"，它是作为那种很激进、狂飙突进的新思想，实际上他远远过了四十，所以鲁迅写诗讽刺他，说他是悠然过四十。他没到四十的时候，就瞅着四十的人是那么腐朽、那么保守，干脆全枪毙了。他到四十的时候却觉得自己还年轻，很多生活经验还没有，他看着六十多的大概该枪毙了；等到了八十了，他可能看到一百二的也该枪毙了，当然到了一百二也不必劳您大驾去枪毙了。这点很重要，人需要记忆，一个人没有记忆，就没有身份，就等于自己不存在。所以最可怕的是丧失记忆，我们看过一些电影、一些小说，写一个丧失记忆的人，我们觉得那很可怕。问你姓什么，如果你没有记忆力，你当然不知道自己姓什么。你是哪的？你是厦门的？还是广州的？还是北京的？还是乌鲁木齐的？你没有记忆，你不知道。所以人需要记忆，而且人珍视这种记忆。

不但文学是对记忆的珍藏，文物也是对记忆的珍藏，很多古典的艺术作品也是对记忆的珍藏。人为什么要珍藏自己的记忆呢？实际上就是要珍藏自己的生命，就是对衰老、对死亡、对忘却的一种拒绝。因为什么都忘却了就等于死亡，甚至于人还希望自己死亡以后能有一些东西可以留下来，自己的音容笑貌、自己的某些感情、自己某些含辛茹苦的经历能够被别人知道。所以我觉得文学是珍藏记忆的这种说法，对人来说它有着一个很好的价值。

在西方流行一种说法，这也是一个很有名的人说的，他说政治上他愿意做自由主义者,经济上他愿意做社会主义者,文化上他愿意做保守主义者。政治的自由主义和经济上的社会主义我就不细说了。经济上的社会主义主要是讲社会主义比较讲均富,比较注意保障劳动者和弱势群体的利益,而文化上他为什么愿意做保守主义者呢?因为文化恰恰经过一定岁月的消磨,经过一定岁月的考验,那些珍藏的东西让你觉得更加可爱。

对文化的保守主义我还有一种理解,这种理解我不知道对不对,过去我也很少在文章中提到,我愿意在厦门尝试性地和大家谈一谈,我们来共同切磋这个问题。人类社会发展是从金字塔型向网络型过渡的,金字塔就是有一个最高的领袖,然后越往下越大,一切的一切都听命于这个最高的领袖。网络型是各行各业各有各的网络,但又互相有关联。人类的社会是按自己的道路走向民主化,但是民主并不只有一种模式,也不是都以西方的模式为规范,今天的题目不是叫人文精神与社会进步吗?这是一种社会进步。但是这种社会进步同样也付出了代价,文化的民主化往往是以削弱文化的精英化为代价的。比如说古埃及的卡那克神殿与金字塔,它们都是为了给古埃及的法老提供坟墓和祭祀的。现在看来都是不民主的、不合理的,你活着的时候是统治者,你死了以后还不惜用成千上万的奴隶来给你搬运石头,营造宫殿,创造人类的奇迹。但作为一个文化遗产来说,你又觉得像这种东西今后再也不会有了。在一个相对民主一点、不用特别民主的社会,你想再搞这种东西是不可能了。

文学也是这样,过去在中国把写文章看得很重要,而且中国的汉字又难学,只有少数精英人物、少数精神贵族才能熟练地掌握汉字,所以他们写起文章来,哪怕他是穷酸,他也想写,因为他有一种精神贵族的意识,现代称之为精英意识。过去讲究写文章,要有明窗净几,要焚香沐浴,还要有书童研墨,有红袖添香,然后写文章的人,要吟哦再三,还要捋一捋自己的胡须,摇头摆尾,而写下来的是什么呢?曹丕说:"文章者经国之大业,不朽之盛世。"那些文字不但是供阅读的,而且是供吟唱的,古文的那个吟诵,就像唱歌。那时确实高雅、雍容、华贵、头头是道、高屋建瓴、势如破竹、文气纵横、下笔如椽,笔就像椽子一样重。所以那时的文学作品有一种优雅,但也有很多缺点,如陈陈相因之类,越往后发展,越不成样子。相反的,由于现在文化越来越普及,写文章也就越来越容易,人人都可以写。给出版社可以写,给报纸也可以写,网上也可以写。语言也不用特意去学,老百姓的话就很好。五四期间,反对白话文的就攻击白话文是"引车卖浆者之流"的语言,你这些也可以。然后再加上商业的炒作,有美女写作,有身体写作,有下半身写作、上半身写作,也有低龄写作。有十六岁出唱片的,有十五岁出唱片的,有九岁出诗集的,现在还有五岁出诗集的。现在有时我都糊涂了,因为这个世界上存在各种怪事,"世界真奇妙,不看不知道",你认为不可能的事,它们就可能。

关于低龄写作,据我所知全国有六千万中小学生,六千万里头出书的大概有六个人,都很红,比例是千万分之一,这个比例低于飞机失事的比例。有一个教授告诉我飞机失事的比例现在就全世界来说是三十三万分之一,就是你坐三十三万次飞机,有一次很可能失事,这一般就忽略不计了。现在还有一个外国的磁力场,外国人喜欢什么样的文学作品,还有硬通货的磁力场,就是你这样写可以得到美元,得到法郎。所以在这种情况下,甚至比古代还难判断什么文章是好文章,什么作品是好作品,什么艺术形式是最好的艺术形式。过去认为唱歌很复杂,认为唱歌需要从小训练,要有天赋,需要从五岁就开始练琴等等,现在这个也很民主。我有一个很好的朋友,她是一个作者,本身也搞音乐,也是一个很好的作家,就是刘索拉。刘索拉有一句名言:"凡会咳嗽的人都会唱歌。"就是说现在文化的民主化解放了大量的精神生产力。但这反倒让人有时感到困惑,就是文化艺术本身的价值找不到标准了,对此我也解决不了。对记忆的珍重,所以为什么人们有时候在文化上会趋向于保守,因为有时候人们在文化上喜欢往昨天看。

第二,文学对价值的呼唤是对真情和激情的珍重、呼唤、激发。所有的好作品几乎都是能够煽动人的情感的。比如说我们看《红楼梦》,我们看不清楚曹雪芹在价值观念上、社会理念上有些什么样的追求和理论,他也没有义务在《红楼梦》里提供这些东西,提供这些东西就不是《红楼梦》了,就不是小说了,但我们起码能看到宝玉和黛玉刻骨铭心的真情以及他们之间的亲情。就是贾宝玉跟他父亲之间也是有真情的,虽然我们一般把贾政当做封建社会的保守势力看待。贾政有很多地方让人讨厌,但贾政也有些地方让我很感动,特别是在元妃省亲的时候,贾政跪在地下。从家庭角度说他们是父女,贾政在上;从朝廷的角度说,她是万岁爷的妃子,他们是君臣关系。当时他跪在地上,他说:"请贵妃勿以政夫妇的风烛残年为念,而要一心服侍皇帝。"那时贾政是含着泪的,元妃也是含着泪的。很奇怪,每次看到这个地方的时候我也含着泪,我不知道自己为什么会这么无聊,会同情贾政见元妃的场面,我总觉得这个场面太别扭了,自己的亲生女儿成了了不得的贵妃,这个老父亲直挺挺地跪在地上,说"勿以政夫妇残年为念",多么令人悲伤,这里不但有真情,也有激情。

这个价值的歧义是很多的,甚至于当我的一个好朋友写了一两篇很好的小说的时候,有人就问他:"你最近在写什么?明年要写什么?"他就说为什么你要问我明年写什么?难道我今年写了一篇好的小说,明年就必须再写一篇吗?明年我不写了,我不想写,我就这样。别人一听,觉得挺棒,觉得这位先生活得很潇洒。谁说我写了一篇好小说,就必须越写越好,或者必须源源不断,我既然写过一篇好小说,没啦,这个你也不能跟他抬杠,他也有道理。这在价值上的歧义是非常多的,以至于你在这样一个变动的时代无法判断。有时一个人写了一篇很好的小说,就一篇一篇地写下去,越写越好,这个我觉得当然好;有时一个人写了一篇很好的小说,对第二篇小说没有特别的把握,就不写了,我干别的去,我去经商,这也没什么不好,这也完全是一种选择，一种活法。所以价值有很多歧义，但真情和激情是必需的。你多读一些文学作品，就可以唤起这种真情和激情了。

第三，文学随时号召一个人在道德上的自我完善，一种自我的要求、自我的完成、自我的约束。现在的年轻人不像我们这一辈人看得那么多，我们这一代人都深深地感受过如雨果《悲惨世界》式的激动，这是一种巨大的激情：尽管社会黑暗，主人公冉阿让在道德上不顾自己的利益，为别人做好事的心情。

再比如说看托尔斯泰的《复活》，聂赫留朵夫公爵在年轻的时候做了一点荒唐的事情，对不起卡秋莎。后来他知道了卡秋莎的命运，他用全部的努力，不惜牺牲自己的一切来赎自己的罪过。他认为一个人带着一种罪恶感，带着自己对自己的谴责是最痛苦的事情，只有在道德上做到了自己应该做的事情，那样的话虽死无憾。

现在关于这方面的东西，如果不读读书，不读读十九世纪的文学作品，有时你都激发不起这个东西。现在的人比较倾向实用主义，有时甚至连"道德"这个词都会被认为是比较陈旧的，但是我们从文学作品里还是可以得到一些启发的。关于道德问题，这里有一条，就是文学的道德追求、文学的道德弘扬，应该主要是每一个人用来自律、用来自我约束的，而不是专门用来衡量旁人的，如果你用一种非常高的道德标准来衡量旁人，它就有可能会变成一种偏执，是对旁人选择的侵犯。这个话题就不仔细说了。

第四，文学对美的追求。美是一种价值，尽管美学家对美的定义有几百种、上千种，对美无法完全说清楚，但我们总有一个面对着世界、面对着自己受感动的时刻、愉悦的时刻、叹息的时刻和珍重的时刻，那时我们就能感觉到了美。面对大自然，面对河山，面对人，面对自己的过去，我们会感觉到一种说不上来的使自己喜悦的东西。

一个对美有感受的心灵和一个对美没有感受的、拒绝感受的心灵是非常不同的。今天早上我和厦大的俞老师就谈到这个问题。我说我对把整个科学说得一无是处的看法非常不赞成，但有一点，就是我对那种用所谓最科学的态度来阐述、讨论某些命题是非常反感的,这里指爱情,因为现代的人与中世纪不一样,罗密欧与朱丽叶的时代已不存在了,梁山伯与祝英台的时期已经过去了,安娜·卡列尼娜与沃伦斯基的时代也不复存在了。现在咱们中国也有一批很优秀的作家,他们在给大学生讲课、提问题时都公开地宣布世界上没有爱情,爱情都是自己骗自己。美国有一个精神病学家,他通过终生的研究,认为爱情属于精神病现象,因为爱情所有的症状都与精神病的定义是一致的,偏执、顽固观念、没有他我就活不了。不可能,没有他为什么活不了?他又没有卡住你的喉咙,又没用刀子扎进你的心脏。顽固观念,幻听,我总是听到他声音,他来过我家一趟,他的声音永远在我的房间里回响,多么好的描写。他神经病。幻视、梦游,由于你正在迷恋一个人,甚至轻生,为了爱你愿意自杀,这属于神经病现象。这是很伟大的科学成就。

尤其对人的性的研究,是从弗洛伊德开始的,关于这方面我看过一个科教片,那科教片很好,它把做爱的每一个过程,数据表示,图形表示,一切全都数据化。男女性生活的过程,在这里面是一个血压变化的过程,是一个呼吸变化的过程,是一个皮肤体温变化的过程,除了不讲感情、不讲爱情以外,其他什么都有。我觉得用这种纯科学来说明男女情感,甚至于说明一个配种站都是有遗憾的,因为配种站有些时候也有存在美感的。一匹配种的公马出来了,很漂亮,因为它天天吃蛋黄。所以如果科学技术的发达、数据化的观念使你丧失了对爱情最起码的感受,我是觉得非常遗憾的。没有美的感受,这个爱情还存在什么?

第五,文学能使人们适当地注意自己的精神世界,注意自己的精神生活,注意自己的精神归宿,而不会完全沉浸在物欲中。有人痛骂中国人人欲横流,我对此并不是无条件地认同的。我觉得中国几千年来,整个民族到底满足了多少个人的欲望?当然现在由于少数人物质上的贪欲、文化的低下、审美品格的全无,使得他们在物欲上显得很丑陋,这个确实有。小说里对此有描写,也有讽刺,有时甚至很夸张,有的我不相信,因为难以置信,这种物欲的东西确实没完没了。

我两次去印度,觉得甘地的很多思想也有非常可贵的地方。甘地有句话非常精彩,他说:"大自然能够满足人类的需要,但却满足不了甚至是一个人的贪欲。"所以虽然你需要吃东西,但你的热量是有限的,因此不能吃得太多;服装上夏天能够蔽体、冬天能够御寒就可以了。北京现在的人均住房面积达到二十平方米、三十平方米、五十平方米,再怎样也是有限的。但是人的贪欲是无限的,所以甘地说地球能满足人类的需要,但满足不了人的贪欲。甘地墓碑上刻着他的名言:"简朴的生活,高深的思想。"不管怎样这是他提供的一个范例,他本人也是这样,甘地任何时候都像披一个麻袋片,他的生活非常简朴。

一个人能够喜欢一点文学,说明他自己还有一个精神的世界,还有一个阅读所带来的世界,还有一批文学人物陪伴着他,不管是林黛玉,还是安娜·卡列尼娜,还是冉阿让、卡秋莎乃至于是阿Q、闰土。一个有精神生活的人和一个几乎没有精神生活的人,是有很大不同的。这种精神生活给人带来的快乐,给人带来的坚强,给人带来的明哲,是非常可贵的。

我是从浙江过来的,浙江有一所中国美术学院,是蔡元培创立的。蔡元培曾经提出一个观点:"以艺术代宗教"。对于这个命题我不大赞同,我不认为艺术能代宗教,艺术是艺术,宗教是宗教。但是这里有一个殊途同归的地方,宗教是以信仰的方式解决这个问题的,而艺术、文学是以缔造一个精神生活家园的方式来解决的。人的精神需要一个归宿,需要一个自己的家园,而这种精神的归宿、精神的家园在很大程度上是由语言构成的。

第六,人需要语言,而文学能够提供人所需要的语言。语言是人创造的,但语言在某种意义上对人的影响也是很大的,因此西方有一派语言学家认为并不是人在支配语言,而是语言在支配人。因为在你出生的时候,比如在中国,汉语已经存在两千多年,如果造字的故事可信的话,是先有语言后有文字的,这些语言形成了固定的组合和方法,这些组合和方法形成你的思想和情感的模式。比如说中国现在的孩子学"床前明月光,疑是地上霜。举头望明月,低头思故乡",他们念这诗的时候,可能什么叫"明月"还不完全清楚,等到他慢慢注意天上的月亮后,一看到明月他就立刻想到"举头望明月,低头思故乡",明月与故乡之间的联系通过语言在他的脑子里面已经形成了。所以在心理治疗方面,其中有一种方式就是通过语言的治疗。有些心理医生对人的治疗,实际上就是语言治疗,知道你的思想疙瘩,知道你的情结,你的情意结在什么地方,然后帮你慢慢地把它解开,化开。语言给予人安慰,给予人出路,给予人寄托。有时一句好话能起到很好的作用,因此中国自古就明白"君子相赠以言,小人相赠以财",小人、下等人才互相用财物作赠品,而君子,给你一句忠言、一句最好的话,你就终身受用不尽,当然这话可能说得有点绝对。

从这个意义上讲,好的语言、准确的语言、明朗的语言本身也是一种价值,它可以用来安慰自己,可以作为礼物赠给别人。文学是语言的艺术,文学把很多语言用到极致,或者能够把死的语言用活、用出神采。

我想在目前这样一个时期,不管在世界上还是在中国,人文价值的歧义都是非常严重的。人文价值的困惑、人文价值的失落都向我们提出了种种挑战,但是我们如果有一种追求,能够从文化的、文学的遗产上,从这些优秀的东西上汲取营养,能够经常和这些优秀的文学宝库打交道,就有可能在混乱之中找到某些让自己感动的东西、亲切的东西、美好的东西、疏朗的东西,使自己从浮躁、贪欲、焦急、焦虑的境地中解放出来。我对人文科学、人文精神的许多问题至今还未找到答案,我讲完之后你们可能很失望,但我只能够告诉你们,我们可以从人类的文学宝库、文化宝库当中得到一些启发,从而帮助自己,也帮助别人。

（作者答与会者问）

问：王蒙先生，您好！您在讲文学是人类记忆与社会记忆的时候，好几次把它和文化保守主义联系在一起，我也同意文学是人类的记忆，可是从文学是人类的记忆到文化保守主义之间有一个莫名其妙的跳跃，我在这里看到的不是理性的推论，而完全是一种您对文化保守主义的情结，因此我想请您首先为文化保守主义下个定义，同时请问您是怎么从文学是人类的记忆推导出文化保守主义的？

答：不管是人们在文学中的表现，还是在文物工作中的表现，甚至在旅游当中的表现，人们总有一种心情，希望珍重历史，珍重自己先人创造的一切美好的东西。这里保守主义也需要界定，因为在中国"保守"是被定义为贬义词。其实"保守"是指要保护一些美好的传统、美好的遗产，并不是拒绝接受先进的东西或者是改革、发展、变化，这是第一个方面。第二方面，文学的记忆功能和珍藏价值只是文学价值的一个方面。比如说刚才我还讲到文学对人的道德的激情。这种道德的激情还有理想主义的一面，它不仅仅是一种记忆，也是一种理想、一个梦，所以我们也可以从往前走的角度来理解文学对我们的激发。它激励一个人去争取更美好的生活、更美好的爱情、更美好的道德修养，这些都是向前看的。可能我讲得不好，不清楚，以致被简单地理解成我是提倡文化越保守越好，或者读文学的目的就仅仅是慢慢地读到先秦、两汉时期，我想我不是那个意思。

问：王蒙老师，你好！我是学哲学的，刚才王老师对文学作用的评述讲得很好。我也认为中国历代文史哲是不分家的，这对弥补科学主义的缺憾、找回我们人生存在的价值起了很大作用。刚才王老师讲的文化保守主义，我认为也是对人类历史上经典的、精英的价值的一种阐述。我想问的是：中国现代和当下的文学状况对激情的呼唤、对真情的呼唤、对道德境界的追求到底起到哪些作用？

答：因为中国正处在一个急剧的发展变化和成长时期，市场经济正在生成,因此文学正面临一个问题,就是在市场经济条件下,怎样坚持文学本身的价值?因为我们很难设想一个万全的文学背景使文学被读者和受众完全接受,有相当大一部分文学作品是通过市场走向社会的,所以出书是最好的办法。因为中国正处在这么一个急剧变化时期,因此出现了很多无序状态,使你不清楚哪些是真,哪些是假,哪些是好作品,哪些是一时炒作的作品,哪些是中间被抛弃的、被淘汰的作品。所以我觉得在这种情况下,最重要的问题是选择,我相信现在还是有许多优秀的作家、优秀的作品,但是这种优秀的作家、优秀的作品和那种商业化的写作热潮是混在一块的。同样,比如说对于道德的严肃思考,对美的东西的思考,有时候它也会被质疑,为什么被质疑呢?因为人类有过迷信,有过偏执,在你否定迷信与偏执的时候,很容易产生虚无和消解。比如爱情,把爱情完全否定是我所不赞成的,但今天如果还提倡或者宣扬罗密欧朱丽叶、贾宝玉林黛玉式的殉情也不合时宜,说你为了爱情最好死掉。匈牙利的裴多菲说过:"生命诚可贵,爱情价更高。若为自由故,两者皆可抛。"说明有比爱情更重要的东西。但最近我很痛苦,因为别人告诉我裴多菲的诗翻译错了,其原意不是这样的,我又不懂匈牙利文,我闹不清楚,这是个更复杂的问题。我想虽然不见得翻译得绝对准确,但也应该沾点边,所以在目前这种急剧变化的时候,那种消解虚无的东西会出现很多,但是我有一个反面文章正面做的思路,有时候我们从作家的消解虚无,乃至于颓废当中我们能够看到对真情的一种期待。因为有的作家写的"爱情"根本是没有的,他写一个主人翁一生追求爱情,最后全部失败,都是被欺骗,都是女的被男的欺骗,或者男的被女的欺骗,你看完这个以后,你能说他的目的是劝所有的读者不要恋爱,不要结婚,不要跟异性来往,不要和陌生人说话?我想不是的,我们只能从他的作品里那无限的牢骚、抱怨,甚至于是恶毒的诅咒当中,看到他的一种失望,或者是作者,或者是主人翁的一种失望,他期待有真正的爱情,但是期待了半天却没得到,一种需要而又得不到的悲哀。所以我觉得对于今天具体的文学作品,虽然我不敢全部肯定他们的价值,但是我相信他们仍然有这种对价值的追求和实现不了这种价值的怨恨。

问:王老师,你好!我想问的是一九九四年、一九九五年的时候中国学术文化界发起了一场争论,是关于人文精神的大讨论,当时你代表一派非常重要的观点,我看过你的一篇文章《没有人文精神何谈失落》,我当时感觉你是一个非常坦率的人。你现在讲的这个题目也是关于人文精神,我想问一下从一九九四年、一九九五年到现在,你关于人文精神的认识有什么变化?谢谢。

答:我想,对于人文精神的问题,对于人文精神的概念,我到现在还没完全弄清楚。我请教了很多人,比如说人文精神"humanity"在英语中是符合人性的意思,它是一个正面的词。现在我们国家规定了以人为本,把它制定到我们党的政策里,我想这也是一种人文精神。诺基亚手机提的一个口号:"科技以人为本",指的是人性的技术、人的技术。我们还有其他各种规定、各种设施都是有利于人的,这都体现了一种人文精神。对于人文精神,我还处在认识过程当中。但一九九五年的时候我最坚持的是:我对"失落"的说法有点质疑。你不能说原来计划经济的时候更富有人文精神,倒可以说计划经济的时候更富有理想主义色彩。因为计划经济本身就是一个试验,完全是按照一个理念所做的试验,历史上从来没有做过,各国都没有搞过。这个试验从苏联开始,是一种理想主义的试验。计划经济到目前为止,它是失败的,但它是不是留下了某些好的东西,我现在不知道,因为我不是经济学家。而市场经济是被消费带领的、推着走的,在浪漫主义、理想主义上来说它并不理想,所以中国是经历了这样一个过程,从浪漫主义、理想主义、道德至上主义向比较日常化的市场经济过渡。有时候我也想一些怪问题,比如说我们的国歌是非常悲壮的,在雅典奥运会期间,我每天也在那唱,"中华民族到了最危险的时候……"这个国歌非常的悲壮,是一个悲情国歌,它是冒着敌人的炮火前进的,现在唱起来仍有悲壮感。但是这首国歌写在什么时候呢?是写在抗日时期,就是日本军队全面侵略中国的时候,中国人民到了危急存亡之秋,那时候唱出来非常悲壮。我想在市场经济下,我们能不能唱一首与市场经济有关联的非常悲壮的歌?"我们万众一心冒着敌人的炮火前进",那我们现在就唱,"我们万众一心冒着赔本的危险投资",这个是不行的。你这样唱是有神经病。所以我们必须面对市场经济这样一个事实,面对这种悲壮感,面对这种浪漫主义、理想主义,有些被求真务实的态度、被现实主义所慢慢代替的这样一个事实。当然,我们仍然应该有今天的一种理想,虽然我们不能唱:"冒着赔本的危险投资",但我们还有一些重大的口号,比如"振兴中华"等。回过头来说,对于这些对人文精神大喊失落的朋友,我觉得他们讲的很多东西也有其本身的价值,它使人们看到市场经济一下子来了,它会把我们很多的观念冲乱,会出现很多新鲜的情况,会使我们感到某种困惑和失望。虽然你钱赚得多了,吃得好了,房子也住得好了,但是你仍然会有许多失望,特别会使一些人文知识分子在市场经济面前找不到自己的位置。所以我觉得我的思想如果有什么变化的话,现在我回过头想想,就是觉得那个失落论者也可能提出了一些有价值的预警,起到一个预警的作用。

问:王蒙老师你好!我是《厦门日报》记者。首先我对你表示感谢,因为我读过你的两本书,给我印象非常深,一个《红楼启示录》,还有一个是在《读书》上发的专栏。刚才您又给我们上了一课,我对你刚才说的观点感到有些困惑。您在这场讨论里面有一大部分把文学的作用讲得很大,我作为一个文学爱好者的同时,我也经常思考这个问题,我觉得文学对人的提升作用有的时候并不是像我们所想象的那么巨大,所以我想向您请教一个问题:即如何解释西方一些文学史上非常有名的作家最后自杀的问题。比如说川端康成,还有他非常看中的弟子——三岛由纪夫,包括美国非常有名的作家海明威,到了六十几岁,最后还是解决不了自己精神上的难题,包括苏联的马雅可夫斯基,也包括我们中国一个很有名的作家徐迟,他翻译过雪莱诗选《明天》《托尔斯泰传》,包括他自己写的《江南小镇》。我常常在想,他们长期浸润在文学的氛围里面,对于文学的好与坏,他们应该感同身受,既然文学有您讲的六大作用,为什么最后解决不了他的精神上的问题?这里指的是自杀,还有一种,现在可能比较敏感,比如顾城,到最后文学不仅解决不了他自己的问题,而且还造成一种伤害。那我想文学应该从何种意义上才能达到一种对人文精神提升的作用?还有没有一种力量比文学具有更大的精神安慰作用?

答:刚才这位朋友的问题提醒了我。我说的是最好的文学成果能够提供的精神营养,当然不是说那些平庸的恶劣的货色。而且我过去讲到这一类问题,到最后都要讲一下文学的局限性、文学的不足。我认为文学的局限性、文学的不足有这么几条。客观地说,不带多少贬义的,文学带有纸上谈兵的性质,文学写一段爱情与你真恋爱一次是两回事,文学写一次战争跟你真实地扔一次炸药包也不完全一样。这是第一点。第二点是文学家容易陷入自恋,也比较夸张,我对此常常引用刘备对马谡的评价:"言过其实,不可大用。"文学表现的形式很夸张、很强烈,但这种夸张与强烈在实际面前并不是最好的方法。在各种行业当中作家的自杀率是比较高的,确实是这样,在全世界如此,在日本也如此。正因为作家在精神上有很深的探求,所以他不仅能感受到别人所得不到的喜悦,也能感受到别人所感受不到的痛苦和矛盾。曾有一批评论家评论中国作家自杀的比例太小了,所以中国产生不了伟大的作家,我对这个问题的反评论就是,即使产生不了伟大的作家,我劝我的作家同行不要自杀,当一个渺小的终其天年的作家吧。

另外,能够给人的精神以维系、力量的,不仅仅是文学、艺术、哲学和宗教,还有许许多多东西,从这点上说,我相信在高层次上科学与文学是一致的,他们都是对人的精神能力的一种自信,都是对人的精神生活的一种追求,科学追求的是真理、真相、公式、数据,文学追求的是故事、感动、语言、修辞、结构等等,这些地方都是一致的。但是人的精神力量除了这些以外,还有很多实际的事情。其实有些自杀我们不能责备它的精神力量,比如曹禺先生的戏剧《日出》,里头小东西的自杀我们只能责备当时黑暗的社会对他造成的迫害。而且现在自杀的问题越来越复杂了,因为现在还出现进攻性自杀、自杀式袭击、自杀式爆炸,而这些自杀又有其他的问题。所以你谈的这点我觉得很好,因为我也非常清醒,我没有能力解决自杀的问题,或者其他的问题。如果在座的,来听我课的里头有哪位准备自杀的话,我只能发出一个无力的呼吁:"还是活下去吧!"

2004 年 9 月 20 日

关于科学与人文[*]

我常常怀念那些精通文学、文艺与自然科学的文化巨人:达·芬奇,罗蒙诺索夫,莱卜尼兹等等。

中国古代有著名文人兼通医道与军事的,但少有对自然科学的研究。王阳明的格物致知也是不成功的。

鲁迅与郭沫若都学过医,郭老还长期担任科学院长与文联主席,但他们的主要治学与活动领域还是在文史方面。

有一些当代中国科学家表现了对于文艺的浓厚兴趣,如李四光、华罗庚、钱学森等。我以为,这与他们对于国家民族、世道人心、国民素质与国人精神面貌的关切有关。但除王小波外,少有文学家受过自然科学、数学与逻辑学的良好教育,甚至,我以为,大多数作家和我差不多,基本上是科盲。这是中国文人常常激愤、失落、大言与现实脱节的原因之一,哪怕是最不重要的原因之一。

还有的作家干脆鼓吹蒙昧主义、信仰主义,在什么特异功能、气功、命相学、人体科学、易学国学禅宗的幌子下把伪科学的东西宣扬了一个够。

我想这与中国的重文主义传统有关。中国人对于道与器、义与利的辨识,对于修齐治平的推崇,对于辅佐明君的理想,使人们倾向于认为齐家治国之道才是大道,而科学(技术)制造出来的不过是西

---

[*] 本文是作者在中国海洋大学"科学·人文·未来"论坛的讲话。

洋小把戏(梁漱溟语)。

中国的传统文化有极大的独特性和存在价值。但是相当一段历史时期中华文化缺少自然科学的长足发展,缺少一套实证的方法,又缺少严整的逻辑规则,乃是不争的事实。不论是中医理论的妙解,老子的极高明的超凡拔俗的命题,《大学》上关于从正心诚意可以达到治国平天下的理想的著名推论,都不符合形式逻辑的起码规则,更谈不上实验的或者统计上的证据,而更多地接近于文学作品。它们富有灵气,充满想象,整体把握,文气酣畅,高屋建瓴,势如破竹,有时候有很高的参考价值,有时候则是更富有审美价值,就是不怎么科学,不怎么经得住实验、计量、辩驳,有点强词夺理和想当然。

至于在我国民间,长期以来愚昧迷信十分严重。直至今日,农村仍有自称真命天子出世者、企业仍有由法师和公鸡定房地产价格的,每到党委政府换届,都有众多相当级别的干部去进香、拜菩萨,其他扶乩、灵鸽、风水、算命各种原始巫术实已猖獗万分。近年来又添加了来自港澳和西洋的数字忌讳。更不必说自古以来的邪教传统与当今的邪教泛滥了。(有一种比较偏激的见解,认为近代以降,中外关系摆脱不了八国联军对义和团的模式。目前,我们则可以看到八国联军支持今天的义和团的奇观。)

当然,事物也有另一面,新中国以来,在对于工业化现代化的热烈追求中,优秀的青年都趋向于学理工,国家的领导层人员几乎百分之百地出自理工院系的毕业生。哲学、社会科学、人文科学的治学与教学受到意识形态领域斗争频仍、动荡不已的影响,长期以来,也积累了许多"瓶颈"式的难题。如果说新中国以来的历史当中,存在着某种实际上的重理(工)主义的倾向,大概也是事实。而在意识形态上的激进主义得到了相当程度的克制之后,商业上的急功近利,恶性与违规炒作,再加上"八国联军"的运作,又大大地威胁着正常的人文学术的发展与面貌。

即使如此,在这种情况下我有时仍然担忧我们把西方发达国家后现代时期的批评科学主义的理论搬到中国来是否合适。对于中国来说,更加迫切的难道不是批判蒙昧主义和反科学主义吗？中国至今到底有多少科学？更不要说一味科学的"主义"了。解放后的许多流行一时、带有党八股或者洋八股气味的说法,究竟有多少经历了科学的分析检验？

所以我非常欣赏任继愈教授的一个提法,即中国的历史性的任务是要脱贫,同时还要脱愚。贫而愚,会落后挨打,倒行逆施;富而愚,也许其危险性不低于贫而愚。

文学的方式与科学的方式有很大的不同。文学重直觉,重联想,重想象,重神思,重虚构,重情感,重整体,重根本;而往往忽视了实验,逻辑论证,计算,分科分类,定量定性。

但是文学的方法与科学的方法又有很大的一致性:珍惜精神能量,热爱知识热爱生活,对世界包括人的主观世界的点点滴滴敏锐捕捉,追求创意,不满足于已有的成绩,力图对国家民族人类作出新的哪怕是点点滴滴的贡献。

以我为例,我属于爱科学而不怎么懂科学的那种人。我曾经从3322的几率游戏中悟到了或然性大致趋向平衡的道理,并以此做了许多发挥。西安电子科技大学原校长,数学家梁昌洪教授对于我感兴趣的问题则做了精细计算,电脑测试和组织学生摸测的实验。三者一致地得出的结果证明了我的说法的不准确处。如他指出,3322的几率与4321的几率大致相近,而5500的几率大大高于飞机事故的发生概率。

我非常感谢梁教授的科学方法和他得出的结论,它帮助我认识到命运——几率的另一面,即它的不平衡性,多样性,变易性。当然,我也仍然有我的思考:即使是4321,其中的3与2仍然占了一半,这是一。其次还有一些5320、5311、3531、4330、5221、4222……的组合,说明用从四种颜色的球中摸出十个的组合中,3与2仍然占最大比重。我希望梁教授帮助我计算出这个公式来,3与2这两个最趋向于平衡的数字,在摸球的过程中出现的比例。多样的平衡,平衡的多样,这是数学给我们的教训,这也是命运之神给我们的教训。这样的数学公式是充满了文学——人学魅力的数学公式。

中国海洋大学的管华诗校长与其他校领导,对于发展人文教育倾注了极大的热情。我感觉他对于人文学科抱着近乎浪漫主义的热情与追求。我希望文学界的同行们同样能以极大的热情学习科学,普及科学,领会科学的庄严、丰富、阔大、缜密;领会用科学的眼光看待,将得到一个怎样美丽、神妙和精微的世界,领会科学已经怎样使人变成了巨人,科学将为人类创造怎样崭新的未来。同时,用科学的实证、理性、计算来取代偏见和唯意志论,取代文学的自恋与自我膨胀,取代那些想当然的咄咄逼人与大言欺世,更不要以文学的手段传播愚昧和迷信。同时我希望全民的人文素质会有所提高,珍视公认的价值体认,而这与科学知识的普及,科学方法的提倡,科学精神科学态度的认同,不应该是矛盾的。人文精神当然应该是一种科学精神即一种实事求是的精神而不是造神的精神,不是盲目的自我作古的精神,不是诈唬吓人的态度。

(自然)科学与人文,只能双赢,不能零和。为了发展中国的人文教育,为了科教兴国,为了国人与全人类的福祉,为了最终地去除我们这块土地上的迷信与愚昧,让科学家与文学家携起手来,互相学习,取长补短,创造一个更加文明、更加有知识有教养的中国吧。

2004 年 10 月

智慧也是一种美*

非常高兴,也非常兴奋,能够在短短的这么些时间里聆听近三十位科学家和我的文学同行们的演说及相互之间的提问与讨论。这样的好事,这样的快乐并不是我们经常能够得到的。毕淑敏女士讲了人生幸福的几个例子,我们中国文人也有中国文人的——我还是用"快乐"吧——幸福呢,我觉得稍微"酸"一点,而且它是受俄文的影响,俄国人喜欢讲"幸福",其实在英文里它讲"happiness",也差不多。孔夫子总结的快乐一个是"学而时习之,不亦说乎",一个是"有朋自远方来,不亦乐乎"。这个论坛的作用就是能"学而时习之",而且能够看到远方的朋友,另外就是"三人行必有吾师",还有就是"如切如磋、如琢如磨"。这几样快乐如今在我们的论坛上都具备了。这样的好事并不是经常能碰得到的。

尤其,由于我是一个没有受过完备教育的人,所以我听到我们的科学家的讲演,瞻仰到他们的风采,看到他们的身怀绝技的那种自信,那种富有冲击力的知识,我就感觉到,知识本身就是一种光明,一种提升和丰富,一种美,就是一种善。我觉得正是知识里充满了人文的精神,而无知才是扼杀人文精神的。所以我长了那些知识以后,我确实愿意做你们的学生。我觉得"绝了"。(鼓掌)这样的学习机会,这样的学习气氛实在太好了。

---

* 本文是作者在中国海洋大学"科学·人文·未来"论坛闭幕式的演讲。

那么，第二点呢，我们除了学习以外也有一些碰撞，也有一些质疑，我觉得质疑是所有的学科前进的一种动力。人类的历史是一个不断质疑又不断解决和改善自己的知识能力与道德自觉的历史。也许可以说成是一个发展的进化的历史。但是，人们对发展和进化这个词也充满着质疑。科学上好像是在发展的进步的，而且先进的东西在取代落后的东西。譬如说，好的电灯可以取代煤油灯，但是文学和艺术就看不太清这种发展和进步。我们就无法说我们今天的作品可以取代《诗经》，可以取代李白、杜甫，或者可以取代《红楼梦》，不但取代不了，我们仍然自惭形秽，觉得对不起我们的祖宗。人们不但质疑科学，人们也质疑文学，如果说科学主义是值得反思的，那么文学主义呢？我觉得陶东风教授（也许他不是故意的）不无讽刺地提到了我们国家也有文人进入领导核心的时候，他举的三个人，就是张春桥、姚文元和陈伯达，如果再加一个艺术家的话，就是江青。用文学艺术的方法来处理国计民生或者是处理环境污染的问题，是不是会有一种最好的效果？所以，也可以质疑文学，甚至可以质疑历史，历史到底有什么意义？历史是不是进化的？譬如，我们谈到"满意"，我刚说到量化，就是陈祖芬讲的那个量化的那些故事，我真是大开眼界。最近我还看到人们在分析，这也是西方国家喜欢量化，还有一个什么词叫"满意度"，就说现在虽然这个社会发展了，可是人们的"满意度"是多少多少，大概相当于六十年代的标准。我也不知道这是根据什么的统计，可是我的"满意度"可不是六十年代的样子，因为上个世纪六十年代我连说话的权利也没有，连读书的权利几乎都被剥夺了。所以我的"满意度"就绝对不是相当于六十年代，而是一百倍、二百倍、五百倍、一千倍于六十年代，这就是文人说话，他可以从一百说到一千，不需要做很仔细的测算。

有时候我觉得人会被自己的能力，被自己的创造，被自己的革新和自己掌握的手段和可能性所吓住。质疑科学，对科学感到恐惧，古已有之。我可以想象当科学家说地球是转动的时候，当科学家说地球不是太阳系的中心的时候，人们感到的那种恐惧，那种震动。因为他已经有的那些知识、那些信仰、那种稳定的心态都被破坏了。科学的成就往往使胆小者保守者自以为是者们精神崩溃。人们也会被文学吓住，譬如说，当雨果的戏在巴黎歌剧院上演的时候，由于他创作的新的形式，由于他被认为是伤风败俗，就引起了游行，引起了游行群众与警察的冲突。有许多好的作品也是吓人的。我在参观爱尔兰詹姆斯·乔伊斯纪念馆的时候了解到，就是他的那本《尤利西斯》，《尤利西斯》写出来以后是一片骂声。同时乔伊斯现在也有人在否定。那里在卖一种文化衫，文化衫上是乔伊斯语录，他说对付这个世界，有三个手段：第一个手段是"silence"，即保持沉默；第二个手段是"escape"，是逃避；第三个手段是"canny"，就是谨慎和精明。我当时看了以后，就对爱尔兰友人说，乔伊斯也像是某个时期的中国作家。《红楼梦》也是吓人的。《红楼梦》是禁书，几大才子书都是禁书。

至于被科学吓住的故事就更多了。我去西藏，西藏人告诉我他们其实很早就有发电厂了，是四个在英国留学的学生回来以后弄了一个发电厂，然后，这个发电厂在一周之后就被砸烂了，被人民砸烂了。因为人民觉得发电厂在威胁着他们的生活方式，威胁着他们的安宁和他们的安全。至于火车在中国出现的时候所引起的一种惧怕，也不见得就小于克隆技术所引起的惧怕。以至于有一段时间只允许牲畜拉着火车走。

我并不主张克隆人，现在全世界大多数政府都是禁止克隆人的，但是克隆技术的发展我们必须正视，如果说它挑战了伦理，那么，我们的伦理道德体系难道就经不住一个小小的科学、生物技术的考验吗？我们的伦理道德体系是何等的脆弱，是何等的衰弱，我们难道不应该重新建立和更新或者想方设法强化加固我们的伦理道德体系吗？我们怎么能反过来抱怨科技走得太快！（鼓掌）如果我们的浪漫主义只停留在幻想月亮上，我们经不住登月科学进展的考验。但是人类已经登上去了，你现在已经拉不回来了，你现在再让人相信上边还有小兔,还是有吴刚,有嫦娥,反正我已经不信了,这已不可挽回了,这是不可逆转的。但是,浪漫主义也仍然可以重造,我相信人们在知识进展的过程中他却越来越发现自己的无知,越有知识的人越是感觉到这个世界的伟大与神奇,越来越发现世界上有很多东西不是用科学所能解决的,不是用技术所能够达到的。所以,我们完全可以构建我们新的浪漫主义,我们新的理想主义,新的梦幻、神秘,我们新的小概率和无概率的那一切(针对梁昌鸿教授关于概率美的发言)。

作家有时候是爱找事的一些人。说老实话,在我们的讨论当中科学家没有去出击、嘲笑文学家的,但是我们的作家频频向科学家发起声讨。但是,这才热闹呀!难道他们不需要声讨吗?(鼓掌)在文学已经处于边缘化的今天,我们干不了别的,还不能当一回"搅屎棍"吗?!(鼓掌)允许"搅屎棍",这就是学术民主。学术民主并不是说只允许经典,只允许结论,只允许达尔文这一级与李白这一级的人说话,或者是爱因斯坦这一级的与鲁迅式的人发言,同样,也允许不成熟的不无片面的发言。所以我相信,我们通过这样的一些讨论,这样的一些碰撞,我们可以建立更好的友谊,我们可以建立更美满的这样一种学术民主的气氛。我完全赞成管华诗校长所讲的,人文和自然科学完全可以携起手来,谁也代替不了谁,它是你中有我,我中有你,我觉得这话讲得特别好。我尤其佩服冯院士的对联,它太完美了。

陈祖芬女士讲到那个数字的问题,其实数字也是人文,数字怎么不是人文呢?是不是?李商隐说"身无彩凤双飞翼,心有灵犀一点通",一个2和一个1,一个复数和一个单数,而且,二进制是现在电脑的基本原理(鼓掌);到了杜甫那里就是"两个黄鹂鸣翠柳,一行白鹭上青天",下面呢,"窗含西岭千秋雪,门泊东吴万里船",都是数字。李白的诗"白发三千丈"就是没有经过定量分析的,但是他充满了感情,"长风九万里"这也没有经过分析,我想那时候的"里"是不会比现在小到哪里去的；他还说"桃花潭水深千尺"，但是，这都是充满感情的语言，充满感情的数字。所以，数字里头有诗，数字里头有情感。福建社会科学院的一个研究员林兴宅先生提出一个命题："最高的诗是数学"，他被很多人骂了一番，我就是觉得它好，但是我无法证明，因为我在极低的水平就是初中的数学里头，我享受的那种精神遨游的快乐，那种在一个自己符号和数字里头来选择的那种快乐，那种从一团乱麻里寻找诗意和光明，那种多向思维的快乐。当一个几何题我证不出来的时候，我"啪"的一下就把它反过来了，我到时候就硬是把它证出来了，没有一个题是我证不出来的，我觉得这充满着诗意。

为什么呢？因为不管是科学还是文学，都是来源于生活，来源于这个世界，就正如我们论坛上一个教授讲的，他说科学来源于人的本体，我觉得这说得太好了，太对了。科学也好，诗也好，文学也好，都是对世界、对人生的一点发现，一点关切，一点探求。这种发现我们从不同的角度上可以来进行，可以启发我们的思维，启发我们的认识，也开辟我们的心智，在这一点上我常常觉得智慧也是一种美。不是说光是形象美，我当然非常喜爱，但是智慧美有时是非常吸引人的，相反，如果是一个愚昧的人，他的那个美的魅力就会大打折扣。所以，我完全相信，我们在这种关切人生，关切世界，在发现这个世界而且在寻找创意寻找智慧和光明这一点上文学家是科学家最好的朋友，科学家是文学家最好的老师，我这样说老师并不想助长科学家高高在上的气氛，而是因为我是搞文学的，毛主席教导我们，谦虚使人进步，骄傲使人落后。

2004 年 10 月

快乐学习[*]

学习,从我所接触到的晚辈那里,我觉得学习的痛苦好像在增加,学习的快乐被强调得不够。任何事物都有苦与乐两个方面。自古以来,我们就很讲究苦学。我从小听到或看到苏秦"头悬梁,锥刺股"的故事时就很受刺激,用肉体自我迫害的手段来学习,头悬梁是为了在疲倦时头不至于垂下来,我怀疑,人在那么疲倦的情况下,坚持学习是不是好的办法?是不是可以先睡一觉?哪怕睡醒了再读书也可以。前几年有过一个关于足球的争论。也许是我老了,想请同学们告诉我,那个南斯拉夫的教练叫什么名字呢?米卢是吧?米卢舍维奇,我们就简称米教练。这个米教练提出了一个"快乐足球"的口号。后来中国队赢球的时候,大家都认为他的"快乐足球"提得非常好,中国队输了的时候,网上、媒体上就一片骂声:什么快乐足球!这是观众的感觉:赢了是快乐,输了就没有快乐了。但是我个人仍然认为他提出"快乐足球"有他的道理。什么叫快乐呢?能够学得进去就是快乐,学习而有收获就是快乐,找到一种得心应手的方法和一种自信,这就是快乐,感觉到苦学以后有甘甜,我想这就是快乐。所以快乐不快乐是学好没学好的标志。快乐不快乐是学有收获还是全无收获的标志。

第一点我想说,所有的学习,所有的读书,所有的作业,最终是为

---

[*] 本文是作者在中国海洋大学附中的演讲。

了对我们的世界、我们的人生有所发现,有所感悟。我们看了多少书呀,最快乐的就是通过这本书,对自己的人生有所发现。我常常想起,刚才我在读书节大会上也讲,我上小学时读的一些书与现在同学们读的书不完全一样。我小学二年级的时候读过一本书对我的影响非常大,现在这本书早已经绝版了,也不是什么好书,叫《模范作文读本》。因为那时候二年级刚开始做作文,我不知道怎么样做作文,我就买了一本《模范作文读本》。哎呀,我看的时候就感觉到非常的快乐。原来我不会说的话,在它那都会,比如说,晴天,月亮升起来了,很好看,很亮,但是这种亮与太阳的亮是不一样的,跟电灯泡的亮也是不一样的。我一看《模范作文读本》,它管这叫什么呢?"一轮皎洁的月亮升上了天空"。我就知道了这叫"皎洁"。以后我一看到月亮,"哟,皎洁"。晴天,"皎洁",阴天,"朦胧"。我既学会了"皎洁",又学会了"朦胧"。这个"皎洁"帮助我发现了月亮。当然,我后来长大了就不满足了,甚至痛恨这个词,因为它控制了我的思想,因为一见月亮没了别的词,一见就是"皎洁"。于是我死活不用这个"皎洁"。有一次我就说:请在座的各位查我的作品,如果发现我用了"皎洁"这个词的话,我愿交罚款一千元。后来他们查了,说:"真是,想赢你这一千块钱没那么容易。"但回过头来一想,当我刚学会用"皎洁"和"朦胧"这两个词的时候,我还是非常高兴的。我再讲一个词,就是"黑暗"。当我还在小学二年级的时候,我不知道什么叫黑暗。有一次有老师出了个作文题目叫《风》。我已经写完这篇作文了,这是一篇家庭作业。我的姨妈,她也没有职业,但她小时候读过一些书。她看了一遍我的作文,她认为我的作文思想性还不够,最后她加了一句:"风呀,猛烈地吹吧,把这世界上的黑暗全吹尽吧!"我就想,这风怎么就把黑暗给吹尽了呀! 当时我这个二年级学生还完全不知道她的这个黑暗指的是什么。我相信在座的同学你们当然都知道什么叫黑暗了。当时我就写上了。写上之后是大获成功。老师就给我最后这句话,实际上是我姨妈的作文,呵呵,用红圈密密麻麻地不知圈了多少个圈。于是我就又学到了一个词,叫"黑暗",印象非常深。当我看到街上不喜欢的东西的时候,都觉得那是"黑暗"。国民党时期,日本侵略时期,街上垃圾堆,臭得不得了。我就想这真是"黑暗",这风一吹,就吹跑了。我在班上跟绝大多数同学都非常好,但也有小部分同学欺负人,因为我当时个子小,有一个上来他先压住了我,然后八九个人都上来了。我打不过他们,我就想,这小子"黑暗"!真希望来阵大风,把他给吹跑了。也就是说,学习的东西,在书本上,不管是画成了图也好,变成了算式也好,实际上呢,它与生活都是有关系的,不可能脱离开这个生活。我举的都是小学的例子,因为我高中的时候情况已经很不妙,我高中时一心闹革命,学我都没好好上,整天闹革命呢!整天想鼓动学生罢课,闹事!是这样的情况,所以我老举小学的例子。哪怕上动物园,我都想到鸡兔同笼是怎么算的。现在好像孩子们都不算这种算术题了,直接教代数了,是不是?现在还会算鸡兔同笼吗?是。看到鸡和兔,同笼以后会有什么情况?实际上用代数很简单地就可以表现出来,但这可以锻炼人的逻辑思维。所以我觉得这种学习是非常快乐的,它是与你的经验,与你的感受,与你的喜怒哀乐,与你看到的周围的世界相关联的。我举语文方面的例子比较多。原来我对春天没有那么多的感觉,没有那么多的多愁善感,可是在我看了很多描写春天的书以后,觉得这简直是不得了,这草儿青了,花儿红了,还有流水丁冬,还有流水潺潺,还有燕子飞过来了,哎呀,我就感觉春天是真那么好!什么"微风吹在脸上没了凉意",这种感觉一下子把我激活了。学习给了我身心,学习给了我头脑,学习给了我感觉,是感受世界的感觉,学习给了我感情,对春天的感情,对风的感情,对皎洁的月儿的感情,对花开花谢花落的感情。初中的时候,我的语文课上,有一篇落华生即许地山写的《梨花》,这篇文章写得真好,不知道现在的课本有没有,你们都读过吗?都读过,那我们就有了更多的共同语言。我读完这篇文章以后,我对梨花、对春季、对燕子,我的感情简直无法形容,

127

以至于当时我读《红楼梦》时,尽管很多东西还不懂,但在看到黛玉葬花那一段的时候,我就感觉到了一种共鸣。不是说我像林黛玉了,而是说对那种匆匆的春归的惋惜,因为这个我可以理解。所以这样子的学习就能够快乐啊!是不是啊?是学习,让你对人生有了发现,对世界有了发现,学习造就了你的眼睛,造就了你的耳朵,造就了你的灵感,造就了你的神经,造就了你的智慧,这样的学习是最快乐的。

第二,学习最大的快乐在于使你成长。我在《青春万岁》里写过,当学生时是特别幸福的,如果你是在工作的岗位上或者在其他的岗位上,今年是二〇〇四年,明年是二〇〇五年,你最大的变化可能是今年我是七十岁,明年我是七十一岁。除了觉得自己又老了一岁之外,不一定会有特别正面的、特别积极的体会。但学生就不一样了,大部分同学,留级生除外,过了一年,就升了级了,换了教室,换了班主任,换了老师,他一看课程,有那么多新的东西在他的面前展示出来,这是一种成长。我学习有一个经验,但我的经验不一定对大家都合适。就是稍稍超前几厘米。我初中学了两年多的英语,我就向老师借了一本英语的《天方夜谭》拿回家看。也许看懂了百分之四十,也许看懂了百分之五十。不懂的地方我就查词典,但我确实是看下来了。解放以后由于认为英语没用,就去改学俄语,把英语彻底丢了。到了八十年代我重新拾起英语学习的时候,除了会说 thank you very much 和 good morning 以外,别的几乎已经忘光了,倒是二十六个字母基本还认识。我当时曾经这样子学习过,《唐诗三百首》的学习也是这样,大部分都是我八九岁的时候背的。我十岁就开始作旧诗了。我的旧诗作得不好,而且由于我是北方人,不懂得入声,所以在用音韵上也有让人见笑的地方。但背得多了以后,半懂半不懂的,老有一点不懂的东西在前头,这是一种魅力,给自己出一点难题,稍微往前一点。文言文也是这样,我半懂半不懂的,很多都是我小学的时候背的,比如《大学》《中庸》。"大学之道,在明明德,在亲民,在止于至善。知止而后有定,定而后能静,静而后能安,安而后能虑,虑而后能得。物有本末,事有终始,知先后,则近道矣。古之欲明明德于天下者,先治其国,欲治其国者,先齐其家,欲齐其家者,先修其身。欲修其身都先正其心,欲正其心者,先诚其意,欲诚其意者,先至其知,致知在格物"。这是当时学的,我一下就背下来了,要是现在学习的话我背不下来。这是我九岁的时候学习的,我现在还能背。其实说起来也很悲哀,但我不能跑到这来向同学们诉苦。过去古典诗词基本上过目我就能记住,现在不行了。我可能当时记住了,三天以后就忘得光光的了。在我年轻的时候我自己写的东西,比如《青春万岁》,我写的时候是十九岁,一共二十二万五千字,过了一年了,你让我背,这二十二万五千字我都能背下来。现在我看别人评论我的文章,我得想半天:他在评论谁呀?说话还挺不客气,还挺刻薄,最后一看原来是在骂我呢!记忆力就已经不如从前了。所以,从这一点上来说,学习也是一种快乐。你稍为超前那么一点点,也许我这个人有点冒险主义,我只要觉得我能看懂一半的书我就看,我不会等我全能看懂的时候才看。等看到最后一个字的时候,前边有的不懂的,也就懂了。所以这也是一种快乐。这种快乐是不是适合所有的人,我不敢说。你让他循序渐进他还为难呢,你让他挑更难点的东西,就把他给压着了。

第三点呢,学习的快乐就在于把不同的课程和不同的科目联系起来,整合起来。现在有这样一种争论,认为我们是不是用在学习外语上的时间太多了,结果自己的中文都学不好,错别字连篇,包括中央电视台,中央电视台的字幕错字也很多。据说中央电视台还悬赏,找到一个错字,找到一个读音读错的字就有奖金一百元。但是实在是不好意思去说,我在非常正规的场合听报告,我听一个企业介绍它的经验,说我们创造了这种工作方法以后,三个月以内,我们这种工作方法不翼而飞。你知道他是什么意思吗?是不胫而走的意思。被偷窃了,才叫不翼而飞。他要说的是,这种工作方法虽然没长翅膀,但大家都学习了这种先进的工作法。但他用了不翼而飞。就是像网

129

上开玩笑,说我们一位著名的体育广播员,在评论足球时说:国安队以迅雷不及掩耳盗铃之势,踢进了自己的球门!可能有这种现象,但从根本上说,学习汉语、学习中文与学习英语、学习外文不能说是相矛盾的。一个母语不好的人呀,他是无法学好外语的。很简单的一个道理,你用中国话都说不清楚的一件事,哪个是主,哪个是次,哪个是先,哪个是后,哪个是被动的,哪个是主动的,连这你都搞不清楚,你把它译成英语,你能搞清楚吗?不是更糊涂了吗?是糊涂上更糊涂了。从总体上来说,它是不矛盾的。刚才我说到了我学英语的情况,后来我学都是从头自学。我学外语的一个主要经验是不用汉语作为学外语的主要参照系,而是以生活和世界作为它的主要参照系。这是什么意思呢?比如说学英语的词 bottle,那我手里摸着这个瓶子,这就是 bottle,这里面装的是 mineral water。而不是在那里背 bottle 瓶子,瓶子 bottle,这样子的背法你永远不行。microphone,里面的 phone,电话也是 phone,当你想到 phone 时,你想到的不是话筒这个词,而是你的脑子里出来一个实物的形象。还有 hand,glasses,hair,face,mouth 这些都是实际的东西,是从实际当中来得到这个语言的,而不是从语言到语言。反过来学汉语也是这样。你知道了踢足球叫迅雷不及掩耳,你看足球你就会很明白,这里面不存在掩耳盗铃的问题或者这方面的情况,你也知道他那个球踢进去是攻入了对方的大门,而不是攻入了自己的大门。如果我们对语言的掌握,我也不知道这几年国内的一些情况,我已经毫无办法了,就是这个"不以为然"及"不以为意"的应用。对一样东西表示不在乎,是"不以为意",对一件事表示不赞成,是"不以为然"。可是现在呢,都说成是"不以为然"了,我也不知道这是哪条筋走错了。所以我想,各种东西都有一种共同性,外文与中文有它的共同性,是经验主义的与直觉主义的。我还听到过这样一种理论,这种理论我觉得有点玄妙。说做一个实验,什么样的实验呢?比如说西班牙语,我们请在座的人完全安静下来,请上二十个非常聪明和有感觉的学生坐到这,当然我不会西班牙语,我摘下一块手表来,讲十个词,都是西班牙语,但其中只有一个词指的是手表,然后让大家凭感觉来分析,十个词中哪一个是指手表。结果,至少有一半的人都能猜准。所以语言的声音结构,它实际是有规律的、有根据的和有感觉的。感觉东西多数都是这样,就这样叫,你一点办法都没有,而实际上是有感觉的。要做到这一点不容易。如果你学外语,能学出对外语的感觉来,如果你学数学,能学出对数学的感觉,如果你学物理能学出对物理学的感觉来,你学习的接受的情况,就会有很大的不同。有些我的同行,写小说、写诗的朋友,当然,他们也喜欢自嘲,喜欢开玩笑,当别人问他为什么走上文学之路的时候,他就回答说:因为我从小数学就不及格嘛!这也是一种说法,有人对某门课程不感兴趣,于是走上了另外的一条路子。但是我个人的情况与此完全不一样。我从小最喜欢的两门课,一门是语文,一门是数学,而且我特别喜欢数学。我上初中的时候是一九四五年至一九四八年。我在北京平民中学,现在是第四十一中学。中学的数学老师叫王文朴,他最近刚刚去世。前几年学校校庆的时候我回去,他见到我时还带有一种遗憾和责备的口吻说我:那有什么办法呢,你已经走了文学这条路了!其实你如果做数学的话,比现在成就要大,而且不会找其他的一些麻烦。他觉得非常遗憾。我就觉得,数学是对人类高、精、微的一种精神能力的一种训练、一种活动。在数学的天地里,也同样充满了各种探索、困惑、追求、发现、光明。那种感觉和在文学里是一样的。同样,文学里头也有很多数学。有些最美的诗句,离不开数学。比如说李白的诗:一回一叫肠一断,三春三月忆三巴。那个是三个一、一、一,下一句是三个三、三、三,三三得九,是一和九的关系。如果没有这个数字,如果李白不识数呢?他作不出这个诗来,也不会有这个对仗的关系。又比如杜甫的诗:两个黄鹂鸣翠柳,一行白鹭上青天。这里的两和一。然后是:窗含西岭千秋雪,门泊东吴万里船。这又有一个千和万的关系。这说明杜甫也是识数的。一个不识数的人想要当成一个好的诗人、好的作家也有他的难处。但是文学比较怪,我不敢说得太死,它会出现很多例外的东西。一般来说,我们认为作家应该有很多的生活经验。但现在出现了十八岁就写了两部长篇的,接着是十六岁,十四岁,还有九岁出诗集的,现在还听说有一位五岁的神童,五岁已经出了两本诗集的。遇到这种情况我就赶紧闭上嘴巴。因为你不知道的事情,很特殊的事情,很例外的事情,少说比较好。有一次我还问过教育部中教司的司长,我问他全国的中学生有多少?他告诉我好像说是六千万吧,是不是这个数字?六千万差不多。这六千万里头独立著书的大概有六个人,它的比例,用数学的说法为几率,它的几率是一比一千万。这个比例小于飞机失事的比例。全世界飞机失事的比例是三十万分之一,一般就不计了。因为三十万次才有一次,和零差不多。这个一千万分之一比这更小,我就不能评论了。但是一般来说,我觉得一个人在中学时期,最好对各种课都有兴趣。对数学也有兴趣,对物理也有兴趣,对化学也有兴趣,对外语也有兴趣,对汉语也有兴趣,他应该有许多方面的兴趣。他对任何一门功课的偏爱都不应该以对另一门功课的厌恶为代价,这样子会比较好。这一说好像我给大家树了一个榜样似的。我也有深刻的教训,我从小体育不好,到现在我不会做后滚翻,我只会做前滚翻。我不知道有没有不会做后滚翻的?可以说你们绝大多数,还是比我那个时候强多了。我上初中的时候跑百米要求跑十五秒我也没有达到,现在你们都达到了吧?但是我后来也挺注意锻炼的,俯卧撑我也做过六十多个,单杠我可以做四个,跳高我可以跳过一米一五,这个当然很低,在我当年身体不佳的情况下,也算是我做了努力。所以我也有我的教训,所以大家一定要注意身体健康。对体育也要有一种感觉、一种热爱和一种趣味。而且这是一种精神状态。我还有一门课学得不好,就是美术。我画画就不好。我的很多功课都特别好,不是吹,但只有美术,每次都是乙或丙。过去考试成绩分甲乙丙丁。只有一次,我将我姐姐画的一张水彩画拿去改头换面交上去,得了一次甲。但这个从品德上应该扣分,觉得非常惭愧。

  总而言之,我跟大家说一点旧事,希望大家特别珍惜这种学习的环境。不要把学习变成学校压在学生身上的东西,或者是家长压在自己身上的东西。学习是一种快乐,学习是一种感觉,学习是一种融会贯通,学习是一种发现,学习可以说是人生最好的事。它不会被剥夺,谁也不能禁止你学习。而且你是全天候地学习,有书的时候,你可以学习,没书的时候你可以背诵,可以思考。我相信,在完全不同的、更加良好的条件下就学的海大附中的同学们一定会有更大的成就。你可以学习到很多东西,而且越学习越知道该怎么样学习。

2004 年 10 月 19 日

汉字与中国文化[*]

在一九一九年的五四运动中,曾经在那种烈火狂飙的潮流中,出现了对于中国传统文化进行反省和批判的高潮。当时不管是吴稚晖、胡适、鲁迅,还是后来的钱玄同,都曾发表过一些非常激烈的针对中国传统文化的意见。他们对于中国的经典、中国的传统文化抱着很痛心的态度,主张把线装书丢到茅厕里去,主张青年人不要看中文书,打倒孔家店等等。我想这在当时也是很了不起,也是完全可以理解的。我无意去否定他们。

百十年来谈中华文化都绕不开一个问题,就是汉字。钱玄同就提出过比较激烈的意见,希望废除汉字和汉语。他认为汉字本身就是我们积贫积弱的根源,应该彻底不学中文,尤其是不能写汉字,因为中文太难学了。大多数国家的语言文字都是拼音文字,拼音文字是音本位的文字,一个字母只代表一个音素,本身没有别的意义。英语二十六个字母,维吾尔语三十三个字母,俄语也只有三十多个字母。相比较而言,中文太难了。我年轻的时候也曾幻想过消除汉字,大家不用写汉字了,中国也就现代化了。我们曾经有一种观点就是汉语和汉字是和现代化相抵牾的,是不能并存的。一九四九年新中国建立后,中国成立了文字改革委员会,毛泽东主席正式规定了汉字改革的目标和前景是拼音化。这是被确立为国策的。文字改革委员

---

[*] 本文是作者在江苏淮安"海峡两岸传统文化与现代化"研讨会的讲话。

会作了一些非常有益的工作,一是制定了汉语拼音,二是三次简化汉字。对于这三次简化汉字,我也是持肯定态度,因为它提供了很多方便。我上小学时有个同学叫做丁邦鼎,写他的名字太痛苦了。我个人还庆幸一点,因为"王蒙"这两个字还是好写的。但是很有趣的是,到第四次汉字简化的时候,引起了一片嘘声。在一片嘘声中又缩回去了,第四次汉字简化被取消了,夭折了。我想,这是因为大家慢慢感觉到汉字不能随便再动了,再动的话天怒人怨,天理不容。所以后来整个国家机构改革的时候,国家文字改革委员会也更名为国家语言文字委员会了。这个趋势非常有意思。这个趋势说明汉语和汉字对我们来说并不是一个纯工具性、纯手段性的问题,而是带有根本性的文化问题。因为语言文字带着人们对于世界的一种体察,一种感受,一种思想,一种方法,它对我们的影响不仅仅是个怎样发音的问题。

我个人一些小的经验想提出来请教大家。

我写过一篇小说叫《夜的眼》,这篇小说英文、德文、俄文翻译得比较多。所有的翻译者都要问我,甚至有时候打越洋电话问我,这个夜的眼的眼睛是单数还是复数。这个问题我从来没有想到过。因为这里的"眼"我至少有三种解释:第一是把夜拟人化,这个夜本身就是眼,不存在单复数的问题,可以是千手千眼,也可以是一只眼睛。第二是主人公的眼,当然这是复数。第三种可能是我在小说中描写过在一个工地上有个孤独的电灯泡,这个电灯泡非常昏暗。主人公不小心在工地上掉在沙坑里了,那么它就是单数。因此,它应该是单数又应该是复数,但是英语不能解决这个问题,德语没法解决这个问题,俄语没法解决这个问题,包括我们阿尔泰语系突厥语族的维吾尔语也不能解决这个问题。在英语中或者是 eye,或者是 eyes。而我们的汉字有一种追求事物最纯粹的本源的特性,我称之为本质主义的倾向。对我们来说"眼"是本源,有了眼的概念才有"一只眼""两只眼"的概念,然后我们可以说眼睛、眼毛、眼眉、坏心眼、好心眼,但是

135

它的根本在于"眼睛"。我们是崇尚"一"的,从我们的古代文化中,我们认为一个人掌握了"一"就无所不通。这是带有神性的一种观念。对于眼睛来说,最重要的是"眼",然后才是独眼龙还是千手千眼,或者是眼皮、眼珠、眼眶等等。其他许多词也有这个意思。中国人喜欢讲什么是纲,什么是目。譬如说我们说"牛"可以看作"一",有"牛"然后才有牛奶、牛油、牛毛、牛皮,牛皮还可以抽象化、转义加以使用。另外我们还可以分公牛、母牛、水牛、黄牛等等。在英语中牛是cattle,cattle也可以当大牲畜讲,公牛是bull,母牛是cow,牛奶是milk,也没有听说过是cow milk的。但是中文中"牛"在这一组词中位于一个中心的位置,位于"一"的位置,而在英语中很难看出这个关系来。中国文化中这种重视本质的传统很明显。我们很喜欢"一"字,很喜欢"元"字。我们有很多带有这种玄学意味的、哲学意味的,乃至带有神性和灵性的观念在我们的词里。也许这些词对我们发展自然科学,发展法学不太有利,但是起码在追求一种灵感上是很有趣味的。

我又想到一个例子,讲到汉字的灵性、弹性。我们对杜诗一直以来就有一个争论。杜诗里有两句"幼子绕我膝,畏我复却去",一个说法认为小孩子抱着我的膝盖,怕我又走掉了;还有一种说法就是说幼子认生,不知道是自己的爸爸,对我是怕的,所以又走了。这样的争论已经进行了上千年或者更多,但肯定永远不会有结果。我想这句话如果用英语或者其他语言来表达也许不会产生这种争论。比如,如果是"幼子绕我膝",然后又走了,这是递进的两个谓语;如果是怕我走,后面的词就变成了修饰补充的从句。我相信用外语表达方法是不一样的,但是在中文上就是一样的。中国语言的灵动性表现在各个方面。

我又觉得汉语是一个诗性的语言,它给中国的政治家们提供了一个极好的天地。政治家可以在一个字、一个词、一句话中有很大的发挥余地。我们比较一下,苏联的改革和中国的改革,完全不同的结果,完全不同的选择。这里面我觉得也和汉语与汉字的许多特点是有关系的。俄文缺少可塑性,缺少灵动性。

拼音文字是音本位的,汉字是字本位的。汉字对我们来说,不仅仅是一种声音,它表达的声音并不是统一的,各种不同的方言可以用不同的声音念一个字。我听过湖南人吟诵《四书》,我也听过广东人吟诵《四书》,我也听过我的家乡河北人吟诵《四书》,音不相同,但是字完全一样。汉字,克服了方言上众多的分歧,维护了中华民族的统一和整合。有人考察过中国广东话和辽宁话的差异也许甚至超过了欧洲一些国家间语言的差异。但是,她有一个工具,这个工具就是汉字。从另一个方面,我又感觉到,恰恰是汉字挽救了这些方言。因为有了汉字,这些方言不会在某一个时期被一种强势文化地区的方言吞没。现在回过头来看,在我们进行文字改革的时候有一项要求就是推广普通话。推广普通话是绝对正确的,也是绝对必要的,因为这样你总有一种标准的说法。据我所知,台湾在推广普通话上也作了很大的工作,取得了好的成效。我所挚爱的,至今难忘的小学老师,就是在台湾光复后,被国民党政府组织到台湾推广国语的,这是必要的。但是另一方面,我们又不能想象没有这些方言的存在。这些方言中有很深厚的文化积淀。如果没有吴侬软语,难道还能有评弹吗?还能有苏剧吗?还能有苏昆吗?如果陕西没有三秦高腔,又如何能有秦腔?如何能有陕北民歌?我甚至还认为,那种表达爱情苦闷的陕北歌曲与表达要求革命反抗压迫的歌曲有一种心理同构。根据表达爱情苦闷的歌曲改编成革命歌曲,是天衣无缝,听不出原来是爱情歌曲。

方言是要要的,汉语是要要的,汉字尤其是要要的。汉字给我们的信息量实在是太丰富了,它既是一幅美术作品,也表达着声音,还表达着历史的典籍,表达着已经不能够说话的那些人的智慧和感情。我曾经试想,如果真正用拉丁字母还能不能表达这种感情。"白日依山尽,黄河入海流。"一看这十个字,我们就有一种视觉的享受,还能引起人们的想象。相反,如果用汉语拼音来表达呢？虽然它有自己的读法,但你可能看到的是"bái rì yīshān jìn,huáng hé rù hǎi liú",很难得到汉字给予你的文化的享受。

我甚至觉得汉字实际上是中国文化的基础。现在许许多多中国和外界发生的矛盾,都和我们对汉字的理解有关。比如汉字中"国家"的意思实在是太广了,有"国"的意思,有"家"的意思,有 country 的意思,又有 nation 的意思,还有 state 的意思。所以我们对国家的忠诚、对国家的热爱,它表达着这样的感情在里面。又譬如说"人民",它和英文的"people"有着相当的差距。这些,外国人并不一定明白,他认为理所当然的事情到中国来也许是讲不通的。汉字是我们文化的基础,更不要说我们的对联、楹联、骈体、对偶等等,它们甚至影响到中国人一些特殊的辩证思想,比如"祸福相生、长短相形、高下相倾"等等,这些反义词放在一起造成一种互相循环的关系,也是妙极了。

我又想起一个故事,两个人争论。一个说四七二十七,一个认为四七二十八。两人到了县官那里,县官把认为四七二十八的那个人打了一顿。这个人不服,县官说:那个人都认为四七二十七了,你和他争论又有什么意义呢？我即使打死他对他也没有什么帮助,但是我打你就会让你记住不要再和这样的人争论了。这也是中国人独有的一种智慧和幽默吧。

对待汉字汉语的认识正在走向成熟,汉字的电脑使用的成功,使汉字的前景更加光明,我们将更加珍惜我们的汉字文化,相信这种文化会更加光辉灿烂。

2009 年 11 月

汉字与中华文化*

虽然受到全世界许多有识之士的批评以及群众的抗议斗争,全球化的趋势是无法阻挡的。因为全球化的大趋势就是现代化的大趋势,它有利于生产力的发展与社会的进步。同时它又必然面对质疑与讨伐。

历史是一个粗线条的大师,它勾勒了全球化的进程,却忽略了人们为这个发展和进步付出了极大的代价。首先一项令人担忧的就是:民族的、地域的、人的多样性与各自的特点、传统、身份与性格会不会逐渐泯灭?统一的市场和媒介会不会使精神生态消费化、产业化、标准化与批量化、克隆化?某个超级大国经济、政治、军事与文化的强势会不会变成霸权主义与单边主义,从而树立对于世界的全面与单一的统治?

幸好,历史又是一个自相矛盾的大师。当今世界的趋势并不是单向度的,与全球化并存着反题:民族的、地域的、传统的与自身的(原生的与自然的)的特点日益引起重视,个性化、多极化与拒绝霸权主义的趋向正在发展。而这里,文化的作用特别重要。文化拒绝标准化与一体化,拒绝单一的 GDP 指标,拒绝批量制造、统一规格和条形码。

中国的长项在于文化。中国文化近二百年来遭受了严峻的考

---

* 本文是作者在莫斯科的演讲。

验。中国文化大难不死已经和正在获得着新生。近代以降,中华文化不但暴露了它的封闭愚昧落后挨打的一面,更显示了它的坚韧性、包容性、吸纳性,自省能力、应变能力与自我更新能力。

中华文化在八国联军的时代没有灭亡,中华文化在日军占领中国大部的时候没有灭亡,在"文革"中也没有灭亡,近代以来中华文化经历了被批判与自我批判、危机、大量吸收异质的现代文明与进行创造性的转化的进程。近四分之一个世纪以来,中国国运日隆,中华文化日益兴旺看好。

文化是我们中华民族赖以安身立命的根基,是中国的形象,是解决许多麻烦问题,实现持续发展与国家整合的依托。中华文化是全体华人的骄傲和共同资源。中华文化是当今世界上的强势文化的最重要的比照与补充系统之一,中华文化是人类文明的宝贵财富。没有中华文化的人类文化,将是多么残缺的文化!

这里,我着重就一些个人的感受、经验谈一谈汉语汉字与我们的人文文化传统与现状的某些关系。

对于大多数民族来说,她们的独特的语言与文字是她们的文化的基石。尤其是使用人数最多,延续传统最久,语音语词语法文字最为独特的汉语汉字更是中国人的命脉,我们的灵魂,我们的根基。

汉语属于词根语,汉藏语系。我的小说《夜的眼》译成了英、德、俄等印欧语系许多文字。所有的译者都向我提出过一个问题:"眼"是单数还是复数,是"eye"还是"eyes"?

我无法回答这个问题,因为汉语是字本位的,"眼"是一个有着自己的独立性的字,它的单数和复数决定于它与其他字的搭配。汉字"眼"给了我以比"eye"或者"eyes"更高的概括性与灵活性:它可以代表主人公的双眼,它可以象征黑夜的或有的某个无法区分单数与复数的神性的形而上的而非此岸的形而下的眼睛,它可以指向文本里写到的孤独的电灯泡。

汉语培养了这样一种追本溯源,层层推演的思想方法。眼是本,第二位的问题才是一只眼或多只眼的考量——那是关于眼的数量认知。眼派生出来眼神、眼球、眼界、眼力、眼光等概念,再转用或发挥作心眼、慧眼、开眼、天眼、钉子眼、打眼(放炮)、眼皮子底下等意思。

所以中华传统典籍注重最根本的概念,多半也是字本位的:如哲学里的天、地、乾、坤、有、无、阴、阳、道、理、器、一、元、真、否、泰……伦理里的仁、义、德、道、礼、和、合、诚、信、廉、耻、勇……戏曲主题则讲忠、孝、节、义,读诗(经)则讲兴、观、群、怨。这些文字、概念、命题,不但有表述意义、价值意义、哲学意义,也有终极信仰的意义与审美意义。华文注重文字—概念的合理性与正统性,宁可冒实证不足或者郢书燕说的危险,却要做到高屋建瓴与势如破竹,做到坚贞不屈与贯彻始终。在中国,常常存在一个正名的问题。训诂占据了历代中国学人太多的时间与精力,然而又是无法回避的。许多从外语译过来的名词都被华人望文生义地做了中国化的理解,中文化常常成为中国化的第一步。这产生了许多误读、麻烦,也带来许多创造和机遇,丰富了人类语言与思想。这里起作用的是华文的字本位的整体主义、本质主义、概念崇拜与推演法(如从正心诚意推演到治国平天下),与西方的实证主义和实用主义,理性主义和神本或者人本主义大相径庭。

汉字是表意兼表形的文字,汉字是注重审美形象的文字,汉字如歌如画如符咒。汉字的信息量与某些不确定性和争议性无与伦比。在中华民族的整合与凝聚方面,在维护中华民族的尊严和身份方面,在源远流长、一以贯之而又充满机变以摆脱困境方面,汉字功莫大焉。没有统一的汉字只有千差万别的方言,维系一个统一的大国,抵抗列强的殖民化是困难的。比较一下中国与亚、非、拉丁美洲其他国家的被列强殖民统治的历史,我们可以看到中华文化的力量。比较一下社会主义的苏联与社会主义的中国命运,我们也可以看到中华文化特别是汉字文化的强大生命力。

相传当年仓颉造字的时候"天雨粟、鬼夜哭",何其惊天动地。

汉字的特殊的整齐性丰富性简练性与音乐性形成了我们的古典文学特别是诗词。现在中国大陆的幼儿不会说话已经会背诵"床前明月光……"武汉的黄鹤楼虽系后修，非原址，但是有崔颢与李白的诗在，黄鹤楼便永远矗立在华人心中。黄鹤楼、滕王阁、岳阳楼、赤壁、泰山……因诗文而永垂不朽。

在推广普通话的同时，中华方言的丰富多彩正在引起人们的重视。吴侬软语，三秦高腔，川语的刚嗲相济与粤语的铿锵自得尤其是各少数民族的语言文字同样是我们的语言财富。它们影响着乃至决定着我们的民族音乐，特别是多种多样的地方戏曲、曲艺和少数民族歌舞。"一声何满子，双泪落君前"，一声乡音，两行清泪，乡音无改鬓毛衰，万方奏乐有于阗，中华儿女的乡愁乡情永不止息，汉字文化便是中华儿女的永远的精神家园。

同时在中华传统中，书画同源，汉字影响了我们的造型艺术，催生了我们独特的灵动的气韵、风骨、写实、写意、言志、抒怀等观念。

我们所关切的汉字文化毕竟是全球化时代的民族文化，是面向世界的开放的与面向未来的文化。只有民族的才是世界的，是说我们的文化要有自己的传统，自己的立足点自己的性格。同时，只有开放的面向世界的经得起欧风美雨的与时俱进的中华文化，才是有活力的民族的，而不是博物馆里的木乃伊。聪明的做法不是把全球化与民族化地域化对立起来，而是结合起来。

伟大的俄罗斯文化过去现在和将来都对中国的知识分子产生过巨大的影响。尤其是文学领域，至今，中国的作家仍然对俄罗斯文学的成果惊叹不已，俄罗斯的辽阔，俄罗斯的忧郁，俄罗斯的激情，俄罗斯的浪漫与想象，俄罗斯的大地与人民，将永远被中国人所记取所赞美，将被中国历史所珍重，推动中国文化的丰富与发展，同时我们将共同珍惜文化的多样性，非一体性。

在浅层次上，争论要不要花那么多时间学英语可能是有意义的。对于中华文化、俄罗斯文化这样伟大的传统来说，英语的强势只不过是暂时的现象。我们的根本是我们自身而不是别的。从根本上说，母语是进修外语的基础，外语是学好母语精通母语的不可或缺的参照。说起近现代中国，大概没有很多人的外语比辜鸿铭、林语堂和钱锺书更好，同时他们的华文修养也令我辈感到惭愧。设想未来的中华儿女个个熟悉汉语汉字华文经典，同时至少是它们当中受过良好教育的人，熟练掌握一两门外语特别是英语，这完全是可以做到的，也是必须做到的。中国人也好俄罗斯人也好，我们的大脑与舌头足以做到这一步。而做到这一步不会降低而只会提高我们各自的文化的地位。

即使是纯然的文化舶来品，到了中国也会在一定程度上中国化。可口可乐在中国已经与生姜煮在一起作为解表去瘟的感冒药品使用。芭蕾舞与意大利歌剧，当中国人表演的时候，很可能多了些东方的妩媚与甘甜，多了些 tender 与 sentimental。近年来意式法式港式西装在中国大陆大行其道的同时，唐装、旗袍与土布对襟小褂正在悄然兴起。而且，据 CNN 的解说，目前三枚纽扣的西装的设计受到了毛式服装的影响，而中山服、毛制服与当前改进了的立领无兜盖的青年服，又是中国受到日本、印度等国服装样式影响的结果。

一九九八年我在建立已有七十余年历史的纽约华美协进会上讲演，有听众问："为什么中国人那么爱国？"

我戏答曰："第一，我们都爱汉字汉诗，第二，我们都爱中餐。"

可惜我今天没有时间再谈中华料理了，那就让我们的听众有机会去中国旅行，并尽情享用中餐吧。

2004 年 11 月

我的读书生活[*]

——经验的审度与审美的感悟

我今天讲的内容是关于读书的事情,读书并不能算是我的长项。因为,和一些学界的大师们相比,我读书的数量既少,记忆的也有限。比如,我们知道有些大师的佳话,他可以指着图书馆的一个书架子说:"这个架子上的书,我已经全部读过了,甚至于我已经全部背下来了。"于是,就有人从书架上取下一本书翻开至第二百三十二页,他果真能把此页上的内容给背出来。当然,这种人也不多,但确实是有。还有的人精通好几国语言,在国际会议上别人谈论到某书,他立刻能用拉丁语、意大利语、德语或英语的版本讲一通。这些都是我还做不到的。既然如此,那我为什么还要在此讲座呢?我觉得,在自己读书有限的情况之下,真还读出了些感悟来;真还读出了点用处来。如果把读书当成是吃饭的话,那我的饭量是很有限的,但消化、吸收尚可。所以,给大家介绍一些这方面的经验。

读书要趁早

我要说的第一个内容是:读书要趁早。这里面有两个意思:第一,趁着童年、少年的这段时期,多读书。时至今日,很多的书,我都

---

[*] 本文是作者在上海的演讲。

是儿童时期阅读的,无论是《唐诗三百首》《千家诗》,还是《道德经》《庄子》等,以至于诸如一些爱心教育、童话故事。一直到年轻的时候,阅读了《辩证唯物主义》《历史唯物主义》等这些书。第二,读书要"加码"读书,要"超前"读书。这个说法可能和某些人所提倡的循序渐进不完全一样。因为,我在特别年轻的时候,甚至是后来,都有一个习惯,即若这本书我能够懂百分之三十至百分之四十的话,就一定要去读。我在阅读的过程中,直到读完了以后,大概就能够懂百分之五十至百分之六十了。如果我都能有这样的理解程度了,待回头再来翻翻的话,差不多百分之八十至百分之九十,甚至于百分之百都能读懂了。可以说,许多书我都是这么读过来的,如《大学》:"大学之道,在明明德,在亲民,在止于至善。知止而后有定;定而后能静;静而后能安;安而后能虑;虑而后能得……"像这些东西,我当时都已经能背诵下来了,可并不太懂,但我也先把它背下来再说。

在新疆,我曾读维吾尔文的书,读乌兹别克文的书。其中,包括新疆出版的,以及北京民族出版社出版的,还包括大量(当时中苏关系十分紧张)的哈萨克斯坦首都阿拉木图和乌兹别克斯坦首都塔什干的维吾尔文或乌兹别克文的书。一直再到高尔基的《在人间》,到《我们时代的人》……我都是从那个年代读下来的。我也和大家说实话,其实本人的英语并不好,还没有过关。但是,我也认真阅读过英语的书,如海明威的短篇小说集。另外,我和一位英国女作家多丽丝·莱辛很有缘,我们是同一届在意大利蒙特罗获得了文学奖。她的书很好读,因为里面的句子比较短,如《金色笔记》《南非的故事》等都非常好读。当然,我也爱读艾米丽·狄金森(Emily Dickinson)的意象派诗歌和约翰·契佛(John Cheever)及其女儿回忆父亲、回忆家庭的书。这些我都是从英文书中读下来的,且我觉得基本上都懂了。

我很喜欢做一件事,或许这对于那些真正想学好外语的人而言,并不是好办法,即"连蒙带猜"。我经常发现从字典中查出来的结果,和自己猜测的结果相差无几。所以,我觉得这种"加码"读书、"超前"读书能够使得自己的学习细胞活跃起来,这确实是一种好办法。

爱书、释书、疑书

我要说的第二个内容是:我们要爱书、释书、疑书。我最喜欢讲的一句话就是读书与生活要互证,互有发现。互证,就是用人生的经验去解释书。例如老子说"天下皆知美之为美,斯恶矣",古往今来,许多人都说老子强词夺理。但你只要搞过一次评工资,你就明白,从众人中选出"美"来有多么麻烦。比如说,老子讲"道生之,德畜之,物形之,势成之"。你从电脑的产生与改进上就可以发现,"道"是规律是原理,没有这样的数字化的原理,产生不出来的;德就是劳动、勤劳、钻研、科学、创造;物就是材料、硬件;势就是驱动、软件。孔子讲君子和而不同,小人同而不和。我们可以发现,受过良好教育的人,他们不轻易跟风,但与人为善,这是和而不同。而一个犯罪团伙,他们表面上很一致,实际上各怀鬼胎。再如老子讲善行无辙迹,善言无瑕谪,怎么解释呢?

"释"就是解释,可不仅仅只是加以说明,而是要加以发挥。如李白写杨贵妃的诗《清平调》中就有"解释春风无限恨,沉香亭北倚栏杆"一句,这里的"解释"就有发散、发挥的意思。例如毛主席引用种种诗词,但是他的发挥是独特的:用无可奈何花落去……讲中苏论战;用折戟沉沙铁未销,说明林彪事件;用群居终日,解释总路线。

让我们再讨论一下毛主席的一段名言:捣乱、失败……斗争、失败、再斗争再失败,直至胜利。

为什么反动派也是老失败,最后灭亡了,人民却也是老失败,最后胜利了?为什么人民不说斗争胜利,再斗争再胜利,直到大获全胜?看看党史就知道了。是苏联才讲什么从胜利走向胜利,与磐石般地团结。

而且还要"疑书",即越是喜欢这本书,就越要认真对待,读此书目的也不仅仅是为了知道其中的一两点说法;或者是为了应付一次考试;又或者是为了消遣。而是想从中获得一点智慧;或者是想获得一点原来未知的信息,从而增加对人生、对世界的了解。因此,有许多书就是可疑的了,抑或是书中尚有可疑的部分。我记得在一九九四年的时候,当时山西某出版社出版了一本名为《第三只眼睛看中国》的书,其作者的署名是"(德)洛伊宁格尔",这本书就引起了我的怀疑。因为,这本书的版权页上没有原书名,照理应该有德文的原书名。同时,也没有任何对其版权的说明。可该书上还郑重介绍:洛伊宁格尔是德国著名的汉学家。其实,我也认识很多德国的汉学家,询问后获悉:没有这么一个人。然后,我再翻阅此书的内容,便确定了这是一本伪书,是中国人冒充德国人的名义所写。这个弥天大谎是我首先发现的。所以,我对书还真"疑"出点结果来了。

另外,还有些书比较难懂,特别是中国古典的一些书籍。所以,你在读书的时候必须有一种和书的作者切磋、琢磨、商量、谈论的这么一个过程。否则,看了半天,感觉就跟看"天书"一样。比如,我从小就喜欢读老子的《道德经》,其中就有些非常有趣的说法:"天下皆知美之为美,斯恶矣。皆知善之为善,斯不善矣。"其意思就是:你知道了美是美的,它就不好了;你知道了善是善的,它反倒就不善了。老子虽然不解释,但他这个论题很高深。因此,为什么我说是"经验的审度"啊?因为,我有了经验以后,立刻就懂了,很简单。倘若在某些单位不成功地搞一次"评先进",你们就会明白这其中的奥妙了。原本大家在一起工作都挺好的,什么事都没有。可是,要评先进就开始了纷争,一派"老王卖瓜"的景象,更恶劣的是彼此告状,或写匿名信,甚至于还有"造假"的。自古以来,沽名钓誉之徒,作秀的,给自己树形象的均大有人在。但是,老子的这番话,我也不是完全赞同的。如果是"皆不知美之为美,皆不知善之为善"的话,也挺麻烦的,即死气沉沉、死水一潭。

老子说:"有之以为利,无之以为用。"其意思就是说:有了,才能够利用它,而真正要使其有用的话,在某些方面,它又是"无"的。因此,老子举的例子十分高明:一所房子有房顶,有地板,还有四面的墙壁和灯,这就是"有之",这才能被称为房子。但是,若房间里都已经堆满了类似于集装箱之类的东西了,它就不能被称为房子了,因为其不能够被使用了。这就是"无"与"有"的关系,即在某些事情上,需要"无",需要留下空间,需要留下机动性。

我已经上任了十四五年的政协委员了。于是,就深深感觉到政协就是"有之以为利,无之以为用"。因为,政协里有主席、副主席,还有常委、委员,加之各个方面又都很重视(开一次会,报纸总是在头条予以报道),这些都是"有之"。然而,政协并没有行政的权力,也没有立法的权力和监察的权力,这些又都属于"无之"。一个人也是如此,你一定要知道自己有什么,自己又没有什么。如,我从事写作,因此认识很多字,但又认识得并不全面,像《康熙字典》中,我不认识的字可多着呢!当遇到自己不认识的字的时候,就要敢于承认,这样才能有所学。绝对没必要装出一副什么都知道,什么都高明的模样。

老子说的另一些话就更为神奇了,如:"盖闻善摄生者,路行不遇兕虎,入军不被甲兵;兕无所投其角,虎无所用其爪,兵无所容其刃。夫何故?以其无死地。"这句若乍一看,还真有点邪教的味道。但是,它所强调的是"以其无死地",即若一个人做到了完美无缺的话,不露破绽,没有软腹部的话,没有出现致命的弱点,他就无懈可击了,其在艰难、艰险之中如履平地,举重若轻,游刃有余。这些地方就需要用一种审美的观点,而不是把它当做一个很具体的法术。这就很像武侠小说中的"金钟罩""铁布衫",我小的时候就会老想着去练些盖世神功,并且在上小学的时候还真练习过"铁头功",遗憾的是没有能成功。因此,只能从审美的角度去进行理解。

我最喜欢老子说过的审美性语言是:"治大国若烹小鲜"。其"烹小鲜"即熬小鱼,即治理大国就好像熬一锅小鱼那样。历代的学者对它的解释,都有两种针锋相对的意见:第一种意见认为,它既然是小鱼的话,那就少折腾些,火力要温一些,也不要来回地搅动小鱼。要不然的话,猛火加上搅动,那些小鱼都会被弄碎了。这样的说法似乎还挺有道理的。第二种意见认为,小鲜太小了,火就很不容易匀,因此就需要不停地调整与搅拌,这样才能够熬得好。但是,我觉得,无论你多搅拌也好,少搅拌也罢,老子的这番话可真是太绝了,简直是妙不可言!同时,也充分体现了两千多年前中国人的智慧。此话表达的含义是:越是在一个非常严重、非常艰巨的任务当中,就越要保持一个平稳、从容的心态。老子讲的就是一种精神状态,一种自信,一种把握;而反对的就是一种慌张,一种窘迫,一种张扬。因此,才能"治大国若烹小鲜"。

在座的年龄稍大点的听众可能还记得,在"文革"中批判"孔老二",说孔夫子认为人民群众是"愚不可及"。但是,这个说法是完全错误的。孔夫子在《论语》上的原话是:"宁武子,邦有道则知,邦无道则愚。其知可及也,其愚不可及也。"其意思就是:宁武子这个人神了,当这个地方很太平、很有规律、很有章法的时候,那么他就很聪明,就可以参与社会生活,能够提出很好的建议;若这个地方发生了混乱,他一下子就变傻了,什么都不知道了。如果你要像他一样的聪明,那么我们大家一起努力,就都可以做到了。即好好学习,多读书,多讨论,一定可以变得很聪明。但是,你要该傻的时候他一样傻,这个就做不到了。所谓,聪明容易,学傻难,该傻的时候还是傻不下去。我这一辈子,有时候也想装傻,可人家就是老不信这事。所以,我感觉自己是"愚不可及"。

子曰:"智者乐水,仁者乐山。智者动,仁者静。智者乐,仁者寿。"这个就是非常典型的中国古代的境界。他提出了一个天才的命题,但是却不做论证,没有统计学的依据,也没有实验室的依据。

因此,也只能从审美的角度去看。没有什么能改变仁者,这是真正有道德的人,他很平稳。然而,"智者乐水"呢?因为,水很清澈,且不停地流动着,因而是与时俱进的。所以,智者就很富有水的性格。如果我们真正按照科学主义、实证主义的理论来分析,那么这几句话就无法成立。因为,其并没有进行过真实数据的统计。但是,这就是一种形象的感染。中国人太喜欢用形象的比喻来说明高深的道理,以至于有时候,我们的有些政治名词非常的文学化,而文学名词又非常的政治化。譬如,我们的文艺政策是"百花齐放,百家争鸣",这话很诗意,似乎不像政策。因此,我认为它是诗一样的政策。在五十年代的时候,曾提过建设社会主义的总路线:"鼓足干劲,力争上游,多快好省地建设社会主义",这话就很像口号,它充满了感情的色彩。诸如"出大力,流大汗,敢教日月换新天"等政治口号,都充满了诗意。然而,在谈文学作品的时候,却大谈其倾向、矛头所向等内容,感觉好像是在谈政治。其实,这也是我们的文化所留下来的一个遗产。

子曰:"饭蔬食,饮水,曲肱而枕之,乐亦在其中矣。不义而富且贵,于我如浮云。"这话说得真够漂亮,反腐倡廉的味道浓郁:吃点蔬菜大有好处,胆固醇不会过高,还能降低血脂、血糖等。"曲肱而枕之",这是行为艺术,且我还曾亲身实验过,这样子睡觉的话,照相就很好看了,可是却不舒服。"不义而富且贵,于我如浮云",这话说得非常高雅。因为,他并没有说"不义而富且贵,纯粹臭大粪",而是"于我如浮云",即一笑而已,就过去了,没有什么了不起的。

所以朱熹说读《论语》,受儒家的教育,是如坐春风。

《论语》里最美好的一段是:"暮春,春服既成,冠者五六人,童子二三人……"

《庄子》是我最爱读的书,也是庄子写得最美的书。他的想象力极其丰富,但其脍炙人口的故事,即关于"知鱼"的:"庄子与惠子游于濠梁之上。庄子曰:'儵鱼出游从容,是鱼之乐也。'惠子曰:'子非鱼,安知鱼之乐?'庄子曰:'子非我,安知我不知鱼之乐?'惠子曰:'我非子,固不知子矣;子固非鱼也,子之不知鱼之乐,全矣。'庄子曰:'请循其本。子曰"汝安知鱼乐"云者,既已知吾知之而问我,我知之濠上也。'"这是段很著名的故事,就是说庄子是个能言善辩之人,言语间处处体现出了巧妙,却不乏有狡辩之意。若照故事中的推理进行下去的话,庄子与惠子可以一直辩论至今了:在庄子说了"子非我,安知我不知鱼之乐"以后,惠子完全可以用同样的句式反驳:子非我,安知我不知子不知鱼之乐?那么庄子可以接着说:子非我,安知我不知子不知我不知鱼之乐?这是车轱辘论辩法。说到后来,庄子就更"讹"(北京方言)了,说道:"安知鱼之乐。"(我告诉你,你已经肯定了我知鱼之乐了,但是我告诉你知之濠上也。"安"在这里的意思是:在哪里。)他就是利用了"安"字的不确定性,它既可以解释为"怎么""为什么"的意思,又能把此句译为"你在何处知道鱼之乐"。其实惠子的安是你怎么会知道鱼之乐呢的意思。无论庄子是一个多么伟大的人,他的书我是多么热爱,但是他与惠子的这段辩论,实在是不怎么有理!可是,居然没有人会提及这段事,我也不知道究竟是怎么回事了。

我们还可以讲一些非古典的,而是最近的一些非常重要、权威的论述。这些都是可以讨论的,既不是简单地肯定它,更不是简单地否定它。如,毛泽东主席是一位哲学家,也是一个诗人。他最有名的哲学著作就是《实践论》和《矛盾论》,前者中一个最为著名的论断就是:认识是先从感性认识开始的,待感性认识逐渐增多之后,就要分析其规律,从而进入了理性认识。但是,我觉得始终有一个问题是值得我们后辈在学习的同时加以研讨的,即感性认识怎么样就变成理性认识了。接触多了,就变成了理性认识,那确实是"对路"的。这就好比人一高兴就喝上一杯好茶,这是不是意味着感性认识就变成了理性认识呢?我想,我们国家的自然科学在很长一段时间内不够发达,就因我们不是缺少那种重视数据,进行科学实验和大量计算的功夫,而是没有科学实验,没有案例,没有数据,没有各种高级的计算(包括代数、几何、微积分)的情况。所以,这个理性认识就显得有点靠不住。上海的学者——王元化老师根据康德的哲学理论,很早就提出了:"除了有感性认识和理性认识以外,还应该有知性认识"(即进入数据的收集、数据库的建立、严格的计算程序等)。如果没有严格的计算,那是不可能成为一个科学理论的。

然而,毛泽东主席在五十年代以后(一九五八年、一九五九年以后),开始感悟到了科学实验的重要性。因此,他提出了"三大革命运动"的说法,即生产斗争、阶级斗争和科学实验。可以说,此时他对科学实验的重要性已经有所觉察。但是,他对数据和计算的重要性还并未提及,他依然还是在强调:"人的正确思想是从哪里来的?是客观的事物,通过你的眼、耳、鼻、舌、身感应到知觉上,再总结出道理来。"可是,如何总结?他却还是没讲。这个问题非常复杂,我说的也未必清晰,仅供大家参考。

又如,毛泽东主席的《矛盾论》十分强调:要抓住主要矛盾,抓住了主要矛盾,其他次要矛盾就可以迎刃而解了。这倒是很符合中国人的思维模式,即做什么事情都要抓住"牛鼻子"。所以,中国的武功都很讲究"点穴",在金庸的小说中也是如此。如,点了某个人的"哑门",他就不能说话了,再一点,就动弹不得了,继续点,他就睡着了。然后,从他身体后面一击,他又恢复了。我们总是认为处理事情(包括治国)的时候,都会存在着某一个点,只要这么一"戳",哗啦一下,似乎就通上电了。但是,是否各种事情都是这样呢?不一定。譬如,最近有一种新的说法,就引起了人们的争议,即"细节决定胜负"一说。

在来上海以前,我们从浙江横店影视城到宁波去。途中,由于汽车的水箱卡子掉了,水管子就脱落了,因此就无法行驶了。然而,这个水箱的卡子对汽车而言并不是主要矛盾,因为它既不是气泵,也不是车轮。但是,汽车就是无法行驶了。所以,次要矛盾也可以影响一件事情的成败,甚至于细节也是可以影响成败的。

另外,自己对于"主要矛盾解决了,次要矛盾就迎刃而解了"的说法也存疑虑。我今年已七十有一了,可自己从来没有看到过一次"主要矛盾解决了,次要矛盾就迎刃而解了",而是"主要矛盾一解决,次要矛盾就更麻烦了"。我讲不出很高深的哲学道理,这都是用经验来审度书本的结果。反正,我就是没有碰上过这等好事,或许是运气的缘故吧!

融会贯通,触类旁通,举一反三

我要讲的第三个内容是:读书的时候,希望能够融会贯通,触类旁通,举一反三,而且要有一种多取向的思路,即对待世界上的事物可以有一个思路,也可以有另外一个思路。当然,数学告诉我们:逆向的思维有的能够成立,有的则不能够成立。比如说:"王蒙是人",这个能够成立,若说"是人就是王蒙",这个就不能成立。但是,有时候这种多思路的取向,对于我们学习、思考问题都有很大的好处。过去,我们时常讲"马克思主义和中国革命的实际相结合,使得中国的革命面貌焕然一新"。这是讲得何等好啊!但是,我也时常想:"中国革命的实际跟马克思主义结合,使得马克思主义的面貌焕然一新。"在原来,马克思主义哪有像"农村包围城市""战略上藐视敌人,战术上重视敌人""划分人民内部矛盾和敌我矛盾"等这些东西呢?一直再到"邓小平理论""改革开放""社会主义市场经济""三个代表""科学的发展观""求真务实的工作作风"等的出现。这些内容,若是光看马克思、恩格斯的著作是找不到的。所以,显然中国革命的实际使得马克思主义的面貌,同样也是焕然一新。彼此都需要焕然一新,要不然就会产生矛盾。例如,过去我们进行"反对农民自私"的教育,强调只有公社搞好了,全国搞好了,你才会有好处。那时候,常讲:"大河不满小河干,小河不满渠沟干。"这个话一点没错啊,可反过来说,那大河里的水是从哪里来的呢?如果所有的小河都干枯了,那大河里能有水吗?所有的渠沟、井都没有水,甚至于各家各户的水缸里都没有水,自来水管里也都没有水的话,那试问:大河还能满吗?所以说,整体决定部分,这个是对的;而部分积累得多了,也会决定整体,改变整体。每一个具体的人,每一件具体的事,都对社会、国家和世界有作用。因此,我觉得这种多向的思路是十分重要的。

除此之外,我们还要强调"触类旁通,举一反三"。我们阅读的许多书,从表面上来看似乎都是互不相干的。比如,我们读一本小说、一本外国的哲学著作、一本外语书和曾读过的古典名著、经典小说好像是毫不相干的。可实际上,它们之间又是相干的。因为,彼此之间互相是有启发、有影响的。

我在三月号的《读书》杂志上,写过一篇文章——《莎乐美、潘金莲和巴别尔的骑兵军》。《莎乐美》是爱尔兰作家王尔德所写的,他是一个唯美主义者。王尔德用法语写下了此书,因为当时的英国容不下这本书,法国也不允许其话剧上演。其实,他依据的是《圣经》上的一个故事:腓力王的女儿莎乐美爱上了一个叫先知约翰的圣徒,而约翰却不理睬她。腓力王要求女儿跳一支舞,更允诺给她任何想得到的东西。然而,莎乐美想要的却是约翰的头颅。腓力王一开始并不愿意这么做,但最终还是答应了女儿。于是,她就捧着约翰的头颅说道:"我吻到你鲜红的嘴唇了……"我们国人看到此一幕,便顿感毛骨悚然。然后,她父亲就说:"这简直是一个女巫,是一个魔鬼,快把她杀了吧……"

这个故事就使我感觉到:我们通常认为"真""善""美"是联系在一起的,或许一百个故事中,有八九十个故事是这样的。但是,也有"美"与"邪恶""残酷"联系在一起的。如莎乐美的美,就与邪恶联系在一起,当她得不到爱情的时候,她就要得到情人的头颅。我还曾听说过,欧洲的某些人有"恋头癖",这里面还有很多学问,我就不一一展开了,感觉挺恐怖的!

又如《十日谈》中就有一个女孩把自己心爱的情人的头颅种在了花盆里面,且开出了鲜红美丽的花朵。不管怎么说,我听着都感觉挺"玄"的。我是在都柏林观看了这出演出的,一边看,一边就想起了《潘金莲》。看武松"杀嫂祭兄"(也有称"狮子楼")这出戏的时候,就会感觉到潘金莲的表演实在是漂亮极了。她在穿孝,因此是雪白的衣服,但却露出了花边,说明了她的淫荡。她对武松先是挑逗,而武松是一副大义凛然的样子。当武松掏出刀以后,她就开始做各种特技动作(舞蹈动作),如"抢背""乌龙绞柱""屁股坐"等。京剧上有所谓的"有声皆唱,无动不舞",因此杀人与被杀也被认为是舞蹈,甚至于"打屁股"也是舞蹈。所以,看《莎乐美》时,我始终对《潘金莲》念念不忘,它们彼此之间还真有些类似的故事。譬如,潘金莲爱上了小叔子(武松),而莎乐美的母亲与腓力王的关系,就是嫂嫂与小叔子的关系。

可为什么我又提到了巴别尔的《骑兵军》呢?巴别尔是一个俄罗斯的作家,是一个犹太人。他非常浪漫、积极地参加革命,而且坚决要当布琼尼的骑兵军。这个骑兵军真是每天都是在死亡、头颅当中。所以,在巴别尔的《骑兵军》中是这样描写落日的:"鲜红的落日像一颗砍下的头颅。"我可从来没见过一个人如此这般地描写落日的!因此,许许多多的故事与说法,表面上看它很奇特,实际上在此书与彼书之间,在国与国之间,在人与人之间都会有某些相通的东西。我认为,在读书的时候,能从这本书想到那本书,再联想到毫不相干的又一本书,还真算是一大乐趣。这种感觉就好比是旅游的时候,从一个景点又逛到了另一个景点,如从豫园逛到了七宝街,从七宝街又逛到了灵隐寺……

我现在还常常回想起一九五八年,在自己的生活中碰到了一个"大动荡""大挫折",即当时的"反右派斗争"。我当时最喜欢读的书就是狄更斯的《双城记》。书中没有描写共产党,也没有描写苏联,更没有描写中国。但是,它却让你看到了在一个激烈的历史风云之中，人们的命运是怎么样的无法掌握，又是怎么样的突然之间化险为夷了，或是陷入深渊了？突然之间就让你欲哭无泪；又突然之间云开日出了。当时，我就发现了这本书给了自己很大的鼓舞，就是要认识这多变的历史。历史有时候往往是严峻的，风雨又是激烈的，人就必须学会坚强，应该能够经得住、经得起磨难，不要随随便便地丧失信心，也不要随随便便地忘乎所以。所以说，完全不同的书籍或其他东西之间，也可以互相启发。

2005年5月25日

报纸有点文艺副刊是非常可爱的[*]

中文报业协会第三十八届委员会在上海召开,我先借此机会问候许多的老朋友和新朋友。许许多多的海外中文报纸都跟我有过友谊和合作,如香港大公报,马来西亚星洲日报等。

中文可以叫华文、大陆文、汉语、汉字。有许多著名人士非常可贵,对中文的发展提出过重要见解,比如有人觉得中文太难学,胡适先生就提出如果不学中文,中国就会灭亡。鲁迅、毛泽东都指出中文要走世界共同的拼音方向,也就是实现汉字拉丁化。而我们现在看中文,越看越觉得中文汉字的魅力和可爱,有审美价值,信息量大,音形义兼顾,其意深蕴,如若拉丁化则很难代替。如将古诗用拼音写出,很难找出感觉,神韵就将不再。

中国人的很多观念都和汉字有关系,一个字能代表最高的价值,比如"道""人""无",一个字起着类似上帝的作用。许许多多的文字观念与外语、与拼音文字,比如阿尔泰语系的文字,很难做到相通、相融。

我经常接到询问翻译问题的越洋电话。如我写的《夜的眼》,被翻译成世界很多国家的文字,人家问我这里的"眼"是单数还是复数,eye还是eyes。我觉得无所谓,读者自己可以随便理解,但翻译时必须要表示出来。这"眼"是什么数?要变成英语一定要明确是单

---

* 本文是作者在世界中文报业协会第三十八届年会的演讲。

数还是复数。

我们非常喜欢汉字,把汉字当成自己的精神家园。惊天动地,鬼斧神工。现代人,汉语英语都要好,做到双精通双好。中文外文互相不能取代,不能没有汉字,没有汉字太痛苦了,没有汉字中国文化就没有魂了。前段时间,媒体报道说王蒙号召抢救汉语。没有这回事,汉语活得好好的,而王先生自己也在学外语呢。

汉字是那么简练,那么简单,那么整齐。日本把汉字废除后又使用了,不能没有汉字,没有汉字太痛苦。

汉字像动画。最能表达汉字文化特点的就是诗,那么简略,那么简单,那么整齐,那么押韵。从"鱼戏莲叶间"开始,到东西南北,感觉就像鱼游来游去。

> 江南可采莲,莲叶何田田,鱼戏莲叶间。
> 鱼戏莲叶东,鱼戏莲叶西,鱼戏莲叶南,鱼戏莲叶北。

文字本是静止的东西,但可以表现出动画。每次看这首诗时,觉得老祖宗把中文运用到如此好的程度。

《卿云歌》以简单的语句所表达的意境已经到了极致:

> 卿云烂兮,糺缦缦兮。日月光华,旦复旦兮。
> 明明天上,烂然星陈。日月光华,弘于一人。
> 日月有常,星辰有行。四时从经,万姓允诚。
> 迁于贤圣,莫不咸听。于予论乐,配天之灵。
> 䉖乎鼓之,轩乎舞之。菁华已竭,褰裳去之。

这样的诗句,不要说译成英文、俄语,阿拉伯语,就是翻成白话文,也很难表达其精华。

我很冒昧地说一句话,中文媒体能不能登一点传统的诗词,起码字数很少,占的版面非常少。大陆报纸是登的,前天的新民晚报 B 叠上就有。

今人作的诗也有很好的。秋瑾的《宝剑篇》就很好:

> 宝剑复宝剑,羞将报私憾。斩取国仇头,写入英雄传。
> 女辱咸自杀,男甘作顺民。斩马剑如售,云胡惜此身。
> 干将羞莫邪,顽钝保无恙。咄嗟雌伏俦,休冒英雄状。
> 神剑虽挂壁,锋芒世已惊。中夜发长啸,烈烈如枭鸣。

还有龚自珍的"落红不是无情物,化作春泥更护花"。跟现实没关系,诗的意境很好。

毛泽东的诗词大家都很熟悉,《七律·长征》《沁园春·雪》,周恩来的"大江歌罢掉头东……面壁十年图破壁",陈毅的《梅岭三章》,聂绀弩的《血压三首之二》《挽雪峰》等,都是佳作。

另一种类型的诗人,如钱锺书,是智者,什么都看得透——

> 弈棋转烛事多端,饮水差知等暖寒,
> 如膜妄心应褪净,夜来无梦过邯郸,
> 驻车清旷小徘徊,隐隐遥空碾懑雷,
> 脱叶犹飞风不定,啼鸠忽噤雨将来。

还有一首《老至》:

> 徙影留痕两渺漫,如期老至岂相宽,
> 迷离睡醒犹馀梦,料峭春回未减寒,
> 耐可避人行别径,不成轻命倚危栏,
> 坐知来日无多子,肯向王乔乞一丸。

中文报业的特点就是有许多副刊——文艺副刊,有一些很长久的记忆。比如说鲁迅,《阿Q正传》是发表在中文报纸上的,好像是《申报》。张恨水的大量作品都是在报纸上发表的。旧中国的一些小说家有人同时给四五家报纸同时写连载小说。报纸上有点文艺副刊,有点消遣解闷,也有点文化含量高的作品,我觉得还是非常可爱的,非常令人高兴的。

中文报业是中华文化的载体,也是中华文学的朋友和帮手。但也有一种新的潮流,有些比较高雅的作家对媒体不屑,但实际上好的作家是非常在乎媒体的。我希望作家和媒体有更好的合作,通过媒体把中华文化弘扬开去。

2005 年 11 月 18 日

全球化视角下的中国文化[*]

关于全球化的背景。我要说明一个观点,一个命题,即全球化与现代化是一致的,现代化的结果必然导致全球化。根据马克思的观点,生产力是社会发展最积极、最活跃的因素,任何事物都挡不住它的发展,这个道理很浅显,却经得住考验,是颠扑不破的。尽管对全球化有那么多的批评、质疑、抗议,但是谁也挡不住。全球化给中国这样的一些发展中国家带来了机遇,同时也引起了文化的焦虑。

如果不吸收现代技术,我们无法设想有一个现代化的、社会主义的、而且是不断向前发展的伟大祖国。

讲到全球化与现代化的一致性,我们能看到,凡是有利于生产力发展的东西,很容易被不同的国家、不同的文化背景所吸收。比如说,飞机,相对来说是最迅捷也是相当安全的交通工具,可以被各个国家所吸收。一种技术,比如说电力、电脑,尤其是信息技术,会被不同语言、不同国家用不同的编码吸收,你挡不住。我们中华民族有非常辉煌的历史、辉煌的文化,但有今天的生活,从全世界吸收了多少现代的科学技术?比如说,电灯是现代技术,电脑投影、幻灯片是现代技术,我的眼镜也是现代技术等等。如果不吸收现代技术,我们就无法设想有一个现代化的、社会主义的、而且是不断向前发展的伟大祖国。

---

[*] 本文是作者在《光明日报》"光明讲坛"的演讲。

条形码、集装箱等都是全世界一致用的东西,它使我们的产品、商品、科技成果能够交流,能够共享。如果没有全世界一致的标准,你造的电灯泡和我造的电灯泡之间互不相干,这个技术就不能够共享。数码化、电脑的发明使全球化的进程大大加速了,所谓的信息高速公路已经实现了。数码化逼着你学英语,这是一件非常无奈的事情,但也提供了很大机遇。如果你想使用电脑,不管中文软件做得多么好,仍然摆脱不了以英语形式出现的说明、菜单、可供选择的选项。这说明一个问题,目前,任何一个国家的发展,都离不开世界。不论一个国家多有志气、有多伟大,你都不能脱离开这个进程。全球化给中国带来了发展机遇,中国能有今天的发展,离不开全世界经济发展的势头。在我们沿海经济开发区可以看到众多的出口加工工厂、大量的出口商品。

全球化引起文化的焦虑,是指全球化使一些国家和地区的文化感到有一种被融化、被改变的危险。首先你会失掉自己的身份。所谓认同危机,就是学来学去都是英美的东西,主要是美国的,可是你学完了,又不是美国人。这种危机在许多国家,包括法国、中国等都存在。法国采取很多措施,限制英语的运用。我们在幻灯片上,在机场高速路牌上写上英语;电视标志"CCTV"也是英语。我们还开办英语频道,有大量英语教学节目。我无意批评这个东西,这个是必须的,甚至是很好的。中国要开放,有越来越多的各国游客来参观,虽然中文是非常伟大的文字,而且是被世界上最多的人口应用着,但是它的国际性并不是很好。现在国际上客观上使用的就是英语——这在理论上无法讲清楚,是不是英语就最好,就科学,那不见得——但是你讲英语就能讲得通,你参加国际讨论会、生意谈判,做外交辞令,用英语能让很多人听得好。温家宝总理的记者招待会,他的翻译就是译英文,不可能用日文、俄文都翻译一遍。按道理说,世界上各国语言文字都是平等的,但是英语有这么一个优势的地位。

但确实存在另一面,就是我们中文的水准,给人的感觉是现在有所降低,讲究不够。比如说,很受欢迎的电视剧《汉武大帝》喜欢用一个成语"守株待兔":敌人来了,我们不能守株待兔,要进攻。它认为守株待兔,就是守,就是采取防御性的战略。电视剧老是这么讲,说得我也糊涂了,今天借这个机会请教大家,这"守株待兔"是防御的意思吗?不对呀,应该是企图、侥幸的意思,是等着天上掉馅饼的意思。

春节联欢晚会,其中对联的用意非常好,可是我觉得推敲不够。举一个例子:重庆出"朝天门"(长江的码头),天津对"天津港"。"朝天门"对"天津港",过去只要私塾上过一年的,就知道对错了,两边都有"天"不行;"朝天"和"天津"这四个字都是平声,也不行。其他的我就不一一讲了。

再譬如说生活方式。一个圣诞节,一个情人节,市场上都有热度,相反呢,对元宵节、中秋节,开掘得就不够。在基本温饱没有解决的时候,春节吃饺子是一件大事,还有就是元宵节吃元宵,端午节吃粽子,中秋节吃月饼。现在我们很幸运,温饱问题解决了,我们的子女根本就不知道饥饿是什么,让他吃饺子,在生活中不算是太好的东西。有人还嘲笑月饼太硬,主要是送礼。要知道这是咱们很美好的节日啊。

比较起来,我们说日常生活,衣食住行,这个"食"是中国的强项,大部分人的口味,还是喜欢吃中国饭。可很多小孩子,比如说三岁以下的,爱吃麦当劳,爱吃肯德基,那都是外国的垃圾食品啊!现在"衣"已经不是我们的强项,"行"也不是了,哪里还有坐中式轿子的啊?很少。"住",也很难盖那种大屋顶式的房子了。我们是否该思考一下,怎样才能有自己的一些生活方式?

在全球化的过程中,我们还有一个新的忧虑,就是文化越来越大众化、批量化。这种大众化、批量化有很大的好处,是一种文化的民主,有利于实现文化的共享、文化的平等——你看得懂,他也看得懂。比如,电视里赵本山出来了,你学问高的人可以看,文盲也可以看。

大众化、批量化，可以大量地生产，CD、VCD、DVD，最近还有什么新的叫做EVD，可以批量地生产。由此便产生一个问题，文化中高精尖的东西，并不是人人都有条件去生产、去创造、去制作的，甚至于不是人人都能看得懂、看得明白的。就是那种有一点小众的，毛主席讲的"小众""阳春白雪"，一些高雅的东西，感觉有被冲击的危险。

我有时候也自己跟自己闹别扭。春节联欢晚会，电视小品已经在担纲了，因为它的效果非常好，让人笑，香港叫做"搞笑"。这样的节目，我也喜欢看，但有时候会想，除了这种通俗的娱乐节目之外，我们是否还需要一些能提高文化品位、文化素质，满足智慧要求的作品。我们可以比较一下——当然中国的国情不一样——比如说维也纳金色大厅，它迎接新年的施特劳斯音乐会，也很大众化，里面也没有用特别深奥、特别难接受的曲调。施特劳斯主要是圆舞曲，是舞曲，是华尔兹，但他的格调显得就高一点。

写作也是一样。中国人过去对写字是非常敬仰的，写起字来，有一种精神贵族的感觉。他要明窗净几，沐浴焚香，书童研墨，红袖添香，然后拿着毛笔，舔过来，舔过去。因为字本身就非常优美，写的时候，吟哦再三："天地者，万物之逆旅。光阴者，百代之过客。"写起来，又是对仗又是成语，又有出处。这有它不好的一点：大众读不懂，说你"蹩"。本来明白的话，让你一写，人家不太明白了。但是也有好处，它非常优雅，有一种风度，有一种格调，有一种品位。相反，如果都是大白话，都用群众语言，在获得了大量的受众的同时，有没有影响它的智慧含量、文化含量的危险，影响它的深度和格调？

可是没有办法，影响、威胁这种高精尖的东西，不仅有中国的，也有外国的。比如说大片，要的就是先声夺人，先把你刺激够再说。你先爱看，看完之后就忘，他认为这最成功。为什么？你看完记住干什么，多累得慌，而且治失眠。

这种全球化的进程，从另一方面来说，使得精英文化越来越边缘化。这种全球化带来的对文化的冲击和挑战，是一个新的时代命题，你喜欢也好,不喜欢也好,它都会来。

这种全球化的进程,从另一方面来说,使得精英文化越来越边缘化。不论是中国,还是像法国、德国这样一些欧洲古老的国家,我们与他们交谈当中,常常对美国的文化抱一种不屑的态度。记得有一年我在慕尼黑的歌德学院(歌德学院实际上是文化中心的意思),一位领导请我吃饭,谈起慕尼黑街上出现了麦当劳快餐店,他气得简直是浑身发抖。他说饮食是一种文化,而美国的快餐基本上就是饲养性的,是反文化的。后来我去美国,将此事传达给纽约图书馆的一个人,他也很自信,说德国的这位老师就让他骂吧,他每骂一次,我们在慕尼黑快餐店的顾客就会增加一成,我们的顾客会不断地增加,它的影响会越来越大。

这种全球化带来的对文化的冲击和挑战,是一个新的时代命题,你喜欢也好,不喜欢也好,它都会来。科学技术的迅猛发展,全球性的文化交流,也使很多传统的道德和精神生活遇到了新的挑战、新的问题。中国是一个非常重视道德的国家。我有时候看《战国策》《东周列国志》,最感动我的是那时候人们的道德观念,重义轻生。荆轲刺秦王,找到逃到燕国的秦人樊於期说,我现在要刺秦王,秦王不信任我。樊於期一听就明白了,说你要提着我的头去见秦王,秦王就会接见你。当时一剑把自己的脑袋割下来了。你们看,这就是古人为了完成他们认为正义的事业不惜牺牲一切的精神。

又比如说"春秋笔"的故事:晋国有一个人篡位,于是史官写"某年某月,谁谁弑其君",王一听非常生气,就把他杀了。史官的弟弟来了,他还是写"谁谁弑其君",又被杀了。然后又一个弟弟来了,还是写"某年某月,谁谁弑其君"。这种史官秉笔直书的精神,一看很惊人。你再看春秋战国的师旷,他搞音乐,为了献身事业,他用锥子把自己的两个眼珠子捅瞎了。这是为什么呢?因为在古代的时候,相当一段时期,道德观念是一种信仰,是形而上的,就是义、忠,这比一切都重要。

科学和技术的发达把很多东西解构了。许多伟大的事情，你用科学技术一衡量，并不是那么伟大。所以人的精神生活在受到挑战，人的道德观念、美德观念、侠义、崇高、诗情，都在受到挑战。

然而，科学和技术的发达把很多东西解构了（现在有两个词，一个叫解构，一个叫去魅，鬼魅的魅，把身上的神学色彩给去掉了）。所以十九世纪末二十世纪初，出现了所谓"上帝死了"的说法——就是原来对上帝的崇拜，对神的崇拜，一切行为都由神来要求，没有道理可讲，按照神的意志去办就行了，可是科学的发达，使你感觉到，在世界上找不出那样一个人格神来了，所以"上帝死了"。到了现代主义的时候，甚至出现了"人死了"。什么意思呢？就是人并不是宇宙的中心，并不是世界的中心。许多伟大的事情，你用科学技术一衡量，并不是那么伟大。譬如说月亮，月亮在多少个民族的精神生活中，是一种幻想，一个永远的可望而不可及的幻想。可是美国人在二十世纪六十年代上去了，发现月亮是一个死寂的星球，既没有吴刚，没有嫦娥，没有兔儿爷，没有桂花树，人的这些幻想没有了。

还有爱情，多少诗歌、多少文人歌颂爱情。罗密欧与朱丽叶，普希金的诗，莱蒙托夫的诗，雪莱的诗……可是自从有了弗洛伊德，什么他都做实验（检验），美国就有一种说法："爱情属于精神病现象"。爱情中有幻视，幻听，"她是世界上最美丽的女人"，不见得，比她美丽的有的是，所以你这是属于精神病。如果用纯医学的观点来看，甚至于你用兽医配种的观点来看，那么这个爱情就死了，没有爱情了。所以人的精神生活在受到挑战，人的道德观念、美德观念、侠义、崇高、诗情，都在受到挑战。现在的人天天跟科学仪器打交道。有一次我在301医院讲，陶潜可以写诗，"采菊东篱下，悠然见南山"，你觉得非常的幽美；可是一个外科大夫就不能说"手术明灯下，悠然见病变"。所以大量的科学和技术、透视的技术，把人解构了。不管多么美丽的人，你给她做一个CT扫描，把扫描图拿出来，你不会觉得有太多的美感，不管她是王嫱、西施，还是貂蝉。

经济技术发展引起的全球化也带来了所谓的文化冲突。尽管对这个文化冲突,亨廷顿提出来的观念,中国很多人不赞成,但是文化冲突是存在的,你不能不承认。比较起来,我们中国因为有儒教的传统,有比较入世的传统,相对来说能够接受全球化当中追求进步、追求富裕、追求高的生活质量的内容。

因为这些焦虑,全世界在蓬蓬勃勃展开一种反对全球化、反对科学化、反对技术主义、反对唯发展论的思潮,有的称之为"新左派思潮"。是不是仅限于"新左派"? 不见得。譬如说法兰克福学派,一些这几年西方非常有名的哲学家,像福柯、詹明信、马库赛,他们就揭露,这种全球化、技术的发展、文化产业发展的背后,都有一种资本的统治,都有一种超级大国的统治,它会给人类带来灾难。我们看到智利的反全球化大游行,意大利开八国首脑会议的时候也游行,还死了人。我们中国也有这种思潮,但是还搞不到西方国家那样。有些知识分子(这也是一件很有趣的事情),特别是一些留美、留学西欧的知识分子,他们学到了一些对美国和西欧进行严厉批判的思想武器。可是用中文批判起来,你觉得它和中国社会离得还比较远,比如说批判科学主义。中国批判什么科学主义,中国农村的迷信比科学多多了。

所谓传统文化就是中华民族几千年来基本上发展传承下来、基本上没有脆性断裂过的基本价值取向,基本生活方式,基本思维方式,基本社会组织方式,与基本审美特色。从学理上——主要是伦理与政治学上看,是儒家与儒道互补,是四书。从思维上哲学上看,是汉语与汉字文化,是易经,是概念崇拜与直观判断。从地域与经济上看,是黄河文化为主并补充于楚文化,是农业文化。从社会组织方式上看是封建专政与民本思想的平衡补充。从民间文化上看是阴阳八卦,是宗法血缘,是中餐、中医、中药与多神混合崇拜,是戏曲里大肆宣扬的忠孝节义。

中国传统文化经受了极大的考验,目前出现了一种再生,这可以说是一种奇迹。鸦片战争以后,中国由于丧权辱国,处境不好,一些先知先觉的爱国者对中国文化采取了最严厉的批判态度。我们先看看鲁迅。鲁迅说什么呢?他给青年人的意见就是不要读中国书,你什么书都可以读,不要读中国书,他说外国书读了以后让你自强,让你去奋斗,让你去斗争,读了中国的书你的心会静下来,你会不求上进,你只会忍耐,只会逆来顺受。大概的意思,不是原文,这是鲁迅。鲁迅是左翼,右翼也是一样。吴稚晖提出"把线装书扔到茅厕里去"。吴稚晖是老国民党啊,但这句话是他提的。当时还有一些年轻人,也提过很激烈的口号,特别是对汉字、对中国文化的痛恨。

对汉字的痛恨,是认为汉字太难学了。中国为什么专制?就是因为汉字难学,老百姓学不到,只有很少数的精英才懂,才认字,这些人可以尽情地压迫老百姓。我年轻的时候就相信这个观点。我们知道有一位非常著名的大学者、语言学家吕叔湘教授,他认为中国实行了拼音文字就能够实行民主。毛泽东主席也是非常讨厌崇洋媚外的,但是他在文字改革上一点都不保守,他有一句名言就是"汉字的出路在于拉丁化"。五四时期,钱玄同这些人走得更远,他们不但要求废除汉字,还要求废除汉语、废除中文,他们要求中国人全部从小学英文。

现在越来越多的人认识到,中国文化很有价值,它消灭不了。中国文化尽管有落后、僵化、腐朽的一面,但更有它灵活的、开放的、能够吸纳、适应、自我调节、获取新的生命力的一面。

一个古老的民族而且是一个大国,对自己的文化持这样的态度,这在历史上是少见的,我们要充分肯定他们的进步意义。如果五四时期没有这些先知先觉,没有这些人,发出这种振聋发聩、醍醐灌顶、春雷震响般的语言,没有这样的激情,哪有我们中国的后来?说不定现在我们还停留在子曰诗云的阶段,因为中国这个古老的文化力量太大了。但是我们要看到,这是五四时期。解放以后还有很多类似的东西,比如一九六六年"破四旧"的时候,那个"破四旧"就更没有边了。

但是我们看一看,经过了这样的大难,现在是什么情况呢?现在越来越多的人认识到,中国文化很有价值,它消灭不了。中国文化尽管有落后、僵化、腐朽的一面,但更有它灵活的、开放的、能够吸纳、适应、自我调节、获取新的生命力的一面。很多我们误以为是正确的东西,现在证明并非如此。譬如说汉字,汉字稍微难学一点,但并不是特别的难,它有它的规律。拼音文字就那二十几个,最多三十几个字母,每一个字母代表一个声音,这个声音没有任何意义。而汉字的形状就包含了声音,包含了形象,包含了逻辑关系,包含了一种美的画面。尤其是汉字输入电脑的方法解决以后,要求消灭汉字的声音几乎响不起来了。我们这里有一些资料,讲到现在的中华文化又重新活起来了,又重新热起来了,我们中国文化显示了自己的再生能力,显示自己完全能够与时俱进,完全能够跟得上现代化、全球化的步伐,同时又保持我们自己文化的性格、特色、身份、魅力,表达了我们对中国文化的信心和自豪。

汉字本身代表了一种思维的方法。如果汉字废除了,我们都讲英语了,不讲中文了,那真是灾难啊。

汉字的问题我还要讲一点:汉字本身代表了一种思维的方法,它与西方的实际是以欧洲为中心、以欧美为代表的文化之间,有相当多的区别。这是一个非常复杂的问题。我有一篇短篇小说叫做《夜的眼》,一九七九年发表在《光明日报》上,后来翻译成多国文字,俄文、法文、英文、德文都有。在翻译这些文字的时候,这些译者给我打越洋电话,差不多都问一个问题:"你的这个夜的'眼',是单数还是复数?"他们认为眼本身必须说清楚,是一只眼,还是两只眼。我认为汉字"眼"比一只眼、两只眼更本质,我们的汉字有一种本质主义。

我们中国人非常注意这个本质,甚至一、二、三在中文里都看得特别重。中国非常重视一,认为世界上的所有事物应该有一个集中的、不可变易也不可重复的本源,所以老子说:"昔之得一者:天得一以清,地得一以宁,神得一以灵,谷得一以生,侯得一以为天下正。"我不知道英语怎么翻译这个一,如果翻译成"one"就麻烦了,对中国来说,这不是一个数量的概念,而是物的最后的本质,说一句不恰当的话,这里的"一"指的就是上帝,中国人的上帝。这些太复杂了,我的能力也说不清楚。

所以,汉字废除了就麻烦了,如果汉字废除了,我们都讲英语了,不讲中文了,那真是灾难啊!对中国文化面临的考验,有了感觉而没有信心的,王国维就自杀了。陈寅恪对王国维这样分析:他为什么自杀,因为中国文化是他赖以生存的根本,你推翻了满清没有关系,但是看到中国文化处境不妙,要完蛋,他自杀了。我们能活到今天,看到中国文化另一个昌明、发达的可能,确实是非常幸运的。

中国的传统文化,各种文物,各种经典,我们都不一一说了。传统文化还包括我们的饮食、生活、医药,很多是直观的,是感觉的,是混合的和深加工的。譬如说中医,中医里的很多东西是一种直观的,比如说,红糖是热性的,白糖是凉性的,冰糖是更凉的,更去火。我觉得这是一种直观,是没有实证根据的。但是我很喜欢这种直观,当我发烧的时候,也不想在水里搁很多红糖,宁愿在菊花里面加冰糖。这和外国的方法,一个讲严格的形式逻辑,一个讲实证(就是做实验,做多少次试验,每次的结果要详细地记录下来),确实是不太一样。

中国的宗教信仰,在全世界也是非常独特的,这么大的一个国家,并没有一个统一的宗教信仰。到马来西亚,华人就说:"我们是信仰佛教的。"但是佛教并不是中国的国教,像伊斯兰教在整个伊斯兰国家或者天主教在意大利那样。相反的,我们对待宗教问题往往采取一种非常灵活的态度,我们的思维和全世界哪儿的人都不一样。我们说:"六合之外存而不论。"六合就是三维空间,三维空间,每一维是相对的两面,所以是六合。六合之外存而不论,就是属于终极性的东西我们不讨论,但是也不反对,叫做存而不论,它是一种以我为主的灵活的多神论。灶王爷你给我看灶,门神爷你替我看门,送子观音你替我解决生育问题,花娘娘替我出天花、出麻疹,财神爷帮助我赚钱,妈祖帮助我航行。鲁迅也说过:"孔子敬神如神在。"智商太高了!"敬神如神在",全世界没有一个虔诚的信徒能如此地说话,但是他又不宣传无神论,没有说宗教是骗局。他不反对敬神,"敬神如神在",所以中国人的思维方式是很有意思的。

我在德国的时候,认识一个德国的汉学家,他的中文非常之好,在台湾学习过多年,又在中国内地呆过多年。他娶了一个台湾背景的太太,后来太太跟他打离婚,他太太跟我说:"王蒙,德国人学了中文,学了易经,学了老子,太可怕了,这就是魔鬼啊,他把德国式的冷酷无情和中国式的诡计多端结合起来了。"当然,我并不是说我们这个民族是诡计多端,但是我们的思维是非常的灵活,这是事实。我们可以比较一下,过去亚洲那么多地方变成殖民地,而没有任何人能使中华民族屈服,因为我们中国有自己的文化,你想把中国屈服太困难了。反过来说,我们的文化能使我们渡过难关。把我国建设成文化大国。

我们应该把国家建设成文化大国,而实际上我们国家已经是一个文化大国,这个和科学发展观有关系。我们不能够只讲人均收入、国民收入,因为在可以预见的将来,我们还赶不上发达国家。但是即使赶不上,我们仍然生活在一个伟大的国家,仍然对人类有我们独特的贡献,因为我们有中华文化。我们的文化还要有新的发展。我们的文化是立国之本,是安身立命之本,是我们的骄傲,是我们的光荣。

该坚持的时候,比谁都能坚持;该灵活的时候,怎么都灵活,怎么都能找到出路,找到自己前进的方向,这就是中国文化的生命力。

现在中国特色社会主义在蓬勃发展,我们今天仍然很幸福地在这里讨论文化问题,讨论中国文化的根。我二〇〇四年十一月份去过俄国,苏联建立七十多年,但是它的农业产量没有赶上沙皇时期的最好水平。俄罗斯呢,现在的人均收入,远远没有达到苏联时期的水平。所以中国的文化是有两下子的。这不光是我们的看法,撒切尔夫人，还有美国的布热津斯基都有这样的说法，认为中国的文化太厉害了，能"逢凶化吉、遇难呈祥"。该坚持的时候，比谁都能坚持；该灵活的时候，怎么都灵活，怎么都能找到出路，找到自己前进的方向，这就是中国文化的生命力。

中国文化，我们不是关起门来搞，我们是一个开放的态度，而且学来以后，这个东西就是我们自己的。我们中国在这方面特别有能力。

中国文化，我们不是关起门来搞，我多次讲过这一点。我在参加文化高峰论坛的时候，媒体上乱炒，说王蒙提出要开展"汉语保卫战"，我根本没说过那个话——汉语不是保卫战的问题，只要好好学习就可以了，你保卫战干什么啊？而且我认为学习汉语和学习英语并不矛盾，汉语学好了，也就是母语学好了，才能学其他的外语；外语学好了，也能反过来比较一下，认识你自己语言的美好和特色。

我常常举这个例子：中国外语最好的一个是辜鸿铭。他英语好到什么程度？有一次他在伦敦地铁，看《泰晤士报》的时候倒着看，还留着一个辫子，旁边的英国青年咯咯地笑了，说："带着猪尾巴的这个中国人，他字倒着看。"结果辜鸿铭回过头来，用标准的牛津音告诉他们："小伙子，你们的英文太简单啦，我要是正着看，对我的智力是一个侮辱。""我倒着看还算是一个游戏。"他的中文好不好？他用中文讲学妙语连珠。还有就是钱锺书，他的外语好不好？他七八种语言都是过关的，英语、德语、西班牙语、法语、意大利语、葡萄牙语等他都懂，但是他的中文呢，他的旧体诗写得何等的美妙。林语堂，包括连续剧《京华烟云》和《苏东坡传》是用英语写的，但是他的中文呢？他写的中文小品都很好。所以如果我们的中文不好，就是中文不好，不是由于学习了英语。反过来说，你的英文不好，也不是由于你的中文太好了，而是你没有好好地学习英语。既然中文那么好，你好好地再学些英语，岂不学得更好？

所以我们是一个开放的态度，而且学来以后，这个东西就是我们自己的。我们中国在这方面特别有能力。一九九八年,我到美国就谈到中国文化的吸纳能力、改造能力。我说,改革开放以后,可口可乐在中国一开始不成功,为什么呢?就是买一大瓶可口可乐送你一个杯子,这肯定不成功。现在慢慢成功了,喝可乐的人很多,但是中国人吸收了可乐以后,肯定会有所变化。有什么变化呢?我当时还不知道,后来才知道,中国人用可口可乐熬姜汤,作为解表的药品治疗感冒。而这个呢,美国人接受不了。美国医生对一个人的感冒,只要不到三十九度,他很少给你开药,他一般建议你喝点冰水,喝点可乐,少穿一点衣服。和中国人的习惯特别不一样,我们一感冒就赶紧得捂。他们认为,你感冒既然热,就少穿一点,被子盖薄一点,好好睡一觉。你洗澡吧,淋浴一下,我们岂敢?所以我们强调,中华文化绝对不是要关门。

我还讲过,就是芭蕾舞,中国吸收过来,因为身材秀气一点,和欧洲人三围悬殊、一米八五以上相比,跳起来感觉也是不一样的。就是意大利歌剧,中国人唱起来,跟帕瓦罗蒂、多明戈绝对也不一样——中国人受戏曲的影响,也受自己身材等的影响,很可能在洪亮上不如人家,但是显得更多情、更甜美。

我们在文化上要有一种慎重,就是千万不要轻易否定什么东西。对中国的文化,我们应该是非常有信心的,非常开朗的,非常开放的,向全世界学习他们的优秀文化,同时也向他们传播我们的优秀文化。

所以说,我们在文化上要有一种慎重,就是千万不要轻易否定什么东西。我们现在觉得非常可惜的,就是北京把城墙拆了。这几年非常迅速的建设当中,很多旧的、有保护价值的建筑被拆除了,这都是非常可惜的。所以,我们在文化上,要再珍重一点已有的东西。

再举个例子:我一直认为过去戏曲里面男扮女、女扮男,是一种不得已,因为旧社会男女授受不亲,一个戏班子里面,三男的俩女的,这是没法活的。解放以后,也有领导说,这种落后的现象不必再搞下去了。可是我和法国的一个高级文化人谈话,他说,你们为什么不发

173

展男人的旦角了？我说女性解放了，她们可以很方便地从事戏曲工作了。他说："不不不，这个角色的意思是不一样的，男人模仿女人用假嗓，有一种很特殊的感觉，这个不能够没有。"后来我觉得他讲的有点道理，有些东西你千万不要轻易否定。当我们看到男的旦角，用非常美好的声音唱京戏的时候，仍然感觉到一种很大的快乐和满足。当看到一个女花脸，大喝一声再来一段铜锤的表演，我们也觉得很好，所以这方面我不能细谈，我们在文化上的事情要稍微慎重一点。同时我们应该有信心，我们的文化已经随着国家的发展，对全世界有越来越大的影响了，虽然这些影响一开始是浅层次的，一个功夫，一个针灸，一个豆腐，已经是世界性的。美国有一个太极大师，成了电视连续剧《太极》的主角。还有外国人学唱京剧的，美国的一些大城市到处都有卖豆腐的，等等。

对中国的文化，我们应该是非常有信心的，非常开朗的，非常开放的，向全世界学习他们的优秀文化，同时也向他们传播我们的优秀文化。

2006 年 6 月 1 日

岳阳楼说忧乐[*]

为什么会出现传统文化热

为什么现在对于中华文化的强调比任何时候可以说都更突出更显亮,这里有这么几个原因。

一个是对于这种文化经验主义的一种反思,因为这个历史的发展总是曲折的,它不可能是完全按照一条直线发展。在一百五十年以前,鸦片战争以后,我们国家越来越多地反思自己文化上出了哪些问题,出现比较激烈的否定中国传统文化的这么一种想法。这种想法从一开始时候有它的道理,因为我们要救亡图存,你要反思自己文化上的一些弱点,就是说,我们的科学技术不如人家,我们有很多封建的迷信的陋习,等等。这些是合理的,但是它不停地发展下去,它会走到一个极端的程度,就是发展到像"文化大革命"那样,把自己的文化彻底地否定掉。人们越来越认为应该对这种激进主义进行反思。

第二点呢,我想,我们对中华文化的兴趣越来越大,还由于,对于全球化的一种回应。因为我们现在生活在一个经济上很急剧地全球化的这样时代,我们只有坚持自己的文化传统,保留自己的文化性格,才能够获得我们立足的基地,才能使我们的民族保持自己的特

---

[*] 本文是作者在湖南岳阳"千年忧乐论坛"的演讲。

色,也才能为人类作出自己的贡献。

我想第三呢,也是由于我们的执政党就是中国共产党,对于精神资源的开创,我们需要从各方面扩大、扩展、深化、发展我们的精神资源。在中华的传统文化方面当中呢,许多东西是可以作为我们精神资源的一部分的。

中国传统政治文化特色与知识分子使命的关系

第二个问题,我想讲一下传统政治文化特色和古代对于这种知识分子,或者我们可以叫做士子,这些士子使命的理解。中国的政治文明有一个很大的特点,这个特点呢,也有些研究者对它进行批评,现在我们先不来说它是好的,或者说它是有缺陷的,但至少我们要承认一点,这个特点,我们经常强调是政治道德化,我们是用道德的这样一个观念来衡量、来要求政治,这是所谓以德治国。所以中国的读书人,中国的士人就把这个修身放在首位。把自己的道德修养能够做得好就可以进一步齐家、治国平天下。所谓"修齐治平",就是说你一个执政者,一个个人,你想对国家对社会有所贡献,你首先要做到的是修身,首先要做到的是对自己的道德和文化的修养来努力,对自己有这么一个严格的要求。直到今天我们提出社会主义的荣辱观,也可以说是继承了这么一个重要的道德标准的传统。我们国家对于这种道德化的要求还很突出的一点表现就是追求和谐和中庸。在春秋战国时期,中国古代儒家的经典已经提出了和的问题,和是社会政治的理念也是哲学的和审美的范畴,和是哲学和审美的一种境界。《国语》中有八十九处提到"和"字:"惠和""慈和""和协辑睦""声和而有七律""和五味"。《礼记》中有八十处提到"和"字。讲乐者天地之和也。《礼记》还提出了"政和""和气""和天地""和四时"的概念。《礼记》并提出"致中和"。"和"是社会理想,也是一种我说的王道理想,也就是以德治国的理想。有中和的追求就有中庸的追求,孔子说"君子中庸,小人反中庸,君子之中庸也,君子而时中;小人之中庸也,小人而无忌惮也"。这是什么意思呢,就是说君子是讲中庸的,不讲极端的,不要搞极端,要准确。"发而皆中节,谓之和",就是做什么事情都要准确,都要恰到好处,但是孔子同时也说,"中庸其至矣乎!民鲜能久矣!"就是这个老百姓能做到中庸已经很鲜有了,就是很少有人能做到中庸已经很久了,这就是忧患的根源。中国重视政治道德,以德治国是一种非常理想的状况,非常理想的做法,是非常高尚的一种政治理想。实际上我们知道治国当中除了道德在起作用以外还有许许多多的东西在里面,还有阶级压迫,也还有这个甚至于行政的权利,权利的后边甚至还有实力等等。但是我们所强调的,我们所理想的,我们从孔夫子那儿开始所追求的,是一个人靠自己的修身、靠自己的修养、靠自己示范天下的作用而能得到万民的拥护。能够为人民办好事,这是一个非常理想的事情,是一个很难做到的事情,也是一个常常带来忧患的事情,就是让你感觉到我们在这方面还要做许多的努力才能真正做到以德治国,需要做很多的努力才能真正做到靠修养齐家治国平天下。这些政治理想和道德就注定了知识分子和中国的读书人必定会有一种忧患意识。

中国传统文化中的人生哲学强调的是"乐"还是"忧"

其实从中国整个文化来说,它强调的是乐,它在开始并不是强调的忧而是乐。我们可以称中国的哲学是一种乐生的哲学,是一种进取和乐生的哲学,自强不息,永远是进取,它提倡进取,进取者应该是快乐的。这一开头就是"学而时习之,不亦说乎",就是"学而时习之"是很快乐的,"有朋自远方来,不亦乐乎",这又是乐的,是享乐的,人生是多么快乐的,"学而时习之"就是你不断地学习,不断地提高自己这是一个很大的喜。有朋友,你交很多的好朋友。朋友从远方到你这儿来,你感到很快乐的。"人不知而不愠,不亦君子乎",就是不要生气,别人不知道的事情做错了,你也不要生气,都是强调快乐的。孔子说"仁者乐山,智者乐水",这个乐呢,既可念"lè",也可念"yuè",音乐,也可念"yào",也可以是"luò"。孔子讲乐的地方很多,他说"益者三乐,损者三乐",对于有益的有三种快乐,对于有损的也有三种快乐。

到了孟子那里呢,也同样讲乐,但孟子开始把乐的观念和天下的观念,和众人的观念结合起来了,而不仅仅是个人的一种精神境界。这个孟子呢,别人问他"独乐乐,与人乐乐?"是说自己一个人乐呢,还是和别人一块乐更乐,孟子回答"不若与人"。就是说,不如和大家一块儿乐,和大家一块快乐最好,就是孟子把乐和人众和天下联系起来了。

我们可以看得出来,中国的人生哲学强调的是"乐",强调的是君子胸怀宽大,经常保持一种快乐,强调的是君子和山水之间有一种相通的关系,仁爱的人他的道德像山一样的稳定,智慧的人他的智慧像水一样的灵活,都是从这方面强调的。包括孔子说他自己"发愤忘食,乐以忘忧,不知老之将至",就是自己每天都还能做到"发愤忘食",他有决心做许多的事情,把这个吃饭都忘了;"乐以忘忧",因为有这么多事情让他快乐,他都不记得忧愁了,他不知"老之将至",他不知道老已经到了。现在啊,我也挺喜欢这几句话的,有时候我就改一个字就行,因为我现在呢也还能做到"发愤忘食,乐以忘忧,不知老之已至",不是"将至",是已经老了。但是呢,没办法,有时候就忘了,有时候就想起来。

中国传统的政治道德强调的是"忧"还是"乐"

这种忧患意识,一方面是由于真正达到治国平天下是非常困难的,危机会随时出现的。我们这个国家可以说一直是稳定、发展、动荡、战乱,改朝换代然后又是新的发展,新的动荡,新的战乱,新的改朝换代,这几千年来我们国家经历了非常艰难的这个历程。《易传》提出"安而不忘忧,存而不忘亡,治而不忘乱,是以天下可保也",就是在你平安的时候不忘记危险,在你存在的时候不要忘记灭亡,在你各方面都很有秩序很规范的时候你不要忘记混乱,这个是非常深刻的道理。孔子又说"君子有终身之忧,无一朝之患也。"他这个提法也很深刻,终身之忧,忧是终身,到死为止,每天你都要思考,要担心一些问题,都要考虑一些事情往坏的发展的可能,都要有面对不良事件不良情况甚至于是某些危险的准备。如果有这种终身之忧呢,你就不会有一朝之患,你平常都好,日子都过得很好,行政也做得很好,公益也做得很好,就不会说是突然会出事,传染病来了,自然灾害来了,一个社会的动乱发生了,甚至是其他一些想不到的事情会突然发生。他说要有终身之忧,就是一辈子都不放松这根弦,这一辈子你随时有忧患意识,你才不至于发生一朝之患。就是说你终身要思考谋划,做好坏的准备,才能够没有灾难。这样的道理在我们中国文化里是讲得非常多的,即使是一些不在位置上的,不是官员,不是大臣,不是君王,不参与朝廷的决策和运作,这些人也有这种反思忧国、忧民的传统。从孔子屈原一直到鲁迅到孙中山到毛泽东,都有这样的一种忧国忧民的传统,这是一种忧患,政治的理想不容易实现,不容易变成现实,这是忧患。你身不在庙堂,不在朝廷,但是你关心众生,这也是一种忧患。那么还有一种忧患,在中国的文化里头从古代就提出来的,就是对个人命运的忧患。这个也是孟子最早提出来的,孟子最有名的话,毛泽东主席也最喜欢的一句话:"舜发于畎亩之中,傅说举于版筑之中,胶鬲举于鱼盐之中,管夷吾举于士,孙叔敖举于海,百里奚举于市。故天将降大任于斯人也,必先苦其心志,劳其筋骨,饿其体肤,空乏其身,行拂乱其所为,所以动心忍性,曾益其所不能。"从个人的命运上来说,这种忧患意识也是必不可少的,谁也不要想着自己能够直线前进,光滑前进,这样的事情是很少的。我们的人生哲学是强调乐的,但是我们的政治责任感、我们的政治道德是强调忧的,这是后世对中国传统文化的一个很大的发展。

中国传统文化的忧乐观为什么以"忧"为核心

如果说你的"乐"是有感染力的,那么你的"忧"的感染力是超过"乐"的,"忧"使一个人变得伟大崇高。

前边我已经讲了,正是因为我们对政治、对国家有一种期待,所以我们的忧患是非常的,因为有许许多多的东西是达不到这种理想,有许许多多的东西和理想保持了相当的距离。而为一些不理想的东西而忧呢,他是一个人的责任感和使命感的一种表现,甚至也是一个人思想深度的表现,这个是非常有意义的,也是非常有意思的。我曾经看到有一些媒体在讨论一个问题,我觉得也很有意思,他说有的人善于把苦日子当好日子过,就是说你不怕贫贱,不怕贫穷,自己有一种高尚的胸怀,这很好。他说有些人善于把好日子当苦日子过,这话我开始觉得挺不好听,你过着好日子为什么要当苦日子过呢,但他有一种解释,他说有许多人呢,由于他的理想主义,他总是在好日子里边找到了许多问题,他为这些问题很忧愁,为解决这些问题而费心。而自己的一切,比如说,作为个人来说他当然是有魅力的,但政治上的评价又是另外的问题。前几年演过一个小剧组的话剧,叫《切·格瓦拉》。切·格瓦拉,我们知道他是古巴的一个革命家,古巴革命胜利之后呢,他不在古巴做领导,不在古巴做官,而是到其他拉美国家去发动革命,整天都是风餐露宿,游击战争,最后牺牲在这种革命斗争中。他的魅力就在于能够把好日子当苦日子过,这种好日子,他能够在古巴享受革命胜利后的种种幸福,但是他不,他还要继续闹革命。今天我们不是对拉美的政治形势,我们今天不是谈的这个问题,只是谈的一个人的一种精神状态,所以有他的深刻性,有他的吸引力,有他的魅力。罗曼·罗兰讲,"我们占领幸福,也占领痛苦的,幸福能够使一个人变得深刻而且高尚。"他讲要占领痛苦,人是应该懂得痛苦的,应该能够忍受痛苦的,也是能消化痛苦的,能够体验痛苦的。俄罗斯的一个很痛苦的作家,就是索洛夫斯基,他有一句名言,他说:"我一辈子,我感到悲哀的是,我自己是不是配得上承受那些痛苦。"就是说我承受了那么多的痛苦,我深刻吗?我智慧吗?我伟大吗?我高尚吗?他说一个人总是要考虑这个问题,这个说得远一点,这是从世界上来说,所谓骄,所谓痛苦,所谓承担,对于一个男子汉,对于一个公民,不分男女——过分强调男子汉有点大,性别上好像有点问题——有一定承担的能力,这里边我们中国的文化里头呢,实际上也是向这个方向发展。到了范仲淹那里把这个"先天下之忧而忧,后天下之乐而乐"提出来了。

范仲淹讲了忧也讲了乐,但他的核心是讲忧,而不是乐,他为什么会以忧为核心呢?我谈一谈我个人的心得。他反映了道德的抗逆性,因为所谓的道德它往往是在考验当中的,在挑战当中,在逆境当中,才能得到彰显。如果你没有接受任何的考验,你没有碰到过任何的混乱,你没有碰到过任何的冤案,谁知道你是有道德的人呢?中国的老百姓都喜欢说这样一句话,"家贫显孝子,国乱出忠臣",这是说道德的一个特点是它的抗逆性。诸葛亮讲"鞠躬尽瘁,死而后已",也是讲这种道德的坚持性,这当然也是一种忧患。加上中国的历代的封建统治的不稳定性,使得"先天下之忧而忧"确实是非常的忧,确实是不忧还真不行,不忧的话就会更忧,不忧的话就更糟糕,这对于我们今天来说仍然有很大的教育意义。在范仲淹的《岳阳楼记》里边,这个"忧"实际上是一个核心。当然在传统的文化当中,这个"忧"有很多不足之处。如果我们只考虑道德,而不去考虑研究制度、法律、法制这些显然是一个不足。你如果没有制度上的保证,没有法制的保证,仅仅靠道德,这个恐怕还要忧,恐怕还要忧下去,要一直忧下去,那个就是保障。再有呢,我们在强调道德的同时,对于道德和人性，对于人的基本的要求，所应该有的这种关心、这种满足应该有一种平衡的认识，否则我们讲许许多多的道德，而没有讲人的需要，没有关心人的合理愿望的满足，也会使道德变得空乏。可以说我们怀着非常怀念、非常向往的心情来回忆、来重温范仲淹所代表的中国知识分子的这种忧乐观，这种天下为己任的情怀。

我的忧乐是什么

当然我最忧患的时候不是现在，是在过去的一些政治运动当中，那时候看到国家的秩序越来越混乱，工人不做工，学生不读书，作家不写文章，这个国家会怎么办呢？这当然是忧患的。

一个人的命运有时候和国家的整体命运是不完全能切割开来的，尤其是在中国目前这种情况下。从我个人来说，我个人的遭遇、个人的经历当中特别快乐和特别不快乐的时候，都是和国家走在一条什么样的路上有关系的，所以对个人的担忧完全脱离开对社会对国家的情况的判断和了解，他的担忧是没有什么意义的。如果更准确地说，我觉得在我身上，表达出来用忧患两个字，来形容这种关切、关联相通的感觉。不管我处在什么情况下，包括最艰难的时候，我对我们的国家的关切是始终如一的，我和我们的国运是相通的感觉也是始终如一的。我希望，从中国建立以后很美好的开始，就像我在《青春万岁》写到过的，这种开始的美好能够继续下去的，这种关切是从来没有中断过的。并不因为个人的处境的变化，我和我脚下的土地，和身边的老百姓，忧乐同心的感觉，也是从来没有改变过的。但是如果用忧患对我来说太重了，因为毕竟我碰到较大挫折时年纪还年轻，有许多事我也不懂也并不能理解，为一些东西小小成绩感到非常高兴，也会为一些挫折感到沉重。

简单来说所有的个体生命，它都有一个死亡，一个终结的时候，人生是充满了忧患的。《岳阳楼记》范仲淹所讲的忧患，实际上讲的,更多的是一种责任,是一种关怀,也是一种思考和一种谋划。范仲淹所讲的忧患意识,还是积极的——和行动有关的——行动性的忧患意识,还不指一般情绪上的悲伤啊,忧愁啊。如果讲忧愁的话中国何人无忧愁?这忧患两个字的意义是不一样的,具体到内容,具体到每一个人,每一本书,每一个句子,都有不同的意义。我们今天可以有所分辨,有所选择。

2007 年 6 月 26 日

昆曲的青春[*]

我对昆曲知道得很有限,但我也算是喜欢看昆曲。我有幸承蒙白先勇很早告诉我他的大略,我在北京看过正式演出,又在青岛聆听过白先勇介绍青春版《牡丹亭》美国演出的情况,我也看了有关的录像和图片。再加上香港大学、中国艺术研究院,这两个单位都算我的老板,因为我在他们那里讲过话,我都不敢得罪,苏州昆剧院当然也是很友好的地方。

一开头对《牡丹亭》青春版,我心里略略有点嘀咕,因为《牡丹亭》是这么古老,这么有分量的一个剧作,怎么弄成一个青春版?他们要给《牡丹亭》怎么打扮一下?青春是非常好的话,我非常喜欢青春这句话,但是青春又让人觉得分量差一下,后来看了以后就放心了。我临时做的题目是《昆曲的青春》,在这样全球化背景下,在现代化声浪很高的形势下,我们的《牡丹亭》能有今天的成绩,而且今天晚上要在国家大剧院上演,确实是很有象征意义的事情。这说明了昆曲有可能迎来自己新的青春。中华民族近一两百年来多灾多难,动荡变化。我们的传统文化,我们的传统戏曲,尤其是比较雅的、相对阳春白雪多一点的昆曲受到很大的挑战和触动。我觉得它受到挑战和冲击,一个是和整个国家和民族所受到的挑战有关。我们长期闭关锁国,造成了我们很少接触有分量的东西,一下子接收到以欧

---

[*] 本文是作者在"面对世界——昆曲与《牡丹亭》国际学术研讨会"上的演讲。

洲为中心的文化,包括戏剧文化的冲击,会引起我们很大的反响,会对我们构成一个很大的挑战,也使我们惊叹,使我们佩服。尤其是欧洲戏剧,第一是它的现实性,它更贴近现实,它更反映社会底层人们的疾苦和困难。再有像欧洲中心的话剧,意大利歌剧,那种尽情表达人的欲望和愿望,也可以说它有煽情的传统。也就是说,第一,它刺激生命的力量;第二,尤其对于中国人来说,它符合激进的社会革命的思潮。

我们的戏曲是另一种审美体系,它和现实保持相当的距离,它不是非常现实的东西,与其说它是现实的,不如说它是唯美的。不管什么东西,要表现得非常美。我看《杀嫂祭兄》,武松是坐怀不乱,潘金莲是罪大恶极,可是有时候还想看,因为表演得太美了。连潘金莲被追杀,都能演成那么好的舞蹈特技。从总体来说,戏曲又要表现某种压抑,表现了真正男子汉不受不正经女人的影响,但是你最后看的时候完全是欣赏。不管多么悲哀,多么不正义,多么封建,但是他表演的是个体,表演的是技巧,表演的是你所不可思议的那种精致。我年轻的时候看《武家坡》,年轻的时候我很生气,觉得男主角毫无心肝,王三姐应该杀了这种男人就好了。但是看得多了,就觉得不必在这上面较劲了,应该是以表演为目的,而不是以非常合乎逻辑、合乎价值标准的表现来衡量,它有自己的审美体系。我作为一个外行看昆曲,我觉得它美得不得了,而且手段那么多,可以表达这种情爱,甚至也可以表达性爱。

我看过一些印度电影,电影里出现战斗场面,就把它高度舞蹈化,如果功夫化肯定拍不过中国电影,但是舞蹈化以后,战斗完全是舞蹈,我觉得这也很好看。同样中国戏里面表现爱情,我们用我们自己的方式,一种优雅含蓄的,有时候还是含羞的,其实大家都明白怎么回事儿。我有一次旁听白先勇他们在讨论"情",《牡丹亭》里面强调一个"情"字。这个"情"字和英语里面的爱情不完全一样,"情"反映中国汉字追求本质化的一种东西,它试图把性爱,把它最后归纳成一个"情"字，说这是一个情种，以至于到"情"可以使你生，也可以使你死，还可以死了再生。现在看起来这些东西，我刚才讲现实主义煽情冲击之后，在我们很多反省之后，在很多断裂之后，我有不少朋友，我听过这种预言，说中国戏曲死亡不可避免。经过这些以后，在相对比较安定的情况下，我们又看到这样精致、这样认真的青春版《牡丹亭》，使人们觉得有理由寄予希望，我们中华文化还可以迎来自己的青春，我们的戏曲艺术可以迎来自己的青春，我们的昆曲，我们的《牡丹亭》都可以迎来自己的青春，这实在是激动人心的事情。

这和社会的背景也有关系，我老想处在社会革命非常激进的过程当中，这时候让人塌下心来，一本一本地看昆曲，一本一本地听唱，大家还都没有耐心去听。全国在焦躁、不安、恐慌、紧张的气氛中，肯定觉得戏曲完了，慢悠悠，一个袖子转半天，一个声音要拉半天。现在我感到非常庆幸，昆曲有可能迎来自己的青春。这方面我觉得白先勇老师，起着非常大的作用，他作为一个个人，居然能够创造出这么辉煌的成绩，实在是令人赞美、令人祝贺。我高度地赞扬，在迎来昆曲青春这一点上，大陆及港澳台所做的努力。香港大学成立昆曲研究发展中心，这也是值得祝贺值得赞扬的。我希望在我们内地有更多大学成立昆曲研究发展中心。

我听一些专家跟我说，台湾爱好昆曲、研究昆曲、表演昆曲，有许多方面做得比大陆还好，水平非常的高，这也是令人特别高兴的。香港有很多人花了心血、时间、金钱，使出自己的力量，大力地支持昆曲，澳门也有许多支持者。大陆及港澳台共同发展昆曲事业，有利于在全球化时代，使我们的昆曲适当地国际化，被更多境外人士所接受所了解。我看了演出，我知道《牡丹亭》青春版在美国演出的盛况，很快还要到英国去演出，我想这样一个操作，也是非常值得赞赏的。我看内地对它的报道和宣传，还可以做得更多更好一些。在国家大剧院演出太好了。我顺便说一下，对国家大剧院有各种不同的见解，有一些非常尖锐，说它是三大怪物之一。中华文化需要继承，中华文化也是允许怪物的,整个说来中国文化缺少怪物,没有外国怪物多。在北京弄出一个大怪物来咱们看看,看看对我们伟大民族,对几千年中华文化能带来什么刺激、什么冲击、什么变量、什么灾难?如果说白先勇先生主导的《牡丹亭》是青春版,国家大剧院就是中国剧院,乃至于世界剧院的青春版。

2007 年 10 月 8 日

改善高校的人文环境*

我对大学教育有关的事情知道得很少,但是,我还是愿意来参加这个会,来听一听各方面的说法,同时表达我对天津大学、对我的好友——冯骥才先生主持冯骥才文学艺术研究院的努力的钦佩之情。

现在好像是大学里的人文教育、人文精神出现了一些问题,也有一些稀奇古怪的例子、事情发生,在媒体上都有所报道。我想可能有这么几方面的问题和原因。

一、官场化的影响也侵入了大学,官本位的影响也侵入了大学,我就不举例子了——此处无声胜有声。

二、市场化、急功近利、学术腐败、各种不良操作和不良竞争、道德失范、价值失范,不知道哪些事情是大学里的师生员工所绝对不可以做的,现在许多人不知道。在某种程度上有些"礼崩乐坏",但是,我也不主张把这件事情太夸张,因为我们整个民族吃饱饭没有多少天,刚吃饱饭就这个不行、那个不行,我心里也挺难受。我说,让他们吃饱了,再饱几天,慢慢来。所以,我也不主张太夸张地谴责"世风日下,人心不古",说得太多了,也带着一种"作秀"的味道。

三、由于社会分工和学科分工越来越专、越来越狭窄,应该有的人文的知识和人文的教育都没有。语文水平越来越差,错别字满天飞,对联不像对联,最普通的中国和世界文学名著都不知道,闹出各

---

* 本文是作者在"人文精神与大学教育"国际学术研讨会的讲话。

种笑话,越来越多。比如说,有一批高级知识分子——国防科学专家或医学专家,信奉邪教。这都由于学问过细过专,反倒没有作为文化人或大学工作者最起码、最基本的辨别力。我想这也可能是一个原因。

四、我想是由于媒体的情况发生很大的变化。人们获取信息的渠道越来越宽广、多元,同时非常的容易。你也可以躺在床上听音乐,你也可以半睡半醒地看电视,你与其去认真地翻参考书,不如在网上敲两下,各种真的假的资料都来了,所以人们包括我自己都受这个影响。我不是光说别人,也有我自己的反省。人们已经习惯了吸收那些浅思维,跟着时尚的做法走,或者是跟着并没有仔细考察过原文的说法走。人们越来越不习惯用自己的大脑,用自己的分辨能力,用自己的推敲、衡量的能力。通俗化本来是一件好事,任何一个真理都希望它能普及,但是普及的结果使真理发挥了强大的力量,普及的结果也会使真理变得通俗化、简明化、平滑化,甚至会修正真理的面容和实质,使一个很深奥、很重要的、很全面的真理变成一个简单的口诀。有时,在通俗化的过程中会使真理大大地贬值。

五、最后,我再说说在大学、在社会中,一些本来已经被历史所淘汰的东西,又在新的名目下,或者是在弘扬传统的名目下,或者是在现代、后现代引进的名目下开始复活,乃至于泛滥。比如说占卜、看八字,尤其来势势不可挡的是风水。风水我也并不完全否定,但是现在风水已成为势不可挡的东西,快成为中华品牌,到了向外兜售的程度,让人觉得很悲惨。比如说"黄赌毒",这些东西在大学里有所反映。以及各种"坑蒙拐骗"的做法。

我说的这些我也没有什么好办法,我想提几条具体的建议,都是比较容易的,从你身边的事做起,从你自己做起,这个建议是否可行,我也不知道,我只是姑妄言之。

第一,我建议,在大学校园内原则上不称官衔,一律称"老师""先生",就足够了。

第二，我希望在学校里进行人文素质的讲座，或通识讲座，香港许多大学都这么做了，在座的李焯芬校长他们港大我也被邀去过，叫做通识讲座，或者叫素质讲座。

第三，我建议设立一些选修课，也算一些学分，其中特别要强调像艺术、民俗、宗教、伦理等等。

第四，我希望我校，或其他学校，不一定只针对天津大学，注意保护弘扬的内容——设立戏曲、国画、书法、中国功夫（即武术）、民间文化、文物、考古等等，建立研究中心。

第五，我希望各个大学注意缅怀自己的人文遗迹，积累人文资源。其实每个大学只要有一点历史，必然就有它人文教育的历史。还有各种各样的人文大家，到这个学校来过，开过课程。或者是有各种各样的渊源，这个资源只要能够积累起来，这个大学的气氛就会有很大的不同。问题是有的大学不重视，重视跟不重视是不一样的。

第六，我希望每个大学都认真地做好自己的校歌、校训和学校的代表性、纪念性的建筑与文字的保护工作——包括学校里一些建筑的命名，一些地方的匾额，中国的传统是非常重视匾额的。

第七，我希望我们的大学有一个很好的人文环境，对于大学内部实在不像样子的破坏人文气氛、人文档次、人文环境的东西要适当地加以清理，如大学里贴上一些江湖假药的广告，或者在校内临时摆摊，出售旧物。最难看的是一个堂堂的大学乱停汽车。最好原则上，尤其是校园没有专门的停车处的话，汽车应停在校外，起码可以做到全部汽车停在地下车库。我们为特别年老的人可以有一些电瓶车送一下他们，基本上校园不进汽车。当然我这是带有乌托邦的想法。

第八，我希望我们建立驻校作家、艺术家和人文大家的制度，因为有些作家和艺术家跟学校的很系统的正规教育并不完全一致的。但是没有关系，我们就请他来驻校，请他来写作，学校应该给他优待，应该为他提供教工食堂的饭票、菜券和其他的方便，及一定的津贴费用,就要求你的身影、你的姓名在校园出现,能够改善学校的人文气氛。

我们需要解决的事情非常多,关注的问题非常大,但是我们可以大处着眼,小处着手。

2007 年 10 月 14 日

快 乐 学 习[*]

非常高兴在我年满七十三周岁之后,首次有机会到邗江中学来与大家见面。对于我来说,"中学"这两个字是一个有特殊感情、特殊意义的字眼儿。因为在我的中学时代,世界和我们的国家发生了许多不平常的事情。在我的相当于中学生的年龄段儿,差不多决定了我人生此后的方向。当然,你们也知道,我的最早的作品,所描写的正是中华人民共和国建国初期的中学生。我呢,和许多中学有密切联系。说老实话,近些年我到中学去,和中学生直接见面的机会不太多,所以今天看到大家那么多年轻、健康、幸福的面孔,对我来说实在是很大的鼓舞。起码我感觉到,比我们上中学的时候,精神面貌、身体健康的程度都好得多。但是,我个人也属于这个类型的,戴眼镜的也不少,爱护视力方面有需要努力和改进的地方。

我的学生时代

这个报告很不好做,我不知从哪方面讲起好。我想先和大家谈心,来到这里看到你们,我就想起我的学生时代。我现在说,甚至觉得十分遗憾,我的学生时代太短,这很遗憾。我在小学只上五年,在中学只上三年半,总共我有八年半的伟大学历,但是这八年半我是非

---

[*] 本文是作者在江苏扬州邗江中学的演讲。

常难忘的。通过我个人的回顾,缩小我们年龄和经验上的距离,也许从这里真的能够给大家一点参考。

我是一九三四年出生的,一九三七年日本侵略军队打响了卢沟桥的战役。我至今仍然有个记忆,家里人称之为逃难,就是发生灾难后的逃离。怎么个逃离法,我记不清楚。可能是从北京向河北省农村跑,不知北京会发生什么样儿的战役。尽管是我三岁的事情,但我有印象,家里人说火车上有大量全副武装的日军。我三岁的时候,仍有点记忆的,就是夜间。那时候走路、迁移的条件很艰难,从火车上下来以后还有一百多里地,这个就要靠坐马车、大车。夜里在旅社凑合过一夜,夜里我听见马嚼草的声音,还有铡刀铡草的声音。

然后到一九四〇年,就是我快满六周岁的时候,我就开始上了小学。这个小学是北京市的北师附小,就是北京师范学校附属的小学。我想我那个时候发育不良,身体不好,又瘦又小。我一想起来,感到很痛心的,因为按照我家里人身体状况,我起码应该比现在多长十厘米。我的父亲是一米八五的身材,我的弟弟是一米八三的身材,我的姐姐妹妹和我相同的身材。就是说作为一个男生,没有发育起来。什么原因呢?在关键的时候没有营养。在日本侵略军统治的时期,有时早晨买一块烤白薯当早餐,学校里冻得没有办法上课,冻得学生在课堂上哭起来了,于是老师干脆宣布今天天太冷了放假回去,只好这样。那是一种艰苦、困难的生活。

那时候我并不懂政治,但是我仍然有印象。那时候,北京还是有城墙的,在所有的城门口都站着日本占领军,带着刺刀、狼狗,非常凶恶。所有的中国人从日本占领军眼前走过都要给他们深深鞠躬。但即便如此,学校生活仍有一种温暖,对你有帮助。老师教你认字、教你算术。我现在仍然记得,虽然那时是所谓的日伪时期,小学的语文课本还是彩色的。我不知在座的像张(泽民)老师有没有学过这个课本。第一课是《天亮了》,第二课是《弟弟妹妹快起来》,第三课是《姐姐说太阳升起来了》,字是越来越多、越来越难。这些课程仍然给我非常大的快乐,我虽然非常的瘦小,但是我对学习仍有一种热爱、仍有一种兴趣,我觉得好好学习是特别有意义的事情。也许,你们在课文上或者其他地方看到过我写的一篇非常小的文章,叫做《华老师,你在哪里?》,那个说的都是我非常实际的经验。我们是北师附小的,华老师是北京师范学校的毕业生。毕业以后他就到我们小学二年级,做了我的级任,那时候不叫班主任。从华老师来了以后,我的学习成绩突飞猛进。我小学一年级的时候,有两次,那时候也是凭分数的,是全班第三名,从小学二年级都是班上第一名了。华老师对我非常的好。

但是,我也犯过两次非常严重的错误。一次是考修身,修身有点儿像现在的德育课、思想品德课。考修身的时候,有一个字就是"教育"的"育"字。头一天晚上我写过无数次"育"字,但我不知道那时候脑子哪个地方短路,无论如何想不起这个育字。我的那本修身书就在我的课桌上,我想啊,没有任何人,华老师眼睛也不知道看什么地方,我就把书桌打开,我就写上了。发卷子的时候,华老师说班上考得都不太好,有一个同学考得最好,但是因故他的成绩不能算。我一听就知道是我了,那时候刚刚七周岁,已经懂得了什么是暗示,已经知道自己有了罪过了,有了问题了。下课后,老师说,那个时候也不叫办公室,叫预备室,她说,你到预备室来一趟。我去了后,她问:"你知道我说的是谁?"我说:"知道。我看书了。"老师问:"怎么办?"我说:"您扣分得了。"我当时真是想大哭一场,但是老师还保留了我的面子,没有在班上公布。所以给一个小孩改正错误的机会,我觉得还是非常重要的。你也可以这样说,"竟然有这样的同学,功课学得不错,打开书偷偷地看,你以为别人看不见你吗?你的一切表现,我们早就洞察你的一切了。"她这样说我没有任何办法,除了认错以外没有任何别的办法。她保护了我,使我知道你可以考得好、考得坏,不要作弊,不要以为你的任何不应该做的行为别人会不知道,到处都有眼睛,你的一切不应该做的事别人都知道。

演 讲 录（三）

　　第二件事说起来就更加羞愧了。当时的写字课，就是在米字格上写大字，书法的基础课。不管家庭多么穷困，我们都要买个字帖，按着字帖临摹。到写字课的时候必须带毛笔、墨盒，那时候不可能用砚台在课堂上现砚墨。墨盒用蚕丝——我也养过蚕，蚕吐丝——裹着棉花，把墨汁倒进去，很长时间不会干。常常到写字课的时候，这个同学说没有带墨盒，那个同学说没有带笔记本。于是，华老师做了一个非常严肃的决定，从下个星期上大字课凡是没有带齐文具的，一律到门口站着。结果这天，阴差阳错，下午大字课，我忘记带笔墨还有字帖，老师拿不定主意是否让我和另外一位忘带东西的女同学站到门外。当时，我的心情极为糟糕，正当此时，那个女生说："老师，您就让我罚站吧！王蒙是好学生，不要让他站了。"听了她的话，我当时的那种心情啊，叫做绝处逢生。你们猜我是怎么反应的？我说："同意！"于是这个老师就瞪了我一眼，很严肃地看了我一眼。就在她看我这一眼的时候，我知道糟了，我怎么能说同意呢？相比之下，这个女生多么崇高！她这样爱护别的同学。她姓什么叫什么我早就忘了，但她这样爱护同学，宁愿自己替同学受罚，而我的反应是同意，我变成了自私的小人。我的话已经出口了，已经不能够收回来了。后来，老师很不愉快，用写文章的话就是悻悻的，没理我们。一下课，就通知找我个别谈话。我受到了深刻的教育。我始终认为，这是我最好的老师，她又爱护我，又对我提出指点、批评，该敲打该修理的地方给予修理，使我永远不能忘记。

　　在一九四五年被占领几十年的台湾归还给中国。可是，台湾很多人不懂普通话。国民党政府以北京为主，招了一大批国语说得好的人到台湾去，很强硬地在台湾推广普通话，国民党政府这点做得是对的，华老师就去了。华老师后来我还见到过，改革开放以后，我们和台湾关系正常以后。我现在问一下，你们知道新加坡的歌星包娜娜吗？她的先生叫傅春安，是个很有名的建筑商。她的先生看到我关于华霞菱老师的故事。我在文化部做事的时候曾经请他们吃饭。

195

他问我台湾有没有朋友,我提到了华老师,我说你帮忙找一下。

他去台湾还真找到了华老师,华老师在台湾教育界还挺有名,去了台湾以后她集中精力做学前教育。台湾不叫幼儿园,叫幼稚园。她一直是幼稚园的很著名的学前教育专家。傅先生找到华老师那里去,因为那时候和台湾的关系还没有这么好,一说是大陆的文化部长王蒙找她,把华老师吓坏了。她忙说不知道、不认识。后来,还是靠包娜娜的名声,傅先生说我是包娜娜的先生。华老师一下子警惕性才小了,这显然就不是台湾的特务机关、警备司令部找她。包娜娜是很好的歌星、善良的歌星。

小学阶段有这么多美好的记忆。有些是哭笑不得的,但是都是笑人的事情。佟老师是北京(北平)师范学校毕业的,她也很得意,你到她家里,墙上有学士帽的照片。她说,教育局有几个名额给全市最优秀的学生,给奖学金的,但是要上交上学期一个学期的所有作业。我并没有保存那时候的作业,不知道花了多少时间,我每天伪造上个学期的作业,把作业重写一遍。最尴尬的是,这些作业都写完了,报上去了,被淘汰了,一分钱也没有,白做功了。人生啊,从小你会做很多有用的事情,你也会做很多没有用的事情。有时候,你拒绝没有把握的事情,你可能会错过很多的机会和机遇。你不能过分吝惜你的劳动,你不能过分吝惜你的时间。虽然希望可能不大,但是,该抄写的就抄写,该重温的就重温,你没有办法。我小学里面,除了犯错误,我也有几件做得比较得意的事情。小学二年级的时候,第一次造句,那时还没有作文呢,"因为……所以……"我给中学生讲这个太对不起大家了,我底下会有越来越深刻的东西讲。我到现在还记得,我造的句是用注音符号的,那时候不叫汉语拼音,很多我不会写的字都用注音符号。我是这么说的,我说的是一件很实际的事情。"放学回家,我看到妹妹正在浇花,我很高兴,因为她从小就爱劳动,她不懒惰……"这个句子思想很正确,用语也很准确。我现在回想起来,这是七岁孩子最辉煌的成绩。这个呢,也受到老师的当众表扬。其他别人写的都是比较简单的事,"因为我饿了所以想吃馒头""因为我没钱所以就买不起那件衣服"。我居然把这个造句,导入到了一个比较复杂的状况,而且还有一定的思想意义,这是我很得意的一件事情。

但是,我也告诉你们,我从小就走上了好学生之路,但这个好学生有时候很苦。因为孩子本身包含了另外一面:他想捣蛋、想淘气,不愿意老是压制自己,你不知道个性什么时候要爆发一回,他要干一点儿稍微出格的事。我干的最伟大最出格的事情,就是我抓了一只鸟,上课之前我把它放到课桌里面了。等到要打开课桌拿教科书、笔记本的时候,我一打开课桌,鸟飞了出来。于是全班乱成一团,大家都在笑啊、找鸟啊。把佟老师气得半死,我到现在还记得,她说:"王蒙站起来!"我站起来,她第一句话就是"你太放肆了!"到现在我给我的孙子讲我童年的故事,他们最爱听的就是这个鸟的故事。有时候,我那个比较小的孙子说:"爷爷你再讲一遍那个'太放肆'的故事好吗?"

就这样我上到五年级,我忽然不想上小学了,六年级的课我已经基本掌握了。那时候看丰子恺的漫画,说当时学校的制度,那个年级啊,三个人腿绑在一起。走得快的人,却走不了,跟不上的人也会搞得很狼狈。我觉得这个漫画很好,所以我决定考中学。正好,一九四五年,日本投降。忽然一下,我不知从哪儿来的那样一种爱国的热情,那样一种对政治的关切。那时,我十一岁。一九四五年,全校全班的同学,整天到一个级任老师郑老师家里,听他讲日本曾经怎么侵略中国,中国曾经怎样抗战,所有的这些东西使一个少年人真正体会到了什么叫爱国,什么是热血沸腾。一九四五年的时候,我听了这些话,当时就想我愿意为中国献出生命。中国太可爱了,它不能再受侵略了。为了中国,让我献出生命,我也是愿意的。那种激情,并没有人向我宣传,自己就产生了这种思想。那时候,北京老百姓有许多"反日"的说法,到了四十年代后期,北京整天进行防空演习。空袭警报,有种很刺耳的声音。"防空演习,日本崴泥。空袭警报,日本倒灶。"到处都是这样。

但是,现在想起来,也有自己幼稚简单的地方。比如说,小学阶段,当时强迫学日语。一到日本投降的时候,全班同学把教科书全撕了,到处乱扔。等上日语课的时候,全班同学就起哄不上了,那种兴奋、那种快乐!老师也觉得没什么意思,就和大家聊聊天,过了半个小时就走了。我们再也不学日语了。其实学语言,学日语还是很重要的,毕竟我日语还学过那么几年,所以在二〇〇一年访问日本的时候,我还用日语讲了十五分钟话,有稿子。即便在不自愿的情况之下,学习对人是有好处的。你学到这些东西,你仍有发挥作用的可能。我已经有五六十年不讲日语了,但我还能从自己的记忆里打捞出一些日文跟大家讲。

中学时代,我是赶上了一个整个中国人民革命风暴势不可挡的时代。这个时候,革命比刮风还普遍,没有一个地方可以躲过革命的风潮。这里的一个很简单的过程,日本一投降,全北京市、全中国的人民兴奋若狂、热烈欢迎蒋介石的军队开过来。然而,开过来以后,紧接着的便是物价上涨、贪官污吏、社会混乱、社会凋敝,使人们非常地失望。

我的初中是在北京的第四十一中学,当时叫平民中学。为什么考这个学校呢?因为这个是教会学校。其他公立学校要小学毕业证书,不收同等学力的学生。这个教会学校收同等学力的。大家知道,我小学还差一年,还没有毕业,所以就进了这个学校。有一次,我在操场上站着,这时候过来一个棒球明星。他是垒球后卫,个子不太高,长着娃娃脸,胖胖的非常可爱,高中二年级的学生。他为什么和我说话呢?我当时参加讲演比赛也得了奖,也算是被人注意过的。他问我,"最近干吗呢?喜欢看什么书?"我觉得在现在看是无法理解的,十一二岁的我回答自己喜欢看什么书,最后还加了一句"自己思想'左倾'"。这是非常危险的一句话。在国民党统治的时候,宣布自己"左倾",有点不想活的味道。我的同学叫何平,一听说我是"左倾",他立刻两眼放光、喜出望外。我家住北沟沿,他家住南沟沿,走路要走四五十分钟。他叫我去他家,他家真是个图书馆、党校。有苏联作品、解放区作品,封面上是《老残游记》,一打开是毛泽东的《新民主主义论》。他完全专门为我办起了家庭党校。我在那里读了华岗的《社会发展史纲》,中央的《土地法大纲》,读了斯大林的《辩证唯物主义》《历史唯物主义》,还有许多许多,不细说了。

中学时代,这是我的语言,中学时代是一个从少年向青年过渡的时代,既有少年儿童的特点,但是它也有青年的关心社会、事实、环境,而且有自己的见解,有自己的判断,胸有成竹。我和何平同学的来往我家人不知道,我不告诉家里人,沉得住气,我可以保密,我可以自己慢慢研究、琢磨。中学时代对一个人来说,非常重要,就因为这个时期是少年向青年过渡的时期。这个时期,有少年的天真,很容易接受新的思想和知识,新的启发。它又具有青年人的那种认定、判断的能力,甚至是青年人的自信,甚至是自傲。青年人比较年轻、知识不够、经验不够,他开始感觉自己有力量,比年长的人更有力量。你们已经年长,老了,你们的腰背开始弯曲,说话喉咙开始嘶哑,你们记忆力在衰退,头一天说的话第二天就忘了,你们的胆子小,年纪越大、胆子越小。我们不来分析这是不是完全正确。青年人有一种骄傲、自信,有一种暗中的对自我的留恋或过高估价。我觉得是这样的,现在回过头来,为什么一九五三年在我十九岁刚刚满的时候开始写《青春万岁》?我觉得那个时候没有一本书,能够把中学生的精神世界全部写出来,有那么一两本算儿童文学。我觉得它不是儿童文学,小学生是。初中一二年级是少年,不是儿童了,最小也应该说他是少年。

少年就是青年,青年和少年是一个可以衔接、可以混同的名字。那个时期的少年和青年又正好赶上革命的胜利、新中国成立的时候。一切都充满新的希望,一切都光明得要死。人们觉得社会的停滞、混乱、肮脏全都结束了，觉得一个新的充满鲜花和凯歌的时代已经到来。全民的心情，现在看来有些幼稚，但在当时的确就是这样的。物价便宜得不得了，那时候的价格和现在的不一样，折合现在的币值，一九四九年、一九五〇年北京两分钱买三个鸡蛋，一毛钱买十五个鸡蛋。国民党统治时期，北京的垃圾如山，整个东单路口，到处都是垃圾，臭得要死。这种情况至今有一些第三世界国家仍是如此。你去过印度吗？印度有些非常著名的大城市，汽车走着走着，就遇见一大垃圾堆。尤其是加尔各答，一切的微生物、小生物、大生物、烂菜叶、鱼头、烂肉皮、苍蝇、蚊子，活活臭死人。解放以后，解放军处理垃圾，国民党时期，三五年解决不了的问题，解放军两天全部拉干净解决问题。那是什么效率、什么情况！后来，中国的道路不是笔直的，它也有很多麻烦、走了许多弯路。我觉得那样一个时代的中学生的记忆是永存的！

一九四九年三月份我就离开了。当时已经是高中了，我上的是河北高中。我要介绍一下，河北高中是所有中学里革命性最强的。"一二·九"运动，河北高中的学生就已经参加了当时的政治斗争。河北高中现在已经没有了，在原址上是北京地安门中学，它的校庆是四月十七日。为什么呢？不是四月十七日建造了这个学校，也不是四月十七日开的这个学校。而是在一九四八年四月十七日，当时的学生自治会组织文艺演出，里面有一些宣传革命思想的节目。而国民党军统特务机关杀到中学，逮捕了三十多个学生。中学生已经成为国民党特务逮捕的对象。"四一七"成为了纪念日。

后来，我去区里做青年团工作。那时候不叫共产主义青年团，那是一九五四年以后叫的。刚开始的时候叫新民主主义青年团，不得简称新青团，而要称青年团。在那里，我做的仍然是中学方面的工作，我与各校的团委，也就是团组织进行联系。团的工作很重要，我是一个做团工作出来的人，我仍然保持着中学生的情怀和热情。

致邗中学子

对今天的中学生我有没有话要讲,有没有什么建议?光阴似箭、日月如梭,当年的中学生王某人,现在已经七十三岁,我的大孙子已经上大学了,已经过了中学的阶段。但是,我还要说几点。

第一点,注意自己的生活,你要永远保持在生活中的主动性和关注性。我相信你们的"青春万岁"。我在《青春万岁》里面写的"所有的日子都来吧",我们现在中学生要考虑分数,这是中学时代的生活,最宝贵的日子。主动地去关注你的日子和生活。你的学习,是对于生活的新的发现和解释,你要学习的知识、理论和方法的见证。只有在这种情况下,学习才是活的,才能学到心里面。这是你自己要学,而不是屈从于任何压力来学,如饥似渴地,一种关注、一种热爱,每天都是你的营养、资源、快感、幸福。你不知道,当你离开中学时,你会多么怀念这个时代。这种感悟、激情、感动,这是今后所没有的。我曾经在小说里写,一个人想放弃一切,只要是能再过一次,比如说十九岁,我觉得一个人十九岁的生活每一天都像诗歌、交响乐。天天满足是最宝贵的,能不能有这样的心态?能不能把课堂的一切和我们整个青春的生活、美好的日子联系起来?

比如说,学外语。我很少在课堂上学外语。我觉得学语言,这是我个人的体会,就是不是从语言到语言,而是从生活到语言。前者是符号到符号,太苦了。钢笔 pen、手表 watch、眼镜 glasses。如果这样读就会感觉很苦,如果你将它们带入生活,那多么可爱啊!当它变成生活的一种符号的时候,不要从汉语到英语。我四十六岁以后开始学英语,缘于那次在旧金山转机,办理登机手续以后,登机的门很多,我见人就问,没有一个人告诉我该走哪一个门儿。最后,还是遇到一华人,告诉了我。gate,我下定决心一定要学会这个单词,学会就意味着摸着门了。我到爱荷华大学参加一个写作计划,一天背三十个单词,我做到了。离开的时候,我就可以用英语在大会上发言。最多的时候讲过四十五分钟,这个发言现在网上还能查得到。

我看今天有新疆的学生。我在新疆的农村学习维吾尔语,比我英语好多了。新疆的老乡们就觉得我这个哥们儿很棒啊,对我们的生活很了解。不管学什么,只要从中发现生活,你学得越多越懂得生活,从生活中得到越多的信息。

第二点,超前阅读。我提倡,首先读书靠年轻的时候,读书靠中小学。到现在为止,我能背诵的"四书五经"、唐诗都是在我中小学阶段那个时候背下来的。其次,懂一半儿就开始读,包括外文书。我在新疆的时候,赶上"文化大革命",但是我搜集大量的维吾尔语书籍。从词汇上说我懂得不超过百分之五十,为什么不去猜测、不去分析、不去判断?我最高兴的一件事,无论哪种语言,这个词从来没有见过,但我可以推断出它的意思,查查字典或者请教别人,结果总是毫厘不爽。当然,我的这种说法如果片面地理解也会出麻烦,如果另外百分之五十全都理解错了,那就麻烦了。学习要循序渐进。在求知上可以超前、可以要求自己严格一点儿。

第三点,各科应该是相通的。我很喜欢一个词儿,香港喜欢讲这个词儿——"通识教育"。各门课程之间是相通的,一致的,互相启发。我是写小说的人,有许多喜欢文学的人厌恶理科特别是数学。讲两个大作家,人家问他们你为什么学文学?一个回答我从小学数学就不及格;另一个回答说我痛恨物理、化学。我确实不是这样的,在我上初中的时候,我最爱的一门是文学、一门是数学。我太喜欢数学,它有自己精神活动的世界,充满着智慧的光辉。它能让你的大脑充分发达起来,在自己的天地里遨游。尽管我受到的正规教育非常的少,但是至今我可以帮我的孙子们做几何题。我觉得这种求证的工作是世界上最有趣的,就会觉得就像走在了一条路上,开始不知道怎么走,这里一道光、一个草地,红花,这条路走通了,太快乐了,人生有多少这种快乐啊?!

现在还有平面几何课吗？你们证过九点圆吗？还有 Euler 线（欧拉线）：垂心（三条高线的焦点）、外心（三条垂直对角线的焦点）、重心（外心、重心、垂心）。同学要是证出来,我送他两本我签名的书。这里有一种分析、寻找、实验的快乐,有时还有一种感受你离正确解决这个问题越来越近了,就像小孩觉得妈妈快来了,这种感受你都会有。有感受还有冒险,还有逆向思维。它是对思维活力的考验、对头脑灵活性、对你坚持不懈的一种考验,没有比数学更能发挥人的头脑活力的了。一直到九十年代初期,我去四十一中参加校庆。一位老退休教师,他叫王文璞,他见到我还说,"现在还说什么呢,你已经走上了文学的路了,如果你当年学数学,你现在成绩大多了。"

现在考大学是"3+X"。就我个人来说,我是"4+X",数学+语文+外语+音乐。我认为音乐和这三门是相通的,回忆我十九岁的时候开始写《青春万岁》时头都大了,这玩意儿写到后面,前面就忘了。长篇最难的是结构,尤其是写生活的。有一个礼拜天,我应邀到南池子"中苏友好协会"听肖斯塔科维奇的交响乐唱片,我忽然明白了。交响乐有主题、序幕、延伸、变奏、和声、不和谐的声音、快板、谐谑曲、行板。世间的一切事物也是这样的,你的一生就是一首交响乐,而且音乐和数学关系非常近。音乐许许多多的音调可以用数学符号表示的,我们可以用1234567再加点线来做成谱子,我们可以研究振幅、音色,分辨乐音和噪音的区别。上面我是在举例子,这些都不是毫不相干,不管你以后报考什么样儿的专业,你经商、从政、考研也好,出国留学深造也好,前途光明、远大、开阔,但是这些知识你不知道在什么时候它就能启发你的头脑。一个懂音乐的人,他也会善于调理自己的心情。音乐、文学,我觉得它也能帮助学好体育,它能使你的生活更健康、更和谐、更平衡,不会自己和自己较劲,不会自己把自己搞得没有出路。不会使自己丧失希望。

我也有缺点和弱点。与刚才的四门课相比,我的理化生地图画不好,这说明我的动手能力不好。我见过一些同学功课不好,但是动手能力很强。理化生要学好，必须自己学会做实验。

我的顺序可能有些问题，我再提一个希望你们从小培养说自己的话，把自己的真情实感表达出来。写作文最可贵的是有话说，你有实际的经验和实际的感受，你有东西要告诉别人。你开一次会也好，你能不能说自己的话，能不能把你的真实感受、对人生的感触，你对青春的激扬用你自己的语言表达出来。如何能做到自己说自己的话？这和我前面说的是分不开的。你对生活有一种关注，生活能使你感动。中央电视台有一个节目《感动中国》，我建议每个同学要有一个目标，"感动我和我感动"，就是你每一周、每一个月、每一年你有东西被他们感动。这样在某种意义上来说，这比你考多少分还重要。这说明你的精神是充实的，你的生活是丰富的，你的记忆也是丰富的。作为中学生，我们还处于记忆的阶段，甚至积累我们的情绪。如果你在这方面有很多积累的话，你就有话可说，有文可作。我也碰到过这样的孩子，他们是好学生，他们背过的东西极多。写篇文章，充满引文，从南到北，从东到西，从中到外，你就是不知道他自己的感受是怎样的。比如说，写春天，她给你写美国的、印度的等，你就是不知道她自己对春天的感受。这对于你学语文，对于你学习表达都有帮助。

我再提一点就是阅读经典。现在能使人感兴趣的书籍非常之多。但是我个人认为还是经典更值得阅读。我在上小学的时候，我对自己有严格控制，我不让自己花时间在无意义的事情上。当时，老师有一个规则是不准看小人书，那个时候的连环画非常多，我们看神怪、武侠，老师就是这样要求。小人书一看两小时过去了，我就不看。我的意思是，目前对我们的诱惑非常多，令人有兴趣的事太多了。我们怎样对自己有一个掌控，有些最普通的书对我的好处是终身的。比如说，《唐诗三百首》，你想了解中国诗词的发展，看这本书是最好的办法，尽管这个版本有缺陷，但你编不出一本比这个还好的。比如说，《红楼梦》，你找不到比它还好的。经典是经过历史长河筛选的好的书籍,不使自己沉迷于游戏的诱惑。

看着你们,回想我自己七十多年的生活,我确实非常羡慕你们。你们各个方面的条件,与我们小时候的年代是多么的不一样,与生活在日本侵略者占领下的我们那一代是多么不一样。今天,虽然我来的时间不长,但是我已经感觉到邗江中学真不简单,扬州有一所这么好的学校,这么大的规模,这么认真的办学理念,这么好的会议室报告厅、教室。我相信你们会珍惜你们的中学时代,我相信你们的中学时代一定能比往辈的人过得更加辉煌、收获更加巨大!

(作者答与会者问)

问:王老师您好,您穿这身衣服挺帅的,我想问您穿这身衣服和穿西装有什么不一样?还有一个问题,就是我们如何处理文学爱好和高考之间的关系?

答:很感谢你对我衣服的积极评价,我最早看到日本人和印度人穿。它和中山装非常相像,不用打领带所以我经常穿。我个人对这个衣服也有贡献(此时翻过衣领,如同西装)。从这里可以看出,一个人怎样求学问,怎样关注生活。世间的事物都是相通的,不要以为这种长排扣的类似中山服的东西与西服是互不相干的,你把领子翻下来就是西服。你们看,年逾古稀的王蒙有这种灵活的心理,一件衣服翻来翻去而有所发现,何况在学问上呢!你们这些年轻人肯定能发现到一些特别有趣的东西,包括发现怎么样在高考压力下去读你的书,你就用我这种发现衣服的办法去发现去吧,你会有你的办法。

问:王先生您好,您曾经担任过文化部长,作为一个伟大的作家来说,你在和别的作家谈话的时候,仍然能保持谦虚谨慎的态度。您是如何做到的?我还想请求您能否复述一下,刚才那个数学证明题?

答:和其他作家打交道时,我也有骄傲的时候,但另一方面,我经历过许多起起落落。起落归起落,人还是这个人,所以不会因为自己的职位、行情啊就觉得了不起。也不会因为一时的不快而自怨自艾。

问:我想称您一声"哥们儿"。(全场笑)我中午专门为您的到来买了这本书,听了您的讲话我知道这本书没有白买。我想问"是金子就会发光",当您写不出好的文章,灵感不在的时候,您会选择退出文坛吗?

答:当然,用北京话就是"歇菜"。

问:您在新疆住了十六年,对您的作品有什么影响吗?

答:我写过专门的一批描写新疆的作品。一本叫做《伊犁——淡灰色的眼珠》,被翻译成了维吾尔语、日语、英语和法语。这是专门描写北疆农民的生活的。前两年,上海文艺出版社出版了《王蒙与他笔下的新疆》画册,文字是从我的作品中挑选出来的,图画有一大部分是由北京民族画报的记者阿尔肯摄影的。这本书由读者文摘出版社发行,被翻译成英语。在新疆也翻译成了维吾尔语。还不仅仅限于直接的对新疆的描写,我在新疆还和一些大知识分子有友谊,我还有很多哈萨克的朋友。还有,我与大量维吾尔农民的接触,对他们的情趣、幽默感、忍耐、适应能力,有很深的印象。在新疆的十六年,对我的生活也有影响,到现在我在北京还煮奶茶,我还拉过面条,比大拇哥还粗,我的女婿觉得太好吃了,吃了太解饿了。现在一提新疆,我就会有一种兴奋,甚至有一种孩子气的得意。讲起新疆、讲起维吾尔,我就会有一种激动,我永远感谢他们!希望你们努力学习,做出最大的成绩。

问:您好,王老爷子,您的一生是坎坷的,您认为我们青少年是否要经过?

答:从理论上说,童年和少年时代多经历一些事情,会使你更加坚强。相反,一帆风顺的人,往往经不住考验。每一个时代的坎坷是不同的,我们那个时候会有外国占领军的压力,选择的困惑、错误思潮的误导,使你掌握不住要做什么。任何人想做到一帆风顺是不可能的,要做好准备迎接各种挑战,你才会有出息。

问:中国作家没有写出伟大作品,因为不懂英语。这个问题制约着中国文坛的发展。我想问,我们是要坚守中国文化还是吸纳外国文化?

答:首先,中国的作品对全世界的影响怎样,这还需要观察。其次,如果说我们中国作家英语差,这确实遗憾。我是非常赞成,身体力行,到现在我还没有停止对英语的学习。最后,这不是绝对的。李白也不懂英语,对全世界都有很大影响。老子也不懂,《道德经》的影响也很大。对世界影响不够大,原因是因为我们写得不够好。还有一种情况是影响大小与作品好坏没有直接联系。《哈利·波特》,影响到全世界了,但就是特别好的作品了吗?当然我们都希望自己能够写出好的作品,希望同学们中间能出现既懂英语又懂汉语的作家,既能传承中国文化,又能吸纳外国文化。

问:向您表示感谢,您的一番话开启了我的心灵之门,说自己想说的。您是如何看待性灵文字的?

答:中国自古很讲究性灵文字,但这不是文学的全部。除了性灵文字,也有关注历史和社会的文字,也有哭号、挣扎的文字。可以是性灵式的,也可以是记录式的等等,读自己想读的,读自己感兴趣的。

2008 年 1 月 2 日

我对文化外交的几点理解[*]

今天我跟大家座谈,随便聊一聊。我愿意留更多的时间,可以和大家有问有答,互动,一起议论一些问题。我无非就是世界不同的地方都去过,有各种交谈,各种交锋,各种辩论,有成功的时候,也有失败的时候。我讲的这些东西,一个是过去的事,一个是对你们不见得完全有用,因为我大部分情况下是以非官方的身份、一个文化人的身份、一个作家的身份、一个知识分子的身份,最官方的就是以原部长的身份,不是现行的。所以我说话就比较随便。这些话你们是不是可以以同样的方法说,我也不知道。相对来说,我在部里和外国代表团会谈时,我就说不了那么自由、那么潇洒,太潇洒了也不行。我总的一个感觉,就是我们要乐于和外边的一些人士来讨论世界的事、国家的事,尤其是正确介绍中国的情况。我们不要回避,我们没有什么可回避的。中国搞得不错,各个方面发展得都挺好。我们理直气壮,我们充满信心,我们实事求是。我们不怕任何的挑衅,任何所谓"哪壶不开提哪壶",没有任何不好说的事情、可怕的事情。

西方国家有一种意识形态的热情,尤其是基督教的国家。基督教认为不信基督教的人是"迷途的羔羊",认为把迷途的羔羊收回到羊群里来比原来的那一千只羊还让上帝高兴。我读过《圣经》,这是基督教的观念。伊斯兰教就更麻烦一点,它把不信伊斯兰教的人,有

---

[*] 本文是作者在文化部"文化外交前辈系列讲堂"的演讲。

时候,不是都这样,称之为"卡菲儿",意思是"异教徒",那就更麻烦一点。佛教就没有这个毛病,佛教认为是"普度众生",你哪怕是反对佛的,哪怕是一只苍蝇、一只蚊子,我都要"度"你,所以佛教相对好一些。基督教最大的特点就是它要不停地向你宣传,而且它相信它是最好的。最突出的表现就是,布什以为他打完伊拉克以后,他能够在中东推广民主。这现在已经变为一个笑谈了。布什在中东推广的不是民主,而是混乱,是仇杀,是一塌糊涂。连普京都开玩笑:哎哟,你要在俄罗斯推广民主,可不要用在伊拉克的办法。(全场笑)

有时候,外国人说一大堆这民主、那民主,我就和他们说:我今年七十几岁。我出生后三年,日本占领了中国。在日本兵的统治之下,我上了小学,那时候有民主吗?没有民主。后来国民党来了,国民党来了三年,那三年街上有执法队,执法队抓住"匪谍",也就是共产党的 spy(间谍),可以就地正法,不需要审判,你们认为那个时候民主吗?他也不认为那时候民主。再有就是新中国成立了,很好,但紧接着就是各种政治运动,一直搞到"文化大革命",你认为那时候更民主吗?他说当然那时候也不是民主。我说那么比较民主了,比过去有着极大的变化了,极大的进步了,就是改革开放以后这几十年了。民主正在发展,但只能按照中国的方式来发展,不可能由你来代替我们。我们是一个大国,我们的国家非常之大,我们有不同的文化的传统。像这些话,你们就不好说,我就可以说。

有一次,一九九三年,我到华盛顿,那时还是孙维学在华盛顿做文化参赞。我认识一个人,这个人还有中央情报局的背景,他老婆是新疆人。我一九八〇年在耶鲁大学讲话的时候,他们两个还都是学生,他们听了我的讲话就过来,用维吾尔语和我讲话,我一下子就认识他们了,一块儿来谈,结果就谈到了中国的民主这些。我就和他说,你是不是觉得你很讲民主啊?Do you think you are a gentleman?(你认为你是位绅士吗?)他说是啊,当然了。我说好,Let's suppose(让我们假定),如果让你去统治中国的话,You will keep your power

48 hours(你可以保持权力四十八小时),then you lose your power and your head,(然后你就是丢权、掉脑袋)。你觉得我也还算比较 gentle(温和)吧?我也还算是个知识分子吧?他说不错。我说我要是掌权的话,我可比你强多了,Any-way,I'm Chinese,I know China much better than you. I can keep my power two weeks,then lose my power and head.(无论怎样,我是个中国人,我比你了解中国。我可以保住我的权力两个星期,然后再丢权、掉脑袋。)他说对,你说的都是实话。我说你明白了吗?美国人不要瞎给中国人出主意。这话后来我和李铁映都说过。那次和李铁映一起吃饭,他说你和美国人尽聊什么?我说跟他聊了这个,给李铁映笑半天,因为我说的是实话。

有时候一些很细小的问题,因为他们有一种偏见,脑子里有一种"一分为二"的方法,要不就是"民主",要不就是"独裁"。要民主就得是西方式的民主:多党制、议会、三权分立、轮流坐庄、自由竞选、街头抗议,就玩这个。可是咱们玩不起这个,说实话,他就认为你是独裁。有一次他们问:听说中国出书,全部都是经过政府审定?这可让我抓住了。我说中国出书全部由政府审定?我说你知道中国一年出多少种书吗?二十多万种。中国有多少个部门?三十个。如果要是政府审定的话,你想一想,每一个部门一年得看多少种书?得将近上万种书。全世界没有这么伟大的政府。所有的部门,不管是 defense(国土防御),不管是 foreign affairs(国际事务),不管是 financial(金融的),不管是公安 security(安全的),大家不干别的了,每天都在那里读书,那样的话,中华人民共和国国务院,改成中华人民共和国 Reading Club(读书俱乐部),就是世界上最高的乌托邦都没有这样伟大。柏拉图都想不起来,培根想不起来。培根写《新大西岛》,他都想不起来。最后这个国家由一个 Reading Club 来领导,那太好了。如果你们说的中国能做到,所有的书都是由政府来审查的话,中国的文化那……你们根本门儿都没有了。后来他们也承认了。

他说,中国什么东西都是官办的。我说什么东西都是官办的,这话看怎么说。你看,你们喝青岛啤酒,青岛啤酒在你们的看法也是官办的,这是党的领导下生产的青岛啤酒。我们的制度跟你们不一样,你现在不也喝着吗?算你接受党的领导还是我接受党的领导呢?(全场笑)你们国家一年进口多少青岛啤酒啊?还有一个人问,共产党怎么还领导文学啊?我们共和党最不重视什么?就是文学。什么我们都可以重视,就是不重视文学。小说爱怎么写怎么写,胡写,随他的便。我说那当然了,共产党是一个革命的党,它要动员一切力量来达到它的革命目标。另外,你叫共和党(Republic Party),我们叫共产党(Communist Party),汉字里差一个字,英文差别当然更多。我们的生活就是这样,我们的体制是党的领导。电视机,也是党的领导下生产出来的;矿泉水、青岛啤酒、崂山矿泉。这是不同社会、不同体制的一种方式、一种说法。党领导并不等于党包办,并不等于中共中央在那里造皮鞋呀!丝袜、皮鞋、帽子、玩具,现在中国都占优势。但并不是它包办啊。从另一个意义上说,既然党什么都领导,那么就会有它的多样性,领导生产皮鞋和领导《人民日报》,不见得是用同样的路数;领导外交和领导解放军,方法也不见得都一样;领导解放军和领导私商、领导工商联又不一样,有许多许多的区别。你根据你脑子里想象的那样,根本就不符合中国的情况。

我有过一些接触,就是"六四"以后不久,派来的美国大使。好像已经换过一个了,一九八九年的时候是洛德,后来是李洁明,李洁明走了之后是芮效俭,Mr. Roy。Mr. Roy 在美国说过一句话:不管怎么说,中国现在处在它的历史上,不但是近一百年,而且是近二百年,甚至是更长的历史上最好的发展时期。你翻一下中国的历史,不是内战就是外战,不是被侵略,就是……现在呢,安居乐业,能全国统一。当然还不包括台湾啦,还有些问题,还有这个那个问题,但是属于最好的发展时期。芮效俭还有一个看法,有一次他请一些作家吃饭,张洁啊、我啊,我们几个人在那里,说到中国的电脑的迅速发展。他说在西方有一个理论,就是允许个人使用电脑的国家,不应该算是一个极权国家。他的这个说法起码可以供参考。所以我也说,谈中国的事情不应该脱离中国的实际。

有时候他们是有意识地提一些,他们是话里有话,他不直接点明。他们说,王先生,你在新疆待过那么长时间,现在新疆都要求是双语教育了,在学校里不但要学习少数民族语言,同时还要学习汉语。我知道他是这个意思,意思就是你们不尊重维吾尔人,不尊重哈萨克人。但是我比他站得还高,我还压回去。我说双语是不够的,我说我主张还加英语、德语。边疆地区就那么几十万人,或者二三百万人,光会一种语言怎么够啊?怎么能够面向世界啊?怎么能够面向未来啊?怎么能够为本民族创造美好的生活?双语不够,We need more,更多的。你是什么?瑞典?瑞典语希望将来也能够在新疆教。(笑声)他说,你讲得好,你讲得好。是啊,我比你看得还高啊。

说实话,在语言上,我们的民族自治区做得是比较好的,比苏联好得多。一九八四年,我到塔什干去,看它的博物馆,有俄语的解说词,有日语的解说词,有英语的解说词,有法语的解说词,没有乌兹别克语的解说词。那时候中苏关系也不太好,让我嘲笑了半天。我说你是乌兹别克的博物馆,没有乌兹别克语,我要看乌兹别克语,我看得懂。因为乌兹别克语和维吾尔语的距离就像天津话和北京话一样。所以在语言上,我们没有什么寒碜的,没有什么我们不能说的话。多学一点语言,对于少数民族的青年来说,是一件好事。

有时候他们还问这个问题。他并不内行,你别以为他内行。说毛泽东时期,"文化大革命",对作家整肃得非常厉害;现在改革开放了,你认为现在作家生活的条件是不是能诞生大的作家了?我说你这个提法很奇怪。你认为那些大作家的出现都是由政府决定的吗?由政府的政策所决定的吗?托尔斯泰是因为尼古拉二世的政策好才出现的吗?陀思妥耶夫斯基是因为沙皇喜欢他才成为陀思妥耶夫斯基的吗?沙皇不但不喜欢他而且给他判处绞刑,他是陪绑。说是要杀他,一共四个人上绞刑台,前三个人都绞死了(跟萨达姆·侯赛因一样),陀思妥耶夫斯基已经吓得魂飞天外了,然后宣布给他赦免,让他回家老实点儿。作为作家,我希望作家生活越好越不嫌好,稿费越高越好,住房越大越好,住宫殿我也不反对,自由度越大越好,想怎么写怎么写好。但是,这种情况下,能出现好的文学吗?曹雪芹怎么出现的?李白怎么出现的?李白还充了军呢。当然,肉体消灭不行,不管多大的作家,肉体消灭了,再发挥才华,比较困难,(笑声)你再创造出不朽的大作非常困难。但是在保证他某些基本条件的情况下……谁是大作家,就因为他自己棒,并不能说是因为……你们不能说因为中国如何,谁是大作家谁不是大作家,这个责任不能都由毛泽东负,也不能由邓小平负,也不能够由江泽民负。我说这个话的时候胡锦涛还没有担任国家主席呢,所以我就提到江泽民,没有提到别人。

还有一些事情,我觉得我们……这是我个人的一些情况,有时候可以以退为进。就是我们先承认,我们确实有不足,比如污染我们确实有不足。我说,污染的问题,你的牢骚多,每年政协开会,政协委员骂得比你还厉害呢!北京的一个老作家叫管桦,他就说是"三害",一个是腐败,一个是污染,还有一个是什么我忘了,这三个问题不解决,咱们就得亡党亡国。我说这个"纲"上得比你还高呢。我说确实有问题,但是现在正在重视,正在解决,有了好官还远远不够。这样我们用一种比较实事求是的说法。

至于其他的一些东西,不容易有什么争议。介绍中国的历史,介绍中国的文物,介绍中国的民歌。外国人容易接受的还有咱们的杂技,杂技哪怕他是白痴他也能接受。这些东西我们非常热情地介绍。同时我们也不回避和他讨论一些他那里文化的特点。比如说,打冰球的运动员,看着身体真健康,你就可以夸奖他。美式足球,你们可真敢撞啊,你们可真不要命啊,你们真敢冒险啊。美国人,滑翔运动,我见他们的滑翔了。我说你们的滑翔运动太好了,可惜我老点儿了,要不我也弄两个翅膀在天上飞一飞。我们决不吝惜对他们的夸奖,但是也丝毫不怕对他们的某些事明确地表示,这个中国人很难接受。像你们这种唱歌的方法,像你们的有些舞蹈,一时半会儿还难以接受。但是也不妨碍试试,让国民看看,让大家看看。

总而言之,我们现在和外国人处在一个非常平等的地位:我们既不比他们强,也不比他们弱。我们既用不着处处压他们,也用不着我们好像有什么理亏的地方说不出来似的。

有什么不能说的呢?咱们中国有时候对外国也有偏见。譬如说认为中国饭好吃,这个百分之百的正确,认为外国饭都极差,这个不见得。我看过一个很高级的领导同志写文章,说法国人要求他对法国餐表态。他回答说,你们一定要逼着我对法国菜表态,我就告诉你们,按照中国人的观点,你们的饭只能算半成品。这个我就不赞成,虽然这个领导同志非常好,地位也非常高,对我个人也非常好。法国菜有法国菜的好处:明快,西餐里不爆炒,出烟出得少,做得非常讲究,选料选得比我们精多:该红的地方红,该白的地方白。只有中国菜有这种情况:你讨论一个菜,你不知道它是什么。(笑声)说这是豆腐?不是。是芋头?不是。土豆?也不是。猪肉?也不像。羊肉?也不是。因为中国的过度加工,你不知道它是什么,它已经quite mixed,你已经闹不清它是吗了。(笑声)而且,外国的早餐我觉得也好,外国的甜食比咱们做得好,外国的乳制品也比咱们做得好。我举这个例子是什么意思呢?如果咱们对很多东西,能以一种正常的、实事求是的心态,而且说明我们中国是开放的,对你的好处我们看得很清楚。外国吃的有很多好的东西,但是不见得中国人都接受。到现在,据我所知,还有相当大一部分人不喝牛奶,喝牛奶他就拉肚子。中国人的遗传基因里缺少一种乳制品的消化酶,所以他不喝牛奶。至于不吃 cheese(奶酪)的,恐怕是百分之八十以上国人,我们亲爱的同胞。所以我们也告诉外国人,你那挺好,但是我们不吃,就像我们那里有一些好的东西,你也不吃。我请外国人在北京吃饭,吃过羊油炒麻豆腐,他接受了,他说这有点像山羊 cheese;(笑声)我请他喝豆汁,这个接受不了了。他喝了一口,两眼定在那里了:(笑声)"这,这怎么喝呀?"我说,算了,你甭喝了。一样的道理。

随便啊,咱们说闲话啊。我今天一进来,我看见王杨了。我最得意的是什么呀?大概四五年以前,我跟王杨,我们一起去非洲,我教他一招儿:我们先从新加坡倒飞机,我坐在头等舱;为了照顾王杨他们,安排他们坐在安全门旁边,前面没人,腿可以伸开。但是他要求坐在安全门的人必须懂英语。那新加坡的小姐就过来给他讲一通英语,他们两个人表示我们不懂英语,人家把他们轰走了。我说你们怎么这么傻呀?你们跟她讲法语啊?法语比英文还高贵呀。后来我们到巴黎,他拿着他那排箫,你们知道王杨同志喜欢拿他的排箫。过来一个工作人员,"你怎么没有托运哪?你又不是头等舱。"王杨立刻学了这一招,"Bonjour"(您好),(笑声)三说两说,那小子特别客气,说"好好好"。是不是王杨?不是咱们吹吧?所以我是什么意思呢?咱们要实事求是,要理直气壮,要自信、要平等,还要灵活:英语说不通了,咱们从法语这块儿再说;法语说不通了,我们还可以从另一个角度来说;这些都说不通了,说不通就说不通吧,那怎么办啊?谁能改造谁啊?而且你要知道,外国人没有义务和中共中央保持一致。他说点刺儿话,说点对中国不理解的话,这是正常的。最近有一篇文章,说是清华的还是哪儿的,人大的写的,就是我们要习惯在骂声中成长。你不理解,就乱骂呗,怎么办呢?所以任何时候,跟你说得通也好,说不通也好,我们不丢我们的份儿,不丢我们的风度,不丢我们的自信和从容。我先说到这里,大家一块儿聊吧,好吗?

我刚才忘了说了,现在闹得最厉害的这个西藏问题。我说那个时候在国外没有这么严重,但是也碰到过这个问题。我就给他们讲两条。第一,我说在一九四九年以前,西藏是非常落后的,非常愚昧的,它实行的是农奴制。还有一条,我说西藏是中国领土的一部分。为什么呀?像我这种说法你们都不适合说。我没有担任公职的时候我可以这么说。我说不为什么,这是历史决定的。对一个国家最敏感的就是领土,而领土都是由历史决定的。我再告诉你,很多情况下是战争所决定的。欧洲的地图谁画的?没有第二次世界大战,欧洲的地图是这样的吗?每打一次大仗就要改变一次地图,有时候发生一次双边战争也会有一个地图。我说我到你们美国也去啦。新墨西哥州,到底是属于墨西哥的还是属于美国的?得克萨斯州,有一个地方叫圣安东尼奥,那里有一个记录当年怎么跟墨西哥打仗,然后怎么样把这个领土归了美国的整个过程的纪念碑。它是作为美国的开疆拓土,有点像咱们纪念康熙大帝那个意思,他是把它作为他的成就来说的,现在有什么道理可讲?我说夏威夷还有"夏独"呢。夏威夷为什么属于美国?这有什么道理吗?夏威夷要说离得近,离日本近。加拿大有"魁独",魁北克独,英国有"爱独",北爱尔兰独。所以不要随便谈领土问题。而且中国自鸦片战争以来丧权辱国,割地赔款,这根筋中国人碰不得。你一碰都跟你急了,都跟你拼命。这根筋不要碰,领土问题没有什么道理可讲。只有在尊重中国领土、主权的前提下,其他的事情慢慢再讨论、商量。你们别跟着起哄,你跟着越起哄,什么你们也得不到。中国人不会做一丝一毫一厘的让步。领土问题上能让步吗?开玩笑。李瑞环的话:"祖宗基业,寸土不让。"祖宗传给我的,到我这儿我把它给丢啦?!门儿也没有。但是正式的、官方的说法不能像我这么说。像我这么说有点儿太随便,所以对你们都不合适。但是我说明这个情况。

  新疆的问题我就更有词了,我在那里待了十六年,我认为那里的民族关系非常好。恐怖分子是极个别的,而且都有境外背景,本身根本不存在问题。你要讲历史也好讲:什么张骞通西域,班超通西域,从汉朝开始和新疆就是亲密不可分的。这方面我是觉得我们要用正面的宣传,就是宣传汉族和各少数民族,和维吾尔族、和哈萨克族、和藏族的友谊。和藏族的渊源更深了。起码是一个语系的呀,汉藏语系,我们称之为汉藏语系。在宗教上、文化上,我们可以收集很多正面的材料,包括一九四九年、一九五〇年,西藏和平解放,一九五〇年以后的西藏蓬勃发展,人均收入也增加了。我说西藏也有另一面,你们不要以为代表西藏的都是那些僧侣,你们请作家你们也请一下扎西达娃。扎西达娃是棉花胡同中央戏剧学院毕业的。他写各种魔幻现实主义的小说,人还长得挺帅,是非常现代的人。他到深圳还经过商,他还是西藏作协的负责人之一。他喜欢穿的是牛仔裤。你们不要以为代表西藏的只有僧侣啊那些人。西藏有很多人在接受新事物上一点都不慢。一九八六年我去西藏,人家拿出笔来也都是美国的派克,喝的也都是可乐呀等等这些饮料。你们对西藏的了解都不对,都不是实际的情况。西藏有很大的发展,有很好的前途。

(作者答与会者问)

问:王部长,我提一个小问题。我在非洲的时候,经常碰到和对台湾的理解有关的问题。有的人说,台湾你们说是中国的一部分,我们想到台湾去经商,我们想请你们提供一些台湾的商业信息,特别是厂商的资料,包括我们要去台湾,拿台湾的签证。这些你们都不能给我们发,你们中央政府怎么能从这个意义上说台湾是中国的一部分?有的时候会碰到这样的问题,有时是有意的,有时是无意的。在这种时候呢,你要跟人家讲道理真是讲不清楚,因为我觉得我们国家的对外宣传,在主动宣传台湾方面是个空白。我也问过有关方面,也没有人给我一个答案。我们不宣传阿里山,不宣传台湾的旅游,好像我们在这方面有个回避,所以我想问问您的看法。

答:我觉得这个你也提得很好。当然这个问题也没有什么神秘。因为现在台湾统一的问题还没有解决,还没有实现统一。正是因为还没有实现统一,所以我们认为大陆也好,台湾也好,都属于一个中国。这正是我们需要解决的一个历史任务。至于这个你说得很好,既然是一部分,我们对外宣传的时候,应该也包括台湾。我觉得这个讲的高度比较好。

问:您刚才说的这个社会主义价值观。您能给我们讲讲怎么通过中国文化简明地介绍我们的社会主义价值观?

答: 中国文化是一个对我们非常有利的,特别是对我们做这个驻外文化官员的,是一个对我们最有利的话题。因为它历史悠久,而且有自己的特色。我亲耳听过原来的法国总统希拉克说过,他说西方的文化比较强调个人和自由,中国呢,更强调一个人对社会,他是说对家庭了,对家庭、社会、国家、民族,他应该尽的义务。他说这两种文化各有特点,我们不能够笼统地说,哪个就一定比哪个要好。我觉得他说的话是公正的。当时一块儿听到这个话的,还有三联书店的,还有文学电影导演等等,他讲过这个。

中国的文化,包括中国这样一个古老的民族,它能够存活至今,不是偶然的。这个文化有自己的力量。不错,我们也承认我们的文化里有许多的缺陷。但是对于一个文化来说,这个缺陷也用不着让人灰心丧气。譬如我们很早就有很高的智慧,我们的民族的早期就有像什么几大发明啊,什么指南针啊、印刷术啊、造纸啊,这样一些贡献。但是后来我们有很长的一段时间,我们的科学和技术不够发达。从这个民主程序和法制上来说,我们过去也有许多做得不是特别严密的地方。但是是不是中国一直就是一个完全专制、一个完全封建专制的国家呢?这个问题我们也需要讨论。

中国是喜欢一元的思想的,就认为世界的一切,它要统一成一个"一",用老子的话就是"天得一以清,地得一以宁……侯王得一以为天下贞"。什么东西你要得了这一个大道,可反过来说,这又是对君王、对统治者一种包含着理论的、道德的和文化的监督,它是有的。为什么中国历史上屡屡发生农民起义呀?农民起义的口号,一个是"替天行道",一个就是"无道昏君"。就是你是君王也不行,你的所作所为必须符合"大道",符合道理。当然,孟子还有"民为贵,社稷次之,君为轻"这样的一种观点,所谓"民本"思想。所以中国对于封建王权缺少足够的、现代性的制约,这个问题是绝对有的。所以从孙中山的时候起,就推翻了清王朝。但是不等于说中国就没有考虑过这些东西。中国有进谏的制度,而且提倡"文死谏",就是宁可丢了脑袋,该提意见还得提意见,该指出皇帝的缺点还要指出来。中国有各种各样的清官,中国有御史大夫,有这样的制度,中国有华表,华表就是允许人家说话,提意见的。否则的话,如果只有那一面,这个民族也容易完蛋。另外,中国的文化比较注重修身,很多地方比较精致,文字也很精致,可以写得非常好看,非常漂亮。所以中国有这样一个文化,对于世界来说是世界的财富。

而且我也有一个看法,在某种意义上,中国文化是现在主流文化——欧美,实际上是欧洲文化、基督教文化一个最重要的参照系,但是还有其他别的参考:伊斯兰文化,包括阿拉伯文化、波斯文化、印度文化、非洲原住民的文化。但是不管怎么样,中国文化是一个重要的参考,因为中国正在崛起,中国正在发展。

多多把话题往文化上引,我觉得如果是外交官的话,这是一个好事,你比直接进行意识形态上的争论,往往更主动。我们说,由于我们文化传统的不同、观念的不同,有些事情你的看法很难在中国实现。这个他不能否认。

我注意到江泽民同志,那个时候他到西雅图,开亚太经合会议的时候,他一上来就讲文化的多样性,发展道路的多样性,实现民主政治的多样性。因为你这样的一个道理是颠扑不破的,西方人恰恰不能否定这个东西。民主也是多样的,不是只有一种模式,文化也是多样的,语言文字也是多样的,思维方法也是。美国人最大的毛病就是他认为他是最好的。凡是和他不一致的他都希望你接受他的,他有时候也非常天真。有时候他希望你接受他的东西那种天真的样子。我说你认为是好的,人家不认为是好的,你不能强迫别人接受。这个江泽民也讲过,"己所不欲,勿施于人",这是中国的教导。但是美国人是"己所欲,必施于人"。当然,江泽民是主席,他说话很文雅,"己所欲,必施于人"。到了我这里,我就说粗话了,我说你们知道什么叫"己所欲,必施于人"吗?就是强奸!你要求做爱,你非常想做爱,人家不想做不是强奸吗？你说做爱多好啊，咱们俩正合适。人家不想，人家觉得受到了侮辱、受到了伤害、受到了侵略。我说这是美国人的特点。

我看过美国的音乐剧，好多的音乐剧真是简单极了。有一个《屋顶上的小提琴手》，写一帮犹太人，受了多少罪，最后怎么结束的？说我们已经批准了，第二天就能移民美国了。这不是开玩笑吗？这是小儿科啊。这种小儿科的故事拿来糊弄咱们老谋深算的中国人，是没门儿的事。（笑声）

有时候我也受到特别激烈的攻击。那还是很早呢，一九八二年。我上美国参加一个研讨会，我讲了一些对中国文艺的比较正面的一些话，香港有一个人，吵起来了，说王蒙现在已经怎么怎么样了，他现在是什么什么了，就在那里歇斯底里地叫唤。他讲完了以后，因为这是我讲完之后有一个comments（回应），所以他可以这么讲，他讲完了以后，我只说了一句，我说"Thank you"，结果全场笑成一团。我觉得我已经胜利了，已经把他的歇斯底里变成了一个丑角戏。我说我按照规则对你的发言进行了评价，就说一个词，全场就都笑了。

问：王部长，有两个问题，一个是请您对咱们当前的中国文学界做一个简要评价，再一个就是怎么样利用中国的文学在世界上树立我们中国的形象？文化形象？

答：中国目前文学的情况是这样的：它和建国初期或者革命时期的文学相比，没有那个时期显得冲。我前天在郑州还讲这个，我称之为由雄辩的文学向亲和的文学来发展。因为你不可能老是一种煽动性的、动员性的、批判性的。当然现在也还需要有动员、有批判，也不是说不需要批判。但与此同时，我们会从满足人民的文化需求的角度上，围着这个的作品比较多。但是现在的作品不可能很好，里面有大量的垃圾出现，不是说德国的那个顾彬就说中国的文学尽是垃圾。这个我想起一个玩笑话：一九九六年，我在德国的朗根布鲁希待了六个星期，那里离得最近的一个地方是杜林（Tu-rin）。我到杜林去买东西,有一次我看到街上有人呕吐的这些脏的东西。后来我和一个德国的汉学家聊起来,我说本来德国我感觉是最干净的,我那天看到实在是不干净。后来他说,这是德国战后的一点进步。当然呕吐的垃圾我觉得是不好的,但是文学如果你严格到绝对不允许任何垃圾出现,文学会剩得非常的少。而且什么是垃圾,需要一个判断的过程。比如说爱尔兰的乔伊斯,他的《尤利西斯》刚出世时都被认为是垃圾,现在也有人认为它是垃圾;毕加索,现在欧洲还有人说毕加索是垃圾;所以如果做到绝对的非垃圾化,反倒会扼杀了文学和艺术。那么出现些垃圾是出现好作品所需要付出的代价。如果说现在中国文学里有一点垃圾出现,在某种意义上是我们的文学蓬勃地向前发展、是我们的文化民主、艺术民主有了很好的进展的一种表现。当然也带来浮躁:有些作家只是忙于市场的效果,有的不择手段,有的写得格调低,这是我们自己内部的事情,我们自己再研究,我们的宣传工作会议上研究。跟外国人说起来的话丝毫不是我们的弱点。相反的,你现在看中国的文学,比较有意思了,有各式各样的,外国有的那些题材它也都有;歌颂党的领导的、表现革命历史的,当然也有;写青年人无所事事的也有;写到整天出入于酒吧、咖啡馆的青年的故事也有;甚至写到吸毒的也有。所以说明人们的精神生活,包括对文学的看法跟过去有了变化,但是不等于都是好的,也不可能都是好的。

世界上没有任何一个国家都是好的。"文化大革命"以前的时候,平均一年出十本到十一本长篇小说,现在每年出七百到一千种,没有任何一个人说得清楚中国头一年出多少长篇小说,我也说不清楚,新闻出版署图书司的人也说不清楚,因为太多了。但有一次我说到太多的时候,英国的 Britain China Center 的一位负责人员说,比英国还少。他说英国你看超市,超市里卖肉的地方摆了很多小说,英国一年能有二千部长篇小说。看完就完,有一些东西都不能往家里带,因为里面的内容太恶劣。他在路上看,看完在进家以前把书就扔在路上的大垃圾桶里了。所以文学的情况我觉得就是,我们既不必说中国的文学的情况好得很,那也不符合实际情况;反过来说,我们各抒己见,把中国的文学好处说好,坏处说坏,这更说明我们一种开放、实事求是的态度。

问:海外华人对高行健获诺贝尔文学奖有很多议论,您怎么看这个问题?

答:我这也是实话实说。外国人问我,我也是这么说的。我说,高行健原来在中国的时候我和他很熟悉,他是以写实验性的戏剧而著名,像什么《绝对信号》啊,《车站》啊,而且到现在为止中国大学的当代文学教材里也还提到高行健的戏剧。至于他出去以后他写的小说我都有,但是我都没看完。因为我感觉到我视力已经下降,我也没有这个义务,看这个我实在是不爱看,看不下去。虽然是我的熟人,我也不想为了他牺牲我的美好的心情和时间(笑声)和损害我的视力,所以我就不评了,不说他写得好还是不好。我看不下去,这是事实,我说的都是事实。

问:前一段比较受关注的郭敬明抄袭的事情闹得沸沸扬扬,您能否谈一谈"八〇后"作家进入作协的看法?

答:就是一个老编辑他来找我,而且我知道郭敬明他发表过很多作品。一直到现在为止,他的文学活动,非常活跃,也很受读者的欢迎。至于关于他的什么抄袭啊,剽窃啊,到底是什么性质的一个情况,我并不了解。但是原则上我觉得他是可以改正他的错误的。这是两件事:他有什么错误,或者有什么司法上的问题,这是一件事;他能不能加入作协,这是另外一件事。再有一个,我个人说谁加入作协,并不起决定性的作用。我曾经也是因为朋友的关系,介绍温州的一个姓汤的电视剧作者加入作协,我给他介绍了两年,最后他死了,他也没入上作协。所以,有批准他的权力的是作协书记处,这个问题变成由我来回答,这是莫名其妙的,因为我顶多就是介绍一下。可不可以介绍?我说可以介绍。那么他能不能加入作协?你要问我个人的看法,我到现在也认为他能够加入作协。怎么不能加入作协?该什么问题就什么问题。咱们中国人哪,思维方式是,把什么东西都放到一块儿来考虑。外国不是,外国是什么事就是什么事。你看那个马来西亚的安华,他现在马上成了一匹黑马,在政坛非常的活跃。他据说是因为同性恋问题被判处徒刑多少年,还停止政治活动多少年。那在中国的话,要是坐过监狱你还能参加政治活动啊?其实这都是……该什么事就什么事。你开车轧死人了,那就不能加入作协啦?情节恶劣,喝酒喝多了,不能加入作协啦?作协章程上没有这一条。或者说因为他现在这个剽窃的问题太严重了,这时候介绍他加入作协不合适,那对不起,晚点儿再说。这个应该由作协来掌握,不能说成由我来掌握,我也没上法院查他那档案去,卷宗我也没查。但是这些事,各种说法挺多,咱们跟外国人介绍这是好事,说明咱们中国这个文坛很多彩。

　　文坛应该很热闹,文坛不应该铁板一块,文坛不能说只有一个说法,可以有不同的说法。高行健也是这样。有人一听说高行健得了诺贝尔文学奖了,恨不得把高行健当成什么神仙供奉起来;也有人认为高行健得诺贝尔文学奖证明他是我们的阶级敌人,因为诺贝尔文学奖是为了搞西化和分化我们而搞出来的。这个话不太好说。我的回忆录第三部里我写了大量的我和瑞典科学院打交道的一些事情。诺贝尔文学奖,它有时候喜欢给社会主义国家的 dissent(异议者)奖,但是它还喜欢给西方国家的"左翼"颁奖。前五年,前六年,那个葡萄牙的若泽·萨拉马戈(José Saramago),他是葡萄牙共产党。他是最支持阿拉法特,反以色列的,阿拉法特的朋友。

　　那个对中国影响最大的,哥伦比亚的加西亚·马尔克斯,他也是非常"左",是反美最坚决的一个人,他是卡斯特罗的密友。一九八六年,我以嘉宾的身份被邀请参加第四十八届国际笔会,在纽约。当时的国务卿舒尔茨发表讲话的时候,全体美国人在那里喊叫:"可耻!"我就没有弄清楚,说是他们没有给加西亚·马尔克斯发签证,不许他进入美国。是这次,还是更早的一次,我没有弄清楚。

所以这个瑞典科学院，它要标榜，它就专门爱跟各个国家的政府捣捣蛋，它要显示它是高于一切的。但是它所发给的作家的那些奖，有的影响非常大，有的影响几乎微乎其微。你说近二十年来那些得奖的作家，有几个在中国有影响的？没几个。所以这些事都没有什么。

问：您最近在郑州参加了一个书展。我也在报纸上看到了一些消息，说在书展上受到关注的基本上还是像您这样比较德高望重的成名的老前辈，但对一些新人，基本关注不太多。从我们周围的情况来看呢，在当代文学当中，典型的是以网络文学为主的，请问您对网络文学有什么看法？

答：我觉得如果我们对外讲的话，多介绍我们网络这一块儿也非常好，也说明了我们开放的一种成果。但是网络开放的结果呢，它的某些作品质量确实是相当低的，这是事实。数量大大地增加了，有时候里面有一些可取的东西。理论上，我绝对不反对网络上的文学作品，但是现实我看到好的网络文学作品非常有限。

我看到的有这么几种：一种就是拼命地突出那种小资、白领、新新人类的特色的，写得很优美，但是把一切社会、历史的背景都淘洗干净。这里不但看不出是中国，也看不出是社会主义，也看不出共产党，什么都看不出来。你看到的就是他真是很幸福，喝的不是scotch on the rocks 就是 cappuccino，要不就是 Irish，不是拨手机就是和情人在那里约会，这是一种。这种呢我祝这些小青年、小作品生活幸福（笑声），也祝他们慢慢了解我们的国家、我们的民族和我们的环境，还有我们的人民。还有一类就是打擦边球的，包括满嘴粗话的，满嘴类似胡说八道的，越说越玄的。他说得太玄了，结果又让别人骂上了，粗话说得太没谱了，结果让人骂了。这种打擦边球的，我也见到过一些；还有一些好像是女孩儿写的，就是往琐碎里写，写做饭啊。我看到过这样的文章，说她新婚，新婚一个月啦。有一天，她的丈夫就问她，说如果将来有一天我犯了错误（你们明白这"错误"的意思),你会怎么对待我?她说我就回答说:"你要犯了错误,我就把你赶出去,永远不见你。"然后这女的就又问这男的,说如果我犯了错误,你会怎么对待我?这男的说我打你一个嘴巴然后把你紧紧地搂到怀里。这写得也不错倒是,(笑声)但是有多么大的意义嘛,这个God knows(上帝才知道),不会有多么大的意义。就是写这种零零碎碎的,还有家里头的什么,厨房里的哪个东西应该摆在哪儿,哪个东西应该摆在哪儿,显示中国至少有一部分妇女过上了不但小康而且小巧的生活。这个当然也不违法,也不会对社会造成什么危害。

我在网上看过一个,后来我写过评论,就是安徽有个作者叫闫红,她写的是《误读红楼梦》。我说她还承认自己是误读,挺好。她有一些见解,挺好玩的。对了,有个朋友问,关于《明朝那些事儿》,这本书现在这是一股风,包括在百家讲坛上那个王立群讲汉高祖,他就用一些现代的语言,其实从易中天那时候就开始讲了,这些东西人们容易接受。他说的有时候不见得完全对,我们参考就完了。而且《明朝那些事儿》还挺受欢迎,还是一位高级领导同志寄给我的,说你看看这个,这个挺好玩的,挺有意思。这个就得容许书有好多种,有一种是学术性非常强的。比如做历史研究,就不能拿《明朝那些事儿》这些书做资料,可是有些就是这种通俗性的。社科院的李泽厚有一句话,就是大家都在骂于丹的时候,说于丹把经典庸俗化了,他就说了一句,能把经典庸俗化,这也是功夫。堂堂的经典,她居然能够说得挺俗,能被很多人所接受,她也有她的可取之处,起码是这样。

我觉得《明朝那些事儿》也有它的可取之处。而且这个东西是按捺不住的一个冲动,你看小说也好,看历史也好,你总希望用你现代人的眼光、现代人的这些概念去回顾一下那个历史。我觉得这个是……包括什么余秋雨谈中国的文明,好多都是这样的,都是利用现代的语言,单是它里面能撞出些火花来。也有些不完全靠得住的。

问:王部长,您好,我来自艺术司。我想提一个中外交流方面的问题,都说越是世界的,越是民族的。但是中国发展到今天,中国对西方文化始终持开放的态度。就拿中国的民乐来说,二胡是胡人的,笛子是羌人的,琵琶是从西域传过来的。那么,相反,中国如何能走入西方的主流文化,这是我们遇到的困难。像我们有交响乐团、有芭蕾舞团、有歌剧,都是从西方直接拿过来的,但在西方接受的程度有限。在国外很少能够见到有中国文化,当然也有,比如梅兰芳的表演。那么现在,中国文化怎么能够进入西方主流社会呢?

答:我觉得是这样,首先我自己的实际的经验,我个人的经验,改革开放,今年算是三十周年,中外文化的相互影响比过去是有很大的推动。比如说,现在坐外航的航班,如果是从中国的北京或者上海往它那边开的,里边也都有中文的解说,提供餐饮的时候有所谓的中餐。甚至到了美国,因为我在美国的有些大学里待的时间长一些,因为美国的有些大学分教工食堂和学生食堂,除了有一般的西餐以外,有时候有墨西哥餐,有时候有中国餐。当然他们对中国餐的理解很好笑,他们觉得中国餐的特点就是把各种菜都混合起来,又有牛肉,又有猪肉,又有鸡蛋,又有土豆片,又有黄瓜片,又有白菜丝,"呼"一炒,他告诉你这就是中国菜,这是他对中国文化表面的一种理解。至于很多超市,大的超市,都有豆腐,在美国,不但有豆腐,有的地方还有速冻饺子。所以我觉得互相影响是一种很自然的现象。

中国出去的人也越来越多,从最近抗议"藏独"和西方媒体上可以看出,中国人到处都存在着,爱国的青年、爱国的华侨到处都有。我们的文化也像西方国家和别的地方国家的文化一样,文化本身就是一个非常大的文化,就是多种多样的文化,我们可以说它是多元的。也有人不喜欢"多元"这个字眼,你愿意用别的也没关系,反正是多种多样的。我们也有少数民族的东西,也有我们学习西方的东西。

相对来说,其实它接受的程度我很难讲。但是,据我所知,像爱乐乐团、国交、芭蕾舞团也常出去演出,不是不出去,歌剧出去没出去我不知道，反正我在部里工作的时候，那时候它们都很受欢迎，还有中国青年交响乐团，也都常出去演出，还有其他各种商业演出。包括一些中国的艺术家在国外待了一段，然后又回来了，有的在两边跑着，比如：陈佐湟，他是乐队指挥，也是咱们国家大剧院音乐方面的总监；薛伟，他在英国待了好多年，我在英国也见过他，现在基本上他也回来了；余隆是从德国回来的。所以这些来来往往的都是交流。外国人也是各种各样的情况。有些欧洲中心、白人中心甚至种族主义的人也是存在的，比如 CNN 的那个评论员，但是也有一些也很愿意多知道一些新鲜的东西。早在八十年代，夏威夷大学就排演了京剧，而且到北京还来演出过。夏衍同志还专门写过一篇文章，叫《观夏威夷大学之京剧而大悦》，就是他特别的高兴，看到夏威夷大学排演的京剧。你要求京剧在它那里推广，我觉得这不可能，你甭说在它那里推广了，在咱们这儿都没推广。有一些曲调，也在国外的一些演出里会出现，有民歌旋律的东西被接受。

当然，我们不能光看我们这里的文化，还有其他别的部门管的，比如电视剧，在东南亚——在泰国、在新加坡，演的我们的东西也非常的多。所以从总体来说，我不赞成对文化交流用一种很悲观的说法，说我们是"入超"啊、我们是"逆差"啊、我们是"文化赤字"啊。因为文化和鞋不一样，鞋你进口了二千双，你穿坏了就没了；文化你进口了以后，它要在你这里发生作用，很难说是赤字。马克思主义就是从德国、从欧洲来的。但是我们党的口号是："马克思主义的中国化"，中国化的马克思主义就是中国文化的一部分，是我们社会主义的核心价值的指导思想。我们并不认为它是外来思想，因为我们说它中国化了，是中国文化的一部分。所以，文化这个东西……科技更是这样，你说我们学到的这些科学技术，说这算外来影响，我觉得不能那么说。看你能不能消化，能不能吸收，能不能为你的人民、为你的国家、为你的民族起作用。当然，至于说我们工作怎么改进，我相信是有很多我们可以改进的地方。

问:最后我代表团支部提两个小问题:一个是在您从事的长时间的对外文化交往当中,哪位名人让您印象最深刻,又是他(她)身上的什么特质尤其打动和感染您的呢?第二个是,您作为一个文化老前辈,如果今天送给我们在座的各位年轻的文化工作者一句寄语的话,您想叮嘱我们什么?

答:在外面,我当然也接触一些各式各样的人物,我没有专门对哪个人觉得特别的如何如何,但是和他们关系都非常好。比如去年得诺贝尔文学奖的多丽丝·莱辛,我们是一起在意大利获得蒙德罗文学奖。在西西里岛上,我们关系很好,因为每天早上六点我起来下海游泳,她每天早晨六点起来上游泳池游泳。所以这方面我比她还骄傲一点儿,但是都看得见,都是各自去游泳。后来我到英国,两次她都来和找一起吃饭、聊天、参加座谈活动。她到北京时,来过我家。那个小老太太,因为她的英语句子都比较标准、简单,被我们国家很多大学作为英语的教材。她在南非也生活过很长的时间。

比较有政治热情的是德国的君特·格拉斯,最近还在闹腾,因为他最近在写回忆录,声称他十六岁时加入过党卫军,结果又被德国人骂了一通。但是他非常热情,他是社会党的人,他在他的家里挂了许多他画的面……他最喜欢画动物,他用他自己的脑袋画了一个蛇呀还是猴呀,后面已经记不清了,反正他把自己也画成一个动物。他跟我说他是社会党人,逢到大选的时候,他就开车到处去做竞选。那个时候我是中共中央委员,他就说,哎呀,你是中央委员,那意思是说好像比他在德国社会党里的地位高多了。君特·格拉斯这个人也挺好。当然,美国的阿瑟·米勒也是一个好人,是咱们原来英若诚部长的好朋友,他写了《推销员之死》等好多作品,是美国的剧作家。他喜欢木器活,他家里摆着好多木器,他都告诉我,那个是我锯的,那个是我做的,这桌子是我做的,他把他的地下室完全变成一个木工房。这是欧洲人的一个好习惯,你们看《战争与和平》里的老瓦西里公爵,他也是没事就做木工。阿瑟·米勒让你感觉到他是一个真正的

gentleman,友好,而且他也是并不存在那种意识形态的偏见,他本身对美国社会是有很多批判的。

其他使我感动的人更多了,我写过美国的李克,解放初期他是美国海军的间谍,被咱们逮捕了,判处七年徒刑,后来联合国秘书长哈马舍尔德和周总理见面,把他放了。他回到美国以后到处讲中国怎么好怎么好,他写了一本书,叫 *Prisoner of Liberation*(《被自由所囚禁》),他写在监狱里亲眼看到中国的社会是怎么样蒸蒸日上,中国共产党是全人类的希望。他在美国受到无数的迫害,不许他讲课。后来我知道美国也有"养起来"这套办法,他起码有二十年是被养起来的,不许讲课,不许发表文章,但是每月给他发点儿钱。他一家子、他的老婆都对中国那么友好,世界上真有好人。

我去法国的时候还见过伊文思,还给伊文思带了两千美元去,作为咱们中国政府给他的一个薄礼,就是荷兰的那位导演,也是对中国最友好的。所以有很多很多好人。

还有能侃的文化部长,一个是当时的匈牙利文化部长,一见面给我从法国的伏尔泰一直说到……当时马玉琪就说,幸亏是他碰见我了,说要碰见别人不让他给说晕了才怪呢。那是匈牙利的文化部长。还有摩洛哥的文化部长,那一套理论!所以各国的文化部长,不管你有权没权,工作不工作,那真能忽悠,我是服了。

另外,对青年人的寄语,其实我前面都说了,就是我们的工作非常的重要,和国外的文化交流,我们自信、阳光、实事求是,如果再加一个就是学习。我们通过我们的工作,可以学到许多许多的东西,长我们的见识,提高我们的境界,这个对我们的好处是终身受用无穷的。

2008 年 4 月 29 日

思 想 的 享 受*

今天我讲的题目是"思想的享受"。思想在人的一生当中，占的比例非常大，拿今天下午的讲座来说，就可以概括为它是一个思想的活动。我的讲话是力求将一种有意义的，从我自己个人来说，是有参考价值的一些思想告诉大家。大家听这个讲座也可以说是你们想汲取一些思想上的信息，一些说法，看看能不能得到某种启发、某种参考，听的过程也是对思想的辨析的一种过程。说这话是什么意思呢？这个话有没有道理呢？和某些人说话一样不一样，相近不相近啊？我们在这里用将近两个小时的时间说话，在座的大约有二百多人吧，这两个小时，二百多人就是在一起思想两个小时。

我们一天做一件事情，我说个最简单的事吧，比如在家里和自己的亲属，和自己的用科学的话叫"配偶"的人说"今天晚上吃什么啊？"你的妻子或者是丈夫说"吃鱼吧"，你说"我不想吃鱼了，我们吃素菜吧"。这就是你们在思想。然后要出去购物、去买东西，这也是在思想。购物本身这个活动可以很简单，但是思想可以很复杂，费的时间也长。我们有时候要开很多的会，要学习各种文件，要学习和实践科学的发展观，这个开会本身是在思想。开会的时候是不是就能科学发展了呢？这个不一定的。

思想在人的一生当中占的时间太多了，那么思想干什么呢？简

---

* 本文是作者在上海图书馆"'上图'讲座三十周年"系列活动中的演讲。

单地说思想是为了"了解情况,解决实际问题"。毛泽东有一句名言:马克思主义的理论,马克思主义的思想,就好比是箭。在中国搞革命,要实现中国的变革,要把一个半殖民地、半封建、落后的、孱弱的中国,变成一个新民主主义(一开始提的时候是新民主主义,后来才是社会主义)的或者是社会主义的中国,这个箭要射到靶子。如果你只学会了这些理论、这些思想,但是你不会解决中国革命的实际问题,你就是无的放矢。毛泽东还有一个生动的比喻,他说:这就好比,拿了箭以后你不会射,射不出去,拿了箭以后只是在这儿夸"好箭啊,好箭",等于把所有的理论都束之高阁,这是没有意义的,这是没有用的,他批评这种东西。

把思想和实用结合起来,是非常必要、非常对的。思想的生命力在于它能反映实际,能认识世界和改造世界,尤其是在革命的急迫年代,紧迫地要解决革命问题的年代,这个时候更应该强调一切的理论和思想是为了解决实际的问题。但是我们要想一想,所谓解决实际的问题,也包含着解决自己的精神世界的问题,不光是要解决社会的问题、生产的问题、国家的问题、家庭的问题,也包含着解决你自己的精神世界的许多问题。思想的意义,它的价值、它的作用,在一个国家的政治生活、经济生活相对稳定的情况下,在一个已经基本上实现了小康,而且向着全面小康前进的条件下,思想也可以不是直接地去解决一个社会问题,一个经济问题、一个政治问题。思想可以成为一种精神的享受,是一种精神的自我愉悦和充实,甚至再说得过一点,思想也可以成为一种精神的游戏。思想不直接解决实际问题,但是它能带来快乐,能带来一种精神的满足,能带来一种精神的享受,我们翻翻人类的思想史,就会发现这样一个东西。

就好比一支箭,箭的实用价值本来是武器,现在的箭作为武器已经基本没有意义了,就连用来打猎,我都很少听见了。比如在我们国家东北的鄂温克族是一个狩猎的民族,但最近也定居下来,从事农耕了,即使他们打猎的话也可以用猎枪,可以用一些设备,也很少用箭了。我们现在来讨论一下好箭的话，如果你看到几个制作得特别精美的箭，或者式样特别奇特，或者有特殊的文物价值的箭，比如这个箭是元朝的，是成吉思汗的远征军使用过的弓箭，那就太宝贵了。这个箭的本身它也可以不用来去射杀敌人，或者是猎取野兽，而是被你所欣赏，被你所保存，被你所悬挂，可以成为你的一个精神享受的用品，甚至还可以保值，比如你真是有成吉思汗远征军时的弓箭，那就不得了。追求思想的实用性非常的好，非常实在，我绝对不否定这个，但是过分地、狭隘地追求这个实用性，往往使我们不能够很好地继承和保有这种文化的成果。

现在我们回想一下，为什么在很漫长的一个阶段里，中国的知识分子，中国的文人，对中国的文化给予那么强烈的负面评价。"五四"时候的新文化运动，对中国来说是起死回生的事情，是非常重要的，什么时候都不能否定"五四"，但是"五四"时对于中国经典的文化传统的评价本身却是非常片面的。当时胡适等提出"打倒孔家店"；吴稚晖提出把线装书扔到茅厕里去；鲁迅提出了他给青年人读书的意见：不读，或者是基本不读中国书；钱玄同提出了废除中文，废除汉字，甚至于提出了：人过四十岁，一律枪毙。因为中国没有希望，还有何求。为什么会这样痛心？为什么会提出这样极端地对中国传统文化的否定？其中的原因之一就是他们急于用中国的传统文化来解决现代化这一问题，而中国的传统文化缺少这种直接可以推动中国现代化的契机。为什么现在最近这几年，什么国学呀，什么传统文化呀，什么于丹的讲座呀，都取得相当强烈的效果？那就和这个有关系，它不完全是为了解决实际问题，你会感觉到从中国的经典文化当中可以得到很好的精神享受，这方面我底下还会具体地说。

所谓人类的文化积淀，当你面对它的时候，除了立即使用以外，你还会有对它的一种赞美，一种崇拜，一种欣赏，也可以说是一种呼应。就是你面对人类的文化积淀，面对中国的几千年的文化成果，你觉得它非常的可爱，非常的美好，某种意义上它又美好又可爱还不够。根据我个人的体会啊,从来没有人谈这个,其实包括毛泽东本人,他是很有文化积淀素养的一个人,他是革命的领袖,也是军事的领袖,也是外交的决策者,所以他的大量的论述,都是针对实际问题的。比如:政策和策略是党的生命,各级领导务必充分注意;国家的统一,各民族的团结,这是我们的事业必定要胜利的保证等等,这些东西都是有很强的针对性的。但是有两段毛泽东的语录,从这两段语录来看,我就觉得他自己已经被自己的思想所吸引,已经进入了一个思想自我享受的过程,他并不完全是为了实用。

这两段语录年龄大一点的人也是耳熟能详的。一段语录是一九六三年五月讲的,当时毛泽东正在抓"城市五反"与"农村四清"。"农村四清"是清政治、清经济、清思想、清组织,就是要解决农村干部的贪腐问题,后来又发展到农村的社会主义教育运动;"城市五反"是反贪污反浪费什么的,也都是为了解决城乡贪腐问题。但是他讲这个问题时一上来这么一段"人的正确思想是从哪里来的?是从天上掉下来的吗?不是。是自己头脑里固有的吗?不是。人的正确思想,只能从社会实践中来,只有从社会的生产斗争、阶级斗争和科学实验这三项实践中来"。他底下还讲了很多,一直讲到人是通过自己的眼、耳、鼻、舌、身来感知世界,认识世界的。讲一大段,后边才是讲要解决中国的农村的问题,其实毛泽东感觉到农村里的许多问题。解放以后,在农村里头年年搞整顿,搞很多运动,搞整党,搞社会主义大辩论,一直到人民公社化,许许多多的运动。他总觉得没有找到一个很好的方法来达到他所理想的一个农村工作的水准,没有一个他所非常理想的社会主义新农村面貌出现。

然后到第二年,即一九六四年,也是讲类似的问题,讲社会主义教育这些东西。毛主席在《人民日报》上刊登出来,有一段非常有名的,也可以说是气势磅礴的语录。当时我们一方面觉得特别棒,一方面觉得摸不着头脑,他老人家为什么说这么一段。他讲"人类的历史,就是一个不断地从必然王国向自由王国发展的历史。这个历史永远不会完结。在有阶级存在的社会内,阶级斗争不会完结。在无阶级存在的社会内,新与旧、正确与错误之间的斗争永远不会完结。在生产斗争和科学实验范围内,人类总是不断发展的,自然界也总是不断发展的,永远不会停止在一个水平上。因此,人类总得不断地总结经验,有所发现,有所发明,有所创造,有所前进。停止的论点,悲观的论点,无所作为和骄傲自满的论点,都是错误的。其所以是错误的,因为这些论点,不符合大约一百万年以来人类社会发展的历史事实,也不符合迄今为止我们所知道的自然界(例如天体史、地球史、生物史,其他各种自然科学史所反映的自然界)的历史事实"。

这一段话,第一他讲了一百万年的历史,第二他又讲了阶级社会和无阶级社会,第三他又要讲,人要永远总结经验,有所发现,有所发明,有所创造,有所前进。然后他又批评停止的论点,悲观的论点,无所作为和骄傲自满的论点。然后一直还要讲到什么天体史、地球史、生物史,其他各种自然科学史。那简直就是北京人说的"镇了"!说不大严肃的话,一边是"镇了",一边是"晕菜了"。这毛主席老人家他到底要说什么呀?他到底要干吗呀?你不知道。但是我觉得他非常享受,在他写下这一段话的时候差不多已经是"文革"前不久了,一个是一九六三年,一个是一九六四年。

毛主席写下这两段话时候,有一种思想的享受感。而且我冒冒失失地说一句,第一他通过这两段话为他,尤其是在一九五八年"大跃进"的错误来做一个理论的说辞。因为从人类的一百万年的历史来说,不可能停留在一点上,人的正确思想不可能从天上掉下来,你得实践然后碰壁再实践,要不断地总结经验,有所前进有所发展。因此,你不能让我毛泽东用苏联的一套老办法,更不能用旧中国的办法,不能用国民政府的办法来治国。要不断地实验,我要不断地有所前进,有所发明,有所创造,有所发现,不可能由天上掉下来正确的一套,要从社会实践、科学实验、阶级斗争当中来寻找治国,发展中国,建设中国,尤其是搞社会主义的最好的方法。所以他这话实际是有针对性的,包含了他对一九五八年以来在中国的建设问题,中国执政、治国的问题上的党内、党外的各种分歧的意见,他要回答这个问题。

第二,从这两段话里面还可以看到他老人家对"文化大革命"的准备。他憋着一股子劲,要在中国搞一个史无前例的东西,他不能够停滞,不能够悲观,不能够无所作为,也不能够骄傲自满。那他要干什么?他要搞"文化大革命"。这个当然不是一定是一九六四年就定下来了,但他在寻找,他在酝酿,他在探索。毛泽东不是一般的领导人,他是革命家、政治家、军事家,同时也是思想家、诗人。甚至我们可以大胆地假设,尽管"文化大革命"应该是否定的,"文化大革命"他是搞错了,他对中国当时的形势判断许多东西都是错误的,但是驱使毛主席发动无产阶级"文化大革命"各种因素当中,虽然里面会有很小的因素,比如说江青对王光美的不满意,除了这些因素以外还有一个因素,就是毛主席他要实验令他自己十分享受的伟大的思想。这个伟大的思想在刚才的那两段语录里面已经看出来了。

即使"文化大革命"搞错了,我们现在看这两段语录仍然可以有所享受。想想一个国家的领导人,像毛主席这样一个从韶山村里出来,读过师范学校,去过两次苏联的领导人,他的思想能够上接一百万年以前,然后还能够思考到天体史、地球史、生物史,各种自然科学史,能够考虑阶级社会和无阶级社会,能够考虑人的正确思想到底从哪里来。思想家要是思想到这一步也是很开阔,殊堪享受。当然这里也说一个笑话,在河北省的农村里面,学习毛主席语录。结果有的地方断句念错:人的正确思想是从哪里来的?是从天上掉下来的!很多干部说,毛主席说得对,这正确思想就得从天上掉,我们哪有正确思想!下面我说一下思想的享受,我从六个方面简单地说一下,一个是生命的享受,一个是智慧的享受,一个是道德理想主义的享受、一个是感情与激情的享受,一个是自由的享受,一个是语言的享受。

生命的享受就像我们说法国的哲学家笛卡儿说"我思故我在(I

think therefore I am）"。思想是你存在的证明，一个人在开始有自我的意识后，他最感兴趣的问题是"我是什么？为什么我是我？"当你提出这个问题时，你已经有了思想，按西洋人的说法是认识你自己。西洋的哲学家，最喜欢举的例子就是斯芬克斯（Sphinx，狮身人面像）之谜。开罗郊区金字塔边上的斯芬克斯像，斯芬克斯见到每一个来的人都要提一个问题说："有一种动物，早晨是四条腿，白天的时候是两条腿，晚上的时候是三条腿，这个动物是什么？"答案是人。因为人小的时候是爬，所以是四条腿，现在是两条腿，再年纪大一点，拄个拐杖是三条腿。西方的哲学家，喜欢通过思想寻找生命的真理，寻找对于生命的认识。

中国古代的学者，侧重的并不是"真理"这两个字，大家看古圣先贤并不是讲真理也不特别讲求真，他们更注重的是修身。修身追求的是通过思想的切磋、修养、精进、端正，来追求一种道德上的上乘，追求一种生命的境界。中国人的这个思想也很有意思，他是一重道德，二重境界，或者是一重境界，二重道德，境界和道德是分不开的，但是又不完全一样。"思无邪"指的是一种道德的品质，相反的"天人合一""三省吾身"这个本身就是一种境界。按孔子的说法"十五而志于学；三十而立；四十而不惑；五十而知天命；六十而耳顺；七十而从心所欲不逾矩"，达到这样一种既是道德修养的高度，也是一种精神的境界。我们可以试着分析一下，按照中国人的理解，我们对自己生命的思想反过来说，是能够使我们的生命进入什么样的境界？能够得到一些什么样的充实？笛卡儿说"我思故我在"，从另一方面我们也可以看为"我在我必思"，我只要还活着，我总在思想一些事，总在考虑一些事，其中也会思想，考虑自己的生命。

现在国外也在争论所谓的心脏死亡和脑死亡。心脏死亡是把脉搏、心跳作为生命的主要体征，脑死亡就是把思想作为生命的主要体征。你的生命什么时候不存在了呢？当你的脑子已经彻底坏死了，你其实已经不存在了，没有思想，没有感觉，你变成了一个植物人。

虽然还有呼吸,还能够饮水,但是你已经没有了自我的意识,所以思想既是人存在的证明,又是存在的第一要务,人要有思想,有想法。

有时候我想,人在一生当中,如果从生命和思想的关系上,我们会看到一个人这样的一个途径。他可以是阶段的,也可以是并存的,我称之为第一是在游戏与生长中的生命。一个人的童年,婴儿时代我不知道应该怎么来讨论他的思想,我也缺乏这方面的知识。但在儿童时代是在游戏和生长当中度过,那个时候他还没有特别严肃的思想,他的思想往往离不开游戏和生长。但到了学龄阶段我称之为是学习与成长的阶段,这和生长不一样,生长是生理上的。这个时候他的很多思想是模仿性的、吸收性的、学习性的。到了青年时代很多情况下,他的思想处在浪漫和伤感的阶段,他既对自己的生命开始有了充分的爱惜,对自己的生命有了一种珍惜和拥抱,同时与生俱来的,他开始对生命的这种短促,对生命的意义不能完全找得到。他会产生怀疑、悲哀和伤感。

现在我随便说一下,我所说的思想的享受中对于生命的享受并不仅仅包括你的乐观、你的阳光、你的信心、你的信念,这些是一种享受。但反过来说,对人生许许多多遗憾的觉察,就是说生命的滋味是酸、甜、苦、咸、辣都有的,不可能只有一种滋味,只有甜味,只有大白兔奶糖的滋味。自古以来中国,外国不知道有多少人,在感叹生命的短促。这个也是一种享受,你既享受了生命的光彩、生命的宝贵,你同时也享受了对生命短促的这种遗憾的心情,反过来这种遗憾的心情又促成了对生命的拥抱和珍惜。如果生命不短促,每个人生命都是无限的,何必还要珍惜它?

同时在生命当中,如果更进一步,我说它会进入到一种辛劳与责任的阶段。在这辛劳和责任当中,恰恰成为大多数人的一种安身立命的心思。就是说虽然有很多问题解决不了,许多全球性的问题解决不了,许多太空性的问题解决不了,许多历史性的问题解决不了,但是我作为一个人,总有自己要做的事,总有对家庭的责任,对父母的责任,对社区的责任,对国家的责任,对社会的责任,我总要做这些事情。每天分得清意义也好,分不清意义也好,都要从早忙到晚。意义想得很通彻,要从早忙到晚,意义想得不通彻,也是从早忙到晚,因为要吃饭,要工作,要养家,要完成对国家、对社会应有的义务,同时我也享受国家和社会给我的关照和关爱。对大多数人来说,辛劳与责任这本身已经是一种对生命的安身立命,已经使人可以安心下来了。

辛劳与责任的问题,使我常常会想起梁启超有一篇很有意思,也很浅显的文章——在我上小学的时候就读到过,当然现在的小学不一定会有,叫做《最苦与最乐》。梁启超说什么事情最苦?最苦就是有一件事情没做完就是最苦,你老觉得有一件事要做。什么叫做最乐呢?就是把一件事情做完了最乐。不管大事小事,人的一天有很多的事情,你该做完的事情没有做完,就会觉得很苦,思想有负担。比如本来今天应该去看望一个病人,结果最后搞得没有去成,明天还要去,你就会觉得很苦。他的说法很浅显,很简单,但是另一方面又很高尚,你把应做的事情做了就是最乐,应做的事没有做这就是最苦。

中国的哲人在生命的问题上,还有一个更高的要求,他们要求你能够超越对自己个人生命的关切,能够达到一种超越。起码在思想里面,把自己和世界、和天地、和宇宙、和空间、和时间能够结为一体,能够得到一种真正的自在。自由是近代以来,新吸收的一个来自欧美的观念,自由更多地讲一个人在政治和社会上应该得到的保障,不受干扰,能够自己来决定自己的选择。中国人喜欢讲的是自在(轻声),不能说自在(第四声),还有另外的意义,应该是按北京话读自在,必须是轻声。自在说的是一种内心的自由,就是我能够自得其乐,我能够不感受,我拒绝感受这种被动和痛苦,这是中国传统的文化所追求的。

如果去重庆的大足石刻,那儿有一个像连环画一样的四幅画,讲一个人得道的过程。它画的是一个牛,一开始牵着牛的鼻子,牛拼命地在抵抗,路人要用很大的力气把牛拉过来,然后一点一点地摩擦,对抗,慢慢地减少。到最后缰绳也没有了,鼻子上的绳子也没有了,路人也没有了,明月清风,牛就在田野上过着自由、幸福、美好的生活。它的意思就是当你掌握了大道以后,你学了道以后,你的内心就得到了和谐,和外部世界的冲突降低到了最低点,你会感到一种前所未有的自由、自在、舒服、快乐。当然这也只是一种说法,这种说法里面也有很多并不是最正面的东西,因此鲁迅说有时候中国的书读多了会让人心静下来,什么都不想干。所以他为什么不愿意让青年人看中国书就有这个道理。我讲这个说法的意思并不是说让大家从此每个人都回去修身养性,对外部世界不用关心了,大家都不要斗争,舒舒服服一起过得了,并不是这个意思。

我刚才说的不是从价值判断、也不是从实用意义上,而是从享受的意义上说的。但是中国古圣先贤这样的思路本身有一种非常让人愉悦的地方,你不完全这么做也没有关系。你该斗争还要斗争,该努力还要努力,该辩论还要辩论,该争论还要争论,但是同时你还要知道人对自己的生命,可以有一种更从容、更和谐的掌握,这样你会有一种享受感。我随便举一点古书上的说法,刚才讲到了"天人合一",讲到了"道",讲到了"三省吾身",通过宗教或者由于自己的使命感,可以达到一种快乐、逍遥、无忧、无疚,享其天年或者是光辉、流芳百世、正气冲天。按道家的说法来说,他们特别强调享其天年。一个人应该活多长时间就活多长时间,活得自在,无忧无虑,人不感其忧也不感其乐。或者从更有为的角度上我也可以为正义的事业牺牲,那么我就可以光辉,可以流芳百世,可以正气冲天。

我们常常能够在思想当中感受到生命的这种愉悦,比如"学而时习之,不亦说(读悦)乎?"一上来就先告诉了你学习最快乐。"有朋自远方来,不亦乐乎?人不知而不愠,不亦君子乎?"看起来非常随便的三句话,包含着一种学习、处世、待人、交友,它已经把古人、读书人的一些最基本的生活内容包括进去了,而且它有一种天然的愉悦。或者说"仁者乐山,智者乐水",不管怎么念,它是让你把生命和世界联系起来。山里面也有你的生命,水里面也有你的生命。

《庄子·齐物论》里面有一段讲:"至人神矣,大泽焚而不能热,河汉冱而不能寒,疾雷破山,飘风振海而不能惊。若然者,乘云气,骑日月,而游乎四海之外,死生无变于己,而况利害之端乎?"庄子说至人就是说一个人修养到家,得了道,这样的人简直就跟神仙一样。到处起火烧着你,你不会热,河流都冻成了冰了,你不会冷,有雷,有龙卷风,有海啸,但是你也不害怕,这样的人乘云气,骑日月,而游乎四海之外。对生死都不在乎,何况是利害得失呢!他讲的这个可以上刀山,下火海,火烧也不热,冰冻也不寒,这样的东西,讲的是一种精神境界,如果你要是过于凿实的话就像练一种邪教,一种邪功了。但是冰冻而不怕冷,这个我在电视里还看到过,说是一个人脱光后在冰块当中,冰块一直埋到了脖子上,他坚持了九十分钟,创造了这样一个吉尼斯世界纪录。说火烧不坏,这样的记录还没有。但是庄子讲的这段话和老子讲的善摄生者,犀牛的角不会去碰他,枪炮打不到他,各种武器也不能够伤害他。我们的生命实际在有些地方是很弱小的,我们怕冷,我们怕热,我们怕毒蛇,我们怕猛兽,我们怕枪炮,我们也怕子弹,更怕原子弹,但是如果一个人对待自己的生命有了足够的认识和超越,就可以达到一个至少从心理上来说非常开阔、非常享受的境界。这样的一些话,你当文学作品来读,当哲学的玄思来读,它仍然是很享受的。

然后讲一下关于智慧的享受,通过思想能够达到智慧。智慧是什么呢?就是通过思想以后,把复杂的东西弄得越来越清晰了,弄得越来越明白了,把混乱的东西整理出头绪来了,过去别人不知道的东西,你现在知道了,你有所发现、有所发明,这种智慧对人的享受,可以说也是无与伦比的。我说智慧的享受包括了命题的喜悦与激动,就是你对一个什么事情,能提出一个问题和一个看法是别人所没有的,这是太激动人心了。

我们想一想,牛顿怎么能从苹果落到地上来开始研究,最后研究出"万有引力",创造出这样一个学说。而且现在被事实所证明,不光是被地球所证明,还被宇宙所证明,被我们"神七"航天所证明。物体到一定高度就可以失重,人体的重量实际上是地球对我们引力的结果。这个让人觉得不可理解,因为东西往下落,我们认为这是很自然的事情,是不需要考虑的问题。孟子说人性向善,就好像水一定向下,说明孟子那个时候不知道水向下并不是水性,而是地球的引力。但是牛顿他就能够有这样一个逻辑求证的严密,无懈可击,有所认知的欣然与明晰,判断与发现的狂喜,论述的势如破竹,切磋、辩论的享受,服膺真理的虔敬,力排众议与一鸣惊人的骄傲,智力高扬的满足感。一个会思想的人,他为自己的智慧所感受到的那种满足,那种高扬,那种欣然,那种喜悦,往往是一切别的东西所不能够相比拟的。把对自身与人类的思辨,认知与判断能力,逻辑、数学、科技、哲学等等,这些确实是非常好的享受。

对于这种智慧的享受,我也有一些初步的不成熟的说法。我觉得它有几个不同的层次,第一个层次我说是博闻强记性的智慧。就是一个人可以做到博闻强记,他可以有很多的具体知识,而对大部分人来说,自己的智力的开发,只开发了很微小的一部分。就像一个电脑一样,它的硬盘可能有二十个G,但是你也许只用了其中不到二十分之一,但用得好的人,就会变得非常博闻强记,知识非常的丰富。比如说钱锺书的知识如何之丰富!他在国际讨论会上,谈到一个意大利的古代诗人,钱锺书一开口就可以把这个诗人的许多作品背诵出来。说钱锺书上大学的时候,可以做到去图书馆里头,和他的同学说这个书架上的全部书我都会背。他的一个同学就找出来一本说第二百四十五页的第四行,他立刻告诉你是什么。更早一点的辜鸿铭,那更是博闻强记,欧洲的一切主要语言他都会,没有他不会的。他岁数大,胡适是后辈的,他第一次见胡适时问胡适干吗呢?胡适说是在北大教书。他就说大家是同事,又问胡适教什么的,胡适说是教西洋哲学史。他就改用拉丁语和胡适说话,胡适说:对不起,我不会拉丁语。辜鸿铭就说:你不懂拉丁语,怎么敢教西洋哲学史! 辜鸿铭还梳着辫子,他主张中国传统文化好,他宣传多妻。他说:一个茶壶可以配四个茶碗,哪有一个茶碗能配四个茶壶的?所以可以多妻。他说多妻是中国文化的精髓,我娶三个老婆,三个老婆的关系都很好,而你们这儿多爱一个人就要决斗,你们多么的野蛮啊,我们才是文明。我们看最近介绍那个台塑大王,台湾的金融之神也是娶了三房老婆。辜鸿铭在伦敦坐地铁的时候,拿着《泰晤士报》,他是倒着看。旁边的几个英国年轻人就笑,说他是猪尾巴(pig tail),因为他留辫子,说这个 pig tail 不认字就不认了吧,还看什么报纸。辜鸿铭就用他标准的牛津音告诉他们说:你们的英文太简单,正着看对我的智力是一个侮辱,你们这点事我两眼全看完了,倒着看还行。这种博闻强记性的智慧很了不起啊,他知识就是比别人多,而且现在我们是没有这样的人。现在活着的就是季羡林了,起码我知道的他就会英语、德语、梵语;原来北大的金克木他也知道得比较多,但他也已经去世好几年了。

第二个层次我称之为融会贯通,特别是触类旁通的智慧。这种智慧就不是前边说的博闻强记了,但是问题在于它能通。"通"也是中国古代的话,庄子也写文讲过这个"通"。"通"是指你懂得自然科学的道理,也能用它来解决人文科学的一些问题,你懂了西方世界的许多事情,你也可以通过它来更好地理解东方世界发生的事情,能够融会贯通于古今、中外、东西、文理之间,而且要触类旁通,有些道理有某些一致性。对我们一般的人来说学外语非常的困难,但是苏曼殊就研究中文和英语里头发音或者语意很接近的东西,他研究出很多来。我们很多人在那儿学英语,天天学,也学习得很好,但是从来没有人想到它们的这个相像。有的当然很简单,很容易,比如说英语的"fell"和我们的"飞"是一样的,而且这个是英语里面原来的词,不像是"typhoon"（台风），"tea"（茶叶），福建话"te"，欧洲有的一种叫"cha"，是广东话，但是他还研究出许许多多，我现在记不清了，我就不在这里乱说了。

这种融会贯通和触类旁通的智慧，有时候会牵强附会，但即使是牵强附会也让你自己高兴得不得了。就好像本来在这个房间里头，我没有开这个门，门是锁着的，但是我从墙缝里到了那边去了，这样一种快乐的感觉。我有一个朋友不知道是不是受苏曼殊的影响，他说英语很多地方和山东话接近的，"I"就是"俺"，"I think"就是"俺寻思"。这个把它说成幽默的段子也可以，但是我也很佩服啊，我说这个小子的脑子是怎么长的，从小道上，从山东话走到了英语里来，这也不简单。

第三个层次是了悟和选择的智慧。就是我们所说的悟性，同样和一个人说一样的话，有的时候很费劲，怎么说都不明白，而有的人就是一点即透，而且能做出一个正确的选择。西洋人讲政治家的时候很喜欢讲政治家的直觉。比如说有几个方案，哪个方案能做，哪个方案不能做，当然如果让学者研究起来，研究十年也不见得研究得清楚。各有各的好处，各有各的害处，各有各的道理，各有各的风险，但是政治家往往会有一种直觉，三个方案一听就知道了。他实际早就决定了，只能采取这个方案，但是他道理说不清楚，然后再弄个研究室，一帮子人，一帮子秀才，一帮子幕僚在帮助研究，最后找出二十五个理由来。其实没有这二十五个理由，真正的政治家他的决定早明确了也是这个方案，是有这种事，所以这种了悟和选择也是一种智慧。

第四个层次，是一种多向思维和重组的智慧。所谓多向思维就是既有正面的考虑，也有逆向的思维。我们必须对每一个对象、每一个事物，如果大家都从正面说，我们可以从反面说说，但是也不光是从反面说。你看老庄的很多东西就是故意地从反面说，我是觉得名家也是这样的，都喜欢这种逆向思维。像老子说："世人皆知美之为美,斯恶矣。皆知善之为善,斯不善矣。"你们都知道美是美的,美丽是美丽的,美好的东西是美好的,这个事可就糟了,你们都知道善是好的,这个事可就不好了,不善了,这个话他说得非常的简单。一般的都认为它就是一个相对主义,有善就有不善,有了不善就有善,所以有了善必然就有不善,有了美就有了丑,没有美也就没有丑。钱锺书曾经特别提到:实际上,美人还是美,丑人还是丑,不能说有了丑了,所以美也不能称之为美了。我接触这一段的时候很早,才二十几岁,那个时候我做青年团的工作,还没叫共青团呢,还是新民主主义青年团,我立刻就明白这个话了,虽然我的这个解释不一定是正解。

什么叫"世人皆知美之为美,斯恶矣"？很简单,比如今天大家在这里听我的讲座的同时还进行一件事,在听众当中要评出一个美女和一个帅哥来,我们这个讲座就进行不下去了。这就是捣乱嘛,首先你分化了群众,本来大家都是来听讲座的,现在要评美女还要评帅哥,然后听完这个课后美女发二十万元钱,帅哥发十万元钱。"斯恶矣",这个绝对就是恶意,第一是破坏了平等性,第二引起了竞争性,第三引起了虚荣心,第四引起了利害心,第五如果这个规矩以后有了,上图每次举行讲座都评一个美女,那么可能以后有戴着面具来的,有做了假胸来的,有从美容医院来的,它引起竞争。今天我举这样一个例子是什么意思呢？就是有时候你从逆向思维也能有所发现,所以我主张既不是单向思维,也不是逆向思维,而是多向思维。多向思维以后你会发现对于一个对象、一个命题、一个判断,可以有许多解释,当然一个时期会有一个重点。这种多向的思维往往会纠正一些错误,可以帮助你和别人进行一些辩论,可以让你享受到思想的快乐,只有这种多向的思维,才能够尽情享受自己的智慧。

第五个,也是最高级智慧的享受就是创造,就是创新,就是创意。通过思维,提出了与众不同的、前所未有的、新的论点,或者写出了与众不同的、前所未有的、带有开创性的作品,这样的定律,这样的公式。所谓创造的享受,可以说是人类智慧里最大的享受,创造的享受包括了个性的享受,包括纠错,包括与众不同的立论等等。

我再讲讲道德理想主义的享受。因为人的思想当中必然会有道德理想主义,会有一种对于最高级的世界、最高级的人生、最高级的人格的享受。全世界都是这样的,中国早在几千年以前,在《礼记·礼运》里边就提出了对大同世界的理想:"大道之行也,天下为公。选贤与能,讲信修睦。故人不独亲其亲,不独子其子……"有一段非常漂亮的说法。这个说法对人的感染力非常强,我为什么从少年时代就接受了社会主义、共产主义这样的一些宣传,这样的一些书籍?我上初中的时候就已经开始偷着读《社会发展史纲》《论联合政府》等这些东西,这和我从小对大同世界的理想是分不开的。外国当然也有很多所谓对理想国的描述,柏拉图讲的理想国,他推崇哲学家和诗人,把他们说成是理想国里面,真正应该掌握国家命运的人。

也有比较消极的理想,像《桃花源记》,起码从消极的方面来说不被乱世所残害。我们今天读到这些书的时候,尽管我们今天读大同篇,知道这个世界并不会完全做到这一点。短期内不会做到,中期内也不会做到,长期内也还需要更长期的努力,但是我们读了以后,仍然感觉到人类的社会有一个盼头。我们读《理想国》、培根的《新大西岛》,以至于读到这种消极理想《桃花源记》的时候,我们同样也会有一种精神的享受。在现实里没有这种世界,但是脑子里有,书上有,心里有,谈话中有,讨论中有。允许不允许呢?现实中没有的东西,难道谈话中也不许有吗?现实中没有的这种正义和公正,难道在文章中也不能够有吗?如果有,它当然是一种精神的享受。当然写这种理想国的也有反面乌托邦,就是设想一下一个社会可以反面到什么程度,可以坏到什么程度,这些在我们国家都出版过。世界有三本最著名的反面乌托邦,《我们》《一九八四》《美丽新世界》,就是讲当一个社会如果极权化,如果一个社会流水线化,变成了生产的流水线。《美丽新世界》骂美国的所有的福特纪元,就是从生产线出来以后,人都变成了具体的、生产阶段的奴隶,丧失了人性,而《我们》和

《一九八四》里面有一些是对苏联式的社会主义的嘲笑。

感情与激情的享受。人需要享受什么？人除了要享受喜悦，要享受自在，要享受逍遥，要享受主动，要享受智慧以外，人还需要享受大喜大悲。你说它是刺激也可以，因为人生当中有这大喜大悲，也是你好好活了一次的证明。大开大合，大喜大悲，真正的一种强烈的激情，尤其是通过一些文学、艺术的作品，再加上你自己的想象，加上你自己的思想，你会痛感到人生当中的这种仁爱和残忍，这种高尚和卑鄙，这种希望和失落。不知道什么叫希望，不知道什么叫失落，不知道什么是高尚，不知道什么是卑鄙，那就活得太冤枉了。我不想细说了，比如像"霸王别姬"，还有《史记》上的许多故事。我当然相信司马迁是作了非常认真的调查研究的，但同时他也是充分的文学化的，有各种的动人故事，荆轲刺秦，范雎蔡泽，孙膑吴起。太多戏剧性的激情，在莎士比亚的戏剧里边，在雨果的小说里面。而如果一个人缺少思想，缺少头脑，甚至于他经历了这些东西后，仍然得不到感情的享受，激情的享受，包括生离死别，这些享受。

然后我要说一下自由想象的享受。思想有一个特点，思想的特点就是思想是来自实际的，但是它有可能脱离实际。只要我们自己有足够的清醒，只要我们自己不至于把我们想象的东西，看成是真实的存在，思想有时候脱离一下实际并不是罪过，而是思想的主动性，思想的超前性，是思想的自由性的一种表现。思想的空间永远大于行动与经验的空间。我们行动的空间非常有限，比如说我现在上海，过两天我去南京，所以行动的空间很有限。而思想的空间可以想到"神七"，可以想到月亮，可以想到太阳，你甚至可以想到周口店，想到半坡村，想到埃及的卡尔奈克神庙。人恰恰是在思想当中扩展了自己的心灵，使自己的思想达到了超经验的程度。比如说永恒。谁能够看到永恒？只有死了以后，才能看到永恒，但是死了以后就没有办法思想，太难思想了。比如说无限，比如说辽阔，当然在大海上，在沙漠里，也能感到一点辽阔，但是和真正的辽阔还是不一样。所以这种自由的想象,是对人生的经验一个宝贵的补充,是对人的行动的一个宝贵的补充。但是不要把你的这种还处在想象中的东西,当成实际要操作的东西。毛主席在"文化大革命"当中的悲剧,在某种程度上就是他把有些想象当中的东西,比如说他的"五七指示",把全国办成一个大学校,在学校里要学农、学工、学军,要批判资产阶级。这是他想象的东西,中华人民共和国大学,在这里大家是理、工、农、艺、文全都会,还能搞批判。想象的对象不完全是实际的东西,但是有这样想象力的人,和没有这样想象力的人生命的质量是完全不同的。

再讲一个语言的享受。人的思想实际上是不可能绝对地离开语言,当然对这个问题,语言学家、心理学家都有许许多多的争论。有所谓的"裸思想",就是说他没有构成一个语言,但是一般的人,每天思想的过程,实际上是你自己脑子里,自己构成语言的过程。比如说我今天晚上想不吃饭想减肥,实际上这是几个字构成的:"今天""晚上""不吃饭""减肥",这是一个语言的过程。但是语言本身由于有它的语音、逻辑、语意,文字也有自己的形状,尤其是汉字,有自己的很美的形状,所以语言本身也可以成为一种享受。

每个人都可以想象,每个人都有自己想听的话,我随便举一点例子,《相和歌辞·相和曲》:"江南可采莲,莲叶何田田。鱼戏莲叶间。鱼戏莲叶东,鱼戏莲叶西,鱼戏莲叶南,鱼戏莲叶北。"这是最简单的话,而且它互相重复,简单得像幼儿园的话。但写了出来以后,那种动感非常的好,我每次看到这个鱼,比看一幅画还生动,画不会动,这个还会动,东、南、西、北、中,游来游去特别的好。

沉默是金(Silence is gold),这句话我很喜欢,其实我常常做不到。如果我要做得到的话,那么今天来到这里,落座以后,我应该说"朋友们,Silence is gold",然后闭上我的嘴。我是做不到,但这个话我仍然反复地引用,说起来这个人也是心口不一,一边在滔滔不绝,一边说最喜欢的话是"沉默是金"。

老子说"治大国若烹小鲜",不用去解释,有各种解释,有最具体的解释，说治大国若烹小鲜，不要挠，不要翻，反正把它变成一个烹调的原理。不用解释，你就看这几个字，你就会感到高兴得不得了，治大国感觉和烹小鱼一样。

李白的诗里头，"天生我材必有用，千金散尽还复来"。其实不一定"天生我材必有用"，一个材最后是没有用，没有机会可用，最后完蛋的也有。"千金散尽还复来"就更不一定，你一千块钱一出门，被人偷走了，你还复来，谁给你来。但是李白的这个诗太好了，如果你丢了钱，如果你碰到钉子，如果你对你的职业不满意，如果你对你的领导不满意，如果你对你人事部不满意，没关系你好好看这两句"天生我材必有用，千金散尽还复来"。老子既然能丢钱就一定能挣钱。这是享受，我先享受一下，我挣不到钱我也享受了。你如果不知道这两句诗的美好，在那儿干生气，碰到一点挫折，就生气，那么你的细胞就会恶化、癌化。我碰到挫折时，我就去看李白的这两句"天生我材必有用，千金散尽还复来"，没关系，丢了一千，明天挣一万。

"无产者失去的是锁链，得到的是全世界。"《共产党宣言》里这话也太漂亮、太棒了，失去的是锁链，得到的是全世界。

丘吉尔说：我到处讲民主，不要以为我认为民主很好。不，民主非常糟糕，但是没有民主更糟糕。丘吉尔太会说了。

现在有这么一首歌，有很多女性很喜欢这句话"我行我素"。这话很简单，非常简单，但是你听着很好听，"我行我素"很高雅，她并不和世界宣战。她不捣乱，但是她也不听你的，保持着自己的尊严和选择。"君子素其位而行，不愿乎其外。素富贵行乎富贵，素贫贱行乎贫贱。"这是《礼记·中庸》里的话。不用看它的原文，你就记住这四个字"我行我素"，你就终生受用不尽。

有些是完全无意义的语言也可以享受，比如说"吃葡萄不吐葡萄皮"，没有任何意义。而且我很得意，因为一九六六年，我在德国找出了一个根据，那是二十年代时候德国一个老汉学家写的一本《北京俗话研究》，其中有一个绕口令里面有。原文是"您吃葡萄，就吐葡萄皮。您不吃葡萄,就不吐葡萄皮"。原来是很合乎逻辑的,可是侯宝林先生他用荒诞派的手法,把它改成了"吃葡萄不吐葡萄皮",其实这一句倒是不很荒谬。我解释一下,只有中国的汉族吃葡萄才吐葡萄皮,我所接触的美国人、德国人,包括中国的少数民族,吃葡萄都不吐葡萄皮。葡萄皮的营养非常的好,大家回去试试,我现在吃葡萄大部分时间都不吐葡萄皮了。但是"不吃葡萄倒吐葡萄皮",这个太荒谬了,你不吃葡萄你嘴里哪来的葡萄皮啊?这也是享受,我们不能老想有意义的事情。你说这个有没有意义?不吃葡萄从哪来的葡萄皮?然后我从德国还查出这么一本书来,我觉得对北京口语研究上也有自己一点微小的发现。所以无意义的语言也可以享受。

当然也可以有自己很骄傲、很自得、很满足的语言。比如说波斯诗人的诗"我们是世界的精英和果实,我们是智慧之眼的黑眸子,如果把偌大的世界看作一个指环,无疑我们就是镶在上面的宝石"。这个牛啊!这个比你赚钱多,比你官大还牛啊!我是在"文化大革命"中看到的手抄本的乌兹别克语的这首诗,就是这个意思。啊呀,我觉得忽然之间我就偷偷地牛起来了,虽然是夹着尾巴已经夹了很多年了,但是一想你们都不知道这个诗,这是手抄本,也是乌兹别克语,这是我的翻译。一个人能够因语言享受,这样的人是不可战胜的。

我们再开一个玩笑,我们不光是享受中文,也享受英文。美国国防部长拉姆斯菲尔德,在发动伊拉克战争又没有找到大规模杀伤性武器以后,记者围攻他,他就说了一段话,当年被选为了文理不通奖得主。他说:"As we know, there are known knowns. There are things we know we know. We also know there are known unknowns. That is to say we know there are some things we do not know. But there are also unknown unknowns—the ones we don't know we don't know."本来他这个是一个在窘态下的自我掩饰,但是你把它用文言文翻译了以后,也可以享受。我把它这样翻的:

> As we know, 吾知之
> there are known knowns. 吾有所知
> There are things we know we know. 吾知者吾知
> We also know 吾必知
> there are known unknowns. 知有所不知
> That is to say 即谓
> we know there are some things
> we do not know. 吾知吾未知者
> But there are also unknown unknowns—并有不知所不知者—
> the ones we don't know 吾未知者
> we don't know. 吾未知也

你听着,他有点学问啊,他把这个武器问题变成了一个认识论问题。"吾知之,吾有所知。吾知者,吾知吾必知。知有所不知。即谓,吾知吾有未知者。并有不知所不知者,吾未知者,吾未知也。"你听了以后,弄不好你以为他也是孔子的门徒啊。"知之为知之,不知为不知,是知也。"在越南河内的文庙上也写着这句话,而且据说江泽民主席去越南访问的时候,当地的导游给他解释说(越南语"唧唧为唧唧,不唧为不唧",音同)。江泽民主席就豪兴大发,说今天晚上我不睡觉,我要学会越南语,因为他听着太好学了,"知之为知之,不知为不知"。我听我们驻越南大使说,后来他学了一晚上学了几个字,也不是那么容易的。

语言,甚至于包括游戏的语言、荒谬的语言、重组的语言,都有极大的享受性。我说的意思就是思想和生活既有统一性,也有非统一性,非同步性,思想的魅力在于它对生活的发现,它的客观性和实践性。思想为什么有魅力?因为它是客观的,是能够指导实践的,它对生活有发现。但我斗胆说,同时思想的魅力还在于它的非实践性,超前性,不确定性,主观性,自主性,自由性,直到随意性。当然这个我说的是思想,你不能够把你的主观,随意的思想,任意地付诸实践。

如果你任意地付诸实践,就会很麻烦。在你的思想里头可以设想,爱情应该是绝对自由的,想爱谁就爱谁,但是在生活里头,你要小心,不要乱来。反过来也不能因为要在生活里小心,自己一个人坐在房间里都不可以想一想,这也太可怜了。我也可以想一想,世间还有那么多美好的人和事,我愿意和他们亲近,这个是可以的,所以认识思想的两方面特性,追求扩展自己的精神空间。我讲的并不是思想的主要方面,如果讲主要方面,那么我们应该讲思想怎样来认识世界,怎样变成能够改造世界的力量,理论要掌握,要作出正确的判断,要作出正确的决策等等。我恰恰是从一个非主要的方面来讲一讲,我们可以发展自己的精神能力,拓展自己的精神空间。

(作者答与会者问)

问:王蒙老师您好!我有两个问题,我们观察一下"思想"这两个字,它下面都是由"心"来组成,中国的汉字是很独特或者说很有一些来源的吧。那么好像中国的古人是认为思想、思维也就是人的思考器官是来自于心,而不是大脑,而西方人可能认为是大脑。我想请问一下王蒙老师您怎么看?第二个问题是您刚刚讲到思想它会带给我们精神上愉悦,同时也会带来一些烦恼、困惑的东西,会不会有一种"世上本无事,庸人自扰之"的感觉,如果不去想可能就没有这么多事情了?

答:你提这个问题很好啊。中国的古人认为"心之官则思",因为心脏处在正中,所以他很自觉地判断,另一个是心脏和思想、感情有很密切的关系。一个人在焦虑当中、快乐当中、兴奋当中,心跳、血压都有变化,但是他认为心脏是管思想的无论如何这是解剖上的误区。因为现在已经有很清楚的证据证明,是脑子在统帅思想,脑子里面有管语言的,有管运动的,可以分析得非常的清楚。在这一点上来说,我并不能为了维护中国文化,就把心脏看成是一个思想的器官。但是我们谈到思想,尤其是谈到感情的时候又喜欢说心,这一点中国和外国是一样的。外国人说我的情人的时候他说"My sweet heart"（我的甜心），他表达爱是画一颗心，他不会说"My sweet brain"（我的甜脑），没有这么说话的。说明在这一点上，把思想感情和心联系起来不是也不算是完全错误。

你说的第二个问题其实非常重要。思想是享受的根源，思想也是烦恼的根源，确实是这样，但是我们所要求的是一种超越。可以说一个人在童年时没有多少思想，是非常快乐的，那个时候并没有烦恼。当一个人真正有很多的阅历、学识，他的精神达到了一定的境界，他也有能力来超越这些烦恼，克服这些烦恼，在这个过程中他是不断地在烦恼不烦恼，焦虑不焦虑中度过的。思想本身包含着被我们称之为焦虑、担忧、怀疑、悲哀、伤感的东西，我们所说的思想享受不是说不承认这种东西，而是期待着对这种负面的情绪和心理状态的包容与超越。

问：王蒙老师，谢谢，听了您的讲座确实使我自己感觉得到了一次思想上的享受。我想请教一下在当今社会中间，人们比较注重的是物质上的享受，那么在现在的社会，有什么方法或者是什么途径，才能让社会上更多的人在思想上得到享受？谢谢！

答：我们一般说到享受，很容易想到的是那些最物质的东西，这个也是必然的。而且应该说，老百姓，人民有权追求物质上的自己最基本的满足，或者是起码的满足，完全是有这个权利的，但是同时也应该有精神的享受。我相信我们也能看出来，在小康的社会当中，大家对文化生活越来越有兴趣，对艺术有越来越多的兴趣，我们去剧院，去图书馆，去展览馆，包括来听讲座，都说明我们对思想、精神、文化有越来越多的追求。特别的办法我也不知道，但是这个和教育的普及、和文化工作者的努力，以及国家领导对文化建设的强调是分不开的。

问：王蒙老师，听了您的报告，我经历了一次思想的享受。在我拿到这个票的时候，上面写的是"享受思想"，我想请问一下"享受思想"和"思想的享受"是不是一回事？因为过去有一句话是批判的武器不能代替武器的批判，所以我想请问这两个是不是一致，是通知写错了，还是上面写错了，总有一个是错误的吧？

答：这里写的是"思想的享受"，我自己原来拟的题目是《思想的享受》，但是如果提"享受思想"，我觉得没有什么特别大的差异。这和武器批判和批判的武器不是一回事，所以我个人也完全接受"享受思想"这个说法，而且还可以节约一个字。

问：王蒙老师，我们很想知道，你是不是有计划，把您的思想的享受用文学的方式来和更多的人分享？

答："思想的享受"，这次在上图是我第一次讲。我有些话题或者讲演的题目是多次讲过，所以将来我肯定会通过我的文字，一些作品来表达这方面的想法。具体怎么来表达，我现在还没有想好，我暂时先享受一下没想好怎么样表达"思想的享受"的这种享受。

问：谢谢王老师重量级的讲座！我发现现在因为改革开放我能够见到您，在没有改革开放以前，我看过您的小说《组织部新来的青年人》，后来又看到《蝴蝶》，现在能够亲耳听您的讲座。我发现这里面有个一以贯之的东西，就是您原来在一个大环境下，你像毛泽东一样地在享受自己的想法。因为那个时候写《组织部新来的青年人》是在政治氛围非常沉重的情况下，就像是鲁迅说的一个风雨如磐的环境下，你有自己精神上的小天地。现在的商业形势不亚于当年政治的形势，甚至更厉害，所以人的自由度比当时更少，您有这样一种享受很难得的，我特别地尊敬和享受，谢谢！

答：谢谢。但是我得申明，一个是说我像毛泽东一样地享受我是差远了，我可没有毛泽东那个气魄，那么厉害。第二个说现在商业情况下比原来的自由度还要小了，这个我也实话实说，我可不希望享受原来的那种自由度，我宁可享受现在商业情况下的现实，也不愿意去享受政治上的迫害。

问：谢谢王蒙老师，今天给了我们一次思想的享受，但是我拿到票，感到这个题目很新鲜。我的意思这是不是一种精神享受？在精神享受和思想享受中，我个人认为以前我们大家都知道精神享受，好像不太听到思想享受。我认为精神享受是客观的，比如听音乐是一种精神享受，但是我们现在进一步反过来，我自己也要主观上去享受，那就是现在创造出来的思想享受，所以这是不是一个比较新的名词？

答：是这个意思，因为精神享受我们很容易就会想到对艺术的欣赏，看画，听音乐，看戏，听歌。你说你去听歌星开演唱会，全场又蹦又跳这也是一种精神的享受；但是思想的享受，要求你进入一个最严肃的领域，但是这个更严肃的领域同样也可以给你带来更高级的享受。

2008 年 10 月 22 日

在《中国书画家》创刊座谈会上的讲话

今天参加这个会,听到温家宝总理的贺信,看到马凯国务委员的出席和揭牌,又看到相当精美的《中华书画家》的第一期杂志,觉得确实是一个盛事,很高兴,也很受鼓励。虽然我参加文史馆的活动不久,但是也确实感到了党和国家、国务院的领导对文化事业越来越重视和具体的关心、推动。同时对于参事室和文史馆来说,对于这个杂志的编辑来说,这个压力也是很大。在刚才李东东副署长所说的近万种刊物当中,怎样能够保持"高水平、高标准、高层次",绝非易事。现在各地和书画有关的刊物也有,报纸上还有专门的书画专刊。

中华书画对于中国文化来说是非常有代表性的,如果仅仅讲书画,也只是把它从造型艺术的观点上来看,但是中国的书画和中国的文字、中国的历史和中国社会的变迁结合在一起,中华书画代表的不仅仅是书画,而且它代表的是一种教养,一种风雅,一种气度,一种世界观。所以不管是书,是画,或者说诗书画,我们都非常强调师法自然,都非常强调珍惜、和谐和稳定。我们对尘世主张用一种比较长远的眼光,用一种长远的态度来看待,今天的社会急剧发展,浮躁的情绪非常严重。《中华书画家》的出版,我希望不但能够推动书画事业,能够弘扬经典,能够推崇大家,而且能够有助于形成一个与中国几千年的文明史相称的这样一种社会风气、文化风气、治学风气、文艺风气,吟诗、作书、作画的一种风气。

我有一种观点,中华书画也好,经典也好,他并不是一个僵死的、已经结束的、已经完成的一个概念。传统的文化本身就是一个发展的过程。汉唐时期的诗书画，和后来宋元时期的，先秦的就更不要说了，他们不可能完全一样，和明清时期的也不一样。今天在建设有中国特色的社会主义和全面小康社会的过程中，我们的传统当中应该包含着创新，我们的传统是创新的传统，而不是一个一成不变的传统。我们的创新是一个有着深厚传统的创新，而不是浮躁的炒作。我希望《中华书画家》杂志对传统要很好的继承，并和创新结合起来，和面向世界、面向未来、面向现代化结合起来。

2009 年 8 月 21 日

在接受澳门大学荣誉博士学位仪式上的答词

感谢何厚铧特首、赵校长与澳门大学的各位同仁。感谢澳门大学的厚爱,本人深感惭愧,并且借此机会向我所尊敬的顾明远老师、杜维明老师表示热烈的祝贺,祝贺他们获此殊荣。

澳门与澳门大学是个好地方,和平、开放、包容、质朴、亲善、友好,为天下谿、为天下式、为天下谷,仁义礼智信、儒道墨释、伊斯兰教、基督、天主、妈祖……中华文明与普适价值、现代化、全球化,对民族文化传统的重视传承与弘扬,一切美好的东西为澳门与澳门人珍惜爱护,一切于国家民族世界人类有益的价值与事业为澳门与澳门人民所致力。澳门也有不幸的经验与不愉快的记忆,然而我们这里没有仇恨、没有纷争、没有偏执、没有霸权、没有野心,更没有极端、分裂与恐怖势力的肆虐,我们这里只有"如婴儿乎"的追求幸福与平安的愿望与行为。

接受澳门大学给我们的厚爱,我们将同样致力于让世界、让中国、让两岸三地,多一点和平、开放、包容、质朴、亲善、友好,少一点偏执和霸权,少一点纷争和仇恨,为天下之交,为天下之牝。我们将继续我们的微薄的力量所能及的人文学术与人文教育事业,有所创造,有所贡献,回报澳门,回报中华,回报世界,回报学术与社会。

2009 年 9 月 17 日

漫 谈 智 慧[*]

这个题目在其他地方讲过,叫智慧的五个层次,后来我说这不行啊,科学院的人都挺科学的,五个层次,他们一衡量就是四个半了,或者说互相之间有重复的地方,赶紧撤兵,改成"漫谈智慧",漫谈就是随便说了。

我解释一下漫谈,"漫"字也有各种不同的解释,现在的语文水平已经越来越低了,能够正确的解释"漫"字的人已经不多了,漫可以是漫无边际的意思,还可以是否定的意思,还可以 don't 的意思,我在一篇小说里面写到"你且漫唱,我且漫舞",但是编辑非得改成是"你慢慢唱,我慢慢舞",你慢慢唱我慢慢跳舞,我给改回来三点水的漫,他还非得改成慢慢唱,不接受漫唱。再比如说一个大笑话,有一个电视剧《雄关漫道》是来源于毛泽东的词,"雄关漫道真如铁,而今迈步从头越"。解释成很险要雄伟的关口,漫道就是漫长的道路,然而这是错误的。雄关漫道真如铁是不要说雄关像铁一样不好过,我是可以从头越过的。但是已经经过宣传部门批准了,而且送到有关的领导部门题字了,因为这是写长征的。恰恰我在其他的地方写了"雄关漫道"这个话是不通的,结果这个作者就找出更高一层的领导,领导给出的指示,"要么跟王蒙老师沟通一下?"您说汉字,汉语,语法啊,靠公关的方法,咱们也不用沟通了,文章我也写过了,我也发

---

* 本文是作者在国家科学图书馆的演讲。

表过了,不能改就不能改,我也管不了。否则说通过沟通怎么解决呢,给我送两包茶叶,弄点腊肉,然后就"雄关漫道"了?所以说"漫"字,我今天来一个漫谈智慧,你们随便理解,漫长的智慧也可以,随便谈智慧也可以,你们要是有意见咱们可以沟通一下,我给你们送香肠。

第一个层次就是博闻强记,知识丰富。

这样的人非常多,非常有名,尤其是他们在语言方面。比如从近处说,季羡林,钱锺书,辜鸿铭。钱锺书年轻的时候,上大学的时候已经能做到指着图书馆的书架子说这个架子上的书我都看过了,而且知道哪几句话在哪一页上。我听着稍稍有一点夸张,但是也是可以的,一沾文学难免有夸张的,反正几乎是全都能背下来。辜鸿铭更不用说了,欧洲所有的语言他都会,所以在北大的时候,别人介绍跟胡适认识,他问胡适教什么的,说教欧洲哲学史,辜鸿铭用拉丁语跟胡适交流,胡适说不会拉丁语,辜鸿铭说不会拉丁语敢教欧洲哲学史?还有一个笑话,辜鸿铭在伦敦地铁看《泰晤士报》,他是倒着看的。有两个年轻人开玩笑,辜鸿铭忠于清室的,一直留着辫子,旁边的人说这个猪尾巴不认字就不认字吧,买报干什么,花好几个便士,买了报还倒着看。辜鸿铭用很标准的牛津英语跟他讲:英语的文字太简单了,正着看是对我们智力的侮辱,我就反着一眼一看就二十行,看你们整天闹腾什么事。

语言能不能学那么多?为什么很多人认为自己的记性不好?可能人和人的记忆力不完全一样,但是我觉得很多人对自己的记忆力,对自己的能量的估计低了,实际上很多人使用自己的记忆力,很可能一生连十分之一,二十分之一,五十分之一都没有用到。就像一个电脑一样,硬盘和内存本来是很大的,但是也只用了一点点的,这是完全可能的。我自己有这样几个体会,第一,一切的记忆都是活的,记忆的本质是人对生活信号的一种输入,人最大的缺点是什么?最大的误区是什么呢?就是把符号的记忆当成记忆的主体,而实际上是对生活的记忆。什么叫符号的记忆呢？比如说我们读外文，Microphone，麦克风，这都是符号，但是麦克风就是这个东西，这个东西是活的，有无线的，有有线的，有话筒和音箱，这是活的东西。我们说computer，或者是电子计算机，计算器，这也是符号对符号，但是真正的电脑是一个活的东西，有形象，开机或者关机的时候，或者运作的时候有声音，是多媒体的，是一个活的东西。我很遗憾这一辈子有许多语言没有学好，但是我都是在生活当中学的。我在新疆十六年，外国人经常问我新疆十六年里干什么了，我说我是维吾尔语的博士后，我三年预科，五年本科，两年硕士，两年博士，三年博士后。因为新疆维吾尔语学起来很有味道，属于阿尔泰语系，突厥语族，属于黏着语，语法的成分是靠在词尾加附加成分，汉藏语系是靠加词根，我吃过了，我要吃了。阿尔泰语系是黏着语，最多的时候一个动词可以加八到九个词，有主动态，被动态。维吾尔语里面有小舌音，这对以后学法语和德语非常有好处。法国人或者是德国人都发小舌音，到了西班牙和俄罗斯要发卷舌音，我的舌头就不行，发不好卷舌音，但是他们告诉我说列宁也一直发不好卷舌音，所以说没有比学语言更有趣的事情了。再举个例子，什么叫活的记忆？学外语困难之一就是怎么辨别菜单，因为那上面的东西太稀奇古怪了。我吃过天使的头发，其实就是龙须面。什么叫螃蟹，有一次去吃阿拉斯加王蟹，那个太大了，我吃一半剩一半，当一切的语言都变成了活的东西的时候，就好记了，怎么不好记了？

  因为今天是读书日，我要说一下，读书的最大的快乐在什么地方，就是通过读书来发现生活。通过读书来发现爱情。一本书都没有读过的人知道什么是爱情吗？没有读过《诗经》，没有读过普希金，没有读过雪莱，知道什么叫爱情吗？顶多就是最原始的反应！可是读过诗书这些东西，你对爱情的理解立刻变得高雅了，丰富了，变得美丽了。说是开玩笑，但是我心里也很难过，我读《阿Q正传》最痛苦的不是阿Q被枪毙，而是他向吴妈求爱失败了，我看很合适的，阿Q快三十了还没有结婚,吴妈小寡妇,刚结婚不久丈夫就死了,阿Q看着他们合适,我看他们也合适,但是阿Q不读书,有一天看到吴妈他突然跪下,说我要跟你困觉,这样变成了对吴妈的性骚扰。如果他读过书呢,应该背诵徐志摩的一首诗:"我是天空里的一片云,偶尔投影在你的波心……你记得也好,最好你忘掉,在这交会时互放的光亮。"那就会变得很美好。

所以说读书最大的快乐是发现了生活,改善了生活,因此,这些东西都是可以记得住的,怎么能记不住呢?比如记一个新的人,需要特别地记,记一个你喜欢的孩子不需要特别地记。比如你的妻子为你生了一个儿子或者是女儿,你会担心忘记他是什么样子吗?说要注意右眼比左眼稍微大一点,头发不是最深的黑,而是褐黑色,说眉毛特别浓不要忘记,没有一个人这样记,就是把一切生活化,多媒体化以后就是享受,记忆就是生活化。还有要对什么都有兴趣,这个世界提供给你的就是这样几十年,再没有兴趣,你多亏得慌!科学是让人有兴趣的,月亮是让人有兴趣的,桌椅板凳让人有兴趣,人民币让人有兴趣的,美元也是让人有兴趣的,有多大的兴趣就有多大的记忆,有兴趣的东西不用费劲就会记住的,你是绝对会记住的。

人的一生,求知可以说是生活的核心,学习和读书是无条件的,是不需要任何条件的。我今年已经快到七十六岁了,我有各种各样曲折坎坷起伏的经历,有些时候我失去了写作的可能,工作的可能,但是我并没有失去学习的可能,没有失去读书的可能,大多数情况下就是偷着读也算读书。"文革"当中是最没有书读的,但是我读到了当地的维吾尔人的手抄本,他们抄的是波斯诗人,郭沫若翻译过叫《鲁拜集》,是莪谟·伽谟(乌玛尔·哈雅姆)的,有点像咱们的七言四行诗,而且我背下来了,把手抄的诗都背了下来,鼓励一个人求知,鼓励一个人读诗,是什么内容呢?说"我们是世界的希望和果实,我们是智慧的理性的眼睛的黑眸子,如果把世界比喻成一个指环,无疑,我们就是镶在指环上的宝石。"这个诗人够牛的。我抄的已经不是波斯文了,是乌兹别克文,乌兹别克语和维吾尔语有点像天津话和北京话。你们会听着很奇怪,里面除了小舌音还有不发声的送气音。我甚至认为人处在逆境的时候是老天爷创造的一个给他安心学习的条件,"文革"当中连手抄本也找不着了怎么办?有了阅读的习惯,我有一次非常的感动是看一个美国电影 Rain Man(雨人),是得了奥斯卡奖的,这个人不睡觉,背电话簿,已经从 A 背到 G 了,如果再给一天的时间,可以背到 X。你们看了以后会觉得非常的荒谬,我看了以后感觉非常的亲切,因为我体会过这种滋味。当实在没有书可看的时候,有一个电话簿拿来也会认真地看半天,看到还有这么多的单位,有上山下乡办公室,还有毛纺厂,毛纺厂还有毛纺分厂。所以说阅读对自己信息的满足感是任何人无法剥夺和摧毁的。强记的本领,博闻,也是一种生活的态度,是一种情操,我总结为广泛的兴趣与对生活的热爱,对知识专一的钻研。把自己的心放在知识上,就跟信一种宗教一样,对知识本身有一种强烈的期待,而且能够把这些知识和生活联系起来,所以你的记忆是鲜活的,是多媒体式的,从这个意义上来说,记忆不是一种技巧,当然有各种小的技巧,那些小的技巧有用,但是用处有限。比如说有一些人记英语把最靠近的中文词联系起来,我认为可以,但是用处有限,更重要的是对生活的把握和眷恋。

  第二部分我想说一下还要有触类旁通,举一反三,融会贯通的本领。尤其是把自然科学和人文科学,把古代和现代,把中国和外国,尤其是东方和西方,把书本理论和实践现实之间能不能融会贯通?中国人很讲究一个"通"字,庄子特别讲"通"。我们知道老庄都是讲道,道可以说世界的本源也是归宿。孔子也讲道,是把道作为最高的价值,一种绝对价值。老庄是把道作为一种绝对理性,和黑格尔接近的认识。庄子讲怎么叫学好了道,就是打通了,把各种科学知识都打通了。先说自然科学和人文科学,文和理。有一次我在青岛中国海洋大学举行的科学院院士和一批作家的对话,一个"科学·人文·

未来"论坛,欧阳致远等大科学家都去了,军事医学科学院的前院长秦伯益将军,是研究毒品和病毒的,有很多人去了。我们的院士闲谈起来,说我们很喜欢读小说,我做了一个调查,百分之百都是读金庸,科学家都喜欢读金庸这也很好,金庸让你思想活跃,让你能够得到一种趣味,使自己的头脑能够得到解放,相反的一个缺少自由想象的民族不会有太大的出息。

一九七一年我在新疆上"五七干校",有一个大批判的读本,咱们年龄大点的可能知道有一个童话叫《拔萝卜》,兔子种了一个大萝卜太大了拔不上来,于是一大家子人才把这个萝卜拔出来,目的是提倡集体主义,人多力量大才能把萝卜拔出来。发给我们的材料里面就有批判《拔萝卜》的,说萝卜明明是贫下中农种的,非得说是兔子种的,这不是睁眼说瞎话嘛!如果一个历史悠久的国家到了兔子拔萝卜的事都要批判,这还有什么希望呢?除了金庸和《拔萝卜》还可以有更深的体会,我听许书记说杨振宁教授也来这里讲过课,他把用英语写的散文,小文章,由现在的夫人翁帆女士翻译成中文,他折出两页给我看,说一生最大的遗憾是没有能够充分地表现出这个自然科学的美,说尤其是新的发现,新的方程式,那些式子只要一列起来就令人醉倒,令人崇拜,他说往往看到这些物理学的发现的时候,有一种对大自然,对世界的一种欣赏和陶醉,一种信仰,一种崇拜。而这种崇拜是在他的领域中他没有表现出来的,他还引用了两首英语的诗,一个是布雷克的诗:To see a world in a grain of sand, And a heaven in a wild flower, Hold infinity in the palm of your hand, And eternity in an hour. "在一粒沙子里看到一个世界,在一个朵花里面看到天堂,用你的手就可以抓到无限,同时在一个小时里可以体会永恒。"这可以说是科学家的一种非常文学,非常艺术的一种对人生的体会。这很有名,有一个文言文的翻译,我刚才说的是即兴的,文言文的翻译我背不下来。还有一首更让我激动:Nature and nature's laws lay hid in night. God said: "Let Newton be!" and all was light. "自然和自然的规律就隐藏在黑夜里,上帝说,'让牛顿去吧!'把一切都点亮。"这太棒了,是带有一种终极关怀,带有神学的味道,但是歌颂的是科学,歌颂的是牛顿,牛顿还有物理学的成就,尽管已经不断地往前发展,但是牛顿是里程碑是没有人能够否定的。这些都非常地让你赞美和赞叹。

有的时候我碰到这种问题我弄不清,我愿意跟在座的朋友们一块探讨这个问题,不同的学科和不同的领域,可以互相发现,互相触动。我们知道交响乐,近十几年来,在西方世界比较特别受欢迎的,有一点异军突起是马勒,他是德国的作曲家,二十年以前我不知道马勒,我知道贝多芬,知道舒伯特,知道巴赫,我知道舒曼,但是不知道马勒,是近二十年我才知道马勒的。我曾经和中央乐团的首席指挥李德伦,现在已经去世了,是老解放区的音乐家,后来到柴可夫斯基学院学习,他本身的成就是很好的,他曾经跟我讲过马勒的谱子特别好看,可以当绘画来欣赏。说有两个人的谱子非常的好看,一个是马勒,一个是苏联的肖斯塔科维奇。谱子不是绘画艺术,只是听觉符号,告诉你是什么样的和声,什么样的节奏,有的标上乐器。这是一个值得探讨的问题,我认为这主要的原因是由于世界的统一性,由于对象的统一性,我们说世界是统一的是什么意思?就是这个世界尽管可以无限地延伸下去,但是延伸下去的世界仍然是这个世界,仍然是这一个世界。

唯物论者讲这个,做了宇宙的航行到了外层空间,甚至到了月球上,或者从火星上取下什么材料,但是那些物质和地球上的物质基本上是一样的,那有什么元素这里也有,我不知道我这个话说得对不对,说到我外行的事情上去了。也许咱们研究空间的人会有别的看法,就是说世界是统一的,都是由这些物质构成的。用中国比较简单的说法都是金木水火土,用印度的说法都是地水火风,从宗教的角度讲都是上帝管的,老庄的观点都是大道统一起来的。人对它的把握,感受,表述是人各有各的角度,人可以各有各的角度,但是这个对象,这个世界是统一的。所以我说我们讲的,最近给我自己的几部书写的序言说,我们讲的是同一束玫瑰,画画的人拿去画出来是花,如果是抽象派甚至画出一个怪东西,你不知道他画出的是什么;情人她拿去是情人节的礼物;植物学家拿去这是他需要做什么观测和检验的一个科学对象;炊事料理的专家拿去是食品的材料,至少可以用玫瑰香精,玫瑰酱,可以做很多好吃的东西;药学家拿去可以做药,但是,这是同一束玫瑰。所以文理之间是可以相通的,中西之间也是可以相通的,我讲不出很多道理来,但是我可以随便地给大家举一点例子,比如老子是很微妙的,而且中国的汉字,尤其是古汉语喜欢搞一个绕口令式的风格。就是讲知和不知的道理,包括孔子的话,"知之为知之,不知为不知,是知也。"这是很有趣的一句话。据说咱们的一位领导访问越南的时候参观文庙,就是孔子庙,听见越南人讲孔子这句名言。江主席大为兴奋,他表示要用一晚上学会越南语,这个话很好玩,但是他没有学会,后来学会了一个越南语词"感谢",就是中文的"感恩"。

伊拉克战争的第一年底,由世界记者俱乐部评的一个文理不通奖,给了美国当时的国防部长拉姆斯·菲尔德,他的话翻译过来非常有意思。我用文言文翻译过来就是"吾知之,知有所知,吾知者吾知,知有所不知,即谓,吾知吾,有未知者,并有不知所不知者,某物吾未知者,吾未知也。"当时发动战争没有找到大规模的杀伤性武器,就要把这样一个窘态,我在其他的场合也讲过,语言在政治上有解困的功能,只要把这个嘴一叭嗒,可以把一个很困难的问题变成认识论的问题,本来不是说有没有武器,而是战争是否师出有名。奥巴马说打伊拉克是错误的,打阿富汗是可以的,因为阿富汗有基地组织,本·拉登对美国发动了"九一一"事件。本来是讲师出有名的问题,但是拉姆斯·菲尔德弄成了有的时候不知我不知,有的时候虽不知,以为我有知,最后还仍然是不知。

中国有一些事很奇怪的,刚才说"五七干校"批判《拔萝卜》,在那里我看了很多反面教材,文学里面我读到的有钦吉斯·艾特玛托夫写的文章,还有一些都翻译成中文,都认为是反动的书。最反动的是给我们看费正清的作品,他是美国最第一流的汉学家,费正清写的《美国与中国》。一九八〇年十二月我到哈佛演讲,我到费正清家里坐坐,我说读过你写的《美国与中国》,我怎么解释他也不明白,这么大的汉学家,怎么也无法理解中国当时是什么意思,把他的书翻译成中文,给"五七干校"的人看,提高他们的防御能力。他有几个观点非常有趣,一是说国民党一定失败,他喜欢国民党,但是说国民党一定失败,说国民党控制不了中国,说国民党控制几个大城市,一离城几里地就不归他管了;说中国有那么早的文明,但是没有很好的科学发展,原因是中国不讲逻辑,说中国人的逻辑是一种很特殊的大逻辑。什么叫大逻辑? 就是"古之欲明明德于天下者,先治其国;欲治其国者,先齐其家;欲齐其家者,先修其身;欲修其身者,先正其心;欲正其心者,先诚其意;欲诚其意者,先致其知。致知在格物。物格而后知至,知至而后意诚,意诚而后心正,心正而后身修,身修而后家齐,家齐而后国治,国治而后天下平。"一个人只要做到脑子里面没有乱七八糟的思想,人很正,全世界什么问题都没有了,说这是不合乎逻辑,光一个人好了,能把天下都和谐起来,这里的平是和平,不是他把天下都灭了的意思。

我无论如何没有想到这是奥巴马总统竞选词,跟广告一样到处登。他说 One voice can change a room. And if it can change a room, it can change a city. And if it can change a city, it can change a state. And if it can change a state, it can change a nation. If it can change a nation, it can change the world. Let's go change the world. "一个声音可以改变一个家,或者你的房子,既然能够改变一个房间就可以改变一个城市,既然能够改变一个城市就能改变一个州,既然能够改变一个州,就可以改变一个民族,一个国家。既然能够改变一个国家,一个民族,也就能够改变世界。"就是说一个人的声音可以改变整个世界。

这完全是和修齐治平的逻辑是一样的,就是需要煽动,需要号召,需要动员的时候不能讲逻辑,就是玩大了,就是夸张,越堆越高,一下子本来还是住在地下室,等你讲这些话的时候一下子蹿到喜马拉雅山去了。中国人太讲感情和文学,中国人很奇怪,一讲政治常常文学化,政治经常用非常美的文学词,"百花齐放,百家争鸣",翻译成我们的文化政策,够洋人琢磨的,"三个代表"都够洋人琢磨的,说我们的政策是"走出去"这个怎么翻译呢?

中外的对比特别好玩,我最近喜欢看《庄子》,我写的第二本书叫做《庄子的快活》,可能七八月可以见到。我了解一下看过《阿凡达》的请举手。看的有不少,看来很成功。但是《庄子·外篇》有一章叫《马蹄》,讲的故事跟阿凡达一样,说原来大家都是野生的,那个时候人一招手可以把一个猴叫过来,拉着手就去玩了。说鸟也很好办,就可以到鸟巢里去玩,就差说一句来一个大鸟就骑上玩去了,说有很多的野马,高兴的时候就叫两声,不高兴的时候尥蹶子,遇到水草就吃,遇到风雪就躲躲,过着幸福的生活。为什么后来马遇到了灾难,就是来了伯乐,伯乐来了以后把马分成三六九等,烫印,钉掌,肚子上勒一个肚带,所有的马折腾之后十有八九都死了。庄子把伯乐说成跟《阿凡达》里那样的开发公司,采矿的那批人一样,制造了痛苦,《阿凡达》是现代的,《马蹄》那一章,是东方的古典。庄子还有一段,说是在荒野上,你是在森林里,你的生活是多么自由,多么快乐,但是快乐还没有过完,不知道为什么忧从中来,突然就忧伤起来,忧伤起来已经毫无办法,不知道什么时候才能把忧伤度过去。这一段描写特别像丹麦的一个民歌《在森林和原野上》,"在森林和原野是多么逍遥,亲爱的少女呀你在想什么……"这首歌在网上可以搜索得到,但是很奇怪这个歌是用广东话唱的,我一直查不出原文。

说在"森林和原野上是多么的逍遥,少女你为什么苦恼和忧伤",最后说"不远了,幸福的日子就要到来了",整个的节奏和《庄子》里讲的故事一模一样。是在森林还是原野上,"欣欣然而乐与!乐未毕也,哀又继之。哀乐之来,吾不能御,其去弗能止"。这个歌和革命很有关系,为什么呢? 就是有两句话,"不远了不远了,幸福的日子就要来到了"。就这几句话被革命者所理解了,不远了,不远了,反正不是现在,现在是痛苦的日子,混账的日子,是坏人,恶人当道的日子。怎么快来了呢,就是解放战争快胜利了。解放前很多所谓左翼的学生,进步的学生。这个歌的情调在庄子里就有,而且翻译的词,"在森林和原野",森林就是山林,原野就是皋壤,说是多么逍遥,逍遥这个词本来就是庄子的词。所以说中西之间的各种联系是通的。

我不多举例了,苏曼殊后来出家了,是一个阔人出身,中国近现代也有这样的人,李叔同也是原来帅得不得了,多才多艺后来当了和尚。李叔同是留日的,日语非常的好。苏曼殊研究英文里面和日语里面发音接近的,已经研究出来好几千条,这是非常有趣的,"爸爸""妈妈"这样的词就不用说了,我们有一个朋友也喜欢研究这个,居然考证出来英语最接近的是山东话,因为 I 就是"俺",就是我,"我寻思"就是 I think。世界有很多印象派的语言学家,找二十个讲英语的最聪明的初中学生,十个男生和女生在这里,这些人从来不知道中文、西班牙文和日文,做一个试验,现在讲四个词,四个词有一个当食物讲,就念了四个词。第一个是食物,第二个是电脑,第三个是森林,第四个是一个什么词,让学生们选择,结果大部分的选择是正确的。有此一说,仅供参考,我反正也不怎么懂科学,就是敢在这忽悠,就是说语言有一定的相通的道理。

古今中外,理论和现实,很多东西就理论研究理论永远研究不清楚,就现实来研究立马就清楚了。我非常地感慨,老子的道德经第二段就讲,"世人皆知美之为美,斯恶矣",就是说都知道什么是美就糟糕了,钱锺书先生说老子的此话不算盘点拎不清。我要说的是,老子这句话,当过三年科长就知道了。比如有两个科员,通知他们三个人选一个美人,然后给一万块奖金,这三个人还能团结得好吗,科长的工资才三千五百块钱,加上其他的灰色收入到不了五千块钱,他想要这一万块钱的奖金,干脆就把自己评成美人得了,那两个科员就骂死他了,奖金归你美人还归你。支持 A 科员 B 科员又不干了,有可能还有不适宜的关系出来。有一次我和金融界的人聊起来,他们说他们最清楚什么是"皆知美之为美,斯恶矣",大家都知道哪支股票好,一周之内上涨了三十倍,结果套走了大量的金钱。然后就骗了很多人,这也叫皆知美之为美,斯恶矣。要找这样的例子还有很多,《官场现形记》里面有一个例子,一个大官去视察,这个大官有一个特点就是提倡清廉,最喜欢下属穿旧衣服,如果视察的时候看到下属穿很新的名牌,回去马上就撤了,认为是他们用了民脂民膏。这个县城里面都知道大官喜欢旧衣服,就都去买旧衣服,做一身新衣服一千块钱,买一身旧衣服两万八。尽管这是非常怪诞的例子,只有有实际经验的人才能懂其中的道理。类似的例子非常多,就不多举例了。

第三,说的是一种总体把握,多谋善断的一种决策能力。我们有这样的一些人,说知识也不算非常的丰富,但是有一种从大局掌握全局的能力,有一种很简单的判断能力。什么事对我这个公司,或对我这个部门的事业是有利的,有这个判断的能力。这样的例子,我曾经在部队里面,碰到一些参谋人员,他们有的跟我讲很多军事上的知识,我就说你这个知识真丰富,他又说了,我们参谋人员就是提供各种信息,但是我们往往没有决策的能力和勇气,或者是这种责任。美国有一种说法非常地奇怪,当判断你的身体是好是坏的时候也是这样,问你每天睡觉是否睡够六小时六分,每天吃饭是否不超过四千五百卡路里,要求这些数字加一块来判断身体是好是坏。但是中国人的思路不是这样的,中国人的思路不需要一点一点的计算,是从整体的把握,整体看看气色,听听说话的声音就可以判断你的身体好不好。这就是说决策的时候要善于做整体性的判断。我年纪也不小了,应该说和我原先相比,对自己现在的身体情况就算满意了。但是男生岁数大一点，有的时候经常觉得最显得自己老了就是去洗手间勤了。但是自古以来有这样的故事，史记描写过，赵王请廉颇，廉颇和蔺相如的故事大家都知道，战争开始了，别人向赵王推荐，请廉颇出来，他身体很好还可以打仗。赵王就到廉颇家里，廉颇的精神头很足，说我没有问题，虽然五十多了一顿饭可以吃三斤肉，可以拉八百石的硬弓，说派我去就好了。回去以后赵王说不能派他，别人问他为什么不能派他去，赵王说我在他那坐了个把小时，他去洗手间三次。中国人的这个思路很好玩，有一个总体的印象，也很唯物，也很科学，而且在司马迁的时候就写了，遗矢三次。毛泽东的诗，"千村薜荔人遗矢"就是从这儿来的。这就是一种掌握全局，敢于负责，敢于承担的能力。我说男性第一要承担，第二要幽默。如果承担得非常苦也没有意思了，如果没有这两条就不够格做一个男人。要具有能够做到化繁为简的能力，做了很多的事最后到了我这里很简单，有一种责任、勇气和驾驭的能力，一种综合判断能力。

　　化繁为简可以讲几个例子，毛泽东会见青年代表，说你们讲讲什么叫政治，什么叫经济，什么叫军事。他周围的年轻人很聪明，说这我怎么讲得了，请主席给我们多加教导。毛主席说政治很简单，就是团结的人越来越多，跟你作对的人越来越少，这就是政治。什么叫经济，就是老百姓生活得越来越好，你自己也生活得越来越好。什么叫军事，更简单，就是打得赢就打，打不赢就走。毛泽东有这种化繁为简的能力。我有的时候也想学着化繁为简，咱们当笑话来说，人类面对的问题如此之复杂，其实是两大问题，一类是饿出来的问题，一类是撑出来的问题。饿出来的问题就需要革命，就需要造反，甚至于要恐怖，这都是饥饿，衰弱，被压迫，被奴役，我称之为饿出来的。撑出来的问题要霸权，要吸毒，要堕落，要破坏环境，这都是撑出来的。人类的问题基本上就是饿出来的问题和撑出来的问题，我想来想去这个话的总结相比毛泽东的差远了，没有毛泽东的有说服力。

　　第四个层次是多向思维和重组的智慧。我们大家都认识的东西,可以把这个命题,颠来倒去的折腾一下,会发现很多新的东西。"文革"当中最喜欢背的毛泽东语录是"捣乱,失败,再捣乱,再失败,直至灭亡——这就是帝国主义和世界上一切反动派对待人民事业的逻辑,他们决不会违背这个逻辑的。……斗争,失败,再斗争,再失败,再斗争,直至胜利——这就是人民的逻辑,他们也是决不会违背这个逻辑的。"我读来读去,总感觉别扭,因为不对称,中国人讲骈体文,或者是对对联,比如反动派那边是"捣乱,失败,再捣乱,再失败",人民这边就是"斗争,胜利,再斗争,再胜利",不能两边都是失败,两边都是失败对不上了。我们贴一个春联都要对得上,"忠厚传家久,诗书济世长""又是一年芳草绿,依然十里杏花红"。如果又是一年芳草绿,依然十里芳草红,这难受死了,所以觉得斗争失败再斗争再失败,多损得慌,我总想改了,斗争胜利再斗争直至彻底胜利,这就是人民的逻辑,这样改多棒的。但是大家想想这不是一个理论问题,这是一个实际的问题,看一下中国的革命史哪是斗争胜利再斗争再胜利,整天失败,辛亥革命失败,戊戌变法失败,大革命失败,土地革命更失败。中共正经的党史上都说,经过土地革命十年苏区损失了百分之九十,白区损失了百分之百,但是最后胜利了。历史上这样的事多了,不仅是中国,历史上都是这样的,楚汉之争,项羽和刘邦之争,二次世界大战也是一样的,希特勒最初没有失败过的,战无不胜攻无不克,闪电战,打捷克,打波兰都不费劲,跟奥地利合并的时候,奥地利人当时热泪盈眶地欢呼,我现在去维也纳还有人告诉我,就在这个地方希特勒开的大会,奥地利人当时是什么样的情况。但最后,是他失败了。楚汉交兵也是这样,刘邦失败再失败,最后胜利了。有的时候琢磨一下立刻就学到手了,为什么说捣乱失败,而斗争也是失败。

周谷城副委员长还讲过这个故事,他是毛泽东的老师,毛泽东有两位比较年轻的老师,跟他年龄差不多,一个是周谷城,一个是语言学家黎锦熙,发明ㄅㄆㄇㄈ的人。毛主席说失败是成功之母,我们的革命经历了多少失败,后来成功了。周谷城说成功也是失败之母,说成功了容易骄傲,成功了容易腐化,成功了容易暴露自身的问题,周谷城讲到这忽然后悔了,说主席正处在快乐、兴奋,自我陶醉的时候,自己说一句成功是失败之母,这不是恶心毛主席嘛。他赶紧补充说成功会引起这些问题,当然主席例外。但是,毛主席后来想了一下,把桌子一拍,说你讲得好,说得对。我们看失败是成功之母,我们还可以联想到成功是失败之母。我们还可以联想到失败是失败之母,一败涂地,我们还可以联想到成功是成功之母,乘胜前进,还可以联想到你成你的功,我失我的败,我们都考试,我考了四十分,你考了一百分,我们各考各的没有关系。就是一个成功,一个失败,可以分析出许许多多不同的原因,不同的状况。类似的还有很多的判断,你们只要敢去分析,有的就站得住,有的就站不住。比如说马克思主义和中国革命实践相结合,使中国革命的面貌焕然一新。大家都知道这个话,但是你们想想马克思主义和中国的实际相结合是不是也使马克思主义的面貌为之一新?现在马克思活着对中国的情况也得学习,上一年党校也不见得学得来。思想不要搞单行线,有的时候是多向的,有多种多样的思想,老庄就特别喜欢逆着走,你越说好,我会说准好吗?不一定好。

  第五,想象力与创造力。人们普遍认为中国人的智力是不错的,智商是很高的。我遇到一个日本人,是战后遗孤,在中国上的小学和大学,后来回到日本工作,对中国特别地友好。我问他中国人的头脑比日本人笨不笨,他说绝对不笨,他说中国人整个来说智商比日本人高,我说你觉得中国有的时候有一些问题在什么地方,他说关键是日本人比中国人认真,这可能有点关系,我们供参考。日本人号称是很民主的,但是上级给下级分配什么任务的时候,接受任务的人两手扶着膝盖,两个眼死瞪着你,他们做什么事都认真,中国人太聪明了,做什么事都不认真,孔子早就分析了,执行你父亲的遗训是"三年不改父之道",孔子那个时候的记录是能认真三年,现在我估计能认真三个月就不错了。还有一个原因,和我们长期以来不提倡一个人有自己的个性,有自己的独创性的思想,创造性和个性是分不开的,因为你有很特殊的和别人想法不一样的地方才能有创造,而且创造性提倡一个人敢于怀疑,就是说我们现在大家都认识到的东西不见得是最正确的,是敢于怀疑。如果不允许怀疑,不允许有个性哪来的创造性。不敢提出与众不同的意见,有的时候我们大家公认的事情其实并不对。

我们读书的时候能做到尽信书不如无书,我们是阅读日,我们是读书月,我们是阅读的社会,但是阅读的时候要敢于跟阅读本身有所超越,有所挑战。庄子有一段话说得非常好,他说读古书好比看古人的脚印,但是光看脚印还是不够的,要想想古人穿的是什么靴什么鞋,是草鞋的印还是皮鞋的印,我在新疆的时候知道一种皮窝子,光知道靴鞋还是不够的,还要知道古人长着什么样的脚,光知道长着什么样的脚还是不够的,因为脚上面还有腿,上身,脑袋,五官和灵魂。所以我们只有把读书和现实和社会结合起来才有创造性,我今天先暂时说到这,欢迎大家批评指正。

(作者答与会者问)

问:中国阅读蓝皮书上说我们现在阅读的量越来越小,越来越功利,我们的读书节,四百多个城市都搞了,形式更大内容更小,今天是世界读书日,您觉得中国有一个读书日想法怎样,有人说这是孔子的生日,我认为不太好,我提个日子,十月三十一日怎么样,因为那天是我的生日。

答:关于中国设不设读书日我没有什么看法,关键是阅读也会有一个过程,因为我们现在有市场,市场起了很大的作用,使阅读更大众化了,大众化的同时有一个不好的词,就是消费化,很多人阅读是为了消费,不是真正的培养自己,不愿意阅读自己感到困难的,只愿意阅读浅层次的带来快感的,娱乐的东西。但是群众有权利,农民工也好，吃低保的人也好，仍然有权利分享我们的文化果实。这个情况会有相当一段时间，我认为起码还有十年，您说的阅读表面的活动越来越多，但是层次并不高，这也是要在过程之中发展。我们可以做很多工作，图书馆做了很多工作，每个人也可以做很多的工作，有这样一个向上发展的过程。至于您的生日能不能改成阅读日我没有把握，但是我祝您生日，生日之前和之后快乐。

问：非常感谢您精彩的演讲，受益匪浅，我是清华大学的学生，平时的生活和工作中，每天在做题，读报告，做试验，有的时候读您的书感觉非常有收获，有很多的体会，有的时候我感觉离人文的东西，或者是文学的东西特别遥远，有的时候有畏惧的感觉。我的问题是采取什么样的方式和办法，能够获得多元化的智慧，能够将多元的学科结合起来。最后有一个请求，您能否在百忙之中来清华做一场讲座，使更多的学生体会到您的智慧和生命的哲思。

答：人文的关系和每个人的关系很近，比如人际关系，比如家庭，比如社会，比如自己的心情，这里面充满了人文的关切。要是有兴趣举个例子，您这个年龄是否有情人，是否已婚，跟情人的关系首先是人文的关系，不是一个数学的，或者是自然科学的关系，人文的东西是我们每天离不开的，也用不着特地看非常深的书，有的时候人文的东西，这个话今天的日子说有点不合时宜，书看得太多了反倒不懂人文的东西，总之，是希望我们正常的关心人文的修养和知识。

问：感谢王老师给我们做的精彩演讲，我是来自中华茶叶联谊会的，主要是在全球范围内做中华茶叶的推广。我看到你的书提到聪明和智慧的比较，提到聪明是学出来的，智慧是悟出来的。我想向您请教聪明和智慧在生活当中扮演怎样的角色，您怎么看待这个问题？

答：平常的时候说这个人很聪明，善于做对自己有利的事，或者某一项技巧学得特别地快，这都可以说是聪明。比如在银行工作点票子又快又准，这也叫聪明。我们培养的劳动模范张秉贵在百货大楼手一抓是几两就是几两。智慧可以稍微地概括,根本一点,很难说抓糖抓得快这个人有智慧,甚至于智慧在有些事情显得不聪明,这是完全可能的,因为关心的是大事。包括一些故事,牛顿煮鸡蛋把自己的怀表扔在里面了,说牛顿养了两个猫,一个大猫一个小猫,就在窗户上挖了两个洞,别人问他为什么挖两个洞,他说大猫从小洞爬不出去,但是他忘了小猫可以爬大洞,是否他真的忘记了小猫可以爬大洞,这是否是牛顿的幽默,多挖两个洞有利于空气的更新,这是我的心得。但是有,这就是确实的,有一些有大智慧的人,在一些小事上犯糊涂。我看过一个故事,像是真的,说爱因斯坦吃饭之后要回家,叫了一个出租车,司机问他怎么走,爱因斯坦知道住哪儿,但是不会说,就打电话给自己的秘书,结果秘书说爱因斯坦的家不能随便告诉别人。有的人说这个秘书连服务对象的声音都听不出来应该解雇,我听着也有道理,但是是真故事还是假故事我也不知道了。

问:首先感谢一下您让我们听了一场非常精彩的讲座,您提到记忆是对生活的把握和眷恋,用了眷恋这个非常优美的词,记忆又分为令人心情愉悦的良性记忆和悲伤的记忆,我们回忆的时候感觉悲伤的记忆多一些,我们如何把握这两者之间的关系?以及对记忆如何锻炼。

答:这不是非常绝对的有一些悲伤和痛苦的记忆,不愉快的记忆,如果已经超越了这个东西,想起来以后甚至能够不是特别坏的心情。很小的时候读高尔基的《童年》,写到外祖父怎么坏,怎么欺负工人,把一个工人压迫得吐血,压死了,继父怎么打母亲,他说了一段话,我常常想这些东西应不应该写,但是我们毕竟已经跨过了这个东西,已经超越了这个东西。而我的话说的是幽默感即智力的优越感。我还说过泪尽则喜,就是各种坏事都经过了,世界上的坏事并不多,很多坏事都可以经过。张承志的小说里面有一个说法,只有最彻底的悲观主义者才有权利乐观,作家说话都爱酸一点,有的时候费点劲。但是我理解他的话,什么叫彻底的悲观主义者?就是对一切不

275

抱幻想,因为不抱幻想,没有不切实际的幻想,所以看到的一切的可取之处,当我看到了一切,包括一切人,一切朋友,我对自己的父母,也不抱幻想,不认为我的幻想能够帮助我解决一切的困难,正因为这样的话,我的父母给我做过一点一滴我有感恩的心情,我的朋友对我做过一点一滴的事情我有感恩的心情,我的科长帮过我一次忙我永远感谢。所以可以变成一个乐观主义者,我认为这些说法都很有意思。

问:您回忆原来人生经历的时候认为最有意义的是什么,最遗憾的一件事,以及未来最想做的一件事是什么?

答:是这样的,我一辈子遗憾的事多了,比如说我现在个还不到一米七,但是我的父亲是一米八,我的弟弟是一米八二,我的姐姐跟我一样高,半开玩笑地说,我前天刚从台湾回来,我总说国民党的统治使我发育身体的时候营养不够,否则我起码一米七五,显得也神气一点。我很喜欢学外语,但是我的英语并不过关,但是我也敢说,你们查二〇〇八年十二月二十六日的CCTV9,上面还有我和主持人的全部即兴的英语对话,但是我应该学得更好,这都是我遗憾的。我最想做的事,我本来想七十岁就撂下笔了,但是觉得暂时还可以拿起笔来。有一次一家电视台一个年轻人问我,现在有没有感觉到自己年老体衰,记忆力衰退,文思枯竭?我开始想说没有,这个牛不敢吹,人老就是老了,别说是年老体衰,就是离开世界也是可能的,所以我说明年我会有这样的感觉,现在是二〇一〇,可能是二〇一一,所以也别想这个事,该什么时候完蛋就什么时候完蛋。现在说不短命了,有一次和女儿聊天,有一个领导在人民大会堂讲话,大家发现中午他穿的西装,打着一个领带,领带上喝汤的时候有一串汤滴,虽然他讲得很好,但是看到了汤滴就减弱了他威慑的力量。我回去以后跟女儿说,只要不夭折我也会有这一天的。我女儿跟我说,你想夭折啊,来不及了!现在连夭折都来不及了,就是稍微推迟一点喝汤掉滴的情况。为什么我没有穿西装,就是怕大家看到酸辣汤都掉在领带上了。

问：中科院国家科学馆的学生,在您的一生当中读过哪些对您影响比较大的书,能否给在座的人推荐几本好书?

答：文学里面我喜欢唐诗,喜欢李白也喜欢李商隐,另外也喜欢宋代的苏东坡,他们对我的影响非常大。《红楼梦》对我的影响也很大,还有很多外国的就不一一举例了。别人问我最喜欢的一本书的时候我回答起来非常地困难,他问一本书我起码回答十本,一辈子就喜欢一本书是否太少了点。只有妻子原装就一个人,绝对没有第二个。而书是二房三房四五房也不嫌多的,包括维吾尔语的,英语的我都读,我喜欢的书非常多。

2010 年 4 月 23 日

在首届两岸汉字艺术节
新闻发布会上的讲话

今天,来自海峡两岸的嘉宾和媒体的朋友,在这里共同出席首届"两岸汉字艺术节"新闻发布会。我谨代表中华文化联谊会和中国艺术研究院向各位来宾表示热烈欢迎并致以良好的祝愿!

文字是人类历史文明传承的重要载体和见证。作为拥有着五千年悠久历史的古老民族,勤劳智慧的中华儿女们创造了博大精深、独具魅力的汉字体系。《说文解字·自序》云:"黄帝之史仓颉,见鸟兽蹄坑之迹,知分理之可相别异也,初造书契。"仓颉作书而"天雨粟,鬼夜哭。"文字的创造,是一件惊天地,泣鬼神的大事。有了这样一种文字,中华民族灿烂的文化和科技成果得以记载,华夏儿女的智慧和不朽的创造力得以展现,并成为炎黄子孙生生不息、心心相印的精神纽带,对人类文明的进步和发展产生了极其深远的影响。

在悠久漫长的历史岁月里,汉字的形体虽屡有变异,却一脉相承,成为中华民族人文精神与伦理价值的载体。汉字讲究结构形态,使它本身就具有艺术的美感。以汉字为载体的书法艺术,历经殷商甲骨、两周金石、秦汉篆隶、晋唐行草的演变,已经成为世界上独一无二的艺术形式,并被载入联合国教科文组织人类非物质文化遗产代表作名录。

汉字作为中华民族传统文化的瑰宝,其意义对于当今的中华民族而言,不再仅限于一套记录语言、交流信息的书写符号系统,而是渗透与伴随着两岸同胞的民族情感和文化认同。两岸同胞都把汉字作为共同的书写体系,尽管存在简繁之差异,但都为传承和传播汉字文化做出了诸多的探索与努力。特别是现代化进程日益加快的今天,两岸携手共同保护和弘扬汉字文化更显弥足珍贵。

在两岸关系和平发展的新形势下,中华文化联谊会、中国艺术研究院和文化总会携手举办首届"两岸汉字艺术节"大型文化交流活动,推出一系列精彩的演出、展览、研讨和推广活动,在海峡两岸搭建起高规格、高品位的汉字艺术交流平台,延续汉字书写的文脉传承,推动两岸文化创意产业合作,这将对进一步增进两岸人民的同胞亲情、发展繁荣两岸的汉字文化乃至更好地继承与弘扬中华传统文化具有十分重要的意义。

衷心祝愿首届"两岸汉字艺术节"取得圆满成功!

2010 年 5 月 15 日

《热瓦普恋歌》国家大剧院首演致词

今晚,中央歌剧院的艺术家们将为在座各位奉献一部具有新疆浓郁风情的歌剧《热瓦普恋歌》。这是继上世纪六十年代、八十年代成功推出新疆题材歌剧《阿依古丽》《一百个新娘》之后,中央歌剧院推出的第三部反映新疆题材的作品。在这里,我首先预祝他们演出成功。

中央歌剧院的艺术家们何以对新疆情有独钟呢?

我以为,是那片辽阔而美丽的土地发生了太多的故事,令艺术家们魂牵梦绕,所以才会用心血浇灌出一朵朵艺术奇葩。

我曾在新疆工作多年,与艺术家们感同身受,新疆的确是值得我们用最动听的歌声来赞美的地方。我用大半生的时间走过无数地方,占国土面积六分之一的新疆之美,给我的印象最为深刻。

《热瓦普恋歌》讲述的就是发生在新疆的一个讴歌生命、爱情、家乡的故事:

流浪歌手塔西瓦依与阿娜尔古丽一见钟情,在准备举行婚礼时,阿娜尔古丽的父亲于素甫老爷出现了,他认为塔西瓦依根本配不上他的女儿,非要拆散他们。然而,此时阿娜尔古丽已经有了爱情结晶,于素甫盛怒之下将他们赶出家乡。阿娜尔古丽在流浪途中生下女儿,自己却撒手人寰。女儿因背负"私生女"的名声而备受歧视。于素甫得知这一切后幡然悔悟,为女儿女婿补办了一场特殊的婚礼。塔西瓦依因激动而突发心脏病,留下爱女追随妻子而去。长大成人的小阿娜尔古丽弹着父亲留下的热瓦普,在家乡唱起维吾尔人民世代流传的恋歌。

剧中女主角的扮演者迪里拜尔就是来自新疆的著名女高音歌唱家,她被世界歌坛誉为东方夜莺,今晚她将用美妙的歌声来演绎这部原创歌剧。迪里拜尔说,维吾尔族音乐就像乳汁一样哺育了我,我将永远为家乡人民、家乡土地歌唱。在剧中,她将和中央歌剧院著名男高音歌唱家王丰等,联手展示热瓦普这首恋歌。

这部作品有着浓郁的民族风情,将新疆胡杨树搬上了舞台,启用了新疆木卡姆乐团的乐手伴奏,有多位维吾尔族舞蹈演员伴舞,还有独特的沙画表演。

参加本剧演出的中央歌剧院交响乐团、歌剧团、合唱团将以其一百八十余人的阵容,精心诠释这部作品。担任指挥的是我国著名指挥家俞峰教授。

《热瓦普恋歌》是作曲家金湘和导演李稻川夫妇联手创作的。金湘的作品以其鲜明的个性,强烈的审美意识,纯熟的作曲技法,赢得中外观众的喜爱。李稻川是中央歌剧院的资深导演。先后有十余部中外歌剧作品问世。如今,他们已是古稀之年,凭着对中国歌剧事业的挚爱和强烈的使命感,再次为观众奉献出他们历时十年创作出的《热瓦普恋歌》。

最后,我热切希望每个观众,永远沐浴在真善美的艺术阳光中,请大家共赏《热瓦普恋歌》,并度过一个难忘的夜晚。

2010 年 8 月 14 日

对 话 与 理 解[*]

  我们的见面使我想起四分之一个世纪——二十多年前,上世纪的八十年代,加利福尼亚大学洛杉矶分校与中国作家协会安排过四次中美作家的会见,包括诺贝尔文学奖得主托尼·莫里森、诗人金斯伯格、小说家汤婷婷、资深记者索尔兹伯里等都参加了这些会面。他们来中国两次,一次是到北京,一次是到成都。后来这些见面变得非常稀少,少得要比两国将军之间的见面还少。当然,我们不会不知道,双方的军事交流远不是一帆风顺的。
  我有时会奇怪,都是作家,都在写爱情与命运、戏剧性的悲欢离合,非戏剧性的一片片的落叶,都在盯着书商与书市的运作和自己的版税,为什么互相的了解又那么少?作家们也都喜欢写自己的梦。有些梦变成了现实,变成现实后就不再是梦了,而现实总不是完美无缺的,不会是永远如此美丽的,梦想成真结果是失落了梦。也有的梦老是不能变成现实,难以成真的梦则容易被作家和读者忘却,于是作家也变得世俗起来了。我们又忍不住还要多写一点,发发牢骚,什么不能实现的爱情啦,人类的可悲处境啦,人心的不光明的那一部分啦,我们还企图建立一座人心间的桥梁。而我曾经见过面的美国老剧作家丽莲·海尔曼则说,人心相通,那是太难了。一九八二年在纽约的一个离岛上,分手时候我亲吻了近九十岁的她,她很高兴,她给

---

[*] 本文是作者在哈佛大学中美作家论坛开幕词的中文稿,致词时用的是英文。

作家、中国的天津市出生的约翰·赫赛打电话,宣布她拥有了一个中国的男友。不久,他们都去世了,厚貌深情的他们的灵魂,护佑两国作家的了解与友谊。

我读过并且很喜欢约翰·契佛、杜鲁门·卡伯特、约翰·厄普代克的作品。我说,契佛的小说里的每句话都像刚刚用水洗过,卡伯特甜美的忧伤是迷人的,而厄普代克的批判性令人起敬。我看过阿瑟·米勒的话剧用中文在中国的舞台上表演,也去过他的家,看到他用自己的工具做木匠活。更不要说早先的《小妇人》《白鲸》和辛克莱的作品了。一九九三年韩南教授邀请我到哈佛燕京学院作特邀学者的时候,我多次造访朗费罗(《小妇人》作者)的故居。至于辛克莱,他对于资本主义的批判太强烈了,他给了我"左翼"思潮的巨大影响,影响了我一生的选择。

我喜爱并且读了很多杰克·伦敦的作品,并且参观了他的旧居,他在哈特福德的旧居太豪华了。我感慨地想,如果让中国作家住得好一些,会不会有利于写作呢?也不一定,我们中国人相信,作家很奇怪,活得太快乐了,似乎没有必要写作了。所以我喜欢德国作家君特·格拉斯的话,他说他写作,是由于他"别的什么事也没干成"。是的,他很关心政治与社会党的选票,我了解他,我曾经两次到他西柏林的公寓中访问他。当然,如果他当了德国总统,他就没有时间写《铁皮鼓》了,如果他当了德国足球队的守门员,他肯定也不会写作了。也可以换一种说法,如果他正在写《铁皮鼓》,那么无论是总统还是总理的职位,他都只能是坚决地拒绝,至于足球守门员,我就不敢肯定了,也许他宁愿多接几个点球,比多写书更有成就感。

但是我对于君特的喜爱惹起了中国年轻一点的作家们的愤怒,不是对君特愤怒,而是对我愤怒。他们认为写作是一种悲情的选择,是伟大的选择,是燃烧起自己的心去照亮黑暗。当然我也极其尊敬这种看法,从早到晚,是不是所有的作家都是这样地写作的,我则不敢肯定。也许世界上有各种各样的作家与各种各样的写作,有的人写作非常亲和,例如泰戈尔,他在加尔各答的故居是一个花园,而且在当地,泰戈尔是作为歌手而被人民所尊敬与热爱的。

我也喜欢多丽丝·莱辛的说法,她说她写作是由于她是一个写作的动物。我们在一九八七年同时获得了意大利的蒙德罗文学奖。在"教父"的故乡巴拉尔摩,我们每天早晨会面,她去游泳池,而我去大海游泳。后来,九十年代,她与文风犀利的玛格丽特·德拉伯尔一起到过我在北京的小院子。现在小院子已经因修路而拆掉了。在那个小院子里,我还接待过不少日本、俄罗斯、罗马尼亚、墨西哥、新加坡、马来西亚,还有香港与台湾地区的作家同行。可惜,没有在自己的家里接待过美国同行,顺便说一下,我现在的住房包括花园,也比那个时候好了。

一九九三年我在伯克利大学讲演,一个朋友提问,中国官员的腐败情况严重,中国作家准备采取什么对策?当然,中国作家没有放过那些贪腐的坏蛋。同时我感到困惑,这样的问题本来应该去询问中国的法院、司法部与监察部。如果是美国作家在中国旅行,未必会有谁向美国作家提问:你们准备采取什么措施解决与古巴的关系问题?你们准备采取什么措施来恢复金融公司的公信力?

总而言之,我要说的其实只有两个字,第一是共同,第二是区别。

我们之间有什么区别?主要是背景与经历。例如以我个人来说,我出生三年日本军队就占领了整个华北,我的全部小学阶段就是在日本占领军的刺刀下进行的。那时的北京,有城墙与城门,每个城门前都站着全副武装的日军,中国人从那里进出,必须给日军鞠躬行礼。这是一个屈辱的经验,这里有一种非常恶劣的感觉。这样一九四五年"二战"结束时我十分激动,我虽然只是个少年,我深知我是中国人,我下决心要为自己的可悲的与贫弱的国家和人民献身。我十一岁时就与北平的地下党组织建立了联系,差五天十四岁时我已经是地下党员。

若干年前我的长孙也十四岁了,我对他提出批评教训,我说我在你这个年纪,已经是一个革命者了,我已经读了马克思与恩格斯的书籍,而你现在更喜欢的是玩电脑游戏。我的孙子给了我一个微笑,他说:"可怜的爷爷,我理解你,我敢说在你的童年时代没有足够的玩具。有童年,无玩具,怎么能够不革命呢?"

我想也许他是对的,时代不同了,世界不同了,中国也不同了,我不能设想我的孙子辈的人会拷贝我的人生道路。同时我认为,所有的社会、国家、政府,都有责任给儿童与青年人提供足够的与良好的玩具和书籍,否则,那里的年轻一代就有权利打倒那些无用的政府!

在我的讲话中屡屡有对于过去的回顾。这使人想起好听的奥斯卡获奖歌曲——芭芭拉·史翠珊演唱的《往日情怀》,歌词是:"回忆会照亮我的头脑中的某个角落……我们曾经走过这样的路。如果,我们有机会一切重新来一次,请告诉我,你还会这样吗? 你还能这样吗?"亲爱的朋友们,我可以告诉你,如果我的一切可以重新做起,我还会这样做,我还能够这样做,就像我曾经这样做一样。我们的路就是这样的。我希望我们能够成为最可信赖的、最忠诚的朋友。

2010 年 9 月 24 日

充满信心地开展对外文化交流*

记得我在文化部工作的时候,常常发愁,发愁外国要求与中国互设文化中心。互设文化中心这个事情,我亲自问过当时负责外交方面工作的领导,领导说这事情我们不能干。后来歌德学院建立了,是因为李鹏同志答应了。成立是成立了,也要想办法限制它。你教德语只能办德语训练班,其他都不许。这个事已经有了很大的发展,说明我们国家改革开放的形势有了很大发展,世界也有了发展。我对中法文化年没有太多的了解,我就谈一谈个人的体会。

首先我觉得这几年对外文化交流非常突出,是以前所没有的。我在文化部的时候,中办、国办发过一个关于国家领导人接见外宾的规定,其中没有接见文化人,为此我还专门以文化部党组的名义打过一个报告,就是有些大的文化人,无论如何一定要见见。小提琴家梅纽因想见我们国家领导人,没有见成;意大利的一位著名老作家,他是抱着要采访邓小平的计划来的,他这个愿望不容易实现,最后一个副委员长接见了他。偏偏那个意大利大使特别多疑,而且长舌,他说你知道为什么邓小平不见你吗?你一见王蒙,你就谈《金瓶梅》《肉蒲团》等,这些中国都不让发行,你谈这个,王蒙回去一汇报,那谁也不见你了。后来我每过一次罗马,就给老作家送一束鲜花,前前后后大概四五束鲜花,可是他还耿耿于怀,以为我听到他一谈《肉蒲团》

---

* 本文是作者在中国文化年研讨会上的讲话。

我就被吓趴下了。

我觉得对外文化交流现在能达到这种程度是"三个代表"重要思想在对外关系上的贯彻,是中国的一种全球视野和中国发展、开放带有战略性的一种选择。就是要讲文化,文化是我们的最长项,是我们的骄傲,是我们的身份,我们不是以军事大国显示我们的身份,着重要突出文化。从另一种意义上讲,也是世界对中国文化的重视。文化交流还是发展乃至改善我们对外关系的一个重要渠道。比如说,在经济上、外贸上,我们已经加入了WTO,说明西方已经接受了我们。但是西方世界还有一些成员,特别是西方主流社会,在意识形态上、社会制度上与我们还有许多的摩擦,许多的不理解,许多不同的看法。这些东西,我们如果能够对它进行一种文化的诠释、引导的话,有可能使一些尖锐对立的东西往可以讨论的方面来发展。这里面有一个理论性的东西,文化是不是意识形态?文化有非常强的意识形态性质,文化有一种意识形态的导向,文化与外交、政治、国防和国家安全有密切的关系。但是有时候又需要用一种相对淡化的意识形态方式来做意识形态的工作,因为你要看怎么给文化定义了。你要讲文化首先是语言文字,语言文字不是意识形态。国民党用的也是汉字,繁体我也认识,简体他也认识;台独分子也用汉字,闽南话无非也就是一个汉字方言。再比如说,中餐、中华料理,这个意识形态也非常少,它和钱多钱少有关系,你不能说"佛跳墙"是服务资产阶级、服务地主阶级,你要钱够了,你无产阶级照样能吃。

第二个体会是,在文化交流上,我们要树立我们中国最阳光的态度来对待文化交流。阳光态度是什么意思呢?我们现在处于最好的时候,我们国家处于不断发展的阶段,我们没有任何可以回避或者躲藏的东西,相反我们一切都可以很坦率地来谈。有些事在国内是比较敏感的、比较重大的、不可以讨论的问题,可是到了西方,它可以随便说。比如说"社会主义""党的领导",我举个例子,我去法国中国文化中心讲演的时候,一下飞机,法国国家图书馆馆长要见我,他一会儿问问这个,一会儿问问那个。法国人有他友好的一面,也有特别随便的一面。他问我:现在中国发展资本主义发展得怎么样了?就这件事情,你可以有几种态度,一种是很紧张:我们不是资本主义,我们是社会主义,坚持四项基本原则!这样就没法交流了;一种是应付:好,好,好,是,是,是。我说我们搞的是市场经济,我们不认为这是资本主义。后来我说虽然我和资本主义国家图书馆馆长在一起谈得这样的愉快,这样的一见如故,但是现在我们社会主义国家驻资本主义法国巴黎的大使要请我吃晚饭,我对后者非常地重视,所以我不得不说再见。逗得他笑个不住。资本主义还是社会主义不是他说了算,资本主义和社会主义也可以友好交流。那还是好多年以前了,有人问我:中国怎么什么都是党领导,这个文学艺术也是党领导,怎么办啊?我说:那怎么办啊?你这里不领导,我那里领导啊!我们那里不但文学艺术党要领导,矿泉水的生产也由党领导啊,青岛啤酒也由党领导啊,你们国家每年进口多少青岛啤酒,多少矿泉水,你们喝着怎么样,有没有共产党的味?共产党把这个企业领导好了,而且让你喝得很好。我在美国的时候,美国人说,他们的共和党最不关心的就是文学,共产党怎么这么关心文学啊?我说你们是共和党,我们是共产党,我们差着一个字呢!他又说,中国解放以后,对作家老是整肃,出不来好作品。我说,第一,对,是有过这方面的教训,但是现在作家的日子过得挺舒服;第二,出不出好作品,这个可不好说,《红楼梦》是清朝末年出的,我们不能认为那时候的文艺政策搞得好,自由政策搞得好。我说我希望作家日子是越过越好,钱挣得越多越好,出国访问签证越容易越好,在你们这里讲演给美金或者欧元越多越好。但是这些条件有了,好作品就没了。作家都养尊处优了,能有好作品吗?你们想想你们的文学史,你们的好作品怎么出来的?世界上过得舒服的好作家有吗?有,就一个歌德,其他没有,其他都过得不好,而且很多都是自杀的。所以好作品是好作品的事,如果我们写得不好,是由于我们没出息,这个责任很难让别人负,你也不能让毛泽东负,你也不能让邓小平负,你也不能让江泽民负,你只能自己负。他又说你们出的书都是经过共产党审批的,我说你知道中国一年出多少书吗?二十八万种,翻译的还不算,如果要一一审查,你知道是什么概念吗?就是中华人民共和国各部门全部停止政府工作,都来审查书。如果这样,世界上最理想的政府就出现了,他不是中国政府,而是中国读书俱乐部了。一个国家由一个读书俱乐部来掌权,我觉得连最最乌托邦的梦里都实现不了,我盼着这天赶紧到来。他说,中国的人权怎么样?我说,有很多地方做得不理想,可是比历史上任何时期都好,而且这不是我说的,这是美国的一任驻华大使芮效俭说的。他说,现在是两百多年以来中国发展最好的时候。而且我们承认我们的问题,做得不够的问题。我们用一种比较阳光的态度来对待这些问题,他们也能接受。《纽约时报》的一名记者就接受了我的观点。他说关于政府审查出版物的问题,由于中国人口太多,出版物太多,实际政府是不可能一一审查的。这些方面,我们可以比历史上任何时期更放心大胆地、更胜任愉快地、更充满信心地、更坦诚地、更真诚地向他们介绍中国的情况、中国社会的情况。他们问我中国有没有卖淫?当然有!怎么办?我也不知道怎么办!你以为我什么都知道怎么办?我是一个作家,你老问我这个。美国打不下索马里来,谁问过美国作家啊?你要问美国作家,美国作家说你混蛋,你找我的麻烦,这跟我有什么关系!我记得在文化部还有一个例子,人家问我,说有一个作家他不相信马列主义,不接受党的领导,怎么办?我说我也不知道怎么办,你帮着我出出主意?要不然我请他喝点咖啡,给他点劝告?他要不接受,我也没办法,当场抓起来,我也没那个权力。

第三点,我说一下,文化交流是人与人的交流,以一种非常个性的方法,以一种中国人的魅力与他们交流。我们非常谦虚谨慎,但是我们不含糊,我们的智力绝不在他们之下。我最怕的是,组织一个活动,咱们的习惯不一样,我们要宴请就很正式。西方总是弄个晚会,可能三四百人，都站在那里喝凉水，一喝喝一个半钟头，而且很晚了，你九点下的飞机，他十点、十二点还站在那里喝凉水。这种情况下，中国人最容易出现的情况就是，几个中国人凑一起，打哈欠。这是最丢人的！您为了党为了祖国，不能这样，不能少喝凉水，而且要和他们打成一片，跟他们说这个笑那个，跟他们交流。你不懂不要紧，你说错了也不要紧，你会一句也要当十句说，你学会了十句，你要觉得你已经通了。得有这种精神。而且外国人特别幽默，你跟他幽两默，他就服了。我对幽默有一个定义，幽默感就是智力优越感。我的意思是说，我们在这些方面完全可以做得更好，因为我们现在没有任何问题是怕别人说的。说错就说错了，也有被歪曲的时候，你不用紧张，现在也不会因为你一句话被歪曲而整治你。我非常赞成吴建民大使所讲的有些东西，西方比较容易接受几个词，即身份（identity）、传统（tradition）、性格（character），还有一个多元（diversity）。你跟他一说，就是暗含着反对单边的霸权主义。我们要有我们自己的身份。我们掌握这个，我们就立于不败之地，他就拿你没有办法。

最后我从一个作家和一个文化工作者的身份看，文化交流到今天这样好，我感到欣慰。我也对为文化交流做出贡献的同志表示感谢。

2010 年 10 月 7 日

政治情怀与传统文化*

我们的古代文化传统中,对于政治体制、权力制衡,法制系统的想象力实在有限,同时,我们的圣贤君相,很喜欢讲政治的理想、道德、人格、风尚与文明。这些我愿意称之为是一种政治情怀,更准确地说,是一种政治、社会生活中的精英(君相圣贤……)文化情怀。

个中原因在于中华文化的泛道德论传统。我们的先人认为,掌权者的道德修养,是统治的合法性的基础。我们坚信:天下,唯有德者居之。把政治生活道德化,可能无助于法治操作的完备,偏于理想主义。不论是老庄韩非,还是近现代的革命者都抨击儒家的理想脱离实际,最严厉的批评叫做"满口仁义道德,满肚子男盗女娼",按鲁迅的说法则是史书里字里行间都有"吃人"的字样。

但正因为儒家的理想难以百分之百地兑现,有道德的政治,乃成为一个永远的理想、一个约束、一个监督,我还要说,这是一个压力。我们常常议论封建集权缺少监督机制,但我们的泛道德论在不能完全实现的同时,又起着一种文化监督、礼义监督的作用,这也是事实。我们的封建社会对于君权缺少体制上的制衡,但是我们有唯有德之人居之的命题,反过来说就是承认无道昏君的败亡是必然的规律。我们有文死谏的气节,有对于帝王之道的讲究与挑剔,有宁死不屈的"春秋笔"。我们强调水能载舟也能覆舟,覆舟也是合乎大道的。中

---

* 本文是作者在第九届海峡两岸关系研讨会上的讲话。

国的权力,必须接受道德监督、文化监督。中国的掌权者必须符合一定的德与礼,即道德原则与风度举止的标准。

对于泛道德主义可以做许多反省与批评,但同时它在中国民间根深蒂固,你不可能对它一笔抹杀。泛道德论富有正义感、凝聚力与煽情性,现在还有一种通俗性。人们看人看事,先要辨忠奸、义利、清浊、正邪,人们首先要讲仁义、情义,一直普泛化为讲情面,而相对忽视了事实的核查与举证。对此,我们既要正视与充分理解尊重,又要在现代化的过程中有所提升匡正。

文化与情怀,是一个比社会制度与意识形态更宽泛的范畴。海峡两岸,这方面有许多共同的经验与困扰。

中华民族的政治理想集中表现在《礼运·大同》篇中:"大道之行也,天下为公。选贤与能,讲信修睦。故人不独亲其亲,不独子其子。使老有所终,壮有所用,幼有所长。鳏寡孤独废疾者,皆有所养。男有分,女有归。货恶其弃于地也,不必藏于己。力恶其不出于身也,不必为己。是故谋闭而不兴,盗窃乱贼而不作。故外户而不闭。是谓大同。"这是一个带有高峰性、终极性的政治理想,至少对于我个人,它充溢着原始的"天真社会主义"的美好与伟大色彩。它鼓励着一种政治上的使命感与献身精神,它提出了难以企及的标杆,它推动了二十世纪中国大陆接受社会主义,叫做"赤化"。我个人就是在"老吾老以及人之老,幼吾幼以及人之幼"的情怀下,早在少年时期,选择了社会主义与共产主义的。

受到两岸人民的共同尊敬与爱戴的孙中山先生的理念,突出地表现在他的对于"天下为公"的言传倡导与身体力行之中。我在国府统治下上中学时已经背诵下来的中国国民党党歌中也强调:"以建民国,以进大同。"可以说,建民国是第一步目标,进大同,是终极目标。同样,中国共产党强调的公有、公心、大公无私、废除私有制也是大同。这说明,大同大同,是国共两党与中华民族的共同理想。

孙中山先生的另一提法,至今深深地激动着中国共产党与大陆的人民,胡耀邦同志尤其喜欢讲这一点,那就是:"振兴中华"。我相信中山先生的在天之灵,会为"振兴中华"至今是中国大陆十三亿人民的口号与正在实现的现实而感到欣慰。

怎么样才能振兴中华,改变中华民族的"人为刀俎,我为鱼肉"的悲惨境遇呢?只有像邓小平同志那样坚持实事求是的思想路线,压缩意识形态的抽象争论,不进行姓"社"姓"资"的抽象争论,"白猫黑猫,抓住老鼠就是好猫",把发展当成硬道理,中华民族才有希望。

早在九十年前,胡适博士曾经提出了"多谈些问题,少谈些主义"的命题,他说早啦!那时,内忧外患,中华民族处于风雨飘摇与激烈动荡之中,那时是不可能实现他的幻想的。他的提法受到了激进的知识分子的猛烈抵制。近百年过去了,两极对立的世界与中华格局已经不再,中国大陆正在坚决地走向务实、开放、包容、进步。胡适博士的在天之灵,也应该有所欣慰了吧。

中华民族的古圣先贤与明君贤相都强调有志于修齐治平的人的道德境界与人格成色,强调政治精英的自律即自我道德监督。国共两党虽然有过极其严重的政治斗争乃至军事斗争,但双方的文化大背景却相当靠拢,故而在政治人格与精英文化情怀的追求上,时有相通处。

蒋中正先生喜欢讲"庄敬自强(语出《礼记》),处变不惊"。毛泽东先生喜欢讲"自力更生,艰苦奋斗"。不难看到二者的相近。毛泽东的强调艰苦奋斗,还包含着创业维艰,生于忧患、死于安乐,"先天下之忧而忧、后天下之乐而乐"的忧患意识,与孟子所强调的"故天将降大任于斯人也,必先苦其心志,劳其筋骨,饿其体肤,空乏其身,行拂乱其所为,所以动心忍性,曾益其所不能。人恒过,然后能改;困于心,衡于虑,而后作;征于色,发于声,而后喻。入则无法家拂士,出则无敌国外患者,国恒亡。然后知生于忧患而死于安乐也"的思想非常一致。江泽民同志也是十分强调忧患意识与与时俱进的。同样,中国国民党的党歌中高唱"夙夜匪懈,主义是从"与"矢勤矢勇,心信必忠"。这里边都体现着"天行健,君子以自强不息"的精神。这就与某些东方哲学的消极退让的价值取向不同。我们的自强不息与苟日新、又日新、日日新的精神,比较易于与全球化、现代化的世界形势对接,而不会与日新月异、突飞猛进的世界格格不入。

在德国诺贝尔文学奖得主海因利希·伯尔的作品中,在印度与在喀麦隆,我都听到过完全同样的渔夫辛劳而一位懒汉睡大觉的故事。懒汉认为,通过劳动获取幸福的生活是没有意义的,偷懒才是幸福的根源。三个大洲的三个国家的故事如出一辙,但这样的故事在中国没有市场。我们讲的是业精于勤荒于嬉。我们讲的是书山有路勤为径,学海无涯苦作舟。我们讲的是吃得苦中苦,方为人上人。我们的民间也是最看不起懒汉的。

马英九先生喜欢引用的《论语》中关于"哀矜勿喜"的说法、《中庸》中关于"戒慎恐惧"的说法,与毛泽东喜欢讲的"谦虚谨慎、戒骄戒躁""谦虚使人进步,骄傲使人落后"是相通的。这是我们中华传统文化的精华。这些说法与古代的诗句也是相连接着的,《诗经·小宛》:"温温恭人,如集于木。惴惴小心,如临于谷。战战兢兢,如履薄冰。"这是何等好啊。

一大批大陆学者强调的周恩来的风格与人格特色正是"戒慎恐惧",周先生在《怎样做一个好的领导者》一文中强调,要"戒慎恐惧地工作"。周先生最喜欢讲的话是"不可掉以轻心"。胡锦涛同志喜欢讲的也是"人民(群众)利益无小事"。马先生的谦谦君子与文质彬彬、爱惜羽毛的形象给大陆人民正在留下深刻的印象。而周恩来的温文尔雅、缜密周到、艰苦卓绝、鞠躬尽瘁的一生也已经彪炳史册。

以文会友,我相信在台湾与大陆都是三人行必有吾师,十室之内必有忠信。同时,我也觉得出某些野蛮的胡说八道的可怜与可笑。我们中华文化是讲究饮水思源,讲究"问渠哪得清如许,为有源头活水来"。而一些不学无术的人搞的"去中国化",就是饮水塞源,饮水断源,那其实是去文化化,去常识化,去理性化。正如连战先生讲的,那是正在进行的台湾版"文化革命"。

老子讲"豫兮如冬涉川,犹兮若畏四邻",这其实也是戒慎恐惧的意思。如《诗经》上的"温温恭人,如集于木"的说法,这样的诗十分可爱而且美丽。一群鸟儿停息在一根树枝或一株大树上,大家应该互相照顾,互相礼让,互相成为好的伙伴。现在是一大批中华的生灵集于海峡两岸,同时,数十亿不同肤色、信仰与发展程度的生灵集中在我们的小小的蓝色行星之上。怎么办呢?是"时日曷丧,吾与汝偕亡"(语出《尚书》,说明我们的传统中也有极端暴烈与自毁的程序驱动,我们的漫长的历史中确实埋伏了太多的不义、压迫、仇恨与乖戾,对于我们的文化传统中的某些破坏性因素,这同样需要我们的反思),还是温温恭人好呢?当然是后者。我有时反思,例如,项羽攻占了秦都,然后放火烧毁阿房宫。这太极端、太情绪化了,这等于是先占领后轰炸啊,这是匪夷所思的自毁程序启动了啊。有一次在纽约谈起这个话题,我说到此事,哥伦比亚大学的唐德刚兄比我学问大,他说,古罗马帝国也发生过先占领后焚烧破坏的事,令我震惊。

所以,在传统文化的讨论上,我赞成我的小学同学、美国印地安纳威斯康辛大学林毓生教授的见解,中国的文化传统需要一种创造性的转化。我认为,正是狂飙突进的五四运动,创造了这种转化的契机,挽救了中华文化,如果没有"五四"与此后的巨大变革,如果我们还处在八国联军或者甲午战争的状况下,如果我们处在如孙中山先生所言的亡国灭种的危亡中,还谈得到什么弘扬传统?

所以,我们弘扬传统文化,却绝对不可以因而否定"五四"开始的新文化运动。

我在汶川大地震后一年,去了一片废墟的北川市。专家说,那是数万年地壳运动的盲目的力量蓄积与冲突的结果。我脱下帽子站在那里,深感我们这一辈人有责任,化解、调节、疏导中华民族内外的各种冲突纠纷争拗,不要蓄积非理性的、不计后果的破坏性能量,不要把大陆、台湾与美丽的海峡,变成不可控的核反应堆,不要给子孙后代留下毁灭性政治、军事、社会"地震"的种子。

人间有很多歧义与不平,怎么办呢?不能因此就大家都变成人体炸弹。我们还是要"温温恭人,如集于木"。这是中华文化贡献给深受恐怖、极端、分裂势力与各种恶性竞争所困扰的二十一世纪的地球村的最好忠告。

2011 年 1 月 18 日

传统文化中的三个问题[*]

大家好！今天借这个机会和大家做一些交流，其实与故宫的领导及专家、工作人员相比，我对中国的历史中国传统文化了解是很不系统的，有些地方也是很皮毛的。但是既然来到这里，我觉得还是不要谈怎么写小说吧，就谈谈我对传统文化的认识和理解。

传统文化面太大，有各种各样概括的方法，我读过的书里包括了各种各样的方法：有突出讲儒学和孔学的，有从黄河文化、楚文化角度来讲的，还有人特别喜欢多讲阴阳五行。因为阴阳五行确实在中国有特色，也很有趣。中医要讲阴阳五行，练武功要讲阴阳五行，做史论、做政论也要讲阴阳五行。

我今天抽出三个问题。这三个问题与以欧洲为中心的西洋文化对比起来，比较不同，比较不一样，而且对我们又有很深远的影响。事先声明：我不认为这三点就是中国文化的特点。还有人认为：中国的吃文化才是中国文化的特点，中国的文化是食文化，说什么都和吃分不开；欧洲人是性文化，一谈到当代中国的发展，就说要热烈拥抱这样一个机会，一分析到欧洲与中国的合作，就说又找到一个新的舞伴。对这种说法，我不去判断，我只是就中国传统文化做一个漫谈的，类似聊天的讲演，为的是讲着方便，不是很正规很系统的那种学术讲座。

---

[*] 本文是作者在故宫博物院的演讲。

第一个问题,中国的泛道德论与性善论。

泛道德论就是重视道德,认为道德是根本,尤其是把政治道德化,把做人道德化,把学问道德化。这确实是中国文化一个特点。中国自古以来有很多的这种说法,一个重要的说法就是"天下唯有德者居之",把道德说成是政治权力合法性、合理性的依据。这个文化特点一直延续下来,多年前的中央宣传工作会议提出:我们要依法治国、以德治国;当时政协的一些文件上也都提依法治国以德治国。这两个是平行的,并行的。后来不怎么特别提了,但确实是这么提过的。一直到了二十世纪末,在中国共产党中央领导里头仍然有以德治国的提法。这个非常有意思,那为什么道德能够作为合法性的依据呢?

第一,它使权力赋有一个教化的义务。就是说你的权力中心——过去旧中国当然是皇帝,皇帝他有责任自己率先垂范,同时要实行教化,使老百姓春风化雨,都能养成很好的道德,使他们的行为都有一个标准、一个规矩。

第二,道德性和天意结合起来。这个道德的典范是什么呢?是天和地。"天行健,君子以自强不息;地势坤,君子以厚德载物。"所以,你这个掌握权柄的人要有很高的道德修养,符合天意即天授君权,你才成为真正的天子。很有意思。

中国古代绝对没有类似现代的民主思想,也没有一个对权力进行制衡的意识,更没有合理地秩序地对权力进行更迭的思想,都没有。但是它又不是无条件地统治,不是的,是有条件的。什么条件呢?就是你要有道德,你得符合道德,你得符合天道。这里面隐藏着一种什么观念呢?这就是:如果你是无道昏君,你就必然灭亡。所以,一方面我们可以看到中国古代文化不讲求民主,君叫臣死臣不敢不死,父要子亡子不敢不亡。这是绝对的,是霸道的。与此同时,要求君要符合道德标准,如果你不符合道标准你就会完蛋。当然那时并没有像毛主席解释的马克思主义,能够把马克思主义原理归结到一句话——造反有理,但是类似的思想古代也有,比如认为老百姓是水,水能载舟水也能覆舟。这句话挺深刻的,是双向思维:第一层思维是臣子必须忠于君王,老百姓必须听从朝廷;第二层思维是如果君王失去了道德,得道多助失道寡助,就要覆亡。中国自古以来有无数这样的故事,几百年就有大的朝代变更。正是在这样一种混乱和变更中,儒家的孔子力图提出一个合情合理的道德规范,使父子、夫妻、君臣之间能够有一个规矩和约束。

我想讲一个讨论很热烈、也是很敏感的问题,什么问题呢?是旧中国的权力核心受监督还是不受监督的问题。从政治体制上看,中国对制衡权力核心的想象力非常有限。但是,中国提出了以德治国,孔子甚至提出了礼治,实际上是对个人行为举止、思维言语都做出了规范,要求人们按照规范来做。但是,这种以德治国是常常做不到的,你无法设想每一个掌握权柄的人都是道德的模范、都是十足的道德家。人都会有作为人类难以避免的某些缺点:可能好大喜功,可能贪恋权力,可能贪婪物欲,可能嫉贤妒能。这都有可能。

这就形成一个矛盾,什么矛盾?儒家以德治国想法很美好,但大多都实现不了。翻开历史,很难看到历朝历代皇帝都是道德模范,相反看到的却是腥风血雨,是权力斗争,是朝为座上客、夕为阶下囚。但另一方面,这种道德规范本身又是对权力的文化监督,是对权力的一种"礼义"监督。说到"礼义"一词,我多说几句。一般都说中国是"礼仪之邦",实际上"礼仪"的"仪"应该是"正义"的"义",就是说是"礼义之邦"。"礼"字的后面是附带着深刻的内容的。当然这个"义"当什么讲?如果有一百个专家至少有二十个讲法,但其中有一种是,要求君王在他的行为、他的爱憎、他的举止方面符合一定的规范。中国有谏官,谏官一般是不要命的,所谓"文死谏",所以才有海瑞,海瑞是抬着棺材去提意见的。另一个是史官,史官厉害,春秋笔:那是东周列国时的故事,史官秉笔直书,杀头也决不退缩。掌权者犯了什么错误办了什么冤案,都给记录下来。

当然，对这种泛道德论也有许多批评。从古代时就受到法家、道家的批评，认为它多余，把本来很正常很自然的父慈子孝——父母喜爱子女，子女也很依恋很顺从父母变成说教，反倒有些作秀，比如二十四孝里的"卧冰求鲤"之类的，都是无法实现的，听着让人很难受。到了戊戌改良主义思潮和五四新文化的时候，更有对儒家的猛烈批评，与谭嗣同同时代的改良主义者，严厉批评中国儒教杀人。

我再提一下，泛道德论里面用泛道德的观点来观察大自然，最有名也对中国非常有影响的话就是：天行健，君子以自强不息；地势坤，君子以厚德载物。到如今清华大学的校训仍然是"自强不息，厚德载物"。老子说过，"天地不仁，以万物为刍狗；圣人不仁，以百姓为刍狗。"就是说天地是不讲道德的、不讲感情的，你该活着的时候就活着、你该死的时候就死去。这是对天地的一种非道德化的评论。但老子同时说"上善若水"，庄子说"天地有大美而不言，四时有明法而不议，万物有成理而不说"，都是这个意思。老子讲："天之道，其犹张弓欤？高者仰之，下者举之；有余者损之，不足者补之。天之道，损有余而补不足。人之道则不然，损不足以奉有余。孰能有余以奉天下，唯有道者。"就是说，天道好像拉弓射箭，高的地方往下放一点，低的地方往上举一点；哪点劲使得过大了，就放松一点，劲小的地方就补充一点，要平均，要很合适；太有余了，财富权力太多了，就要压制一点来帮助弱势群体。他说人之道德则相反，是"损不足以奉有余"，就是你越是弱势越是吃亏，压榨剥削弱群体势身上的油水去喂肥强势群体。过去北京有句俗话：越穷越吃亏，越冷越撒尿（读 sui），越尿越挨剋（读 kei）。自古以来农民起义它的口号叫什么？替天行道！老子说的这些是替弱势群体说话，很尖锐的，简直像社会革命党人的语言，像准共产党人的语言。

顺便说一下，中国文化传统很多东西都是双向的。一方面讲忠义，忠得没法再忠，肝脑涂地，不足为报；另一方面又讲如果你是无道昏君，你就要灭亡。所以，《三国演义》里面讲劝降将领归降于己时，就会说"良禽择木而栖,贤臣择主而侍",告诉人们可以选择你的主子,就像鸟儿可以选择树木一样。这棵树很脏很乱很不像样子,可以不在这个树上,另挑一棵好树。

这种泛道德论还建筑在一个行善的基础上。我们有一个非常美好的幻想,非常美好的理念,什么呢?就是挖掘出每一个人身上天然的本性。老庄与孔孟都是这样主张的,他们认为人的本性很好,是很正常和很合理的。饿了就吃,渴了就去掘井或者到河边打水,该干活时就干活。让孟子一分析,就解释成了"恻隐之心人皆有之,羞恶之心人皆有之,恭敬之心人皆有之,是非之心人皆有之"。所以,他提倡德治,提倡礼治,让人回归到最美好最正常的状态。这种状态下,人和人之间的关系是好的,是互相照顾的,是互相礼貌的,不会发生那些坏的事情。老子走得最远,认为最好的道德就是和婴儿一样,和刚出生一样,和襁褓中一样。

这与西方的原罪观念完全不一样。在西方道德观念中,亚当、夏娃是受到蛇的诱惑吃了智慧果的,这样的罪恶才产生了人类,所以人类也是罪恶的。反映到政治层面就会假设人类不会自觉、会很自私、会做坏事、会对他人有不利的动机。上个世纪八十年代,国内出版过一本书,专门讲美国的政治体制,书名叫《总统是靠不住的》,披露出许多制度都是为了防止总统个人弱点、缺点,或人格缺陷而引发社会问题的。所以西方的文化与咱们的传统文化,有很大的差别。

以德治国,"天下唯有德者居之",那么,"德"最突出的是什么呢?我个人体会最深的就是"中庸之道"。"中庸之道"是这个样子的:中庸并不是中间,"中"的意思是中了靶心十环,"庸"是正常的、恰到好处的。为什么"中庸之道"在中国会这么重要?因为中国的政治缺少多元制衡的观念。西方政治的核心观念是把各种权力平衡起来,使任何一种权力能做一些事情,但又不能放开手撒开手干。所以,多元制衡是西方政治的核心观念,而在中国历史上的封建王朝时期,我觉得"中庸之道"是政治的核心观念。中国不是多元制衡的国家，它的平衡不是几种利益、几种力量、几个系统掐到那儿、卡到那儿。它不是。它是什么呢？我觉得，中国历史的权力平衡主要表现在时间的纵轴上，就是俗语说的，"三十年河东，三十年河西"。比如赵氏孤儿，一开始赵盾也干那些很不讲道理的事情，也是很弄权很霸道的。但是，他们家族逐渐被权臣屠岸贾追杀，到最后只剩下一个刚刚出生的小孩。待这个孩子再长大，原来的晋景公死掉了，又换了新的主子，新的主子又要解决景公原来留下来的那些不公平不公正的事情。所以，在中国三十年河东三十年河西这种现象，实际上等于在时间的纵轴上，在历史上找平衡。权力在你的手里，如果你对各种事情的看法又非常的极端又非常的偏激，那怎么得了？那你会留下多少问题？我们这一代人就亲眼看到：比如说"文化大革命"，"四人帮"就是把这些事做得太过了，可不是报应就在其后？！

尽管从训诂的角度，中庸并不代表中间路线的意思。但是中庸实际上仍然有一个既不要太左也不要太右，什么事都要留有余地，勿为已甚，不要走极端，不要赶尽杀绝这样一个含义。而这种思想即使在古希腊的哲学家里面，苏格拉底和柏拉图主张过，他们也赞美选择中点，认为一个线段中点是最美的。其实比中庸之道讲得更美好的，更高深的，也更有趣的不是中庸之道，而是庄子说的道枢。就是你这个人什么是最有利的情况，就是你呆的是圆心，枢纽就是指的圆心。圆心就好理解了，现代的国际政治中有所谓等距离外交，你成了道枢，你成了圆心，都是等距离。我也不紧往你西边靠，也不紧往你东边靠，我也不紧往美国靠，我也不紧往反美的国家靠。但是中庸之道被中国民间大量地接受以后，就像孔子其他思想一样，因为民间大量接受以后它有时候解决不了问题：只顾中庸，你怎么办呢？所以有时候中庸之道，有很长一段时期，尤其在新中国是被痛斥的，是被指责的。中庸之道被指责是不阴不阳、不男不女、不前不后、无是无非、糊里糊涂、装傻充愣，实际上又是阴险狡猾、不动声色、不留把柄。所以"大跃进"时候各地就批评，尤其是北京市委的理论杂志《前线》大批乡愿。乡愿就是指没有是非观念不维护正义的,不抵制邪恶的,没有立场的,没有棱角,或者是糊涂虫,或者是狐狸精。

中国这一套事实证明特别顽强,而且在老百姓中很深刻,如果想随便把中国这一套完全否定掉,你否定不掉,中国老百姓还是讲究这些。说这个人太不厚道,说这个人太过分了,说你这个人应该适可而止,你应该见好就收。老百姓接受这种观点。而不接受另类的事实:即打了还要再打,打翻在地还要踏上一只脚,一只脚不行一起都踏上,让你永世不得翻身。所以,对传统文化的东西我们还要尊重民间当中这种深厚的影响,而且这些传统的东西呢,既不能照搬,又不能简单抛弃,其中有一定可贵的东西。

我还要讲一下泛道德论。在中国要注意伦理,就是人际关系。特别注意人和人之间的关系,父亲对儿子,父应该慈子应该孝;君对民,君应该是明,应该是明君,不是昏君。你说中国不太讲民主,但是对昏君的批判也是很厉害的。君应该明,臣应该忠,朋友之间应该是义,有些道德的故事也非常地动人。注重人际关系的结果就是把情义两个字看得很重。这些年我也有些机会参与两岸交流的一些活动,我去台湾去过三次了,开始了解到台湾有一部分老百姓。他们最得意的就是台湾人最讲情义,最讲人情。但是情义,每个人理解深浅都是不一的。有时候就变成情面,所以中国是最注重情面的国家。我们的民族、我们的老百姓特别注重情面,谁把情面处理得好谁就是好人。

最近,我在山东教育台讲《红楼梦》的时候,讲到里面一段很有意思的故事。王夫人的玫瑰露被彩云偷了一瓶,她偷去以后反咬玉钏,金钏玉钏姐俩原来伺候王夫人,是王夫人身边的丫鬟。先前王夫人一个嘴巴打得金钏跳了井,就只剩下一个玉钏。平儿负责处理这件事情,她很清楚,谁拿的怎么回事全都判断出来了。但是这个事情投鼠忌器,这因为彩云跟贾环(赵姨娘的儿子、宝玉的弟弟)关系好。赵姨娘还有一个女儿,贾环的姐姐探春。探春这个人,有头有脸,很有身份也很有头脑。由于王熙凤生病正由她主事,她还拉上了李纨和薛宝钗组成三套马车来执政,管理荣国府。因此这个事不能把彩云挑出来,挑出来就扯到贾环和赵姨娘身上,扯到贾环和赵姨娘身上就会伤害到探春。于是贾宝玉说这个事我顶,就说我拿去就完了。平儿说好,她把玉钏彩云这些人都找来,说这儿丢了一瓶玫瑰露浓缩饮料(那时候已经有浓缩冷饮了),是我一个好姐妹拿的。窝主很平常很一般(窝主指的是赵姨娘和贾环),窝主的面子我不看,但是这里面牵扯到一个有头有脸的人物,一个重要人物,一个VIP,这个VIP我不能随便点名,不能伤害他。因此我在这里宣布:贾宝玉已经把这个承认下来了,这个是他偷的,他没有告诉他妈就喝了。彩云一听脸红了,很激动,知道平儿已经了如指掌,知道是自己偷了玫瑰露。于是她就说,姐姐不要冤枉别人,说实话是我拿的,我现在就去自首,要杀要剐要打要罚一切听主子的。全场的人都很感动,认为彩云是侠肝义胆。平儿也很激动,今天想不到彩云妹妹有这样的侠肝义胆,勇于承担责任。好,这个事我说了,是宝玉偷的,就是宝玉偷的,不需再提这个事,任何人再提这个事,别怪我对他不客气。这个事就过去了。自古以来,第一称颂平儿,第二称颂彩云。平儿处理问题一碗水端平,天衣无缝,投鼠忌器,该抹过去的抹过去,该隐瞒的就隐瞒,本来也不是什么大事,没丢了什么重要的东西。这是好人,又厚道、又聪明、又智慧、又灵活。

  这要是西方人看这段,死活看不明白。西方人脑筋很死,打酱油的钱绝对不能买醋,他要说到底是谁偷的?不是彩云偷的吗?明明不是贾宝玉偷的非说贾宝玉偷的,这不是制造冤案吗?明明是彩云偷的你不说是彩云偷的,你不是掩护偷窃吗?哪怕你偷窃得好,我们也得先说清楚是谁偷的!所以外国人考汉语,有一年考汉语出了一个题:张三和李四正在说话,王五进来了。张三说:哎呀,说曹操曹操就到。然后是选择题四个题:第一是张三到了,第二是李四到了,第三是王五到了,第四是曹操到了。最后外国人百分之九十九选择曹操到了。他们认为,你说曹操到了就是曹操到了。当然,另一方面中国的情面不利于法制,而且造成了腐败,互相打掩护。

秦香莲戏里面,本来包公一看这个事越闹越大了,皇后也来了,他已经毫无办法了。包公就跟秦香莲说:给你一点钱回去过日子吧,要求处理陈世美现在很难做到。这时候秦香莲说了一句话:都说包大人明镜高悬,想不到也还是官官相护。一说官官相护,这包公包黑子的劲儿就上来了,非杀了陈世美不可。可是这件事要是平儿来处理,不见得这样做,所以包公很少,全中国就一个包公,要不然贪官早就杀光了。其实杀不光的,旧中国更不要说了,在官场上混,官官相护固然不好;可你官官相斗,官官相咬,官官厮杀,你能在官场上混得下去吗?中国人这一套思想方式,对道德的理解,对人际关系的理解,我们回顾一下就知道是怎么回事了。

但也正是因为这样,我们不能停留在继承孔夫子这样的水平上。现在我们还是按孔子的办,是办不成的。你只能吸收他作为一种资源,你需要有现代的观念,你需要有法制的观念,你需要有实证的观念,要注重事实,要有是非的观念,不能大事化小小事化无。

第二个问题,中国的泛哲学论,也就是整体论。

在中国最重要的学问还是哲学,它把许多问题都哲学化。我是觉得这个和汉字有关系。汉字是全世界很少有的一种字,它是一种综合的信息。有人说汉字是象形文字,这完全不对,完全对汉字无知。汉字是六书,象形只是六书的一种,因为它还有形声,既表形,也表声。还有指事、会意、转注、假借。我不讲这些了,六书的各种说法很多,说法也不完全一样。

汉字是综合的一种信息,而且汉字特别注意各种事物之间的关系。尽量把关系把它弄明白,弄清楚。比如说牛,一个牛字,一个是以牛为实体的分清小牛、老牛、耕牛、公牛、母牛、奶牛、水牛、牦牛,这一些都叫做牛。可是别的语言里未必这样,它注意是具体,你看不出来,水牛是 buffalo,母牛是 cow,公牛是 bull,中间没有联系,也没有关系。中文就特别清晰，都是牛。还有吹牛，吹牛是从吹牛皮上来说的，也有关系。另外从牛出来的牛奶、牛毛、牛肝、牛肺、牛蹄、牛筋，一直到借用的钻牛角尖等等的说法，含义非常清楚，词义也非常清晰。

我很喜欢学习各种语言，但是我知道的也有限。牛奶是milk，牛油是butter，你光看，看不出关系来，但是中国汉字字词里面的关系看得特别清晰。还有同样的关系哪个在前，哪个在后，也特别清晰，我们吃的伊拉克蜜枣叫做椰枣，因为树特别像椰子，而结出的果特别像枣，样子也像枣，吃着也是甜的。当时就有语言学家建议枣叫做椰枣，树叫做枣椰。牛奶是从母牛身上挤出来的奶，是牛奶，能挤牛奶的牛是奶牛，它也非常清晰。这一点台湾人的说法有它的一定道理，他说熊猫应该叫猫熊，熊猫是非常像熊的一只大猫。猫熊是什么意思？台湾说它是非常像猫的大熊，有一点道理。而且我们的很多文字本身，它就代表了一种自大而小、自高而低这样一个分析的过程。牛是比较根本的东西，奶也是很根本的东西，除了牛奶还有羊奶，还有狗奶。沙琪玛是咱们的点心，"沙琪玛"蒙古语是狗奶的意思。有了奶还可以往下，酸牛奶、加糖牛奶或者不加糖的牛奶，或者咖啡牛奶，注意关系的因果了，使我们很容易实现万物之间的关系、万物的整合，是不是？中国自古以来注意万物之间的关系，注意万物之间的共同性。

第二点，中国很多学术思想很多见地，春秋战国时东周时，已经形成基本的格局。此后几千年基本格局也有各种各样的变化，但是没有特别巨大的颠覆。而那时候的混乱、争夺、多变，它培养中国人追求一个大的概念，追求一个无所不包的概念，追求一个至高无上的概念；用至高无上终极性的概念追求，取代了对于终极人格即神的追求。什么叫人神？我们想象一个世界有一个主宰，这个主宰是有意志的，是有好恶的，是有道德感和正义感，它是有权力有能力的，所以它能保佑你也能惩罚你。比如说，我们到耶稣教教堂里面到处都看见,一个是有耶稣的像,一个是有圣母玛丽亚的像。当然也有些宗教画里面可以看到耶稣的父亲,但是圣母玛丽亚的父亲是名义上的父亲,耶稣跟父亲没有血缘关系,圣母是从她肋条骨那儿生的耶稣,基督教是这样讲。因此耶稣和圣母是人而具有神格。但是耶稣教对于耶稣又有一个解释,说耶稣的父亲是上帝,神爱世人,将他的儿子赐给他们,这都是圣经上的话,他的儿子是谁?就是耶稣,这个神这个上帝,本身他还有儿子,最至高无上的神具有人的特点,你说你怎么办?这个说不清楚。现在神学院还讨论这些问题,但他们说不清楚。如果有儿子,他有没有孙子?就产生了各种问题。电影《达·芬奇密码》扯出一个问题来,就是耶稣是结过婚还是没有结过婚?《达·芬奇密码》里有一个教派认为耶稣结过婚,耶稣的妻子叫做抹大哈。不是阿富汗的坎大哈,也不是中国《夜行记》里面的马大哈,是抹大哈。抹大哈留下来一个流派,当然为这个事,罗马教廷很不高兴,罗马教廷还发表一个声明:千万别信《达·芬奇密码》。但实际上观众也不看这个,看这个跟进教堂是两回事。在捷克,作家米兰·昆德拉更提出一个问题,这个问题在欧洲争执上百年。我说这些话,丝毫没有对宗教不敬的意思,我只是客观引用米兰·昆德拉的话,就是说耶稣他进不进洗手间?就这一个问题,难住了很多基督教的神学家。当你创造一个和人相同的神的时候,你会碰到一系列的问题,这些问题让虔诚的信徒们感到非常尴尬。那么中国人比较聪明,也许太聪明了,所以早在孔子时期、老庄时期,儒家也讲道家也讲,讲什么呢?就是六合之外存而不论,六合就是三维空间上下前后左右,或者上下东西南北。我们讨论的是三维空间内存在的事情,我们无法讨论三维空间以外的事情,把这个问题搁置了。但是,你能说中国人没有宗教情怀吗?你能说中国人没有终极关怀吗?

我读过神学院的讲义,一上来给神学下一个定义。神学就是对人生的终极眷顾,终极关怀翻译成眷顾更雅一点。就是你已经超出你的经验或者你的知识所能达到的东西,比如世界从哪儿来的,世界到什么地方去？生命是从哪儿来的，生命到哪儿去？你从科学解释永远是某一点解释不了，你能解释二十万年前，三十万年前你解释不了，你能解释到三千万年前，但是三千零一万年以前你又解释不了。可是不等于中国人没有这样终极的关怀，尤其是对中国的士人、读过书的人。老百姓信什么的都有，信灶王爷的，信妈祖的，信花娘娘的，信什么的都有，信玉皇大帝，玉皇大帝完全是按照封建王朝考虑的。但是，在老子那里，他就把道说成了世界的本原、世界的本体，既是本原也是本体，还是世界的规律。既然世界的存在，万物生于有，有生于无，那么把万物有无都综合起来就是道。这样的话，道在中国人士人当中它起到概念上帝的作用。因为上帝不见得都有形状的，上帝不见得都有人格或者类人格。这一点上我倒是很佩服伊斯兰教，伊斯兰教是否定一切偶像，因为我在新疆呆的时间长，新疆很多民族都是伊斯兰教的。一个小孩就告诉你说，真主不是在天上，真主不在地上也不在地下，也不在云彩上也不在山上，真主是在我们每个人心里。它的真主实际上是一个观念，不是一个具体的存在，真主是不能具体化的。所以清真寺里头没有任何具象的东西，清真寺图案特别发达，因为图案不反映什么具象，他是用一个高端概念来代替人格。

还有，汉字特别整齐，它还引导了中国用推导来代替论证。比如《礼记·大学》中说："古之欲明明德于天下者，先治其国。欲治其国者，先齐其家。欲齐其家者，先修其身。欲修其身者，先正其心。欲正其心者，先诚其意。欲诚其意者，先致其知。致知在格物，物格而后知至。知至而后意诚，意诚而后心正。心正而后身修，身修而后家齐，家齐而后国治，国治而后天下平。"就是一点一点地推，叫做势如破竹。当年毛主席、周总理最喜欢讲两句话就是高屋建瓴、势如破竹，刷一下下去了，刷一下又上去了。美国一位很权威的汉学家费正清——哈佛大学亚洲和太平洋研究中心就叫费正清研究中心——就讲中国一个大问题是逻辑不发达。类似意见我听杨振宁博士也讲过，他说中国自古缺少一个严密的逻辑。但是中国有自己独特推导，从小处推导到大处,从大处刷又下来,高屋建瓴、势如破竹,有这么一套思维方法。我当时看了以后一下子就明白了,我说上纲上线批评是哪来的?你反对一个积极分子就是反对党员,反对党员就是反对支部,反对支部就是反对党委,反对党委就是反对市委,反对市委你就是反对中央,反对中央你就是反对毛主席,就是这样势如破竹。到后来我也明白了,势如破竹不光是中国有,奥巴马竞选的时候他有一套竞选词,那竞选词也是势如破竹。他说:你的声音可以改变一个家庭,如果你的声音可以改变一个家庭,你的声音就可以改变一个城市,如果你的声音可以改变一个城市,你的声音就可以改变一个州,如果你的声音可以改变一个州,你的声音就可以改变一个国家,如果你的声音可以改变一个国家,你的声音就可以改变世界。来吧,用你的声音来改变这个世界。所以我就说:真到忽悠的时候了!因为它不是一个严格的学术问题。

推导还有煽情性。中国很有意思,中国式论述很多时候最后变成一个感情的问题。"文革"的时候,我经常听到特别煽情的一个口号:"难道西方资产阶级做出来的东西,我们东方无产阶级就做不出来吗?"讲得真好!可是不解决问题。那时候我们那么穷困,人均收入上不去,GDP 上不去,你光发狠,你哭,你叫,都不行的。

所以我们有这些方面的问题,所以就整合思想,使什么东西都变成哲学,这是全世界都没有的。"不为良相便为良医",你做不了好的宰相,你就做一个好的医务工作者。为什么呢?宰相是救人的,医生也是救人的,所以有志于当宰相的人就一定能当一个好医生。这话让洋人听了更糊涂了,宰相是政治家,你在英国得上伊顿公学,你在美国至少应该学法律,当总统最多的人是学法律的。你要当良医那还了得!医生最累的,学的知识最多,四年出来有的都不算毕业,六年七年的,协和医学院七年毕业,出来以后当然算是硕士。不为良相便为良医这种说法,外国人很难理解。

我们常常把文学政治化,有时候我们又把政治文学化。比如说我们讨论文化问题首先讨论它的倾向,讨论它的方向,又很像在讨论政治问题,但是我们讨论政治问题,我们政策是什么?"百花齐放,百家争鸣"。这个洋人也很难理解,这修辞非常美的,一百只鸟在那儿叫,但不好理解。所以我们这样的整合能力,高度概括的能力是无与伦比的,但有时候也是不完全精确的。

最明显是中医,中医好处是从整体上考虑问题。现在看看,各个电视台尤其是北京台,中央也有不少,还有各省的一些台讲养生太多了,而讲养生都是中医。西医讲养生就索然乏味,中医讲哲学、讲天人合一,每条经络每个器官,在哪儿起主导作用,春分的时候应该吃什么,冬至的时候应该吃什么,立春的时候应该吃什么,什么虚、实、寒、暑、湿、燥。还有许许多多,都像讲哲学,讲得非常有趣,都神了。但是它又不像西医什么东西都要实证,得先在白鼠身上做试验,拿多少病人做试验,拿多少小孩做试验,拿多少亚洲人做试验,拿多少欧洲人做试验,西医全是这样。但是中医是哲学。中国人的兵法实际上是哲学。毛主席当年非常提倡大家学哲学的。毛主席亲自批示了打乒乓球的徐寅生讲乒乓球哲学,徐寅生后来很快做了司长,做了国家体委的副主任,他懂哲学。打乒乓球要靠哲学,治病要靠哲学,打仗要靠哲学。我们的思路很有意思。

第三个大问题,我讲一个泛相对论,也可称之为机变论。

就是中国人最讲究相反相成、物极必反、随机应变,所以我勉强起个名字便于大家好记。刚才我讲了一个泛道德论,讲了一个泛哲学论,我还要讲一个泛相对论。

中国人在东周的时候已经痛感到世界无常、格局随时的变换,是非没有一定规律。所以这样长期的战乱、纷争、瞬息万变的格局培养了中国人聪明、善变、戏路子广的特点。中国人充当爱国志士往前冲,绝对可以算得上。话虽然不太郑重,但是中国人能适应,能办得成。我有时候深深地体会到,在中国严查谁谁有什么海外关系,谁谁有什么关系的时候,几乎人人都变成贫下中农。等到可以出国留学的时候,我不能说人人,起码城市里面一批有某种身份的人就是人人都有海外关系。需要讲学历的时候,又有一大批人拿出了证据,证明自己是在工人补习学校,这个是大学的,那个是专科的,那个是干什么的。他为了生存为了适应社会不断的变化,变得很快。像孔老夫子最讲仁义道德也讲了许多准许你变的道理。宁武子,卫国的一个官员,《论语·公冶长第五》说:"宁武子,邦有道则知,邦无道则愚。其知可及也,其愚不可及也。"是说如果国家很讲道义、很有条理、很有秩序、很有是非章法,宁武子就会很聪明,他就能参政议政。但是国家一乱,宁武子两眼一发直,就傻了,一问三不知。他的聪明劲别人要学还可以达到,还可以够得上。难学的是他的傻劲,邦无道他就傻呵呵,他真犯傻。所以"文革"中骂孔子,扣帽子说他认为劳动人民愚不可及,纯粹是胡说八道。人家那里愚不可及是个好话,愚不可及就是说他傻起来你学不像,你达不到他的境界。我最怕走到哪儿,人家都说王蒙这个人真聪明。我是深深想该傻的时候傻着点。

再比如,中国的一个说法叫做"内圣外王",这个也了不得。内圣外王是什么意思?《庄子·天下》:"是故内圣外王之道,暗而不明,郁而不发,天下之人,各为其所欲焉,以自为方。"就是我内心里和圣人一样,充满了圣人的仁义道德,这种道德的情怀,这种文化的情怀;我的内心里根本不在乎世俗成败得失,我要的是对得起自己的良心,我要的是为天下苍生谋福。但是我对外、处理外面的事情我是王者,我知道怎么维护、运用我自己的权力,我知道怎样去惩戒敌人。

从庄子的时候已经有类似的说法,就是"以出世之心行入世之事"。出世之心是什么意思呢?我随时准备着离开世俗这些竞争,随时准备回归山林,回归大泽湖泊,回归到大自然里面去。北京单弦牌子曲有一个叫做《风雨归舟》,一上来就说卸职入深山,闷来时抚琴饮酒,受享清闲。当然,抚琴饮酒得有一定物质条件。有了这样一个心情,我再来入世,再来当公务员,乃至于担任大大小小的一个官员、做对社会有利的事。这也是外国方面很少有的说法。

中国有些说法更是神，说"小隐隐于野，中隐隐于市，大隐隐于朝"。说我回到遥远的农村，在山林之中过着完全是农村的养养鸡养养牛的生活，这叫小隐，这是层次比较低的，比较简单比较容易的一种隐居。中隐隐居就是我住在大城市里面，但是我跟谁都不来往，我无声无息，我绝对低调。用庄子的话，我形如槁木，心如死灰，那我何必去山林去呢？我就住在公寓楼里，有八十平方米的房子就够了。大隐隐于朝，更大的隐士呢，我虽然做着大官，管着大事，中国话叫"医心如水"，我的心就像水一样的平静，见了什么好事我不伸手，遇到比较不正常的情况下我不害人，我随时准备离开我这个岗位。虽然这些说法不见得都能做得到，有很多变成了空话，有些甚至于变成了做秀的话。但是这样的思路是全世界少有的，小隐隐于野，中隐隐于市，大隐隐于朝。有时候也不成功，金克木教授是北京大学一个学者，实际上他的学问也是可以和季羡林、钱锺书比肩的，学问也很大，他讲过对旧中国的理解，说得非常深，我现在未必有能力再解释它。他说旧中国的特点"官场无政治，文场无文学，市场无自由竞争"。市场无自由竞争好理解一点。文场无文学好理解，中国叫文场不叫文坛。文场整天出来的是什么事？张公子风流潇洒和哪个妓女拍拖很热乎，或者李公子从哪儿又得到一批古玩，花很少的钱把这个得到了。进入文场，鲁迅早就说过，有了敲门砖进入文场以后你根本不关心文学了。他说的官场无政治我觉得说得也非常深刻。因为旧中国的这些官员什么都讨论就是不讨论政治，政治是不能讨论的，政治怎么能讨论呢？让你干什么就干什么！别的都可以讨论，新来的上司喜欢鼻烟壶，我就送鼻烟壶。这又来一个上司，最恨的是鼻烟壶，那就千万别送鼻烟壶，给他送香烟。之后又来一个上司。又不抽烟，又不喝酒，那就送矿泉水了。除了政治，什么都可以讨论。金克木这位老先生也有绝的，这几句话也不是他发明的，但是出处在什么地方？我也不知道。

《红楼梦》写没落贵族的这么一本书，而且写的那些人里面并没有一个正经的读书人,除了贾政以外,那里面的男人没有一个是按孔圣人或者孟圣人教导来做的,没有一个。但是《红楼梦》里面也反复讲一个道理,甚至通过性感美人秦可卿之口讲一个什么道理呢?就是盛极必衰,水满则溢,月盈则亏,登高必跌重。她就认为事物是宿命的,到了什么地方,发展到一定程度就会走向自己的反面。我们还有很多的信念、很多的说法,比如说置之死地而后生,比如说多难兴邦。给外国人很难讲的一个故事是卧薪尝胆,不要说欧洲人、美国人,就连日本人也与我讨论过,说中国人怎么会有越王勾践这种人呢?他可以去尝吴王夫差的大便?日本人是死活也不能想象的。日本人遇到这个情况会认为他应该死,失败到这个程度,丢了江山丢了国家,变成了奴隶。日本人为什么喜欢樱花?樱花是开的时候"刷"地全开了,谢的时候"哗啦"就没了。日本俳句就这样歌颂的,说樱花代表日本民族,该开就开该谢就谢。我是几次去日本,都没有赶上樱花盛开,但是赶上樱花花谢。花谢的时候日本人是真动情,在树底下一边唱一边哭。

早在春秋战国的时候已经有这样的故事,一个人要尽量压低自己的形象,尽量表示自己的愚蠢无大志。秦国统一六国的时候,最后派王翦去打仗,几十万军队都给了王翦。王翦就没完没了地跟秦王说,我回来以后要在某个地方置业,所以要盖房子地得够,房子得够,还要给我侍女,给我美女。底下人说你现在担负这么重大的任务,你干吗整天说这个。他说我不整天说这个就没命了。秦王是最不放心别人的,他现在几十万军队都在我手里,我每天要告诉他,现在打完仗回去以后房子要大,平方米数要够,房子质量要好,装修得要好,吃好的还要找美女。说明我没有别的想法,我自己是极庸俗的人,境界极低的一个人,这样我才能保护我的命,也才能完成我的历史任务。像这种事,外国人是死活想不到的。你想,春秋战国的时候外国人还站在树上呢,中国人呢?中国人比猴都精。在我们中国会出现一些稀奇古怪的事,一些稀奇古怪的现象。

传统文化是我们一个非常伟大的资源，我们从里面可以学习到很多的智慧，增加很多的知识，但是仅仅有传统文化是不够的，传统文化需要面向世界、面向未来、面向现代化，传统文化需要五四新文化运动的洗礼。现在有一种看法：一讲传统文化就这么好那么好，大家都按《三字经》办多好，大家都按《弟子规》办多好，都是你们闹革命闹的，都是你们五四闹新文化闹的，把中国这么多美好的文化都丢了，弄得世风日下人心不古。这种看法完全错的，只有五四新文化运动，只有中国人民的革命运动才挽救了传统文化，使传统文化不至于灭亡。如果我们今天还处在八国联军侵华的时候，甲午战争日本侵华的时候，处在英法联军入侵的时候，处在抗日战争大部分国土沦陷的时候，我们还能继承弘扬什么传统文化？所以，我们回顾传统文化的时候，要看到它的特色，要认同我们的传统，要继承弘扬这种传统，同时对这种传统要有所转化，要把它推向现代化，要把它推向世界，要把它推向未来。我们不是为传统而传统，而是为今天而传统，为现代化的有中国特色的社会主义而传统。

2011年4月7日

读万卷书,行万里路*

我今天要跟大家讲的题目是"读万卷书,行万里路"。这里的背景上写的是人生历练。我已经七十八周岁了,各方面的历练比较多,我有些比较奇特的一些历练,就是说我在新疆,和维吾尔人在一起十六年,那就属于更特殊的一个话题。因而,今天我就先从读书和行路这两点说说。

我先从读书上说起,今天是世界读书日,大家都提倡读书,咱们淄博很强调建立一个学习型的社会。但是我立马想到的是中国和外国有一批告诫我们"不可死读书,不可只知道读书"的这样的一些名人名言和一些说法,这个很有趣。我首先就会想到了毛泽东,他最反对"本本主义",他说这样读书最容易,因为杀猪猪会跑,杀鸡鸡会叫,但是你读书这个书也不会跑也不会叫,这个书是比较容易听你话的。陈云同志也讲过,叫做"不唯上,不唯书,只唯实"。就是我们什么事不能光听上边的,也不能光听书本上的,只能够实事求是,按事实来办事。

中国还有一古话"尽信书,不如无书"。扬州是江泽民同志的家乡,在它的旅游点上有一副名联"从来名士皆耽酒",自古以来,从来这些有名的,这个"士"在这个地方当文士讲,这些有名的文人,都耽于,就是沉醉于喝酒。这个无所谓,这名士耽酒不耽酒,反正是我们

---

* 本文是作者在第五届淄博读书节的演讲。

国家整个酒业销售情况也很良好,有名士没名士这个酒都可以卖得出去。它这个下联比较好玩,下联叫"自古英雄不读书"。英雄哪有读书的?英雄按书来做事那就当不了英雄了。它这个英雄指的是在权力斗争中,或者是在军事斗争中这样的人。这样的人他不读书,书读多了没好处。这个话咱底下还要说。为什么会有这样的说法?我们从庄子,庄子他就说"书是什么?书就是人说的话。这人死了,这话还记下来了,还不如活人说的话。"庄子还说"书是什么呢?书就是脚印,脚印并不等于一双鞋。"当然从这个刑事侦查的观点呢,脚印也是,让福尔摩斯他们分析起来也很重要,可以研究它是什么鞋。但是他说你从脚印判断不了他那双鞋,不完全能判断,鞋又不等于脚,脚又不等于整个人。因此书呢,书是很有局限性的东西。

　　庄子有更有名的故事,叫"轮扁论斫"。就是一个叫做扁的这样一个做车轮的工匠,他讨论这个木工,说这个齐桓公在读书,这个轮扁是皇家工匠,从齐桓公的朝廷里走过,那个时候看起来上下之间的关系还挺宽松,这个木匠跟齐桓公也比较熟悉,见着桓公在灯底下读书就问:"桓公您在读什么书呢?"桓公说:"我在读圣贤之书。"轮扁说:"这圣贤是死了的还是活着的?"说:"都是死了的。""死人的东西不过是糟粕而已。"这桓公说"你怎么这么说话呢?你给我讲讲,你讲不出道理来,我要你命,对圣贤的书你抱这个态度。"轮扁说"我会的呢就是做车轮,我做车轮用一个叫'斫',一个石字旁一个一斤两斤的斤字。这个在北京管它叫锛子,就像一个小的锄头一样,就是用手拿的,不是两手这么拿的,那是锄头了。然后这是一个铁器,这一边厚,一边薄,用这个砍这个木头。我在新疆的时候,他们管这个叫砍砍子,西北地区管它叫砍砍子,山东管它叫什么我不知道。它叫斫。他说这个斫,你怎么做一个轮子呢,你要是用劲用大了,它就苦了,要用劲用小了,它就甜了,就是甘,甘甜。这个苦了呢,它就很粗糙,它不光滑,它放上去它不转。甜了呢,它就不结实。这个甜了苦了这个话到现在,因为我的家乡是河北,离这个淄博也很近,我刚才听们咱这个张店的书记讲话那口音离着我们那很近。我是河北南皮,那口音也非常相像,我们那儿还多了点天津的味就是,这儿跟济南应该差不多。我们到现在干活还说"苦了","苦了"是指动大了、删节多了,说你要改一个衣服,这袖子过长,这一剪子下去,"哎,苦了,你剪大发了。"跟那时候讲的甘苦,不完全一样。就关于这个怎么样下斫才合适的问题,父亲没法跟儿子讲,儿子没法跟孙子讲,怎么说也说不清楚,你看一百本书你也没用。你得自己实践,你自己去体会。他说连一个做一个轮子你写书都帮不上忙,何况是治国平天下呢!治国平天下书上能给你说清楚?这是不可能的。这个庄子,有这种很有名的论点。

那么陶渊明又说"好读书不求甚解。"就是我读很多书,挺有趣,增加知识,增加见闻,但是不会死抠它,你死抠它反倒不一定是最好的办法。所有的这些说法,都是劝你不要死读书的这些话,今天是读书节,我好像很不合时宜地引用了这么一大堆。我的意思在哪里呢?我的意思就是说,读书不仅仅是一个知识的叠加、积累、存储的一个过程,我们不能把读书仅仅看成一种死的知识的增加。也就是说,反正读着书我就知道了,当然,读书是有知识,知识也很重要,有些人就是读了一辈子书,所谓老学究,在某方面,他的知识比任何人都丰富,他成为专家。我刚才说河北南皮,南皮当然你们应该认识张之洞,我们南皮现代,有一个小说史的专家叫孙楷第,死了二十多年了,他就是研究近现代的各种小说,他脑子就比一部词典还厉害,不管你写得好的小说,写得不好的小说,没有他不知道的。这也是知识,这也是学问,这也是专家,这样的专家死了后没有第二个了。他的学问并不是没有知己,原苏联现俄罗斯科学院的院士,一个俄籍的犹太人,他叫李福清,他也是小说史专家,而且他不断地发现中国古代的各种新的小说的篇目,他曾经连续在台湾做过三四年的研究,在台湾的图书馆里他也研究出了这些新的知识。所以知识也很好,但是仅仅是知识是不够用的。仅仅是知识,反正你知道一点,这个知道一点,那个又知道一点,你不是这方面的专门学问的话,人家对你没有多大兴趣。我更希望的是,我们提倡的是:通过读书,来激活、来发展、来推进、来扩大我们的精神能力。读书的意义,就在于通过读书,使我们的精神能力有所增进。

什么叫做精神能力呢?比方说分析的能力,是不是?辨别的能力。一个真正有学问的人,一个真正的有头脑的一个人,一本书拿来稍微翻一翻就可以知道这本书到底它的价值怎么样。和一个人交谈几句,对这个人也能有一个大致的判断。还有想象的能力,创造的能力,是吧?我们现在喜欢说创新,创新的能力。通过读书,看到别人,看到前人,看到那些有贡献、有成就、有智慧的人是怎么样做学问的,是怎么样做事情的,是怎么样发明创造的。哎?他也能发明创造?他能有想象力,概括的能力,联想的能力,由此及彼,举一反三,甚至于一通百通。有这样的一个精神能力,那就大大不一样了。它不但能够改善你的精神能力,而且能够改善你的意志品质。就说它这还不仅仅限于你的智力、思维能力上的这种扩展、这种发展。比如说它能增加你的抗逆能力,咱们这个农业,良种很讲这种抗逆性,不怕水灾,不怕涝灾,不怕旱灾,不怕风,不倒伏,不怕病虫害,不招虫子,招了虫子也不会让虫子发展得过快。精神上也需要有这种抗逆能力,人的这一生几十年,绝不可能天天都在顺利的情况下度过。

掌控的能力,自己对自己能有所掌控。我们在很早看那个赵丹演的那个电影,这大概是一九五九年的时候,建国十周年的时候,放映的《林则徐》。林则徐的这个办公桌上,或者客厅的桌子上,他老摆着、写着两个字"制怒",就是人不要发脾气,不要生气,你甭管多伟大的人,你一旦发脾气,你会做不到非常理性地判断,所以他有一种自我掌控的能力,虽然做到并不容易。

同样呢,他也还有一种自我动员的能力,就是能把自己的精神、把自己的智力、把自己的知识、把自己的学问全能够提取出来,能够振奋起来,用电脑的语言来说,就是能调出来。你看到很多书,你知识也很多,年岁也很大,问题是遇到什么事你全忘了,什么你也想不起来,该说的话你老是过去三天以后你才想起来。哎呦,那天本来应该这样说话。只有把这个读书变成读生活,变成去发现生活的真谛、发现人生的真谛、发现事物的隐蔽的这种规律,这样的读书呢就是活的读书。我不是说了嘛,它是一个激活的过程,而不是把你捆死的一个过程。比如说,咱们山东是孔孟产生的地方,孔子的许多话本来是非常和生活贴近的。我们写小说的人,我们从前很喜欢用一个词,叫"从生活出发"。你不管写什么,你首先要考虑的就是生活给你的感受,给你的记忆,给你的怀念,给你的感情,叫做从生活出发。用歌德的说法呢就是"理论是灰色的,而生活之树常青。"用现在我们政策的说法呢就是三贴近:贴近生活,贴近人民,贴近实际。其实你看孔子的很多说法,它是非常贴近生活的。他一上来就说"学而时习之,不亦说乎;有朋自远方来,不亦乐乎。"这很生活化。"人不知而不愠,不亦君子乎。"他说得非常实在,非常生活,也非常朴素。是不是?当然,你要求甚解,你要研究起来,这就研究不完了。光一个学而时习之,这个"习"是什么意思,古往今来就有各种解释。有的说"习"是温习;有的说"习"不是温习,"习"是实践,学了以后就要实践。他们这也很好。"学而时习之""有朋自远方来",有人又分析,说"有朋自远方来"又和"学而时习之"一样。一本书,一本很好的书,你读过,过了十年了你还又读,就好像老朋友从远方又来了一样。"人不知而不愠,不亦君子乎",他这一上来就提到别人无意中做了冒犯你的事,不要生气,这才是君子。孔子的这个说法,就是"人不知而不愠,不亦君子乎",它又非常像庄子讲的一个故事。庄子很喜欢讲故事,而且讲的也非常生活化。庄子说,你划着船,逆流而上,上边有一个船过来了,照着你的船就来了,这个时候你船上的好几个人就站的船头上喊"不要过来,不要过来",很着急,如果结果这个船它不听你的,它继续冲着你的船就来了,嘣的一声就撞上了,你的船上的人全跳起脚来骂"瞎了?不长眼?不想活了?"但是呢,你骂了半天一看,对面来的是一条空船,它没有人,它是被大水冲下来的一条船,这船嘣的一声撞到你船上了,你一点火气也没有了。这也是"人不知而不愠"。庄子他有另外的角度,就是:为人做事不可太有成见,太有成心。就是你不要有先入为主之见。这样的话呢,你做的错事就少,就像一个空船一样。我给这个故事命名叫"空船无咎"。没有得咎,空船无咎论。就平常你人不要城府太深,我们家乡的话就是不要心眼太多,不要处处为你自己打算,不要老防着别人。那么这样的话呢,你即使无意之间冲撞了别人,你会得到原谅,你会得到包容,这和孔子讲的道理是一样的。孔子呢是想在春秋战国这样一个混乱的时代,为人际关系划出一个规范,他的规范力求合情合理。比如说"君子之泽,三世而斩。"一个大人物,一个非常有成就、有道德、有影响的人物,乃至是一个VIP,你受到尊敬,得到认可,到了你儿子这儿了,还有人看你的面子,到了你孙子这儿了,也就齐了。他不可能一代一代的永远把你当特殊人物看待。他既承认君子之德是有它的延续性,甚至于能够庇荫他的后人,他又认为呢,这个不会是长期的,它该结束就结束,它合乎情理。

庄子也有些很合乎情理的说法,他说搞祭祀的时候,用纸一类的东西糊成什么人、马、车等等。这些在祭祀的时候非常庄严,你要规规矩矩,诚诚恳恳,毕恭毕敬。冲着这些祭祀的物品和你要祭祀的先人、友人或国君或良相,你要三跪九叩,你要行礼,你要诚心诚意地在那里哀悼。祭祀完了这些东西往一块一堆,一把火烧掉,不能存着。这些东西如果存起来,他就会变成邪祟。这个中国人的头脑他真是有一种合理化的分寸感,从古代,他既承认祭祀的必要性,包括祭祀的道具的庄严性,又认为这个庄严不是绝对的,是有它的时间和空间的条件的,在什么场合什么事件,你不能老是这样,不是说祭祀完了这个东西就变成了神了,是吧?做了一个纸马,这个纸马你一辈子老得供着它,那还得了?祭祀完了后往仓库里一堆,找一个合适的时间拉出去烧掉,下次再祭祀下次再做,非常合乎情理。那么孔子的有些分析,我觉得有些分析是非常有社会经验的。

西方也有类似的说法,西方讲政治,他们常常讲,他们说民主的含义要义并不在少数服从多数,因为掌握多数对于不民主的人来说也是很容易的一件事情。比如伊拉克的萨达姆·侯赛因。萨达姆·侯赛因在伊拉克战争以前他在全国搞了一次公民投票,他得的拥护票是百分之一百,全国几千万张票里头没有一张反对票,这不是绝对的多数吗?西方讲就民主的要义在于多数对于少数人的容忍和少数人权利的保证。当然这是一种说法,他是否做到了是另外的问题。"小人同而不和"这就更厉害了,什么叫小人同而不和?黑手党呀,你看电影《教父》,你看香港的各种什么描写黑社会就那样的,那些电影是不是?他说什么都是大家绝对的一致,但是大家互相戒备,互相打主意,不知道什么时候,谁就搞谁一手,越是小人越"同而不和",你看不出什么分歧,但是呢他面和心不和。孔子的这个总结相当的厉害,而且他入世很深,现在有些反对孔子、轻视孔子的人认为他说的都是空话,但他这个"和而不同,同而不和"的理论入世非常深。

庄子,我们一般认为庄子是虚无缥缈的,但是庄子的《人间世》这一章里头,他有一章专门论到,颜回要到卫国去,因为听说卫国的王脾气很坏,非常自以为是,所以他要用仁义道德去感化、去劝告卫王,让卫王今后实行仁政。他讲这么一个故事,然后他是用孔子的名义,他不是用自己的名义。孔子问颜回你去卫国干什么?这个颜回表示,夫子先生您教导我越是像卫国这样的地方,我们越是有责任去匡正他的君王。(我说的都是大意)所以我要给他讲仁义,仁义治理。然后庄子笔下的所谓孔子就说,说你会讲话吗?卫王这人很会讲话呀,你到那了你给他讲还是他给你讲呢?你想让他听你的,他还想让你听他的呢!你是无权无势空着手就去了,他是有权又是全国的资源都在他手里,最后你去的时候谁听谁的?你想的那些东西你根本就没用。我在我的《庄子的享受》——我谈庄子的四本书之一,里边我就把这段说成是"理念 vs 威权"。要是湖南卫视就不是 vs 威权了，就是 pk 威权，你仅仅有理念，但是理念碰到威权你一点辙都没有。当然庄子这个书也没有解答出来，但是到底要怎么样呢，他说虚室生白，它实际上是劝阻颜回，遇到这个威权而你仅仅有理念的情况下你少说话。所以就是在这个我刚才引用这些话是什么意思呢？我们读书的时候我们能不能做到从书的脚印上去推断他的鞋子，是耐克还是英国鞋还是温州鞋还是青岛双星？你从鞋印推导鞋子，而且要从鞋子推导他的脚、他的腿、他这个人，就是要找到书里面的活气，找到书里面的灵活，这种活力，找到他的情感，找到它的精神能力。

这次来山东之前，我是刚刚从伦敦回来，伦敦今年的书市上是以中国为主宾国，就是把它展览的很多一部分空间突出接待的是中国的书展团。所以中国的党和政府也特别重视这件事情，有李长春同志带领的一个党的代表团和刘延东同志带领的一个政府的代表团，两个团同时和这个书市的开始重叠，出现在伦敦，而且参加了书市的某些活动，当然他们还要继续他们的行程，现在也还都在外面。我在书市上和英国的一个女作家有一个对谈，其中我也讲到这个，我说英国和中国历史不同、背景不同、文化不同、传统不同，但是英国和中国有一点相同，都是非常讲政治的国家，是一个爱谈政治的国家，是一个有丰富的政治经验的国家，因为英国当年是大英帝国，日不落国呀，他知道的事真不少，他政治手腕也厉害。中国的政治经验也是丰富的，中国连老百姓的政治经验都非常地丰富，中国的老百姓还都不是善茬，我在新疆时，我曾任新疆伊宁县巴彦岱红旗公社二大队副大队长，那时候"文革"当中，遇到生产队开会的时候，一开会要先讲"文化大革命"的形势不是小好而是大好，苏修亡我之心不死，印度反动派怎么样怎么样，说着说着农民就问：算了吧，我们这事还多着呢，你到底跟我们要什么吧，是不是又让我们交细粮呀，还是要我们……这意思，反正叫我们开会没好事，不是让我们出工修这个大湟渠，就是让我们再多交粮食，你就实话实说了吧，管他小好大好的，你把实话告诉我们就完了,农民心都很清楚这个。英国也是这样,我在和英国一个非常有地位的一个女作家,她有勋爵的称号,出版过十七本长篇小说,她叫玛格丽特·德拉布尔,在交谈中我讲到,我在"文革"当中一个很有趣的经历就是读这个斯威夫特的《格列佛游记》,格列佛游记就是大人国小人国,小学课本里有,但使我看了以后欢呼雀跃的不是大人国、小人国,斯威夫特的书里他描写呀说格里佛到了一个地方,这个地方的国王呀,在好多年前老王就已经去世了,老王喜欢吃煮鸡蛋。咱们吃煮鸡蛋不是要先把这个蛋皮剥下来,剥之前不是要先磕这个蛋皮,一般人的习惯都是磕这个鸡蛋的大头,叭叭这么一敲就把它剥开了。但是这次这个老王呢、剥这个蛋皮的时候把自己的手割着了,割得手指头出了血。这老王就下了一个令,凡在我这个国度上生活的臣民,请你们注意啦,今后吃煮鸡蛋一律先磕小头,凡是忠于我的臣民都要磕小头。可是老百姓老忘这个,老百姓的习惯是磕大头。我在青岛讲过一回这个,听众大概有五六百人,我问了一下,你们磕鸡蛋有哪位是磕小头?有一个女生说她每次磕小头,其他那四百九十九个都是磕大头,咱们今天在这就不统计了,反正就是磕大头的多。可故事里人一磕大头就被卧底的人给报上去了,说某某某今天他们全家吃饭都磕的大头,对皇上不忠,给带走了。这样由于煮鸡蛋磕大头磕小头的问题,这个国家的人民就分成了两派,不但分成了两派还建立了两个政党,一个大头党一个小头党,而且他政治含义很强烈,大头党反映的是一种颠覆精神,国王下令也不行,不合理,反映的民本精神,老百姓的习惯呀,老百姓的习惯是先磕大头,如果用中国的说法就是老子说的"圣人无常心,以百姓之心为心"。你圣人,你的这个君王大臣,你不能什么事你出主意,你要以老百姓的习惯,用我们现在的语言来说就是要以人民欢迎不欢迎、满意不满意、高兴不高兴为标准。你国王要磕小头你自己磕去,为什么大家都要磕小头。而那个小头党呢,通过磕小头表现了对国王的绝对的忠实,让我们磕小头,我们就都磕小头。这样这两党之间就进行穷凶极恶的斗争，有时候变成武斗，有时候变成群殴，国无宁日，一代又一代的，这么争了下来。哎呀，我当时看了这个故事我觉得太精彩了，在座年岁大的同志肯定还记得清清楚楚，"文革"当时的红卫兵到处都分成两派，都标榜自己是最忠于毛主席的，他们斗来斗去给我的印象就和那个大头党和小头党是一样的，我觉得很好笑，你读了这个书你觉得雀跃，你又觉得很心酸，为什么有时候政治会走向一个死胡同，为什么有些时候他会进行这种抽象的争论？所以邓小平同志提倡不争论，而且说不争论是我的一大发明。邓小平还提倡不要进行姓社、姓资的抽象争论。可当时我读这个书的感觉我是不敢跟别人说的呀，那红卫兵之间互相正斗的厉害呢，回头万一我要是说出去被人给传出去，说王蒙说的那就是大头党和小头党之争，我就不知道我是大头被损伤还是小头不保，你不知道的，所以不敢说的。但是从这个故事里头我得到启发，全世界都有这种问题，为斗争而斗争，为争论而争论，互相抓住把柄谁也不退让一步。

　　还有我也回忆到在我的一生最困的时期，我指的是一九五七、一九五八年，那时候我最喜欢读的书是英国狄更斯的《双城记》，我的经历和《双城记》上法国大革命的那段描写没有任何的可比之处，但是即使没有相同之处，它使我感到个人当你面对历史的风暴的时候，你应该能够拥有自恃，自己能够保持住自己，你不应该急躁，不应该绝望，不可以发疯。个人面对历史应该有足够的沉稳和从容，应该有足够的耐心。所以我们说维稳呢，这国家是要维稳的，你个人也要是维稳的，你自己稳不稳，遇到事以后你先惊慌，遇到事以后你先急躁，遇到事以后你先失去理智，你还维谁稳你，你自己的稳还维不了。

　　所以读书给人的益处是多方面的，当然有的很直接，譬如有一些卫生知识，我们很多人家里都有家庭什么卫生小册，感冒了可以吃银翘解毒，可以吃感冒冲剂，病毒性感冒可以吃板蓝根。有 SARS 了，常洗手，这些都是很具体，你照办就行了，还有些操作性的东西。包括一些电器的说明书，电脑怎么使用，怎么样挑选电脑，它有很多很实际的东西,但是也有许许多多更概括性的东西。这个东西只有当这个书本的知识变成对你本人的精神能力的一种开拓,这个时候,这读书就变得其乐无穷。

读书的好处非常之大,它发展你的智力,使你变得不一样。而且我们千万不要以为书本的东西和你这个生活的东西是没有关系的,书本的东西它和你的生活东西是有直接关系的,所有的书本它都和你直接的生活经验是有关系的。我再举一点例子。就是说,孔子说,仁者乐(yào)山。那个字呢,咱们有时候念乐(lè)山,念乐(lè)山的意思是对的,但是,一般的就这么传下来,这地方应该念乐(yào),符合咱们山东口音,仁者乐(yào)山,智者乐(yào)水。这是中国式的一个思路,一个非常有趣,非常有魅力的一种思维。就是把人类的一些美德和天地联系起来,和大自然联系起来,和宇宙联系起来。山代表的是什么呢?山代表的是厚重,稳定,不轻易变动。所以仁者,一个真正有道德,一个爱别人的一个人,他会非常喜欢这个山,从山身上,他体会到了这种厚重,这种从容,这种稳定,这种承担的能力,负载的能力。而智者呢,他会非常喜欢水,从水的身上,看到了灵动,看到了活泼,看到了它的变化,与时俱进。希腊的哲学家说,一个人的一个脚,这是永远不可能第二次踩在同一条河里,水在流动,与时俱化,庄子里叫与时俱化。当然我们还特别讲过与时俱进。与时俱进呢,这个在宋明之间也已经有人提出来过。用书经上的说法就是"苟日新,又日新,日日新"。每天都会有一些新的东西出现,你不可能老停止在一个地方。到了老子这,老子他从另外的一个角度,刚才我讲了,说"圣人无常心,以百姓之心为心"。老子还讲,"太上,不知有之;其次,亲而誉之;其次,畏之;其次,侮之"。他这讲的也很实在,就是说,最理想的情况是什么呢?就这个当政者,他虽然是存在,但是老百姓并不怎么在意这个当政者,这是老子的一种带乌托邦性质的想法,或者是根本就不知道这个当政者存在,因为老百姓都奉公守法,当政不当政,你那有没有一个警察,有没有岗哨,对我没有任何威胁,没有任何关系。有的版本上是"知其有之",知道有就行了,别刻意。其次亲而誉之。其次呢,老百姓就是见了当政者就赶紧地唱颂歌。这个老子的看法很奇怪,他认为其次,亲而誉之是二等,最好的办法就是各干各的。最好的办法是就是中国古代所设想这个日出而作,日入而息,凿井而饮,耕田而食,帝力与我何有哉。天亮了我就起床,天黑了我就睡觉,渴了我有井,饿了我种地,我和你这个当政者没有很密切的关系。为什么老子会这样想,因为亲而誉之,那起码有两个危险。一个危险就是老百姓对你这个执政者的期望值过高,是不是?因为你这执政者无所不能,你包打天下呀,你什么东西都管呀,他家里的这个猪,猪瘟,他认为是当政者造成的,有鸡瘟,他也认为是当政者造成的。风大了把瓦片吹下来砸在脑袋上他认为也是当政者造成的,那还得了,这是老子的思路。第一,他会期望值过高;第二,他会使当政者不了解真实情况。因为大家是一片亲之誉之呀,到处是颂歌一片。这个问题陈毅元帅早就发现了,所以陈毅元帅在一九五四年他写过一首诗。他这首诗里就写"岂不爱推戴,颂歌盈耳神仙乐?"到处一片歌颂,连神仙听了都高兴。这个陈毅元帅,已经向我们的很多读众,包括很多领导干部,很多共产党员提出了警告,不要搞得自己颂歌盈耳神仙乐。

当我们读书,把书当做活人的思想、活人的情感、活人的精神能力、活人的意志品质来理解来接受的时候,读书对我们是非常有意义的,它使这个社会发展进步,使我们这个国家发展进步。

中国人很聪明,读万卷书,行万里路,行万里路就是扩大你的见闻,你要扩大你的知识,你要扩大你的胸怀。我们常常讲解放思想,但是你解放思想你是解放什么呢?除了说你有一些比较陈旧的来束缚你变成你的精神桎梏以外,也有一条是你自己的闭目塞听。你自己的这种思想是不是自爱和自闭,精神病学上有一种病叫自闭症,他怕和外界交流,很怕从外界获得新的信息,所以你要有很多见闻,很多知识,很多思路,任何的事情不是只有一条思路,一个说法,只有一个选择的可能,而这要有许多选择的可能,这样你才能科学决策,科学发展。我呢,由于有这个幸运,尤其是改革开放以后,我曾多次有机会在境外,中华人民共和国境外旅行,我访问过六十多个国家和地区。我深知这个世界之大,你可以说他是无奇不有。你可以说世界真奇妙,你也可以说由于自己的孤陋寡闻,很多知识都没有,很多见解都未必靠得住,当然通过对外也有很多地方增加了我们的信心,增加我们的自信。

我想给大家讲点小故事,从一个最小的国家讲起,就是不丹王国。不丹王国靠近咱们的西藏,他原来是印度的保护国,后来他和印度签署条约,他是一个独立的国家,但是他的外交要有印度管,它和世界安理会的几个常任理事国都没有外交关系,它到现在为止和四个国家有外交关系。印度,因为印度到现在还在管它的很多事,它和印度、泰国、尼泊尔或是哪一个,反正四个国家都是佛教国家有外交关系,这个国家它的国民收入人均收入大概是中国的一半,没有中国高,但是这个国家人民的幸福指数,按西方来说是全世界最高的。它给我最深的印象是这个国家的狗,他这个狗都不是私人养的,是属于公众养的,公众都喜欢狗,见了狗都会给它吃的,给它帮助,所以它的狗,它的首都,这个柏油马路上到处都躺着狗,许多许多的狗,而且这些狗从来不会汪汪地叫,它对任何的人都没有敌意。它躺那睡觉,我过马路的时候没办法,因为我躲不开这个狗,我脚踩在这个狗尾巴上了,然后这个狗它连汪的一声都没有,它顶多发一个什么声音呢,"嗯",就哼这么一下,表示说你脚下留情。接着睡。忽然觉得咱们中国关于狗的成语到这就全作废了,是不是?狗仗人势,狗眼看人低,狗改不了吃屎,痛打落水狗,狼心狗肺,这个事对我还挺刺激,原来这个狗性它也不是一成不变的,如果狗对人抱有恶意的话,对不起,是人对人抱有恶意的结果,是不是!我们这现在最欣赏的就是藏獒,藏獒把主人咬死的都有,但是我们认为要养狗,如果是大款的话,这养狗一定要养最凶恶的狗,我不知道是不是有人夸张,有人告诉我

327

说现在一个好的藏獒,要几十万块钱才能买下来,养一个藏獒也是地位和财富的表现。当然这个国家我们没法学,这个国家人少,这个国家是王国,国王有四个王后,这四个王后都是亲姐妹,不知道哪家生的四个女儿,都是又贤惠,又漂亮,又文雅,他这国王就包了,把这四个女人全娶到皇宫里来了,所以这四个皇后也不打架,这个世界上有这样的国家。

我访问过非洲的喀麦隆,原因是喀麦隆的文化部长过来中国访问,喀麦隆文化部长原来担任过三任的外交部长,在喀麦隆没独立以前,他还担任过法国外交部非洲司的司长,后来他要调换,所以他就当文化部部长了。他到中国来那次,最后他要答谢,还有一个谈话。那时候文化部部长孙家正同志,但那一天孙家正同志要陪李岚清同志去听世界三大男高音的演唱,这个喀麦隆的文化部长写过小说,他出版过三本长篇小说。于是,孙家正同志就说,让我替他去吃他的请,跟他谈一谈,你们也还有共同语言。其实那天我也有听三大男高音演唱的入场券,但是为了伟大的祖国,我不听了,不听歌了。我跟这个部长谈得特别投机,他回去以后立马就给我发来邀请,邀请我和夫人前去访问。我到了喀麦隆,喀麦隆有一项日程太有趣了,到一个坐汽车要三个多小时的地方,说那个地方由当地的国王来迎接我,我去吧,我就奇怪,喀麦隆共和国有总统,是独立的,有总理,有各部部长,那个地方怎么出来一个国王呢?我去了,一到那,国王率领文武百官迎接我,国王岁数并不大,文武百官的年龄都非常大,有高的,有矮的,胡须都非常发达,态度非常郑重。我到那还有吹号的,奏乐欢迎,给我介绍。原来喀麦隆有很多地方,很多小的部落,很多地方都有王,后来这个国家独立成立了这个共和国以后,这些王权已经剥夺,没有任何权力,但是共和国也不消灭他们,您既然有这个王而且还有一批老人信仰这个王,你愿意朝拜就朝拜,愿意磕头就磕头,愿意欢呼就欢呼,文武百官既不承认也不否认,你只要不颠覆我现在的共和国你就保留。那个国王有一个不大的院子,还有那么七八间屋子,这屋子里展览了他们当年的光辉事业,这个国王给我印象最深的就是他的上辈国王身高两米二,不比姚明矮,他的服装战袍都在那挂着,那太高了,确实是太高了,但是我要告诉你们的不是这个,都参观完了之后,他那大臣拿来一个本子,请您签名。另外,我朝由于经费困难,请王先生自愿捐助一点,帮助我朝,支持我朝经济,这个跟我去的还有文化部外联局的人,我赶紧给人家签名的签名,捐钱的捐钱,完了以后我真的很感慨,世界上还有这种事情,按我们的逻辑,你共和国取代王朝,你把王朝的人不枪毙你也要收拾收拾吧,起码先组织个学习班,让你学习学习,写写检查,他这真是一绝。这国王同时有两个身份,国王他是世袭身份,世俗身份,他在法国留过学,是学法律的,他的王国归他的王国,主要靠展览捐助,他世俗收入,当律师的收入归自己,自己另外还有住的地方。世界不是一个样式的,也不是存在一种生活方式,也不是只存在一种观念,那有些不同的地方还多呢。挪威这几天在审判一个狂人,杀了七十七个人,用爆炸物,炸弹还用自动步枪,还有这么一个是扫射青少年,其中有个事,他闯入外交大楼和总理府,在那扔的炸弹,我进过这个总理府。挪威的首都奥斯陆,奥斯陆人最大的特点就是走路,从住的那个地方 Grand hotle,从这个旅馆以飞快的步子要走三十五分钟,我想他的距离在一公里以上,他的驻华大使带上我和我的爱人几个人健步如飞,起码这个地方也很健康,但是你又不能照搬,你很难想象是在我们国家,大街上健步如飞,你一看就是某高级领导,起码他这个给了我很深刻的印象。但是他有另一个方面的问题,北欧这边有斯堪的纳维亚三个国家,挪威丹麦瑞典,他们基本上都是社会主义民主党执政,瑞典一个首相,一个外交部长,在首相看完电影在街上走路时让人打死,外交部长是在百货公司里面买东西让人一刀扎死了。当然,你要说它的保卫工作是有很多问题,但是他也有另一面的选择。他比较接近群众,这个多走路有益健康也有好的一面。世界绝对不是一个绝对的一体的东西,有时候我们有一些事情,我认为我们需要扩大自己的眼界。

我再说一个本来不是我所熟悉的一个问题，也不应该由我胡言乱语随便说的话，但是在淄博读书日，我作为一个闲话可以说，据我所知差不多我们国家是唯一一个曾经宣布过一个政策，民航单位，如果由于民航方面的原因造成旅客误点，要给旅客赔偿，这是全世界我没听说过的，我走过这六十多个国家，没听说过这个，世界上飞机误点最多的国家到现在为止我的印象是美国，因为美国的飞机太多了，他的飞机比咱的公共汽车密多了。天上都是飞机，他那误起点来太恐怖了。一九九八年五月份我从美国回来，给我误了两天，到旧金山本来要转飞机到夏威夷下的，结果从起飞就耽误了，等我们到旧金山时，夏威夷的飞机早就飞走了，从来没有补偿这一说。中国有，所以现在形成了中国飞行旅客非常难办，上海最近连续发生，有一次是由于乘客三次上飞机三次被轰下来，最后乘客用到飞机场一些非常危险的区域，阻止飞机开行，阻止飞机降落，这是非常危险的事情，而且这是严重违法的事情。所以上海的机场，说是由于机场警力不够。可是这个事是咱们自己找的事，咱们哪能宣布飞机这种最靠不住的这个误点赔偿呢。人都上去了都坐好了，飞机已经开到跑道旁边，突然说气象不行，还有种种原因，起飞不了，这很正常。

我们看到过有许多国家在这方面比中国做得好，比中国发达也非常礼貌。人对人也很文明，而且真是助人为乐，他那也不是天天宣传，能做到助人为乐，活雷锋有的是，但是他意识形态跟咱们不一样。他或者是从基督教出发，或者是从什么东西出发，他也讲人人为我，我为人人。但我们也会看到许多国家，他的发展还不如我国，比如说印度。印度原来在八九十年代，它和中国整个国民生产总值是差不多相同的。但是现在中国已经远远超过了它。前些年我去加尔各答，这个大街上，都是垃圾堆，这和国民党政府时期一样，国民党政府时期，北京大街上都是垃圾堆，臭的呀那个味道。另外，他还有各种怪病，在印度第一次看到象腿病，就是人的这个腿长的特别粗大，像象腿一样。那真是恐怖。有时候我们也从世界各国不同的情况中既可以拓宽我们的思路,也可以增加我们的自信。

我有许多有趣的经验,我去访问突尼斯,突尼斯的作协主席请我吃饭,他是一个老人一个著名作家,他见着我就自我介绍,他说我原来是搞政治的,年岁渐渐大了,我现在主要写书,不搞政治了。他说伊拉克的总统萨达姆是我介绍加入阿拉伯复兴党的,然后我们一起吃饭。吃的法式餐饮,这个人给我最深刻的印象是什么呢?一个是政治,不断地跟我说,他说现在美国要打伊拉克,那时候还没打呢。打完伊拉克肯定打中国,你说中国要出手不能让美国随便打伊拉克呀,这是第一个深刻印象。第二个深刻印象是到那问我喝什么?我说喝矿泉水,阿拉伯国家比较严格,尤其是和这些人在一起是没有酒的,他也喝矿泉水,右边这个碗是他的水,我坐在他旁边,他每次都是喝完自己的水再拿我的那个碗喝,他俩头喝,我也没有办法呀。我只好跟这个服务员,我叫这个服务员,我也不会法语,也不会突尼斯语,阿拉伯语。但是我用英语跟他说给我拿个杯子吧。我倒了一点矿泉水以后,第二杯,他看着杯比较好,显得比较干净,他立马又把这第二杯水拿过来喝上了。我这一晚上就喝不上这个矿泉水了,又喝不上水,他在那一个劲地动员我,一定要向中国政府汇报,帮伊拉克打美国。后来我这怎么办呢,我给他说,中国革命已经成功了,经验证明,革命成功取得政权以后,应该主要任务是发展生产力,要经济建设放在中心地位,只有发展先进生产力,先进文化,能够代表中国最大多数人民利益,才能把国家搞好,才能对世界人民作出应有的贡献。后来跟我一起去的使馆的人在旁边笑着说,王蒙您最后给他们讲"三个代表"。因为我没得跟他说,我怎么跟他说呀,这个很有意思。像阿拉伯有些国家有些人是真非常有意思,比如伊朗,被美国妖魔化,但伊朗老百姓非常好,因为我在新疆待过,新疆很多词汇吸收波斯词汇。我上飞机时看到一个人带着无花果干,我就跟我爱人说这个呀在新疆叫安菊儿,在伊朗叫安吉儿,他听了以后非常兴奋,他说安吉儿,安吉儿,安吉儿。然后就一把子抓给我让我吃,我说我不是要吃这个,但是我非常高兴。但伊朗有些政策起码不像美国说的那么坏,那么偏执,为什么呢?因为伊朗地毯有名,我们在伊朗已经十二月份,快到圣诞节了,他这个地毯里居然有给基督教徒祝贺圣诞节的内容,有圣母,圣子,圣母玛利亚,刚生出来的耶稣。他那旅馆里有圣诞树,上面写着圣诞快乐。圣诞快乐,圣诞吉祥,还有伊朗一个值得我们特别深思的地方,虽然它这个核子政策受到了谴责,封锁,制裁,批评,劝告,有某些孤立的地方。伊朗总统说要把以色列什么的赶到大海,起码我们看来是不合适的。但是伊朗它有一条,它近些年的电影取得全世羡慕的成绩,不断得奖,比中国得奖多。他的电影恰恰是描写伊朗人民,儿童的真善美,美好心灵。比如说其中有个电影叫《小鞋子》,他们家鞋,她妹妹穿的鞋子被人家抢走了,他写的哥哥对妹妹的爱护,最后弄没弄到鞋子,电影最后一个镜头他们穿不起鞋子,光着脚泡在水里。伊朗的电影非常好,甚至于值得我国的电影工作者深思,而且伊朗人毫不客气地说,中国不应该讨好好莱坞,不应该按照好莱坞的模式来塑造中国的商业电影。当然它的工艺美术,伊朗的书法,全世界非常讲书法的首先是中国,其次就是阿拉伯文,我在摩洛哥的首都拉巴特,我参观过他们的书法表演,一个大厅,全部都是阿拉伯文的书法,但是伊朗的阿拉伯文的书法写得非常灵动,有的像草书一样,有的让你想到中国的草书,所以世界是非常巨大的,只有我们对世界有了更多的了解以后,我们才能够使我们中国得到更好的发展。

原来长期在文艺方面担任领导工作的周扬同志,在他的晚年,他念念不忘两句话,一句是说,发展是不能够超越的,发展要一步一步地来,历史是不能够超越的,第二句话,中国是不能够脱离世界的,要从全世界得到启发,这才叫解放思想。当然,得到的启发不是说我们要学外国的,有些东西我们要学外国,有些东西我们在全世界比较以后我们更增加了自信,使我们更坚决在这坚持我们自己所选择的路线。所以行万里路(当然这还得看可能性)对一个人来说也是非常有意义的。

邓小平当年在给景山学校题词的时候曾经题了"面向世界、面向未来、面向现代化",他的这三句话语重心长,而且很有针对性。就是我们要打开我们自己的眼界,要面向世界,要面向未来,要面向现代化,使我们中国有一个更美好的前景。

2012 年 4 月 23 日

珍惜并发展新疆的多民族文化[*]

我讲这个话题,不是进行一个全面的学术理论的介绍,因为没有在这方面进行过完备的训练。我只是依据我个人在新疆的经验和所做的文化交流,谈些我个人的看法。

新疆文化的特点

第一个特点是它的边疆特色,包括自然地理、人文地理和政治地缘所造成的特色。我们常常讲地缘政治,但是却很少讲政治地缘。地缘政治是指特殊的地理位置所产生的政治斗争,政治上的联合和政治上的变化,政治沧桑。政治地缘,就是地理位置特色带来的政治上的挑战。从自然地理上看,新疆非常辽阔,她的严峻和美好并存,大片的戈壁滩,大片的沙漠,大片的人类无法居住的地方,但另一方面,她的美好又是无法比拟的,而且,你可以说她是很贫穷的地方,她在经济上不算太发达,但她又是一个非常富裕的地方,不管是从她的矿藏,还是人民非常乐观的生活态度,都是令人非常舒服的地方,有时候,又有一种非常自足的感觉:哎呀,在新疆生活真好!这种位置,使新疆比大城市要有弹性,有较大的空间。

纪晓岚一辈子爱说讽刺、玩笑的话,他被发配到新疆后,有人问

---

[*] 本文是作者在新疆第六届天山读书节的演讲。

他对新疆的感触,他说:"新疆是天高皇帝远,人少畜生多。"我举个小例子,在"文革"当中,伊犁的西大桥,有一个俄罗斯商人,他卖莫合烟,卖明星照片,整个"文革"期间照卖不误,这在口里早就被取缔了。在"文革"期间,房屋都是私有的,一两千块钱,就可以买一个大院子。我在伊犁住在三座门,发生武斗时,枪弹打落了我们家门口的一个南瓜,太危险了,我就想躲。有人带我去看过两处房子,后来我想我在伊犁再买一个房子,传到乌鲁木齐,他们还以为我在那儿搞资本主义,在抗拒社会主义,就不敢买。你看,那时候,花上个一千多块钱就能买上一处房子。

第二,新疆的文化是多元的,同时又是一体的。一体就是它是中华文化一个有机的部分,而且互相交流,取长补短,而不是处在一个分裂的状态。

第三,新疆的文化有种共享、互通、互补的现象。新疆的东西、新疆的文化不是仅仅属于新疆地区,或者属于某个特定的民族。比如,新疆的拉面,是哪一个民族的呢?是维吾尔族的?它叫凉面。到了乌孜别克,它叫郎克面,这显然是从汉语来的,但它的味道已经变了,它和兰州拉面不一样,和北京的旗人、满族人喜欢做的抻面也不一样,它已经新疆化了。阿凡提的故事,应该是纳赛尔丁·阿凡提的故事,这个是新疆的,维吾尔族强调它是维吾尔族的,乌孜别克族强调它是乌孜别克族的,阿富汗说它是阿富汗的。过去我们认为哈密瓜只有新疆有,但是我在美国吃的哈密瓜说是以色列产的。过去我们认为坎儿井只是吐鲁番的特点,还有一些说法,说坎儿井是林则徐或者是谁发明的,但是伊朗也有坎儿井,我去伊朗,伊朗人给我们介绍,认为那是伊朗的特点,巴勒斯坦那边也有坎儿井。

纳瓦依,我们认为是维吾尔的诗人,受到了新疆人的高度尊重,维吾尔族人也说纳瓦依就是维吾尔族的,乌孜别克说纳瓦依是乌兹别克的,也说得言之凿凿,那我们就不要说他是维吾尔族的。我不主张在这方面进行排他性的争夺,但是,也不必出让。新疆和中原内地互通的地方太多了,食品的词,关于吃的词也非常多。煤矿的一些主要词都是汉语借词,夯、大煤、碎煤等,反过来,汉语也从西域、从新疆的各个少数民族里吸收了大量的东西。

一九六三年底,一九六四年初,我刚到新疆时在《新疆文学》上看到西瓜东传,我们吃的西瓜就是经过新疆传过来的。唢呐,这是维吾尔语,卡耐是喇叭。喇叭没有用西域的词,但是唢呐用的是西域的词。香菜叫芫荽,芫荽是阿拉伯语,通过新疆传过来的。我不赞成文化入超或者文化出超的提法。文化出超不见得有多么结余,文化入超了也不会多么吃亏。文化是一种精神上的东西,是取之不尽、用之不竭。比如,从意大利进口皮鞋,你用一双,少一双,但是,要是进口鞣皮子或者制革以及制鞋的技术,就不一样了,就会越造越多,最后生产出来的是文化,文化有一种共享的互通性。这种互通既带来挑战,也带来机遇。在新疆,比较容易与中亚的、阿拉伯的、伊斯兰教国家的人士沟通。有个维吾尔学者告诉我,维吾尔语里能用的借词占整个维吾尔语的百分之二十多,主要有四种:汉语借词、俄语借词、阿拉伯语借词、波斯语借词。我的维吾尔语知识不但在新疆有用,在别的地方还帮助过我,比如,在塔什干,电视台记者采访我,我就告诉他,我直接用乌孜别克语和他交流,这可把他给吓了一跳,因为他乌孜别克语说得不好。我觉得乌孜别克语和维吾尔语的区别,就等于是天津话和北京话的区别。在德黑兰,我敢讲十五分钟波斯语,因为它和维吾尔语是相通的。

维吾尔文化

第一,新疆的许多少数民族,尤其是属于阿尔泰语系突厥语族的少数民族,文化的一大特点,就是讲究词令,讲究谈吐,对好多语言有一种崇拜。这和宗教有关系,比如说《古兰经》,《古兰经》就是用最美好的语言写就的,是韵文,是诗情语言。我去阿拉木图时,时任阿拉木图的中国文化中心的主任是原哈萨克斯坦驻北京的大使,他的夫人就说,我们的文化认为言语可以通天,言语是可以和真主交流的。和真主交流也需要使用语言,所以就很注重谈吐。还有,民族弟兄们喜欢诗歌。我和铁依甫江到农村去,铁依甫江受到了热情的款待,主人不停地做各种好吃的,期间,还不断地请农民来朗诵铁依甫江的诗。这样的幸福,对汉族人来说,是没有的,就连诗人艾青也不行。很难设想,艾青到了浙江农村,上来五个农民朗诵他的诗,很难!

刚才我讲到纳瓦依,有些诗不是新疆的,但是已经用了我们自己的语言,能特别好地表达他们的感情,所以,在"文革"中,在我们的精神食粮极匮乏的情况下,我看过手抄本,那可能是乌孜别克文,但和维吾尔语的差别非常小,是波斯诗人莪默伽模的诗。在那种情况下,这诗给我的鼓舞太大了:"我们是世界的希望和果实,我们是那智慧的眼睛的黑的眸子,如果你把偌大的世界理解成一个指环,无疑,我们就是镶在上面的那块宝石。"牛啊!在"文化大革命"中,知识分子都已经抬不起头来了,我忽然看到一首牛气冲天的诗,这还得了啊?我还特别喜欢他的另外一首诗:"我一个手里拿着酒壶,一个手里拿着《古兰经》,有时候我是清真,有时候我也不那么干净",太开放了,这是了不得的境界啊!他能做得到清真吗,但他也有世俗的时候,有肮脏的时候,有犯戒的时候。他说,我要问:在这蓝宝石般的天空下,为什么要把人分成穆斯林和异教徒?这样一种诗歌,这样一种胸怀,简直是太可爱了!

再有,就是喜欢语言文字的这种幽默,这种乐观。哪儿要请客,有聚会,如果不请一两个特别会说话的人来,就玩得不够痛快也不够高级。这人虽然跟他们没啥关系,但他话说得好,从早到晚混吃混喝肯定不成问题。

新疆的一些语言,又具有容受性,可以大量地吸收外来的文化,尤其在文字上。另外一点:世界上只有两种文字是讲求书法的,一个是汉字,一个是阿拉伯字母(包括维吾尔文书法)。这书法的笔墨也不一样，我在摩洛哥一个大厅参观过他们的书法，特别像图案，是以图案见长的。我在德黑兰参观过伊朗人的书法，伊朗人的书法就比较讲究笔画，有的甚至带有一点儿狂草的那种气势，不光是结构，还有笔画，这和汉字的书法是非常接近的。

第二，我想谈一下新疆各族的尤其是维吾尔族的歌舞的审美文化。阿克苏有一个风俗，每年的七月有一个乞寒节日的活动，通常会有一种聚会，有苏莫遮歌舞，有些地方也写成苏幕遮，辞源也有解释，它是一个词牌，而且这个词牌是唐玄宗搞出来的，他喜欢听苏幕遮，觉得节奏特别好，就开始填词，变成了一个词牌。苏幕遮的词还特别有名，"碧云天，黄叶地，秋色连波，波上寒烟翠。山映斜阳天接水，芳草无情，更在斜阳外。黯乡魂，追旅思，夜夜除非，好梦留人睡。明月楼高休独倚，酒入愁肠，化作相思泪。"哎呀，这想起来，多么美好啊！唐玄宗对西域文化和中原文化的交流，做出了这么大的贡献。

"文革"当中有许多歌颂毛主席的歌，吸收了维吾尔族歌曲的旋律，很有名的是《万岁毛主席》："金色的太阳，升起在东方，光芒万丈，东风万里，鲜花开放，红旗像大海洋，伟大的导师英明的领袖敬爱的毛主席……"当然这有时候可能会引起歧义，新疆的民族同志常常受不了的就是那种所谓的"二转子"歌，上面写的是新疆歌曲，维吾尔族人听起来死活都觉得不像，但汉族人一听就觉得这个好！对此，我们要允许不同的风格包括"二转子"风格的作品，百花齐放。

再有，对木卡姆，我的老同事万桐书做出了很大的贡献，但付出更多关心的是赛福鼎同志，赛福鼎对十二木卡姆的整理与发现，当然，这个工作现在也在做，用十二木卡姆的素材来做一场交响乐。我们不仅仅满足于一成不变地保存原汁原味，要有所发展变化，使它能够获得更大的影响也是需要的。

一九八七年，在新疆举行的"'天山之秋'中国艺术节"新疆分会场，我观看了比较完整的《十二木卡姆》，非常感动，我写了首诗，其中有这样几句:"你热烈的呐喊如岩浆迸发穿透万年的地壳,你打开千渠万河的门禁瞎子看到了遍天星斗。"木卡姆深深地打动了我的心,它是生命本身的呐喊。新疆地方太大,所以要唱歌要呐喊,它和苏州评弹的味儿不一样,它要让瞎子看到星斗,要把坚硬的地壳冲破,它要留住夏天,让你知道生命和世界。

新疆的宗教文化

第一,有一种对世界、对生命的敬畏。

第二,伊斯兰教强调的是清真的文化。张承志先生写文章曾经说是清洁的精神,就是咱们说的干净,这是非常可贵的一种精神状态。我在新疆的农村,农民的老大爷、老大妈老是提醒我:老王!你洗手了没有啊?包括吃东西,这个不吃,那个不吃。人是食欲动物,有时候很贪婪,但是伊斯兰教对食物的掌控也是很有趣的,是有正面的意义的。

第三,不接受偶像。大部分宗教是有偶像的,耶稣,圣母,而且有很多名作,油画,雕塑。但是伊斯兰教非偶像化,我总觉着有他的高明之处。一个农民的孩子很小,还不识字,他就给我讲过,说,大队长,真主不是在天上——因为我老是手指着天,他说,真主是在我们每个人的心里。天下人可以想象这天空,想象这大气层,外面裹着的宇宙是什么样的,可我始终没有想明白一个问题:这神学啊,再就是这真主啊,尤其在新疆地区,是一种理念。一旦你把这神人格化,一大堆的麻烦就跟着来了。《达·芬奇密码》与《生命不可承受之轻》就表现了这些麻烦。我们观念当中要是有什么值得警觉的地方,那就是它的狭隘。另外,有异教徒的概念。佛教没有,连一个苍蝇蚊子,连一只蟑螂土鳖一个蝎子,都是佛法保护的对象,这和你信不信没有关系;基督教认为不信基督教的人是迷途的羔羊,老是要拯救你的灵魂。

以现代文化引领新疆的发展

中央新疆工作座谈会上提出的以现代文化来引领新疆的发展，这是一个非常重要的提法。现在很多地方都在大力地挖掘和发扬传统文化，这是很好的现象，但不能因为这个而否定了五四，我认为没有五四的新文化运动，就没有今天对传统文化的珍惜和继承。

美国的威斯康星州有个教授叫林毓生，他有个提法说，中华文化需要一个创造性的转化，我个人很欣赏他的观点，作为一种学术讨论有他的道理。

我们所说的现代文化是指文化观念、价值观念和科学技术。现代的文化观念就是一种开放的、自信的与进取的文化观念，反对狭隘，反对愚昧，对异己的文化不再盲目地排斥。汉语有个成语党同伐异，我说，党同可以，但是，不可随便伐异。和我们相同的东西我们可以很快地接受，很好地交流，我们引为同道，但是，和我们不同的呢，起码不要轻易排斥，应培养兴趣。巴彦岱的农民喜欢跳舞，他们就说，芭蕾舞把腿举得那么高，很丑陋的，太难看了，太可怕了，妖魔鬼怪才那样呢。这就是故步自封，画地为牢。他们还告诉我，说维吾尔族舞蹈啊，女性的胳膊在上面可以，男性的胳膊就只能在下面，要是男性的在上面摇来摆去，那就是假丫头了，但是我多次看到一些优秀的男性维吾尔族舞蹈演员也把胳膊举过头顶来跳舞。文化应该有一种自信，有一种开放，而不能排他，不能故步自封，要不断接受新事物，新观念。我们的价值观念，要和整个中华民族前进的进程，和我们正在进行的这样一个全面奔小康的进程结合起来，和我们整个建设中国特色社会主义的进程结合起来。

2011 年 5 月 24 日

当前文化生活的繁荣与歧义*

现代人有更多的选择性,打开电视机,有十套、五十套,甚至二百多套节目供你挑选;到书店里去,十万种,几十万种书摆在那儿供你挑选;上到网络上,有无数的信息等着你选择,但是这种情况之下,我们有没有相对比较权威的评估呢,有没有一个这样强有力的评估体系或评估系统呢,在美国如果你找穷极无聊的作品,多了,但美国仍然有他自己的权威。比如说《纽约时报》,它的剧评、影评都非常厉害。一九八二年,我曾经在康州访问过阿瑟·米勒,他写过非常著名的《推销员之死》。当时别人告诉我,他有个新戏要上演,然后就向阿瑟·米勒祝贺。但是他忧心忡忡地对我说,到现在为止,这个《纽约时报》剧评还没有表态,我很担心我的戏上演很可能达不到预期。后来果然是这样,据说,还被认为是一个不成功的作品。堂堂的阿瑟·米勒他在乎,非常在乎权威评论的反应。美国有普利策奖,这个奖一般是由美国总统颁发的。日本也是一个非常讲市场的国家,大江健三郎在获得了诺贝尔文学奖之后,日本天皇要给他补一个文化勋章。但大江健很牛,拒绝接受,说我得这个奖跟天皇没有任何关系。法国有龚古尔文学奖。他们就是有一种"既和市场保持相当远的距离,但又不敌视这个市场"的这样一个评估体系,或者是奖项。我们现在的困难在哪儿呢?我们不能简单地说我们现在没有好作

---

* 本文是作者在宁波大学"做人做事做学问"名家系列讲座的演讲。

品,有好作品也发现不了,我可以不客气地说。那么多作品,你怎么看呢,累死你,谁知道哪个好哪个不好。

我们现在没有人做沙里淘金的工作,我们现在甚至也没有人做这个检查我们精神产品里面的三聚氰胺的工作。俗并不可怕,可怕的是只剩下俗。如果说一个国家的书没有了,只剩下微博了,以后我们上课也改成了微博体,每节课十五秒钟,这是不可思议的,没法想象的。所以,如何在当前这个我称之为文化泛漫、文化大量、广大公众参与的环境中,仍然有这种沙里淘金的工作,仍然有这种权威的机构对它进行评估,对它进行选择,同样也能够对那些假冒伪劣的精神产品进行汰劣择优,我们现在碰到非常复杂的状况,而且一时半会儿解决不了这个问题。

历史上有许许多多革命前的文化成果和经验,但是我们缺少的是革命后的这种文化成果和经验。当一个社会在大的变革当中的时候,会有很多精彩的文艺作品。

比如南非的纳丁·戈迪默,她非常有名气,她反对种族歧视,她坐过白人的监狱,在纽约我有幸聆听了纳丁·戈迪默的演讲,她的讲演非常有自信,高屋建瓴,每一句话就像散文诗一样,你抄下来,不但没有错误的字句,也没有错误的标点符号。可后来呢,南非的白人种族政权被推翻了,曼德拉担任正在消除种族主义的南非领袖。南非现在也是金砖五国之一。

但是在三年以前呢,纳丁·戈迪默被窃贼进入她的家,偷走了她所有东西,而且窃贼让她把手指上的戒指拿下来,她是一个女作家,她拒绝拿下戒指,她就被窃贼打伤了。在面临新的情况的时候,她的声音就不如她在反种族歧视过程中的那么高亢,那么嘹亮。这里面有些非常复杂的问题,需要我们来积累,积累新的经验。世界上有悲情的和雄辩的文学,鲁迅是这样,甚至连雨果也这样。但是世界上毕竟还有温暖的亲和的文学,泰戈尔就是这样的。

我们生活在一个非常伟大的时代,中国是一个十三亿人口的大国,从贫穷落后,甚至封闭,通过改革开放三十年,有的说是崛起,但我们国内一般不说崛起,就说是发展。在这种情况下,究竟靠什么来代表我们的精神面貌,精神高度,精神成果。当年有楚辞、汉赋、唐诗、宋词、元曲、明清小说,中国每个时期都有代表那个时期的文化成果,那今天的代表作是什么?有一位同志开玩笑说,今天最有代表性的恐怕就是手机短信和电视小品了。但我们不能仅仅有这些啊,我们几千年的国家,我们有那么长的历史,我们有过先秦诸子,我们有过屈原、司马迁、李白、杜甫,有过曹雪芹。这样一个国家,我们今天确实还缺少应有的能够成为我们民族的骄傲的东西。但是我又不主张过分地攻击和贬低我们今天的文化事业。

曾有人问:五四时期的那些作家都是忧国忧民的,他们的作品里面关怀的是祖国和人民的命运,而现在,从作家的作品中看不到这样一种关怀,是不是说现在的作家堕落了?当一个国家面临土崩瓦解,风雨飘摇的时候,作家忽然变成了社会的中心。就像毛主席说鲁迅,说鲁迅是最勇敢、最坚决的人,他不但是一个文章、小说、散文诗的写作者,而且还成为我们精神的导师。巴金也很喜欢引用高尔基的故事,是一个比喻:一群人夜晚在森林里迷了路,面临生命的危险,一个人就把自己的心挖出来,变成了火炬,带领着大家走出了森林。这当然是非常令人肃然起敬的比喻。但是我们也要考虑到另一面,我们现在的社会和当时的社会很不一样。

我们现在有大量的文化生活,我们现在提的口号是满足人民群众的需要。人民群众有发展的需要,教育的需要,还有其他很多需要,消费需要。而且现在很多消费品是以精神消费来被群众所购买,所使用。我们的人民,尽管有困惑,有牢骚,有批评,但是我们从全国来说,并不是处于一个无限悲情的状态,我们不是这样一个状态。如果说一个文化人,他把自己定位为我就是你们的精神领袖,我就是你们的精神导师,我就是那个把自己的心挖出来当火炬的人,这种定位在今天未必能够取得社会和大众的认同。

急功近利已经压倒了人们对文化应有的理解和尊重。比如说："文化符号""文化标志"。二〇〇八年北京奥运会开幕式的一个展览,其中有一个敲陶罐子的活动,很有气势,敲的那个叫"缶",然而那是个人造的文化符号、标志,中国早已没那种乐器。有些是假的文化符号,而有些真的文化符号早就消失了。

　　文化名人所带来的一种旅游资源,一种推销资源。这种资源在中国就变得很可笑。大家都在争夺这个资源。比如曹操的诗"何以解忧,唯有杜康",这个杜康酒,河南也出了,因为东汉首都是在河南洛阳,那么西汉的首都是在西安,所以西安也有杜康酒。这个还好说。其他的,对于文化名人,这个说他出生在我这个县,那个说出生在他的县,他原来可能就是一个县,一个省,以至于有的地方的领导说,我们现在发展旅游,就是"先造谣后造庙",我们先声明这个名人是我们这儿的。李白出生地就非常好笑,说李白出生在四川,还请来领导同志题"李白故里",但是湖北又坚持李白出生在湖北,而且为了证明出生在湖北,他们还搞了一个国际统一战线。因为郭沫若曾考证说李白出生在贝加尔湖附近的一个地方,好像现在是吉尔吉斯斯坦的一个地方。结果,湖北的那个县就请了吉尔吉斯斯坦的专家来举行纪念李白的活动。于是,这个时候韩国的朋友也插上一腿,说李白是韩国人。我觉得非常可爱,觉得韩国人多么重视中国文化。还有说孔子是韩国人。所以说,他就把文化资源化了。说文化是品牌,是名片。还有文化产品是卖点的说法。等于说文化是幌子。当然有一个口号那就更久,就是"文化搭台,经济唱戏"。

　　文化它的首要属性是文化的存在改善了人类的生活质量,使人类的生活更加丰富多彩,使人类生活更富有凝聚力,使人类过越来越好的生活。如果离开了文化的这一本质,谈资源也好,谈符号也好,谈名片也好,谈卖点也好,是把它当商品来看待的。它可以是商品,但又绝对不仅仅是商品。现在我们面对的一个问题呢,人人都在谈文化,但回避了忽视了文化的精神性。还有各种泛漫的文化说法,什么茶文化、酒文化、牙文化、巫祝文化、民俗文化、节庆文化、婚丧嫁娶文化,反正没有一个东西不是文化。这也对,但这也是落入了具体的文化样式,而找不着文化的核心,找不着文化的灵魂。这个呢,造成相当大的问题。一方面我们的文化设备、文化硬件、文化种类在不断发展,但另一方面呢,我们多多少少感觉到我们精神上的困惑,精神上的空虚,精神的无奈,就是你并不能用一种很好的,很有价值的,很有精神的一种说法来解释来衡量你所面临的这些变化。还有些也是非常重要的提法,比如说软实力,软实力很好啊,我们要发展软实力,连我们的党中央文件中也说要发展软实力。软实力中我们需要产业、市场、精品,还需要另一面的提法的补充与平衡,需要经典、高端、深刻性、文化内涵、思想性、时代精神与历史价值、历史地位。

邓丽君的歌早前在大陆是不允许唱的,现在不仅唱,还很受欢迎。这没有任何说法,何必什么事都要有个说法呢?渴了需要喝水,还需要说法吗?现在的文化有这么多类,还比较奇怪。如果要讲市场经济,要讲利益驱动,那欧美比中国市场化更多,无论是《泰坦尼克》、《阿凡达》还是《哈利·波特》,利润巨大。但在出这些的同时,也有他们认为那些个比较高端化的产物,并且不特别追求销量。而中国,许多作家常常感觉自己被冷落,被边缘化,所以,他经常要提出一些很悲壮的口号。曾经在二十世纪九十年代初期,提出要在中国开展抵抗文学,提出要守护大地,要守护家园,但抵抗要在被侵略的时候产生,否则你怎么能叫抵抗文学呢?

回忆一下这几十年来,在文艺上各种各样的批评,不满,或者是困惑,非常之多。一九八七年第一次中国艺术节,开幕式上,有通俗唱法的《十送红军》,结果在主席台上有位老同志,提出抗议,他就喊了一声"怎么能这么唱呢?"现在这种喊声也没有了,因为大家渐渐明白了,怎么唱,也管不了那么多了。一九八六年,当时深圳要举行类似礼仪小姐之类的选美活动,曾接到上级批示说,选美活动乃是旧社会视妇女为玩物的资产阶级的腐朽生活方式,在中国绝对不可能发生的。当时就严厉贯彻,要求深圳停止了活动。现在,海南岛已经三次成为世界小姐的首选了,世界小姐好多都是在三亚产生的。因此在不知不觉中,很多观念都发生了变化,但同时也产生了一丝困惑,感到了一丝欠缺,在发生变化的过程中,我们需要对我们的精神价值命个名,定个义。

在美国的文化、娱乐里面有许多毫无价值的东西。但同时,美国有些大片它里面仍然包含了有价值的,对精神的追求,《泰坦尼克》中,船已经遇了险,船上的乐队,所有的人都在奏乐,庄严地送船沉没,送所有乘客赴命,所有人都穿上最好的服装,打上领结。表现船的尊严,要表现人的尊严,要表现我们是世界上第一流的乐队,即使船上的水已经漫上来了。而中国的大片呢,有些就变成了很空心的东西,因为他没有精神的内涵,什么《三枪拍案惊奇》《大笑江湖》。

当前文化生活究竟是市场驱动、利益驱动还是一种艺术驱动、理念驱动?

衡量文化生活是根据市场需求与数量的多少。电影看票房,是不是叫座;电视剧,看收视率;出书考虑发行量;网络作品考虑点击率。然而这些和文化价值、历史价值、精神价值又不是完全一样。不能排除市场对文化的促进。为什么有些行业发展得非常快,而且待遇很高,市场起了好作用。

但是市场东西,又不是万能的,比如,有些东西很有价值,但市场上并不看好,在历史上也是有证明的。一开始的时候,很多人说看不懂,后来才渐渐地取得相当价值。很多像荷兰凡·高一样的著名画家,生前生活艰苦,逝世后作品价值才得以体现。而在我国,很多艺术家是且战且退,最后他不可能挡住,也不需要挡住市场对艺术的驱动。早在一九八三年《北京晚报》十一月三日第一版上方,以显著地位刊登中国戏剧家协会座谈:不演坏戏,不把戏剧艺术商品化。一直到一九九〇年,文化部党员登记时,还对文化产品是不是商品问题进行了激烈的争执。因为有人写文章谈过文化产品也是商品,结果受到了批评。一九八〇年四月二十三日来自十三个省区与部队的一百三十一名歌手,发出倡议书,提出不健康的流行歌曲正在传播,要积极行动起来,用革命的前进的健康的歌曲去淘汰靡靡之音,让社会主义的歌声响彻大地,踏着威武雄壮的步伐昂首阔步前进。

然而到了一九八三年上海《解放日报》与《支部生活》杂志等单位举办庆祝"五一"演出,结果发生了遇到流行歌曲大受欢迎、遇到正面的朗诵与群众歌曲被嘘的现象。美术上这样的事情也很多,一九八九年的人体绘画和所谓的另一次现代艺术展,都引起过很激烈的争论。

2011 年 12 月 12 日

全球化与民族文化建设*

大家好!

我有机会跟大家交流我对新疆文化事业、文化传统、文化建设的一些看法,对我来说非常愉快,但是也有一些恐慌,因为毕竟我更多的时间生活在内地,新疆虽然近几年每隔一两年都会来一趟,但是也缺少深入的接触、了解和分析。另外,由于我五年多以前告老离休,唯一的身份是中央文史研究馆的馆员。所以,我谈的只是个人的一些想法,一个文人感想,一切以自治区党委的正式文件、决议为准,但是我会说到一些我自己特别有兴趣、爱钻研的话题。都不是定论,仅供参考。

我谈第一个问题,是我对新疆文化事业的期待。

我知道自治区党委去年开了文化工作会议,提出了"一体多元"的文化格局,提出了现代文化的引领,这样一些提法对我来说是非常重要的。为什么呢?我认为,新疆文化问题是一个触及灵魂的问题,是一个人心的问题,是民心的问题。有的物质的东西,容易接受,比如吃的东西,说这个东西好吃,你就吃,另外一个东西不太熟悉,但是吃两次之后觉得也很好,接受了,没有什么关系。恰恰是在文化的问题上——文化源远流长,影响到每个人生活方式、生活习惯与思维方式,不那么好判断。

---

* 本文是作者在乌鲁木齐的演讲。

我在北京也参加过一些展现、展演新疆传统文化和当代文化果实的活动。比如说,去年在美术馆举行的哈孜先生画展,我看了以后,作为一个在新疆待过长时间的人,就很震动,我觉得新疆生活有这么多动人心魄的画面,有这么多难以磨灭的记忆,有这么多文化的内涵。这次出发到新疆前没几天,又一次举行了《十二木卡姆的春天》大型演出,是由自治区木卡姆团上演的,这次是在北京国家大剧院,还有一次是那个中国剧院,是和田剧团演出的木卡姆。去年则是大剧院演的木卡姆的交响乐,以西洋乐器为主来演奏木卡姆改编的交响乐作品,这还是赛福鼎同志当年多次跟我讲过的愿望。为这次演出,我也向现任文化部的领导、党组、艺术司做了呼吁,写了报告。最近这次演出的声势非常大、振聋发聩,有许多在京工作的新疆同志,看演出的时候热泪盈眶、热泪横流,它有一种新疆的文化在北京的舞台上显灵的感觉,真是不得了。我还要说,新疆的文化需要高度的专业化和学术化的处理。文化这个东西是来不得含糊的,音乐就是音乐,美术就是美术,乐器就是乐器,文物就是文物,历史就是历史,典籍就是典籍,都需要有很高的专业知识,才能把它研究清楚,说清楚。

但同时,它又是一个民间化、人民化的问题。文化已经成为一种习惯,起居、生活,柴米油盐酱醋茶,吃喝拉撒睡,衣食住行,无不浸透着中华传统文化、新疆文化特色。所以,我常想,我们的文化工作,一定要考虑到人民化和民间化的特点,就是咱能让老百姓接受,它不是人心工程吗?能不能做到人心里头,能不能被人民选择、所认可,这是非常重要的事情!所以,和每一个老百姓都有关系。有时候一种观点,不一定很正确,但是它已经被老百姓接受了,你想改变非常困难。

我记得我还在巴彦岱公社当农民、担任副大队长的时候,那时候,整天演的是样板戏、芭蕾舞的《红色娘子军》《白毛女》。可是巴彦岱农民怎么反映的?说跳舞是手的动作,说芭蕾舞动不动把腿踢这么高,这笑死人了,丑死了。当然,他的这个观点不对,芭蕾舞手可以动,腿也可以动,腰也可以动,脖子也可以动,屁股也可以动。舞蹈是全身的姿势,用身体的语言、舞蹈的语言,可是我知道,你别着急,你想很快说服他,这做不到。

一九六九年《参考消息》上刊登美国登月成功的消息,我告诉房东阿不都热合曼:美国人上了月亮,他说那是胡说八道,你千万不要信那个,是骗人的!书上写过,如果要上月亮,骑马要六十四年(还是一百二十八年我记不清楚了),意思要很长时间。我心想:"骑马骑一万年你也上不去。"房东跟我关系那么好,什么事都跟我讨论,就是不接受我的说法。但是过了几天,村里头有一位在县里当过科长的阿卜杜日素尔跟他说了这事,他就相信了,连续好几天,他都说:"哎呀,老王,这是怎么回事?人真上了月亮,跟过去阿訇对我讲的不一样!"

任何人认识事情,都有一个艰难的过程,甚至是痛苦的过程,所以说,文化一定要做到贴近人民、贴近实际、贴近生活,就是"三贴近"。同时,人民的、民间所尊崇的文化又是非常精英、非常高端的。

我们需要各族的文化大师。大师听起来有点吓唬人,其实英语就是"master"——师傅、硕士,维吾尔语就是"乌斯大"——能工巧匠,没有这样的人物,没有专门家,怎么可能发展文化?所以,我期待着我们的文化事业、人心工程、民心工程能做得很专业,能做得很学术,能做得跟老百姓心贴心,能够做得"三贴近",同时又能培养出一代又一代的文化的大师、文化的精英、文化的人才。光一个"乌斯大"不够,我又想起一个词来,我也跟农民常常谈论,就是"阿里木"——真正有知识的大学者,文化要有"乌斯大",要有"阿里木",又有"夏衣尔"(诗人)那就好了。

第二个问题,我想讨论一下,为什么说新疆的文化是一体多元的,为什么"一体多元"是一个比较恰当、比较合适的说法?

前两天我跟张春贤书记见面,他问我能不能说说中华文化最大的特点。

我先说一个笑话,我想起赵启正先生,他曾任国务院新闻办主任,有一次带一个团在国外,有一个外国人就说,你们老说中国文化是博大精深,到底怎么样博大精深,能不能给我讲一讲。他们团里头有一个教授,是专业级的学者,这个教授就回答:"因为中国文化博大精深,没法讲!"这么谈问题比较困难,中华文化变成了不可言述、不可传播、不可讲述的了。所以我今天想先谈一个问题,就是我们中华文化的基本追求是什么,就是古代的"中国梦"是什么,这是一个很大胆的说法,目前并没有定论,所以我说的是仅供参考。另外,我用的这个词是"追求",我没有用"价值"这个词,因为"价值"这个词是近年从西方引进过来的,叫"value"。

第一点,我认为我们文化的追求、文化的原则是敬天积善、古道热肠。"敬"是尊敬的敬,尊敬天,"积"是积累的积,"善"是善良的善。古道热肠,这是对东方文化的一个说法,我们认为天不变道亦不变,我们认为很早以来,祖祖辈辈都相信最基本的道德,而且我们有一副热心肠。这是中华文化的特点。

"敬天"不需要解释,因为中国目前还存在着的最古老的书是《易经》。《易经》认为天和地具有一切的美德,人类的道德是从天地那里学来的。"天行健,君子以自强不息,地势坤,君子以厚德载物。"一个自强不息,一个厚德载物,这都是天和地所具有的品质,有了天和地才有万物,所以对生命爱惜,对生命尊重,这是和对天敬畏有关系的,是有所敬畏。积善是说中华文化的特点是泛道德主义,就是不管衡量什么事,先从道德上开始。这个特点和现代文化有距离,所以我说的命题不是一成不变的。现在泛道德论并不足够让我们做好当今的、社会主义的、现代化的事业。但是它仍然在老百姓心中根深蒂固,如果一个人不重视自己的道德追求、道德形象,就很难做成几件成功的事情。古道热肠,重情尚义,重视人际关系,这是中国人的尺度。所以,按美国亨廷顿的说法,中国文化是一种情感的文化,重视情感,重视人际关系。

第二,尊老宗贤,尚文执礼。尊老,我们对老人是尊敬的,尊老宗贤,就是把圣贤作为我们的目标,尚文就是我们崇拜知识、崇拜读书、崇拜文化。"执礼"就是按照礼节来做各种事情。

这两条跟少数民族文化追求、文化观念,可以说是相当一致的。比如说关于积善,积善是什么呢?就是文史馆开会的时候,哈孜先生所说的"萨瓦布",需要警惕的是"古纳"(罪孽),应该积德、积善,不要罪孽,就是这个意思。"尊老",我知道,新疆少数民族,尤其是维吾尔族,在尊敬老人这一点上比汉族只有过之而无不及,当然是尊重老人,尊重贤人,是注意礼貌的。

在推崇文化这点上,我也觉得很惊人。在新疆时我在一户人家住了很多年,有一次和房东聊起天来,我详细讲了自己的经历,我说我原来生活在北京,很早就成为一个干部,我还写作,但是在后来的政治运动当中,出了一些麻烦,找了一些麻烦,来到新疆,又来到伊犁农村,现在荣任副大队长。你猜这个农民他是怎么说?他是文盲,他跟我说:老王,我告诉你,任何一个国家有三种人是不可缺少的,第一个是国王,现在没有国王了,总而言之一个国家要有一个领导人。第二个要有大臣。但是我想不到的,我觉得惊人的是,他说第三要有诗人,一个没有诗人的国度,怎么能成为一个国家呢?这是对文化的尊崇,对知识的尊崇。从一个乌兹别克作家抄写的《纳瓦依》,你也可以看出来它对诗人的尊崇,对知识的敬意!我想起在"文革"时期,能读的书有限,但是我在自治区文联,那时候,有一个评论家叫帕塔尔江,那个时候和他也是铁哥们,我在他的一个手抄本里,第一次知道了"奥玛·海亚姆(Omar Khayyam)",读到了这位波斯诗人的作品,郭沫若翻译的叫莪默·伽亚谟,讲这个知识分子,知识人,那种对知识热爱和尊崇让人心生敬意,这首诗,我一下子背下来了,现在给大家念一下:

  我们是世界的希望和果实,

我们是智慧眼睛的黑眸子,
假如把世界看成一个指环,
无疑,我们就是镶在指环上的那块宝石!

他多牛呀,他比李白还牛!是不是?李白就够牛的了:"君不见黄河之水天上来,奔流到海不复回,君不见高堂明镜悲白发,朝如青丝暮成雪!"但是他更牛,他说:"我们是世界的希望和果实,我们是智慧眼睛的黑眸子,假如把世界看成一个指环,无疑,我们就是镶在指环上的那块宝石!"这种自信,这种信心,表达对知识、对文化的尊崇!有知识、有文化的人,是被尊敬的。很多年前,哈孜同志给我写书法,就是《可兰经》上的那句话:为了寻找知识,你可以不怕远到中国!汉文化里重视知识的例子就更多了,有些话现在看不完全恰当,但是它也是这个意思——读书最要紧,"万般皆下品,唯有读书高""书中自有黄金屋",就是挣钱也得会读书才行,否则挣不上大钱,只能挣小钱。"书中自有颜如玉",你想婚姻成功,也需要读书;"书中自有千钟粟",你想有社会地位,也得要读书,这些地方是完全一致的。

第三个,忠厚仁义,和谐太平。

不管是西域文化还是中原文化,我们渴望的是这一条,有时我们没做到,由于各种原因,比如说宋朝开头非常繁华,开封当时是全世界人口最多、生活最快乐的一个城市,但是它又被各种战争破坏了,但是我们追求的是忠厚仁义、和谐太平。

依我个人看法,在中原文化中最早代表古代中国梦的就是《礼记·礼运篇》讲的"大同":"大道之行也,天下为公。选贤与能,讲信修睦。故人不独亲其亲,不独子其子……"渴望世界大同的日子,当然那个时候并不了解世界,那时候是以中原为中心的观念,还不是现在的国家观念。我小时候练习写字,红模子里面,最多的就是四个字:"天下太平"。横也有了,竖也有了,撇也有了,捺也有了,点也有了,我们世世代代是希望天下太平的,这是容易解释的。维吾尔人就

353

更是这样了,一见面就问:"平安吗?"他们不停地重复的"帖期"就是太平、平安的意思,如果都不平安了,人身都得不到保证,生命得不到保证,家庭生活得不到保证,衣食住行得不到保证,相互关系得不到保证,还有什么其他呢?我们可以说这也是一致的,一体的。

第四,意义问题,这也是非常重要的,就是中原文化也好,西域文化也好,重农重商,乐生进取。

汉族和维吾尔族看重农业,一丝一缕,一粥一饭,当思来之不易。我在巴彦岱最感动的事情之一,就是咱们民族的农民种粮食。他们告诉我,世界上最伟大的东西就是馕,馕高于一切。一个农民,哪怕一个小孩子,走在街上吃着吃着有一块馕掉下来了,要还能吃,就把它拿起来擦干净再吃下去,不能再吃了,怎么办?挖一个坑,把馕埋起来,馕是不能随便丢弃的,发生了不幸可以把它掩埋。这个大家都知道。伊犁养奶牛很多,所以,经常农户之间互相要牛奶,借牛奶。经常在村里看见小孩拿一个碗,甚至奶皮子,路上绊了一下,啪,牛奶掉在地上了。怎么办?他要掩埋,他把那一碗"奶皮子"放在旁边,很小的孩子,他要过来把土盖在上面,不能让牛奶暴露在外面,因为"不幸逝世",需要掩埋!中原,人们对于浪费粮食非常反感,这叫暴殄天物,这点和美国人太不一样了,美国人如果一个东西不想吃了,就会把它放下,他们认为,个人感觉高于一切。

中原文化本来是抑商的,但是后面经过许多年,慢慢地对商业也重视起来了,所以有晋商的发展,山西商人,我们到平遥,给你介绍晋商故事,讲童叟无欺,商业信誉,诚信第一,讲物资的流通!还有徽商、鄂商等等。新疆的一些少数民族,尤其是维吾尔人有重商传统,他们很喜欢经商,我的房东是很古板的人,但是如果有机会的话,他也不排除弄一点莫合烟倒手卖一卖,弄点沙枣卖一卖。

上世纪六十年代,从乌鲁木齐坐长途汽车到伊犁,到皮革厂下车,一下车就看到有人点着电石灯,卖葵花子,卖沙枣,那时候商品受到很大限制,还有卖刘晓庆照片的,这个在北京是买不到的,她住没住北京我不知道,但她没有来过新疆,也没有来过巴彦岱,也没来过伊犁,后来,凡是女明星的照片,只要能找得着的伊犁这都卖,这是一个重视商业的地方。所以,哈萨克人有个善意的笑话,维吾尔人好做买卖,他们一天没有生意,就把左边口袋里的东西卖给右边的口袋。多么可爱的商人!

乐生进取,就是他对人生是抱乐观态度,不是抱悲观态度,也不是抱愤怒态度,不是抱你死我活的态度。中原文化讲的也是一样,孔子的教导是什么?"仁者乐山"。仁者爱人,见到山以后,他会感到非常的喜爱、喜悦。"乐"有喜欢的意思,也有快乐的意思。仁者像山一样,是有原则的,是撼动不了的。孔子夸赞自己最喜欢的弟子颜回:"贤哉,回也!一箪食,一瓢饮……"每次能吃东西就吃一点,拿一个瓢子舀一点水喝就行了,居住在陋巷。"人不堪其忧,回亦不改其乐。"别人觉得贫穷,可是颜回高尚,高尚的人是快乐的,是充满信心的,是乐观的!

维吾尔族更提倡乐观,我印象最深得就是他们认为人出生以后除了死,全是找乐,全是快乐!他们给我讲的,维吾尔人,如果有两个馕,他只吃一个,什么原因?留下的那个馕当手鼓用,"巴拉巴拉"敲,多么乐观的民族!多么乐观的文化!这些地方,我们有共同追求、共同的语言!

第二,维吾尔文化、西域的文化、新疆各少数民族的文化与以汉族为主体的中原文化之间有太多交流和相互影响、相互融合。

我先说汉族吸收西域文化的东西。我问一下,在座的有没有阿克苏或者库车来的人?咱们艾尔肯副主席就是——为什么呢?我多次看到这方面的材料,唐朝曾有一个词牌叫做《苏幕遮》,"词"就是不整齐的诗,其实就是歌词的意思,词是宋朝最发达,但唐朝已经有了,而且这个词牌的节拍、音韵是唐明皇首先制定并唱起来的。这个词牌,范仲淹、周邦彦都写过特别有名的诗,范仲淹的"碧云天,黄叶地"就是这个。这个词牌是哪来的?阿克苏来的。

阿克苏某地至今保留着一种风俗，我给中央党校新疆班前后讲过六次课，我问过，没有一个阿克苏朋友能告诉我。它叫什么呢？叫"乞寒节"，冬天下第一次雪前后有这么一个"节日"，什么意思呢？就是希望今年冬天好好冷一下，冬天不冷的话，第二年会发生很多的疾病、很多的不幸。在乞寒活动过程中人们唱的歌就叫做"苏幕遮"，现在已经查不出原来的发音了，这是汉族从西域吸收的文化。别的就更多了，唢呐，我们现在还叫"sunay"，唢呐是专门造出来的一个词，它是外来的乐器，不是中原本地的。但是这一点，我也不了解，笛子，"笛"本身发音就是指的西边少数民族，"东夷西狄，南蛮北夷"，这是中原的说法，称作"狄"，所以叫做"笛子"，可是笛子没有笛发音，就是"nay"，提到近代、现代的歌曲，我印象最深的，是《敬祝毛主席万寿无疆》，就带有浓厚的新疆风味。

说起来原来的一个好朋友，可惜去世了，叫郝关中，外号叫做"戴尔维希"，穿得破破烂烂，整天研究西域文化。他告诉我，他说"芫荽"这个词是一个怪词，因为这两个字它没有别的讲究，是专门造的字。一个"草"字头一个"元"字，一个"草"字头一个"妥"字，念"芫荽"，这两个字必须连在一块用，汉字本来是单个的字，你光说"芫"没有这个话，光说"草"字头一个"妥"字，又没有。"芫荽"是什么呢？"芫荽"是阿拉伯语，当然，现在叫香菜，我不知道伊犁，恐怕新疆很多地方都叫芫荽吧？是从西域来的。抽的烟更是阿拉伯人抽的，叫"淡巴菰"，就是 tobaco，同样是阿拉伯发音。

生活在新疆的汉族人，从维语里边制造了许多二转子词，又像维文又像汉文，我就不懂。我刚到伊犁时，听到"大家麻家"开个会，什么叫"大家麻家"？我见人就请教，他们告诉我维语有加词尾的说法，是维语嘛，我也奇怪！还有"胡里麻唐"，我也分不清楚，还有现在汉族人谁肚子痛了，就说，我肚子"塔希郎"了……伊犁的维吾尔语里面，也掺杂了大量他们说是汉语但听起来却不明白的词儿，夫妻离婚是了"另干"了，我想来想去是"另干"了，你干你的，我干我的了,不在一块干了,就是"另干"了。

和田集市上卖薄薄的桦木片,是引火用的,烧柴火你拿火柴怎么点呢?薄薄桦木片火一点,木片就着起来了。这个叫什么?"qudengzi",后来我才明白是"取灯子"。我小的时候,在北京管火柴叫做"取灯",所以七十年前,北京话也很接近和田话。现在的北京人都不知道了,北京人从伊斯兰文化里还吸收过大量的语言。比如,北京过去说这个人的心不好、老是坏心眼,叫什么呢?叫"泥胎"不好!去年在银川举行书博会,我到银川,银川的朋友跟我讲,他们那儿有一个清真寺重新翻修,是由穆斯林捐款修起来的,说捐款他们不叫捐款,他们叫"nietai",就是"动机",就是"用心",实际上来自阿拉伯语"尼亚提";说人死了变成"罗汉"了,回族也都知道。说回民,每星期五去祈祷叫"主麻",都是一致的地方,实际上这个中原地区,它吸收了各种语言,以北京话为例,"睒睒"是英语,"坦克"也是英语来的。还有一些词语,如共产主义、社会主义等,过去汉语里面没有这些词语,这是日本的协和汉语。北京食品"萨其马"是蒙古语。北京人赶车的时候,现在我的印象,新疆也是这样,往左转的时候"咿咿咿",往右转的时候"哦哦哦",这是满语。

维吾尔的语言受中原文化汉语的影响那更多了,"檩"是檩条,还有"椽子","大煤",是大块的煤,"碎煤"是小煤,全都是一样的。我刚才说的芫荽是中原受西域的影响,那么西域白菜就是白菜啊。洋芋很奇怪,因为洋芋是从欧洲过来的,但是新疆用的不是欧洲的语言,不是用罗马的语言,用的是汉族的语言"洋芋"!

还有我们最喜欢的凉面、拉面。这些还有点奇怪,因为我在新疆的时候,我看很多阿拉木图、塔什干出的小说,包括用斯拉夫字母的维文小说。塔什干的维吾尔语小说,到塔什干维语里面,凉面,它的发音是"来个面"。我顺便说一下,有一次,我跟一位维吾尔老友聊起饭,我跟他说,"拉面"从汉语中来的,"煮娃娃""蛐蛐来"都是从汉语来的,而"抓饭"是波斯语,老友就问了,说照你这么说,我们维吾尔族还有饭没饭？不是汉族饭，就是波斯饭，我们维吾尔族就没饭了？不是！我们懂得一个道理，文化吸收进来以后，必然和本民族、本地区结合起来，吸收的过程就是消化的过程，就是本土化过程。新疆人做"拉面"的方法和兰州拉面并不一样，咱们在座肯定也有兰州来的人。兰州是怎么做法？和北京的满族人做拉面方法也不一样，岂止是和口里汉族的同志做面、吃面的方法不一样，喀什噶尔和伊犁也不一样。伊犁做面都是小小的一根一根平摆的，喀什噶尔跟做盘香一样，盘一个大盘，一圈一圈，螺旋形的，非常大、非常长，像艺术品！做菜方法也不一样，我到塔什干去过，也没少吃拉面，到乌兹别克斯坦，维吾尔语最吃得开了，基本上懂的，问题是他们很多人不会说乌兹别克语，只会说俄语，我也帮不上忙！还有，我最近才知道的，因为过去在巴彦岱住，我有一个乌兹别克朋友，他喜欢吃一种叫做"阿勒噶"的甜食，就是用蜂蜜、白糖、面、清油在一块做的一种点心，形状有点像山东同和居饭馆做的"三不沾"，这据说是乌兹别克的，我以为是北疆食品，最近我才知道，南疆也有！

我们探讨文化来源，不存在归属问题，来源是别处就不属于你的吗，不对。因为文化不像物质的东西，比如说，你从内地买来一万双鞋，卖一双就剩九千九百九十九双，文化是什么？文化是你学习了做鞋的方法，然后与脚的大小、人们的爱好相结合，做完了这个鞋具等，做出来的鞋就是你的了，当然，这种互相的影响非常之多。维吾尔语言的一大特点，就是他们勇于接受、各地区的、各民族的语言，维吾尔语有四个的方面借词，一个比一个多。一个是阿拉伯语，其次是波斯语，波斯语比阿拉伯语还多，那有什么关系？我们接受就接受了，为我们所用，我们还是中国人！然后就是俄语，近代很多新名词都是俄语来的，汉语就更多了，不但有具体的，还有抽象的，我最喜欢维吾尔语词，"daolilixixi"——"讲道理"，"道理"本来在汉语是一个名词，前边加"讲"，就叫"讲道理"。到维语省事了，"daolilixi"加上一个动词词尾，"daolilixixi"就是"讲道理"。

所以,互相的影响,互相交流是各个方面的,这就是文化的整体性与多元性。

我们必须看到,从一九四九年以来,中国的政治形势、经济形势有了巨大的变化,中央政府是一个有效管理着、掌控着除台湾以外中国的各个地区、各个省市这样一个政府。新中国成立以来,我们有共同的经历、共同的困难、共同的失误、共同的命运、共同的痛苦、共同的希望、共同的快乐。所以,我们要很好地总结新中国成立以来的新疆的文化建设,以及内地交流支援、交流学习文化建设这方面的经验,有哪些成功的,有哪些失败的。但是,不管是成功的还是失败的,我们必须看到这样一个事实,六十多年了,除少部分地区外,中国实现了统一,这期间,我们有许多共同的文化烙印、共同的文化趋向、共同的文化记忆。

我们有同样的记忆,口里成立人民公社,这里也一样,公社亚克西!口里学习什么,我们这里也学习,然后林彪出的事情,这里也给农民传达,农民还问,说林彪上了飞机匆匆忙忙走,他带馕了没有?老百姓心太好,怕把林彪饿着!这也说明我们是一体化的!

"多元"不细说了,当然是多元的,语言文字就不一样,维吾尔语是阿尔泰语系、突厥语族。阿尔泰语系的语言也很多,日语、韩语、蒙语、满语,满族人还当过中国最高领导呢,入主中原,而且为中华民族的兴旺发展也作出了很大贡献。蒙古阿尔泰语系的民族,生活习惯很多地方不一样,不一样的地方太多了,我在伊犁研究,有很多新疆的朋友不注意,汉族人洗衣服,如果不是左撇子,是这样拧,右手往前拧;维吾尔人洗衣服,如果不是左撇子,是这样拧,右手往后拧,左手往前拧;维吾尔人洗衣服是往上浇水,用葫芦舀一点水往上浇,搓完以后,用水浇,拧完了再浇水!汉族人在盆子里洗。汉族人做针线活,是右拇指在下,食指和中指在上,捏着针扎过去,把针伸出来;维吾尔人做活是右拇指在上,这个维吾尔人也有他的可爱之处,害怕扎别人,多危险,这样扎别人可能性就比较少,除非你站后边。汉族人推刨子是往前推,但是很多少数民族是往后拉,俄罗斯人也是这样,往后拉。还有许多许多,我不用细说。

多元并不等于会发生冲突,恰恰因为多元,新疆文化的资源才这样丰富、这样可爱。所以,我非常赞成张春贤同志提出的,不同民族文化要互相欣赏这样一个观念,起码好玩、有趣,所以,各式各样的,如果就一种人多没劲,饭也有不同的做法、不同的吃法!这是我讲的第二个问题。

第三个问题,我想试讲一个相对比较敏感的问题,但是我愿意非常坦率地讲我的看法,就是关于伊斯兰教在新疆文化中的地位。

伊斯兰教在新疆文化中的地位非常重要,这是不可回避,也是无法否认的,因为新疆有相当一部分民族,维吾尔族、回族、哈萨克族、克尔克孜族、塔吉克族、乌孜别克族都是信仰伊斯兰教的。但是,这里头,伊斯兰教就更像其他的文化、学说和理论一样,到了任何地方,都有一个本土化的过程,所以伊斯兰教到了新疆,它有新疆化的过程,它有中国化的过程。比如说,回族生活在内地,回族人数量比新疆伊斯兰民族的还要多,宁夏是回族自治区,青海有大量回族人,而且有一些很有名的回族人。青海的马忠英,带领军队打到了新疆来,打到了伊犁,所以,西北地区有大量的回族,有陕西回民。我的祖籍是河北省南皮县,有大量的回民,而且我们家原来是生活在孟村回族自治县,它叫孟村,但是它是一个县的名字,后来,因为家里面迷信,家里死人太多,迁到南皮县,依然是离孟村最近的一个县,所以我想我这个遗传基因里有这个数代人和与穆斯林同处一村、同饮一河的水、同吃一锅饭的优良传统,我觉得我和全世界穆斯林接触的时候,都特别亲热、特别自然。

从伊斯兰教本身来说,很好说,有很多东西是我最欣赏的,第一它注意清洁,"halam",这个太好了,我在伊犁农村,我是城市人,我祖籍虽然在农村,但我出生在北京,是城市人,应该卫生习惯好一点,但是我的房东大姐赫里倩姆经常提醒我:"老王洗手了没有?"

我感觉真好,有一个农民大姐、有一个农民妈妈催促我注意卫生,这是多好的事情。还有一个伊斯兰教不崇拜偶像,这个我也很喜欢,一种宗教信仰,一种神职,出现偶像非常麻烦,你怎么办?

捷克有一个作家叫米兰·昆德拉,在中国有相当的影响。他写过西方的神学界,就耶稣是否大便、进洗手间这个问题,进行过旷日持久的争论,而且解答不了,我就不细说了,细说好像这个话题也不算高雅。伊斯兰教没有这个问题。

这样,这种宗教意识变成一种思想,变成一种意识,真主是没有形象的,它是人的一种灵魂,一种概念。

有一次我很感动,在农村里劳动的时候,我跟一个八九岁的农民小女孩聊天,她上学没上我不知道,说到什么事我也记不清楚了,反正我手指着上边,我说,"你的意思是真主会知道这一切的",然后这小女孩就告诉我,"老王,真主不在天上,真主在我们每个人的心里。"我就想这女孩水平太高了,给了我很大的教育,它不是一个具体东西,不是上面,而是在心里,一个认识上,心灵的一个取向也好,一个慰藉也好!

第三个,我认为伊斯兰教还有一个好处——同情穷人。它帮助穷人,它把施舍看成穆斯林的一个重要义务。讲卫生、同情穷人,而不搞偶像,注意的是人的内心,这都是我非常佩服的。但是在外国的极少数人当中,有一种排他性。这个我们可以比较一下世界三大宗教,这方面,佛教是不管你信不信佛教,拜佛不拜佛,毫无关系,我要拯救众生!不管你信不信佛,甚至一个老虎、一个蚊子、一个苍蝇我也要拯救……我都要拯救,我面对的是众生,众生一律平等,这是佛教。

基督教的意思是你要是不信我,你就是迷途的羔羊。现代西方还有他们热忱的传教士,走到哪儿都要宣传他的教义,他认为你不信他,你就是迷途羔羊,他要拯救,这个有点麻烦,没事他要拯救你,我活得好好,要拯救我干吗?

至于把不信本教的人定性为异教徒,甚至不惜与异教徒产生暴力冲突,这绝对不好!而且许多穆斯林里面的大学者、大诗人,他们在几百年前就反复呼吁,不应该有狭隘的排他心理。

同样,也是我前面说的,波斯诗人有一首诗,这首诗给我们教育太大了,他说什么呢?大意是,我一个手拿着《可兰经》,一个手拿着酒杯,有时候我们做得很清真,非常穆斯林,非常伟大,有时候我也不太清洁。不洁,本来就是最难听的话了,在阿拉伯语中,"酒"一词来自"不洁"一词。谁喝酒谁就是不洁的,就是违背圣训!但是新疆有几个人不喝酒?

他另外一首诗里头也是这样的,他说:"无事需寻欢,有生莫断肠,遣怀书共酒,何问寿与殇?"(空闲的时候要多读快乐的书,不要让忧郁的青草在心头生长,干一杯再干一杯吧,哪怕死亡的阴影已经与我们靠近)可以打打折扣的,给自己开点方便,那么较劲干什么?跟谁过不去?

然后第三句话是,既然都在像蓝宝石一样的苍穹之下,为什么要分成穆斯林和异教徒呢?多先进,这老哥们多棒啊!他是十四世纪的,离现在已经六百多年了。我去伊朗访问过,我很喜欢伊朗,伊朗人占主要地位的诗人是哈菲兹,对哈菲兹尊敬极了,但是哈菲兹诗里面,有很多嘲笑阿訇、嘲笑经文学校的诗,思想非常开放,主要写的是爱情,爱情诗写得太好了,我觉得简直可以编成歌唱,而且那么简单、那么朴素,他说什么呢?"我好比海水里面的一条鱼,等待着美人把我钓上来!"

写得太漂亮了,哪怕钓上来嘴流血了,被钩子钩住了,但是也希望美人快把自己钓上来吧!在水里我更难受、更窝囊,我活不了!

我还看过很多这一类的,比如原来苏联艾妮写的《布哈拉纪事》,布哈拉是原来的宗教名城,有专门学经文的学校,书里写经文学校,写的全是小孩子跟老师淘气的故事。这样的话伊斯兰教和维吾尔文化的结合,起了什么作用呢?就是伊斯兰教神性必须和世俗性、人间性相结合。宗教的力量光有神性是不行的,它必须和人间性相结合。所以,台湾星云大师就没完没了强调,佛教要办人间的佛教,就是对老百姓生活有帮助的佛教。星云大师,也是一个大老板,不知道有多少财产,在全国开公司,在全世界开公司,星云大师搞大量慈善事业,办教育,台湾佛光大学就是他办的。

我们看新疆伊斯兰教,它也做大量世俗的事情。婚姻过去来说要管,治病也要管。我在农村里我知道,农村里男子性无能都是找阿訇——起码过去如此,现在有男科医院了。

比如说,虽然伊斯兰文化到来,我们有了"希提",这是宗教节日,但是,我们还有另外世俗的节日,就是"巴衣拉姆",而在维吾尔语中还有汉族的内地的节日叫做"恰甘"。后二者都是世俗的节日。例如努儒兹节,内容非常丰富热烈。

我顺便说一下,西方把伊朗妖魔化了,伊朗其实并不那么极端。离现在大概有六七年了,那一年十二月份我去访问的伊朗,伊朗的各个宾馆里都有圣诞树。伊朗地毯非常有名,也有画作的地毯,诗歌插图的地毯也有。还有耶稣降生的地毯,这是我亲眼看到的。而且,每年十二月二十五日,包括被西方骂成大妖怪的内贾德总统,都向全世界基督徒问好,他不是那么排斥的。所以,有一个很基本的问题,我们要给新疆伊斯兰教定性,伊斯兰教在新疆所构成的是一个世俗社会,不是一个神权社会,不是一个让大家不要生命、不要财产、只要圣战的社会。没有!新疆没有这样的历史,没有这样的记忆。

"文革"当中,当时武斗非常厉害,那时候我在城里也有个家,妻子在第二中学教书,我就住在伊犁。有很多知识分子跟我说,老王,汉族小孩怎么这么坚决,两派互相放枪,他说,我们手是很软的。

维吾尔人有一句话,我很喜欢,"maili"。全世界找不到这个词,把它翻译成"也行",这是很别扭的,"maili"是什么意思呢?是"可以妥协"的,虽然我并不希望是这样,但是就这样了,随便去!类似这么一个的意思,一个人卖东西,一个人买东西,买东西希望越便宜越好，卖东西希望越贵越好，最后，买东西的说我就是不出这个钱，回头就走了，等走出十步，卖东西的人就说"mailimaili"，汉族人以为是"卖了卖了"，不是说"卖了卖了"，是说"也行"。它是一个非常务实的，一个通情达理的，它论的是现世——佛教的说法就是"此岸"。

最近，我出版的小说里面写道，一个虔诚的穆斯林认为，如果你种瓜的时候，不断浇水催熟，或者你卖牛奶时候，奶子里面掺水，这样的话你死后骨头会变黑，坟墓会坍塌。

对世俗社会并不排斥，对现代人生并不排斥，不是浑身绑满炸弹，一拉就拉响那种！

以色列和阿拉伯国家产生那么巨大冲突，但是美国人最喜欢吃的以色列的"beigou"，就是咱们的窝窝馕，有时候文化很有意思，有时候敌人跟你有同样的文化，有时候和你有同样文化的人，有可能成为你的敌人，破坏你和平的、幸福的、太平的生活。

自从两个阵营（冷战）结束以后，意识形态问题降低了，几乎有些最原始的问题反而都出来了。我确实从我内心里，完全不相信新疆会发生民族冲突、宗教冲突，如果有冲突，是国外敌对的势力的挑拨与破坏。

第四个问题，我想谈一下现代化与民族的文化传统这个问题。

从中国内地，尤其是汉族经验来说，现代化过程，尤其在文化上有时候是一个困难过程，在这方面，我国有极其痛苦的经验。因为中国在古代时候，他就不知道世界还有很多的重要国家，他认为中国就是天下，周围有很小的一些比较荒凉、比较边缘的地方，有一些小的番邦（国家），你去日本、韩国，看其古代文化，弄不好你以为是中国古代文化拷贝、一个翻版。再往东边都是海。

而在一八四○年，鸦片战争以后，中国人突然发现这么异常的事，中国人太痛苦了，在谢晋先生导演的《鸦片战争》里，最典型的，它最后的一个场面是道光皇帝带着儿子、孙子，在一个风雨交加、雷电轰鸣之夜，向大清国祖宗牌位磕头，哭成一团，道光皇帝对不起大清帝国的祖宗。

辛亥革命一发生,没有几天,当时的大学者王国维就自杀了。王国维是懂西学、懂外文的,他多次向中国人介绍康德的理论、叔本华的哲学思想,引进许多欧洲哲学思想。但是他为什么自杀?没有人理解,因为他并不是保皇党,他也不是清朝重臣,清朝西太后也好,宣统、光绪皇帝也好,对他没有任何恩泽、恩惠。原因之一就在于他最早感觉到,在现代文明面前,中华文明要完蛋了,他太痛苦了。类似的痛苦的故事不知道有多少!

最早一批被清朝政府培养起来,懂西学的,有一个相当著名的叫严复,是英国留学的。他在英国留学时梳长辫子,他翻译了赫胥黎写的《天演论》,实际上介绍达尔文的思想,进化论的思想。他是用文言文,很多地方是用骈体文形式翻译的,翻译极其漂亮。但是这个人回到中国以后,最后是怎么死的?最后是吸鸦片死的!他看不到中国的前途,他以为,要富强中国,就必须牺牲中国文化;而要坚守中华文化,中国就永远不能进步。所以,"五四"时期,提出非常激烈的口号——"打倒孔家店",其中还有国民党元老吴稚晖提出来的——"把线装书扔到茅厕里去!"鲁迅提出来不要读中国书。经过很长的时间,付出很大代价,包括心理上付出很大代价,人们开始才认识到,实现现代文化,并不是传统文化的丧钟,并不是要把传统文化消灭,而是要对传统文化进行一个创造性的转变。

提出对中华文化进行创造性转变,学者里头最早是一个林先生,是我小学的同学,后来他一直在美国威斯康星,他叫林毓生。中国文化曾经有很多的不安,而且发生过极其激烈的恐怖行为。

在几次国内革命战争当中,恰恰是国民党,给共产党扣上了不要文化、不要祖宗,拿了俄国卢布的帽子。还说,中国共产党只认马祖列宗,而不认黄帝、孔子。经过了快九十四年(从五四运动到现在),正是由于我们国家改革开放取得成绩,使我们增加了对中华文化的信心,使我们认识到,发扬传统文化和吸收先进文明并不矛盾,正是现代化进程，使中国目前，包括各个边疆地区、少数民族地区，包括新疆、西藏的文物保护、传统文化的继承与弘扬，达到了空前的力度和水平！

不错，解放初期，我们是有过不爱惜文物的事情，比如北京就有一个很大遗憾——把城墙全拆了！

当年，北京大学有一批教授，梁思成、侯仁之，他们每年自费印宣传单，他们主张，当然建筑的事情不必多说了，就是保留北京古城，在北京西部，在石景山、周口店这些地方，建新城，千万不要动北京古城，北京的古城太宝贵了，全世界简直无与伦比。但是在"大跃进"当中，把城墙全拆了，反过来我们看看，我们在现代化口号提最响的，是二十世纪八十年代、九十年代，和二十一世纪前十年，是我们保护文物最好的时候，国家花了多少钱、多少文物专家建议得到采纳！我个人体会，现代文化引领，并不是对传统文化的破坏，并不是对传统文化的抹杀，恰恰是现代观念下，来尊重历史，保护文化，保护特色，保护文化遗产。我们文化遗产什么时候像现在弄得这么欢呢！如果没有改革开放、没有现代化目标，我们十二木卡姆能被联合国教科文组织所了解、所知道、所肯定吗？还有许许多多，还有昆曲也被联合国教科文组织所肯定，我们追求应该是在现代引领下现代文化和传统文化的整合。我大胆地说一句话，文化这个东西，不是零和模式，不是这个存在，那个就不能有了。比如说，我用美声唱法，不等于你不可以有民族唱法、民间唱法、原声唱法、通俗唱法、流行歌曲唱法，三个、四个、八个、九个都存在，谁妨碍谁呢？

又比如有武侠小说，有《阿凡提故事》，照样可以有这样类型的小说、民间故事、童谣……什么都可以有。所以，我常常讲，在文化上我们不能"破"字当头，而应"立"字当头，我们建新的建筑不等于必须拆毁旧的建筑，旧的建筑更宝贵，因为它是文物，已经不能使用了，至少我们应该保护一部分，要让后代知道我们的过去是怎么样的。

你到欧洲许多地方旅行，现代化城市当中，都有一块地方保持最老式样,在斯德哥尔摩有这样的,在马德里也有这样的,所以,我们追求的不是在文化上的你死我活,而是在现代文化引领下实现创造性转变,造成一体多元大发展、大繁荣的形势。我想这是我们追求的目标。

这里面有学习,有借鉴,也有保护,不管怎么样,先保护下来!这方面我自己认识上也有一个相当的过程,有一年,我访问法国,法国文化部长雅克朗就问我:"现在中国戏曲里面,男人演女人角色多不多?"按照我过去的思维定势,我就回答说,过去男人演女人或者女人演男人,因为越剧里面很少有男角,男的一般都是女的演。京剧里面女的都是男的演,因为,过去男女授受不亲,男女都在一个剧团怕出丑闻。没有想到,法国文化部长雅克朗说,不一定,有不同效果,女的有女的的效果、男的有男的的效果!他的效果女演员代替不了,梅兰芳有他的效果!

过去我们认为,男人演女人是落后的,实际上他不是落后的。过去我们认为拳击太野蛮了,很残酷,所以中国是不能发展拳击的。现在看,只要按规则、按制度办事,大家觉得拳击是很有魅力的运动。

我刚当文化部长的时候,全国三四个具有革命老资格的女同志,几位大姐,给我批的就是深圳要搞礼仪小姐竞赛,是变相选美,是把妇女当做玩物,是对妇女的严重损害。

我一听,下令深圳停止。现在呢,选美光在三亚就有多少次了,在深圳也有多少次了。很有意思的是,越是选美,越要保持格调的高尚,参加选美活动,当观众的男人一律穿黑西服、白衬衫,打领带都不行,而要打蝴蝶结,而且领结只分两种颜色,一种黑色、一种紫色,红的不行,说明来的人都是绅士,都是高雅的人!越是这样的活动,越特别注意它的层次,不是低级活动,不是一个肮脏的活动。所以说,文化的东西看不清楚,就放在一边保留,不要轻易灭了。灭也灭不了,现在证明选美也没有灭,拳击也没灭。

反过来说,我们新疆本地人我太了解了,我说,老乡们、同胞们,我太了解您了。所以,有时我们非常反感的东西,就像我说芭蕾舞腿动作,其实看着挺漂亮的啊,又健康、又有感情,你看,英国芭蕾舞女演员的腿漂亮,长那么漂亮的腿,对我们下一代形象有好处,为什么要往特别肮脏的地方想呢?这是健康,这是青春,这是艺术,这是活力!

我知道,民族同志最反感的就是二转子音乐,二转子音乐有利于我们推广。王洛宾的音乐,民族同志不喜欢。但是,现在在台湾都把王洛宾当成"乐圣"看,通过他都知道了新疆旋律。知道的是真的、假的,我也弄不清楚,但是说是新疆的就是新疆的吧!

许多民族同志最反感的就是刀郎。你怎么能叫"刀郎"呢?叶尔羌流域才叫刀郎!可是他叫刀郎,汉族人没有一个人会想到(口里的汉族人)他和叶尔羌河有什么关系?刀郎是什么呢,一个带刀的男子罢了,然后他唱了《2002年的第一场雪》,我没有听过他的歌,但是我不反对他,反对他干吗?全中国那么大,既然有人听,既然出唱片,就让他做。所以,对文化的事情,不要动不动就反感,有时候,反感是狭隘的表现。

昨天上午,我跟伊犁一大批学生、教师、干部座谈的时候说,如果一个人只懂一种文化的话,就会对其他文化产生反感、生疏、硌硬、接受不了。比如说,我们应该叫"水",英国叫做"water",法国人叫"aqua",维吾尔人叫做"su",哈萨克人好像也叫"su",蒙古人叫"ousu"等等。我们觉得,这不是莫名其妙,什么"aqua",什么"water",什么"su",明明就是"水",但你接触长了你就明白,这当然是"su"啊,这不是"su"是什么?所以,对和我们不同的东西,要有开放的心态。

汉语中有一个成语叫做"党同伐异",和自己相同的东西,我们就看成是一党的,视为一体。"伐异",不同的东西就要讨伐。我们为什么不能党同喜异,党同乐异呢?和你相同的东西认为是知己,看到不同东西,觉得很好玩,要有一种好奇心。

维吾尔语也有一句谚语,谚语说,"如果他跟你说的话不一样,他的心对你来说就是异己的"。太狭隘了!我们可以改成正面的词,同语则同心,异语亦同德。我是坚决主张来新疆工作的干部,你干三五年也好、干半年也好、干两年也好,你要学维吾尔语,缩小了与当地各民族之间的距离,说一句算一句,说一个词是一个词,别的不会说,你就说"亚克西"!王震同志在新疆的时候规定,学会维吾尔语,而且考试通过的,每人提升一级,多么精明英明的王震同志!

有一年我去德国住了六个星期。之前我报名参加德语学习班,当然学不会,六个月哪能学会啊,六年都不一定学得好。起码到现在我知道怎么叫一辆出租车。所以,我们这些方面一定要有开放心态,汉族同志一定要好好学习维吾尔语,民族同志一定要好好学汉语。不学汉语你吃亏太大了,不学汉语你升学有困难,你能上最好的学校吗?不学汉语你难就业,你找不到合适的工作,不学汉语你发展困难。所以,这些方面,要用积极的态度促进一体多元的发展,促进各个民族的相互了解、相互尊敬、相互欣赏,促进我们新疆民族团结。

我在新疆待过十六年,在农村劳动了那么多年。那时候,很多政策"左"得要死,但是那个时候民族之间非常亲切、不分你我。不用说别的,就是过肉孜节和库尔班节的时候,多少汉族同志跑到民族同志家里面吃撒子,喝白酒;过春节的时候,多少民族同志跑到汉族同志家里面又唱又跳。我们一定要使新疆成为一个民族团结友爱的乐园,我不相信新疆会老是发生恶性案件。因为那些恐怖分子、暴力分子,他们不能代表新疆人民,更不能代表我视为亲人的维吾尔人!

我开句玩笑,他们问我,"老王同志,你从哪里知道那么多事情?"

我说,我也算是半个"缠头",他们听见后怎么说,他们说"你整个一个维吾尔",所以我怀着这样的心,和新疆各个方面的朋友,谈谈文化,谝谝闲传,说错了,请大家指出,具体的工作按自治区党委指示来办,明天我上喀什,再过两三天我又回北京了。就是在北京,我虽然不会念经,我要念我的心经:祝福新疆!

2013年5月25日

新疆的现代化焦虑与民族传统文化*

给新疆班讲课,多少有点老乡对老乡的感觉。我主要讲两个问题,一个是中华文化生态与新疆各民族文化的重要地位,另一个就是现代化与民族传统文化。

第一个问题,中华文化是一个多民族的文化,又是一个以中原地区汉族文化为主体的文化,对这样一种文化,我们有一种描述,它是一种一体多元的文化。

一体就是我们都属于中华文化,说中华文化的时候,一定不能说它就是汉族的文化。季羡林先生生前就说过,中华文化不是一个汉族的文化,它本身就深受各民族文化的影响。汉族文化从来不是一个纯粹的、不受外来文化影响的文化。举一个例子,唐代有一个词牌叫《苏幕遮》,这是由西域传来的一种歌曲旋律与节奏。谁最早发现了这个词牌,而且对这个词牌发生了特别的兴趣呢?不是外人,正是唐明皇,那个跟杨贵妃爱得死去活来,一起制造了巨大爱情悲剧的人,有人说那是整个唐朝最伟大的爱情故事。是他最早发现了《苏幕遮》的节奏与韵律,是他使之成为中原地区填词的一个词牌。大家熟悉的像毛泽东填词的时候用的那些词牌,如《水调歌头》《蝶恋花》《十六字令》《忆秦娥》等,《苏幕遮》就是类似这样一个词牌,但这个《苏幕遮》一听就不是汉语,这是从西域地区来的。

---

* 本文是作者在中央党校新疆班的演讲。

吃的东西就更不用说了,西瓜就是。我在新疆的时候,在《新疆文学》上看到西瓜就是从新疆传到内地来的。所以到现在为止,新疆的西瓜仍然是最好的品种之一。还有菠菜,叫菠薐菜,实际上是阿拉伯语。北京现在的香菜,过去叫芫荽,也是来自西域。古人专门为这种菜创造了两个汉字——芫荽,这个词专指这种菜,不做别用。另外如"白菜""萝卜"里的"白""萝"都可以做别用,"白"是颜色,"萝"可以用来组成"藤萝"。

拿北京来说,北京因为做过蒙古人入主中原时的大都,所以北京话吸收了很多的蒙古语。北京还有很多回民,也吸收了很多阿拉伯语。北京有一种点心叫萨其马,是蒙古语"狗奶"的意思。我们听着有点不可思议,不容易接受。但是那时候,也许蒙古人喝过狗奶或吃过用狗奶做的食物。当然,现在已经与狗奶毫无关系了。老北京都知道,老北京的回民有一个词叫 niyat。宁夏银川有一个大清真寺,不是政府或者外国人修的,是老百姓 100 元、1000 元这样捐钱修起来的。我去的时候,当地的回民领导就说,这不叫捐钱,你们知道他用的是什么词吗?就是 niyat,是指心意、动机。相反,如果一个人为人不好、不善良,喜欢找别人的毛病、造谣、让人不愉快,老北京就说这个人 niyat 不好。其他从欧美吸收来的语词还有很多。有时候政治事件是不愉快的,但语言无罪,吸收词语来用,代表一种情态,一种生活。北京以前没有"瞜瞜"的说法,是八国联军来以后才有的。什么叫"瞜瞜"?就是英语"look look!"其他的如坦克就是 tank 的音译,等等。

新疆当地吹的笛子叫 meh,唢呐叫 suneh,其实唢呐是从西域传来的。新疆维吾尔族由于所处的地理位置,受中原文化影响非常深,同时也受其他文化的影响。受汉文化的影响很多,但一点也不影响他们的生活。譬如说矿井用的词,hang 就是矿,damei 是大煤,suimei 是碎煤。在内地很多地方如湖南,他们不说小,就说"碎"。所以碎来源于汉语。建筑用词如 chuanzi(椽子),lim(檩条),蔬菜也是,如

baicai(白菜),都是受到汉文化的影响。同时 piazi(洋葱),波斯语是 پیاز,叫洋的都不是汉语地区原有的。新疆人民发明的叫皮辣红的一道新疆沙拉,就是洋葱、辣椒和西红柿做成的,非常好吃。

新疆语里很多抽象词,也吸收了大量汉语。如 daoli(道理),讲道理则是 daolixixi,完全从汉语来的。liangmian 到乌兹别克斯坦成了 legmian,究竟是汉语的凉面还是拉面呢?反正是受了内地吃面条习惯的影响。饺子叫做 zhuwawa(煮娃娃),在甘肃那一带不知是否有这种说法。馄饨叫 ququleh(曲曲儿),山西有这样的说法,但他们说的曲曲不是馄饨,是把面弄成小面条煮。包子叫 mantah,就是馒头的发音,现在北京馒头就是指那种不带馅、用面发了蒸出来的。可是古代包括内地陕西等一些地方,把加了糖馅、枣、核桃馅的叫 mantah,加肉馅菜馅的叫包子。新疆的包子应该是从这来的。

所以生活中各种文化是相互交融的,当我说新疆人民的生活有很多受汉族的影响时,丝毫不意味着没有了维吾尔人和新疆的特点。为什么?任何一种东西,当它传播到一个省区或者一个民族,它必然要本土化。比如我们讨论一下拉面的问题。过去北京把这种面不叫拉面,叫抻面。它做的卤与我们在新疆做的完全不一样。不但新疆的拉面与北京话的拉面不一样,与北京现在到处挂着牌子卖的兰州拉面也不一样。而且南疆的拉面与北疆的拉面也不一样,南疆的拉面一条长长的,像盘香一样,一圈一圈转着,估计一条就能煮一锅。北疆就简单多了,就切成大一条,然后拉成面煮着吃。我也做过拉面,但做得很粗,像大拇指一样粗,但是我的女婿很爱吃,说新疆人吃这么大的面,真长劲啊。所以不要过多考虑它的来源,很多来源是说不清楚的。比如我们吃一种饭 poluh,是从波斯来的。

有一次我和我的好朋友阿不来提·阿不都热西提在一起聊起这个时他就问我,哎,王队长(因为我最光荣的经历是曾任新疆维吾尔自治区伊犁哈萨克自治州伊宁县巴彦岱人民红旗公社二大队副大队长,所以我很了解这些东西),我们这个饭是汉族的,那个饭是伊朗的,那么我们维吾尔族没有自己的饭了？我说不对,因为文化是什么？文化就是谁掌握了就是谁的。比如皮鞋,我们从意大利进口皮鞋十万双,用了一百双,就剩九万九千九百双,用了一千双就剩九万九千双。说到文化的层面是什么？是你把意大利的鞣皮子、做鞋的技术都学来了,与你的脚形相对照、相配合。因为维吾尔人、蒙古人你们的脚与那些欧洲人的脚是不一样的,号都不一样。在香港买的42号,与在欧洲买的40号的一般大。因为香港人的脚本来就小,而欧洲人的脚本来就大。与脚型、习惯、气候结合,产生出你的造鞋技术,就成了本土化,就成了你中国的造鞋的文化。当然,历史上中国也有自己的造鞋方法,但皮鞋很少。当你拥有了这种技术之后,你就可以造十万、百万双,只要有人要,卖得出去就可以。所以,文化是必然会本土化的。实话实说,马克思主义到了中国都要本土化,那个拉条子到了新疆能不本土化吗？拉条子到了喀什噶尔,还能一样吗,当然不一样了,它的样子不一样,味道也不可能一样了。

所以,文化是互相影响的,它是多元的。但是文化又是一体的,是什么意思呢？在整个中国,不管是各省也好,少数民族自治区也好,边疆地区也好,我们的传统文化里有一些十分靠拢的,或者十分一致的价值追求,精神的走向,精神上的追求。新疆现任的自治区党委书记,也是中央政治局委员张春贤同志跟我讨论,他说,我们应该怎样概括我们中华文化这种多民族文化的精神上的趋向、精神走向与要求。去年在乌鲁木齐、在喀什作过两次讲座,我都讲过这个问题。我用这样四句话、三十二个字来表述:不管是中原地区文化,还是新疆地区的文化,还是藏区的文化,不管是汉族还是少数民族,我们有些共同的文化理念。我归结为"敬天积善,古道热肠"。积善,就是要多做好事。内地很多人家在过年时贴对联,其中大家喜欢贴的对子如"忠厚传家久,诗书济世长""守身如执玉,积德胜遗金"。这与我所了解的维吾尔族的文化观念太一致了。维吾尔人很讲究,每天都要做好事,做了好事是 sawap,做了坏事就是 gunah。如果一个少数民族,一个维吾尔人不知道什么叫 sawap,什么叫 gunah,这怎么可以。我们讲"古道热肠",尊重古代留下来的那些传统,那些道德规范,我们有一种关怀和帮助别人的热烈心态。"尊老宗贤,崇文尚礼",新疆的兄弟民族也好,内地的汉族也好,都有这样的看法。"忠厚仁义,太平和谐"。维吾尔人希望和谐希望太平,我的印象太深了,一见面就 qilikmo, qilikmo……没完没了地问你是不是太平是不是平安。没有比平安更重要的了。汉族小孩从小习字写"天下太平"四个字,没完没了地写这四个字,最少写了几千张。

再往下讲是"勤俭重农,乐生进取"。我讲一个我在伊犁农村印象非常深的事,这与长期以农业为产业的维吾尔人的习惯有关。当地人养一种土奶牛,有时候自家的奶牛不产奶或奶不够,就去向邻居家借,互相关系好的,拿个碗就过来要上一碗,拿回去做奶茶。走在路上如果不小心,地上洒上了一点,他不会马上走,而是把碗放在一边,用一点土来把奶埋上。因为奶之得来不容易,它是牛身上长的东西,是农民把这个奶挤来的,你让它掉到地上,会很不好意思,因此不能让它暴露在地上,不尊重奶的价值,要用土来埋上。如果拿的是一块馕,掉到了地上,如果还能拿起来吃肯定会拿起来吃的,如果不能吃也要用土埋上。这是对农业劳动的一种尊重。新疆人都知道,馕打出来后都放在房梁上,老鼠与猫上不去,还有就是通风、干燥。馕的好处就是干,耐放。不像馒头、馍馍蒸出来之后放两天就坏了。像现在这样的热天,放一天就不能吃了。新疆的农民,尤其是南疆的农民说,如果你的馕放得太高够不着,可以踩着《可兰经》去够,如果你的《可兰经》放得太高够不着,你不可以站在馕上去够。

这是对农业劳动的尊重。这种尊重还表现在新疆文化上,新疆的文化是一种乐生的文化,认为人活着应该快乐。新疆的说法是,人生下来后除了死之外,都是找乐,都应该快乐。活下来了,难道还不快乐吗?这是孔子的思想啊。孔子说"仁者乐山,智者乐水""发愤忘食,乐以忘忧,不知老之将至"。别人问他的学生,你的老师怎么样,他的学生就回答如何如何。孔子说,你们为什么不回答他是"发愤忘食",一激动连吃饭都忘记了。开心的时候,就忘记了忧愁。这是一种乐生的精神。这些地方都说明,我们中华文化是有整体性的。我们与西方强调竞争,强调胜负,优胜劣汰是不一样的。

当然,我们的文化又是多元的,首先语言不一样,维吾尔语是阿尔泰语系、突厥语族,与汉语是不一样的。我们的造句是主谓宾,维语是主宾谓。维语是黏着语,动词后面可以加十几个二十几个附加成分,来改变它的语法意义。汉藏语系是词根语,通过增减词字来改变语态。这是不一样的。不一样才好啊,才能丰富多彩。我在新疆生活观察到的生活习惯等方面的不一样太多了,很好玩。汉族人缝扣子,针向右外侧拉,而维语人是往左肩方向内侧拉。汉族的木匠推刨子是往前推,维吾尔族木匠是往自己方向拉。俄罗斯木匠也是这样,师傅就是这样教的。北京有个歇后语:推头用推子——一个师傅一个传授。当然,这是玩笑话,拉还是推都不是问题。汉族洗衣服拧衣服,手腕上下相对着往外拧,维吾尔族喜欢正手手腕朝内拧。这有什么问题呢,这样生活才丰富多彩。

我认为,"尊重差异,互相交流,互相包容,互相欣赏",这是一个非常美好的理念。不是因为有差异我就讨厌你,我就看不起你。如果没有差异,生活还有什么意思。所以,这是非常美好的方式,这是非常正确的态度。

中国有一个大学者费孝通,担任过全国人大常委会副委员长,他是英国皇家学会的会员,在世界学术界有很高的威信。他提出来一个口号"各美其美,美人之美,美美与共,世界大同"。每个人都可以认定自己美好的东西,同时也要看到别人美好的东西,虽然不一样,美的东西我们可以共享。我想这是一个非常好的方针与口号。

我还愿意非常直爽地讨论一个问题。我们国家有大量的穆斯林,大量信仰伊斯兰教的兄弟姐妹。其中回族人口最多,遍布全国各地,海南岛、黑龙江有,沿海的各城市也有。还有宁夏回族自治区、新疆维吾尔自治区,新疆还有不是穆斯林的汉族、蒙古族、锡伯族,现在还有朝鲜族等民族。我在新疆任副大队长的时候,就住在维吾尔农民的家里,我的房东阿不都热合满,还有房东大姐叫赫里倩姆。

我对穆斯林有非常欣赏的地方。第一讲卫生,不断地让你洗手,从早到晚。本来我是从城市来的,应该养成及时洗手的习惯,但确实有这样的情形,在农村劳动回来晚了,有点饿,一看饭做出来了,不管是拉面还是玉米饼子,就急着去吃。他们就提醒:"你怎么不洗手就要吃!"我就觉得不一样。因为伊斯兰教把这个清洁作为核心价值来看待,非常重视。其次是他们非常重视慈善,特别提出要施舍。你自己有什么东西,别人需要的时候,你要给他。当时我在伊犁,住在伊宁市解放路,离绿洲饭店不远。我的窗子上挂的是民族老师给我做的窗帘。晚上有时候有乞食者需要帮助,一看我的窗帘就认为我们家是少数民族的,过来敲门要一点钱。开门一看我是汉族的,可能认为我不给钱,掉头就走。我就在后面追。当然那时候我也没有很多钱,两毛三毛,现在看起来已经不算钱了,但总是一点心意。伊斯兰教还有一个很好的地方就是不崇拜偶像,不搞具体的偶像崇拜,不把真主人格化。有一次我与伊犁农村的小女孩,她可能也就八九岁。那时我正在努力地学习维吾尔语,见到谁都愿意聊天。有一次我就指着上天说:"真主在天上。"她就告诉我说:"老王,真主不在天上,真主在我们每个人的心里。"好厉害一个小女孩,她的理论水平太高了!我们在宗教里需要寻找的是一种终极的概念。宗教并不是说哪里有一个神仙,月亮上有神仙。人已经登上过月亮,那上面没有神仙,火星上也没有,神是在你的心里。在这些方面,伊斯兰教都有很先进的地方,对人类文化的发展作出了贡献。世界上第一部药典是阿拉伯人写的,阿拉伯人在数字方面也有很多贡献。还有很多其他方面的贡献,都不需要我去细说。

但是我们同时又要看到一个重要的问题,伊斯兰教究竟是向开放上走,还是向排他方面走。现在有很少数的人,这些人当然不能代表伊斯兰教,但他们在向排他方面走。我在伊犁的时候,有一些高级的伊斯兰知识分子,他们的头脑、心胸都非常的开阔,思想也非常开阔。在"文化大革命"当中,我看到过。那是我当完副大队长之后,回到自治区文联。我在一个维吾尔族同事那里看到了一个手抄本,是波斯大诗人莪默·伽亚谟的《柔巴依》,郭沫若翻译成《鲁拜集》,给了我非常多的感动。比如说他的一首诗是这样说的:"我一只手拿着《可兰经》,另一只手拿着酒杯,有时候我是非常清真,也有的时候,我也会做一些不符合清真戒律的事情。在蓝宝石般的苍穹下,为什么要把人分成穆斯林与异教徒?"他是11世纪的诗人,在那样一个宗教氛围浓烈的国度,他都能提出这样一些见解。

  这次演讲之前,我还找到了伊朗最著名的诗人哈菲兹的诗。哈菲兹这个名字的意思就是"熟背《可兰经》的人"。我去过伊朗的设拉子,那里有他的墓,到处都有非常漂亮的他的诗集,人们非常喜欢。到了他的墓地之后,翻开诗集,用手指翻开一页上的诗句,就像占卜一样,可以预言你的吉凶祸福。哈菲兹最反对的就是宗教的极端性、狭隘性与排他性。他写的诗太多了。其中有这样一首:"当我从清真寺来到酒肆,不要恣意指责,说教之辞太枯燥,何不畅饮这陈年酒浆。心儿啊!假若明天像今天这样欢乐,生活该多么有意义,多么令人向往。"下面这首诗里他说得就更厉害了,如果我到了伊朗,我都不敢说这样的话。他说:"我已知道如此之多,我无法再把自己称作,一个基督徒、印度教徒、穆斯林、佛教徒,或犹太教徒。"他又写道:"我与每一座教堂,每一座清真寺,每一座庙宇,和所有的神殿相爱。因为我知道,在这些地方,人们用不同的名字称呼,同一个神。"就是不管是哪一种宗教,大家都向善,都希望有一个好的结果,都希望过上幸福的生活。翻译这些诗的是北京大学的一批学者,当然还有其他地方的专家学者,也包括文化部的专家。这些诗都放在《波斯文库》里。当年江泽民同志访问伊朗,与伊朗总统哈塔米一起在《波斯文库》上签了名,祝贺汉语译本的出版。在这里我也无意推销酒类,我也没有得到伊犁特曲或茅台酒的委托,来当形象代言人。我只是说,古代的穆斯林大知识分子,他们的头脑很开放,什么都敢说。其实,维吾尔人的头脑也非常开放。正是南疆的维吾尔朋友告诉我:"阿訇说什么,你要学,阿訇做什么,你不要学。"我们不是看不起阿訇,阿訇也是人,他也有这样的不太清真的情形,他也要 tamaxa(玩),他有时候也想喝一点 simsimsui(仙泉水,这里是指酒)。

所以新疆的维吾尔人接受了伊斯兰教以后,把宗教与这块土地结合起来了,它是一个世俗的宗教,不是一个神权的宗教。什么叫神权的宗教,对不起,西藏有一点,那里有这样一种教派,就是把全部的家当,财产、土地、房屋都卖掉,然后一步磕一个头,一路磕头到拉萨,到布达拉宫。最大的愿望就是在到达那里之后,磕完最后一个头,趴在那里,死掉。这是神权社会。我们新疆是世俗社会,是一个热爱现实生活的社会。刚才说到伊犁,那里的哈萨克族人最喜欢开维吾尔人的玩笑了,管他们叫"做买卖的"。他们告诉我,维吾尔族人一天不做买卖就难受,回去把左边口袋里的东西卖给右边口袋,这就是世俗生活。

所以我们完全可以放开头脑,可以像古代的哈菲兹一样。刚才我说到的莪默·伽亚谟是历官,掌握日历,哪一天开斋,哪天封斋,哪天宰羊,哪天做什么,他对这样的律例太清楚了,但是他们都有这样开放的、人间性的,接受各种不同事物的思想。

以上就是我与大家讨论的第一个问题。

下面我与大家讨论第二个问题:现代化与民族文化。现代化已经是一个常用的词,但是中华文化走向现代化的过程是非常艰难的,可以说是非常痛苦的。因为中国的地理环境与历史境遇很特殊。中国是一个得天独厚的地方,在几千年以前已经有了黄河流域和长江流域的相当精致的文化,这一个中原文化,东面、南面都是大海,当时的中国人没有到海的对面去看看都有些什么值得探索开拓的思想,而认为那里就是海。北面、西面、西南面就是少数民族,而显然这些少数民族的文化都没有中原文化那样发达。这样就养成中原文化的一种骄傲、沉醉和一种自我欣赏,乃至于一种盲目的自大与自信,认为周围地区的文化都是不发达的,甚至于也没有民族与国家的观念。过去说的国,是诸侯国,天下就是整个中国。中国几千年的历史上,近的近一千年里,两个朝代都不是汉族人做皇帝。一个是元朝,一个是清朝。但是一些过去离中原远一点的这些民族,这些同胞,他们来当了皇帝后,整个民族都融汇到汉族文化中去了。所以汉族从来没有对自己的文化产生过怀疑,从来没想过自己的文化会被别的文化吃掉。一直到一八四〇年鸦片战争为止,突然发现还有那么强大的文明,有那样强大的武器,你那些刀枪剑戟、那些土炮根本无法相比。在谢晋导演的电影《鸦片战争》里,清朝的人看到英国的军舰以后,他们的反应是"大清国的克星到了"。先是林则徐抗争,打不过人家,皇上又派自己的弟弟去讲和,那个英国的舰队司令参观了关天培以身殉国的虎门炮台。关天培是非常勇敢的,在与英国舰队的战斗中受了重伤,还在指挥战斗。那个英国人看了炮台后问:"这就是你们的海防炮吗?"回答说是。他说:"你们这全都是垃圾!"

所以在很长时间里,中国的知识分子有一种对中国文化的焦虑。我们的文化,在欧美的强势文化面前有灭亡的危险。在这个问题上,孙中山说得比毛泽东还煽情,还严重。孙中山是怎么谈中国文化的处境的?他说中国面临的是"亡国灭种的危险"。国家要亡,人种要灭。他还说,当时中国的处境是"人为刀俎,我为鱼肉"。欧洲人预备了刀和案板,中国就是那条鱼,那块肉,只等人家宰割了。

辛亥革命以后,大革命胜利前夕,清末最有名的学者王国维自杀了。他懂英文,懂德语,他最喜欢德国的哲学家叔本华。他为什么自杀?因为中国正面临"几千年未有之变局"。像他这样深受到中华传统文化熏陶的人,看到中华文化面临这样巨大的危险,没有了活路。这是陈寅恪对他的分析。

清末时候还有个著名的学者严复,他是留学英国回来的,他翻译了赫胥黎的《天演论》，他是个达尔文主义者。他的译本翻译得非常漂亮，以至于"文革"当中，全国已经不出版什么书了，毛主席提出来，你们印一些严复翻译的赫胥黎的《天演论》吧。严复将这本书翻译介绍到中国来就是希望中国要自强，《天演论》讲的是"物竞天择，适者生存"。万物都为生存而竞争，在竞争中胜利了，就是被上天选中，可以继续存在，如果失败了，这个物种就要被淘汰。但他在中国看不到任何的希望，他非常痛苦，最后吸食鸦片而死。这样先进、文明的一个人，他失望地死了。

所以到"五四"的时候，出现了各种非常激烈的言论。用胡适的话就是"我们事事不如人"，吴稚晖的说法是"把线装书扔到茅厕里去"。左翼人士也一样，鲁迅劝年轻人不要读中国书。钱玄同更激烈，建议废除汉字汉语。我在想，这样中国人该说什么话呢？改成说英文？一见面 Hi！他更为激烈的说法是"人过四十一律枪毙"。因为中国人很保守、很封闭，坏习惯很多，上完厕所不洗手，当然维吾尔人不这样，还有随地吐痰等，我不多说了。内地、中原地区、汉族地区，为了现代化，流了多少血，流了多少泪，有多少人发疯，有多少人自杀，有多少人杀人。因为处于两难的境地，坚守，就是看着中国的文化积贫积弱，不堪一击，任凭西方国家今天在这里宰一刀，明天在那宰一刀。如果积极地学习西方的东西，又怕把自己的东西丢了，自己的文化灭亡了。那时有激烈的想法是要把承载中华传统文化的汉字都取消了，汉字那么难写，拼音文字多省事。这样的痛苦说明什么？就是一个古老的文化，面对现代化的时候，有一种焦虑，有一种紧张，有一种不安，有一种尴尬，有一种两难。

直到一九七八年十二月举行了党的十一届三中全会，确定了改革开放的政策。当然在"文革"的后期，一次人民代表大会上，周恩来总理已经得了重病，在别人代他念的报告稿中，就已经提出了"四个现代化"的问题。真正开始现代化的步伐，是一九七八年十二月党的十一届三中全会以后。经过这样一个漫长的过程，从一八四〇年到一九七八年,经过了一百三十八年,从十一届三中全会之后又过了三十六年,中国在现代化的道路上确实取得了非常显著的成就,有目共睹,无可辩驳,完全都不能想象,包括新疆。我在新疆十六年,那时在新疆想买一瓶啤酒都非常困难,乌鲁木齐买过两次。出行pikup(小车),那得多大的官才能坐啊。现在的生产力有了空前的发展,人们的消费能力也有了空前的发展,这些都不是问题了。

但是与此同时,我们的文化,我们的生活方式,都会带来一些变化,都会面临一些挑战。从文化的观点上,你会觉得现代化会让人们付出一定的代价。文化有两个特点,第一是每天都在积累。什么都是文化,现在我在这里讲课也是文化,我们用的投影、麦克风、电脑、手机、MP3、录音机,都是文化。我们每天读的书,得到的信息,每天都在积累。但是我们更要看到文化的另一面,文化每天都在消失。我在新疆工作、生活了十六年,我一九七八年离开新疆到现在已经三十五年,当然,我离开之后又不断地到新疆去,今年我已经去了两次,去年也去了两次。新疆的文化就在不断变化,既在不断积累,也在不断地失去。我非常欣赏新疆的一个风景就是水磨。新疆的一些河渠水量很大,水磨很多。尤其是伊犁,看水磨的多数是俄罗斯族的。水磨现在已经越来越少了,用电多方便。像用驴拉磨,就更少了,有粉碎机,有粮食加工厂,都用电了。甚至于有人告诉我,有些地方连坎土曼都不会用了。我一听大吃一惊。我喜欢说我是抢坎土曼的人,坎土曼是新疆农民最基本的劳动工具。但是现在各种工具也在发生变化,我在我的小说《这边风景》里面专门描写了打钐镰。我不知道现在的人还会不会打钐镰,应该不会像过去那么多,现在机械化了。过去用钐镰打苜蓿,一打一大片,很好看。我在别的地区很少看到有用钐镰的。这个钐镰有很高的文学意义,在《安娜·卡列尼娜》当中,描写到小说的主角之一,农奴主列文与农奴一起打钐镰的情形,而且还有一张插图。很多东西都在变化,很多说法都在变化。过去一讲现代化的结果,就是全国一盘棋,全世界一盘棋。全世界是一个市场,不是两个市场,是一个统一的市场。我们维吾尔语的地位也感到受到威胁。你考大学,不会汉语你考得上吗?你考公务员,不会汉语你考得上吗?你到口里做生意,你不会汉语行吗?你不但要学汉语,你还得学英语。现在口里地区的人都是拼了命在学英语,有的是从幼儿园就开始学英语。现在政策有调整,不让从幼儿园学了,我不了解这方面的情况。面对这样一个连接起来的大的市场,我们的产业结构也会受到大的挑战。比如说伊犁,过去有几种手工业很好,如做靴子。但是现在也有变化,我说得不对了请你们帮助补充。他们做靴子没有温州人做得好啊,没有温州人可以大量生产的经验。还有伊犁的坎土曼帽子也是这样。很多传统的产业正在重组或正在发生变化。原来和田有苏州援建的丝绸厂,听说也已经没有了。所以说,所有的生产方式、生活方式都在发生变化。这种变化对于文化来说,第一,你得到了一些新的,第二,你失去了一些旧的。

在这种情况下,新疆的各族人民能不能搭上现代化的快车就成了关键。如果说精通商品经济的日本人来了,美国人来了,土耳其人来了,国内的温州人来了,上海人来了,香港人来了,那么我们仅仅靠我们过去从左口袋向右口袋卖这个莫合烟、杏干或别的什么的经验,能不能搭上这列快车?所以,在文化上,现代化会带来很多问题,会使有的人感到被动,感到恐惧,至少感到不习惯。这种新的问题如果又被境外的,被现代化甩下来的这么一批人,他们在某种程度上是变态、充满了仇恨、绝望的人所煽动,那我们的文化该怎么办?本来我们是一种 tamaxa(玩)的文化,结果变成了一种报仇雪恨的文化,我们本来是兄弟姐妹的文化,变成一种恐怖的,或者是一种黑暗的、阴暗的文化。

问题在于,我们不能拒绝现代化,不管现代化会带来什么陌生的东西,不管现代化使我们产生哪些不安,拒绝现代化我们就被世界边缘化了,被国家边缘化了,拒绝现代化我们就永远贫穷落后愚昧下去,就是自绝于地球,自绝于时代,自绝于未来。

同时，正是在现代化的快车上，我们要注意保护与弘扬自己的民族文化，自己的特色，否则就是自绝于祖宗，自绝于人民。尤其是新疆，尤其是南疆，那里有许多文化名城，珍贵文物。我希望包括内地的援疆工作人员，好好学习新疆的传统文化，并且致力于保护这些文化遗产，万万不可粗心大意，不可发生建设中破坏传统文化的事情。

　　对于新疆，我们还需要解决另一个问题，就是使新疆的各族人民搭上现代化的这辆快车。只有在这辆现代化的快车上，新疆各族人民才能享受现代化带来的一切利好，享受到对生活有利的东西，对人民有利的东西，我们也才有强大的实力来保护我们的传统文化。为什么中国现在文化上比过去自信得多？二十世纪八十年代的时候，我们在对外上就碰到这样一个问题，就是所有发达国家都追着中国，要在中国建立文化中心，叫互设文化中心。我们当时的政策就是一个也不能设！你设了文化中心，就会对我进行和平演变，我又没钱上你那里去设文化中心，我演变不了你。可是现在呢，我们在全世界很多国家设立了文化中心，据说现在已经开业的就有十六个。我们除了设立文化中心，还不惜拿出很多钱来，在很多地方设立孔子学院。体现出来的就是实力不一样了，信心也不一样了。现在相反，我们设立了很漂亮的文化中心，而那些曾经追着要在中国设立文化中心的国家却没钱，没能在中国设立文化中心。现在北京设立的外国的文化中心有一些，有的还给我发邮件，比如说西班牙的塞万提斯学院，德国的歌德学院，总共已经有七个，但我们在外面设立的已经有十六个。你只有在现代化中有所成功，有所发展，才能减少你的文化焦虑、文化不安与文化变态。

　　最近有一件事让我非常高兴，我在北京认识了一个维吾尔族的年轻人库尔班江，他是中央电视台的摄影师，他在那里工作得也非常优秀。他在全国采访了一百一十多个从新疆来的，在口里各地打拼的，多半是成功人士，也有正在打拼，还不那么成功的。有带着孩子在读研究生的，开餐馆的，卖羊肉串的，大部分是在内地在现代化的大潮当中相当成功的来自新疆的各族同胞。其中有一个美女,现在是阿里巴巴的高管,收入与威信都很高。在他们的身上让人看到的是光明,不是黑暗,不是仇恨,不是焦虑,不是不安,不是尴尬,不是痛苦。因为他们乘上了现代化这趟列车。现代化不是万无一失的,不是完美无缺的,由于现代化使你离自己的传统文化越来越远,这确实是一个很大的遗憾。但是我们也要看到另一面,由于现代化,你有了实力,你可以回过头来做大量的保护、继承、弘扬传统文化的工作。比如我们国家现在有很多文艺团体都投向市场,但是一些体现我们国家传统文化的如京剧、昆曲,一些地方戏曲团体,国家都有一定的投资,有一定的财政补贴,以帮助他们能够发展起来,新疆也不例外。我几次去新疆乌鲁木齐团结路,我们家以前就住在团结路附近的十四中学里面。在团结路那里现在就有自治区的木卡姆艺术团,正是在现代化、改革开放的高潮中,木卡姆被联合国教科文组织列为人类非物质文化遗产,新疆成立了木卡姆艺术团。在北京国家大剧院我知道最少已经有两次十二木卡姆的演出,其中最少有一次是由刘云山亲自请来的,表演了刀郎木卡姆、哈密木卡姆、吐鲁番木卡姆。所以我们不能把现代化与民族文化对立起来,我们要追求的是在现代化的过程中,更好地来保护、弘扬、继承、珍惜我们的传统文化。用拒绝现代化的方法,你是保护不了自己的民族传统的。拒绝现代化的结果,只能是民族的衰微与灭亡。

这种焦虑不但维吾尔族有,哈萨克族有,汉族也有。在拒绝现代化的前提下,你的文化更混不下去。汉族历史上有热烈鼓吹传统文化的,如北京大学的辜鸿铭,一直梳着长辫子,他不剪。几乎所有的欧洲语言他都会,他把胡适都镇住了。一次别人向他介绍说这是胡适先生,是在北大教西洋哲学史的。他就问人家,你的拉丁语怎么样啊?胡适说我不会拉丁语。辜鸿铭说你连拉丁语都不会敢教西洋哲学史?!这把胡适给镇住了,无话可说。辜鸿铭在伦敦看《泰晤士报》,他倒着看。两个当地小青年看见了就说这个"猪尾巴",连字是正是倒都不知道,他买报干什么。辜鸿铭回过头来,用标准的牛津音说,你们英语太简单,正着看是对我智力的污辱。倒着这么瞭几眼,几分钟你们国家那点破事我全知道了,还用正着看吗?吓得那两个伦敦青年落荒而逃。他还挑战英国文化:你们英国文化好,好个屁,中国文化才好。中国文化为什么好?一个男人可以娶五个老婆。你这是男女不平等!怎么不平等了?一个茶壶可以配五个茶碗,哪有一个茶碗配五个茶壶的。但是依靠这样的人,中国文化能发达吗?他是怪杰,是中国的天才,但是他对中国的文化发展不可能有很多的贡献。恰恰是在急剧的现代化过程中,我们保护了多少文物,什么时候保护文物有改革开放以来保护得多?我们出了多少的典籍?我们国家财政部有专门的拨款,《永乐大典》在出版,《中华文化大典》在出版,二十四史出了多少版本,包括我们新疆维吾尔文和汉语的维吾尔族的典籍我们出了多少?我知道的《福乐智慧》最少有两个新的版本,《突厥语大词典》我们也出版了。现在新疆文库正在出版,今年4月我去出席了《新疆文库》发行的活动,文库要出维吾尔文、汉文、哈萨克文、蒙古文、柯尔克孜文、锡伯文等六种语言的版本。古代汉唐对西域的各种记录,各种的描写,还有外国的,斯文·赫定、巴尔得、伯希和、斯坦因,美国人、瑞典人,过去去过新疆的外国人对新疆的各种考察、各种记录都包括在文库里。如果没有现代化,没有生产力的发展,我们想保持我们的传统文化,我们做得到吗?当然,现在中央也已经完全知道了这种情况。我看最近中央新疆工作会议的文件里,也提到解决就业的问题。现代化会造成失业,这种情况是完全可能的。你原来的工厂办不下去了,倒闭了,等等。不管怎么样,我们得想办法跟上这辆现代化快车。我们党的工作者也要深深地认识到,把边疆的各民族同胞拉到现代化这个高铁上来,是我们边疆稳定、发展最重要的任务。在这种情况下,我们的民族文化也可以得到发展。我们可以保留原汁原味的、完全不变的东西。内地这种情况也非常多,"五四"时候就开始讨论,戏曲能不能用机关布景,也打灯光。有争论,有人现在还在坚持绝对不可以,还要与梅兰芳、程砚秋、马连良、王人美那个时候一样的布景,不加任何变化,这样做当然可以,你加一些新的变化,同样也可以。我们的民族文化也是这样,要在现代化这个大潮当中,为民族文化的征集、保护、抢救、弘扬创造条件。绝对不能把现代化变成与民族文化对立的东西。

明年就是赛福鼎同志诞辰一百周年,我还参加了中央批准的赛福鼎同志的文献纪录片拍摄工作。赛福鼎同志当年给我印象最深的是,他最担心的就是新疆的少数民族变成一个落后的、边缘的民族,变成一个赶不上潮流,赶不上时代的民族。他非常敏感。比如北京这边要培养一批女飞行员,他马上找中央,看能不能有维吾尔族的女孩可以参加培训。体育学校培养高水平的体育人才,他也非常关心。当我还在文化部上班的时候,他跟我多次说过,他希望用十二木卡姆的旋律来做交响乐。为这个事,我也下了很大的功夫,前年,还是贾庆林担任全国政协主席的时候,有一次国家交响乐团与新疆一起搞的十二木卡姆交响音乐会,基本上用西洋乐器,小提琴、大提琴、单簧管来演奏,还有钢琴协奏。贾庆林主席出席了音乐会。中央歌剧院还有以维吾尔故事创作的歌剧《热瓦甫恋歌》演出,有很多领导同志,赛福鼎同志的夫人阿依木也参加了。

所以我们完全有可能,在现代化的大潮中,对维吾尔族、哈萨克族、锡伯族等十几个新疆世居民族的文化加以保护,对此我们应该充满信心。这个过程中一定还会碰到一些苦恼、一些困难,这些都是可以克服和解决的。我也在我力所能及的范围之内,到处呼吁。有一件事我非常感动,二〇一〇年,我的好朋友、维吾尔著名诗人铁衣甫江诞辰八十周年时,新疆召开了纪念会议。张春贤书记也参加了会议,而且决定自治区每年拿出一千万元来鼓励新疆各少数民族进行母语写作,帮助把这些作品翻译成汉语,说明中央、自治区各个方面正在重视新疆各民族的文化的保护与发展。

在我最困难的时候,我在新疆生活工作了十六年,在"文化大革命"当中，我在新疆是最安全的，任何的人身迫害都没有。每每想起来，我都要说，我热爱新疆，我想念新疆，我感谢新疆各族人民。有一次，香港的电视台对我有一个关于新疆的采访，我说了一句话："新疆的各族人民对我恩重如山！"说完这句话，我没想到，那个曾经在凤凰卫视工作过的杨锦麟先生及他带的一帮小丫头、小小子，有抬机器的、打灯的、录音的，他们都流了眼泪。本着对新疆的热爱，我认为发生的我不希望看到的那些事件，那是暂时的，是极少数。我爱新疆的各族人民，我相信新疆的各族人民一定能够赢得一个光明的、美好的前途，我们一定要用光明来代替黑暗，一定要用智慧来代替愚蠢，我们一定要用开放来代替狭隘，一定要用现代化来代替无知、落后、贫困，那种自己把自己囚禁起来的生活。我已经越来越老了，我今年已经八十岁了，但是我仍然相信新疆的未来，新疆的光明。

2014 年 7 月 1 日

放逐与奇缘*

——我的新疆十六年

感谢大使,感谢馆长先生,感谢各位来宾。

今天上午我饶有兴趣地参观了亚洲艺术馆。许杰馆长给我们介绍了非常有趣、非常有启发和新鲜的内容,而且还讲到了正在布展的台湾"故宫博物院"的宋、元、明、清四个朝代的一些文物,还提到了这四个朝代的热爱文艺的三个皇帝,宋徽宗、明宣宗和清乾隆帝。

我立刻就想到了稍早一点的唐朝的唐明皇。唐明皇和杨贵妃的事情家喻户晓,唐明皇热爱文艺,他编导过《霓裳羽衣》歌舞,成就非常大。唐明皇还有一个文学上的贡献,他制定了一个词牌"苏幕遮"。"苏幕遮"是什么呢?就是新疆阿克苏地区的一个节日的歌曲的节奏。这个节日叫"乞寒节",就是每年下第一次雪的时候,大家在一块儿唱歌、跳舞、喝酒,希望真主保佑这个地方寒冷。唐明皇按这个节奏制定的一个词牌叫"苏幕遮"。宋朝的范仲淹、周邦彦都喜欢用"苏幕遮"这个词牌来作词,例如范仲淹的"碧云天,黄叶地,秋色连波,波上寒烟翠"。早在那个时候,新疆和中原地区已经有了文学上的相互融合和汲取。

下面我给大家讲一个小的故事。我只能说我在非常不快乐的时期自愿到了新疆,但是我在新疆得到的更多的是充实、快乐,是新的知

---

* 本文是作者在美国旧金山市立总图书馆的演讲。

识。一九六三年,我到达新疆;一九六四年,我到过吐鲁番,到喀什噶尔地区麦盖提县红旗人民公社待了四个月,而且还写了描写新疆生活的文字。这期间中国的政治形势越来越紧张,所以新疆维吾尔自治区党委觉得对王蒙就很不好办,他们进行了认真研究,想了一个最好的办法,就是请王蒙到新疆最好的地区伊犁地区的一个人民公社进行劳动锻炼。请注意,不是劳动改造,是劳动锻炼,是"exercise",而且还兼任巴彦岱红旗人民公社二大队副大队长。我住在一个老贫农家里,他的名字叫做阿卜都热合曼,他妻子的名字叫做赫里倩姆。我住在一个偏房里,那间房子大约有四平方米,矮矮的一个土炕。我住进去三四天以后,就进去两只燕子,在房梁上开始筑巢。当地的维吾尔族农民发现了,说咱们村来了一个好人,来了一个善人,因为燕子最了解人是善是恶的。这个院子已经有七年没有燕子来筑巢了,这个王大队长一来,燕子就在这筑上巢了,好人来了!我一想到这点,内心就充满了温暖。在我不快乐的时候,我得到了维吾尔族农民的信任。

我接着讲下一个故事。过了多半年以后,我已经可以在大队的会议上用维吾尔语发言了。维吾尔语是阿尔泰语系,是突厥语族,它在发音上是很不一样的,比如说它有小舌音、卷舌音,还有送气音。我尽量地模仿,尽量地学。有一次,我在那儿大声朗诵"老三篇",结果,他们说,哎呀,你朗诵的和人民广播电台朗诵的一样啊。

有人问我你为什么学维吾尔语学得这么快呀?是不是有语言的天赋?我就回答他,不是,因为我和维吾尔族农民已经一起喝了两吨白干酒了!

现在我讲一个喝酒的故事。有一次我到伊宁市我那个房东的外甥家里去。他的这个外甥是伊宁市党校教员,也有一些政治上的麻烦。他有点小麻烦,但生活得也还很自由很快乐。我到了他那儿,他就说今天你要在这儿多坐一会儿,等会儿有一个很重要的朋友要来,我们一块吃馕喝奶茶。过了一会儿,这个朋友来了。这个人穿着一件大衣,而且他手是藏在大衣底下进来的,进来还到处看。我正怀疑他是不是一个"thief",然后他从大衣里掏了半天掏出一个玻璃瓶子来,往桌上一放。房东外甥给我介绍说这就是反修医院的内科主任吐尔逊。那个时候"文化大革命"已经开始了,已经买不到酒了,但是这个瓶子上头写着四个大字:药用酒精。这个主人就说,今天我们三个男人的任务就是喝掉这瓶子药用酒精。我说,这个不可以喝的,这个是有毒的。这个内科主任说,我已经喝了一年啦!主人的妻子出来了,她是一个乌孜别克族的美女,那时候没有这个词,但是我现在想起来只能用这个词。她不但是 very beautiful,而且是 very sexy。然后她就给我们炒这个羊肉菜。(新疆维吾尔自治区党委真是英明啊,把我派到伊犁啊。伊犁那时候虽然要喝药用酒精,但是有很好的羊肉菜啊。而且我告诉大家,一九六五年七月、八月两个月伊宁市取消了粮票,你买一口袋馕,买十公斤馕、二十公斤馕也不要粮票。到现在为止,我所知道的一九六五年七到八月取消粮票的全中国只有伊宁市,新疆其他地方也不行。)酒过三巡,内科主任忽然一拍桌子问主人,你知道老王是什么人吗?这个主人就说我知道哇,他是一个有名的作家,他写过小说啊。然后这个内科主任就手一挥,认为他说的并不重要,"他是苏联的斯大林文学奖金获得者。"我当时吓坏了。我没有获得过呀,"唉,没有没有,我没得过斯大林文学奖金。"这两个人都站过来了,"老王,不要害怕!得到了斯大林文学奖就是得到了,当然是你得到了!"我说,中国老作家有得这个奖的,一个是丁玲女士。他们说,丁玲女士?丁玲女士是谁呀?不知道。"还有一个是周立波先生。""周立波?没听说过。就是你得的。"我不敢再多说了,再多说他们大喊,整个自治州党校的人就全都来了。这个要是报到乌鲁木齐去,说王蒙不但一九五八年发生过问题,而且到了伊犁冒充是斯大林文学奖获得者,我怎么解释得清这个问题呢?这个主人听了以后不甘落后,他也一拍桌子:"岂止是得了斯大林文学奖,在克里姆林宫斯大林接见过他。我在阿拉木图《真理报》看到过他和斯大林握手的照片。"

总而言之,在这一个非常艰难困苦的时刻,我们北京的这些同行,包括老作家、老革命、老延安和与我年龄差不多的作家都在那儿挨斗的时候,我在新疆伊犁荣获斯大林文学奖!这个事儿我憋闷、奇怪了五十多年。喝点酒高兴管我叫大哥、叫叔叔是可以的,管我叫弟兄也是可以的,怎么我得了斯大林文学奖了呢?为这个事儿我问过在新疆曾经担任过很高级领导的司马义·艾买提,他跟我说,这不很简单吗?他喝完了那个药用酒精以后,内科主任就是那一年的斯大林文学奖评奖委员会主任,那个党校教员吐尔逊就是评奖委员会副主任嘛,他们两个人一决定就给你这个斯大林文学奖了嘛。我要说的是:万岁,药用酒精!有很多人不理解你在一种困难的时期,很不愉快的时期,以很不愉快的方式到了新疆去劳动,你怎么还能过得这么高兴呢?但是请各位想一想:我能不高兴吗?在那个年代我获得了斯大林文学奖呀!

我请大家再帮我分析一下,新疆的维吾尔族农民非常注意政治正确,他说我是斯大林文学奖的获得者,不说我是列宁文学奖的获得者。那个年代苏联发的已经是列宁文学奖了,但是列宁文学奖是赫鲁晓夫、勃列日涅夫时期发的奖,而在赫鲁晓夫和勃列日涅夫时期中苏关系已经由好变坏了,说斯大林文学奖即使传出去也没有风险。他们在政治上很精明,很注意掌握政治正确。

维吾尔人有一个谚语,他说,你生下来以后除了死都是"塔玛霞尔"。"塔玛霞尔"就是找乐,就是玩儿,就是"enjoyment"。所以我在新疆,在一个不快乐的时期,有非常快乐的"塔玛霞尔"。

此时,我还大量阅读了在中国,尤其是在苏联、中亚的一些加盟共和国出版的维吾尔语和乌兹别克语的图书,因为维吾尔语和乌兹别克语的距离就像北京话和天津话的距离。我印象最深的是看到的手抄本波斯诗人莪默·伽亚谟的《鲁拜集》,就像我们七律这样的八句诗或四句诗,而且他的押韵是由首韵、腰韵、尾韵,就是两句之间不但是最后的那个字押韵,中间还有好几处要押韵。我是看见他们手抄的,于是我也抄的,这个笔记本现在还有。

他的一首诗:

> 空闲的时候要多读快乐的书,
> 不要让忧郁的青草在内心生长,
> 还是喝酒吧,一天喝上一百杯,
> 哪怕死亡的阴影渐渐靠近。

我把他用五绝翻译一下:

> 无事须寻欢,有生莫断肠。遣怀书共酒,何问寿与殇?

但是他更精彩的诗,我一念起来就热血沸腾的:

> 我们是世界的希望和果实,
> 我们是智慧眼睛的黑眸子,
> 如果我们把偌大的宇宙比作一个指环,
> 那么,我们就是镶嵌在这个指环上的那颗宝石。

你们听我讲新疆的各族人民、各族百姓、各族同胞是多么可爱,我是多么喜欢他们,我的最艰难的时刻是和他们一块度过的,所以我永远要说一句话:新疆各族人民对我恩重如山!

现在,我要谈到一个大一点的问题:为什么近年来新疆发生了一些恐怖主义的事情、极端主义的事情、分裂主义的不好的事情?这里头有许多的原因,我现在谈几个原因。

第一个原因,就是对中国的多民族的命运共同体的这样一个理论的阐发还有待我们的努力。新中国建立的时候,以毛泽东主席为代表,当时解决的民族问题靠的是阶级斗争的理论。毛泽东主席的名言就是民族问题说到底是一个阶级问题。很简单,就是你汉族你好好地斗汉族那些地主、财主、黄世仁、南霸天,你们斗那些人去。你们维吾尔族斗那些巴依、伯克、什么乌斯曼匪帮,你们斗那些人去。你这个内蒙古的呢,你斗这个王爷。各民族斗自己的那些阶级敌人,你们相互之间没有矛盾。这个理论很管用,确实,就包括我去新疆的时候当时宣传的就是这个。不管什么民族,我们是阶级弟兄,我们要各自与本民族的坏蛋作殊死的斗争。我们需要发展,需要研讨,就是在中国进入了社会主义现代化的时期以后,对于民族关系、民族问题应该怎么样解决,需要有理论上的更充分的阐发。

更重要的是第二个问题,就是现代化对于每一个民族来说并不是一件非常容易的事情。在一八四〇年鸦片战争以后,中原地区包括清末民初中国的知识分子,中国的各界人民,面对工业国家那种强势的文明和强势的武力,曾经不知道受了多少痛苦和焦虑。近三四十年来,中国急剧的现代化的发展,中国的各个民族在这个现代化过程中感觉有所不同。比如说,伊犁过去的手工业比较发达,一个是皮革,做皮靴,一个是制作帽子。这些是伊犁最好的工艺。但是在市场经济发展起来以后,他们做皮靴做不过内地的人。伊犁女人都戴大头巾,大头巾不如上海制造的。当地的羊毛再多,你制造不出那么好、那么便宜的大头巾来。所以生产的格局开始发生变化。社会急剧发展当中,很多原来的生产方式、生活方式都发生了变化。比如说过去新疆的水磨非常发达,就像欧洲一样到处都有水磨。现在水磨基本上没有了,因为用电磨又便宜又简单又方便,所以水磨这道风景已经没有了。类似的事情非常多。生活方式、生产方式都在发生变化,并不是每一个民族、每一个人都欢迎这种变化,他会有一种自己赶不上时代快车的感觉。

第三个更严重更重要的问题是国外的影响。因为原来的两个阵营、两种制度、两种意识形态的斗争现在慢慢地模糊了,相反的那些最原始的民族、国家、领土、宗教、信仰这方面的问题在发生。这样在境外就有一批对于社会的发展尤其是对于全球化感到完全的绝望,感到痛恨,感到仇恨,而变成了甚至对于人类的仇恨,对世俗生活的仇恨的这样一些人,走向了恐怖,走向了对无辜的人民的攻击。新疆也出现了这样的极端恐怖分子,他们有的到了俄罗斯的车臣,有的还在想办法从马来西亚,从一些地方,他们要去叙利亚参加 IS 这个活动,现在我们已经追回来一批这样的人;有的在北京、昆明、乌鲁木齐、喀什制造了一些恐怖事件。但是我要说新疆的各族人民,新疆的维吾尔人是非常平和的人、非常可爱的人,坏人太少太少了。我坚决相信新疆是我们祖国大家庭的一部分,新疆的各族儿女和我们心连着心。

如果我们中国在走向现代化过程中,能够照顾到各个地区各个民族的发展,能够有更平衡更细致的工作,当然也必须有对恐怖分子、极端分子坚决的打击,那么中国的前途是光明的,新疆的前途是光明的,维吾尔族、哈萨克族、塔吉克族、乌孜别克族,他们的命运都是光明的。我愿意和大家一起,我愿意在旧金山继续表达对新疆的热爱和祝福!

2016 年 9 月 13 日

我们要的是珍惜与弘扬文化传统的现代化*

  文化遗产太脆弱了,每天都在遭受风吹雨打,遭受人为破坏,而非物质文化遗产,传承人每天都在老去。

  人类需要这些文化遗产,我们需要不断回顾,看看我们是如何走过来的。可是我经常发现,刚刚过了二三十年的事情,对于年轻人来说,已经茫然无知。

  不要以为古人不如今人聪明,谁能说得清是最早发明灯盏的人还是今天的电商更伟大?当看到祖先留下来的织品和建筑时,我们常常感叹今天做不到这么精美!

  中华传统文化的特点之一是崇拜祖先,慎终追远,薪尽火传(谨慎细致地办理长上的丧事,追怀古远的祖先,祖先虽然不在了,他们遗留下的精神遗产将得到代代传承)。各种文物受到珍惜,得到保护。

  目前中国拥有联合国教科文组织承认的世界文化遗产、自然遗产、文化与自然遗产二十九项。非物质文化遗产二十六项,急需保护的七项。各地遗产,其实不计其数,而且仍然处在不断发现的过程中,如一九七四年发现兵马俑,一九八〇年开掘三星堆,二〇一五年发现海昏侯墓等。

  而在贫穷与愚昧中、战争中、建设中、"文革"中……也不断地有

---

* 本文是作者在第五届圣彼得堡国际文化论坛的演讲。

遗产被破坏。目前仍有大量珍贵文物在境外或失踪。

全球化、现代化的过程带来巨大的进步,也带来城市乡村面貌、生产与生活方式的巨大变化,还带来对于文化遗产的新威胁,例如盗墓与文物偷盗的犯罪时有发生。战争是对文化遗产的最大破坏,阿富汗的巴米扬大佛,还有叙利亚的布斯拉古城、帕尔米拉古城。它们难以得到保护。

保护文化遗产,就是保护传统文化,就是文化自信,就是保持文化的多样性与丰富性,就是保持民族与地域特色,就是保持世界的多元化。

中国坚持对于现代化的努力与对于全球化的肯定。只有自立于民族之林,只有随着经济建设的高潮,才能兴起文化建设的高潮、文物保护的高潮。

人们碰到的问题是:现代化使一些地域与民族失落自己的文化特色与古老面貌。同时只有具民族与地域特色的现代化的成功,才能更有效地保护与利用文化。

只有在珍惜弘扬古老的文化遗产的现代化过程中,才能更好地守护历史,守护遗产,才能摆脱破坏历史遗产的现代的恶名,才能实现具有民族与地域特色的更加理想的全球化与现代化。

改革开放以来,中国的文化遗产事业兴旺发达。各省市博物馆的建设与规模都有大的发展。大同城建与文物保护修复、布达拉宫的修缮,高昌古城、交河古城、山西古城大院等修复与保护,都取得了重要成就。旅游事业蓬勃发展,特别是革命文物与红色旅游,方兴未艾。

文物保护,官民并举,国家的责任重大,同时提倡高雅的搜集贮藏文物,藏文物于民,民间博物馆事业方兴未艾。例如,樊建川兴建的抗战博物馆系列。二〇一五年,占地五百亩、建筑面积一点五万平方米的抗日战争博物馆,在四川成都大邑县安仁镇落成。各地小的私人博物馆不计其数。北京有松堂斋民间雕刻博物馆、民间奥运博物馆、中华民间瓷雕博物馆等。

拍卖行的兴起,文物的民间化与市场流通,呈现蓬勃发展之势。

只有把对于古代文物的珍惜与对于发展的追求统一起来,把全球化、现代化、多元化、民族与地域特色化结合起来,反对全盘西化,也反对极端主义的历史虚无主义与破坏性排他性,才能出现更美好的文化图景。

2016 年 11 月

中俄文化交流的历史意义[*]

近二百年以来,曾经充满自信的中国人碰到前所未有的变局。一九一九年的五四运动,对于中华传统文化,多所反省批判,从把线装书扔到茅厕里去到年过四十一律枪毙,从废除汉字到不读中国书,激昂慷慨的议论,多有发生。

正是狂飙突进的五四运动与中国人民革命运动,挽救了、激活了中国文化,寻找着中国通向现代文明的路径。

中华人民共和国建立前后的历史证明,要实现对于世界先进文化的汲取,同时要实现优秀外来文化的本土化、大众化和时代化。

坚定地实现有中国特色的社会主义现代化。不实现现代化,抱残守缺,不求发展,中国就是自绝于地球,用毛泽东的话说,就是难免被开除球籍。

认真地传承中华文化的精华,如果置中华传统于不顾,就是自绝于本土,自绝于中国的十三亿人民。

正是由于重视历史文明对于现代化的重要性,中国实现了并且正在实现着飞速的发展,同时较少动荡,较少内部冲突,较少提供给国内外极端势力、分裂势力、恐怖势力等消极因素的可乘之机。中国的追求是将发展与稳定,将现代文明的传播与历史文明的自信与守护结合起来。

---

[*] 本文是作者出席第五届圣彼得堡国际文化论坛,与普京总统会见时的谈话要点。

同时，中华传统文化中有一些不合时宜的成分，所以我们要实现中华传统文化的创造性转变与创新性的发展。

转变，就是使前现代的基本上是农业文明的各种观念与习惯现代化，适应中国式的民主化与法制化，适应社会化大生产、先进的科学技术与管理、信息时代的一切新的前景。

发展就是要拥有自己文化大匠的强大阵容，拥有自己富有中国特色、走在时代前沿、与国际高端接轨的文化成果，包括自然、人文、社会、物质与精神方面杰出设计与产品。

实现高端的与全面的文化整合，避免可能的文化冲突，成全健康的与均衡的文化生态，为人类做出更好的文化贡献，坚持中国特色，坚持面向世界、面向未来、面向现代化，是中国梦一个重要内容。

2016 年 12 月 2 日

现代性、文化与阅读*

我有机会在这样一个很盛大的年会上和大家交流,我感到很高兴,我也很惭愧,很不安。我又怕自己一些零零碎碎的想法还不是很成熟,功底还不够,好在咱们这个会已经快开完了,我这是给大家补一段白。我们现在读书似乎遇到了一些新的挑战,遇到了一些新的问题,所以我想就现代性、文化和阅读这个问题说一点自己的看法。

我用的是现代性,这个现代性我们国内用得并不多,这更多的是外国喜欢用的一个词。我们用的词是现代化,这个现代化,还在"文革"没有结束的时候,应该是一九七五年,在第四次人代会上周恩来总理就提出了实现农业的现代化、工业的现代化、科技的现代化、国防的现代化,简称四个现代化。这个说法和西方学者用的现代性既一致又不完全一致。西方所说的现代性是一个整体,包括管理的现代化,包括体制的现代化,包括生活方式的现代化等等。

作为我们国家的一个大政方针,这四个现代化是我们的社会主义的现代化,这是无可怀疑的。而且我们这方面已经取得了非常大的成绩,带来了生产力的大发展,带来了生活质量的提高,生活方式的变化。但是在国外也颇有一些人对这个现代化喜欢打一个问号,尤其是西方的左翼知识分子,所谓西马,就是西方马克思主义者,都有许多对现代性的置疑,都有许多对于发展的置疑。因为这个现代

---

* 本文是作者在中国图书馆年会上的演讲。

性在带来大量的进展的同时,也带来一些问题,比如这个世界越来越显得单一化,比如说大自然环境受到了越来越严重的破坏,比如说有一些民族的传统的文化保留不下来了。所以这个就想起早在"文革"当中张春桥曾经有一个说法,当然中国的"四人帮"这又有另外的问题,这不能和西方,也不能和西马相比。张春桥是反对现代化,他说现代化就是西方化。它带来了一系列的问题。

现代性带来了科技的巨大进步,带来了获取信息与知识手段的迅猛发展,带来了传媒的发达,传媒的发展日新月异。信息量急剧地增加,以至于被称为信息爆炸。还创造了大众的广泛参与条件,使文化民主,使公民的文化权利得到了越来越多的保证和进展。在这样一个进步当中,市场、传媒都有巨大的作用。我们国家现在已经是全世界上网的人数最多的国家之一,现在还比美国可能略略少一点,我想用不了几年肯定就会比美国多,因为我们的人口多。现在会上网的人多了,如果连手机上网都算上的话,我个人估计可能现在已经比美国更多了。

西方有一种论点,就是认为电脑的使用、网络的使用本身它会提供一个消除专制和独裁的可能,消除极权政治的可能。我顺便说一下,现在这个集权常常写错字,我这里讲的要批评的要谴责的极权是北极南极的极,不是集中的集。集中的集那是一个行政管理,是分权还是集权,这个本身没有任何的贬义。但是那个极端的极,极权,这指的是专制和独裁。

早在九十年代的初期,有一次当时的美国驻华大使叫做芮效俭,和我还有两个作家一块儿吃饭,他就说美国人的观点认为允许个人电脑和使用电脑的国家不能算极权的国家,那个时候还没有网络,现在还有了网络了。文化民主是一个非常令人喜悦的一个现象,我们现在看到网上,我不知道这个数字,我想起码是几百万人在那儿开博客,开微博。他都有发言的权利,当然也有一些管制,有一些管理,全世界都有管理。但是在这有管理的同时,毕竟有各式各样的声音,有些喧哗的声音,有些分歧的声音,有些不同的声音。我们国家还挺有意思,就是网民的监督,这个网民的监督技术是非常的高超。谁谁谁戴什么表,他戴过几种表,说在网上已经发现他戴了八十多种表了。由表哥变成表帝了,这种监督技术真算是非常精明的。抽了什么烟了,反正现在网上已经出现了这样一些监督。而且我们的有些领导人,包括最主要的领导人,也都曾经通过网络和网民有直接的对话和交流。我们可以看出来这方面所起的一些积极的作用。

但是它对传统的阅读这个挑战性也非常强,这个传统的阅读在近二三十年来受到的挑战太多了。首先就是多媒体和视听技术,因为视听信息它比一个文字信息、符号信息容易接受得多。很简单,比如一个爱情故事,你看上它,三百行爱情诗,或者读上二十页对爱情感情的描写,这是很动人的。但是如果这个变成了一个电影、电视,或者是其他的音像产品呢,你看到的是美女,是靓仔,你看到的是他们的眼泪、拥抱、接吻、上床,推下来,打起来,各种的纠葛、纠结,容易接受得多。那个能够认真地阅读三十页爱情诗或者是小说的人,假如说在一个范围之内是一百个人的话,那么很乐此不疲地看那个视听画面和音乐和声音,包括里边的种种,里边同样可以做得很高雅,也可以做得很刺激,很通俗,很吸引人。那也就绝不是一百个人,很可能是一万个人或者十万个人。

然后到了网络的这个挑战就更厉害,我们知道在台湾原来有两大报系,一个是联合报,一个是中国时报。这两大报系影响大得不得了,赚钱也赚得多得不得了。现在它们相当地艰难,就是因为网络的这些信息,这些东西已经取代了报纸。严重到什么程度呢,一个又一个的预言,文学将会死亡,诗歌将会死亡,小说将会死亡。他们的理论就是谁去看你的小说呢,你不是就是描写,假设说是二女一男,或者二男一女,或者三男两女,他们的这个感情的纠葛,如果你是看电视连续剧,看电影、看大片,看3D,看4D,那不是好看得多吗,也容易接受得多,也不费劲,也不伤眼睛。

有时我觉得非常有意思,就是我们的传播手段,我们的传播工具,我们的信息科学,我们的信息技术越来越发达。而对享用和使用这些手段的人,对他们的要求越来越低。读书,写书的人需要写得好,印书的人需要印得好,同时读书的人我们也要读得好。比如说我们要专心,你不专心你是读不了的,不能很好地读书的。各图书馆是很安静的,图书馆里那是不应该有噪音,不能有窃窃私语,而且读者需要有相当的领略能力、领悟能力、想象能力,那才能把书读下来,才能在这个读书当中得到无限的乐趣。

　　但是现在呢,传播的手段、复制的手段、下载的手段越发达,它对这个使用主体的要求就越低。你只要会敲几个键,你只要认识这几个键,就完了。我多次访问过美国、欧洲的一些国家,他们的电器,他们的说明书,他们也讲过,我也参观过他们一些企业。他们有什么理念呢,就是我们这些物品,我们这些说明书是给白痴准备的,越简单越好,傻子也能看清楚是怎么回事。你不看说明书你猜也能猜得出来,手一碰就行了,就对了。这就是什么呢,就是获得信息的便捷化和舒适化,正在形成获取信息者的浅薄化、单一化、消费化。

　　读书是很认真的一件事情,尤其是中国人,中国人是很提倡读书的。书中自有黄金屋,书中自有颜如玉,虽然说得俗一点,它无非是告诉你通过读书你可以改变你的生活,你可以取得更大的人生的成就。可是现在呢,读书它可以变成一个消费,变成一个非常轻松、舒适的消费。我今天下午参观了一下咱们的展览,咱们展览非常地好,我深深感觉到自己落在后边,我也完全祝愿和希望咱们各地的图书馆,包括国家图书馆,发展一些新的科学,新的技术,能够给我们图书馆来的读者们以更好的享受。

　　这方面都在探索,早在一九八〇年我第一次访问美国的时候,美国已经在宣传,说他们出的儿童读物里有会唱歌的儿童读物。其实非常简单,比如你写的是一个童话,是两只鸟的对话,那么你翻到这一页这两只鸟的时候,它那个电池就开通了,然后里边就出来鸟叫的声音了,然后里边还出来英语的对话的声音。书会唱歌了,书会说话了,然后是书有香味了,你读到这一页的时候它会产生出香味来。我也知道咱们东莞的香料,馆香非常有名,可以做到某一页它就有香味。

然后美国又发明出来了,从它这里头最后两页是可以吃的,说读完了这个书最后两页呢,味道跟饼干差不多,或者和巧克力差不多,或者和加苏格兰威士忌的巧克力差不多。人的这种想象能力用这种方法来吸引儿童看书,我相信都是非常成功的。但是呢,我也杞人忧天,我杞人忧天就是咱们以后看书谁还特别认真地在那儿阅读与思考呢?咱们等着听唱歌嘛,咱们等着闻香味好了,那将来它可能各种性能越来越多了,读这个书还能起中药的作用,能补肾,读那个书能平肝,读那个书能化瘀,然后它还能够提供少量的营养,或者里边还有咖啡因,还可以提神。

如果我们的阅读不是以语言和文字为主要的符号,而是以各种的直观的或者直接享用的视觉的、听觉的、嗅觉的和味觉的器官感受为主要的渠道的话,它的好处是热闹、丰富、容易接受,但是它的坏处就是思想浅薄。这里有一个什么问题呢,就是能够最深入地介入人的思维的恰恰是语言和文字。音乐当然可以有很深刻的内容,音乐通过听觉你可以有非常深刻的思考,但是当你从音乐的思考变成了思维的时候呢,你中间已经有大量的语言和文字你的积累与运用、有你的知识、你的思想、你的观念介入。假设说你听的是柴可夫斯基的音乐,你从这里边感觉到它的某些忧郁,它的美丽,它的浪漫。他对人生的这种渴求。这已经是思维而不仅是音乐欣赏了。

如果你这么想的时候,你已经有一批语言文字的符号在你脑子里浮现。如果你是听贝多芬作品,你想象到了它的雍容、华贵,它的那种力量感,那种全面的力量感,这也是有文字符号介入,这里我不细说了,因为语言学家、心理学家,他们都认定,语言和文字在人的思维当中起的作用最大,比别的东西大。所以如果书籍变成了视听,甚至带味觉、带嗅觉,可以吞下去,可以泡水喝的东西以后呢,它的那个介入思维的能力反倒会降低。

这里还有一个问题,外国也在讨论这个问题,就是浏览的习惯正在代替阅读。浏览什么意思,就是飞速,数量非常之大。有一个数字我没弄清楚,因为这不是我直接学来的,我是间接听别人说,看别人的文章看到的。它说世界有一个统计,就是上网的人在网络上的浏览平均它的最长时间是看一页的时间是三十一秒,中国还低于这个数字,中国人是二十多秒就算看得非常长了,深思熟虑了。还有两个东西让我不安,说用手机上网,现在全世界第一的是中国。外国人他把这个上网略略还要稍微心情集中一下,要坐在桌子前面,或者他没有桌子的话,如果他在飞机上上网,或者是用电脑的话,他把电脑放在自己的膝盖上,然后至少要把一个笔记本电脑打开,或者是台式的电脑打开。

但是手机上网我们中国人第一,还有人告诉我,说他们在国外旅行的时候,看到外国人在地铁上读小说,读厚本的书,读报,这个我倒是在过去就注意过,八十年代、九十年代的时候,苏联人读长篇小说,苏联莫斯科的地铁都是这么厚的书拿在手上,甚至他没有座,他倚靠在那个铁杆上读小说。英美人读报也是拿着厚厚的报。现在听说他们在这些地方旅行的时候还是有这种现象。可是中国几乎百分之百全是读手机,就是浏览。浏览和阅读这是两类活动。浏览不是特别有用的,它不专注,它的量非常之大,我们看如果你点击一下文学网站,马上电脑的屏幕上出现的就是吓你一跳,一大片,新浪读书、腾讯读书、搜狐读书、网易读书、潇湘小说等等。它非常多,非常多而且它不可能专注。多了以后人的最大的特点就是他无法专注,我常常想到的就是上个世纪七十年代的时候,一些中等城市开始有电视,那时候我在乌鲁木齐,那时候电视整个就一档电视节目。我在这个电视节目上看《红雨》电影十二次,看《春苗》十五次,看《决裂》八次,而且那个时候常常放着放着没了,没了过了一会儿又开始了,开始的时候它先出现两个字,故障。然后还有看着看着停电了,又过了一个小时以后,它突然又来了,来了以后呢,那屏幕上先出现两个字,停电。

尽管如此,那个时候我看这个电视我知道我看的是什么,现在呢,我有机顶盒,机顶盒上我能收到的起码有180多个频道,这样的话这一晚上我真不知道我是看的什么,因为看着这个频道感觉还不如看李娜赛网球,一打开看李娜连着输,换别的,看围棋吧,看围棋又看电视剧,虽然看这个剧情完全不合道理。

浏览造成这种人获取信息的一种新的态势。美国人对此非常敏感,我一九八〇年第一次访问美国,一九八二年第二次访问美国,到纽约参加一个会,那个时候我在美国看到这个文章,那时美国刚刚开始制造出来,就是看电视那遥控器,那控制板。有一帮知识分子认为这个控制板在造成美国人的智力下降,为什么呢,它太容易转移他的对象,它可以轻易地转移对象,他不必专注,持续地专注,他没有长久的注意力。心理学家很讲究注意力,注意力是一个人的精神能力的一个很重要的方面。你能不能把你的精力集中注意到一个课题,一个对象上。以至于提出来说是像控制板这一类的器具的发明造成了人的精神的恍惚,造成了他这山望着那山高,造成了他没有注意力,没有后续跟踪,对一个问题我有后续的跟踪?没有。造成了不负责任,有的我看我都觉得小题大作,有点故弄玄虚。就是美国人在性关系上越来越不负责任,就因为跟控制板的发明有关系,他换一个性伴侣就跟按那个键一样,一按就跳一下,这一看又不好,又跳一下。这个说法我们可以不同意,但是他们,以至于好莱坞还出过这种电影,讲控制板成了邪恶的根源,这种反面的科幻。就是说:浏览是不能够代替阅读的。

在这种情况下人的趣味和生活方式都变了,好处是大众参与很容易,一切你都要考虑大众的参与,所以你都要娱乐化,都要消费化。我们请看一看,现在我们很多严肃的节目也都在往消费化上走。百家讲坛越来越像说评书,变成说评书才好呢,我不是贬低说评书。卫生节目，卫生节目都在变。连那科教节目，科学知识节目拼命地给你讲故事。有些科教节目是很好玩的，它讲而且讲得非常长，讲得人靓男俊女口齿清晰、声音婉转、态度良好，就是那个内容实在没有科学含量，连法制节目也变成了一个又一个的迷魂故事。刚才我说浏览代替阅读，这种传播手段的发达还产生一个问题，就是传播比内容更重要，拿讲课来说，一个人口齿清晰，音质美好，说话生动，手势完满。这些东西比他讲什么东西，比他的思想头脑都更重要。

这种情况下大众参与的结果呢，也产生了一个问题，一个很严肃的问题，就是在发展文化的民主的同时，怎么样才能有我们的文化的精英，文化的人才，文化的大师，文化的巨匠。比如说我们讲到中国的文学，我们当然强调人民是艺术的母亲，《诗经》里最受欢迎的还是国风，各地的民歌。但是与此同时文化人还是需要大家的。我们讲楚辞汉赋，明清小说的时候，我们不能不想到屈原，司马相如，或者李白、曹雪芹、关汉卿、王实甫等等。我们去法国，法国最震惊的，最给人以冲击的就是巴黎的先贤祠，那种文化精英的阵容。所以它第一需要民主，第二需要精英，需要人才，需要天才，需要划时代的人物，需要高端的果实。

那么现在看呢，同样也有这个问题，就是这种经典性的、高端性的东西越来越少。而靠传播手段的先进，靠传播上的成功变成了传播明星、电视明星、网络明星，但是文化含量、科学含量、思想含量，创造性的成果实际上非常地有限的人与产品越来越多。比如说文化快餐代替了巨著，代替了发明和发现。这些现象呈现了一种现代化进程中的精神生态危机，全世界各国对这个问题提得都非常严肃，有人说网络时代快到了，有人说，就是我们这个纸质的书籍快要灭亡了。我并不是一个非常保守的人，我从来对网络上的各种活动我都是抱一种正面的态度，我也积极参与，网络上的征文我也参加过，也当过评委，也发过奖。但是我确实有这样一种担心，快餐、消费、破碎，一种破碎性的思想的碎片代替了思想的奇葩。片片段段的一些想法代替了与系统的研究和发现,你抄我的我抄你的,因为现在的复制技术也太高超了。你复制的成功也算你的成功,所以这样的话呢,这是毫无疑问的,我们的文化生活从来没有像现在这样丰富。我知道的四岁、五岁就有开微博的了,已经都可以参与。所以我们现在的文化生活正在解放着广大群众的智力,正使广大的群众能够掌握大量的信息。但是另一方面,我们又不能不感到隐隐的一种担忧,就是我们文化人缺少这种巨人,缺少文化的巨人。这不光是中国的问题,我们同样的问题我们也可以问美国,问法国,问德国。所以这是一个很有意思的问题,就是文化繁荣了,文化发展了,但是在文化里头怎么样解决这个大众文化和精英文化的关系,怎么样解决这种文化民主、文化普及和文化高峰的关系。怎么样解决这种文化的便捷的享受和我们真正铸造当今的文化经典的关系。我们不能不看到另一面,当人们评价这一个时代的文化成果的时候,它是以这个时代的最高端的学者、科学家、哲学家、思想家、文学家、艺术家来做代表的。我们说俄罗斯在十九世纪的文学曾经有高度的辉煌,那么当然我们不是指的俄罗斯的当时的普通老百姓,即使我们评价苏联的文学的时候,虽然现在苏联已经解体,人们对苏联有各种各样的批评和否定的意见。但是我们要讲苏联的文学曾经给过我们影响,当然我们也说的是指那些最高端的。对其他国家也都一样。

那么我讲的这个意思是什么意思呢,当然不是拒绝网络,不是拒绝传媒,不是拒绝先进的科技含量极高的获取信息、复制信息、传播信息的那些令人十分喜爱十分沉醉的手段,不是。但是到现在为止我只能这么说,我到现在为止我仍然认为阅读、读书是获取知识,是提高自己的文化最重要的途径。有一个理论,西方的学者对它非常敏感,就是占有就是被占有。当你占有了网络这种手段以后,你小心神已经被网络所占有。你上网已经上瘾了,你也不爱看书了,你也不爱思考了,你也不爱交谈了,尤其你不爱跟踪的长时间,十年、二十年我去做这一个题目,哪还有人这样,这样的人越来越少了。你在网上点击一下,眼睛能瞄一下,哪一段有用,把它涂黑了,完了把它复制一下,再放到另外一篇文章里面粘贴一下就行了。

所以占有就是被占有,我看一个朋友写的一篇文章,他确实给我很大的启发。他说当年在苏格拉底时期,人们开始发明了拼音文字,苏格拉底当看到人说的话可以用这种简单的二十几个、三十个字母就能全都拼出来的时候,苏格拉底忧心忡忡,他认为这可能是人类的一个灾难。他说了以后我才有体会,为什么孔夫子述而不作,不是因为他懒,也不是由于他用手写字有困难。因为语言是有它的许多因素的,它有它的声音,有它的语气,有它的语境,有它的前因后果。有它给你的那些直接的感觉,你可以听出来他的心情,哪些话是反话,哪些话是哭着说的,哪些话是愤怒说的,哪些话是他故意跟你装糊涂。但是变成文字你就没有了。西方的学者认为苏格拉底闹了一个笑话,因为事实证明文字并没有破坏人类的文化和思想的活力。这里我加一个括弧,这是我说的:如果没有文字的话,起码各种会议上的念稿会少得多,如果大家都是文盲,我们一块儿开会,我估计开得比现在还生动。就是说,苏格拉底的担忧,不是没有道理!

那么现在呢,这种新的信息手段远远超过了拼音文字的发展,新的手段,新的智能,新的表达方式,新的吸引你的注意、征服你、诱导你、操纵你、暗示你的能力,比过去的任何时代不知道大了多少。西方研究语言学的也有一派,就是他们认为语言和文字在传播文化,沟通人们的社会的同时,也造成了极大的危险,就是人们他被语言给固定化了,语言已经造成了一个固定的模式,你一看中秋的月亮,你马上想到的是,明月几时有,把酒问青天。话非常地好,这个诗非常地好,但是你已经没有自己的思想了,没有自己的对于明月的感觉了。苏东坡已经替你感觉过了。你现在对明月的感觉只不过是苏东坡的对明月的感觉的第 N 次的重复和第 N 次的衰减。这个西方连这种观点都有,那么现在的这个信息手段比那个更危险。

那么怎么办呢,我倒觉得我真是非常高兴,给我这么一个机会,让我和图书馆的朋友,和文化工作者,文化界的各地的领导,这些朋友能够交换这个意见。就是我们还是要提倡认真读书,很简单,我说来说去就是这一个问题,读书是不能替代的,不能用上网替代,不能用看 VCD 替代,不能用看 DVD 替代,不能用敲键替代,甚至也不能用手机和电子书来替代。

因为正是最普通的纸质的书,将来还有什么样的介质我不知道。正是最普通的纸质的书,它表达了思想,表达了思想的魅力,表达了思想的安宁,表达了思想的专注,表达了思想的一贯。因此图书馆是一个产生思想的地方,是一个交流思想的地方,是一个深化思想的地方。

所以我引以为幸,有机会参加图书馆的年会,并且说上这么一段话,来表达我对神圣的图书馆的敬意,我们一定有信心把图书馆做得越来越好。

2012 年 11 月 22 日

在铜陵文化讲座的演讲

大家好,非常高兴在七十八岁的高龄第一次来到咱们别具特色的铜陵,中国的古铜都,也是一个新兴的城市,一个非常美丽的城市。来以前咱们铜陵这边的领导组织这个活动的人给我出了些题目,其中有一个题目就是类似怎么样提高我们的文化修养、知识水平。

我就想起了咱们中国自古以来的一句话叫做"读万卷书,行万里路",我觉得这个话说得很实在,很好。读万卷书自古以来就有各式各样的说法,"读书破万卷,下笔如有神",我们说"书中自有黄金屋,书中自有颜如玉,书中自有万担粟",就是你好好读着书就什么东西都有了,有很多诠释。"头悬梁,锥刺股",要多读书,要多知道一些东西。也有很多我们佩服的人物,比如说像已故的钱锺书先生,他在上大学的时候,据说就指着图书馆的最常借阅的那些书说这些书我全部都背下来了,而且一试验果然不爽,有很多这样的故事。行万里路这个提法更有意思,你要多看看这个世面,这个行万里路的说法让我常常想到毛泽东主席说的一个话,知识分子"要经风雨,要见世面"。

这些说法我们今天来讨论一下,第一个问题就是关于读万卷书。读万卷书除了这些鼓励读书的话以外,我想先从反面的说起。我们这个国家也好,尤其是我们国家由于一些对读书的告诫侧面或者反面的说法,说得最多的是庄子。庄子说书就好比是前人走过的脚印,这个脚印本身并不是鞋,你一看这个脚印比如说是草鞋的印,或者是毡靴子的印,或者是布鞋的印,但是它本身并不是鞋,那个鞋要比脚印生动得多,比如现在有意大利皮鞋,有俄罗斯皮靴,它不一样。鞋子又不等于脚,脚又不等于全身,他说看书就好比你到处看脚印。这是庄子在不同的地方讲的,我给他综合了一下。你走路的时候只需要一个放脚的地方就行,但是一条路要很宽你才能走,如果没有这条路而只是有每一只脚下脚的地方,就是跟脚印大小一样,这个路你是没有办法走的,事先给你排好了左脚踩在这儿,右脚踩在那儿,左脚再踩在这儿,这个你是没有办法走的。他讲得非常好,书是有局限的,他说的就是那一部分,那一部分看起来就够用的,脚步走的脚印有就行了,但是你不可能每一步都踩在那个脚印上,你踩在别的上面就掉大坑里面去了,他讲得很好玩。

　　庄子他还举一个例子,说齐桓公读书,下面有一个做车轮的师傅,一个木匠师傅叫阿扁,这个阿扁从他身边走过,你看古代齐国还挺民主,挺平等的,齐桓公就跟他打招呼,或者说"你好吧",或者是"来了","吃了没有"的招呼语。然后这个师傅就问国君您干什么呢?齐桓公说我在读圣人的书,这个阿扁就说,什么圣人的书,在我看来不过是糟粕而已。这个齐桓公就很生气,他说你一个做车轮的这么牛啊,你为什么说圣贤之书是糟粕?你说不清楚我今天对你不客气。扁师傅指着车轮就说,我这一辈子不会干别的,我就会做车轮,做车轮这个小小的行业,用语言、用文字、用书都是不能传授的,你使劲使大一点就苦了,苦了这个车轮四个轮子就不好好地转,你劲使小了一点他就甜了,甜了就安装得不结实的。

　　这里有一个很有趣的问题,它跟我们现在的口语正相反。我不知道咱们铜陵这儿的方言,可是我的家乡北京一直到山东,把劳动的工作力气使大了叫"苦"了。去得多了也叫苦了,比如我买了一件衬衫,这个衬衫袖子太长,说需要剪一点去才合适,一下子剪多了剪掉了一大块,就说你剪苦了,"苦了"就是小了。"甜"现在已经不说了,没有人说做大了是"甜了"。但是不管怎么样,扁提出一个"苦了"和

"甜了"的说法。一个木匠说苦了和甜了,你给他讲多少遍没有用,你给他一本书更没有用,因为这是说不出来的,只有你自己试着手里悠着这个劲你才能够做好,手把手教,还得靠用心去领会,靠经验的积累你才能掌握,因为书本根本解决不了问题,连小小的一个木匠活你书本都解决不了,何况治国平天下的大事?你看看书就会了?你会不了,这是庄子非常有名的话。

扬州现在组织一个在运河上面小小的旅游,做得非常好,去那里没有多长,来回转弯转一圈,到了一个亭子上,亭子上还下来让你参观,那个亭子上挂着一副对联,这个对联叫什么呢?"从来名士皆耽酒",从来这些有名的文人,耽就是沉醉于、投入于什么呢?投入于喝酒,下联是"自古英雄不读书",真正成大事的人都不读书,书读多了可以当教书先生,成不了大事。毛主席说过反对本本主义,我看过毛主席身边的一位医生兼护士写的回忆毛主席的文章,回忆毛主席跟他们聊天问他们,说秀才造反,三年不成,你们说为什么?这个孟大夫就说这我们哪懂啊,请主席给我们讲讲,这些人他有看法,他不能当着毛主席卖弄,得让毛主席说,你听听,你受毛主席的教育。毛主席说我告诉你们,第一这些秀才他们主要是说,说完就完了,各自回家了,没人真正去干,第二呢这秀才谁也看不起谁,他不可能团结成一股力量,说叫我看秀才造反三年不成,三十年、三百年他也成不了,这是公开登在咱们报纸上的。

陶渊明的话是"好读书不求甚解",大概看一看,明白个大致。陈云同志还特别强调,"不唯上,不唯书,只为实",就是你干什么事不能光听上面的,上面给什么指示你就干什么,因为你必须要结合你的实际,你也更不能是查着你的书本。查着书本这个我也有经验。刚才咱们李部长也介绍了,说我从一九八二至一九九二年这十年当过党的中央委员,那个时候我就听见这个讨论,讨论过后非常地困惑,说根据马克思的说法雇用超过七个人就算剥削,至今我没查出来马克思是在哪儿说的,但是我相信这是真的,因为这个他不敢编。第二个这是非常困难的一件事,超过七个人算剥削,六个人不算剥削?如果六个人再加一个残疾人算六个半人就不算剥削,另外七个人和七个人也不一样啊,七个人里要是雇的都是身强力壮,最擅于干活,一个顶俩、顶仨的,七个人干的活跟二十个人差不多,跟十几个人差不多。如果都是老弱病残呢?那你雇的人多,你是带有救济性质的,做的是社会慈善事业。

那么我说这些话是什么意思呢?就是读书有一个最大的问题,就是通过书本去发现生活,去解释生活,去推动生活,而不是就书论书。就书论书也是可以的,你可以说我看这个书没什么目的,我解解闷,我看金庸的书,这有什么问题呢?有一年我参加一个文学家和科学家、院士的对话,有几个院士也说我们很喜欢文学,我们也很喜欢读小说。会后我就一一地进行了拜访,我说张院士您说你常读小说,您读的是什么呀?我拜访了四五个人,他们回答一无例外,全是一个人的小说——金庸。这说明金庸先生的书非常成功,但是这个书没有什么其他的目的,有什么其他的目的呢?读完金庸的书他要去练功吗?金庸本身是不会武功,他是琢磨过来的,他本身自己讲过他从来不练任何武功,也不练太极拳,也不练少林,也不练长拳,更不练醉拳之类的,都没有,他不是成龙,成龙也没有写小说,也没有写书。所以你可以没有什么目的,但是即使没有什么目的,这书最打动人的地方恰恰是他对生活的发现。比如我看金庸的书,金庸的书里头有一些某一个门派制造个人迷信的场面,有人看了以后就会联想到某些实际生活中发生过的事情。他那本《笑傲江湖》,一上来写一个大侠,这个大侠那一天举行一个仪式叫金盆洗手,所谓金盆实际是铜盆,说不定是咱们铜陵出产的盆,有人弄一个很大的盆,温水倒在里面真是洗手,洗完手擦干净退出江湖,从此再不参加这些刀光剑影的事。但是没有等他退出来,你想退对方不想退,对方的刀光剑影、腾云驾雾、穿房越脊就自空而降,拿着刀就砍下来了。这让人非常感慨,世界上很多事情不是从你的主观愿望出发,就是有很多东西你只能用生活来解释,你不能用书来解释书。

老子一上来第二章就讲了"世人皆知美之为美,斯恶矣,皆知善之为善,斯不善矣"。就是如果大家都知道美丽、美好是美的,这个事就糟了,如果大家都知道什么是善,就是不善了。这个话很多人觉得不好懂,包括钱锺书先生在他的《谈艺录》里头有一段就说老子的这个话比较吃力,比较费劲,为什么说比较费劲呢?因为是老子说你既知美之为美这样也就等于知道了丑之为丑了,就把人分为了美和丑两类,所以这不是什么好的。所以钱先生就提出来美就是美,丑就是丑,有人长得美,有人长得丑,人家看到西施很喜悦,用现在的话说很养眼,很喜欢多看她几眼,你要是看到东施觉得挺恶心,不愿意多看,这是一个事实。钱先生这么分析也完全是正确的。

但是我个人特别喜欢他这句话,世人皆知美之为美,斯恶矣。很简单,他打破了人关于绝对平等的幻想,自由、平等、博爱这都是非常好的话,平等太好了,但任何人都是平等的吗?身体是平等的吗?我和姚明能讲平等吗?我和姚明一块儿去打篮球我能跟他平等吗?智慧是平等的吗?相貌是平等的吗?健康是平等的吗?他打破了这个平等的问题,平等的梦。第二它就造成了嫉妒,第三它造成了伪善。中国有一段时间特别提倡道德,提倡举孝廉,就是让大家推荐孝子,这一下子出的怪事就多了,稀奇古怪的各种古怪的方法尽孝,我就不在这儿讲了,而且还造成虚伪。《官场现形记》里面就描写一个大官下去视察,这个大官有一个特点,最讨厌下属穿名贵的衣服,不喜欢名牌,他最喜欢的就是看到下属穿带补丁的旧衣服,他认为那样这个下属是廉洁奉公的,是勤劳俭朴的。他要走的这几个地方听说他要来视察就全部都在那儿纷纷地买旧官服。清朝的官服是有固定样式的,不是说你自己可以随便穿,不像现在。现在泰国也是这样,我去泰国访问的时候泰国是科长穿科长的服装,处长穿处长的服装,局长穿局长的服装,就跟咱们军队带军衔似的,这个不能错的,你是少尉想穿带少将的军衔你这是什么意思?所以大家都去买旧官服,一时间旧官服变成了天价,用现在的话说你做一身新官服一千五百元,你买一身旧官服同样的标准得三万。到了大员来接见下属的时候,一看下属穿得全身都是补丁,那个穿着都是透着的,肉都透出来了,缝都缝不到一块儿,那比接见叫花子场面还宏伟,这很好笑,这当然是夸张,这是小说,但是它说明了老子的这个话。

我有一次给一个北京的保险集团谈老庄的思想,我讲到这个的时候,他们就说这个我们太明白了,世人皆知美之为美,斯恶矣。说一种股票大家都看好,马上就变成泡沫,不把这个股票最后搞砸了不算完事。很多东西看着是非常抽象的理论,实际上它和现实生活有密切的关系,它是相通的,书和生活和人生和实际是相通的,理科和文科是相通的,中学和西学是相通的,许许多多相通的地方,我今天就不一一在这里讲了,反正都能够给人以启发。

在读书上面我还想提几个建议,一个建议就是要培养自幼读书,这个问题怎么解决?我不知道怎么解决,但是我现在面临这样一个问题。比如说在我这种年纪,我是一九三四年出生,一九四〇年开始读小学,我们这个年龄的时候我们从小课外读很多很多的书,到现在为止我许许多多的对于中国的古典的、经典的都是我上小学的时候读过的。"大学之道,在明明德,在亲民,在止于至善。知止而后有定,定而后能静,静而后能安,安而后能虑,虑而后能得。"然后"古之欲明明德于天下者,先治其国,欲治其国者,先齐其家;欲齐其家者,先修其身;欲修其身者,先正其心;欲正其心者,先诚其意;欲诚其意者,先致其知,致知在格物。物格而后知至,知至而后意诚,意诚而后心正,心正而后身修,身修而后家齐,家齐而后国治,国治而后天下平"。这些都是我上小学三年级的时候背过的,"身体发肤,受之父母,不敢损伤,孝之始也",这也是小学三四年级的时候背过的,唐诗三百首也是小学三年级的时候背的。小时候读的书即使你没有完全理解,你脑子里面存着这些数据对你的好处无穷,这是我第一个建议。

第二个建议,可以给自个儿加压,读一点费劲的书,不完全懂你也读。你第一次读你觉得你懂了百分之二十,百分之三十,但是有点意思,沾一点谱,你就再读,说不定第二次就能懂百分之五十,而你有了这百分之五十的基础你自己一边读一边分析一边思考,你基本上已经把这个书给拿下来了,这种读书的乐趣和完全是放松、解闷的读法,是完全不一样的。我是主张读书可以超前,可以加压,而且使读书真正变成一个学习,不是说读书的时候就完全放松,完全放松性的书也可以读的,也不可能不读,完全不读也不可能。我本人也是,我也读武侠小说,我上高小和初中的时候也很喜欢读福尔摩斯侦探,有福尔摩斯的故事我也都找着看,武侠小说读得当然就更多了。郑证因的技击小说,宫白羽的武侠小说,还珠楼主的神怪小说,也可以读,而且从那个里头也可以知道某些知识。

比如说我知道我年岁很大了,我也认真地读了而且很有兴趣地读了《达·芬奇密码》,电影我也看了,书我也读了,对基督教的某些派别之争和基督教它所面临的宗教学理、神学理面临着很多的悖论,就是神和人的矛盾,也令人深思。但是这些不是主要的,主要的还是要读一些你自己读起来感到困难的书,其中包括读外语书,我外文并不过关,但是有机会我也从来没有中断过我的外文的阅读,正因为它不过关所以读了才有意思,连分析带猜居然把这个意思拿下来了,理解下来了多高兴啊,所以还要读外语书。我常常说凡是有条件学外语一定要学外语,因为外文第一是符号,是各式各样表义的符号;第二是生活,因为外文它表达的是一种生活方式,思维方式;第三是人,这种外文就是活人,人家都是活人说的话,所以你对人的认识,对生活的认识,对学理,对思想方法的认识随着读外文书都会有很多的不同。

那么更重要的是把读书和思考结合起来,古人已经开始讲了学而不思会怎么样,思而不学会怎么样,就是把学习积累知识和思考结合起来。这里我还想提一点我个人的看法,目前网络也比较发达,因此网络浏览是很有兴趣的一件事,不但是很有兴趣的一件事,也是一个很有用处的事。因为我们不是专门做学术工作的,专门做学术工作找一个材料必须得找到它最原始的依据才可以,可是我们不是专门的,我们有时候要查一个什么材料,查一个人物,查一本书,查一个事件,我们在网上一敲什么什么事件,"9·11"你一敲它都出来了,你用不着为查"9·11"专门去一趟美国,专门到纽约那儿去找各种正规的档案。但是,网络的浏览它也造成了一种浅层次思维的一种习惯,浅尝辄止,信息量很大,但都是浅层次的,是人云亦云的,都是没有经过认真分析的。博客很多,微博很多,现在要求是一个微博是一百四十六个字还是一百六十四个字我闹不清楚,但是这个人的头脑呢?它不是说只有零零星星的,零星发射功能,人的头脑还有一个认真学习,认真研究,认真追究,穷根究底,反复地掂量,反复地推敲,自己给自己质疑,自我质疑,自我答疑的功能。如果我们只是陷入这种浅层次的浏览,我确实也很担忧,我也很忧愁。

解放以后,当时比较年轻,后来也比较长寿,在北京大学教中文,当中文系主任很长时间的吴组缃先生,吴组缃先生他本身也写小说,也做学问,也是北京大学教授。吴组缃讲过文化这个东西,文学这个东西,我们一般说注意的是质量,但是这个质量里面要有一定的数量的东西做支撑。

他举例子来说,四言诗也有很精彩的,四言诗也有非常精彩的,你四句四言诗也可以非常地精彩。随便举一个例子都可以举得出来,"卿云烂兮,糺缦缦兮,日月光华,旦复旦兮",这太好了。卿云烂兮,云彩在天上飘着那么的灿烂,糺缦缦兮,就是说它的形状各式各样,日月光华,说的都是天上的,有太阳,有月亮,都是光华,光亮,一天一天地过。这十六个字包含这么多的内容。但是如果你这一辈子只写过这十六个字,你让人家承认你是一个诗人,是一个文学家比较难,稍微让人为难一点,你总要有一定的水平,要有一定的深度,要有一定的块头,不管怎么样你要有一定的块头。

《红楼梦》曹雪芹没有写完，起码现在有八十回大家是承认的，和后四十回的说法不一样。所以如果满足于这种网上的浏览挺让人感觉到忧虑，这方面忧虑西方人比我们研究得还深，我们因为这些东西包括电脑这些技术都是从西方先开始的，所以我们接受有的时候是带着喜悦的心情，就是把全世界最先进的技术、手段都学习，都利用了，我中国也不落后，中国网民世界第二，和中国高速公路一样世界第二，世界第一是美国，第二是中国。但是西方现在也有学者去研究现代的技术手段它有没有什么负面的作用？有些研究它的那种挑剔和苛刻的程度超过了中国人对西方世界的批判。

　　比如美国不止一个人研究，现在看电视操纵起来越来越方便，有遥控板一按就可以，这样做的结果使美国人对生活方式的理解越来越轻易，选择越来越混乱，这一晚上来回看了七十多套节目，这个看一分钟没意思，觉得还不如那个，结果看那个，最后七十多个节目就过去了，什么都没有看到。所以他说得很实在，他甚至能够夸张到这一步，他说将来人生很多事情都是这样，配偶也可以跟按这个控制板一样可以换，是不是？跟这个人过了三天算了吧，不要了，不要第一号的，要第二号了，他说会造成一个人没有坚持，没有耐性，没有责任感。他很稀奇古怪，有这种分析，这种分析我感觉到我现在不敢肯定他说得是有道理还是没有道理。

　　英国人还有分析这个的，说小孩看电视剧看多了会产生对人生的许多幻想，而这些幻想实际上都是做不到的，都是失败的，都是不可能的。他说电视里，有各种问题在电视里面表现出来，有土匪，有贩毒的，有杀人犯，但是电视里面从来没有一个场面，什么场面呢？比如这个主人公跟他的女朋友约会了要在哪个咖啡馆见面，但是这个主人公他没有找到停车的地方，就为这个停车先耽误了二十几分钟，或者让女朋友拂袖而去，或者见女朋友解释不清楚。他说西方人里面最常常碰到的这种找不到停车的位置在电视里面很少有表现。

　　也有这种忧心，就是用网络的浏览，就跟用控制板来回地变一样,用这个浏览,取代、破坏了人的专心、注意、思考、深入分析的各种渠道,都没有了。

我关于读书的最后一个建议就是要认真地读那些经典的著作。在时尚和经典之间我们首先要选择的是经典,是经得住时间考验的,经得住各科的学理和历史的实践所考验的这些书本。这是我要谈的第一个问题,就是读万卷书。

下面我要说一下行万里路。行万里路是个什么意思呢？就是扩充我们的见闻的视野,扩充我们的精神的空间,有些事我们精神的空间是非常狭窄的,因为你从小就是这么一种很简单的生活方式,你不知道世界上还有另外的生活方式,你不知道世界上还有另外的思维方式、表达方式,还可能有另外的选择。如果你知道了以后呢,你就对这个社会,对这个世界,对很多事情的认识就会有所不同,对不对？

比如西方发达国家,那么西方发达国家到底是什么样的？实际上西方发达国家也是各不一样的,我因为赶上了改革开放的好时候了,受到国家、受到领导,也有受到各国朋友们的厚爱,所以我是跑了许多国家,中华人民共和国国境之外的六十多个国家和地区我都去过,我深深感觉有些东西你亲自去一看你才知道这个世界比你想的要宽阔得多。

美国我去的次数最多,我去美国的时候,有一次吃饭碰到了北京的公派留学生,他是北京门头沟人。他就跟我说,他说你看我们这个大学所在的地方,这个地方最近的一个商店也得五公里以外,说这个地方还不如门头沟呢,说王蒙老师你看这个地方还不如门头沟呢,我们跑这儿来学习干吗,我们在门头沟多好啊,多方便。可是美国恰恰是一些最好的大学都设立在这种地方。我们看好莱坞电影,你以为美国人都是特别色？都花得不得了,其实完全不是这样的,美国人那种相对保守的那个思想有的比中国人还厉害,他给自己孩子找一个大学就是要找一个周围没有商店,没有酒吧,当然更不会有什么三级片,不雅活动的这种地方,他给找的都是离得远远的,就是要让你们静心一直读书、上进。

我还在美国碰到咱们中国的代表团,说这美国人怎么回事?从我们来了以后天天带着我们下乡,你美国地方比较大,喜欢给别人看树林、红树林、枫树林、新英格兰地区的红叶、湖泊。明尼苏达州连车牌子上都写上具有三千个湖泊的州,相反的他不会认为让你去看高楼大厦,高楼大厦全世界哪儿没有啊,最穷的地方也有啊,他不会的,它和欧洲许多地方就不一样。

这我自己也分析不清楚,但是我可以给大家提供这样一个信息,比如说我们讲文化是软实力,说文化是软实力这是美国人最早提出来的,美国人提的软实力是作为一个超级大国来讲它的国力,他说我们的国力有硬实力。硬实力指军事打击的力量,我有多少航空母舰,我有多少飞机,我有多少精确巡航的导弹,但是我们还有软实力。软实力里头他讲到了文化,软实力里头还讲了他有多少间谍。

日本人对软实力的说法也很有兴趣,我们中国现在也接受了这个说法,在我们的党和中央的正式的文件里头也讲文化作为一个软实力如何如何。但是欧洲人基本上不接受这个看法,欧洲人很少说文化是软实力,这个问题我只能让大家知道一下。荷兰也是资本主义,但是荷兰的资本主义还有北欧的资本主义和美国的或者法国的,或者德国的资本主义还有许多完全不同的地方,所以这个世界你是很难用简单的概念来把它分离的,再加一个分别的。

一九八六年,一九八七年我在文化部工作的时候,我两次收到美国游客的来信。第一封信是建议说北京十三陵那个神道没有管理,现在是汽车就可以在神道里头开,这个对十三陵,对陵墓,对死者和对整个神道的极大的不尊重,神道只能步行,神道怎么可以开着车在里面走呢?两边都是石头的,也有动物,也有人像,最后通向陵墓,类似的这么一个意见。后来我把这个意见转给了北京市,后来北京市接受了这个意见,你们现再去十三陵,那神道管理起来了,不但管理起来了,你要想进神道里得花钱买票,他借机会还增加了收入。因为它很庄严,根本不允许你在那里头开车,更不允许在那个石人、石马底下摆一个摊卖花生米,卖香烟或者卖易拉罐啤酒那是根本不可能的,这是我收到的美国人的一封来信。

还有一封美国人的来信,他给我附一个什么呢?附一个在公园里头一男一女热情稍微过一点的相拥抱的照片,然后他还寄给我一本《圣经》,说是我们非常担心中国人在改革开放的过程中变得很不严肃,变得自由散漫,我希望你作为文化部长提倡他们多读圣经。像我刚才拍到的这个照片就很不雅,这在美国也不雅的,不能在公共场合这么过分。所以这是很有意思的,这个世界不像我们想象的,世界有一些很有趣的事情,你不去你不知道。

我从来没有想到过在三个不同的大洲,三个不同的国家,三种完全不同的文化它有同一个故事。我说的三个地方是哪儿?第一是德国。德国它有一个得诺贝尔文学奖的作家叫海因里希·伯尔,他在中国早就介绍过,他很有名,因为他写过一个不长的小说叫做《丧失了名誉的卡特琳娜·布鲁姆》。里头讽刺德国的传媒,把一个跟自己的情人有一些政治上的对德国政府的反抗,被德国政府缉拿。结果一帮媒体的记者就围着卡特琳娜·布鲁姆这一个家庭女佣或者是保姆,或者是家政服务员,把这个人逼得最后开枪射杀了那个记者的故事。他还写过一个什么故事呢?海因里希·伯尔这个故事的题目都不像小说,叫《一个关于劳动生产率降低的故事》。劳动生产率是怎么降低的呢?写一个渔民正在捕鱼,那一天大量的鱼他捉得往上拉都拉不动了,快累死他了,就在他身旁不远的树底下有一个青年男子在那儿呼呼大睡。他就去叫他说,兄弟兄弟请过来。他说什么事?帮我打鱼,他说我凭什么要帮助你打鱼?给我打鱼我给你钱我工资给得特别高。他说我要钱干什么呀?他说你要钱你才能过幸福的生活呀,你可以买好房子,可以出去旅游,你可以进好的餐馆,你可以过幸福的生活。那个青年人说我现在在树底下呼呼地睡大觉就是我的幸福生活,为什么我要放弃我这么现实、这么健康、这么美好的幸福生活？跟你受那个罪？

就是这么一个故事，这个故事本身无所谓，没什么，也用不着说多少好或者多少坏。问题是我一九九九年我到印度去访问的时候，印度人给我讲说我们印度有一个故事，说得跟前面这个版本完全一样，说因此在印度我们并不认为我们生活有多贫穷，我们也不认为我们有什么必要把 GDP，把人均的收入赶到和发达国家一样，我们没有这个想法，我们跟他一样的，我们生活已经很幸福了，很不错了。所以相反的有一些人，这不是印度人说的，是我听说的，说香港有一些老板去印度转一圈之后摇头不止，用他们的话是感觉到绝望。当然他们的说法也不见得准确，因为印度班加西那边的电子软件非常发达，印度也有很多优点。

当年我也听李岚清同志多次讲过，他说，一个印度、一个爱尔兰都是软件工业最好的，值得咱们中国人来借鉴、学习，其中一条就是要学习印度，要有更好的全民的这种英语的水平，这是当时李岚清同志多次讲过的，这是印度。

二〇〇三年我到非洲喀麦隆，喀麦隆完全是黑人，他们讲的故事又跟这个完全一样。这三个故事放在一块儿呢，其实给人也有一种启发。就是有一些我们不要认为全世界所有的民族，所有的文化都是在无限制地追求生产率提高的，还有另外的理论和说法。跟这些说法比较起来中国的传统文化很容易和现代性接轨，为什么？因为中国的传统文化总体来说，它也有保守的东西，有反科学的东西这个我不说了，但是总体来说它是主张精进、主张进取的，它讲的是天行健，君子以自强不息，它讲的是苟日新，日日新，又日新。日日新，就是每天都要有进步。它讲的是学如逆水行舟，不进则退，它讲的是吃得苦中苦方为人上人，它讲的是天将降大任于是人也，必先劳其筋骨饿其体肤，它讲的是你要知苦，你要前进。这个它就比较不会完全处在和现代化、全球化、生产力急剧发展、科学技术的急剧发展处在一个截然对立的地位。

说到喀麦隆我还愿意举一个很特殊的例子,说明我们的眼界无限地打开的可能。我在喀麦隆首都待了一天半以后,安排说是明天早晨您到一个什么地方,汽车走三个小时,那里头有当地的国王和他的大臣来接待你。我就有一点糊涂了,因为喀麦隆是一个共和国,原来是法国的殖民地,由一些法式的政体在那儿运作,总统也是选举出来的,也是有执政党和在野党,怎么会出来一个国王呢?出就出来吧,我就去了。第二天到了那儿,那个国王年岁也很大了,带着他的文武百官站成两行,文武百官几乎个个都是白胡子,有一条腿的,用半条腿的,有坐在那儿起不来的,有说不出话来的,反正都是相当艰难的一批文武百官,还有当地的乐器。当然我从个人的虚荣心上说我也很满足,我得到国王带的文武百官热烈欢迎,还吹吹打打的,出各种怪声,很光荣。

举行完了欢迎仪式,让我参观一个他们国王的朝廷生活的展览,展览室最大大概有咱们礼堂的四分之一这么大,也不大,但是展览是有让我佩服的东西,就是他有一代国王,是前一代或者是前两代他的服装。上面介绍这个国王身高二点二二米,可能就是比姚明还要高一点,服装一看绝对是很高的人。看完了以后最后他们给我提出来说本朝廷财政比较困难,像您这样的外宾你看完了以后请留下点捐款,支持我朝的财政。

这是怎么回事呢?我们现在把它翻译成国王了,可能法语是国王,那我们的理解就跟那个部落一样。喀麦隆本身这个国家就不大,过去交通又不方便,这一块就是这个国王管,这个部落首领管,那个地方就是那儿管,后来要成立共和国了怎么办?这个王室就转为业余,你权力全部剥夺,一切归地方官管,他这里应该是要市长有市长,要县长有县长,要村长有村长。但是你这个国王的身份我不给你剥夺,你们有人承认你就继续当你的国王,你没人承认你就算完蛋,你是自费经营。外交部说的话就是责任自负,费用自给,你照样当你的国王,你每天上朝也可以,接待外宾的时候文武百官要奏乐也可以,你自费经营怎么办？你就得伸手，该伸手的时候就伸手，今天这个人来给捐二百美元，明天那个人来捐十美元，我也给他捐了几百美元。也是很友好的，他让我看看实际上是过去的政体的遗迹，但是这个遗留我并不给你强力消灭，这个很好玩。

因为我们从中国的观点不可能理解这种文明，不要说中华民国或者是中华人民共和国了，我们旧的东西要把它彻底给铲平铲光了才行啊，过去的朝代也是这样啊。如果到了宋朝了你还有唐朝的官员，唐朝的礼仪，还有唐朝的继承人，唐朝的后裔那怎么可以呢？必须杀光。但是喀麦隆使我知道，我当然无意照搬，也不可能照搬，说中国喀麦隆照搬那是开玩笑，那根本不可能。但是我们至少知道世界上处理各种问题有各种方法，不是一种方法，不是两种方法，不是三种方法，也不是四种方法，还不知道有多少种方法，各地的情况都不一样，你想不到的他想得到照样可以办。

所以你见识多了，见闻多了，你的头脑就会比较灵活，就不会自己跟自己过不去，在那儿死较劲。香港一国两制也是这样，一国两制因为中国古书上有类似的，当然它不叫一国两制，中国古书上就管它叫易帜而治，易帜就是变化的意思，帜就是旗帜的帜，就是不打仗，我军队也不解除你的武装，我只要求你一条，你给我换旗，换成我那个旗就行了。一国两制就是和我国历史上，我们看着当时很新的邓小平理论的一个组成部分，一个新的创造，但是它是跟中国古书上的易帜有关系的。

喀麦隆这个君主制的，地方君主的，地方部落的残余和它现在所谓的法式民主并存。他这个国王比文武百官年轻一点，他有另外的身份，他也上过大学，他也在法国留过学，他有另外的身份，什么身份我忘了。比如他是医生，他当完这个国王以后该给人看病就看病，给处方就处方，该动手术动手术，该出诊就出诊，该收钱就收钱。他没有身份活不了啊，光当国王光靠捐款，靠王蒙之流捐款早饿死了，他有另外一个身份并存，互不妨碍，我该什么角色就去做什么角色，这个社会,这个世界是太好玩了,世界真奇妙。

那一次喀麦隆去完了以后我们去突尼斯,阿拉伯国家和阿拉伯国家也太不一样了,它和中国当然也太不一样了,和西方那么多国家也非常的不一样。比如说我去过阿尔及利亚,阿尔及利亚是一个伊斯兰革命的国家,是伊斯兰社会主义国家,到处非常干净,它的斗争也很尖锐,当年和法国争取独立的时候也是付出了鲜血的代价。突尼斯是一个和西方国家关系相对比较好的这种国家,有大量的欧洲人在那儿旅游,突尼斯的作家协会的主席招待我吃饭,一吃饭就跟我讲他是伊拉克的萨达姆·侯赛因加入阿拉伯复兴党的入党介绍人。他是突尼斯的作协主席,他说我年轻的时候搞政治,我现在不搞政治了,但是我是阿拉伯复兴党老党员,连萨达姆·侯赛因都是我介绍入党的。

因为那是二〇〇三年,美国已经开始对伊拉克动手了,他不停地向我煽动说美国打完了伊拉克下一个肯定是打北京,打中国,你们怎么不出来跟他干?那是没完没了地讲,你没完没了地讲也还可以,因为在阿拉伯国家吃饭是不可以喝酒的,不可以吸烟的,对我倒没什么关系,因为啤酒也没有,就是矿泉水。我坐在他的左边,我不知道他们是什么规矩,他坐在我的右边,他喝这个矿泉水习惯是什么呢?他拿起他的右手先喝一杯这个,然后他左手把我这杯矿泉水拿过去又喝一口,我一看他又喝一口就没法办,我就跟服务员说对不起你再给我一瓶,拿来了他立刻又拿起来喝一口。后来我实在没有办法我就跟他讲中国革命付出了巨大代价,取得了中华人民共和国政权以后,作为执政党我们主要任务要关心发展生产力,要发展先进的文化事业,要维护人民的利益。后来实在没得说了就跟他讲三个代表这个事。但是这个非常有意思,我觉得这个世界真的非常有意思,这个里头也使我产生了一个感想,什么感想呢?任何一个国家、一个民族、一个群体,台湾说一个族群,这个族群从前现代化,未现代化开始往现代化走过来,这个过程很曲折,而且很痛苦,它会丢掉很多自己原来的那些生活的习惯,生活的东西。

西藏早在二十世纪之初就有四个英国的留学生在拉萨修了一个小的发电站让人们发电,也是想把拉萨往现代化推,但是没等电发几天,不到一个星期就被愤怒的人民群众彻底给拆了,呼哧呼哧的又能打死人,又能一闪一亮的,这完全是魔鬼,只有魔鬼才干这种事呢,怎么能够用,怎么能够发电?现代化的努力被彻底毁灭了。

中国刚修起京汉路,北京到汉口的。火车一响周围的老百姓都气死了,怎么能忍受这种声音呢?所以后来就改由牛拉这个火车走,不准用这个蒸汽马达。而且这种事不仅仅发生在中国,英国也一样。英国的斯蒂芬森发明了火车以后,头几年也是受到了人民群众的坚决抵制,也是用牛、马拉着走,出怪声,咣当咣当响,他也是不接受的。有的在现代化的过程中,一个民族,一个族群它的生活方式受到破坏,它自己的文化自信受到影响,也是一个很痛苦的事,在中国的中原地区也是一样。

我们想一想鸦片战争以后,中国人就是汉族,中国最大的地区黄河长江流域为中国的未来有过什么样的争论、付出了什么样的代价?"文革"过了几年,根据毛主席的指示,全国光出《毛主席语录》《毛泽东选集》这不行啊,毛主席直接提出来他年轻的时候看像严复翻译的《天演论》,《天演论》是赫胥黎讲物竞天择,适者生存。严复是最早的留英学生,而且把《天演论》翻译得非常漂亮,里面还有很多骈体文,古色古香,都写得特别好。但是这个严复在晚年对中国的现代化没有任何的信心,他最后是靠吸食鸦片度日,因为他生活得非常痛苦,这是严复。

王国维呢?辛亥革命成功王国维先跳到颐和园的昆明湖里去了,昆明湖其实挺浅,一米二、一米三的地方,他就淹死了,他躺在里头了。他并不是保皇党,他是接受了许多西方文化的,他是用叔本华的理论来解释《红楼梦》的,但是他也是说他看到了中国文化灭亡的前景,他说这个世界太厉害了,中国那套仁义道德、学而时习之不亦说乎要完,根本没有你的地位。对于一个知识分子来说,中国文化就是他的命,他无法眼看着中国文化在衰落,在灭亡,在挨骂,在被批评,在被唾弃和遗忘。包括小说写得也不错的张爱玲,张爱玲小说里面也写的中国文化面临着大的艰难。

我是觉得我们要是从这个角度上,一个前现代化的族群进入现代化所要受到的考验,受到的挑战和产生的曲折和痛苦,我们如果从这个角度上来解释,来理解我们的一些边疆地区,尤其是西藏和新疆所发生的一些事情,可能会增加我们讨论问题的角度。

有一次是在加拿大还是在澳大利亚我已经忘记了,他的外交部的人跟我一块儿吃饭,就说起西藏的事情,我就从这个角度讲一点,他觉得你要能这样讲我们觉得比较容易接受,就知道是怎么回事了。其实现在从全世界的所谓恐怖主义的问题也有这个问题,如果美国把它单纯作为一个军事问题说明美国人的浅薄,有些事情必须出去以后你眼睛看一遍才能知道。

再比如君主立宪,君主制度。我们中国本来是一个长久的封建君主制的国家,但是我们中国人有两面,一面我们说保守,停滞,发展得很慢。另一方面中国人是非常容易接受新事物的,是追求时尚的。一九八二年我第一次访问墨西哥,在墨西哥和一个汉学家,她做的一个题目是研究中国妇女的名字,她叫白佩兰。白佩兰大家了解的,我就说中国是一个古老的国家,又是一个人口众多的大国,因此中国的改革会是一个很漫长的过程,是很缓慢的。白佩兰就说这没关系,她说我不同意你的观点,她说你的说法和李鸿章见伊藤博文的时候说的话完全一样,你还停留在李鸿章见伊藤博文的时候的那个说法。安徽人比我熟悉李鸿章,我上次来合肥的时候还参观了李鸿章纪念馆,也提到他和伊藤博文的几次见面很好玩,甲午战争之前的一次见面和甲午战争以后的,李鸿章到东京去谈判跟伊藤博文打交道的情景。他就讲他认为中国人有另一面就是吸收什么新东西特别快,变化得特别快。

所以我们读万卷书、行万里路才能使我们的头脑、思想、观念有与时俱进的变化。比如说我们整天讲解放思想，但是思想怎么个解放法？为什么不解放？其中有一个原因就是我们的知识不够，我们的见闻太狭窄，我们精神的空间不够。如果我们知道世界是多种多样的，我们知道世界不仅仅有黑和白两种颜色，还有许多的中间颜色，我们知道这个历史的前进也不都是用唯一的方式，有的是进两步，退三步，又进三步又退一步，有的是横着来回地摆。我们对很多事情的看法都不一样。

　　我再举一个小的例子，这都不是我的专业，只是我个人的一些感想。现在中国的民航闹事非常之多，达到了非常严重的程度。上海曾经发生过乘客一个是不下飞机，这在法国也发生过的，到了巴黎了乘客拒绝下飞机，因为你耽误的起飞时间太长，发生过这种事件。上海发生过乘客拦截飞机，甚至是走到飞机的道路上示威的这种事情，发生了这个事情以后报纸上都登了，媒体上都登了，上海的回答是我们警力不够，这个在任何一个国家如果有人胆敢在飞机的航道上来回走动，违规进入航道的话完全可以立即逮捕，可以判刑，这是什么原因？就是因为在十几年前中国民航定了一个规矩，说是由于民航本身的原因造成误点的我们可以赔偿，到现在为止反正我去这六十多个国家，我经过的各种误点多了，误三天的也有，误两天的也有。误点最厉害的是美国，因为他们飞机太多了，他们飞机比咱们公共汽车还多，多少飞机在那儿排着等着起飞啊。我有一次被耽误了两天，我是从纽约机场出发经过第一站是底特律，第二站是旧金山，从旧金山应该转飞机去夏威夷，从一上来就误点，误点以后这个美国第一次见到，机场临时发一个票，说你可以在这里免费住，是一个假日酒店，假日酒店下面的门都坏了，钉着两块三合板，比"文革"当中咱们一个县招待所还差。进去以后我渴得不得了，我等了半天，就先投币，投了两块钱买一瓶可乐，我投两块钱可乐不出来，我又投两块钱这可乐还不出来，于是我就到他那个总服务台，他很客气，问我在哪儿投的币？我说我在二楼,他说二楼那机器坏了你得上三楼,我说那我钱都投进去了,他说你投了多少钱？我说我投了两次四块,他说好立马就给我四块,非常相信别人,这个给我很好的印象。但是他绝对不能给补偿的,哪有给一个乘客补偿的啊？中国搞了一个这个搞得不好的话,没按时起飞是说不清楚的一个问题啊,跟天气有关系,跟航班有关系,跟掌控有关系,跟机械事故有关系。

我说读万卷书,行万里路。一方面可以思想解放,原来想不到的事情可以想到,一方面我们也懂得一些世界上的规则不能违反的,是不能瞎解放的,我们会知道许多许多我们过去不知道的东西。我们今天有这么一个好的条件,经济在急剧地发展,社会的变化也非常快,这种变化有的时候快得你都不能想象,而且有一些东西是没有经过什么部署研究的就变化了。

今天很多都是咱们铜陵的干部,所以我多说一点,多说一些事情和我的体会也没有关系。我一九八六年到文化部刚上班马上就接到了党中央最著名的女同志、女领导的连续几个批示,说什么呢？就说深圳要搞礼仪小姐评选,是变相选美,选美是资本主义国家拿妇女当玩物的表现,我赶紧贯彻,那怎么办？这么多老大姐都出来说了,我严格命令深圳绝对不许搞选美,搞选美侮辱女性。现在选美不知道选了多少次了,三亚快成了世界选美之都了。铜陵是铜都,三亚是美女都,以半官方的力量在迎接选美。当年一个邓丽君来大陆引起多少争论？引起多少麻烦？全是最高级的领导,因为北京青年报一个记者在那儿闹了说跟邓丽君通了电话,邓丽君要来大陆,中央几个领导都有批示,一个领导批示关于邓丽君来访的问题由文化部管理,其他任何人不要插手,另一个领导批邓丽君来访对我们没有好处,不能让她来,另外一个领导又批我原来认为邓丽君来访对我们没有好处,最近我认为邓丽君来一次也可能有好处。就是这样批的,我这儿都有名有姓的,这么多批示我怎么办？我敢执行谁的不执行谁的？当然怎么处理的我不说了,在我的自传里面都写过,我只是说明是去年还是前年纪念邓丽君,中央电视台音乐台赵忠祥在那儿主持纪念邓丽君的节目就主持了好几次了,一系列的节目。我们今天在座的人哪一位去世也不会那么纪念。它就变了,怎么变的?我也不知道怎么变的。

最近网上还炒一个事情,说一九八三年严打的时候还有照片,一个女性枪决了,流氓罪。原因就是她和十个异性发生过性关系,但是她留了遗书说我追求我的生活方式,你们喜欢不喜欢这是你们的事,但是我没有死罪,你们现在枪决我也没办法,但是我相信再过多少年你们会认识到不应该枪决我。所以这个事物是在不断地变化的,不断地发展的,在这种发展和变化之中我们只有通过读万卷书、行万里路,更通过我们深沉的思考和学习,精神空间才能得到扩大,我们的思想观念才能够跟着时代前进。从另一个方面来说也是很了不起的,我们赶上了一个迅猛的、发展的、前进的时代。

今天跟大家随便聊一聊,如果在座的朋友还有哪些疑问,或者哪些不同的意见,有什么批评欢迎提出来,我们可以有一些互动,谢谢大家。

(作者答与会者问)

问:王老师您好,我是来自铜陵市第一中学的学生,今年是纪念毛泽东同志在延安文艺座谈会上的讲话发表七十周年,他老人家指出文艺要为人民服务,文艺来源于生活,那么怎样能高于生活呢?谢谢。

答:延安文艺座谈会的讲话可以说是非常鲜明的,奠定了中国共产党的文艺政策和革命对文艺的要求,它推动了中国的文艺的革命化。那么,延安文艺座谈会讲话里头讲的一些重要的观点、理念除了您刚才提到的文艺来源于生活,文艺为人民服务,在延安提的还有为工农兵服务的,也还有一些重要的说法,譬如说他认为讨论文艺问题应该从实际出发,而不是从定义出发,他提出来作家、艺术家要和新的时代、新的群众相结合。他提出来仅仅有上海亭子间的经验是不够的,还要了解新的东西。从延安的讲话到现在已经近七十年了,我们现在面临着中华人民共和国已经成立六十多年这样的一个情况,我们今天很多的文艺方针和政策的提法已经有了发展。

比如我们现在提的包括十七届六中全会提的,强调的是把满足人民的精神文化需要视为我们的出发点和落脚点,我们现在提出来的是为最广大的人民群众服务,我们现在提出来的是为社会主义服务,还有很多其他新的提法。说明由毛主席所明确的,论述过的这种革命的文艺在长期执政的情况下,在建设具有中国特色的社会主义国家的这样一个过程当中,它必然会有新的发展和获得新的成就。大概就是这么个情况。

问:王蒙老师您好,我是来自铜陵学院的学生,我们大二的时候学习当代文学史,学习您的第一篇短篇小说是《组织部新来的青年人》。我想请问您这篇小说的主人公林震身上有没有您自己的影子?有没有您自己的亲身经历在里面?谢谢。

答:那不是我的第一篇,我第一篇是一九五四年的《小豆儿》,第二篇是一九五五年的《春天》,《组织部新来的青年人》已经是一九五六年九月份发表的了。所有的小说都有我自己的影子,但是又都不是我的那样的自述。

第一,我没有那样拘谨,只能说自己亲身经历过的东西,也有这样的作家,很好的作家,但是他说只能写他亲身经历过的东西,我没有。我总是觉得而且不宜于写自己的事写得太实,写自己的事写太实我怎么觉得有点缺心眼呢?你写小说又不是写交代材料,也不是填写干部登记表,所以不可能完全是我自己的东西。另外一个小说的要求和现实生活里的东西中间是有一点参差的,不可能完全没有距离,是不是?那小说看着也很真实,非常好,但是你要完全用小说的语言来处理日常生活,让别人觉得你有点问题。鲁迅举了一个例子我非常喜欢,他说比如一个演员,比如张飞吧,他唱戏的时候是张飞,非常的豪爽,非常的鲁莽,非常的火热、火暴。但是他唱完这戏要卸妆,要洗脸,要脱掉行头,要换上日常的服装,他不能老是张飞,说他一进家门一拍桌子说拿长矛来,这个他家里人都不能接受。

所以文学它从生活当中来不错,但是文学并不等同于生活,如果文学完全等同于生活就不需要文学了,陕西人的话就是"该得哈",就是"解得下",我们家乡叫"解(读谢)得开","解"其实就是"解",就写这个"解"字,你得解得开事。如果你要是拿一篇小说完全当真事来考虑,就是不但写的人缺心眼,评论的人包括当领导也都缺心眼,需要我们做进一步的增强智力的交流。

问:王蒙先生您好,作为一名八〇后文学爱好者,我想问王蒙先生一个问题,您最喜欢哪一位八〇后、九〇后的作家?您对八〇后、九〇后作家的整体素质怎么评价?这就是我在网上看到你跟韩寒发生了一些论战,您怎么评价?谢谢。

答:八〇后的许多作家我都怀有好感,包括你提到的和没提到的一些。论战没有发生过,因为论战只能够是双方战,如果有一方想战的话那不叫论战,那叫单练,所以没有和八〇后的作家发生过论战。但是我常常举一个例子,我说老舍先生有一句话能够解说许多问题,他说人的一生往往是有牙的时候没有花生米可吃,等到花生米很多了他牙也掉得差不多了,人生的一个悲哀吧。我觉得他说得很好。

我觉得用这个也可以来形容某些八〇后的作家,就是他们牙很好,但是花生米不足,还需要增加花生米的积累,否则的话你虽然有很好的牙口,但是没有足够的、可供咀嚼的,饱含着植物油、蛋白质和维生素的花生米。我相信老的和年轻的作家之间互相还是一个交流、学习、取长补短的关系。

问:王老师您好,我是二中高二的一名学生,我们在上语文课的时候,老是讲到李商隐的《锦瑟》,提到过您曾经对诗歌的顺序做过调整,我想问一下王老师,您当初对诗歌顺序做出调整的初衷是什么?当时您为什么要这样做?希望王老师能够给我们高中生在鉴赏诗歌意境方面提供一些建议,谢谢。

答:我其中一个很主要的目的就是探讨中国的文字,尤其诗里面的文字的某种弹性,某种独立性。你比如说在《锦瑟》这首诗里面含有景色这个词,有杜鹃,有蝴蝶,有沧海,有珠,有烟,有玉等等这么一些名词。这些名词本身成为诗的意象,这些意象其实像《锦瑟》这样的诗不是一个绝对的僵死的东西,而是带有活性的。锦瑟无端,你可以说是无端,因为无端是一个总体的抒情,此情无端。此情无端成追忆,只是当时已惘然。"此情无端"这个话也说得通的,"当时无端"这个话也是说得清楚的,"惘然无端",无端的惘然,你为什么要惘然?你为什么感觉到迷惑?你为什么感到心情不安?为什么你感到不解?这都是无端。

因为他的这种比较朦胧的,比较忧伤的情绪渗透到各个方面去,所以我就通过像做文字游戏一样,一会儿变成这样,一会儿变成那样,一会儿变成长短剧,一会儿变成像套曲,一会儿变成散曲。把《锦瑟》激活,把我们对诗的理解激活,把我们对汉字的理解激活,把我们对诗的意象的理解激活,我想我做的是这么一件事情。

我不但这样做过,我在另外的文章里面还曾经把李商隐的几首诗都是类似的这种无题诗给它打乱,给它重新总结也是可以的。其实中国的文字它有这个活性,并不是只有我这样的人做过。我们知道很有名的散文,就是王羲之的《兰亭集序》,浙江绍兴的兰亭文人聚会然后写了一个序。但是清朝有人写过,《兰亭集序》几百个字吧,他把它完全按照另外的顺序写出来。至于中国的诗词的集聚,从这里找一句,从那里找一句,找到不相干的东西把它放在一块儿。这都是中国自古都有的一种文趣吧,文人的一种乐趣。

曹禺改变巴金的《家》变成一个诗剧,一个话剧,这个话剧里面把《家》里面最坏的一个人叫冯乐山,冯乐山就是一个高度腐朽的封建老头子,那个时候四十多岁就已经很老朽了。所以当时的作家曾经提出来过人过四十就该枪毙,这是那个"五四"的时代,人过四十都是老朽,全毙了,但是他自己后来也过了四十了,也没自杀倒是。

这个冯乐山就是强娶觉慧所相恋的他们家里面的一个丫头叫鸣凤,最后逼得鸣凤跳楼,就是这个人。但是冯乐山怎么个腐朽法呢?他家的客厅上放着一副对联,上联是翁之乐者山林也,下联是客亦知夫水月乎。上联是欧阳修的《醉翁亭记》,翁之乐者山林也,下联是客亦知夫水月乎,下联是苏东坡的《赤壁赋》。这两个可是放在一块儿以后非常的工整,非常美的一个对联。但是曹禺当时写这个人的腐朽,这个人没有真正的学问,东抄一句西抄一句弄成了这个,但是我们现在客观地看冯乐山如果他强娶鸣凤,这属于恶行,该怎么批斗还是应该枪毙怎么另有说法。但是他挂的这个对联其实蛮好玩的,这是一种文字游戏,但是我对《锦瑟》有三个改编,后来宗璞,女作家,冯友兰的女儿,她看过之后又将《锦瑟》给改编成了一个散曲,所以很好玩。其实是表达了我们对《锦瑟》的喜爱。

2012 年

中华传统文化的治国理念[*]

非常高兴有机会和大家就一个传统文化的问题进行交流。我想谈一下我们中华民族文化中关于治国理政的一些看法。按过去的说法就是对修齐治平的看法。我们中国有非常丰富的治国理政的经验,虽然其中也有许多教训,有许多失败的东西,但是几千年的积累形成了一套政治文化,一套政治理念,这是很值得研究的。

那么我要从八个说法讲起。不限于引经据典,更注意的是被人们所接受的那些说法。

第一,世界大同。我们知道"世界大同"这个理念是早就存在于中国文化当中的,它表达了最早的中国梦,中国文化之梦。《礼记·理运篇》上说:"大道之行也,天下为公,选贤与能,讲信修睦。故人不独亲其亲,不独子其子,使老有所终,壮有所用,幼有所长,鳏寡孤独废疾者皆有所养。"这句话影响特别大,它变成了中国人对修齐治平的最高理想,就是世界大同,天下为公。

就在昨天晚上,习近平同志在中央政治局会议上对中央政治局的委员提出的要求里面,就有"天下为公"这个说法。这也是孙中山最喜欢讲的一句话,孙中山的题字到处是"天下为公"。可以说这是我们很坚持的一个观念。中国人接受马克思主义、社会主义、共产主义不是偶然的,它有传统文化的依据,这个依据就是中国自古就有的

---

[*] 本文是作者在贵州的演讲。

"天下为公,世界大同"这样一种理想。

"天下为公,世界大同"里面还有一个中国式的基础,即"性恶论还是性善论"。我们现在不做价值判断,因为"性恶论,性善论"各有各的侧重点,各有各的作用。在中国比较占上风的是"性善论",认为人之初、性本善;而西方讲人的原罪,很多东西是以"性恶论"作为基础,但西方的社会主义思潮恰恰是提倡"性善论"的。共产主义的思潮,马克思主义的思潮和"性善论"比较接近。为什么?因为这种思潮认为人性恶的东西,那些自私、贪婪、恶性竞争都是私有财产所造成的,如果取消了私有财产,人应该变得大公无私,应该会显示出人最美好的那一面。

我们有一派学者研究从新文化运动以来的各种新名词的翻译,对一些翻译有某些质疑,因为很多翻译并没有认真地研究原文,是从日语拐个弯过来,就是日语里头用的汉字。比如说"主义"这个词是从日语过来的,"共产主义""社会主义"这些都不是直接从拉丁语或者德语、英语翻译出来的,它是从日语翻译过来的。有些学者认为中国近现代很多麻烦都是由于翻译不准确而造成的。比如说"无产阶级专政",有人说翻译得并不准确。还有人说"共产主义"翻译得也不是最准确,拉丁文是什么我不知道,我只知道英文是"communism",就是"共同"。也有人说共产主义其实应该翻译成"大同主义"更准确,我们中国人的脑子里头都有"世界大同"这样一个中国梦,这个对于我们来说是有意义的。

第二,也是我今天要讲的重点,就是"以德治国"。这里有很多说法,投影上显示出来的字我就不一一地读了,大家眼睛扫一下就行了。比如说"为政以德,譬如北辰,居其所而众星拱之",出自《论语》。我们中国是很特别的,把权利道德化,把权利文化化,权利本来是一个物化的东西。什么叫权利?权利就是说我可以动用一些手段来对你进行管制,对不服从我权利的人我有办法加害。马克思讲得很清楚,什么叫国家?国家就是阶级压迫的工具,当然讲的是阶级社会的国家。马克思讲国家是由什么组成的？是由军队、法院、警察这些，所以我说权利本来是物化的。但是中国的先贤更注意的是权利的文化化，不仅仅是以利服人，或者主要不是以利服人，而是以理服人。

中国的许多先贤认为越古代的皇帝越好，比如说伏羲氏、有巢氏、神农氏是最好的皇帝。当然，到了孔子这儿他还认为周公最好。但是庄子就比较严格，他认为好就好到神农氏。神农氏以后是黄帝轩辕氏，到了轩辕氏的时候是用物化的权利，靠战争打败了蚩尤，才建立了这样一个政权。所以他对黄帝都不满意，但是喜欢神农。为什么呢？因为神农氏不仅仅是管制这个国家，管制百姓，他还教给大家种地，教给大家制造各种农业工具，他成为中国农业文明的奠基人；他尝百草，确定各种草的食用或药用价值，那就是说他还是中国医药学的创始人。因为神农带有传说性质，他不像李时珍有《本草纲目》，我们找不到神农的著作，神农究竟是一个人还是好几代人的统称，现在学界里有不同的说法。我对他研究得也非常少，知之甚少。但是他的形象非常可爱，这个领导人是什么样的呢？他德行高，化育人民，他的本事也大。因为"德"在古代既有道德的含义，品质的含义，又有功能的含义。神农的可爱之处不仅在于农业，他还发明了乐器，神农属于音乐家，中国的音乐祖师。他是一个用德行教化人民的领导者，建立了神州大地上人口众多，不断繁衍，有自己文化的这么一个种群，这么一个民族。

这里头就包含着一个问题。因为中国人是很喜欢大一统的，虽然中间有过各种各样的分裂，但是中国人喜欢的是大一统，不喜欢分裂。在中国这个地域，中原文化不面临与别的文化共存或者平起平坐这种挑战。它东边是大海，北边、西边、南边有些相对生产、生活文明程度比较低的少数民族，当时叫做番邦。这个统一的地域非常大。注意到这一点的是美国著名的汉学家费正清，他是美国一个老汉语学家，现在哈佛大学的远东及太平洋研究中心就叫"费正清中心"。

江泽民第一次正式的美国国事访问就是在费正清中心讲的话。费正清先生提出来中国有一套很特殊的延续几千年的治国理政的方法，对全国进行集中的管理和统治。这个我顺便说一下，这个叫"集权"，集权本身不带有任何的贬义，是一种行政管理的方式，是和分权相对的。它和另外一个"极权"含义是完全不一样的，另外一个极权用"北极"和"南极"的那个"极"，那个极权是带有贬义的，指的是专制、独裁，压制人民的领导者，压制不同的阶级等等。

中国长期是集权。费正清就注意到了这一点，他的这个观点被基辛格所接受。应该是前年，我现在想不起来了。就是春节一过，胡锦涛主席到美国去进行访问，访问之前基辛格发表了一篇很长的文章，他说中国有自己几千年的一套治国的理念和治国的方法，想让中国接受别的国家教给他怎么样治国理政几乎是不可能的。基辛格在胡主席访美之前讲了这个观点。

费正清还有一个独特发现，中国有两千多个县，中国的人口几千年以来增加了许多，但是从秦朝的时候定郡县制，中国县的数量并没有增加多少。可能开始的时候不到两千，现在是两千多，人口虽然增加了，但是县的数量不增加，什么原因？就是这两千左右是最适合于集中统一管理和领导的这么一个建制。我说到这儿好像说远了，中国的集中统一领导怎么给它一个合法性，怎么给它一个说法呢，为什么他就能够领导呢？中国的说法是两部曲。

第一，这是天意。这是无法验证的，皇帝就是天子。皇帝出生之前不是龙降到他们房上了，就是他房上冒着红光，证明他是天意。

第二，怎么表现出来这个人身上体现的天意，因为他身上具备了和天地一样伟大的道德。天行健，君子以自强不息；地势坤，君子以厚德载物。你的身上既有自强不息的优点，又有厚德载物的优点，说明你的身上就体现了天和地最美好的品质。因此，你的统治就是合法的，这是"文化合法论"。

这个说法一直存在着疑惑，尤其"五四"以来很多学者认为，中国历代的君主和皇帝从道德上要求并不是无懈可击的,有很多问题。比如说唐玄宗把他儿媳妇讨来当老婆了,这个不能说他道德上非常好。也有儿子杀了爸爸,叔叔杀了侄子,这样的事很多。有的学者提出中国几千年来的皇帝,真正做到了以德治国,实行仁政,又做到了老子的无为而治的,只有两个皇帝,就是汉文帝和汉景帝,他们开创了"文景之治"。即使有这样的一些置疑,我们必须看到一点,就是老百姓愿意接受"以德治国"的提法,愿意接受"天下为有德者居之"的提法。因为这个提法让老百姓感觉到比较舒服,他精神上比较舒服。为什么你领导我?因为你道德、人品各方面都比我强,我不服你不行,你的很多表现令我五体投地。古代的臣子也是这样,皇帝道德品德较高,就五体投地,肝脑涂地,认为他的统治就是合法的。

在客观上,以德治国的说法也形成了对权力系统的文化监督与道德监督。如果宫廷里头有一些不理想的事情发生,就会让皇帝有压力,舆论上有压力,文化上有压力,道德上有压力。这不是开玩笑的,我们看一看有些书,近年来也在境内、境外出版,讲中国政治,讲中国皇帝、皇权的。比如说旅美的历史学家黄仁宇写的《万历十五年》就很脍炙人口。我们从这些书里面会看到一个很有趣的现象,就是皇帝并不是想干什么就能干什么,很多皇帝想干的事他根本干不下去,为什么呢?因为满朝文武,尤其是那些大臣要根据道德的原则,根据文化的原则来筛选皇帝的各种指示。有些指示我立马给你办;有些指示我放在一边,我们先议论一番,先清议一番再说,咱们先空谈一番,先论证一番,聊聊;有些指示我给你变相地不太执行,你有政策,我有对策;有些指示就公开地和皇帝顶,这个不能这么做,这么做违背了旧制。有时候我们看起来很小的事,甚至是皇帝的私事他也要管。皇帝的举止要管,皇帝走路走快了不可以的,马上就有臣子说你怎么刚才跑着来的,身为万圣之尊你小跑着过来了,要摔一个跟头怎么办?怎么交代呢?皇帝想骑马不可以,你怎么能骑马呢?所以我开玩笑说,中国人的地位和他走路的速度是成反比的。皇帝受很多监督，远不是一帆风顺，很不舒服。有的把他憋得气的，海瑞见皇帝，海瑞写的文书有些地方跟破口大骂一样，确实没有见过这样的，当时下令处死，周围几个大臣说海瑞这个人就是专干这个的，他来以前棺材都订好了，你现在把他一杀，他就成了名垂青史的忠臣，你就成了暴君。皇帝憋气憋了好几天，最后说海瑞讲得很好，提的这些意见对我帮助很大。这个文化监督虽然不是特别管用，但是比没有强。

还有更重要的一点是，虽然不能说封建社会有很多民主程序，但是由于有"以德治国"这样一个说法，就至少使得一些臣子有可能给皇帝提意见，甚至于提很尖锐的意见，这样的例子很多，当一个文官就要敢于为坚持真理死在皇帝手里。中国是封建专制，但以德治国这种文化监督限制了这种专制，甚至以德治国的说法给农民起义找了根据，为什么呢？就是当权力系统缺德太甚，失德太甚，背德太过的时候就会发生农民起义，就会发生颠覆，这个权力系统就会被指责为无道昏君，而你只要是被戴上无道昏君的帽子你就快玩完了，快完蛋了。中国这一套以德治国的说法仍然是有积极性的意义，但是又是不可能完全做到的。这一点来说和外国区别非常大。

你看最近意大利的前总理被地方法院判了七年徒刑，因为和一个十七岁的未成年少女有性关系被判。那个前总理说话在中国人看来跟小流氓一样的，女人都追我，我又有钱，又漂亮，我地位又高长得又帅，追我的女人排队都排出去了，在国会上他敢这么说话。咱们中国有这么说话的吗？贵州有敢这样说话的吗？俄罗斯那个自由民主党主席叫日里诺夫斯基，日里诺夫斯基讲话也更是可怕，他讲我竞选了以后全体十八岁以上的俄国男人赠送伏特加酒，他用伏特加酒来争选票。

中国到现在提拔干部强调德才兼备，而且以德为优先，这个也很有意思。江泽民同志担任党的总书记的时候，在一次宣传工作会议上提出来要把"依法治国与以德治国"结合，那一年各种文件里头都有这种词,包括政协的文件里头。有一次政协的常委会上提"依法治国和以德治国"结合起来的时候,吴敬琏常委还提了一个意见,说"依法治国"是没有问题的,"以德治国"不能和"依法治国"平列,但是李瑞环就明确地说,大家知道这个话是从哪儿来的,我们得保持一致。那个时候提过,后来几年没人提了。二〇一一年十七届六中全会里又提到了"依法治国、以德治国结合起来",可是提完了最近又没见人提了,我反正给他记着。哪一年提过,哪一年都跟着提过,哪一年又提过,哪一年没人跟着提。总而言之,"以德治国"至今仍然活在我们中间,也还活在党中央,但是调子不是特别高。

我简单地说,如果我们认为今天还可以用《三字经》和《弟子规》就能够治国平天下那是做梦。那不是"中国梦",那是傻梦,是封建梦、旧梦。因为很简单,你们看看《红楼梦》就知道了,《红楼梦》里头没有几个人真正把道德、文化、礼义放在第一位。因此,在今天仍然只知道"以德治国",甚至误以为《三字经》说得多好,《弟子规》说得多好,全体一念咱国家就办好了,都是共产党闹什么革命,才把这些东西给闹坏了,闹乱了。这就是自绝于现代化,就是甘心让中国永远处于一个封闭、落后、停滞的状态,这是邓小平说的,闭关锁国的结果是愚昧无知,是贫困饥饿。但是反过来说,如果我们干脆不理睬,或者不重视以德为优先,以德治国,有德者居之,不重视这个就等于自绝于中国的传统文化,等于自绝于人民,因为人民喜欢这个,人民信这个。你一个干部干过几件跟道德有关的事,证明这个干部很有道德,立刻老百姓对他的印象就非常好。

"文革"结束以后我来到北京,在北京市文联工作。北京市文联有一个作家,"文革"当中比较活跃,我不说名字了,有很多人攻击他,可是北京市文联所有的勤杂工都说他的好话。为什么说他好话?他老婆比他大四岁,文盲,而且爱发脾气,拍桌子打板凳的,但是这个著名作家,当时也是名满全球的,对他老婆仍然是非常之好。大家就觉得这么好的人,还要挑他什么毛病,文联的哪个作家能够比得上他。我们不能自绝于人民,不能自绝于中国传统文化。对"以德治国"还要好好地研究,还要弘扬这个东西。当然,必须和"依法治国"结合起来。

第三,关于"中庸"之道。中国人所讲的道德和西方人所讲的道德有一致的地方,也有不一致的地方。比如说西方很讲究自由竞争,优胜劣汰;但是中国先秦诸子对竞争态度都比较保留,主张不争。因为你争会变成暴力之争,什么原因我不仔细解释了。中国人更讲究的是人情味,讲究的是人际关系,讲究的是适可而止。"中庸"曾经在中国成为一个非常重要的命题,一个非常重要的词。放在政治上,人民尤其把"中庸"看成一种政治道德。

我也简单说一下,西方的政治文化,政治理念的核心是对权力的多元制衡。他做到没做到这是另外的事,比如说过去社会主义国家常常说西方的政治权力实际上是掌握在华尔街的几个老板、几个金融寡头那里,是不是这样我也不在这里讨论。但是至少理论上他是多元制衡。所谓多元制衡就是不同的人群,不同的地域,不同的行业的各种利益、诉求让它达到某种平衡。有一本书叫《总统是靠不住的》,认为总统是靠不住的,因此他的权力要分割成几面,互相在那儿克制。但是中国没有多元制衡的传统,在中国你随随便便地实行多元制衡有可能把国家搞分裂,有可能出乱子。那么中国有没有一种平衡呢,也有。

中国的平衡往往不是表现在同一个时期几个不同的力量在那儿互相制约,但是实际也有。任何时候也不是绝对一致的,这种不同的力量制约的情况是任何时候都没有发生的,但是中国尤其出现一种什么情况呢?就是在时间的纵轴上的平衡,不是在空间的横轴上的平衡,是在时间纵轴上平衡。什么意思?三十年河东,三十年河西。《赵氏孤儿》中赵家有一个能人赵盾,心狠手辣,把晋国的国君都逼死了。所以叫"赵盾弑其君"。但是后来势力越来越不行了,而屠岸贾上来了,屠岸贾为了亡赵家想尽了一切办法,最后只剩下一个孤儿。等这个孤儿再长起来也可能不到三十岁,二十多岁快三十岁了。于是又把屠岸贾那一家给亡掉了。这就叫三十年河东,三十年河西,这个很有趣。据说水文学家研究,内陆的河流经常改变河道,是以三十年为一个周期。西方把三十年认为一代,三十年河东,三十年河西,一代人又变了,所以一个人做事不要做得太过,留有余地,因为你不但有河东的时候还有河西的时候。林语堂说中国的文化喜欢的是少年老成、老成持重的人,喜欢的是不慌不忙的人。中国人不喜欢特别往上冒的那种人。还有一些说法,说十年树木,百年树人,我当时听着觉得挺可怕的,"十年树木"好说,拿一个树苗把它栽上,栽植上十年长起来了就靠得住,一两年,两三年就靠不住,我见过种了三年就死了的树。"百年树人"我听着就可怕。为什么?你要培养我一百年,你把我培养到哪儿去了,培养成功了也没有意义。当然了,人家百年树人也可以解释,我要做教育人的事业,要见到效果我得做一百年。我培养你一个人未必能立刻有效果,接着我还得培养你儿子,我如果死了让我的儿子培养你的儿子,让我的孙子再培养你的孙子,到时候就有效果了。这是巴尔扎克的话,要培养一个贵族至少得三代人,为什么?把你上到贵族学校了,可是你爸爸妈妈都是黑社会、乞丐、小偷,你回家受到影响,你不可能成为一个贵族,你吃饭的样子不像贵族,说话的样子也不像贵族,你走路的样子也不像贵族,因为你父母都不是贵族。这就是十年树木,百年树人。

一九五六、一九五七年的时候,当时我二十岁刚过,被通知列席中国作协理事会扩大会议。什么会议呢?就是批判丁玲。丁玲同志发言的时候说:"我在延安的时候毛主席就跟我说,看一个人光看几年是不够的,要看几十年。"我当时听着也挺紧张,你说看几年这还好说,你要看几十年,把我看成老头了。我现在发现看一个人至少要看三十二年。为什么?三十年河西表现不错,第三十一年他河东了他先把你卖了,他是风派,他迎合时尚,跟着潮流走,不讲信义,不讲实事求是,不讲科学。那样的人你能信他吗?三十年表现都很好,你起码再等两年，两年表现得稳稳当当、不左不右、不骄不馁这样的人就差不多。中国讲中庸之道也是非常有意思，这个东西在后来，特别是"五四"新文化运动以后被糟践得很厉害。其实主张中庸之道不仅仅是中国，根据学者们说苏格拉底、柏拉图和亚里士多德他们都主张中庸。他们说的"中"就是"终点"，而中国的学者有的又分析说中庸的"中"指的不是终点，而指的是准确，指的就是正中十环，就像射击运动员似的这么一个意思。"庸"现在也变成一个坏词，平庸、庸俗，但是"庸"的意思就是正常，就是不发神经，你正正常常地对什么事情的反应没有离开正常，合乎常识。关于"中庸"之道在中国的政治观念上也很有意义。

我们很喜欢用一些美好的词比如说"仁义礼智信"来表达中华文化。前几年有一位政协委员给李长春同志写过一封很长的信，主张要提倡"仁义礼智信"，长春同志也有批示。顾炎武说："礼义廉耻国之四维，四维不张国乃灭亡。"还有的在礼义廉耻上再加上"孝悌忠信"这八纲，为"孝悌忠信，礼义廉耻"。国民党有一个说法，"忠孝仁爱，信义和平"，也是八个字，现在台北的几条路，忠孝路、仁爱路、信义路、和平路。国民党的"少年儿童组织"叫"童子军"，"童子军"提倡的三个字是"智仁勇"。这些东西都和中国文化有关系，都是表达了传统的中国文化所追求的人的品质。但是京剧上有一个说法叫"忠孝结义"。现在老百姓最喜欢的话，一个是忠厚，一个是仁义，尤其是义气。从这个忠厚和仁义的说法里头我们也体会到一点中庸的味道。

第四，水能载舟，亦能覆舟。这个话其实很有意思，但是也有人说，现代西方的政治理论、民主理论认为"水能载舟，亦能覆舟"还不行，我们不仅仅是要载舟，要覆舟，还要参与公共事务的管理，有公民权利，有民主权利，这是另外一个问题。"水能载舟，亦能覆舟"表明了中国高度集权的社会里头，还是有一种民本思想。人民要拥护你，你简直就威风得不得了，你是金口玉言，你是普天之下莫非王土，率土之滨莫非王臣;如果人民要反对你,人民要折腾你,人民要推翻你,你就变成了毛主席说的向隅而泣的可怜虫。一般连可怜虫也当不成,脑袋都掉了。中国人早早地就看到这一点,我们看到中国的皇帝非常厉害,我们的电视剧里头有意无意地迎合皇帝思想,这个皇帝威风真大,皇帝想要哪个女人,哪个女人简直荣幸得不得了,皇帝想让谁荣华富贵就荣华富贵。但是我们电视里头太缺少描写当一个皇帝被农民起义追得东逃西窜,叫天天不应,叫地地不灵的那种惨状。旧中国既是一个权力集中的国家,又是一个不断地用暴力手段,通过农民起义来更迭朝代,更迭权力的这样一个国家。这里面的经验教训太多了。怎么治国我们应该研究,还要研究怎么乱国,这个国是怎么乱的?东周怎么乱的?秦朝怎么乱的?西汉怎么乱的?东汉怎么乱的?这里面学问太大了。这里头我提一条,中国的文化有一些很有趣的思想。我们说君君臣臣父父子子,君要臣死臣不敢不死,父要子亡子不敢不亡,非常讲服从,讲孝顺,讲愚忠,讲不要自己的性命,要看到这一点。但是中国的民本思想里头也有暴力的一面,也有反叛的一面,用毛主席的话来说就是造反有理。

没有人从这个方面解释,我喜欢从这方面解释。《道德经》上老子说:"天之道,其犹张弓欤。高者抑之,下者举之,有余者损之,不足者补之。"说天道,什么是天道?天道就好像拉弓射箭,拉弓的时候如果你左手这边高了就往下压一点,右手低了就往上举一点。一般是四个手指头,我不会拉弓射箭,可能是四个手指头拉,这四个手指头都要使上劲,否则不匀,你食指的力气非常大,小指一点力量都没有,你这个弓往上走了,劲大的你要减少一点劲,劲小的地方要增大一点就求得一个平衡,求得一个准确。他说这是"天之道,损有余而补不足"。天道是什么?按北京话来说,就是你身上很多油,我拿个小刀来或者拿个铜钱在你身上这么一刮,这个油就流下来了。我刮强者支援救济弱势群体,这叫天道。你太强大了,太富足了,怎么办呢?就把你身上剥夺来的油水挤下来,我刮下来给弱势群体,他说这才叫天道。

老子底下一句话太厉害了:"人之道,损不足以奉有余。"说人之道恰恰相反,谁强谁就刮弱者,谁就压榨弱者,谁就剥削弱者,他要损害弱势群体来锦上添花给强势群体,这太可怕了。老子这个话说得太凶了,这是社会革命党的语言。人之道,北京话叫"越穷越吃苦,越冷越撒尿(suī)",你这个人很贫穷了,今天警察罚你钱,明天城管把你没收,后天那又是什么,越穷越克扣你,克扣完以后已经很富的人就更富了,贫富悬殊,贫富分化。越倒霉的人越抬不起头来,这个话是很可怕的,这个话是含着某种反叛性的。《道德经》里还有其他地方有反叛性,说为什么有的人吃不好,吃不饱,就因为君王和诸侯吃得太好,这话都太厉害。中国自古以来农民起义者打出来的旗号四个字"替天行道",农民起义才是"替天行道",而一旦到了一群一群的农民在那儿替天行道的时候,水覆舟的可怕劲就出来了,实际是很深刻的对历史经验的总结。

第五,物极必反,盛极必衰,否极泰来,多难兴邦。这是中国人早就有的一个历史的辩证法,甚至带有宿命的色彩,它变成一个哲学的命题,一个神学的命题,一个宿命的命题。《红楼梦》中秦可卿要死了,托梦给王熙凤,说自古以来盛极必衰,月盈则亏,水满则溢,说我们家,指的是贾家,赫赫扬扬已经好几代了,一旦树倒猢狲散,不知道会出现什么惨状。这个道理很深,但是王熙凤没听进去,王熙凤不可能听得进去,秦可卿死的时候用她的魂灵宣布了这个话,历史上这样的事无数。

在上个世纪末的时候,美国驻华大使尚慕杰帮助安排了江泽民主席的访美,那时候跟克林顿提出了"建立战略伙伴"的关系。但是小布什又把这个推翻了,这个另说。我的印象里头江主席对尚慕杰大使印象很好,尚慕杰大使任期快到了他要求见江主席,江主席跟他见了,这个文件上有。江主席说,现在美国非常强大,世界没有对手,这种情况从中国文化的观点上看是很危险的。因为盛极必衰,水满则溢,月盈则亏,他说美国文化没有这一条,我希望你把我的话带给你们的布什总统。他这个话带没带也无从考证,但是江泽民主席说完了一年就发生了"9·11事件",从中华文化来说,对美国的"9·11事件"是有预见的,是可以预见的。但是太具体不可能。有许多很有名的一些话,咱们投影上都有我就不一一地念了。

第六,无为而治。中国人常说的很有特色的治国理政方法,就是"无为而治"。"无为而治"是道家的思想,但是外国人的心眼很死,将"无为而治"翻译成"什么都不干国家就治理好了",你打死他也不明白是什么意思。要理解这句话,我觉得我们离不开当时的政治环境。在春秋战国的时候,中央政权非常衰弱,皇帝在那些大臣、诸侯面前可怜得不得了,什么也不是。诸侯谁也不服谁,个个都急功近利,恨不得一朝扫荡寰宇,但不知道用什么方法好了,今天一个主意,明天一个主意,今天一个措施,明天一个措施,今天派兵去打赵国,明天又联合去打魏国,再过几天又是自己跟自己打,胡折腾没完没了,使老百姓不得安宁。所以老子就提出来"无为而治",就是你们少干点事行不行,少说点话行不行。

老子的最高政治理想就是"无为而治"。早在《尚书》里头就有了"日出而作,日落而息","凿井而饮,耕田而食,帝力与我何有哉"的话,就是我老百姓过老百姓的生活。庄子也讲这个,说连鸟都知道飞得高一点,不要让弹弓打到自己,连老鼠都知道把这个洞挖得深一点。老百姓总不会比鸟和老鼠更笨,他们该干什么,不该干什么,他们会明白。这个国家成功是什么意思?就是老百姓都知道哪些事能干,哪些事不能干。你那虽然有法,没人犯法,你有交警,没有人醉驾,这是老子认为最好的。人们不知,根本不知道你的存在,这是第一等的。第二等才是对你又亲爱又歌颂。我想起陈毅在五十年代初期写过一首诗,里头有一句"歌颂盈耳神仙乐"。他说的就是如果到处是歌颂你的声音,你就是神仙也架不住了,你扛不住了,你晕了,你晕菜了,你乐了。陈毅将军讲得太好了,五十年代初期他已经看到了一味地歌颂不一定是好事情。为什么不一定是好事情？我这么想，一味地歌颂就会形成对你超过实际可能的希望值，早晚就会有让人失望的一天。解放初期唱的歌"铁树开了花、哑巴说了话"，你一来哑巴都会说话了，瘸子都会参加长跑了，你一来穷人家里天天吃红烧肉了，光棍全娶上漂亮媳妇了，如果对你是这样一个期望的话，哪个政权做得到。第三等是畏知，老百姓害怕政权，我前面已经讲了什么叫管理，你不服从我的管理我有加害于你的能力，我可以把你关起来，我可以判刑，可以罚款，可以吊销执照，可以没收车本。所以他畏惧你。而最坏的情况是"侮知"，你不但要管理他还要侮辱他，不尊重他，我们也可以理解互相侮辱互相开骂。管理者骂被管理者不自觉，没有觉悟，没有素质，没有道德。被管理者骂管理者全都是恶霸，全是恶人，那当然是最坏的事情。

老子还有一句话是："功成事遂，百姓皆曰，我自然。"意思是一件事办成了，老百姓都说什么呢？说这是我自己把它搞出来的。这个"自然"就是我做的，我自行完成的。"自然"不是名词，而是指一种状态，"我自然"就是我自己办的。这说明什么呢？说明权力的追求和老百姓的民心高度一致。权力希望发展生产，老百姓也希望发展生产，权力希望解决廉租房，老百姓也希望廉租房，这样做好了一件事，老百姓认为那是与我的心意合一的，像自己做的一样。老子的这个话还符合现在中央讲的群众路线，群众路线我到现在为止看到最完整的文章还是刘少奇在延安讲的，其中就包括群众自己解放自己的观点，群众是靠自己来解放自己，一切事情要依靠群众，"无为而治"有这个意思。老子还说了一句话，有时候别人不太理解，说吾有三宝，我有三个宝贝，"一曰慈，二曰俭，三曰不为天下先"。

"一曰慈"好办，我是慈爱的，我对老百姓有爱心，我对大自然有爱心，我对花鸟虫鱼有爱心，那个时候也许没有那么广泛，但至少我对人民有爱民之心。

"二曰俭"，"俭"我体会不一定光指金钱上、物质上的俭，吃饭标准不要定太高,住房标准也不要定得太高,也包括政策上、行政上、管理上的精兵简政。

"三曰不为天下先",这个很容易被误解。我们提倡的是要敢为天下先,别的国家没干过的我们要干,有很多举措别的国家都没有做我们可以做,可以做出来。不为天下先我想老子不是指科研,也不是指市场上制造新产品,更不是指写小说,写诗,也不是指"中华文化四海行",它指的就是在政策举措上不要老百姓还没有接受的东西,老百姓还不理解的东西,老百姓没有要求的东西。你那儿老出题目,领导不断地出题目,让老百姓跟着作文章,让你的下级给你作文章。你当一局长,今天给处长出题目,明天给科长出题目,后天给司机出题目。人家会为你行政的琐碎、独出心裁和不断折腾而苦恼不堪。他讲不为天下先也有这个道理,不为天下先就是不折腾的意思。

第七,"韬光养晦"。"韬光养晦"实际上在老庄的学说里头已经有萌芽,老子的说法是"将欲歙之,必固张之",你想把它合上,先得把它张开。这个道理很简单,车门你关不紧,你要开大一点来把门关上。"将欲弱之,必固强之",你要削弱他,你先让他发展发展。"将欲废之,必固兴之,将欲取之,必固予之,是谓微明"。这个是很微妙的一种智慧,很微妙的一个计策。这个话朱熹很讨厌,朱熹说这个话是阴谋,老子的心最毒,他想收拾你,先冲你好言悦色,先给你提半级,等着收拾你的错误。这样的故事过去民国时期也有人这么说,因为我年龄稍微大一点,听人说过,是真是假我现在不敢说。说冯玉祥整个人就是这样,他瞅着谁讨厌就叫他当司务长,司务长就是管财务的。让他当司务长三年不理他,三年以后搞一个清查,查完以后就枪毙。因为三年的时间总有多吃多占的。但是老子不是这个意思。为什么?因为老子是反战的,老子是追求对宇宙的解释,这里说的是一个相反相成的道理。中国人最不赞成一个人张牙舞爪、咋咋呼呼、强加于人,老子指的是这个意思。所以老子提倡什么?"知其雄守其雌,知其荣守其辱,知其白守其黑"。当然古代白不应该念白,黑也不应该念黑,但是这个我也不太懂,我们就先用现代汉语来读它。你要做的事情不一定是直线去做的,韬光养晦当然现在对我们来说也很重要。苏联解体的时候小平同志特别强调韬光养晦,但是有一点我觉得不甚理解,我觉得韬光养晦基本上传达到政治局就行了,你不能全国老百姓都说韬光养晦。刘备屯兵小沛每天种菜,那他就是为了"韬光养晦",曹操青梅煮酒论英雄找他来,说你干什么呢?他说我这儿种菜,种萝卜,萝卜很好吃,表示他自己并无野心,并无大志。曹操说天下英雄就是你我二人,刘备一听吓得把筷子掉到地上了。怎么回事?他不敢说你一说我是英雄我吓的,他说天上打雷。后来曹操心里想,这么胆小,胆小鬼,这样的人有什么可怕的,上了刘备的当。我们现在反过来说,曹操问刘备:"你现在在小沛干什么呢?"刘备说:"在下韬光养晦。"不是活腻了,找死吗不是?类似的这些东西不能什么都全民重复。也在媒体上经常看到一些学者说我们现在已经发达了,已经是全世界第二大经济体了,我们不能够韬光养晦了。国家要是靠这些华而不实的人就够呛。"韬光养晦"是中国政治很重要的窍门,但是这个话不宜说得太多,尤其一个人请不要自己声明"韬光养晦"。如果你们在座的哪位要提拔了,省委组织部找谈话,你最近在忙什么?我就是忙四个字"韬光养晦",保证你黄掉废掉。

第八,"治大国如烹小鲜"。最后这三句都和老子关系比较大。前面五句是和孔子关系比较大。"治大国如烹小鲜"温总理也喜欢讲这个话,美国总统里根在一九八一年上台,就职演说里头居然也用了"治大国如烹小鲜"。对"治大国如烹小鲜"有的解释非常的具体。一个是韩非,一个是何尚公。"治大国如烹小鲜"是什么意思呢?一是不要捞;第二,不要去鳞;第三,不要去肠。烹小鲜熬小鱼,天津喜欢一个吃法叫贴饽饽熬小鱼。很小的鱼你没法收拾,咱们一般买一条鱼来开膛破肚,把里面的肠子内脏去掉,鳞也要刮掉。韩非子和何尚公都解释为为政不要搞得太琐碎,不要折腾得太多。但是我总觉得有另一层意思,即举重若轻,游刃有余。你甭管出了多大的事,你还要有一个平常心来对待,自自然然胸有成竹,天道有偿,各种事情它都有它的常规,都有它的道理,不要搞得很紧张。

上述的八个说法加在一块儿我们会得到一个什么印象呢?就是我们中华民族很喜欢把权力的运作文化化,哲学化,理想化,这其实都是相当理想的东西。世界大同难道不理想吗?路不拾遗,夜不闭户这难道不理想吗?无为而治这难道不理想吗?全国老百姓都奉公守法,都积极进取,都乐观向上,团结和谐,那你整天还在那儿折腾什么事,闹什么,有什么可闹的。但是这个理想的标准是文化,就是我们应该有一种政治文明,这个也是党的几次代表大会上提出来的,我们应该有一种政治文明,这种政治文明可以从中华的传统文化中得到许多启发。

但是我们显然也应该看到作为治国理政来说我们的传统文化有许多不足之处。比如说关于法治,关于法律,我们的研究不够。关于监督,当然刚才我谈了文化监督,道德监督,行为监督。行为监督就是礼的监督,孔子那时候讲的礼不是指礼貌,我们现在的礼貌是一些浅层次的行为标准,他指的礼就是社会的秩序,君君臣臣,父父子子,尊卑老幼这样一个秩序。

我这儿顺便说一下,现在有好多事我想了很多办法但是都无效。比如说礼义之邦,我们小时候就说中国是礼义之邦。"义"在这个地方不是当"义气"讲,这个义是当"义理"讲。中国人讲秩序,这叫礼;讲道理,这叫义。第一讲秩序,第二讲道理,礼义之邦。现在不知道为什么都写成"礼仪之邦",礼仪之邦等于中国弄一堆繁文缛节,先唱歌,再立正,再坐下,以为是那样的,不是那样的。应是"礼义之邦"。这个我在《文汇报》上写过,在《光明日报》上写过,《紫禁城》转载过,《紫禁城》是国务院办公厅办的刊物。但是没用,所以我只好借这个机会再说一下,是"礼义之邦"不是"礼仪之邦"。

我们有这样一种理想化的、有文化的,而且深入人心的一套治国理政观念,我们不能够轻易地破除这些观念。但是我们要给予补充,给予关于法律,关于法制,关于司法,关于权力的监督,关于规则,还有关于竞争的补充。要有合法的竞争,要有良性的竞争就还需要做很多的补充。如果不加任何的补充以为现在靠《三字经》《弟子规》能把国家搞好那纯粹是开玩笑。或者因为看到我们国家的一些不足,就把传统文化扔在一边或者彻底骂倒,那也是极端愚蠢的行为。

我在这儿算是摆龙门阵聊聊天,讲得有不妥的地方,还有什么知识性的硬伤请在座的同志直接给指出来。感谢大家!

2013 年 6 月 26 日

文化繁荣:"头脑和灵魂"高于一切*

文化繁荣,为何带来困惑

当代社会的确文化繁荣。从一九四九年以来,从来没有过我们现在这么多的文化设施、文化硬件,尤其有这么先进的、便捷的文化传播、文化服务的手段。我们的文化的各种各样成果,正让越来越多的人享受着。但为什么我又说它是令人充满困惑呢?

目前文化的热闹当中是不是也有许多泡沫?有没有质和量的不均衡?就拿文学来说吧,有的人揪着我就问:现在为什么没有好作家了?"五四"时期有多少大人物啊,鲁迅、茅盾、巴金、老舍、曹禺等等,名气都非常大,怎么现在就没有呢?有时候这些话说多了,我们这些敲着键盘或者拿着笔写作的人也非常反感。此后凡是遇到这样跟我说话的人,我就说:您最近看过当代哪个作家的作品?回答说没看,已经十年不看他们了。不看,你怎么知道他们写得不好呢?他们写得不好我为什么要看呢?这变成了一个鸡生蛋、蛋生鸡的问题。

一九四九到一九六六年,整个十七年,全国出版的新的长篇小说是二百种,每一年出版长篇小说,新的书种是十一点八到十一点七册。所以那时候的书大家很容易接受,随便一本书,出来就卖了,好多都是几百万册。出《红岩》的时候,北京王府井新华书店,一路饿

---

* 本文是作者在"太湖论坛"的演讲。

着肚子买书的人已经排到西单。当时,买到《红岩》就是进步的表现,多少人羡慕啊。

现在呢?纸质长篇小说,每年的新书是二千到三千种,加上网上的长篇小说是五千到六千种。这些长篇小说中,什么是好的,什么是坏的,有时候我也糊涂了,是不是?说咱们作家越来越笨了?也不像。还有一个很奇怪的说法,说我们的创作不够自由。自由了就能写好了?全世界各国的文学史,还找不到十八世纪末到十九世纪加上二十世纪初的俄罗斯文学的高潮,其次是二十世纪后期拉丁美洲的文学高潮。这是两个文学的高潮。俄罗斯的文学高潮是由于作家环境好吗?当时尼古拉二世动不动就把一些作家流放到西伯利亚去。

对当前的文化生活到底怎么评价?在弘扬继承民族传统,和努力吸收国外的先进文化、先进观念、先进方式上,我们很难取得一个平衡。我已经七十九周岁了,从来没有像现在吸收这么多国外的东西。

但是与此同时,我们又迅速地一下子就尊重起传统文化来了。不但尊重起传统文化来,而且重习《三字经》《弟子规》等等来了。听说有一些地方老板招工人最喜欢的就是让工人先学《弟子规》,你想想,学了《弟子规》的工人多好管啊。

我想起一九八二年我第一次访问墨西哥。在墨西哥学院,有一个懂中文的朋友叫白佩兰,我们一块儿讲到中国的改革,我说中国是一个大国,人又多,文化积淀非常深,所以中国人做什么事情都要慢慢来,接受新事物也得慢慢来。她说她觉得中国人特别喜欢接受新事物,接受新事物快得不得了。事实上,她说的这一面的确存在。譬如说,建筑,北京的国家大剧院、央视大楼等建筑都是造型很奇特的,有人认为这些设计在欧洲是推销不出去的,专门来糊弄中国人的。但我到现在也不反对,我觉得好像我能接受。法国巴黎到现在还有人坚决不接受埃菲尔铁塔,然后贝聿铭给卢浮宫弄一个玻璃金字塔,现在也有人批评,但是他又得了奖,被另外一些人夸得好得不得了。

电影,要票房也要有价值追求

文化生活中,现在电影是一大块。其中通俗的、大众的、娱乐性的、消费性的作品,和高雅的、严肃的、高端的、艺术性的作品之间的关系,应该怎样呢?

现在的电影最注重的就是票房。当然我们也很重视得奖,尤其是奥斯卡奖,有很多导演也都制订了夺取奥斯卡的计划,但是没有获得太大的成功,一度也够成功的了,因为我们柏林的金熊奖,法国的金棕榈奖等,都拿过头名。有人就明确提出来,电影首先是一种消费,我觉得这也很好啊,成了文化,还有消费的功能。但是这里面也有一个问题,就是我们的电影为什么反倒显不出当年的优势来了。当年我们拍《菊豆》《黄土地》《霸王别姬》的时候,都还有一股冲劲,而且还让我们思考问题。同样是消费性、娱乐性作品,同样是十分注重票房的作品,不等于就没有思想性,就没有价值追求,就没有对人性的悲悯之心。

我们看到外国的许多大片,比如《泰坦尼克号》,票房上也非常成功。这部片子里面也有很多通俗的东西,里面也有爱情,而且这个爱情也俗套,就是一个穷小子得到了一个贵族美女的欢心。我看了片子之后最感动的不在于其中的爱情,而是那个乐队,当海水已经要上来,船快要沉的时候,所有的乐队演奏员都穿着礼服,该拉琴的拉琴,该吹奏的吹奏,该敲鼓的敲鼓,那种敬业的精神、那种尊严,让人震撼。《阿凡达》就更不用说了,其中宣扬的思想,并不是最新鲜的思想,保护环境,爱护生灵,人类不要太贪婪,等等,这些在西方并不新鲜,但是他们表现得很有说服力啊。我们中国的一些作品呢,票房还可以,但是那些所谓通俗片,它是低于人们的平均文化和认识水平的。比如说电视上有一些小品,看的人也不少,那演员也尽量找一点什么噱头，或者出个什么怪招，想办法咯吱你让你笑，但是你要看这一类的小品呢，你必须先得认定自己是一个白痴，否则的话你会生气，你一看就知道它怎么回事。确实有这种情形，我们有一些大艺术家，他的作品不是一点点地往上面走，而是一点点地往下坡路上走，为什么呢？他只追求利润，他只追求票房。

除了销量、票房、点击量、发行量，我们的文化产品究竟还有没有别的标准？我们现在的问题，不在于说一些通俗的作品，有一些娱乐性的作品，有一些消费性的作品，有一些解闷的作品，而在于量不能这么大，不能全是逗着大家笑的作品。比如说一台晚会，有三十个节目，其中有十五个都是逗人哈哈一笑，无厘头笑一下也没关系，另外还有十五个比较严肃、比较郑重的节目。怕的就是咱们一场晚会，就是从头笑到尾，显得傻啊。所以我就产生一个问题，就是当消费娱乐，其数量、利润、市场等正面的作用发挥到极致的时候，要没有一些高端的东西而只剩下通俗消费、娱乐、畅销，我们就站不住，我们在世界上也站不住。虽然我们的经济总量在世界上比例越占越多，但在文化中能不能取得人家的尊敬呢？靠小品、靠段子能取得尊敬吗？所以文化要有人民性，这是绝对没错的，但同时文化必须有高端性。没有高端性的文化，就没有办法走在人类前进的步伐里。

文化产品，需要智慧和良心

我们有个谚语：三个臭皮匠顶个诸葛亮。这得看是什么事。如果讨论怎么做皮鞋，一个臭皮匠赛一个诸葛亮。如果三个臭皮匠一块儿来起草《前出师表》《后出师表》，臭皮匠越多，这个出师表就越不像。还有一种情况，三个臭皮匠杀死一个诸葛亮，完全可以啊。你怎么老当诸葛亮呢？你为什么享受诸葛亮的名声和待遇呢？三个臭皮匠最后一讨论，把诸葛亮判处死刑。更可能的是，三个臭皮匠声明：我们不需要诸葛亮，我们最讨厌的就是诸葛亮。所以三个臭皮匠顶一个诸葛亮,这个不是绝对的真理。很多思想家,正是以他的独特的个性,独特的追求,独特的思路,虽然他不是绝对准确、绝对稳定、绝对靠得住的,但是他为人类的思想、文化做出了贡献。

三个臭皮匠拒绝诸葛亮,最近最典型的事件就是广西某出版社公布了一个"你最不能看下去的作品"是什么。大家看到了,"臭皮匠"是怎么样猖狂的,他们宣布第一不能看在眼里的,就是《红楼梦》,四大名著都是属于不能忍受的。我估计啊,赞成的人,真正看过《红楼梦》的很少,他觉得看不下去,看不下去的原因之一就是他看过电视剧了,不就是这么回事吗?然后外国的名著也都看不下去,还有一些他更看不下去的东西他连知道都不知道,所以他没有写。对比之下,我们中国确实需要有一种对高端的追求。谁一生下来就高端呢?谁一跺脚就成了高端了,这是不可能的。但是就怕你连这个追求都没有,你就满足于我的发行量很大,所以就丧失了对高端的追求,这个比出多少消费性作品、娱乐化作品都可怕。

消费就消费,娱乐就娱乐,逗闷子就逗闷子,外国片完全是靠一些形象的刺激,故事的离奇来吸引人,照样好看。《007》我也看了好多版本,国产的商业片我也看,最近我也看过《全民作证》《小时代》等。我并不认为《小时代》是多么好的电影,但是我觉得它也符合年轻人的需要嘛,我并不反感这个东西。但是如果我们以为这些东西就是娱乐,就是电影,就是文化,那我们简直就是陷入万劫不复的境地了。

我们现在特别需要的是,培养、孕育一批富有艺术良心、富有文化智慧、具有很高道德水准和公信力的专家。他们能够告诉公众,告诉这个社会,文化产品除了票房、点击量、发行数、版税以外,还需要什么?他们能告诉什么是人类的智慧和良心,什么是一个民族文化的高端,什么是我们的精神世界的那一线光明,什么是我们精神世界的那样一种向往,那样一种追求。我们现在有福布斯榜,动不动还公布哪个作家这一年挣多少。但得有人告诉我们什么是好东西啊。文化，当然可以说它是软实力，影响一个民族、一个国家的软实力。但文化首先是一种品质，你接受这种文化之后你就具有了某种品质。

一九八二年，我第二次访问美国，曾经去看望住在康州的著名剧作家亚瑟米勒。当时，亚瑟米勒的新剧作在上演，我向他祝贺。我没有想到他却忧心忡忡。他跟我说，先不要祝贺我，这个戏已经演了十几场了，《纽约时报》还没有表态。我心想，《纽约时报》没有表态你怕什么？你这么大牌的作家还怕哪个报不表态？你还怕哪张报纸骂你？他说不，就是怕。我离开美国后不久，有人告诉我说《纽约时报》认为，亚瑟米勒这个戏是失败的，而且成了定论，他自己也不再提这个事了。《纽约时报》有剧评、书评、乐评、画评、影评，而且这些评特别牛，连亚瑟米勒这样的作家，都得敬畏三分。我们现在呢？我们有了一批所谓的文化学者，本身精神猥琐，就没有固定的见解，你怎么拨弄他就怎么说。有些专家啊，本身就已经是用自己的专门知识来寻租了。比如说搞评奖，本来评奖也是非常伟大的一件事情，可有一些评奖专家都打好招呼了，没有评就已经内定了。

文化的事不能着急，不能急功近利地搞泡沫。最近一些年来，全世界都很重视中国的文化，国内一些领导干部也越来越知道文化的重要，所以急着希望在文化上有政绩。可是文化这东西，你想改变它、影响它，非常难。

我希望咱们媒体，对文化别报道得太随便了。比如一场运动会开幕式上的文艺表演，这个文艺表演可以搞得很热闹，可以搞得很成功。作为一个运动会开幕式的文艺表演来说，它是成功的，它的导演和策划做出了贡献。可是它里边的那些文物净是假的，它是杜撰的，不是实际上有过的东西。你如果把它单纯作为一种艺术表演，他有这个权利，导演虚构一种民俗，多的是。比如说大红灯笼高高挂，这都是伪民俗。文化泡沫随时可见，文化上不能急功近利，文化上不能以一时的热闹来取代文化的真正传统，一时热闹不等于以后还热闹。

我写过一篇文章《文化泡沫与文化辉煌》，我们这个社会，整个的社会要有分辨的能力,知道哪个是文化泡沫,什么是文化辉煌。

"白痴时代"更需要思考

最后我再讲一个题目,比较吓唬人的题目,有点故作惊人之语了,题目叫"白痴时代"。我们会不会碰到一个类似白痴时代这样的一个梦魇,这样一个魔影。我简单地说一下这个道理。就是说电脑太发达了,电脑已经智能化了,机器已经代替人从事了很多体力劳动。它的结果是给人类带来了大量幸福,使人类减少了许多痛苦和危险。但是,全世界的人也早看到一个问题,机器代替人的体力的结果,使人类的体能与生理的抗逆能力衰退,比如说你现在不需要骑马了,你赶路,喷气式飞机与马当然是无法比拟的,那你骑马的技术就消退了。那么会不会由于智能机械的发展,人的智力也在衰退?比如过去吧,我们很提倡读书,读书破万卷,下笔如有神。现在变成什么?点击键盘鼠标。本来信息是素材,现在信息变成果实,然后你知道了再转发了,你就更满足了。传播本来是一种手段,现在传播变成了价值。

人类最后有可能被自己创造的科学技术所打败。比如博闻强记,以前这是一个学者最得意的本领。你指这本书,我知道这本书怎么回事,我会十六种国家的语言,马上把人给镇住了。但是现在呢?一个电脑帮你全弄好了。你说到哪儿,哪个年代的,干什么的,主要著作是什么的,立刻从手机里查出来了。而且这种信息提供的便捷性、舒适性、破碎性、海量性,正在使你的头脑越来越懒惰。还思考什么呀?谁还头悬梁,锥刺股,学海无涯苦作舟?

我为什么说是"白痴时代"呢?如果在这种情况之下,我不能保证自己头脑的劳动强度,不能够保持自己对高端智慧成果的敬仰和坚持不懈的追求,不肯下苦功夫来研究学问,阅读书籍,写作文章,你不就变成白痴了吗?现在什么东西都有假,现在连群众路线教育怎样写自我批评,电脑里都有了,都可以提供材料了。现在学术上也有这样的,东抄一点,西抄一点,最后也显得挺有学问的。你以为我说说,就能和电脑相抗衡?当然抗衡不了。问题不在这里,而在于我们自己保持一个清醒的头脑,如果有可能的话,做一个智慧的人,如果有可能的话,做一个超越八卦信息的人,如果有可能的话,我们思考的深度应该大大超越微博段子和信息。我们的幽默一定要超过恶搞,超过那个逗贫。我们绝不要被这个千篇一律的八卦、恶搞、恶骂、戾气和半真半假的消息所淹没,保持自己的头脑,坚决不做白痴。我们完全可以用更有尊严的一个人的姿态,来要求自己的智慧,来要求自己的良心,来要求自己的学术和专业,来要求自己在这种迅猛发展的科技大潮当中,不是淹没,而是走在前面。充分地运用而不是拒绝所有的这些人类的科学技术的成果,但同时不要忘记,自己的头脑和灵魂,高于一切。

2013 年

文化自信与文化定力*

很高兴来到烟台和大家一起交流有关文化的想法。现在全国出现了文化热,从上到下,大家都很愿意谈文化的课题,尤其是对于中国传统文化,人们表现出越来越大的热情、越来越多的兴趣。这种状况的出现,并不是偶然。在现代化的过程中,生产力迅速发展,但是精神层面的建设有可能赶不上物质层面的建设,需要有更深厚的精神资源。我们自己有没有足够的精神自信和定力,是很值得讨论的问题。另外,在过去一百多年的时间里,中华文化经历了巨大的考验、变化、冲击,当人们重新审视自己文化积累、文化底蕴的时候,会有一种很特殊的情感,可以称之为文化爱国主义或者文化寻根的热情。下面,我想和大家聊聊几个问题,因为这些问题比较大,很可能挂一漏万说不完全,欢迎大家随时打断。

首先,我想简单回顾一下中国文化的遭遇与命运。中国文化很有意思,在过去几千年的时间里,一直处于非常优越的地位。几千年以前,它就有了很成熟的发展,有了各种聪明的见解,而且不论是政治体制、社会体制,还是家庭生活、婚丧嫁娶,各个方面都非常完整、非常全面。中国文化被数量非常庞大的人口接受,凝聚了上亿或者更多人的心。中国文化有着自己独特的吸引力,而且几乎受不到挑战。在我们祖先的心目中,我们的周围都是大海,或者是一些小的番

---

* 本文是作者在烟台的演讲。

邦。这些小的番邦要礼仪没有礼仪,要服装没有正经的服装,要音乐没有音乐,要诗歌没有诗歌,这些几乎都得跟我们学。所以我们有一种非常强烈的自信。历史上曾两度有外来族群入主中原,但入主中原的结果,并不是中华文化的衰微,而是受到中华文化的熏陶,几乎被中华文化同化。另外,中华文化还受到大量外来文化的影响,比如敦煌文化中可以看到大量外来的西域文化,但是这些外来文化非但没有对中原文化造成挑战,而且与中原文化很好地结合起来。佛教本是外来文化,但它来到中国后,和中国文化相结合,加强了中华文明的智慧性、思辨性和趣味性。

  我们对自己的文化曾自信到不需要任何外来文化的程度,但是一八四〇年鸦片战争,让我们忽然发现,我们已经落后,在洋人面前直不起腰,已经变成挨打的对象。这给我们的刺激太大了。谢晋导演的《鸦片战争》里有这么一段:求和大臣请英国舰队舰长到虎门炮台看一看。英国舰长看了看炮台上的土炮说,"对不起,这就是你们的海防吗?"大臣点头说是。舰长说"对不起,我的感觉全是垃圾"。对于晚清的这种处境,孙中山的想法比共产党还要严重,还要煽情。孙中山强调的是从晚清以来,中国的命运是"人为刀俎,我为鱼肉",中华民族面临的是亡国灭种的危险,很快将被历史淘汰。中国是半殖民地半封建社会,这是毛泽东的说法,但孙中山却认为,中国是次殖民地,就是你想当殖民地还不够格,和印度、伊朗相比,你是次殖民地。由此可见,当时的有识之士对中国文化进行了强烈的反思,产生的这种文化焦虑也是历史上从来没有过的。我举两件事。晚清非常有名而且懂西学的学者王国维,对朝廷有相当的感情。一九一一年辛亥革命,一九二三年王国维就任逊帝溥仪的南书房行走。一九二七年,他借钱雇了一辆洋车拉到颐和园,跳了昆明湖。他跳的地方深度也就一米二,结果跳下去以后淹死了。陈寅恪说:"凡一种文化值衰落之时,为此文化所化之人,必感痛苦。"在他看来,中国正遭受着数千年未有之巨劫奇变,眼看一种文化在走向衰弱、走下坡路,王国维的心里很痛苦,所以他活不下去。还有一个晚清的名人,就是翻译《天演论》的严复。晚清时严复曾到英国公费留学,精通中英文。《天演论》是用极其古雅的文言文翻译的,漂亮得不得了。"文革"的时候,有一阵儿全国只有一本书,后来毛主席指示,不能光念一本书,把《天演论》也印一印。我记得这大概是一九六八年的事,所以我老开玩笑,一九六八年版《天演论》的责任编辑是毛泽东。这么先进的一个人物,回到中国后,在晚年只能靠吸鸦片度日。我想,大概是因为他看不到任何希望,朝廷没有希望,文化没有希望,活下去也没有希望。

五四运动的时候,虽然有各种各样不同的见解,但很多人认为中国的传统文化有许许多多的弊病和糟粕,需要进行反省与批判,以至于提出了很激烈的口号。鲁迅在答记者问的时候建议青年不读中国书,不读线装书。胡适,国民党右派的知识分子,意见也一致,主张把线装书一律扔到茅厕里去。当然还有一些更著名的话。比如,钱玄同提出要废除中文。一直到解放以后,中国著名的语言学家吕叔湘还提出用拼音代替汉字,他认为汉字是专制主义的源泉,汉字的前途在于拼音化。当然,这个观点已经被否定了,汉字不可能被废除,而且完全可以和现代化接轨。除了废除汉字之外,钱玄同还有一个著名的主张,就是人过四十岁应该被枪毙,但是他本人活的时间却很长。今天看来,这些激烈的说法很夸张,甚至很可笑,但它对中国新文化的呼唤,它对中国传统文化扎的这几针,还是起了巨大的作用。五四运动吸收了大量的民主、科学、社会主义、共产主义,使中国文化出现了新的变化。有人现在责备"五四",认为"五四"破坏了传统文化,甚至将"五四"和"文革"相比,我是不赞成的。因为没有五四运动,没有文化人自觉的反省与现代性的追求,就没有中国新的思想,包括社会主义思想、共产主义思想、马克思主义思想的引进,就没有中国的革命,就没有今天的中国。试想一下,如果我们处在一百多年前的"甲午"时期,你能谈弘扬传统文化吗?你不想活了,是不是?

"五四"的狂飙突进冲击了中国传统文化,但也更新了中国传统文化。之后经过曲折的过程,我们又感到传统文化有许许多多美好的东西,尤其是在社会急剧发展的时期,更需要有一个根基,有自己的立足之地。今天,我们用一种积极的、正面的态度来讨论怎样弘扬传统文化、继承传统文化、发展传统文化,实际上是经历了从文化焦虑到文化批判,到文化建设,再到文化和谐的过程。二〇〇八年北京奥运会提出"同一个世界,同一个梦想",可能这个口号大家已经忘了,但是我却认为它具有划时代的意义。它说明我们的心态已经和一百多年前不一样了,已经从文化焦虑、文化斗争,过渡到文化和谐、文化整合的阶段。这是我要谈的第一个问题。

第二个问题,我想谈谈文化定力。在社会急剧发展的过程中,在回顾优秀传统文化时,会产生各种文化歧义,会有各种文化见解。譬如,有一阵子出现了《三字经》和《弟子规》热,很多公司发现《弟子规》后,如获至宝。《三字经》教你天天劳动,天天干活,见到长辈要赶紧立正,要低眉顺眼。《弟子规》里说的也是,你挨着长辈上级的训斥甚至殴打,不能辩解,只能老老实实地接受。我要是老板,我也愿意找这样的员工。但是有些年轻人误以为中国本来好得不得了,大家都按《三字经》《弟子规》办事,是共产党闹革命把《三字经》的规矩搞坏了。这是不符合事实的,咱不用看别的,就看《红楼梦》。《红楼梦》里的老少爷们谁按《三字经》办事?谁按《弟子规》办事?谁按《论语》《孟子》办事?你看当时的社会腐烂到什么程度,家庭生活腐烂到什么程度,贾赦、贾珍、贾琏、贾敬,有几个是孝悌忠信,有几个知道礼义廉耻?现在还有一个若隐若现的潮流,就是言必称"民国",好像民国时期好得不得了。我是民国时期出生的,一九三七年的时候还是汪伪地区,党旗是"青天白日满地红",上面还加一个小黄条,叫和平反共救国。"二战"后,我在北京什么没见过,国民党的接收大员我见过,蒋介石到北京我也见过。那个时候,北京光是垃圾堆有多少,整个一个东南广场。后来一九四八年的时候,傅作义要在那儿修飞机场,垃圾稍微清除了一下。那时候很多北京的穷人都在垃圾堆旁捡煤核,有时候也捡剩的食物,我不多说。那这么说,是不是中国文化不好呢?这也不对。过去封建社会和国民党没有按孔子的仁义道德办事,是他们不对,而不是这个文化不好。文化本身带有一种理想,带有一种追求,这种理想和追求已经被广大的中国人民所接受。老百姓是喜欢忠孝节义、仁义道德的,是痛恨见风使舵、不忠不孝、巧取豪夺的。所以,中国文化,虽然不可能完全兑现,却提供了一种标准和价值。我们讲"为天地立心,为生民立命",提倡的是一种精神走向。所以您不要误以为文化就是现实,文化可以是追求,可以是愿望。第二,您也不要误以为现实上出了问题就是文化不好,就要抛弃文化。如果您到现在还认为半部《论语》治天下,还以为靠《三字经》和《弟子规》就能扭转全国人民的精神面貌,就能使这个社会又和谐又前进,您就是自绝于现代化。邓小平说,要面向世界、面向未来、面向现代化。没有现代化的那些观点,没有现代化的法制,仅仅只靠文化,那中国仍将还是一个积贫积弱落后于世界的不发达的国家。用毛主席的话说,这样的国家,早晚会被开除球籍,从地球上被淘汰出去。但是另一方面,如果因为急于现代化,就把中国传统文化全部否定,你就会自绝于历史、自绝于祖宗、自绝于人民。你不信没关系,人民信,到现在,人们提起忠孝两全、廉洁奉公的人,是佩服的。提起那些不仁不义、卖友求荣、卖主求荣的人,是厌恶的。所以我们在文化上,需要一个整体的观念,就是我们要珍惜、热爱、弘扬传统文化。我们看一看中央对社会主义核心价值几经发展的过程,就能看出,里面既有优秀传统文化的基因,又有对现代社会、现代文明的追求和靠拢。"富强、民主、文明、和谐",我们可以看出对现代化的追求,对现代化的认可,对现代化的期待。"自由、平等、公正、法治",这更是相当现代的提法。我们回想,孔子的学说,很重要的一条,是强调秩序。"君君臣臣父父子子",就是君有君的权力、威严、规范,臣有臣的义务、责任、范式。父子也同样。孔子从来就是不讲平等的，当然这个问题也比较复杂，因为从理想、政治权利上，我们可以强调平等。但事实上，毛主席、马克思、恩格斯都说过，存在着事实上的不平等。姚明两米二，您一米六，你俩一起打篮球能平等吗？这不细说。"爱国、敬业、诚信、友善"，这更多是从个人的层面来说，传统文化美好的东西就比较多。古代对国家的概念并不十分清晰，孔子《大学》《中庸》中讲"修身治国平天下"，"天下"指的是中国，并不是世界或者其他的国家，所以爱国也有很多的现代内涵。

在这种情况下，文化之间常发生剧烈的斗争，譬如复古派和新潮派的斗争。复古派不承认外国有什么先进的东西，认为最好的东西都在中国。辜鸿铭会讲欧洲各国的文字语言，他第一次见胡适的时候，别人给他介绍说这是北京大学教西洋哲学史的教授。辜鸿铭就问胡适，你的拉丁语怎么样。胡适说，我不会拉丁语。辜鸿铭说，你连拉丁语都不会，还敢教西洋哲学史？胡适一句话都没敢回。还有一次，辜鸿铭在伦敦地铁站拿着一份《泰晤士报》，倒着看。几个英国青年看见这个梳着长辫子的中国青年，就聊，这 pigtail（就是猪尾巴，指当时留长辫的中国人）不认识英文，还花几便士买《泰晤士报》干什么？辜鸿铭回过头来用很标准的牛津音说，英国的文字太简单了，用不着一行一行地看，认真看是对我智力的一种侮辱，我就这么倒着一瞄，你们国家那点事我就一清二楚了。俩英国青年听完后吓坏了，以为遇见妖怪了呢。可辜鸿铭这人，是对传统文化最热爱的人，他到处讲多妻制是中国文化最优秀的地方。他说，一个茶壶可以配很多个茶碗，但一个茶碗不能配很多个茶壶。我们的多妻制，搞得很有秩序，大老婆、二老婆、三老婆、四老婆，和谐相处。你们这呢，还没结婚刚开始相爱，多出来一个人就要拿着剑或枪决斗。这就是辜鸿铭，其他再比如林纾，他翻译了很多西方名著，但他主张文言文，反对白话文。中国的文言文实在是太美了，这个问题到现在也还有争论，有人认为白话文运动把文言文一下子给废了，不是一个好的办法。还有人说，不了解文言文，就永远不能了解中国的传统文化。现在大陆也有,台湾更多,有几个特别热爱传统文化的人,他们到现在为止,不是文言文不写,写封信也要文言文,写个借款的报告也要用文言文。当然主张极具西化的各种稀奇古怪的观点就更多了。直到改革开放后,二十世纪八十年代的时候还有一个观点,就是中国需要进口一个总理。进口总理?真是荒谬,但是进口某些外国人对中国来说并不新鲜。中国最早的海关关长是西太后任命的,海关工作人员全部是外国人,你不会说西太后是崇洋媚外、全盘西化吧?各种不同的文化的争执曾达到空前惨烈、势不两立的程度,有你没我,有我没你。如今,胡适的书在大陆大量出版,而且在学界,作为自由主义的代表,他的形象还不错,行市还很好。但是大家不要忘记,一九四九年一月一日,《人民日报》刊发了毛主席《将革命进行到底》的社论。这篇社论发表后,新华社发布了一个战犯名单,里面没有胡适,但之后又发了一个通告,说各界人民议论战犯名单,认为名单里还要补充几个人,其中就有胡适。至于后来怎么组织批判,咱们不说,但是有一点很明确,就是新华社曾经发过公告把胡适列为战争罪犯。所以说,文化上的争斗可以到非常激烈的程度。解放以后的很多政治运动也是从文化思潮这方面开始的。有时候,我有一个叹息,文化带着不同的旗帜、不同的标签在那互相斗,斗的结果是什么?斗的结果是哪一种文化也胜利不了,粗野胜利了,野蛮胜利了,文盲胜利了,无知胜利了,迷信胜利了。所以文化争斗的结果是无文化的胜利。

改革开放以后,经过三十多年摸着石头过河,我们可以讨论一个问题,就是怎么样整合不同的文化。整合是什么意思?整合就是不使这些不同的文化变成势不两立的东西,对我们有利、符合我们民族理想("中国梦")的东西就吸收,不利的东西就忽略。把不同文化思潮的关系搞得不那么紧张,虽然做起来不容易,但还是有可能。"十八大"提出的社会主义核心价值,实际上已经吸收了各种各样的东西。这说明中国文化有一种适应的能力,有一种汲取消化的能力,也有一种整合的能力。一九九八年,有一次在美国人讨论外来文化和本土文化。当时我就说,可口可乐进入中国大行其道,它肯定会被中国人改造,而且将改造得让你们瞠目结舌。后来确实如此,有的饭馆用可口可乐煮姜丝,喝了以后可以出汗治疗感冒。在台湾那里,则被改造成三杯鸡的重要材料。一杯可口可乐,一杯红葡萄酒,一杯酱油,就用这个来炖鸡,我试验过,炖出来味道不错。还有一个小故事,讲法国一个生产 XO 白兰地的公司开董事会议,会议上播放了一些视频。画面上的中国人拿着极贵的白兰地,啪地一碰杯,咕咚咕咚就喝进去了。法国人看到这傻眼了,因为他们喝白兰地有一套规矩,要先用手捂着杯子,然后要转、要闻香味,而且是饭后喝,不是饭前喝,也不是吃饭的时候搭配牛肉一起喝,更不能搭配红烧蹄髈一起喝。董事长当时就很生气,说以后不要卖给中国人了。话还没说完,他的下属就凑过来说,公司生产的白兰地大概百分之二十七到百分之三十都被中国人买去了。董事长听完后就不敢吱声了。后来我跟法国人一起聊天,说这一点也不足为奇,就拿你们那个喝茶的方法也能把中国人给吓死。为什么?英国人往茶里加果汁,加玫瑰,加蓝莓。美国人喝茶,往里加桂皮。美国人很喜欢桂皮,冰激凌里加桂皮,牙膏里面加桂皮,可是我们呢,我们是在炖猪肉时候加桂皮。你怎么能容忍茶水里带炖猪肉的味道呢?阿拉伯人喝茶要加薄荷和糖。一杯茶要加四块方糖,都黏糊了,齁死人。这样喝茶,中国人能不感到义愤填膺吗?这没办法,你给钱了,愿意怎么喝就怎么喝,也许人家还能喝出一些好方法。回过头来说,我们是有一种吸收能力的,西洋文化有很多美好的语言,什么人权、民主、自由、理想……我们要自信于中华文化吸收的能力、消化的能力、调整的能力、运用的能力,你美好我比你更美好。毛主席说的洋为中用、古为今用就是整合的思路。我们要有一种自信和定力,要汲取、挖掘传统文化中最优秀的东西,而且这些东西要和现代性对接、和世界对接。我们是能够完成这种对接的。为什么?因为我们的文化是积极的文化,乐观的文化,促使人前进的文化。"天行健,君子以自强不息",这是一个很现代的观点。

《盘铭》中讲"苟日新,日日新,日日新,又日新",庄子说,"与时俱化",后来发展到"与时俱进",这都和现代性很好地结合起来。那么"推己及人,己欲立而立人,己欲达而达人",这也和现代性相接续。"言而无信,不知其可以",讲究信用,这也是和现代性接轨的。

当然,东方确实有一部分比较消极的思想,这些消极的思想和现代性悖论有点大,譬如有一个故事很奇特,我在三个国家都听说过,而且版本完全一样。最早看到这个故事是在德国诺贝尔文学奖得主海因里希·伯尔的小说里。说一个渔夫每天打鱼卖鱼非常忙,有一次他看到一个小伙子正靠在树旁睡觉,就对小伙子说,起来起来,和我一起去打鱼吧。小伙子说,我又不吃鱼,为什么要去打鱼?渔夫说,你临时帮我一下,我给你高薪。如果合作愉快,你以后每天都来帮我干活,我给你多少多少钱,这样你一年就能赚多少多少钱,有了这个钱你就可以过幸福的生活,可以带上你的情人到世界各地旅游,住五星级酒店。小伙子回答说,最幸福的生活就是天气晴朗,倚树睡觉。这比住五星级酒店舒服多了,不睡觉就要干活,干活还要赚钱,赚完钱还要出门,多麻烦。小伙子说完就继续睡了。后来我去非洲的喀麦隆,他们给我讲的这个故事跟德国人讲的完全一样。这让我想起一个瞎编的歌谣,说非洲人民"饿了就上树",树上各种能吃的东西太多了;"穿衣一块布",穿衣服的时候把要害部位遮住就完了;"发展靠援助",讲的是你要让我发展你要援助我;最后还有一条,就是"说话不算数"。一九九九年,我去印度,也听到了相似的故事,印度人说靠着柳树睡觉就是幸福的生活。尽管如此,东方文化对人生、对此岸还是采取一种积极进取的态度,这是能和世界、和现代化接轨的。如果我们有这样一种信心,我们的文化焦虑就会减轻一点,文化紧张冲突的情绪就会减少一点,在进行文化创新和文化整合时,定力就会更多。文化,是希望人的生活质量越来越高,是希望给人民带来幸福的生活,而不是反人民、反生存、反人类。中国最美好、最高的文化是大同,《礼记》里面"大道之行也,天下为公,选贤与能,讲信修睦",还有"故人不独亲其亲,不独子其子"这实际就是共产主义的思想。建立一个无私的、大同的世界,这是非常好的理想,是古代的中国梦。天下一家,世界大同,要实现非常困难,但却很美好,我们要有信心和定力。

第三个问题,我想谈一下文化均衡。我们现在的文化生活不知道比过去丰富了多少,花样翻倍了多少,因此也面临平衡的问题。传统文化和外来文化需要平衡,大众文化和高端文化也需要平衡。电视传播应该贴近大众,舞台艺术却应追求高端。如果没有高端的东西,文化的形象、影响、威信是站不住的。自古以来,通俗小说有很多。解放前有一个写通俗小说的专家还珠楼主,他的真名叫李寿民。他每天晚上打麻将,很晚才睡觉。早上起来,先吃上两碗馄饨,然后找来自己的四个助手。李寿民问第一个助手,说昨天,咱们那个小说写到哪了?助手回答说写到什么地方了。然后李寿民告诉他,接下来怎么写,人物应该怎么着怎么着。接着又和第二个、第三个、第四个助手谈,分别安排各自的写作任务。用了不到一个小时,李寿民就把小说交代清楚了,然后就跑出去玩了,像是抽烟呀,洗澡呀,按摩呀。现在网络上大概没有李寿民这样的写法,但是也在大量生产着不计其数的小说。但是一个国家的文化水平,就像体育一样,是看高不看低的。索契冬奥会闭幕式上亮出的十二个俄罗斯作家,契诃夫、托尔斯泰、普希金、果戈理……哪一个不是世界顶级一流的?还有法国巴黎的先贤祠,真是让人不得不佩服。所以,我们既要关心大众化的、逗着大家笑的,像赵本山、小沈阳、范伟这样可爱的艺术家,也要有高端的艺术家。我们要关注自己文化的阵容,作家的阵容,经济学家的阵容,音乐家的阵容,哲学家的阵容,史学家的阵容。如果我们阵容的水平老上不去,将来没法向后人交代。此外,商业性的文化生活和真正艺术性的文化生活之间的平衡也要注意,不要数量越来越多,质量越来越低。所以我们文化发展的同时还要考虑均衡的问题。

第四个问题,是关于文化万象与文化灵魂。我们常常从文化的方面来关注我们的历史、遗产、生活方式,所以现在谈文化,什么都是文化。茶文化、酒文化、水文化、火文化,生日文化、婚礼文化、丧礼文化,书法是文化,大葱是文化,姜是文化,枣也是文化。我们大家都热爱中国文化,有的人喜欢穿汉服,有的人喜欢穿旗袍,现在又兴穿"五四"时期女学生的藏青褂子竹布袜,还梳两根大辫子。这都是文化,但是文化的核心究竟是什么,没有几个人能说清楚。以前有同志讲过这么一个故事,说几个教授一起出国访问。外国人问,听你们多次介绍中国文化博大精深,能不能说说怎么个博大精深法?教授回答说,没法解释,因为博大精深。听完以后我感到很奇怪,博大精深到不能说的程度,说明自己没吃透、没消化清楚。我略微谈一谈自己的观点,不一定能说清楚。一个是中华文化的道德情感,道德主义,以德治国,以文化解决问题。中国人特别重视道德,重视人际关系。这与西方有些不同。我看过马克思的女儿采访马克思,让马克思回答几个问题。马克思的女儿问,你最珍惜、最赞扬的品质是什么,马克思回答说是目标始终如一。接着又问马克思最痛恨的恶人恶行是什么,马克思的看法和中国人特别是山东人的看法非常一致,他说最痛恨的是卖友求荣。山东人讲义气,绝对很痛恨这样一种道德感。尽管毛主席曾经批评,说孔子宣传了半天,但是王道啊,以德治国啊,历史上没有几个皇帝能做得到。皇帝做不到没关系,老百姓信任、期待你在道德上做榜样,过去如此,现在也如此。昨天刚报道,习近平同志倡导大家学习焦裕禄,就是在强调道德精神。我认为最理想的道德教化是从孝悌开始。就像孔子说,先把孝悌做好,孝敬父母,扶老携幼,进入社会以后就可以做到仁义,国家就能治理好。孔子的说法当然有简单化的一面,但也有很可爱的地方。人与人之间的关系并不总是和谐,有时候甚至比较麻烦。大家知道我也很喜欢读《红楼梦》,里面有一段故事我很喜欢。王夫人有几瓶浓缩饮料玫瑰露,被彩云偷走了。平儿知道是彩云偷走的,但她不愿意说,一是因为牵扯到贾环,二来还牵扯到正在担任代理秘书长的探春。所以她想了

473

一个办法,一天中午,她把所有的丫鬟都叫过来,说玫瑰露丢了,王夫人很生气。彩云说自己没偷,还反咬一口说是迎春偷的。这时候,二爷贾宝玉站出来说,这玫瑰露是他偷的,他愿意承担责任,希望从此以后大家不要再提这件事。羞愧之心人皆有之,贾宝玉说完后,彩云面红耳赤,坦白道"姐姐,是我偷的,你现在把我捆起来送到王夫人那,要杀要剐要受什么惩罚我接受"。这时候平儿站出来说,我刚才已经宣布了结论,是贾宝玉偷的,你们还要干什么?谁敢反抗这个结论?这个责任由二爷替我们承担,咱们好好干工作,其他的都是废话,散会!我看了多少遍《红楼梦》,每次看到这儿,都觉得平儿会办事,要是您这单位有平儿这样的人干秘书长,您这单位肯定什么大事都出不来。我佩服平儿不值一提,据说林彪看到这儿,喜爱得不得了,而且在旁边写批语说要向平儿学习。可是我这儿发个什么愁呢?我想德国人看到这儿肯定能憋死,德国人爱讲死理,到底谁偷的?要是再把林彪的批语给他看,估计这德国人要是心窄的能跳楼。中国人太灵活了,还有一个段子,说在北京,举行了一次汉语考试,题目很简单,说张三和李四坐在那儿喝酒,喝着喝着王五进来了,张三冲着王五一笑说,说曹操曹操到。选择,第一张三到,第二李四到,第三王五到,第四曹操到。结果很多外国人选择的是曹操到。中国文化重视美善,这多有吸引力,像平儿这样处理问题多有吸引力。虽然古代的科学不发达,但人情世故却发达。但是,人情世故太发达了也麻烦,贾平凹就说,中国社会太重视人际关系,太注意人情,所以反贪腐不容易搞彻底。你追查了一圈查到一个恩人身上咋办?所以我们还要补充一种科学的精神,这可以说是对中国泛道德论、人际关系的一个补充。另外还有一个,我把它称为泛整体论。就是我们对一的崇拜,我们认为什么样的社会就是好呢?天下定于一。我们嘲笑西医"头疼医头,脚疼医脚",认为世界上的事情都是统一的,不是分散的,从这些方面看,中国文化的精神、文化的追求、文化的思路确实跟世界是不一样的。中华美德,确实对人民有相当的感染力和吸引力,有教化的功效,对社会的稳定也有正面的作用。

　　文化有千变万化、日新月异的一面。我们的技术日新月异,每几个月就会更新一个新版本,各种新说法、新名词多得不得了。好像有俩月你没有上网、看报,就落后了。但是我们要坚信文化中一些不变的东西,譬如说追求人际关系的和谐,追求公与私关系的均衡,追求人与人之间的仁爱。虽然各个国家地方的风俗存在差异,像是中国人喜欢谈年龄,喜欢说自己老,但外国人却讨厌谈论年龄。像是中国人进餐馆喜欢吃新鲜的、活的,甚至喜欢指着那个活的说,我要吃这条鱼、这个螃蟹。外国人却说进饭馆不是进动物园,当指着一条活鱼问要不要吃掉时,他会想狂奔跑掉。但世界上很多根本的东西是一样的,希望过幸福的生活、希望互相照顾、希望互相有礼貌地对待,是一样的。所以钱锺书有一句名言,"东学西学,道术未裂"。道就是原理,术就是方法,不论是中国的学问家,还是西方的学问家,中国的理论研究,还是西方的理论研究,它的基本的道理和原则,譬如实事求是、搜集大量的材料、要有新的见解、要有创意是一样的。"南海北海,心理攸同",心理指的是精神走向。我们要有大的、宏观的、统筹的观点来考虑文化,使我们的文化少一些焦虑,少一些摇摆,多一些定力。

2014 年 5 月

中华文化随谈[*]

汉字之美,涵养中华文化的根基

我认为汉字是中华文化一个决定性的因素,一个最基本的因素。汉语属于汉藏语系,它叫词根语,语法的变化靠不同的词。比如说:我吃,是现在式;我要吃,是未来式;我吃了,是过去式,它靠增加一些词来表达语法、意思。除了汉族、藏族使用汉藏语系,还有很多东南亚国家和民族使用这一类语言,如缅甸、柬埔寨。比较有意思的是,汉字和世界上绝大多数地区的拼音文字太不一样了,对于使用拼音文字的人来说,一看到汉字脑子都晕掉,就像一个个小图画一样。汉字表面上看起来有点复杂,中国古代学者认为汉字的字形遵循六种途径来呈现。其中一种是象形:日是从太阳形成的,月是从月亮形成的,雨在简化汉字里有四个点。现在我们看得清楚的是上和下:上,一横,那个东西在上面。下,一横,那个东西在下面,它表达的意思很清楚。还有一种是形声,一个字分两部分,一部分是字的形状,一部分是字的发音。比如说左形右声,左边是爪子,爪子就是手,右边是巴,这念爬。右形左声,救,右边是反文,表示救是一种应用文化的表现,能救助别人,左边是求,求我救你,这就比较接近了。有些叫转注,提供含义。比如说武,止戈为武。止是中止、停止。戈是武器。

---

[*] 本文是作者在"2014 青年汉学家研究计划"的演讲。

你能够制止干戈,就是武的作用。这表达出中国古人的一种理想,武的目的不是为了征服别人,而是为了停止武装冲突。又比如人言为信,信是一个人和一个言,人说的话是可以相信的,人说的话也可以作为信件。信在中文里面可以指信件、信息,同时也是信任、信用。这又表达了中国古人的一种文化理想,人说出来的话是可以信赖的。

我们从这里可以看出,汉字很奇怪。有人把汉字认为是象形文字,这完全是错的,象形文字只是汉字六种途径之一。汉字兼顾了形、声、义、思想、认识、理想,它有元音,也有唇音、齿音、喉音等辅音。把一个汉字拿出来,有形状,有结构,又有逻辑。刚才说止戈为武,这是一种逻辑,人言为信也是一种逻辑,它是有说法、有讲法的。所以汉字使中国人逐渐形成了文字崇拜,不但喜爱文字,而且认为文字有一种特殊的力量。根据传说故事,文字最早产生于黄帝时期,黄帝有一个大臣叫仓颉,他创造了一个个文字,以至于"天雨粟,鬼夜哭":上天掉下来的是粮食、是小米;魔鬼看到黄河边上出了一些人,不但会两条腿走路,而且还造出了这么美好厉害的字,吓得夜里都在哭。因为这些字太伟大了,惊天地、泣鬼神。这是一种崇拜,甚至可以说是一种宗教情怀。这个宗教不是耶稣,不是佛爷,它崇拜的就是一个一个的字,应该说,这是文化崇拜。

有一些人,包括中国人和其他国家的人,喜欢讨论一个问题:中国为什么没有一个很强烈的统一的宗教?欧洲国家信仰基督教、天主教或耶稣教,东南亚许多国家信仰佛教,北非、中东、西亚有一大批国家信仰伊斯兰教。在中国,这些宗教都有,中国还有自己本土的道教,但是缺少一个非常强烈的、统一的像前面所说的宗教。中国人把一个字看成了自己的信仰,认为一个字就解决了最终极的问题,最高、最伟大、最正义的、最万能的就是一个字。对于老子来说,这个字就是"道"。孔子也讲道,但是他更喜欢"仁",他认为人活着就是为了仁,要杀身成仁,仁比生命还重要。所以在过去,有些人家里一进门,就会见墙上写了这两个字,带有一种宗教崇拜的意思,这就是说汉字带有某种宗教色彩。

此外，汉字还养成了中国人的综合思维。中国人不善于，或者说不十分注意把事情分得很细致来讲，但是喜欢做总体性的综合研究。繁体字很复杂，它有一种综合性思维，综合性思维有一个特点——关系就是本质，你研究清楚它的关系，就能明白它的本质。世界万物的本质是什么，哲学家的说法都是不一样的。但是在中国更注意事物的关系。所以汉字一个字就有一个很独立的意义，把这个字与跟它有关的一些字联系起来，就产生了对世界的认识。比如说牛，印欧语系语言和阿尔泰语系语言谈到牛一定要分清楚公牛和母牛，英语把公牛和母牛分得很清楚，可是汉语说牛的时候不分，都是牛。我英语水平比较低，在英语里面找一个既包括公牛，又包括母牛的词比较困难，他们告诉我牛是cattle，但这是指大牲口，找不到和牛相近意义的词。牛奶、牛油、牛皮、牛毛、牛角、牛蹄、牛排，英文不像中文这么注意关系，butter（黄油）和cow（奶牛）之间没有什么关系，beef（牛肉）和牛完全是两个概念。反过来说，我们又把牛分成很多种，大牛、小牛、公牛、母牛、黄牛、水牛、奶牛。奶牛是出奶的那个牛，牛奶是牛生产出来的那个奶。看！多清晰。上世纪五六十年代，中国把在椰子树上长的枣叫椰枣，把树叫枣椰，就是长枣的椰子树。这种综合性思维认为关系就是本质。

中国文字还有非常好的审美性。中国人认为写字可以使一个人的个性得到锻炼、培养，可以变得文质彬彬，成为一个真正有修养的人。有时候我都很奇怪，一个人怎么能够那样安安静静地坐在一隅一个字一个字地写，他稍微心里一乱，手一抖，就乱了。李斯的篆字、隶书很好；王羲之被称为"书圣"，书法无人能超过他；欧阳询的字，刻在石头上，非常漂亮规整；颜真卿喜欢写大字，楷体字……这些文字的东西变成了中国最重要的文化遗产和文物。比如说黄鹤楼，已经不在原址，更不是原来的建筑，但为什么到现在仍然有许多人去看？因为有文字，有崔颢的诗、李白的诗。崔颢的"昔人已乘黄鹤去,此地空余黄鹤楼"非常有名,有关文化的东西还存在。另一个《滕王阁序》,是王勃在非常年轻的时候写的文章,这篇文章里有一些名句到现在人们还在用,比如"物华天宝,人杰地灵"。还有唐诗里著名的《登鹳雀楼》:"白日依山尽,黄河入海流。欲穷千里目,更上一层楼。"这些楼的古建筑已经泯灭,新建筑是近二三十年重修起来的,之所以广受欢迎,就是因为这些诗。

五行八卦,中国人独特的关系论

世界各地有许多关于世界本原的说法,比如印度有四大元素——地、水、火、风。中国人讲五行,认为世界上最重要的元素是金、木、水、火、土,这五种元素互相之间有一种相生相克的关系。相生,比如说土生木,在土里面才能长出树来;木生火,有了木材,火就可以燃烧起来。相克,比如说水克火,火着的时候,把水浇在火上,火就灭了;金克木,拿一个铁片,往树上一砍,可以把树打断。世界上一切的东西,关系就是本质:或者是相生的关系,我的出现有利于你的出现,我的发展有利于你的发展;或者是相克的关系,我的出现不利于你的出现,我的存在不利于你的存在。既有互相矛盾、互相斗争的关系,又有互相帮助、互为依存的关系,这是一种世界观,也是一种处理关系的方法。

《易经》是中国最古老的书,被认为西周时期就有。《易经》有古代对于一个人的命运、吉凶、祸福、成功、失败、顺境、逆境的各种总结。我不太相信算卦,但是它每一个卦辞里面又总结了人生的各种经验。比如说有一种卦叫"亢龙有悔",龙是传说中的动物,亢是亢奋。一条处于亢奋当中的龙,它总会做一点什么错事。这表示,人不要焦躁、不要任性,否则会做出令你悔恨的事。另外还有"飞龙在天",一个人处于最顺利的状态,就像一条龙在天上飞一样;"潜龙在渊",潜藏的龙在最深处,它可以一动不动,没有任何的表现。到现在仍然有很多人对《易经》有兴趣，因为它说得很神秘，又总结了人生的很多经验。国外很多人都喜欢《易经》，甚至喜欢用《易经》算卦。新西兰有一个很好的汉学家叫闵福德（John Minford），我到新西兰见到他的时候，他就说你来以前我已经算了一卦，我的卦辞是叫"利见大人"，见到一个人是非常有好处的事情，所以我今天一定要好好地见你。你可以把它当玩笑话，但《易经》里面说明了古代中国人对人生、对命运的某种看法。

《易经》认为有八卦，两个线段，用三组表现出了八种自然的现象。比如说，坤卦三段都是中间断开的，坤代表的是地。乾卦三个都是连起来的，它就代表的是天。各种组合出现了各种天象、各种地象。有一种说法，我没有仔细研究过，现在电脑用二进制，二进制是两个数字；〇和一。二进制的数字对应中国的八卦，一个是中断，一个是连接。八卦的图里面，还有一个阴阳鱼太极，阴阳鱼是圆形，圆形里面画一个弧线，一面是黑的，一面是白的，白的那面是阳的鱼，黑的那面是阴的鱼。阴阳很大一部分指的是人的生命系统，它认为人分男女，有了男女才有生命，才有生命的延续，才会生孩子，一代一代地流传下来。所以《易经》认为从整个世界来看，也是有阴有阳，阴阳结合，会出现新的一代，世界才能发展起来。

这里还有中国人对圆形的崇拜。我也不知道中国人为什么这么喜欢圆形，认为圆形表达出万事万物的规律。正是在圆形中画成了阴阳两个部分，合一变成了一个整体的圆形。世界是无始无终的，圆形里面包含了世界的许多规律，比如说生死、强弱、盛衰。有一段时期国家非常强大，又有一段时期国家非常衰弱，弱了以后又非常强大，来回变化。圆形里面还有"道"的含义。我们认为老子解释道，一曰大，二曰远，三曰反。第一是非常大，没有边的大；它又是非常遥远，是永远够不着的遥远；又是反，它去了以后又回来，这非常像数学中无穷大的概念。八卦、阴阳鱼、太极，这些图画、符号里面显示出了中国古代对世界的认识、了解。这到底怎么回事，现在也说不清楚。

现在认为八卦是伏羲氏创造的,伏羲庙在中国甘肃省天水市,他观察天象研究出八卦,把这个世界总结起来。这对东亚、东南亚的影响非常大,看到八卦图,特别是阴阳鱼,我们会想到韩国的国徽、国旗。现在足球世界杯上,韩国人的服装上也有类似太极图的符号。所以中国的文化也有一种放射作用,对各地都有一些影响。

五行和八卦的说法和图形对我们认识中国人、认识中国文化有什么意义、有什么好处?中国人能经常灵活地变换,这样转过来也对,这样转过去也对。上世纪七十年代末八十年代初中国进行了大规模的改革开放,当时西方的政要们,有两个人都谈到了中国的改革开放。一个是美国前国家安全事务顾问布热津斯基,他认为社会主义国家中,能够取得改革开放成功的是中国。因为中国有独特的文化,这个文化是这么讲也可以,那么讲也可以。还有英国那个时期的首相撒切尔夫人,她和布热津斯基的看法完全一样。她认为中国文化可以解决改革开放的问题。

对于中国人来说,也许他们认为八卦无非是三个线段,可以这么排列,也可以那么排列;五行排列可以是金木水火土,也可以是土火水金木;也可以像阴阳鱼一样,这面看是阴的,那面看是阳的,阴阳不可分。相对来说,中国人讲究机变,认为世界一切事物都是变化的,人的头脑要跟着时间不断地调整、不断地变化,这是对改革开放非常有利的事情。

想一想中国改革开放以来,我们的政策有着极大的调整。虽然有阻力,但是改革开放并没有停止。改革开放已经引起了非常大的变化,在这种大的变化中,中国居然能够相对比较平稳地往前发展,和这样一种独特的文化,和这样一种相生相克的思想,和这样一种用各种不同的排列组合来寻找新的方式、新的气象的观念有关系。

仁与道,中国传统学术思想

最后,我向大家介绍一下中国的诸子百家。中国传统文化的学术思想,从现在算,大约在两千五百年到两千年前这个期间,学术思想大的格局已经奠定了。其中影响最大的,一个是孔孟,一个是老庄。孔子所在时期,当时称为东周,那个时候的首都在河南洛阳。东周的中央政权没有什么力量,我们现在几乎每一个省,在当时都成为一个独立的诸侯国。山东是鲁国和齐国,湖北湖南是楚国,陕西是秦国,河北是燕国,山西是晋国,还有一部分跟河北挨着是赵国。每一个小的诸侯国家都想把整个国家统一起来,所以连年征战不息。为了争夺权力,父亲可以杀掉儿子,儿子可以杀掉父亲,为了进取官职,丈夫可以杀掉妻子,产生了种种血腥的政治斗争、军事斗争、宫廷斗争。所以孔子希望挽救这个局面,希望用仁义道德,用高层人物的文化、义理、礼貌、规则、秩序来代替没有秩序的争夺、杀戮。他希望在人和人之间树立一种有规则的东西。他想,一个人在家里的时候,起码应该爱他的父母,孝顺他的父母。孔子认为,既然在家里父母这么喜欢孩子,孩子对父母这么忠实、听话、爱戴,那么到了社会,你对皇帝、对君王,不是也同样应该用你小时候对待父母的态度来对待?君王就是天,天就是大家的父亲,就是一个大家庭。小时候你对你父亲什么态度,你大了以后对君王就是什么态度。如果大家能把小时候的对父母最良好的态度坚持下来、保护下来,发展起来,这个社会就不会发生动乱。孔子到处宣传,要实行仁政,把政权、权力建筑在爱心上。孔子提倡仁者爱人,因此他希望政权尽量不要用强力手段,而要用教化和文化手段。

后世很多中国皇帝都尊崇孔子,认为孔子是万世师表。当然也有人指出来,孔子的这些想法太过理想,在中国并没有做到。实际你要当一个皇帝,面临着对你权力的挑战,你不可能只有软实力,还要有硬的手段，要有武装、警察、军队、监狱。但是即使如此我们也不能轻视孔子，孔子对于仁政的向往、对于用道德和文化来治理国家的向往已经被中国的老百姓一代一代地接受了。如果你这个孩子对待父母的态度不好，他们认为你不孝顺。如果你这个皇帝自己个人的道德修养有很多缺陷，人民也是批评你的。今天我们对孔子要充分挖掘他身上有利的东西。

老子同样有感于春秋时代的混乱，他认为那个时候各个诸侯国家徒劳、费心的事做得太多，所以他提倡"无为"。无为针对的是权力，君王、大臣做的事越少越好，老百姓应该干什么，他们自己都知道，你越管得多，麻烦就越多。他说"世人皆知美之为美，斯恶矣"，所有人都知道什么是美，那就坏了。如果我现在突然提出来要在参加会议的十八个人中选举一个最美的人，这不就是没事制造纠纷吗？所以老子认为你想得越少越好。根据联合国教科文组织的统计，老子的《道德经》在世界各种文字的版本和印刷的数量，占第二位，第一位是《圣经》。老子的想法很抽象、很奇怪。道是世界的本原，又是世界的规律，又是世界的终结。所以老子的道后来变成了一个宗教。这个道是概念，因为道你是看不见的，没有形状的，但是他又是主宰着一切的。

庄子也是老子的观念，庄子的一些说法就更有意思了。庄子说，至大无外，一个东西太大了，就没有以外的东西了，这个圆，圆周以内的东西我们很清楚，圆周以外的还有一个点，我们在这个点上再画一个圆，就比原来的圆还大。所以至大，就是非常非常大，最大了，就没有外了。至小无内，就是最小的东西没有里面。庄子、老子这些特别有意思的说法对哲学有利，因为老子提供了一个角度，世界上有一些问题并不是由于没有做而造成的，而是因为你做了太多造成的，这对我们让自己变得更聪明一点也是很有意义的。

2014 年 12 月

斯文的优胜[*]

大家好!

有机会跟大家交换一下读书、学习的心得,很好。但是,我没想成熟,算是一点交流、一点建议,听听大家的意见。讲座的题目是"斯文的优胜"。目前,全国处在一个对传统文化很热烈的学习、讨论、阐释、弘扬的气氛当中。但是,传统文化包含的内容非常广,不太容易把它简单地概括出来。我今天是想从一个角度,用最普通的、最简单的话来概括一下以孔子为代表的中国知识分子对于"斯文"的理想,就这个问题和大家作一个讨论、交流。

首先,我要说孔子是一个理想主义者。文化既是经验的积累和总结,又是人类对生活的感触、理想。中国现在喜欢说的话就是"梦",是我们的"梦"。孔子恰恰是这样一个理想主义者。孔子曾经说颜回:"惜乎!吾见其进也,未见其止也。"这句话可以解释为"颜回这个人的特点就是谦虚,总是听别人讲,但他从来不讲、不显示",也可以解读为"颜回是一直前行,从不停滞"。这是孔子对颜回的评论,也是孔子的"夫子之道"。按照尼采的说法更有意思,他说"理想主义者是不可救药的,他永远要追寻自己的理想",这不可救药的意思就是你没法把他再拉回来。用西方的习惯说法就是"不可救药的乐观主义者",即使受到极大的挫折,他们也还是乐观。这理想主义

---

[*] 本文是作者在"云南省领导干部时代前沿知识讲座"的演讲。

者是不可救药的,不能够中断自己的理想。如果他被扔出了天堂,到了地狱,他还在想"如何把地狱变成理想"。

中华文化传统的形成离不开孔子,离不开儒学,离不开与儒学共生、互争、互补的先秦诸子百家以及数千年来没有停止过的,对儒学的解读和论争。那么,孔子对自己的使命是怎么看的呢?他对自己儒学中的一些见解怎么看?

孔子的年代,中央政权式微,丧失了控制、治理的能力,各诸侯国家坐大,纵横捭阖,计谋策略、阴阳虚实、会盟火并、血腥斗争、眼花缭乱。各诸侯国的权力系统、"思想战线"。说句玩笑话,那时候没"思想战线"这个词,这是咱们的词。围绕着争权夺利打转,失范状态造成了民不聊生的痛苦,也造成了群雄并起、百家争鸣的局面,造成了政治、军事、思想、文化竞相争奇、碰撞出的火花无比灿烂。所以,这事很难说,过去有句话叫"国家不幸诗家幸",有时候,国家不幸学者幸!比如趁乱,什么高明的、不高明的,真的、假的各种见解都发挥出来,还有乱世英雄走四方。所以,也有时候是在国家控制不住混乱的情况下,思想领域有很大的发展。孔子生活在这样一个争斗的时期,但他宣扬的不是争斗,他不是宣扬自己的主张能必胜,他不是宣扬他自己的主张最强大,能够东方不败,能够亚洲不败。当时当然还没有东方、亚洲,当时说的"天下不败","天下"指的就是"以中国为中心"这个意思。他宣扬的不是力量,不是必胜,宣扬的是什么呢?他宣扬的是士人的主张,是一个君子的主张,甚至于是一个"复古"的主张。按当时的状况,孔子的这一套并不是吃得开的,吃得开的是墨家、是法家,然后是名家,孔子是在他们后面。孔子、老子都属于逆潮流而动,欲力挽狂澜于既倒,这后边我还要讲。

表面上看,孔子和老子很对立,但实际上,老子是希望通过"无为"来挽回各个诸侯国千奇百怪、变法图强、互争互斗互战的局面。孔子是希望通过对"仁德"的宣扬来挽回局面。孔子自己的说法是"文王既没,文不在兹乎?天之将丧斯文也,后死者不得与于斯文也;天之未丧斯文也,匡人其如予何?"说的是:孔子在匡邑避难,被包围起来了,情况非常紧急,弄不好匡人要把孔子杀掉。孔子就说,周文王去世以后,我们这儿还有没有文化、斯文的一脉呢?有,那就是我。那么,我死了也就死了,我死以后,不再有斯文了,灭亡了!孔子在别的方面很谦虚,但在历史使命上,非常的牛,他非常的有担当!他说"如果是天,老天爷的命——那个'人人避之弗存'的那样一个力量不想让我们生活的这块土地上文脉断绝、文化丧尽,不想让我们这个地方斯文扫地的话,匡人也舍不得让我牺牲,他拿我没辙!他干不掉我,灭不了我!"他相信只要上苍无意灭绝斯文,只要上苍还要延续文脉,就不会让你罹难。他是"斯文"的拥趸,他是斯文最后的唯一,他活着的使命在于延续与重建自律,从而使斯文一脉不灭绝。孔子说的"万世"一般是指太平。

孔子认为:能够带来太平、幸福与光明的只有道德文化。可能因为当时人口问题尚未过分困扰着先人,痛苦不在于生产力满足不了人民温饱的需要,而在于人间的血腥丑陋、阴险危殆的纷争;在于天下大乱,在于礼崩乐坏,在于贪欲膨胀,在于觚不觚——名实相悖、观念混乱、是非不分、秩序与好传统荡然无存。孔子以此说明:天下名实不符引起动乱,一切都乱了套:这君不像君、臣不像臣,父不像父、子不像子,工不像工、农不像农,君子不像君子、小人也不像小人,全都乱了,这是没有"名"。"名",它就应该立于天下!然后人心大治,自然物阜民丰、温饱无虞。

孔子认为关键在"人心",人的事情心决定,因为孔子看有些问题,都是人在做坏事,不懂得爱别人,不懂得理解旁人,不懂得维护太平,不懂得维护秩序。中国有一句很古老的话,叫"世道人心"。"世道人心"做得不够好、不够多,"不患寡而患不均",孔子就说我们不是嫌东西少,我们是反对不平均、不公正,只要人心好了、人心大治,自然"物阜民丰,温饱无虞"。

孔子说什么呢?"德之不修,学之不讲,闻义不能徙,不善不能改,是吾忧也。"他讲没人注意道德修养了,也没有人认真地学习。孔子是讲学习的,主要是讲品德的学习、品德的修养。孔子讲的好学,不是学哪个专门的技术。当然孔子的想法也有片面的地方。他首先注意的是:你的品德修养与品德的学习。他说,"你也不讲究自己德行的修为,你也不学好,你也不爱学习,你听到好的事情、好的道理,不能跟着行动起来"。"徙"就是动起来,学习以后行动起来,你不行动,"不善不能改"。你听到你自己某些地方存在一些不好的东西,你不能改变,你自己做得不对的地方不想改,发现了客观世界一些不好的地方,你也不能改,"是吾忧也!"他说,我所担心的就是这个。我们今天看到这段话的时候,完全可以认为孔子说的是我们今天,二〇一四年的中国,说:二〇一四年,我们的生产力有了很大的发展,我们的社会有了很大的进步。但是,你也看到世道人心上的某些问题,我们也看到了"德之不修,学之不讲,闻义不能徙,不善不能改,是吾忧也。"

孔子二千五百年前的思想到今天,思路很鲜明,很简略,也很亲切,他的想法非常简单,有它不足、不通的地方。但是,他这个思路很有魅力,是几千年无法把它抹掉的!他是什么思路?孔子讲天下大乱的状态属于世道,世道的凶险源于人心。心性随社会的发展而复杂化、邪恶化、失范失衡化与歧义化。人心里头越来越多的是贪欲、乖戾、怨毒、争利、暴力、嗜杀、阴谋诡计、不仁不义、不忠不孝……正在毒化我们的生活与身心。这样,人性的每个毒瘤正在毒化我们的生活与身心。

扭转乾坤,解决这些问题的是抓手是文化。权力系统要懂得从民人的心灵深处挖掘美好善良。美好的东西是有的,最美好的东西在人们心里,要依靠人性自有的美好本能和孝悌亲情入手,推己及人及于恕道,用人心统率与提升孝悌忠恕、礼义廉耻、诚信宽厚、勤俭谦让、恭敬惠义、好学敏求等等,从而取得道义优势,占领仁德高地。这一点上,孔子和道家的看法是一样的,认为人性本来是足够聪明与美好的。老子也有这样的说法,老百姓自然明白,哪些是好事,哪些是坏事?对大多数老百姓来说,不是复杂的问题。庄子还举例,一个田鼠,它为了安全要挖深洞;一个鸟,为了躲避猎人弹弓的射击,它要往高处飞。一个鸟、一个老鼠都知道怎样才能够安全生活,老百姓能不知道?

那么,孔子他从孝悌入手,他说,如果一个人重视孝悌,对于长上、对于双亲履行孝,对于兄弟姊妹,对于亲人能够谨记援之以手,这样的人长大以后,他会犯上作乱?他就很少会这样子,他从小就在家里规规矩矩、老老实实,见着父母恭恭敬敬,能够尽孝;见了兄弟姊妹能够爱护、能够谦让、体谅。那么,这样一个人长大以后,他怎么可能会犯上作乱呢?正因为孔子他太有善意了,代表着天真。因为实际上,集坏人与孝子于一身的人有的是,现在的贪官里头也有孝子。但是,孔子的思想《论语》还是可爱的,因为他从小在家里履行孝悌。有一次还有人问孔子:"你这么喜欢研究政治,怎么不去从政呢?"孔子说:"在家里好好孝敬父母就是从政。"这孝悌的极度就是忠,既忠岂能无恕?恕就是"己欲立而立人,己欲达而达人","己所不欲,勿施于人"。

孔子有非常亲切、非常单纯、非常明快的思路。人心中自有美好的一面,有了这些美好的东西,经过学习区分,从一个"孝"、一个"悌"字,一直能够发展到孝悌忠信、礼义廉耻、诚信宽厚、勤俭谦让。但是,他又做了总结,又说"我们还有仁义礼智信,温良恭俭让",这些都是孔子恪守的美好格言,美好的东西。

在这个国家执政的人、掌握着权力的人,我称之为"权力系统"。掌握着权力的人,只有占领仁德的高地,缘人性民心,才能坐稳天下,而后乃能教化天下。首先要化成君子,教化权力系统自身,权力系统的君王、大臣们接受了孔子的学说,痛感仁德的重要性,才能认识到仁德的重要性而受到教化,成为全民的道德榜样,从而取得统治的合法性与说服力。孔子认为,你统治的原因在于,你是代表了德行,

"天下唯有德者居之",谁能够掌管天下、谁能够治理天下呢?"仁义"就是高深的道德,孔子认为,权力的魅力就在于仁德,仁德来源于天地的榜样与启示。

仁德从哪儿来?"天行健,君子以自强不息;地势坤,君子以厚德载物。"权力,首先不是像林彪所说的"镇压之权",而是教化之权、示范之力,叫做"为政以德,譬如北辰,居其所而众星拱之"。"道之以政,齐之以刑",就是用政策和行政管理来引领民人。我写文章写"民人",为什么呢?因为古代无"人民"这个说法。真正有学问的人说,"古代的'民',是指奴隶;'人'是指奴隶主"。现代所说的"人民",又增加了太强的意识形态色彩。比如说,我们曾经认为,"地富反坏右"不属于"人民"范畴。所以,我写文章、写古代的时候,我不敢随便用"人民"这个词,宁可用"百姓""民人"这些词。孔子说,用行政措施、行政的手段来引领民人,然后用什么来管住他呢?用惩罚!"齐之以刑",用刑法、用法律、用惩罚来管住他。这是一个国家权力机构不可避免要做的事情。但是,孔子觉得这个不理想,理想是什么呢?"道之以德,齐之以礼",就是说你用什么东西去引导他?用道德来引导他,用礼法、用礼貌、用礼仪、用礼数来约束他,用"礼",这个才好。"道之以政,齐之以刑""民免而无耻",老百姓可能要躲开,避开这些办法的实行,但他没有羞恶之心。儒家讲要有是非、羞恶之心,就是有些事你做了,就会不好意思,你会惭愧,你会感到羞耻。他说"导之以德,齐之以礼"。"有耻且格",他不但有羞恶之心,而且还有一定的格调,有一定的高度。所以,孔子所设想的是培养"有耻且格",培育民人知廉耻、克服不端、心服口服、优化心性,这就是孔子的理想啊!心性是美好的东西,要有正确的道德教化。通过示范作用使心性得到优化。

如此说来,孔子的理念是斯文济世、救国救民——用仁德代替凶恶,用仁政代替暴政,用王道代替霸道,用博大仁爱之心代替狭隘争执之心,用善良、坦荡、规矩、温文尔雅取代邪恶、放肆、忤逆、野蛮、诡诈的乱世恶相。这是孔子的理想,他的想法非常的好,而且很容易打动别人,他说的你不信不行!他不像老子讲得那么深奥、像庄子讲得那么神秘。我们现在看起来,孔子他的想法,具有务实的一面,又有它的美好、天真、纯洁的一面。

真正的经典,无须共鸣!他不用"道之以政,齐之以刑",而是用"道之以德,齐之以礼",这由不得人啊!美国人喜欢讲"软实力"与"巧实力"一词,美国人说的"软实力"和"巧实力"是人的聪明和心计,而孔子的思路是"天命"。他认为这个"德"、这个"礼"是"天命"。"天命之谓性,率性之谓道,修道之谓教",是"中庸"的一种说法。仁德代表天命,"天"才是终极的高大上,乃能行健,乃能自强不息,然后"地"才能厚德载物。天有"好生之德,四时行焉,百物生焉。"孔子讲过,"天何言哉!四时行焉,百物生焉,天何言哉?",这不用多说,但是,春夏秋冬该怎么做就怎么做,该转换就转换,然后上天有好生之德,生生不息,各种东西,该出生的、该生长的,都起来了,这是很重要的一点。

孔子和老子都设想:为政的最高境界是"无为而治",这是一种理想,高级的理想。我们一般人都知道,老子提倡"无为而治",但是孔子在《论语》里边也说"无为而治者,其舜也与,夫何为哉?"就是说,能做到"无为而治"的只有舜,可见它就是孤立而难觅的。舜他自个儿是恭恭敬敬地办事,认认真真、恭恭敬敬,然后一坐,南面王又坐得正者,证明你是权力的掌握者,以此稳稳地办成事。他只要恭恭敬敬地在你旁边一坐,坐稳了,自然大家都信——自然是仁义礼智信,自然是效忠恭敬、礼义廉耻,自然是各种美德在那儿施行。我们可以说"这是梦想",这是一种"中国梦"。

老子、孔子都向往"无为而治"。有时候,我们把"无为而治"说得很玄,这怎么可能"无为而治"呢?当然,对老百姓来讲,"无为而无不为";对庄子来讲,"上无为而下不为",解读的时候注意,一定要慎重!"下不为",你工农运动、下田种地,哪一点不为?但这里边,我倒有个想法,我认为老子、孔子的'无为而治'思想,它和马克思主义指导的共产主义社会、国家、阶级会消亡,国家会消失、政党会消失,法院、军队、警察、法律都会消失。这是马克思主义对共产主义的最高理想,这个理想是很接近老子的'无为而治'理想的。也很接近孔子说的,只要恭敬而南面王,恭恭敬敬、兢兢业业,衣服要穿好了,脸要洗干净了,态度要端庄,然后往那儿一坐,就行了。自然这是一种非常好的理想。

仁德,首先是心性,又不仅是心性,它们外化并强化为礼。规矩就是你的行动、你的仪表仪态,即行为范式、社会秩序、尊卑长幼的规矩。

"斯文"最早的意思跟我们现在的可能有所不同。《辞源》讲"斯文在兹"。但是后来呢,"斯文"的引用,被我们解释为"一种风度",是一种风度,一种行为的范式。"斯文"整个词和"暴力"相对,和"野蛮"相对,和"蛮不讲理"相对,和"血腥"相对。孔子设想的就是:整个国家都变成"君子之国",君子成为国家和社会的主流。君子的彬彬有礼、文质彬彬,这就叫"以文化人"、这就叫"尚文之道"。我们中国是尚文、斯文,所谓"斯文的优胜"是"尚文的优胜"。到鸦片战争,你尚文已经没有用了,一个英国的舰队,让"斯文之道"无计可施。但是,中国人念念不忘的就是这个"斯文之道",念念不忘这个"尚文之责任",这就叫"尚文之道"、以德治国、以文治国、以礼治国,这就叫政治文明,斯文济世。

"诚于中行于外",我们中国人非常崇尚孝悌,孝悌之后是仁德,仁德之后是德行。仁德构建辉煌,文化表现为礼法、做事、举止、进退,直到容貌面色、身体姿势与表情都有章可循、有法可依,中规中矩、一丝不苟。尤其是君臣父子,恭谨诚敬、慎独慎行,没有给放肆混乱、倒行逆施留下余地。

在"礼"的推行上,孔子十分重视面容表情,提出"色难"命题。面色,他这个"色"跟我们当代的行色无关和性爱无关,他说的"色"

就是面,面色上必须好。他说过,勤俭供养父母、赡养父母不算孝。他说你养一只小动物,你也可以这样养。所以,看孝与不孝,看你脸上的模样。你见了父母,脸上没有爱心,一副不耐烦的样子,一副怕父母给你找麻烦的样子,那算什么孝?孔子太有意思了,他给你说这些,你必须微笑恭谨,这才算是懂得孝顺父母!他这是苦练内功,他要培养"三月不违仁",这个太好了!颜回可以做到三个月都不做有损父母的事情。这很有意思,孔子他也有很实际的方面,就说明一个人永远不违仁,很难做到!有的人一顿饭的时间不违,就不错了。这一顿饭的时间,古人吃一顿饭要多长时间我不知道,我估计半个小时到一个小时;如果是正式宴会和法国人估计要四到五个小时。但是,可以在个把小时之内,对别人态度的注意,也可以看出一个人来。人性有时候由于自私、由于对各种的计较,不关心别人、不照顾别人,也会是这种情况。但是,大体说来,要做到"三个月不违仁",尚且不容易,可以反映出一个人来。所以,这孔子提出"色难"命题,要非常注意自己的面色。

还有另一个词,叫"面目可憎"。中华民族历史上有某些面目可憎的问题,也是两千五百年一直有面目可憎的问题。现在我们有的官就是这样,到了一个政府部门去办点事儿、问个话,他脸难看,他面目可憎!还有一种面目可憎是他摆出一副高高在上的样子,压制别人,说的话又是陈陈相因,一句通情达理的话都没有,也是面目可憎!所以,我认为:从两千五百年前讲到现在,消除可憎面目是我们面临的历史重任。首先,我们自己不要把自己的面目搞得那么可憎。

希望孝发展而为忠,其理自明,勤于自律;悌发展而为恕——"推己及人"以及我们身边的人,"己欲立而立人,己欲达而达人",顺理成章,不由得你不喝彩;由小及大、由近及远、由内及外,"郁郁乎文哉"。这是孔子称颂周礼语。真丰富啊!真美好啊!真文雅,真斯文啊!

孔子说,"吾道一以贯之"。这"一"就是道,"道"就是"仁",

"仁"就是德——仁义、文化、仁政、礼治。这个"道"是诚意,也是正心;是修身,也是齐家;是治国,也是平天下;是忠恕,也是仁义礼智;是恭宽信敏惠、温良恭俭让;是四维八纲——"礼义廉耻"或加上"孝悌忠信";是四德——"恭敬惠义"、是克己复礼、是忠孝节义,也是浩然正气,还可以加上一切中华美德。一通百通、一美俱美。从这个意义出发,孔子有如下一些重要主张:

首先是"正名"。基于汉字的综合信息量,培育了炎黄子孙的看重"整合"。不顾及细节的方法论,除少量外来语外,"命名"就是定义、定位,既是期待,又是价值宣示。"命名"就是人们对于世界诸人、诸事、诸物的认识、把握;"命名"就是认识世界,"命名"就是治理、安排、拿捏,名中有义、名中有理、名中有礼、名中有分。"正名"就是整顿纲纪、名实相符,就是政策待遇确定,就是君君臣臣、父父子子,就是有道、有章法、有秩序、有规律、有整顿、不乱规矩。不仅孔子如此,老子同样强调"命名"的重要性,他说"无名,天地之始,有名,万物之母""无名就等于无万物之母",无名"即无万物"。

"名"是什么?"名"是"对世界的认识,人们认识世界之始"。直到一九四九年后,我们仍然极其重视"命名",比如,人民与国民的区别,敌我友的区分;例如,姓"社"姓"资",例如给"地富反坏右"戴帽子、摘帽子,敌我与人民内部矛盾的结论,例如左中右的区分。有的人干了一辈子革命,我说的是"文革"后期,快死了还在苦苦地争一个"人民内部矛盾"的"名";有的为了争当"左"派而不惜兵戎相见……这种思路,外国人怎么也捉摸不透,外国人问过我,说"什么叫给右派戴帽子、怎么戴?"他就弄不明白。我说,"你生在中国,就会明白了",学习《论语》就会明白很多。这是关于"名"的问题。

第二,就是君子和小人的区别:这一点对孔子来说非常重要,这也是个比较大的问题。孔子对社会大体上是两分法:一部分是"治人",即权力体制中人;一部分是"治于人",即被管理者。从社会地位来说,君子是权力中人或候补权力中人,对于权力中人的文化要求与道德要求,当然要比从事生产劳动等"鄙事"的民人要高。"君子不器""君子喻于义""君子周而不比",君子讲求的是义理,是原则,是大局,是世道人心,不限于教条与具体行业;而"小人喻于利",小人看得见的只有实打实的眼前利益。"君子和而不同"是真"和","小人同而不和"是假抱团的宗派、山头、黑手党之类,坚如磐石的团结假象一朝败露"树倒猢狲散"。君子之争,争起来也是彬彬有礼;小人之争,无所不用其极。"君子坦荡荡",正如故宫里皇上题的字,到处是"正大光明",透明度一百一。皇上最痛恨的就是底下的臣子跟他斗心眼、耍诡计。"小人常戚戚",小人鼠目寸光,不会自我调节,小人多是低级性恶论者,他们感觉到的永远是轻蔑、妒恨、阴谋,不是他嫉妒、坑害或轻蔑别人,就是别人嫉恨、坑害、蔑视他。

而孔子呢,提出了这么多美好的东西,但是孔子对小人的研究也很透,孔子最关注言与行,他对小人的研究,有他的说法。因为他讲了很多关于小人的事。孔子对小人的论述,可谓是人情练达、世事洞明,"同而不和""言不及义""巧言令色""小人穷斯滥矣""小人之过也必文",这是孔子引用子贡的话。他说,小人犯了错,来回掩饰;君子犯了错,"君子之过,如日月之食焉",自个儿就改了,"小人之过也必文",这小人整天就在掩饰自己。"不仁者,不可以久处约,不可以长处乐"。你跟小人在一块,你老过简朴的生活,这小人受不了;你跟他一块过幸福的生活,小人也是受不了的。你天天幸福、天天祝愿他,他反倒难受,不知道出什么事儿了,孔子对世态人情知道的相当多。孔子谈起小人来,眼里不掺沙子,读之甚奇,"申申如也,夭夭如也",一副绅士派头的孔圣人从哪儿了解那么多小人的事情洋相?

所以,我们可以说,孔子不火不温、不盗取、不诲淫,孔子绝对不是个书呆子。孔子讲学习,讲的是"温故而知新""举一反三",他很重视你自己对知识的消化。他还讲"学而不思则罔,思而不学则殆",孔子非常善于用自己的头脑去观察事物、观察世道人心。朱熹就说,"君子与小人的所为不同,如阴阳昼夜,每每相反"。儒家融会诸子的道德文化批判与小人的低俗可悲，君子和小人之间就不是社会地位的问题，而是文化教养的问题。本来君子、小人，最早指的是社会地位，在经过儒学的检讨以后，他更多的是一种文化教养的问题。君子与小人之说，不利于民权平等观念的形成。但是，有利于保持权力系统中人的精神面貌、精英阶层的先进性、示范性，对于中国这样一个超大的、发展极不平衡的国家，对于实行精英政治，集中权力治国理政，它有相当实惠的合理性和可操作性。因为一想到你是参加国家治理的君子，你对自己的要求就要高得多，你不能跟小人一样，不能言不及义，每天只能干点有实际意义的事情。你不能随随便便去弄，你不能表面上跟人家都团结得很好，实际上背后勾心斗角，拿自己的利益。所以，它对参加治国理政的人来说，它有种善意性，对自己有反省的要求。

这样的君子小人之说，还有被人民所接受的便利之处：一、你的权力来自道德文化，而不仅仅是世袭、血统、异兆、武力，老百姓对这样的说法好接受。权力不是源于你是大人物，是源于德行，这老百姓要高兴得多！二、如果你的道德文化记录太差，你就成了不道德的"昏君"、独夫民贼，民人就有全部权力承载你和颠覆你，我们讲"亦能载舟，亦能覆舟"。如果你的记录太差，如果你的道行记录太差，你会被扣上不道德的"昏君"的帽子，情况就非常危险！

第三，强调道德文化修养，开通君子与小人的交通路径，缓解、疏通君子与小人间的阶级对立，为后世的科举制度打下了思想基础。

第四，强调君子与小人的区别，对推动道义、增强读书、好学尚义有帮助。那么下面有两个问题：孔子是怎么劝学的？只有通过教化与学习，才能培养出文质彬彬，继承斯文的高尚一脉；才能继绝学，也才能有望于开太平。孔子提倡学习方法时说过，"温故而知新""举一反三""见贤思齐""见不贤而内自省也"。这个后者比内省、比思齐还重要，还难做到。抓出一个贪官来，很少有人说"要从他身上吸取教训"。

《论语》中多次讲到"自我反省"的重要性,古人"三省吾身"。孔子很厉害,这一点像基督教所提倡的忏悔,比忏悔的说法温和、中庸些,不那么刺激、煽情、咋呼、施压,后世到我们这儿,我们自己发展了一个高大上的说法——"自我批评"。我们今天提倡的"自我批评"和孔子的主张吻合。孔子还讲"三人行,必有我师",时时都要讲礼义忠信。孔子讲在生活中学习、向德行高的人学习和联系自己的实际学习。它与死记硬背、生吞活剥的"寻章摘句老雕虫,文章何处哭秋风"不一样,与李白描写的"白发死章句,茫如坠烟雾"也完全不同。

第五,孔子提倡"中庸之道",提出各种秩序、各种场合,所言所云都要恰到好处,"过犹不及"。"中庸之道"是对于中华文化与孔子的尚一、尚同的重要补充。中国过去没有西方的所谓"多元制衡"的说法。当然,西方是否做到是另外的问题。但是,它的文化有这个理想,叫做"多元制衡"。中国的平衡往往表现于时间的纵轴上,统称"三十年河东,三十年河西"。

除了"尚一"的传统,最高的理想是"世界大同"。说共产主义是"大道之行也,天下为公",说共产主义共享一切利益、理想,这是"仁者之风",一切的意义和唯一的一切。也许,圣人假圣人之口,看到异化的危难,看到"同"的"不同",还强调"同",强调"不为""适可而止""恰到好处""留有余地""和而不同"还是很漂亮的"中庸之道"。

"中庸之道"的另一个方面就是"一颗仁心,两手准备":可以知可以愚,可以进可以退,可以用可以藏,可以显可以隐,可以独善其身也可以兼济天下,可以怀大志、修齐治平,也可以带着友人、学生春游沐浴、舞蹈吟唱,"暮春者,春服既成,冠者五六人,童子六七人,浴乎沂,风乎舞雩,咏而归"。这是《论语》当中的话,孔子最喜欢的就是暮春之初,"童子六七人"出游,这就是对立统一。他讲自己不做官,而带着朋友、学生来玩、来春游。这就是"中庸之道"的进一步发展。我们多半知道老庄精通辩证法,却也应该知道孔子的"中庸之道"的辩证法。孔子很多地方都讲过这一类的话,这是一。

孔子他说,"邦有道,则知;邦无道,则愚"。还在另外一个地方,说"邦有道,则仕;邦无道,则可卷而怀之",什么意思呢?如果这个地方很方便,很有章法,这是很积极的。说的是:好好地治国、治理天下、做个圣人。但是如果不行呢,时代太乱了,你就要卷而藏之、知道言不得,最好把自个儿卷起来,你得卷铺盖卷。孔子他这想法很有意思!当然,我们也不能仅仅为孔子的这些话、这些事真心所感动。到孔子那里,"杀身成仁、舍生取义"更成为理想主义的原则。清末以来,社会矛盾高度尖锐化、严重化,几乎没有给充满危机感的国人留点中庸、中和、中道的空间!"五四"以来,人们对"中庸之道"厌恶,甚至认为是不阴不阳、不男不女的各种乡愿嘴脸。"乡愿,德之贼也"。尤其在革命发动抗敌惨烈的年代,你再讲"中庸之道"给人的感觉是逃避责任或者狡猾、市侩。

自孔子以来,《论语》流传了两千数百年。流传当中,谁能保证孔学不走样、不歪曲、不被利用?流传得太大了,既是好事也是坏事。被接受、被膜拜、被高歌入云到那个程度。如果不是孔子而是别人,弄不好会变成邪教!幸亏是孔子,所以把他抬得那么高,基本上还是正派人物。但是,孔子的成功,也是孔子的灾难!这种学说,发达到儒家这个份上,全民皆君子、皆儒很难做到!"儒"降低成全民的口头禅与旗号,同时去精英化、去君子化、去学理化则十分可能。大多数歧义都是打着儒家的旗号,各说各的,这可能谁也没想到。但是,他们会说,"我们引用几句,这个完全可以的"。所以,我说孔子的有些说法,在他的后世名声就不好。

另外,中国太大了,历史也太长了,我们不要忘记中华文化里还有另外的和斯文、仁德、礼义恰恰针锋相对的一面,就比如说,"舍得一身剐,敢把皇帝拉下马""马无夜草不肥,人无外财不富",我们的一些贪官就是如此;再如"量小非君子,无毒不丈夫"、"先下手为强,后下手遭殃",如此种种带有流氓气息的文化。所以,这个事儿不是

497

那么简单，不是说大家都供奉君子、都信仰孔子了，大家就都变得斯文了，没那么便宜的事！承认中间状态有多种选择，才能理解"中庸之道"的意义。"中庸之道"恰恰是非专制主义、非独断主义，具备一定的灵活性、生动性标准。

孔子一方面尚义，两分世界为君子与小人。同时，又强调"和"而不同、强调"和为贵"，强调"若失义，则无可无不可"，这话太重要了！孔子讲"道"啊，从商朝到周朝过渡的时候呀，一些大人物、一些名人，对人生有不同的选择。有的是为了自己的尊严宁可死掉，如伯夷、叔齐；有的是采取折中、妥协的方法，自己的尊严可以委屈一点，但是尽量做一个造福于人民，为老百姓做点好事，这是第二种；第三种就是干脆退休，到山野之中，他也不参与西周这种体制，这样他话可以说得大点、可以说点带刺儿的话，或者上边不管他。他说，这三种可能都过得去，他并不是必须死掉。他说，我既不是伯夷、叔齐，随时准备饿死、绝食而死，也不是立刻就准备妥协，我可以做点什么对人民有利的事。我还不是准备自个儿回乡野，自个儿喝杯酒就慢慢了断。他说，我无可无不可，所以我可以有很多选择。这对孔子来说也是一个非常重要的观念。

第六，除了尚一、尚同以及公开的尚礼、尚文。文质彬彬的人方能"中庸"，急赤白脸、心浮气躁只会"中"出一个令人恶心的、无耻无勇的低俗之庸来。

为何尚文？因心性需要文明、文化、文艺、文学的滋养、陶冶。"不学诗，无以言"，这是孔子的话。诗三百，一言以蔽之，就是"思无邪"，"怨而不怒、乐而不淫、哀而不伤、厌而不乐之"。但是，这些往往都把它作为孔子的摆设来教导。"诗，可以兴、可以观、可以群、可以怨"，孔子强调要修齐治平、治国理政，就要靠文化。中国国情只有好好读《论语》等古代经典，才能免于精神匮乏。

第七，再进一步为历史文化创立新的规范时，"礼之用，和为贵"就是以"和"统一，不是用法的惩罚、暴力，而是用和气的、礼貌的、文化的熏陶来规范民人的行为。

这些听起来多么优雅、多么理想、多么高明、可心!想想看,人人都过着绝大多数人斯斯文文、彬彬有礼了,还要严刑峻法、打板子、砍脑壳干什么?法治,不能不酷、不威武、不恐吓,礼治却温馨喜悦、甘之若饴。

礼法中更重要的是祭礼与丧礼,表达对先人、对祖宗、对天地、对生死、对生命链、对历史和传统、对久远的以往,也包含对亡灵与彼岸世界、"形而上"世界的敬畏崇拜、深情重意。祭祀培养的是"慎终追远"的厚德与担当,这里已经饱含了宗教情愫,却又延伸为当下做人、做事的道德规范。

尚一、尚同、尚文、尚古、尚中庸,这"五尚"是我们中华文化的一个特点。那么现在,我再谈一下孔子是不是主张复古?为什么主张复古?

孔子强调的是周礼。一个朝代、一个政权、一种体制、一种学说,在它最初建立的时候,往往会有动人之好处。否则,西周如何取代殷商,武王如何取纣王而代之?北京有个低级的俗话,叫"新盖的茅房三天香",话糙理不糙,世上压根儿就没有完美无缺的体制运作与王权管理,时间长了,难免暴露出缺陷、问题,渐失新鲜感、敬畏感、认真感,渐显言行不一、口是心非、形式过场、陈旧呆板、虚与委蛇、酱缸粪堆之类的弱点。这是鲁迅,也是柏杨说的话,"中国文化有一部分属于酱缸粪堆一样"的糟粕。孔学里边,也有人礼数不缺,却已腐烂透顶,摇摇欲坠。伟大中华从孔子时代到现今,动辄叹息:世风日下、人心不古、你的良心大大地坏了。我一辈子听到的就这句,我从上小学的时候,老师就在黑板上给我写了八个字——"世风日下、人心不古",现在也有人这样说。与其说是国人复古,保守观念是从娘胎里就带过来了,不如说是我们的理念与制度缺少民主多元的挑战和与时俱进的发展所致。

孔学的主张,在我国实践如何呢?遭遇又如何呢?

想想看，只要不觉得孝亲与悌兄有多么艰难遥远，恕道也就近在咫尺，忠也离我们不远，宽厚自然而然地造就，知耻之勇油然而出，恭谨礼让理所当然，廉洁与高尚成为风气，道义之心压缩逐利之心，"君子坦荡荡"的斯文抵挡得住所有的卑俗、凶恶、敌意与乖戾，顺着这个思路想下去，便不免心花怒放，三呼"圣人大哉"——世道人心化险为夷，政治秩序化逆为顺，世道风气化浇薄为朴厚，处处谦谦君子，再现温良恭俭，权力惠民、百姓忠顺、君臣相得、邻里相助，阴阳调和，这就叫做"天下归仁，斯文济世"。

这样"天下归仁"的理想，肯定不会现成摆放，任你享用、讴歌，而要经过努力学习、长进、切磋、琢磨才能真正形成。多读《论语》，温故知新，举一反三，见贤思齐，学而思、思而学，学而时习之，才可领会。可惜的是：这样的梦实现的时候少，望尘莫及的时候多，背道而驰的丑恶行为也不少。

鲁迅指出："二十四史，多至'二十四'便是可悲的铁证！"鲁迅这里说的可悲，不仅是中华之悲，也是孔子之悲。人人尊孔、学孔，却硬是出不了"天下归仁"、为政以德、万世太平的美好局面。到了近现代，遇到强力、霸道的"外夷"，儒家、孔学更是狼狈、慌乱，无以自处！

孔子的"中国梦"，美丽、善良、单纯、精彩、雄辩，是一。却不无天真，你可能还没有来得及去探讨、推敲家国天下的政治、社会、生活中的"非斯文"方面、权力与暴力方面、管理与匡正方面、利益与竞争方面、生产与财富方面、科学与技艺方面，他也可能没有顾得上去认知老百姓在历史上的作用，是二。孔子当然不可能像二十世纪的毛泽东那样提出："人民！只有人民才是创造世界历史的动力！"

对于生活中的"非斯文"因素与众小人因素，如果再来一个非礼勿视、非礼勿听、非礼勿言、非礼勿动，那就变成了自欺欺人。子贡问孔子，有美玉要藏在匣子里好，还是卖个好价钱好？孔子马上回答，"沽之哉，沽之哉！我待贾者也"。他说，我要卖，我要卖，我就是等待卖个好价钱。在这里，孔子的直率跃然纸上。他完全没有作秀、清高,讲直话,该干吗干吗。子贡的提问,点到孔子的节骨眼上,毫不含糊。他这待价而沽的声明,不是为了自己的立身扬名,而是为了"传承斯文、救亡斯文于兹"的一脉、济世救国的诤言,他心地干净、流淌着高尚,所以,他不怕后世说他是"官迷"。

同样,他的斯文理念不是为了写论文、卖弄学问、评职称,他屡败屡战,就是要孜孜矻矻建立一个斯文的新世界。孔子的斯文理念,说起来合情合理,正中人民的下怀,而且堪称善良、忠厚、简明、通俗,实现起来却多不顺遂。热衷于政治、军事斗争的各侯国权力系统,看得见的是兵强马壮、克敌制胜,看得见的是粮草储备足够雄厚才能实力逞强,看得见的是计谋多端而后占先,看得见的是赏罚分明、心狠手辣,才能八面威风!孔子的主张,对于急功近利的权力中人来说,实在是替梦中人说的谰语,谁有那个耐心陪你玩呢?

不足为奇,文化就是文化,既来自现实需要,也来自理想之梦。做得到的是它的务实性,比如孔子提出的"节用而爱人,使民以时",就是你要有节制,官家役使老百姓应该在农闲时间,正常情况下多半可行,这一点是可以做到的。没有做到的是他的某些理想,高不可攀。譬如说,它容易"其为人也孝悌,而好犯上者,鲜矣",也不见得,如今的贪官里边,孝子有的是。至于克己复礼、天下归仁的自我价值,压根儿就没出现过。没有全面兑现不要紧,只要有一个主张在价值层面上被认同,只要它能唤醒道德、理性、良知量能,能正面影响精神的走向,就算取得了伟大成就。孔子、老子如此,佛祖、基督、苏格拉底、柏拉图、伏尔泰、卢梭、马克思与萨特,也是如此!没有百分之百地兑现过的文化理念,仍然对人心有普遍的积极影响,功莫大焉!有了普遍的积极影响,至少应该算是实现了一半,这就是孔子说的"求仁而得仁""我欲仁,斯仁至矣"。我想的这个"仁",为什么是心性之学呢?"仁",它首先要求的是人心要好,就是用自己的仁心把自己的心变得善良,变得好一点,应该不难。你有好心了,你已经开始实现你的梦了。"人能弘道,非道弘人",并不是靠一个"仁"字、一个马克思就能改得好,而是你自己"相信仁德、相信仁爱",你一定把这个仁德弘扬上去。

中国历史上,仁人志士并不少见,少见的是仁政。对于仁心的呼吁与提倡,完全正确也颇有成效。如今还要继续呼吁、提倡。仁政难,说明为政之事要复杂得多,要斯文也要有魄力,要德治也要有法治,要中国特色也要面向世界,要自由、民主、平等、富强,也要爱国、敬业、法治、友善。时至二十一世纪,一个"仁"字不够用,简单地说一句,从孔子那边学做人,至今很成功,很棒!恭恭敬敬、饱经击节赞赏,获益良多,无限宝贵!《论语》它有"处世奇术",更有正心箴言的博雅,是中华赤子的"圣经"。

"棠棣之华,偏其反而,岂不尔思?室是远尔。"这是孔子写的一首诗。他说这个花呀,风一吹、偏过来、偏过来了又回去,像没有偏过。这么美丽的花,后面的哥哥想念它,可是它离我太远了。孔子就引用了这首诗。"未之思也,夫何远之有?"他说这个花,离你太远,是因为你没有好好想念它。你好好想念它,这花就在你心里开放了,它哪里会远呢?他用这个来讲美德,他在讲理想。人的理想就像花朵一样,它离你一点都不远,除非你不去想它。你想它,离你就近。孔子这一段在《论语》里讲得太棒了,这是他自己的理想。这是真情、是阳光、果实、甘霖,是感动中国的温暖与鼓励,这叫"感动中国"。

世上的事情还没这么简单,难道我们能够不为孔子的真挚而感动吗?难道我们能不听孔子的话,梦寐以求地思念天佑仁德、美好幸福而同流合污,堕入邪恶、卑下、丑陋、肮脏吗?所以,王阳明曾经说,"知行合一",知道就行了,就是说你有仁心、仁德,乃至孙中山说"知难行易",也出自这样的理解。

以《论语》治国,虽有美意,不完全正确!至于"半部《论语》治天下"是故作惊人之语。"礼失求诸野",虽然中国历代统治者与士人没有足够地按照孔子的教导治国理政,但孔子的教导仍然可爱,恰恰是老百姓喜欢孔子的忠孝节义。地方戏、说书、民间故事大都认同孔子的培育美德、匡正世道人心的努力。人们极其重视分辨忠奸,直到追悼周总理、粉碎"四人帮"的时候,我们仍然感觉得到这样一种忠奸之辨的舆论如火如荼。人们厌弃卖友求荣、卖主求荣的投机分子,人们认同"和为贵",乃至大事化小、小事化无,不赞成煽情、折腾的政治讹诈;人们不喜欢花言巧语、假大空的佞人,而是高看有一说一、实事求是的"老黄牛";人们时时提倡孝道、仁义、"糟糠之妻不下堂",厌弃翻脸不认人的暴发户;人们喜爱谦虚斯文,不喜欢咄咄逼人、仗势欺人的恶霸;人们喜欢知书明理的君子,不喜欢蛮不讲理的流氓相;人们赞扬勤俭、刻苦,厌恶懒惰奢靡;人们赞扬清廉、蔑视贪婪,渴望包公、诅咒赃官;赞扬"滴水之恩,当以涌泉相报",深恶"卸磨杀驴""吃谁的饭砸谁的锅"的恶疾;街谈巷议、网络语言中也常常有古道热肠的舆论出现。

海峡两岸数十年来政治机制的发展与进程相去甚远,但在传承、认同同一传统文化基因方面,仍然是心头亲。科学对中华民族的影响,有一种超强的力量。

历史上,权力系统也渐渐体会到孔子学说对于培养孝悌忠信、礼义廉耻、维护尊卑长幼秩序,维护天下太平的好处。意识到高举"以义为先"的旗帜比任何其他旗帜更能感动中国。于是,大成至圣先师、于是文宣王、孔圣人、孔林孔庙文庙,从中国一直修到越南、韩国,而我们现在的孔子学院,一直办到欧美亚、非拉澳。把孔子搞得光照太强、太普及了,容易出现紧跟化、俚俗化、寻章摘句化、皮毛化、人云亦云化的毛病。庸才遇到至圣,头晕眼花,只有诚惶诚恐、三跪九叩、不懂装懂的份,却不能有所发展、有所创造、有所更新、有所接力;满口的仁义道德,满肚子的男盗女娼,真的是不信、不行、不诚!结果是,抬了孔子,也害了孔子。这也只能问责于后人,而非孔子本人!孔子一再声明:他不是圣人!"若圣与仁,则吾岂敢!"孔子说他不是"生而知之",他说他不是圣人。

他为万世开太平的理想虽远未实现,但为中华民族文化的构成与凝聚、延续打下了基础。没有孔子所代表的斯文一脉,我们能过得去北方游牧民族入主中原这一关吗?我们能过得去一八四〇年后"人为刀俎,我为鱼肉"这一"生死存亡"的考验吗?他留下了理念与智慧,即使悲观者也念念不忘中华文化的伟大美好,即使"数千年未有之变局",这是李鸿章的话,后来陈寅恪用这个话来写"近代化"一词。虽然有"数千年未有之变局",我们还是不变的中国心。"夫子焉知,于我心有戚戚焉?"什么是"戚戚?""戚戚"就是我们在逆境中的爱国主义!

一直到二十一世纪,在经历了那么多质疑、反思、批判、攻击、嘲笑、抹黑之后,孔子仍然屹立着、美好着、可爱着,被关注着,也被发挥着,而且他没有什么特殊的超人事功,只因为他坚持不懈地奔波劳碌,给了天地以心灵的爱憎美丑,给予一代代中国民人以价值向导,或有瑕疵,仍大有可取。他扮演了几千年中国文明道统代表人物的角色,他成为中华文化的主要基因,极其重要。发展到今天,难免有些元素发展成了有争议的"转基因"。

但是,他在今天仍然是要发掘的民心民智资源。他生前身后屡经危殆,大难不死。今天,形象依然纯粹干净,语言仍然精辟动人,乃至精彩绝伦,谁能与他相比呢?他靠的是人格和智慧,还有他的七十二个弟子。如果用二十一世纪的CT机照准孔丘进行体检,找出来诸多令人痛心疾首的病灶,这又有什么可说的呢?难道不是他历经两千五百年没有褪色的教益更令人惊喜吗?

我们在一九一九年有过振聋发聩的"五四"新文化运动,我们痛心国家的积贫积弱、愚昧无知;我们迁怒祖宗和痛批中华传统文化男盗女、女盗男,"一肚子男盗女娼"的虚伪性;我们揭露二十四史的"吃人"本质,我们提出过"打倒孔家店"的革命口号;我们投身铁与血的革命斗争。

以毛泽东和延安为代表的革命文化,在艰苦奋斗、英勇牺牲、壮怀激烈、勤俭节约、以民为本、自我批评、谦虚谨慎、顾全大局、忠诚老实等多方面继承并空前地发扬了传统文化的精华。而在阶级斗争的高潮中,我们曾视"温良恭俭让"为草芥、视儒家为反动,正视狂飙突进的风潮,使我们的传统文化受到了数千年来从未受到过的、最迫切需要的挑战与冲击,孔学受到一次脱胎换骨的洗礼,孔子等诸子百家的学说置之死地而后生。我们的国家艰难痛苦,玉汝于成,历尽艰辛、曲折坎坷,改革开放、发展进步迈开了社会主义现代化的大步。

新文化运动与革命文化也使人们看到:仅仅一个孔子的学说,不足以完成提供中国现代化征程所需精神支撑的任务。我们必须汲取数千年历史上一切精华,更新、完善我们的民主、自由、平等、法治、科学、真理、价值、方法论、逻辑学等诸多观念;必须汲取人类一切先进文化成果;必须汲取历史唯物主义与科学社会主义,并使之本土化。不了解传统文化就不了解国情、民心;脱离国情、民心,就必然碰壁。但是,不改革开放、发展现代化,也只能向隅而泣,乃至被开除"球籍"。只有实现传统与现代对接,我们才能从容、自信地面向世界、面向未来、面向现代化,从而超越百年煎熬、百年磕磕绊绊,做好中华民族的现代化转型,从而更好地传承、激活、革新与弘扬我们的传统文化、"五四"新文化和革命文化,拯救、优化我们当今的、无法不令人为之忧心忡忡的世道人心,创造、建设当代生机勃勃的中华文化!

我们今天仍然提出"以德治国"与"依法治国"相结合的历史任务。"以德治国",咱们这几十年来,在中央的文件里边,我看到过的只提出过三次:第一次是在世纪初,一次中央宣传工作会上,江泽民同志讲过一次,后来好多年文件里边没见过了。但是,在十七届六中全会,关于文化体制改革的决议,提了"以德治国"与"依法治国"相结合。还有一个就是刚刚过去的十八届四中全会上,有"以德治国"与"依法治国"相结合。我们越来越将弘扬中华传统文化的使命唱响,我们拥有"五四"新文化运动的成果,虽然走过不少弯路,但我们珍惜人民革命的胜利。我们骄傲于改革开放、中国特色社会主义现代化的长足进展,满有信心把博大精深,其实曾经困难重重的中华传统文化发扬光大。这是中华民族的胜利,也是人类一切科学文化成果洋为中用的胜利。还是以孔子为代表的中华传统古为今用的成功,使我们的古老文化实现创造性、现代化创新转化的胜利。

我们提倡传承与弘扬传统文化精华,不是为了"复古",为了复"民国";不是皮相地穿戏装、背诵开蒙《三字经》;不是为了贬低新文化与人民革命文化;不是敝帚自珍、闭目塞听;不是只为了给儿子们、弟子们立百依百顺的规矩,却忘记了更重要的是要给老板们、家长们立规矩。现在,对孔子很简单的看法,你能多理解一点吗?一看《三字经》《弟子规》呀,高兴得不得了,中国有这么好的规矩呀!这把打工仔都管住了。所以现在,各个私人企业要求按照以前的《三字经》和《弟子规》管理员工。但是他忘了,给自己树立一个老板的规矩!否则,我们不能停留在《三字经》《弟子规》那个阶段。《三字经》《弟子规》里头有好的东西,也有不好的东西,是吧?我们先说《三字经》《弟子规》缺少维权的问题,缺少对儿女们的照顾,缺少对儿童的人格尊重等等。所以,像这些问题,我们要完善。

现在还有一种说法,说中国传统文化好得不得了,它让共产党这么一闹,闹坏了。这是糊涂,甚至愚蠢、糊涂到极点!你怎么不看别的,怎么不看《红楼梦》?《红楼梦》里边,谁按孔子的教导办呢?只有贾政这么一个人,口头上按照孔子的教导办,是不是?那个《红楼梦》里的男人中,哪一个按照孔子的教导办?所以,是我们的传统文化碰到了极大的困难,尤其是面对着西方列强的时候,是革命挽救了传统文化。我们设想一下,如果中国现在是处在八国联军的时候,如果中国现在是面对甲午战争,这种环境下,你怎么不考虑整顿武备、发动人民群众起来自救?你跑这儿来讲斯文的优胜?你应该讲革命的优胜,应该讲军舰的优胜,应该讲现代工业的优胜,应该讲洋枪、洋炮武装起来的优胜。

最后,今天我们讲传统文化,是为了丰富我们的精神资源,优化我们的世道人心,并不是为了"复古"。我们要做的是充分发掘我们这样一个大国、古国的精神资源,匡正与充实世道人心,使我们不仅在物质层面,而且在精神层面全面、丰饶、自信、心心连通地创造新的历史,实现中华民族的伟大复兴,当然也包括文化复兴、文艺复兴。

永 远 的 阅 读[*]

读书最大的快乐在于，从书中发现生活，发现自己过去所不理解的生活。生活当中最大的快乐在于从生活当中感受到了读书的乐趣。对于某一种处境、某一处风景、某一种感受，你觉得书中所写与你阅读所感完全一样，这就是最快乐的事情。

书有自己作为书的特点，书中有些东西是在生活中不能完全实现的；当然，书是反映生活的，生活的丰富也是书所无法比拟的。

攻读就是读书像打仗一样，要经历艰难才能把它拿下来，但读书的艰苦其实是读书快乐的源泉。

读还是不读？

中国古代特别是宋代以来，鼓励读书的说法特别多。比如宋朝皇帝赵恒在《劝学诗》中说，"安居不用架高堂，书中自有黄金屋"，你只要读书，比拥有多少房地产还重要；"娶妻莫恨无良媒，书中自有颜如玉"，不用发愁找不着好配偶，只要书读得好，美女自然就跟着你来了……这些话虽然有点庸俗，但也不能说完全不对，有句话叫"读书改变命运"，改变命运当然指的就是这些事。宋朝汪洙曾作过一首《神童诗》，他写道，"天子重英豪，文章教尔曹。万般皆下品，惟

---

[*] 本文是作者在民族文化宫的演讲。

有读书高"。宋朝欧阳修也说,"立身以立学为先,立学以读书为本。"明朝冯梦龙还说,"要知天下事,须读古人书"。还有很多,比如"劳于读书,逸于作文",讲的是如果读书下的功夫大,作起文来就非常容易了。"外物之味,久则可厌;读书之味,愈久愈深",说的是外边任何东西你接触久了都会厌烦,读书则不一样,越接触越觉得味好。其实关于读书,外国也有各种各样的说法。如"知识就是力量",如高尔基读书的例子,完全赶得上我国凿壁偷光等读书要克服一切困难的故事。

贬低读书的说法也有很多。最厉害的就是庄子,庄子有篇文章叫《轮扁斫轮》,轮扁是谁?他是一个做车轮的齐国人,名字叫阿扁。斫是什么?就是现在北京木匠经常说的锛子。讲的是,齐宣王在读圣贤之书时,这个叫阿扁的木匠就问齐宣王在干什么,齐宣王说,我在读圣贤之书。木匠说,糟粕而已。齐宣王就火了,你一个木匠说话还这么大口气,你说说,为什么圣贤之书是糟粕?木匠说,做装轴的木轮子,我拿一个锛子刨圆,劲大了轴松,车走起来晃荡;劲小了轴紧,车走起来费劲。要做到不紧不松,只能靠自己摸索,你看多少书都没有用。一本书连怎么用锛子都教不了,还有什么可读的呀?庄子对书还有一个说法,说古书就是古人的鞋印。古人走过很多路,那时不能录像拍下视频,就写成书了。可是后人只能看到鞋印,看不到鞋,看不到脚,看不到腿,更看不到人;至于是什么人,到底什么思想,则弄不清楚。这也是庄子贬低读书的一个说法。除此,还有很多,比如"从来文士皆耽酒,自古英雄不读书",等等。

还有另一类说法,表面上说对读书要略有保留,但其实不完全是那么回事。最有名的就是陶渊明,他"好读书,不求甚解"。他很喜欢读书,但不跟书较劲,不死抠字眼,知道大意就行了。陶渊明这句话,"好读书"是根本,"不求甚解"是什么意思?中国的汉字比较复杂,一个字就代表一个意思,而且在不同地方字义还有可能不一样,有些人读书一辈子就考据这一个字。我们经常说中国的文化如何之精彩,如何之博大精深,但是一遇到这些字,你脑子马上就"爆炸"了。光对这一个字的解释,从古至今,太多了。所以,"好读书,不求甚解"情有可原。

书为什么非读不可?

我不读书,从生活实践中学习,行不行?就像做车轮一样,我不读书不也可以做到吗?为什么非读书不可?我们读的书和我们所生活的环境、世界是一体的,还是异体的?这是非常有趣的问题。

我曾多次说过,读书最大的快乐在于,从书中发现生活,发现自己过去所不理解的生活。生活当中最大的快乐在于从生活当中感受到读书的乐趣。对于某一种处境、某一处风景、某一种感受,你觉得书中所写与你阅读所感完全一样,这就是最快乐的事情。

书与生活可以互证、可以互补、可以互见。就是说,通过读书,我看出生活是怎么回事;通过生活,我看出书是怎么回事。举个例子,我是一九三四年生人,一九四〇年开始上小学,一九四一年上小学二年级时,开始读我这一辈子的第一本书——《小学生模范作文选》。书中的第一篇文章是《秋夜》,文章的第一句话我至今还记得:"皎洁的月儿升起在天空。"我看后非常兴奋。什么原因?那时我快满七岁了,已经知道什么叫月亮。我还把月亮与太阳做了一个比较:太阳很亮、很刺眼,晒在身上很热;月亮也很亮,但跟太阳的亮又不一样,那叫什么呢?不知道。我读到这篇文章后,知道了叫"皎洁"。从此我只要看到月亮,就想到"皎洁";我给月亮的亮命名了,就叫"皎洁"。从书中,我认识了世界,世界对于我来说,不再陌生。

我们想一想,一个人出生以后,开始对世界有所感觉,但这个世界对于他来说,是多么陌生。在母亲的子宫里,我们哪里知道这个世界哪儿危险,哪儿快乐?而通过读书,通过一个语言的符号,完成了你对这个世界一部分特色的掌握,这就是读书最大的快乐。你看到了一朵花,鲜艳、芬芳等词知道得越多,对这朵花的感情就越不一样,感悟也就越不一样。

一九七九年,"文革"刚结束不久,我国一下子出版了很多我们过去不能出的书,其中有一部美国短篇小说集,里面有一篇杜鲁门·卡波特写的小说《灾星》。小说一上来就描写了一个孤独郁闷又聪明智慧的女孩,她穿着高跟鞋从石头台阶很快地走下来了。他说女孩走下台阶的声音就像吃完了冰激凌用小勺碰到玻璃杯壁的声音一样,这个形容非常可爱。我从看完这篇小说以后,就开始寻找玻璃杯和小勺相碰撞的类似于女孩高跟鞋走在石阶上的声音。一直到二〇〇九年,经历了三十年的时间,有一次我去武汉大学讲文学,讲到这个例子时,拿起武汉大学给我放的一个玻璃杯,用笔一敲,非常像,所以我当时非常负责任地宣布,武汉大学有这种玻璃杯。

大事情就更不用说了。比如在我小时候,北京到处是垃圾堆,我会经常看到穷人的孩子在垃圾堆里面拣煤核儿——就是还没有烧透的煤球或煤块。那时我刚好看到一本书,讲的是穷人如何受压迫、受剥削,怎样失去了学习的机会,顿时心生同情与怜悯之心。由此可见,读书与生活是可以互相发现的,在书中可以体会到生活,从生活中可以体会到书中的情景。我看《卓娅和舒拉的故事》,里面讲到卓娅上中学时迎接新年学生活动的场景,我那时正好在北京东城区做团的工作,一看更有同感也更兴奋了,因为这事我们经常参与呀。这是读书与生活相一致的一面。

但是我们又必须承认,书有自己作为书的特点,书中有些东西是在生活中不能完全实现的;当然,书是反映生活的,生活的丰富也是书所无法比拟的。书里描写一个人物,跟你在生活中看见一个人物,能一样吗?在生活中看见一个人物,这个人物得给你多少信息啊:头发什么样、耳朵什么样、眉毛什么样、皮肤什么样、说话什么神态、心情怎么样、性格怎么样、背景怎么样、童年怎么样、未来怎么样、职业怎么样,等等,一个人的信息就足够你写一本书。书永远不会像生活那样丰富,那么直观,那么生动,那么微妙。但是书也有一些东西,是生活很难直接得到的,原因在哪儿?书主要是靠语言和文字来表现、来成立的。也就是说,书是生活符号,实际上它已经有一种人的思维夹在里边,因为符号是人的思维的结果,而文字又是语言的进一步发展的结果。

各民族都是非常重视语言和文字的,尤其是中国。因为中国的文字非常微妙,也非常复杂:它既是表意,又是表形,也是表音,音形意三者都综合在一块儿。所以司马迁在《史记》中说道,仓颉造字的结果是"天雨粟,鬼夜哭"。书的神性还表现在,各大宗教都有各自的经典,佛教有佛经,基督教有圣经,伊斯兰教有古兰经。中国流传至今的古书,据历史记载,最早的是《易经》,也是经典。由此可见,书还具有一种经典性,代表了前人的智慧、经验、认识,只有阅读这些书,才能掌握经典,才能获得经典。

另外,书还有一种条理性,在日常生活中的感受,尽管对你来说非常亲切也非常重要,但只有经过符号化的梳理,也就是经过语言和文字的梳理,你对世界的认识才开始条理化,这种条理性是日常生活所给不了的。

书还能表达很多高尚的理想,这个高尚理想是生活所不能完全实现的。譬如说相亲相爱,人们都向往,但事实上人们之间不光有相亲相爱,还有矛盾、摩擦甚至于相争夺的一面。"不独亲其亲,不独子其子",这样的社会该多好,但这是书中所描绘的,社会现实还不能完全做到。这就有一种理想性。再举一个例子,在书中,我们会发现很多完美的令人感动的爱情故事,但我告诉大家,写爱情写得最好的作家往往都是在爱情上没有得到满足、没有得到完美爱情的人。到现在为止,我觉得写爱情写得最好的小说是安徒生的《海的女儿》,我称之为"爱情的圣经",小美人鱼为了救她心爱的王子,牺牲了自己的一切,写得多好,原因之一就是,安徒生是一个老单身汉,到死都没有跟自己心爱的人在一起。法国有个作家叫福楼拜,他写过一本书叫《包法利夫人》,写了法国资本主义社会初期一位中年妇女各种苦闷的感情,写完以后,全世界有几十位著名淑女都说写的是她们自己,但福楼拜临死时说,其实写的是他自己,而他也是一个单身者。爱情在书中是高雅的东西,当然,书中也有未必高雅的东西。如果把不高雅的东西写上去,"格"就下来了。

除了理想性、高雅性,书还有一种概括性。书中的语言和文字概括了很多你看不见、摸不着的东西,比如善良、幸福、高尚、献身、仁义、道德等抽象的东西。人看不到的东西,语言能达到;人听不见的东西,语言能达到;人摸不着的东西,语言也能达到。人所看到的东西,都是具体的、有限的;人所经历的时间,都是暂时的、相对短暂的;人尝到的东西,都是有味道的。但是语言有一种反创造、反义词的功能。你看到"短暂"以后,就会想到,"不短暂"是什么词呢?叫"长久"。看到"有限"以后,"有限"的反义词是什么?是"无限","无限"你是看不到的。

书还有稳定性、准确性,语言和文字毕竟是写在纸上的。我国有个说法,叫"白纸黑字",如法律法规等条文必须表现为书写与印刷。书还有彻底性,人生有很多事是不彻底的,但语言文字不一样,它们要求有一种彻底性,比如大公无私、一心奉献、为人民服务等。一个英雄豪杰,一个革命家,在没有武装的地方形成了武装,战胜了旧政权形成了新政权,目的就是为人民服务,没有这个词,你的目标怎么表现出来?书还有艺术性,通过语言文字审美化。比如"假如生活欺骗了你,不要悲伤,不要心急,忧郁的日子里需要镇静,相信吧,快乐的日子将会来临……"哪怕不愉快的事情,通过语言文字,也可以变成一种美。这就是语言文字的厉害,这就是书的厉害。所以书是不能被替代的,不管你的经验多么丰富,如果没有书来提高着你,总结着你,推动着你,你的生活就永远达不到比较高的境界。中国有句诗叫"腹有诗书气自华",书对一个人的气度、举止、表情等精神面貌与认识程度,发挥着很大的作用。

读书碰到了什么问题？

有人说，现在中国人均读书量居于世界后列，平均每人每年还不到两本书。那我们现在到底是面临着一些什么问题呢？

第一，阅读的民主性和精英性如何能够结合得更好，更平衡？中国古代读书人居少数，被称为"高人"，一个人能读书，能背下书来，简直不得了。当时读书还要有一个环境，如读经典时要斋戒沐浴。古代把书看成少数人的特权，但也有一个好处，就是对书充满了一种崇敬、敬畏的心理。回忆一下中国古人对读书的态度。在孔子时期，孔子对读书并没有太多的想法，而是劝学，劝学并不一定指读书。孔子说"见贤思齐""十室之邑，必有忠信""三人行，必有吾师焉"，等等，他说的是向生活学习，向老师学习，向圣人学习，并没有特别提到读书。孔子谈读书谈得最多的是什么？是读《诗经》。他说"不读诗无以言"，就是说你要是不读《诗经》，见了人就无话可说。而且那时的说客，如苏秦、张仪之流，不管到什么地方都要引用《诗经》上的话，君王才爱听。《诗经》是千百年来人民智慧的结晶，告诉了人们该怎么做人，怎样为政，怎样修身齐家治国平天下。少数人的读，是在认真地从书中寻找真理，寻找修身齐家治国平天下的大道理。到了现代，多数人都在读书。多数人的读书是消费性质的，现在的多数人喜欢看什么呀？爆料的，娱乐的，或者稀奇古怪的比较低级的东西。读书的非精英化对文化的民主和提高全民素质是一件好事，但又无可避免地会碰到，非精英化阅读变成一种消费、变成一种解闷的方式的问题。人当然要解闷，但只有解闷，就会走向低俗，像古人那样认真读书求真理、求学问、求经世致用的读书人的比例就会越来越小，这就是我们面临的一个问题。

第二，随着信息科技的发展，人脑的一部分功能被替代。古人想找一本书非常困难，掌握一本书的内容就必须背诵下来，这样谈起话来才能引经据典,表现自己的学问、见解和知识。随着现在信息技术越来越发达,需要什么信息,只要上网一查就行了,我们获得信息比古人更便捷化、舒适化、平面化、浅薄化、数量化。因为我们获取信息是以量取胜,而不是以质取胜,所以,追求速度的结果就是几乎没有时间去消化,去分析所获得的信息。古人读书多费劲,得花时间,得用脑力,以至于有"头悬梁,锥刺股"的读书方式。我非常反感这种类似于酷刑的读书方式,但看到现在人们获得信息如此之随便,什么都不懂却什么信息都有,我也非常反感。科学技术代替人的一部分功能以后,人的这部分功能就开始退化。如果一切都依赖网络的话,人类的记忆力就会衰退。

第三,浏览越来越侵占阅读,越来越排挤阅读。浏览和阅读是两个概念,和苦读更是不同的概念。用浏览代替阅读就会出现白痴化现象。孔子有句名言,"学而不思则罔,思而不学则殆",光读书、学习而不去分析它,人是迷茫的;光分析不读书不听别人说话,人是危险的。网迷、网虫们就属于学而不思类型的,什么都看,什么都承认,什么都知道,但他没有任何的分析思维;整天琢磨分析,却不学习新鲜知识,不学习真理,则有点 no zuo no die 的意思。我觉得很恐怖。广西师范大学出版社曾做过一个统计,结果显示,"最看不下去的书"排在第一名的是《红楼梦》,这真是中国文化人的耻辱。问题出在哪儿呢?上网的比不上网的文化高,上网后整天浏览的人最多。如果用浏览代替阅读,我们的阅读就完了,所以我们提倡苦读、攻读。攻读就是读书像打仗一样,要经历艰难才能把它拿下来,但读书的艰苦其实是读书快乐的源泉。

在市场经济的时代背景下,很多书的出版先看市场,追求的是简简单单、舒舒服服、乐乐和和,读起来也不用认真,这是白痴化的市场。如果读书是为了追求真理,改善自己的精神境界,就得用心读,超前读。这本书你读得有点费劲,不能全明白,就更要认真读。看一遍你觉得知道点,又看了一遍基本弄明白了,你说你的收获有多大。

还有，我们不但要读中文的书，还要读外文的书，各种书都要读。读非母语的书，只要能读懂百分之四五十的词汇，我就敢拿来读。你可以分析啊，不可能一遇到生词就要查字典。看了五遍以后，我再一查生词，跟我通过分析得出的结果一样，是多么兴奋的事情啊，不但这本书我读下来了，这个词我也记下来了。如果我们读书用这样一个向前走的状态，而不是躺在那儿读，不是穷极无聊地读，那么读书的效果就会完全不一样了。

因此，对于现在的我们来说，阅读很重要。我国虽然在经济上得到飞速发展，但精神面貌和精神能力还存在一些问题，在这种情况下，我们需要不被市场所主导的，也不被消费人员所主导的，为了真理、为了提高、为了开阔、为了使自己成为新时代的真正有用人才的阅读。

2015 年 11 月

传统文化与价值建设*

大家好,我想就传统文化和价值的一些问题,谈一些自己的学习和思考的心得,和大家有所交流。现在这个价值问题,讲得很多,领导也非常重视。去年十月十五日,习近平同志召开文艺工作的座谈会之后,我是亲耳听到总书记讲,说是要重视价值的宣传教育。那么这个问题在什么地方?为什么我们今天要强调这个价值建设?我觉得,关键就在于使这个价值的建设和我们老百姓的,人民的,内心的对于是非善恶正误的判断能够对接。有时候这个价值建设并不是由上边发一个文件,然后你去执行的问题。它本身应该是从人民的心中得来的,是能够,是仍然活在我们心里边的那种传统文化对我们的影响,在各方面能发挥很大的作用。所以我想把这个中华传统文化和这个价值建设的问题放到一块儿来看。有些我们很古老的东西,虽然有些年我们由于各种的原因不可能讲了,但是它现在在人民的心中是仍然存在的。比如说我们很喜欢讲什么样的人是忠臣、什么样的人是奸臣。"文革"结束的时候,"四人帮"倒台的时候,当时老百姓心里都有一把尺子。譬如说大家经常怀念周总理,认为周总理是我们的忠臣,他和这些东西都存在着。比如说痛恨贪腐,现在对这个贪官大家都非常痛恨,表彰廉洁、渴望清廉,赞扬仁义忠厚,反对冷酷刻薄,重然诺,然诺是什么意思?就是你答应的一些事,你许下的

---

* 本文是作者在中央党校新疆班的演讲。

事，许诺有的事一定要办。尤其是领导干部，你不能够老是用空话来吊别人的胃口。说你是什么，你要记住是吧。你就是哪年哪月哪日你说过这个话是吧。三天过去了你还没有给他办，三十天过去了你还没办，三年过去了你还没有办。那哪怕三十年过去，你只要没死，你还有义务要把你说过的话加以履行。中国古代有很多这样的故事。重视知恩图报。反过来说，那种吃谁的饭、砸谁的锅、卸磨杀驴，是为人民所不齿的。

所以如果我们讨论这些东西，我们就会感觉到所谓价值观的问题，并不是一个上级文件让你贯彻的问题。也不是一个标语口号。现在价值观问题，上边非常重视，在北京到处都写着标语，说富强、民主。但真正背得下来的也有限。我就这个问题，做一个讨论。

第二个问题，我想说明一下，我记得咱们这个传统文化有一个很大的特色就是重视道德。我们认为对一个人来说道德是最重要的。以至于我们非常习惯于把政治道德化。就是你如果想在政治上站住脚跟，你应该是一个道德高尚的人。如果你道德不高尚，你即使政绩很辉煌，你的业绩、绩效，像这个词，你绩效再好你仍然站不住。你比如大家也常常议论那个铁道部长刘志军。好像他这个绩效也是很不错的。高铁，在全国，以至在世界搞起来，他都做了很多工作。但是他贪腐啊，他还有很多别的见不得人的事情，道德上不行。这些东西都和中国的传统文化有非常密切的关系。可以称之为这种泛道德主义，一种泛善论。

中国的传统文化，尤其是儒家的思想，非常重视从你的最普通的，最简单的，最天然的那个道德做起，把它引申为一种价值系统。所以孔夫子说"其为人也孝弟，而好犯上者，鲜矣。不好犯上，而好作乱者，未之有也"。那你如果一个人在家里头，对待父母你很孝敬。对待兄弟姊妹，你很爱惜，也很谦让、很礼让。弟的意思就是对自己的同辈的人，你能够友好、礼让、爱惜。说这样的人，他将来到了工作上也不会犯上，不会犯上，他就不会作乱。但是这个说法，我们现在也必须实事求是地说,这也有简单化的方面。有一次我是在哪儿讲课,我谈到这个。中纪委的一个领导找我来讨论。说确实,我们有些贪官吧,你一查,说他是孝子,对他妈态度很好和对他爸爸态度很好,给他家里头谋各种的福利,七大姑、八大姨他都谋福利。虽然他是贪官,不妨碍他的孝行。所以这事情没有那么简单。尽管没有那么简单,但是我们说中华文化还有一个思路,这个思路是什么呢?就是他要叩问人心、要呼唤人心、要优化人心。就是你的心里头有没有好的东西?能不能把你的好的东西发挥出来?让他有发展,让他壮大,让他充实。这样的话你可以做好的事情,而不做坏人。你做好人,不要做坏人;做好事,不要做坏事,对不对?你要存一个好的思想认识。它就这么一个意思,仍然有这么一个善意在里头。所以性善论,它扩张和伸延了以后,它有把这么几个本来不同层次的东西,把它连在一块儿了。就是说你修身你先做一个好人,既然你个人很好了,你的家里也就会变得好了,就是齐家,这个也有道理。

  最近我在微信段子上还看到,看到有这种说法,说一个人的缺点表现往往是他这个家庭的缺点,他的家教的缺点。现在不是也还挺热,中央电视台还组织过关于对家风的讨论。你自个儿一个人好,你就会使你的一家子都好。这个有很多关系;治国,你把你一家子带好了,你治一个国也会好,然后平天下,我们使天下太平。这个道德的问题,是可以扩张的,是可以充实的。这样的话,对中华美德就有各种说法。就比如说,说礼义廉耻,这叫四维。比如这四个方面,一个是礼,礼就是行为有个规范。义,这里面讲的不是义气,这里讲的叫义理,道理的理,义是什么?义就是原则。你的行为是符合礼,礼法的,符合礼数,符合礼法,那么你对事情的选择是符合义理的,是符合原则的。廉,当然不用说了,你是清廉的,你不是贪,不是贪婪的,你不是腐败的。耻呢?耻是什么意思?就一个人做了坏事,他有羞耻之心。而且中国古人,把这个勇敢说成是知耻而近乎勇。可我们现在对勇敢的理解也不完全一样。我们现在一提勇敢首先想到的是斗争,比如遇到敌人了,跟着敌人斗争,不怕死,不怕受伤,积极往前冲,我们认为是勇敢。古人呢,他看到勇敢的时候,他首先是你要能够懂得自己做的哪些事是不可以做的。就是你要有底线,你要坚持有底线,做了不符合这个底线的事,你会觉得非常的羞耻。

还有一个,又发展一步,给它总结成什么呢?叫做八纲。就是在礼义廉耻前面加上孝悌忠信。还有对五德、对五种美德的各种不同的说法。仁义礼智信,这是最普通的一个说法。恭、宽、信、惠、敏,这也是孔子的一个说法。这个是指的,这尤其是指官员,指掌权的人,指精英、指有管理,有管理经验的,或者管理使命的人。用现在的话说就指的干部。恭,就是你要敬业,你要懂得尊敬别人。你不能吊儿郎当。宽,就是你要有包容性,信就是你说话要算话。你当官的,你说话不算话,你千万要记住你们说过什么话,说出来的话兑现没有。有些人说他也好心,没有坏心。说完,他完全忘了。可是这样的话,就大大地影响你这个诚信和老百姓对你的信任。不是对你个人的信任,而是对这个政权的信任。惠,就是要给老百姓带来实惠、带来利益。敏,就是他要做,要敏行。这个是对古代干部的要求。两千五百年前的要求是什么呢?恭、宽、信、惠、敏。还有一种,五个词的就是温、廉、恭、俭、让。这是对青年的要求,这是对老百姓的要求。温、廉、恭、俭、让是什么意思?就是你要做一个文质彬彬的人,做一个斯文的人。今年三月我出了一本书叫做《天下归仁》。我里边就一直讲一个道理,叫斯文的优胜。斯文这个词是孔子那儿来的。孔子厄于匡,就是孔子在匡地受难,被包围了。他就说,说我有一个使命,我的使命就是延续斯文这个传统。如果天丧我。如果老天让我死在这儿。这个从西周开始,那个斯文的传统就灭了,就没了。孔子,你不要以为孔子他人很谦虚,在谈到自己的使命的时候他非常牛。他说如果老天还想让斯文的传统能延续下去,他就不可能让我死在这儿。他讲这么一个道理。温、廉、恭、俭、让也是这个。那温、廉、恭、俭、让这个词还很有名的,因为毛主席批判过。我不知道在座的同志,你们是不是都知道,反正"文革"的时候,大家都对毛主席的那段话。"革命不是请客吃饭,不是作文章,不是绘画绣花,不能那样雅致,那样从容不迫,文质彬彬,那样温良恭俭让。革命是一场暴动,是一个阶级推翻另一个阶级的暴烈行动。"毛主席批判过这个温、廉、恭、俭、让。批判这个温、廉、恭、俭、让的,它指的那个在阶级斗争的高潮。在革命的高潮、在发动群众的高潮。革命不是一个闹着玩的事情,革命是一个非常危险的事情,是一个非常尖锐的事情。是一个你死我活的一个斗争。革命它遭遇的是血腥的反革命。所以那个时候毛主席说你不能那么温、廉、恭、俭、让。你该起来斗,就得斗。而且马克思主义认为革命离不开暴力,暴力是新社会的助产婆。这是马克思的原话。但是我们现在说温、廉、恭、俭、让,作为我们,我们现在处在的不是那样一个阶级斗争的一个高潮期,更不是一个暴力革命的高潮期,而是新中国已经建立,去年就是六十五周年,我们现在在人民之间,在朋友之间、在同志之间,当然应该温、廉、恭、俭、让,我们不能说是动不动就是欺负,动不动就把这个矛盾尖锐化。这方面有很多传统文化的教导,对人心还是有用的。

其实不仅汉族有这样的传统,因为我们今天在座的也有新疆班,新疆有很多少数民族,尤其是新疆的,人数比较多的,地位也非常重要的维吾尔族,它也讲这个。因为我最近,读了又一个新的版本的福乐智慧。是木拉提,是咱文联的那个木拉提,是他,狄力木拉提·泰来提翻译的版本。原来刘斌、郝贯中他们有一个译本,他又翻译了一个。而且新疆有一家文化公司还出版了汉语本,带有朗诵,带有CD,那个书出得也非常的精美。它里边许许多多的讲法,也都是这一类的讲法。比如说学习要勤劳、做事要忠诚、要诚实。因为就是你要有,要和好人接近,不要和坏人接近。你这个主持政务,有行政权力的人,尤其要检点自己的言行,要讲礼貌,要尊敬老人。所有的这些东西,可以看得出来我们整个中华民族它是有这样一个统一的,一体的,或者至少是非常接近的,这样一种对道德的要求。而且孔子认为道德是我们进行行政管理的基础。《论语》上讲，说"为政以德，譬如北辰，居其所而众星共之"。就是说你的这个权力的合法性在哪里？这是中国古代文化的说法。当然和现在的说法不完全一样。但是我们也需要知道这种做法。你这个权力的合法性在于你的道德，因为你的道德高尚，你像那个北极星、北斗星一样在天上。这个其他的星星都围绕着你。当然现在从天文学上，这个星星之间的关系，并不是其他星星都围绕着北极星。但是古人这样想，它是有它的道理的。因为北极星它是不动的，在一年四季它是不动的。北斗星它是不断地随着季节的变化，甚至每天晚上随着时间的变化，它是围着它转的，这是很有意思的事。

改革开放以来，我们非常提倡依法治国，但与此同时我们党中央的文件上，曾经有多次出现以德治国。一次二〇〇一年，在全国宣传部长会议上，江泽民总书记的报告里边提出来把依法治国与以德治国结合起来。那一年的各种文件当中都有这个说法，十六大报告里有提，但是后来呢，就又不怎么提了。然后到十七届六中全会，就是关于文化体制改革的那次中央全会，那次全会的文件里头，又提出来把依法治国和以德治国结合起来。然后就是，是去年的吧，去年的十八届四中全会的文件里头又提出坚持依法治国和以德治国相结合，就是以德治国。虽然我们不是特别连贯，但是它没有中断过。因为我们始终有一个问题，就是你要以德治国，你得始终有这么一个强调，强调示范的作用，强调干部的教化的作用。孔子一直是这样想的。孔子曾经说，说这个治理，我们说治理，治理国家"道之以政，齐之以刑"。用行政的手段来引领人民，然后用刑法来管束人民。这个应该说是各国政府都免不了的这样一种做法。但是对于孔子来说，他不觉得这个特别好。他说"道之以政，齐之以刑"。比不上什么呢？"道之以德，齐之以礼。"说用道德来引领人民，用礼数，礼法，用规矩、秩序来管束人民。比如说你不是用行政手段和司法手段，而首先要用道德手段和文化手段。

所以中华传统文化里,它带有一种道德理想主义和文化理想主义这样的一种特色,有的它不完全做到。要是大家都有美德,都是好人,这个国家当然什么事都没有。这个说着容易,做起来非常难。但是作为文化和价值,它又必须具有某种理想的色彩。不要光认为说中国传统文化,那古代说那些话,那好话多了。他没做到,甚至觉得很失望。可是我们想一想,希腊的时候柏拉图提出来的理想国,他做到了吗?《圣经》《新约》《旧约》,它叫 Bible,说 Bible 上提出来的那一些问题都做到了吗?它有的东西没有做到,这个并不足为奇。但是它起码帮助你建立一个价值观,建立一个很有,很讲道理的人,你觉得这个人好,而一个蛮不讲理的人,你觉得这个人不好。你见到一个,这个彬彬有礼的这么一个人,你觉得很好,你见到一个野蛮的人、肮脏的人、粗鲁的人你觉得不好。说明什么呢?你有这方面的价值观,这是好事,不是坏事。

另外的一些说法,如果大家听着,还有,现在还有一个问题。有人说中国的传统文化,这些东西都很腐朽。为什么很腐朽呢?这些都是管束老百姓的。让老百姓你在家里要孝顺,见了领导要服从、要听话。见了同事都叫大哥,批评你了要虚心接受、赶紧站起来、应该嘛,应该这么顺从嘛,这个那当然好统治了,然后那个君王那些封建皇帝胡作非为,想杀谁就杀谁,想干什么就干什么,并且很坏。但是我们要讨论一个什么问题呢?就是中国的这种传统的文化理想主义与道德理想主义,在客观上形成了对权力的文化监督与道德监督。因为我们现在也还在为这个问题所苦恼,什么问题?就是怎么样监督权力。这个,这个习近平同志呢,他也提出来,要用这个法治,要用法律把权力关到笼子里。就是因为权力不是可以随便使用的,现在变成什么叫做任性。你权力不是可以任性胡来的,你有那权力,你就胡来,那可不行,你胡扣帽子,那可不行。你胡罚钱是不行的,你胡放枪也是不行的,要有法律的管束。

那么中国古代呢,不错,中国古代有封建专制主义,而且封建专制主义有的时候还非常厉害。那中国古代的权力是不是就不受任何的监督呢？就可以任意而为呢？就可以任性而为呢？是不是当了皇帝就想干什么就干什么呢？完全不是。我建议你们读两本书，没事可以翻来看看。一个是那个旅美的历史学家黄仁宇写的《万历十五年》，是写明朝万历皇帝。还有一本是我们国家的那个卜键先生，他就是文化部的，写的《明世宗传》。两本都是写明朝的。因为明朝最代表，这个中国这个主体民族汉族的传统文化。看那书里头有一句，最有意思的故事。给我的最大的启发就是什么？就是皇帝，很多事想干，他干不成。他受到文化的抵抗。受到道德的抵抗。《明世宗传》我看得太有意思了，这个明世宗他上一代的皇帝没儿子，他是过继的儿子。就他的上一代的皇帝的是哥哥，是弟弟，我记不清了。反正他是上一代皇帝兄弟的一个儿子，就他是皇帝的侄子，皇帝把侄子拉过来，就算自己的儿子了。他这一辈子想干两件事。一是他当了皇帝，他上一代的皇帝呢？当然就是太上皇。已经去世了，就是先皇，太上皇。中国人讲孝敬，也非常在乎这个名义。他当了皇帝以后，他继承皇位的这个法定的这个爸爸是太上皇，那是历代的皇帝，就是他上边的皇帝，这个名位非常的明确，也非常的光荣，非常的体面。可是他老琢磨他的亲爹，他的亲爹已经死了。他就想给他这亲爹一个太上皇的名分。他说那是我亲爸爸，我既然是皇帝，你怎么能说我爸爸不是太上皇呢？那我爸爸他，是不是，我爸爸级别比我低，这个他心里那是受不了了。一想，亲爹对我很好，从小对我非常好。整天把我抱在腿上，是不是。结果我现在是皇帝，是一等一级，我爸爸顶多是皇叔，他成了我叔叔了，变成亲王了。这中间待遇差远了，祭祀也不一样了，这个称呼也不一样了，名分也不一样了。所以他就想给亲爹一个太上皇的名分，可怎么样？他一辈子都没办成，到死都没办成。他只要一提出来，那下边一大堆老臣，好几代的老臣，老资格，一跪跪一片，说皇上胡闹，不能这么干。只能有一个太上皇，你就一个爸爸，你出了俩爸爸这什么事呀，难听不难听这种事。亲爹就算你叔,你既然是这个太上皇的儿子,你不是那个亲爹的儿子。搞得这个皇帝什么程度啊?对不起,您听都没听说过,给大臣行贿!不是下边给上边行贿,上边给下边行贿。咱们中纪委大概还没有这种案例。说这个什么长实在不行,给那县长送点钱,你帮着把我这事办了,但也有可能。事实是皇帝他办不到。因为中国人非常重视什么父亲、儿子、辈分。另外你是庶出、嫡出,你是原配,正娶的这个夫人出生,还是小老婆出生,这个都不能含糊的,不能错的。还有一件事,我非常同情他。就是每年春天,明朝有两次求雨活动,每年春天到,就差不多这个时候,举行两次大的求雨活动。还挺复杂,搞得很疲劳。而且他觉得重复,说求雨我求一次就完了嘛,是不是?又是作法,又是念经啊,反正这个我记不太清楚,反正各种活动。过了没有几天,不到一个礼拜,还又求一次雨,干吗求两次雨啊?他说合并!底下又一跪跪一片。不行!为什么呢?朱元璋当年两次,你算老几啊!开国皇帝明太祖朱元璋,朱元璋是两次,按规矩办。如果这个东西能改朱元璋的例,它不叫法,它叫例,这是条例的例,违例不行。这不是咱们这打球不是也有违例吗。开球的时候,踢球的时候,递球的时候有违例的问题也是不行。所以这个道德理想,文化理想,你们不要全把它看成是一个空的东西,或者是一个骗人的东西。不是,它对权力仍然有很多约束,很多限制。

  当然更严重的就是要造反了,你这个皇帝牵扯的债太多了,叫做什么?无道昏君。老子在另外一个地方说,说这个道就好像是拉弓射箭。天道是什么呀?"损有余而奉不足。"你拉弓射箭的时候,比如四个手指头拉着这个弦吧,你这个手指头劲太大了,就这样,它就歪了,所以你就要放松一点。这个时候这个劲不小,你夹紧,那就行了。他说天道就是压有余来奉不足。他说人道是什么?"损不足以奉有余",什么叫损不足以奉有余啊?你越穷,你越弱,你受的剥削压迫就越大。这个老子太厉害了,这话像社会革命党的言论,像共产党的言论啊,是不是?说是人道,人现在是什么?谁穷谁受欺负。所以自古以来中国的农民起义都有一个口号，叫做替天行道。替天行道是什么意思？杀富祭贫，阶级斗争，是不是？要斗恶霸地主。那其实是中国，当然不会像我党提出来的这个，这个马克思主义的这些，这些名词、这些理论。所以说对中华文化的这个影响，我们需要有一个很全面的认识。它不像我们说的或者像"五四"的时候人们说的那么虚伪，它起了很大的作用，它对于调整这个社会，有很大的作用。

第三个问题，我谈一下孔子他相信世道人心是决定一切的。孔子有一句名言，说"德之不修，学之不讲，闻义不能徙，不善不能改，是吾忧也"。孔子认为，你不重视自身的道德修养，你又不好好学习，你不喜欢学习，又不肯学习，你听到好话听到好的例子你听到美好的善良的东西，你不为所动，徙就是动，迁徙了，你不为所动，对你没作用，给你讲多少先进人物的事迹，你一点作用都没有；不善不能改，你听到这报纸上给你登这多少贪官腐败双规开除判刑枪决的例子，是不是，你不改，你的毛病照样，给你八条九条八十条你就是不干，他说"是吾忧也"，我最忧愁的就是这个。也就是说，最忧愁的是什么，世道人心出了问题，这个话大家不要认为他讲得很老，很呆板很老一套，这个话对我们今天来说，仍然非常有意义，你看到这一段话，孔子的这个话你会很惊讶，孔子在两千五百年前所讲的这个问题，我们今天仍然存在，德之不修，现在就是说咱们不说别人，就根据咱们行政干部学院，就是咱们行政干部里面有没有根本不对自己有什么道德的约束道德的要求的人，肯定是有的嘛，否则怎么会出那些问题呢。是吧，有没有不认真学习从来不会学习也不好好学习的人，也是有的，我们现在同样也有一个就是说，这个做得不好的这样的一些事情，这样的一些人。

孔子说这个话是什么意思呢？就是他对世道人心发出了呼吁，因为孔子他处在一个什么环境里面呢，就是西周时候，西周的时代这个国家充满希望，搞得非常好，就是周武王伐纣，把那商纣打下去以后，这个国家的情况非常好，也可能这是我说的话，也可能不像孔子想象的那么好,但是一个朝代刚刚开始的时候,它充满了一种信心乐观新鲜有朝气这样一种现象。这完全是可以理解可以想象的,所以为什么说孔子有复古的思想,他复古就是他老想着周朝初始,初始的时候,周武王刚建立政权的时候,国家那样一种兴旺,那样一种朝气蓬勃,那样一种完美一种完善,按孔子的话叫"郁郁乎,文哉",郁郁乎就是说它非常的丰满,非常的丰富,非常的充实,那时候整个西周的时候国家的政治搞得那么充实那么美好那么丰满。但是后来慢慢地就不行了,这个是很自然的,因为任何一个东西,你如果没有长足的发展,你就多好的东西它都会慢慢地变得平庸,它会受到污染,它会丧失它当初最早提出来的那个新鲜感,丧失它那个魅力,丧失它那个说服力。

所以这个,所以孔子所担忧的这个东西,我们今天所以要强调价值观的建设,就恰恰是为了优化我们的世道人心,就是我们这个世道人心问题也很多,当然我们现在好人也很多,好事也很多,但是那个不断在那个报刊上,尤其是从这个网络上,从微信上报道的那些恶劣的事情是越来越多,让你以至于到现在媒体上有的还讨论,说在街上看见一个老太太,晕倒在地上你要不要去扶她,说你要一扶她,这个老太太可能就讹上你了,说你把她推倒的,让你赔偿,所以要去扶她也可以,先得找三个证人,说这可不是我,不是我推倒的,这就很可怕,如果一个社会到了这个程度了,这非常的可怕。

所以孔子他就在我们传统文化,他就提出了一大堆呼吁,比如说他提出来,"见贤思齐焉,见不贤而内自省也"。你见到贤明的人,叫贤明,这个《福乐智慧》里头一个人我记得叫贤明,这个你见到贤明的人,你要思齐就是你要学他的样,你见到好人你要学他的样。见到坏人你要内省,你见到坏人你要想想你有没有他的那个问题,比如说他这个胡乱吹牛,那你就没有吗?比如说他说话不算话,那么你就没有吗?比如说他占公家的便宜,你就没有吗?这孔子提出了这么一个问题。这个他学习他讲的学习,不光是读书念报,或者背书背诗,他讲的学习首先你要从生活中学,要从人当中学。

这个曾子还提出来一个"吾日三省吾身",就是你每天,都要自己有多次的反省,想想今天过得怎么样,你耽误了时间没有,有没有跟朋友跟同事的相处当中,有没有说的话不合适,做的事不合适,他提出来这个,这个它有一点这个批评与自我批评的意思,到了中国共产党那我们就明确提出来,批评与自我批评。像这种对世道人心的关怀,在中国来说是一贯而下的,诸葛亮他曾在他的《出师表》当中,他就说过,说"莫以恶小而为之,莫以善小而不为"。你不要认为这件事,这个事,这个坏事不大,干不干无所谓,说我说了一点假话,问题也不是特别严重,就可以说,你不能这样,诸葛亮又提出来说先帝,就是汉朝的最早的那些皇帝,为什么能够兴盛,因为他们亲贤臣而远小人,他们和真正好的这样的好干部在一块儿亲近,而对那些小人对那些说谎的人,对于那些假公济私的人,他是离他们非常远的,所以才能得到兴盛。那么后来的这个东汉的皇帝,为什么搞得那么惨?它的势力慢慢地衰微,甚至于被董卓被曹操被这些人所迫害,都是因为他们亲小人而远贤臣,他都从这个世道人心的角度来考虑问题,这里边都有一种对待道德对待为人的对待价值观的这个重视。这里边还有一个就是中国一个很古老的一个说法,但是现在这个说法仍然有,就是君子和小人的区别,君子和小人的区别如果我们把它看成是一个地位的区别,出身的区别,那就是完全反动的,但是如果它是一个教养的区别,道德的区别,那么这个话就很有意思,君子与小人,朱熹的说法,说君子和小人就跟白天和黑夜一样,处处都是针锋相对的。孔子对君子与小人光《论语》里头就有一百多,将近二百个地方提到君子与小人,而且分析君子与小人的不同,比如孔子说,"君子喻于义,小人喻于利",君子讲原则讲道理,义就是原则和道理,小人喻于利,小人只讲对我有好处,有没有好处,有没有实质的好处。"君子不党",这个党指的是结党营私,这中国古代这个党不是一个好话,跟我们现在完全不一样。"君子和而不同,小人同而不和",这个说得相当妙,而且看得非常深刻,这君子都是有头脑的人,所以不可能完全相同,对每一件事的每个说法咱们都完全相同,这是不可能的,但是他互相的关系是和谐的,因为君子是讲道德的,是有许多坏事是不能做的,所以他虽然和谐但是他各自有各自的独立思考,独立的头脑,小人同而不和,小人是利益的勾结,所以小人可以互相之间关系非常的亲密,小人是可以甘若饴,小人之间甜的就像吃糖一样,而君子之间反倒没有那么亲密的关系,但是小人今天为了争夺一个利益,比如说共同争夺一个利益,可以团结得像一个人一样,可以团结得叫做不愿同年同月同日生,但愿同年同月同日死,明天又因为利益的矛盾可以互相动了刀子,可以动了枪,可以各种阴谋诡计,可以台上握手,台下踢脚。孔子看问题看得非常深刻。"君子周而不比",君子做什么事他都很周到,他不会互相计较来计较去,小人比而不周,小人他永远在那儿跟这个比完了跟那个比,他永远考虑不全面。

还有一个这个投影没写,"小人之过也必文",《论语》的这一句很重要的话,就是小人有什么过错,他一定要纹饰,他一定要遮掩,他要掩饰,他绝不承认自己有过错。而"君子之过也,如日月之食焉",说君子有什么过错就跟日食月食一样,大家都看得见,然后过一段他自己又改了,这个日食就过去了,月食就过去了。有许许多多的这样的说法。另外还有中国自古对中庸之道的说法,中不是中间的意思,而是中(zhòng)的意思,就是准确。庸就是正常,就是办什么事要准确要正常,不要夸张。用孔子的话来说,就是过犹不及,你过了和达不到是一样的,而且比达不到还糟糕,因为过了以后它损失大。所以中国讲的这些道德,它把这个为政,就把这个进行行政管理从事行政工作,担任行政干部和充分地用道德的观点来解决,这里有它做不到的地方,有它不完全的地方,尤其是它对法治讲得不那么多,但是它也有它深入人心的地方,而且已经被广大老百姓所接受,所以在中国来说,我们到现在像党的干部政策,它仍然提倡的是德才兼备,以德优先。

咱们接着讨论这个传统文化的问题,我现在讲到第四个问题,是中华文化的历史命运,这个中华文化曾经具有一种优越感,因为中国的具体的历史环境,它的东边和南边有相当大的是海,然后西边和北边是一些游牧民族或者是山区这样的一些地方,所以过去的中国人根本没有一个世界的概念,它所说的天下是什么呢?说的就是自己,它认为这个就是天下,或者叫四海之内,他认为因为东边和南边他看见海了,他认为西边和北边再走得远一点也都是海,那么这个海里头最发达的最文明的人口最多的生活条件最好的就是中国,就是中央之国,中原之国,确实几千年来,中华文明没有受到过严重的挑战,中国的不管是衣食住行,不管是叫文化礼法,不管是政治官员政府衙门,不管是家庭,都有自己的一套,所以它长久以来还没有挑战,没有挑战的话,对于一个文化来说,非常的危险,任何一个东西它和一个物件一样,就是这个东西没有毛病,可是你放在那儿,你放上一千年,放上两千年它就腐烂了。

文化也是这样,其实中国的先贤明白这一点,庄子就强调,与时俱化,就是这个,这个世界上的一切东西,随着时间的变化,它是要变化的,它不可能老停留在原样,就是一个,本来那东西很好,问题在于一开始它有新鲜感,后来就没有新鲜感了,一开始的时候有欣欣向荣感,后来它就没有欣欣向荣感了,另外一个很好的学问,你比如说从汉朝以来,大家都尊崇儒家,尊崇孔子,孔子有很多宝贵的地方,就是前面我讲的孔子有很多话大家都会知道,孔子非常地明白,非常地讲哲理,而且非常地讲分寸,他做什么事都是恰到好处,但是即使是这样,如果你把它捧成了一个高高圣人,什么至圣先师,什么文宣王,你把他捧到这样一个地步,然后底下的这些人你不可能都像孔子那么贤明,那么圣明那么有学问,你底下的这一堆人,都来跟着讲孔子,其结果必然把孔子庸俗化。所以这是一个很大的一个矛盾。一种学问一种思想它普及化,大众化,它才能成功,它才能发挥作用。但是普及化和大众化不一定是这个学问提升了,也可能把这个学问就通俗化了,这一类的例子多了,我在这不细说了,咱们各位都有一定的工作经验,都有自己所熟悉的环境,我们就会发现,一个东西都普及的时候,它已经改变了。它已经走形了,有时候中央提出来的一个口号,提出来讲得非常之好,中央的权威就在于它提出来以后一下子全国,多少亿人都跟着行动,多少亿人都能和中央的这个思想水平一样吗?认识问题一样吗?这个话不容易说清楚,我只是点到这里,所以中国文化几千年来,缺少特别的挑战,然后又是你听我的,我听你的,你抄我的,我抄你的,它就容易变成陈陈相因,变成空话套话,变成教条戒律,而丧失了原来它有的那种生动性,那种活力。所以这个庄子很厉害,庄子在他的这个书里边,他曾经说,说书是什么,书就是糟粕,为什么呢?书就好比人走过去以后留下的脚印,脚印并不等于鞋,鞋并不等于脚,脚并不等于人,那人厉害,是人当然比那鞋印厉害,庄子还讲那个齐宣王在那读书,一个做轮子的一个人他叫扁,叫阿扁,不是台湾那个阿扁,是一个是做车轮的阿扁,阿扁说你这干什么呢?王说我这看圣贤之书,那做车轮的人说那是糟粕,齐宣王大怒,说你怎么说话这么没大没小,你敢说这个是糟粕,那个阿扁说,这怎么不是糟粕,就拿我做一个轮子来说,我劲使大了,这个木头下去太多了,这个车放在,这个车轴和车轮之间它的距离就大就不坚固,我劲使小了,你这个车轮它没法转,它没法在这个轴上转,车轴插不到那个车轮里头,它没法转,他说可是这个话你写多少书你也写不清楚,你得自己慢慢摸索,你以为书就能解决问题,书说不清楚。这个庄子太厉害了。

到了鸦片战争以后,我们传统文化遭遇了一个大的洗礼,遭遇了一个大的危机,整个中国进入了一种文化焦虑,和文化危机的状态。过去几千年里,不怕,包括有些兄弟民族,入主中原,譬如说蒙古族来了,蒙古族他到北京一建都,他必须学习咱们中原的文化,他们没有,没有这么全面这么多的说法,这么多的讲法,这么多的规则,这么多的礼数,而且行之有效的。结果他就接受了汉族的文化。满族人来了也是这样,所以过去它充满文化的自信心,可是到了鸦片战争的时候,全完。鸦片战争后来中国清朝求和了,英国的那个舰队司令他上到广州的这个炮台上,他一看,他问,说这是什么,这是你们的海防吗?说是啊!他说对不起,你们这全是垃圾。中国一点办法都没有,对这样强敌洋炮,谢晋拍的那个电影里头,那个皇帝的弟弟,对这个道光皇帝说,大清国的克星来了。所以中国很长一段时间,就近一二百年来,陷入文化危机,陷入了文化焦虑。王国维在北伐即将胜利的时候,跳昆明湖,离咱们这很近,就是自杀了。昆明湖东岸这边的地方,它的水深也就是一米二一米一,一米左右,他就淹死了,因为他不想活了,他认为中国文化已经完蛋了,灭亡了。还有清朝的官派留学生严复,他是英文中文都非常好。他用四六句,用最漂亮的骈体文,翻译赫胥黎的《天演论》,但是他回国以后,他晚年是靠鸦片度日,靠大量的鸦片度日,因为他看不到中国的前途,一会的这个袁世凯找他,一会是皇帝找他,他没法活。

所以孙中山曾经用过比共产党人还要煽情还要严肃的语言讲中国的命运,说中国的命运是"亡国灭种",说中国的命运是什么呢?是"人为刀俎,我为鱼肉",刀是切菜刀,俎就是那个木头墩子,剁肉的那个木头墩子,说是西方列强拿着刀拿着木头墩子来了,然后把中国人往这上面一摆,该切片切片该剁馅儿剁馅儿,该切肉丝的切成肉丝,当然他这是夸张了,他还说什么,中国是次殖民地,毛主席还说是半殖民地,他说次殖民地,次殖民地是什么意思?赶不上人家殖民地,殖民地都是规规矩矩的,跟那有一条制度,虽然这个,这个大鼻子这个西方人在那颐指气使的,但是他不像中国那么乱,所以有一段非常严重的危机。

所以在这种情况之下有了五四运动,五四运动提出了一些非常激烈的一些说法,打倒孔家店;把线装书扔到茅厕里去;不读中国书,而且这是鲁迅说的;国民党右派吴稚晖提的是把线装书一律扔到茅厕里去。当然更厉害的是那个学者钱玄同提出来的,废除汉语。我到现在没弄清楚,废除汉语以后说什么话,都说维吾尔话也不可能,说英文,中国人一律说英文?他还有更精彩的,中国人人过四十一律枪毙,中国人个个腐朽,像我这八十一的枪毙两回了。我们现在听着是笑话,但是我们想一想,我们的先人提出这些问题的时候,他们是多么痛苦,那让人发疯,看到中国这么多文化,古老的文化嘛用没有,见到洋人你一点辙也没有。正因为有五四运动,有对中华传统文化那种痛切的反思和自我批判,尽管有过分的地方,使中华传统文化置之死地而后生,是给中华文化进行的一个现代化的洗礼。就是你这个文化要不走向现代,你就只能灭亡,只能进博物馆。

而在这个时候,中华文化显示了它的灵活性,容受性,显示了它这个自我调整自我反思和自我更新的能力。所以中国文化,中国文化它能吸收的各种东西非常多,中国文化从来不是一个单面的东西,不是一个单维的东西,它是一个多维的东西,它吸收了很多很多各种东西,中国自古以来就吸收了很多东西,汉族的中原文化吸收了很多譬如说我刚才就说新疆,西域的东西。吸收什么了?从西域吸收了什么东西,咱们这个词牌里有一个,有一个词牌叫《苏幕遮》,《苏幕遮》这就是西域的,来自西域,而且我看那个《百科全书》上写,但我到现在查不出来,就说这个《苏幕遮》是什么呢,是到现在阿克苏地区还有的一个乞寒节,说阿克苏地区,阿克苏地区也很大,是这个库车还是这个星河还是别的地方咱们不知道,说在每年下第一场大雪的时候,它有一个歌舞的活动,它唱一个歌,这个歌的这个调子就是《苏幕遮》,而这个《苏幕遮》是谁总结出来的,这更好玩,是唐明皇总结出来的,唐明皇对文艺的兴趣特别高,他治国不行,他搞文艺行,本来最多他可以当一个文联主席,结果他当了皇帝了,把自己也害了,把老婆也害了,把情人也害了,弄得乱七八糟,很悲惨。但是《苏幕遮》是他发明的。后来宋朝的时候范仲淹、周邦彦都用《苏幕遮》这个词牌写过很有名的词,所以它吸收很多东西。

所以说这个汉族的文化，不要以为只有我刚才说的那个礼义廉耻的文化，它也有反过来的文化，比如说造反的文化，"舍得一身剐敢把皇帝拉下马"，"文革"当中，常常用这个词，我们有礼义廉耻的说法，也有舍得一身剐敢把皇帝拉下马的说法。我们还有"马无夜草不肥，人无横财不富"，这是准备贪污要不准备抢劫，抢银行这是，反正等着枪毙的这种豪情壮志。中国文化它本身它就包含了很多互相冲突的因素，有"君要臣死，臣不敢不死，父要子亡，子不敢不亡"，这是一种，但是同样的，"良臣择君而侍，良禽择木而栖"，一只好鸟，我就看你这树好我才在你这停下来睡一觉，你树不好我不停，你是一个好的臣子，你碰到一个混蛋皇帝，你就不给这个皇帝当差，中国也有这个文化。所以中国文化它调剂的可能非常大，有各种不同的文化，就是孔子本身他也留了很多给人选择的余地，这孔子实在是不简单。他有一些道理你服得不得了，他说宁武子，这是当时的一个人，"邦有道，则知"，这个小国，他指的一个诸侯国家，这个国家很有道德，很有道理，很讲章法，"则知"，我就聪明起来，用现在的话，要参政议政，"邦无道，则愚"，遇到这个邦国不讲道理了，怎么办呢？我俩眼一瞪我傻了，为什么我傻了，因为我要不傻我被人拉进去了，我上了贼船了，我怎么办。然后孔子说"其知也可及，其愚也不可及"，就是这宁武子那个聪明劲你能学到，他那个说傻就傻的那个你学不像，这里就讲得太深了。

孔子还说过"邦有道则用，邦无道则卷而怀之"，如果这个邦国这块地方，是一个好人当政，办什么事他有他的道理，你可以积极地给他当差，你可以当他的下级，如果你碰到这个上级是个大坏人，你碰到的是，徐才厚、周永康，你怎么办？用孔子的办法，卷而怀之，他两个办法，你碰到那个周永康是你的领导你怎么办，你可千万别表现你聪明，你一聪明你就要陷进去，你非死无葬身之地不可，你必须俩眼一瞪你成傻子了，话都说不清楚了，他就不在乎你，他也不关心你，也不提拔你。你不就好了，你明明知道他干的伤天害理的事，你可别掺和。还有一个卷而怀之,您把铺盖一卷您走吧您,这些地方这中国文化它容受性和灵活性无与伦比,所以恰恰说在经过改革开放这么多年之后,忽然大家明白过来了,中国文化并没有灭亡,面对着现代化,中国文化并不是在衰亡,而是在取得了一个新生,取得了一个更新,用习近平同志的话就是要有创造性的转变,要有创造性的发展,二创,这是习近平同志讲传统文化,他讲到了二创,就是我们不是照搬传统文化,不是。我这顺便说一下,我非常地反对现在有些一谈传统文化,也搞一个皮毛化庸俗化,弄一帮小孩穿上戏装,告诉他是汉服,我也没见过那是汉服,在那儿一块儿背《三字经》,甚至让领导干部也穿上汉服,在那儿一块儿背《三字经》,出洋相嘛,干什么呢这是,是不是?

我们的目的仍然是实现有中国特色的社会主义国家的现代化,我们不能够忘记邓小平同志所说的那三个面向,面向世界、面向未来、面向现代化,也恰恰是由于我们这方面成功的发展,我们得到了世界的好评。在社会主义阵营改革开放开始以后,一个是英国的首相撒切尔夫人,一个是美国的民主党时期,卡特时期的国家安全事务顾问布热津斯基,他们两个人都评论改革开放,苏联和东欧国家,说不定他们要完蛋,而中国最可能成功,因为中国有独特的文化,有深厚的独特的文化。现在证明资本主义社会的这二位,一个撒老太,一个布热津斯基也都不是善茬,预言真沾点边,他有道理。所以中国文化犹如自己焕发了新的生命力,我们今天大谈中华传统文化是因为它焕发了新的生命力,它能够和现代化接轨,它能够给我们带来更好的世道人心,带来更好的精神面貌。

我为什么讲这么一段话?因为现在还有这么一种糊涂人,有一种别有用心的人,就说中国文化很好,这么好的中国文化,这共产党没事闹革命,闹完革命,中华文化全给你革没了,那么好的中国文化你还革什么命呀?这个道理也非常的简单,这个大家不用看《万历十五年》,也不用看《明世宗传》,你只需要看一下《红楼梦》就行了,你看到《红楼梦》那个时期，中华文化混成什么德行了？《红楼梦》那个作者曹雪芹也没有受左倾思想的影响，也没有经过五四运动，也没有，更没有，那时候也没有马克思，马克思也没出生呢，也没有恩格斯，也没有共产主义，但是曹雪芹告诉我们中国文化混不下去了，你看看那个荣国府、宁国府里头有一个认真执行中华文化的吗？只有一个最笨的人就是贾政，口头上还在那儿没完没了地讲中华文化，孔子，四书五经。相反，整个道德的堕落，社会的腐败，嘴里说的一套，实际做的一套，所以对于中国文化有极痛切的批评，所谓满口的仁义道德，满肚子的男盗女娼，所谓字里行间只有两个字吃人，这是鲁迅的说法。所以我们今天讲传统文化讲的是经过了五四的洗礼，经过了革命文化的洗礼的面貌一新的传统文化，而不是说要回到清朝，回到，现在还有的回到民国，各种糊里糊涂的这些说法，这个问题我跟大家说一下。

最后一个问题我想谈一下核心价值建设的目的在于优化世道人心。这里边要讲一个问题就是我们对核心价值内在的联系要有一个清晰的认识，否则的话你都讲不清楚的，词儿这么多，富强、民主、文明、和谐，自由、平等、公正、法治，爱国、敬业、诚信、友善。你讲不清楚的，你背也很难背得下来，但是我们研究一下核心价值是一个整体。首先讲富强，富强是中国进入近代以来祖祖辈辈的梦想，这是为什么？鸦片战争使中国历史进入了近代史，鸦片战争暴露了中国的贫弱，中国的贫弱在西方列强面前不堪一击，所以追求富强，这是几代的中国人的梦想，要富强，这个社会就必须有活力，这个社会就必须有平稳的和谐，而又要充满了活力，能够调动人民的力量，所以要富强你就必须民主、文明、和谐。你又不民主，又不文明，又不和谐，你能不能富强？你是一个文盲汗牛充栋的国家，你能富强吗？你是一个粗鲁、野蛮、完全前现代的国家或者民族，你能和谐吗？你是一个整天搞内乱搞动乱的国家，你能富强吗？因此，富强是我们国家所追求的一个目标，民主、文明、和谐是使我们能做到富强，调动人民活力的基本保证。

自由、平等、公正、法治,那么你在一个富强的现代化国家里边,你的人民,你这个社会的构建,应该是自由、平等、公正、法治,你不自由,你也调动不起人的积极性来,是不是,你没有平等的话就没有这个社会的和谐,谁愿意被压迫?你一心的压迫人,你还能够和谐吗?你一直被压迫,你还能和谐吗?公正也是这样,你不公正,你的人才能出来吗?你不公正,你的科学能发展吗?你不公正,你的社会能稳定吗?如果大家都充满着仇恨,如果大家都充满着不平,你这个社会还能够走向繁荣进步吗?是不是?

爱国也是分不开的,爱国的首要的表现就是我们做的一切事情应该有利于国家的富强,应该有利于国家的民主、文明、和谐、自由、平等、公正、法治,这是爱国,不是让你光嘴上说爱国就完了,不是说一说爱国就砸日本车,人家开着日本车碍你什么事了,抗议都是双方的。不是说法国,说法国的这个领导人接见达赖喇嘛了,所以就砸法国的那个零售店,那叫什么那超市?家乐福。对呀,那个叫爱国吗?那个是回到愚昧,那是回到什么地方去了?那是要把中国变成一个什么样的国家?爱国离不开现代化,对现代文明的认识,爱国离不开对富强、民主、文明、和谐、自由、平等、公正、法治的这种认知和坚守。敬业当然也是这样,我们不能变成空谈家。胡耀邦同志最喜欢讲这几句话,第一个是空谈误国,实干兴邦。空谈误国,因为"文革"当中,"四人帮"时期形成了一种高调空谈的东西,那时候都说一些什么?宁要资本主义的草,不要社会主义的苗,你这样对农业,你还能吃得饱肚子吗?这很简单一个道理,改革开放以前,我在文化部当部长的时候,那时候国务院一讲话,当时在温饱线以下的人口是两亿五千万,就是吃不饱肚子的有两亿五千万,我老想的是把两亿五千万吃不饱的人组织一个饥饿国,那全世界都害怕。爱国而不敬业是不行的。

你不好好发展这个市场经济也是不行的,社会主义的市场经济,没有诚信就没有市场经济。友善更不用说了，我们不处在一个友善的环境里头，而处在一个彼此敌对，互相倾轧的环境里头，怎么行。所以我们要把它这么分析分析，我跟大家讨论讨论，能不能够有助于把这个价值建设搞得更好？否则现在上边也很重视，领导也非常重视，但是我们在它这个发挥实效方面，这个核心价值，社会主义的核心价值在它实际起作用方面仍然有待于我们大家的共同努力。如果我们大家都来讨论这个问题，而且和我们的文化传统联结起来，和我们实际的人生经验，生活经验，行政经验结合起来，那就会改善我们的状况，人心就会改变。为什么？因为现在事实证明，人心并不是说是大家都盼望我们的社会变成一个流氓社会，骗子社会和刑事犯罪的社会，贪腐的社会。现在这个传媒时代不得了，你一打开微信全这样的，你再看看报纸，这方面讲的也非常多，实际上很简单的一个道理，还是好人多，千万不要以为中国现在已经变成了恶意国家了，变成豺狼国家了，变成了腐烂国家了，不要相信那些东西。就像我们新疆那样，我们新疆发生了一些我们非常不愿意发生的那些暴恐事件，但是我仍然坚信新疆的各民族，新疆的人民。你和各民族的人民在一块儿，因为我年年都去新疆，有的时候去两次，好人，哪有那么多坏人呢，是不是，各种民族的亲切的人，善良的人，有成就的人。那个库尔班江，他出的那个《我从新疆来》，我非常支持我帮了他的忙，这个是在俞正声主席亲自批示，还有各方面的帮助之下出版的，最近他又批示了帮助他来拍这个电视片，拍电视纪录片，9频道说要放的，拍什么呢？就是新疆的各族人民，尤其是其中的维吾尔人，在内地的各个地方事业有成，学业有成，像那个什么，几个大集团，是阿里巴巴，巴里阿阿我闹不清楚，高管也有咱们新疆的维吾尔人，学者也有维吾尔人，在北京大学还有一个教授，人家那个讲话之漂亮之快简直是不得了，哪怕只是在某个城市开了一个什么烤羊肉串的馆，他也取得很多成就，他为大家提供了餐饮的服务，北京的新疆饭馆很受欢迎，什么什么拉条子、薄皮包子、大盘鸡、手抓肉、抓饭，非常受欢迎。库尔班江到处讲,不能把维吾尔族污名化,不能说维吾尔族就以为他带着刀子,不开玩笑吗?那怎么可能呢?好人多,好心多,大家要求现代化,要求社会有序,要求好好地过日子,要求团结,要求和谐。

世道可兴,随着我们经济的发展,如果我们的文化工作跟得上去,这个世道应该越来越兴旺。传统可取,我们要增加我们的文化自信与文化定力,我们的传统文化当中仍然有可以,不但可以和人心对接,可以和我们的现代化对接,可以和生活对接,可以和世界对接,可以和未来对接。我觉得我们从这样一个积极的方面进一步地研究、讨论、学习、切磋,我们的价值建设可以做得更好。

(作者答与会者问)

问:听到您演讲,讲座,我印象挺深的,以前看过《青春万岁》的叙诗,以前还有对比,我觉得是非常好的,非常清新,能够谈一下你当时写这个诗的时候是一种什么心境或者一种状态下写出来这么神采飞扬的诗,谢谢。

答:是这样的,因为我开始写那个作品的时候是一九五三年十一月初,这是我十九岁的生日刚过,那个时候的特点,就是经历了新中国的建立和旧中国的灭亡,我那个时候年龄虽然非常轻,但是在日本投降以后,我就非常关心政治,我十一岁,这也很巧,我就和北京市的地下党建立了经常性的联系,我差五天不满十四岁,一九四八年十一月十日,我加入了地下的党组织,我已经成为中国共产党的北京地下党组织的一个成员,那时候还叫候补党员,一直到一九五二年,就是我满十八岁才转正。所以对于新中国的建立,那种欣欣向荣,改天换地,那样一种阳光灿烂的那种心情,我感到这个东西如果不把它好好表现出来,你过了几年,它不是这个劲儿了,尽管大家对新中国的成立,大家都很高兴,都很兴奋,革命在凯歌行进,新中国百废俱兴。随便举几个例子,解放前,北京大街上都堆着垃圾,现在你上印度加尔各答去还是这样,大街上都是垃圾,它运不走,一解放,解放军昼夜用军车往外运，三天就运干净了。然后一九五〇年，然后就是什么王府井百货大楼就盖起来了，然后过去北京也没有这么多电影院，交道口电影院，新街口电影院都是那个时候说出来就都出来了，什刹海游泳场，人民体育场，从第一种感觉你是现代都无法想象，那种就是一切呼啦一下子，所以我觉得我主要是为把中华人民共和国建立的青年一代人中，人心当中的那种影响写出来。

问：王老师您好，我是来自宁夏回族自治区的，我有一个问题就是我们现在处在一个现代化的时期，我们也知道任何一个民族也不可能排斥现代化，我想您也经常地会关注新疆，对边疆地区的少数民族在现代化这样一个背景下，他们如何实现民族文化的一个现代化？

答：谢谢，现代化对于一个民族来说，这不是一个非常轻松愉快的事情，因为它随时会碰到一些新的问题，生活方式它在不断地变化，比如说我整个回到北京来是一九七九年，我是一九六三年去的新疆，一九七九年，一九七九年到现在又过了三十六年，这三十六年当中，新疆发生的有些变化我也不知道，我也不是全部都能够很顺利就接受的，比如说它生活方式也在发生变化，房屋在发生变化，原来乌鲁木齐是色彩斑斓的这种建筑，粉红色的、天蓝色的到处都有，现在这种颜色就非常少了，新疆人喜欢用坎土曼，他那个万能工具，但是现在据说铁锹越来越多了，是不是这样子，铁锹越来越多？新疆人过去抬东西是用抬耙子，这个抬耙子其实比较轻松，它用肩少，它不像汉人，但是现在抬耙子据说用得也少了。我听了尤其遗憾的是水磨少了，过去推面是水磨。在伊犁，水磨经常是俄罗斯人在管理，在开水磨的，而不是维吾尔族，也不是哈萨克族，哈萨克也在变化，哈萨克人过去是，他真是就是在山上，你要去了以后，你随便认识不认识，你就到了一个哈萨克帐篷里去，你就是又吃又喝又唱又干什么，那真是倾情招待，现在不可能了，因为他也知道商品经济，他知道牛奶可以卖，还可以做奶粉，做奶酪，做奶疙瘩，干酪，这些东西它都在发生变化。

市场统一了以后,它市场经济也提出新的挑战。例如过去伊犁,这我知道得不太详细,我说得不确切了,而跟你讲,伊犁一个是做坎土曼式的帽子,俄式帽子,一个是做大皮靴,一个是亚克尔,就是因为伊犁受俄罗斯族的影响多,那个大披肩大围巾,过去这都是伊犁的拿手的产业,现在基本上都不行了。很简单,你做皮靴的话,温州人做起来比他做得又快又好又便宜,式样又好,又软,皮子做得软,你这个做帽子的话和做那个大披肩的话,上海同志他又比你伊犁人做得好,它这原来的产业也需要调整,所以它会产生很多新的问题。所以除了敌对势力的破坏以外,我们还面临着一个问题,就是要让我们的各民族的兄弟都能够搭上现代化的快车,享受现代化的利好,这个问题非常的严重。北京大学的教授马戎,他是一个回族的民族学者,他有一个统计他说在经过改革开放以后,许多民族的农业人口的比例都明显地下降了,下降得最多的是朝鲜族,朝鲜族现在农业人口百分之五十几略多于非农业人口,包括工业的、文化产业的、城市的,干什么的,商业的等等,它比汉族的农业人口下降得多,汉族现在是百分之三十几对百分之六十几,但是维吾尔现在农业人口是百分之八十,它只有百分之二十的非农业人口,像这些地方都证明我们在现代化的过程中,一定要让各民族都能搭上这个快车。

有些存在对现代化的抵触,这个也是有的,这个全世界都有,所以全世界为什么出现一些伊斯兰的极端分子,其中原因之一是对现代化的抵触。这个很简单,我在新疆,我在农村的时候,我从《参考消息》看到美国人上了月球,我都跟我的那个房东阿不都热合曼,我就跟他说,我说美国人上了月亮。他说老王你可千万别信这个,这不可能的,阿訇说过要上月亮,起码要走四十九年才能到这上去,根本不可能,那完全是骗人的。他不接受,有时候要接受一个现代化的一个观点,它和原来说的都不一样了,是很难的。天主教也一样,天主教一开头对哥白尼宣布地球是转的,太阳相对是不转的,是不动的,这个怎么得了啊,把哥白尼烧死了,伽利略,多少科学家受到迫害。

所以这个就是文化上它也要有一个接受一个现代化的过程。所以我们在走向现代化的过程中更要注意用现代化的现代文明，先进文明来用最恰当的方式，使我们各族同胞能够接受现代化，接受新文明。

新疆少数民族，它情况也非常的多样，有些接受现代化接受得非常的棒，接受得了不得。我前不久，我北京还有一个维吾尔族的朋友，他叫艾斯卡尔，你知道吗这人？他的艺名叫灰狼，他是一个歌星，他唱摇滚乐的，他们一家子都太厉害了，他本人是摇滚乐的歌星，在北京也非常的成功，你们要没人听过，待会儿我给你们放一段，我手机里头有他唱的歌，他是摇滚乐的歌星，他的一个哥哥是学经济管理的，现在在一个外国的一个酒的进口公司担任管理人员，专门进法国葡萄酒，还有其他的澳大利亚、加州的葡萄酒都弄，他是在一个国际，完全一个国际公司里。他另外一个哥哥是印象派画家，现代派画家，而且这个画家他已经在欧洲举行了多少次画展了，相反中国人不太了解不太接受他那个画，因为他画抽象画。我立刻就告诉他，他特别高兴，我说为什么维吾尔人容易画这抽象画，就是伊斯兰教不准搞偶像崇拜，所以上清真寺，清真寺它都是图案，都是标志，都是。它不会给你画一个人，画什么，你像基督教画耶稣，画圣母，画十二个圣人，十二个门徒，像佛教里头到处是雕塑，到处是，它不是，所以他对于抽象的东西，他有一种特殊的一种感觉，他非常高兴。就是刚才我说的那个卖葡萄酒的弟弟，他老婆是日本人，他完全 international 现代化得不得了，比我还现代化。所以他也是有这样的情况，我们新疆一定要随着现代化的脚步前进，情况会越来越好，所以要使那些就是黑暗的，被与世隔绝的，被那种恐怖主义所劫持了，那些胡说八道要把它粉碎，要使新疆的各族人民和汉族人民携起手来共奔现代化，共奔，共享中国梦的一切成果。就这些。

我给你们放一下灰狼他唱的那歌。是新疆拍了一部电影，号称是以我的事迹为基础拍的。这个我是很不好意思，我一再声明这不是我。他原来那个主人公的名字叫王蒙，我说这怎么得了呢？后来改成叫老王了,就这样。这个我给大家放两句。

问:王老,您能不能谈谈您对《道德经》里面辩证法与搞行政领导的关系。

答:《道德经》它主要是辩证法,它这个辩证法太深刻了,所以它有很多说法跟领导都有关系,比如说它说当政者一等的是不知有之,就是你在不在他都不知道。二等的是对你歌功颂德,亲而颂之。三等的是畏之,第三等是他怕你。最糟的是侮之,就是互相侮辱,你看不起老百姓,老百姓也骂你。他说最好的情况是什么?"功成事遂,百姓皆谓我自然",说当事办完了以后,老百姓说这是我办的,这是我自己办的。它这个讲得非常符合咱们那个说法,就是说要群众自己解放自己,要让群众发挥起他的作用来,自己去搞建设,自然去做事情。

《道德经》里头还讲了许多各种各样的说法,比如说《道德经》里面它有一些说法,它说"将欲取之,必先予之",就是你将要去拿点什么东西,你先得给人家什么东西,人家东西好不好得给你,这个东西和毛主席的那个《关心群众生活,注意工作方法》一致,这是老苏区的时候,毛主席的一篇文章,它是一个讲话,非常的一致,毛主席提出的是什么呢?就是我们苏区的干部要用百分之九十的力量给群众东西,就是你要关心群众,并且还讲,毛主席讲得非常具体,房子不好了,吃的东西不好了,水不好了,我们干部都要组织他去干,然后你用百分之十的力量向他要,比如要求他交粮,要求他参军,你用百分之十的,你主要让老百姓确实认识到你是为他服务的,不是说你一到这儿来先抓着他,揞着他脖子让他给你干,你像这些地方就可以说启发任何人。再就是庄子他提出一个上无为,而下有为,就说这个无为不是说你什么都不干,但是你不要包办代替,越到上边你越不要包办代替,简单地说官越大,你不要管得太具体,你掌握大的方向,你不能替人家把各种事都干完了,你替人家办事都办完了,把你累死了,最后你做的是顾此失彼,捉襟见肘,你肯定不可能你什么事都弄。比如说

543

我当文化部长就那三年半的时间，我从来不管分房子，有些人就是专门管分房子，我要管分房子，我变成房产科科长了。你房产科科长不好，我可以撤你的职，可以换，但是我不管分房子，你们该谁管谁管，它就类似的这样的一些说法，它非常的多。它在这个"无"字上狠下功夫，就是你要琢磨琢磨你哪些不干的事你干了，不该说的话说了，我们很多人这个事情不成功，失败，甚至于这个事情给自己找了麻烦，找了后患，并不是因为你没干，而是因为你干了你不该干的事，这老子太厉害了。

再比如说老子讲的那个，这也是毛主席尤其在斯大林问题，苏共二十大以后最常讲的就是祸兮福所倚，福兮祸所伏，就是好事它会变成坏事，坏事变成好事。其他像老子讲的高下相倾音声相合前后相随，它就是讲各种东西都是以它的对立面的存在为条件，像这些东西，如果我们要是慢慢地加以研究的话，确实使我们的智慧能够高人一等。

老子还有一个说法叫道法自然，什么叫道？就是自然，自然不是名词，在老子那时候自然跟我们现在说自然界自然科学不是一个意思，自然，"然"是动词，就是自己运动，自己变化，自己成为这个样子，这一点上就是非常的好。

有一年，因为我现在唯一我还有一个没有退的身份，也是咱们国务院的，中央文史研究馆的馆员，有一次，那还是温家宝总理的时期，他们开一个座谈会，非让我说从老子的观点看咱们的工作方法，我就用老子的观点给建设部提了一点意见，因为当时咱们国家提出来建设新农村，建设部就公布了十种房屋设计，我认为这不是最好的办法，全中国就十种房子？我在这儿可以说，现在咱们全国有一些新农村就是这么建设的，全村都盖一样的房子，这个看着很整齐，但它像兵营，无论如何都不像农村，农村还得道法自然，你得让农民去盖，你给他提一些原则也可以的，否则中国这么大的地方，你能够盖这十种？你一百种也不够，对不对，都是西北地区，新疆的房子它那个自然条件也不一样,新疆和宁夏也不一样,和青海也不一样,和陕西、甘肃都不一样,和西南地区,和西藏和四川和什么贵州、云南也不可能一样,所以我就说句,不能由乡干部替农民建设新农村,还是得让农民建设新农村,类似的这些地方他讲得可多了,我们可以参考,可以讨论,可以研究。

道 通 为 一*

——漫谈孔孟老庄

中华文化的理想

理想不可能完全实现,但这是文化的一部分。柏拉图的《理想国》,虽然没有实现,但是表现出了文化追求。

在中华传统文化中,最突出的理想就是"天下为公,世界大同"。《礼记》里面的这段话表明了这个理想:"大道之行也,天下为公。选贤与能,讲信修睦。故人不独亲其亲,不独子其子。使老有所终,壮有所用,幼有所长。矜寡孤独废疾者,皆有所养。男有分,女有归。货恶其弃于地也,不必藏于己。力恶其不出于身也,不必为己。是故谋闭而不兴,盗窃乱贼而不作。故外户而不闭。是谓大同。"中国古代的理想追求,还有一个就是"无为而治",我们都知道"无为而治"是老子的话,其实孔子也把无为而治看作一个很高的标准。在《论语》快要结束的时候,孔子说:"无为而治者,其舜也与?夫何为哉?"能够做到无为而治的,不就是舜吗?舜没有做什么事情,就是端端正正地坐在北面,向着南面,各种事情无为而治。无为而治到底是什么?

老子也说过:"太上,不知有之。"权力存在的最高境界是它有没

---

* 本文是作者在上海图书馆的演讲。

有你都不知道。为什么？因为老百姓都非常自觉，一切都符合公德，符合他人的利益，符合社会全体的利益，就是你开车完全符合交通法规，所以你根本用不着考虑那儿有交警。所以，"太上，不知有之；其次，亲而誉之，其次畏之，其次侮之"。第二等才是歌颂统治者很好，这是第二层次。陈毅同志早在一九五〇年左右已经写诗"颂歌盈耳神仙乐"，他很早已经看到到处都是赞颂，实际上也很好，但是这并不是第一等的。第三等是对权力的敬重，权力有令人生畏的一面，你不敢违反，否则会受到惩罚。对于权力，老子设想了这样一种情况："功成事遂，百姓皆谓：我自然。"事情办好了，老百姓都认为这是老百姓自己做的，这儿的"自然"指的是我自己做的，就是说权力的意图和人民的意图完全一致。老子还有更加聪明的话："圣人无常心，以百姓之心为心"，孔子也说："道之以政，齐之以刑，不若道之以德，齐之以礼。"比较起用行政的手段来引领，用法律的手段来规范，不如用道德的方法来引领，用树立文明礼貌的方法来规范。

尚德尚善

不管是儒家、道家，还是其他家，大部分在中华文化中占有一席之地的，都认为人性是善的。法家在某种程度上，有讲人性不那么善的一面。中国文化的理论有一个非常有意思的循环统一机制，应该怎么样治国平天下，倚靠的是文化、道德、仁爱，实行的是仁政，道德上有示范的作用，才能得到民心，得到天下，这是第一个问题，用道德、仁爱、文化来治国平天下。

第二个问题是，人的道德和善良，是从哪儿来的呢？讲得最清楚的是孟子，"恻隐之心，人皆有之；羞恶之心，人皆有之；恭敬之心，人皆有之；是非之心，人皆有之"。看到别人受苦、为恶，忍受不了，这是人性本身存在的，人会可怜弱者。如果你做了坏事，做了对不起别人的事情，会害臊，会讨厌自己。人性本身就是善良的。到了老子，他说:"能婴儿乎?"你能恢复到婴儿的状态吗？这是老子对初心的提倡,要和婴儿一样天真无邪,善良纯真。孔子认为人性里面有孝悌,对你父母是有孝敬之心,对于你自己的兄弟姊妹,肯定有友爱之心,这是孝悌。另外,孔子还认为人都会好学,一个孩子要学说话,学穿衣服,所以孔子也认为人性本来是善良的。庄子则强调一只鸟都知道飞得高一点,来避免弓矢把它打下,连田里的老鼠都知道把洞挖得深一些,怕你把它挖出来。所以,他们认为人性善良,百姓自然明白什么事能做,什么事不能做。所以执政也应该标榜、宣传,实行仁爱的政策,才能得民心,也就能无为而治。

第三个问题,善良是从哪儿来的？这是天性、天良、良心、良知、良能,良知就是不学而知,用不着学习,就会知道的。比如爱母亲,是谁上过孝顺课吗？不是,这是天生的。人性就是天性,这个话可不得了啊！这句话不简单！什么是天性？什么是天意？民意就是天意！民心就是天心！所以,老子说:"圣人无常心,以百姓之心为心",百姓之心就是天道,就是天意,执政必须符合百姓之心,符合民心,符合民意,你才是符合天心、天意,得民心才能得天下,孟子说得非常清晰。

第四个问题,天是什么？天既是超人性的神性力量,又是我们整个存在的总括。在中华文化里面,天既是唯物的概念,也是唯心的概念,甚至是上帝的概念。项羽打了败仗,说:"天亡我也,非战之罪也。"是老天爷要灭我,我能有什么办法呢？我每一仗都打得很好啊！在很长时间中,天就是类似于上帝的概念,又是更高级更根本的存在的概念。萨特讲存在先于本质,孔、老则认为天是本质与存在的统一。老子认为这个统一的体现是道,孔子也讲道,更讲仁德。老庄喜欢从哲学上总结,孔孟喜欢从道德伦理上总结。所以,天的概念,既是哲学的概念,又是道德的概念。天还是万象整合、万法归一、道通为一的概念。《道德经》里面提及最多的字就是天,比道还多。

天又是道的另外一个名称,《道德经》里面有一句话:"道常无名,强字之曰道",我对这一句话有别出心裁的解释,老子说的是,道是没有名称的,既是本体,也是方法;既是精神,也是物质;既是起源,又是归宿;既至大,又至小、至微、至精;既是正面的,又是反面的。这就好像数学里面的无穷大。到了无穷大的时候,正数和负数是通为一的,弧线和直线通为一的。所以,无法给道取出正名,只好取了一个字,它的字就是道。天指的是道,义指的是道,通指的也是道。

这样一来,中华文化出现了一个奇景,把修身、齐家、治国、平天下统一起来了,把天性、人性、为政、道德精神统一起来了。所以,从性善论这一点上来推衍,我们可以掌握中华文化的关键之一是崇尚道德。你可以说它是一种理论,也可以说它是一种信仰。我们很客观地说,告子其实是有说服力的,他和孟子辩论,告子说,人性谈不上天生的善恶,是需要慢慢形成的,要看人受到什么影响和教育,既有善的一面,也有恶的一面;既有利他的一面,也有利己的一面,各方面都可能有的。今天看告子讲的很能服人。

但是,中国形成的是人性向善的观念,这影响了中国的文化、政治、哲学、文艺学、艺术、世道人心,已经被老百姓长期接受。在中国,你强调性恶的一面,很难得到老百姓的认同。所以,这也是一种信仰,经常要用对天良的诉求来推动自己的政见、权力的运行。中国梦的实现,也离不开对天良的诉求。

尚一尚同

现在很难找出一种文化像中国文化一样,有这样的概念,通了之后要同,通就是同,同就是通。道通为一,就是多种角度说来说去,其实是同一种话。尚一、尚同是因为中华文化追求的是一元论,同时追求一与多的统一。孔子说"吾道一以贯之",孟子说"天下定于一"。孟子说,实行仁政是最容易的,只要善良一点就可以了。孟子主张人的善良与否,只是一念之差,所以到了王阳明那儿,强调知行合一,只要安了好心,就可以做好事。甚至到了孙中山先生那儿,他主张"知难行易",也是因为看到了很多东西都是常识以内的事情。

按照老子的解释就更多了:"昔之得一者,天得一以清,地得一以宁,神得一以灵,谷得一以盈,侯王得一而以为天下正。"天得到了一,就没有雾霾了;地得到了一,就不会地震了;河谷得到一,就会物产丰富了……《红楼梦》修建大观园的时候,要找园丁,照顾花草,买奴婢、小子,要有文艺工作者给大家唱戏,还要有寺庙,有一个尼姑庵,这是一个统一的整体,封建贵族的整体。这样一种思维的观念,中国形成了许多和别的国家不同的东西。

比如,九方皋相马。伯乐老了,君王要他去找千里马,他说:"我年岁大了,找不到了。你找我的朋友九方皋,他比我相马的本事还大呢!"然后,君王就派九方皋找马,九方皋领了"课题费"出差,一年后,找到千里马回来了。君王说:"这千里马是什么颜色?"九方皋说:"大概是黄色的吧。"君王问:"公马还是母马?"九方皋说:"大概是母马吧。"结果,牵过来一看,是一匹黑色的公马。君王说:"您连马的颜色和公母都分不清楚?我也不处罚了,走吧!"可是伯乐火了,说:"你要找特定毛色的马吗?是要找特定的性别的马吗?"君王说:"不是啊!"伯乐说:"九方皋给你找来的就是千里马,要它颜色、公母做什么?"中华文化太源远流长了,颜色、性别都不重要,重要的是找来的是一匹千里马。这是非常中国式的思维,抓大放小。现在我们讲"细节决定成败"了,这是工业文明的影响。

中国文化强调一,又强调多。为什么?"一生二,二生三,三生万物",又是一,又是多。在郭沫若的诗里面,有一句话有人说最早出自《华严经》,就是"你一的一切,你一切的一"。并非说我自己说话只是一,我同时看到了多,我代表的是多。我的一,代表的是一的一切,当我说一切的时候,又统一成为一,否则国家乱成一团了。原以为这是中国文化当中十分绝的地方,一是一,切就是各种部分,又是一,又是一切。后来我知道,人类有这个观念。去年九月,我在旧金山作一次讲座,之后去渔人码头吃饭,渔人码头的一个最大的餐馆叫"One is All",一就是一切,美国原来也有这种思想。我本来以为这是廉价物品店,是一元店,但是事实上这是美国有名的大饭馆,意思是你到我这儿来了之后,就等于所有的饭馆都去过了。一就是一切,这是很牛的思想,又有一,又有一切。

中庸之道

不管是孔子、孟子,还是老子、庄子,都很注重中庸之道。国家太大,从秦朝开始到唐宋,集中统一的权力达到高峰,要依靠一批精英。孔子说:"君子中庸,小人反中庸。"我称之为中庸理性主义,不要过急,也不要过于迟缓,过犹不及,应当恰到好处,掌握分寸,留有余地,恰如其分。《论语》最大的特点就是恰如其分。

孔子说:"不义而富且贵,于我如浮云。"他要说的是如浮云,他并没有说其他痛斥的词,很有他的分寸。在孔子那儿,把人分为君子和小人,认为君子有一系列优秀的品质,但是小人没有。用朱熹的说法,君子和小人的区别,就像白天和黑夜的区别一样。到了孟子那儿,说的是"君子有终生之忧,无一时之患"。君子终生忧国忧民,却不会因为自己的小事在那儿患得患失。老子也说:"吾有三宝:一曰慈、二曰俭、三曰不为天下先。"这不是说他反对创造,指的是君王,你不要提出来天下人都不明白你要干什么事情,这是老子对精英的理解。孔子不断分析"小人之过必文,文过饰非"。孟子说:"君子之过也,如日月之食也。过也,人皆见之;更也,人皆仰之。"孟子那个时候,对精英又有一些别的说法,认为是士和大丈夫,大丈夫威武不能屈,富贵不能淫,贫贱不能移。庄子是从另外的角度来说,认为有至人、真人。我这里想和大家说一个笑话,庄子说,常人练气功,练呼吸吐纳之功,是把气吸到胸腹里面,庄子说,我们这些至人、真人呼吸的时候,把气吸到脚后跟里头。我对这个问题很感兴趣,呼吸能不能把气吸到脚后跟里头。为此,我请教过不止一位歌唱家,歌唱都是练习呼吸的,王昆老师跟我说,把气吸到脚后跟不太可能,因为脚后跟没有气室啊。但是,唱歌的人在用自己的气的时候,脚后跟会颤动使劲儿,所以脚后跟能吐纳,也有一定的道理。中国对于精英的考虑,实际上各种文化也是很一致的。

尚化尚通

我想讲一讲尚化、尚通。中国早就提出了"化"的观点,在《尚书》里面已经提出来:"穷则变,变则通,通则久。"一切什么事情碰到钉子,无计可施了,这就叫做"穷",你就要变,之后你就有了道路,可以维持下来了。到了庄子的时候,更喜欢用的是"化",与时俱化,化和变相比,有些悄悄发生变化的意思。所以,我们不要认为中国人讲仁义道德,又讲一和同,中国人的思路很僵硬。不是这样的,中国人其实一点也不呆板,可以变啊,而且中国人承认有多种多样的选择。孔子说:"邦有道则智,邦无道则愚。"这个地方有道理,那么我就聪明;如果这个地方不讲道理,那么我就愚蠢。孟子的说法就是"达则兼济天下,穷则独善其身"。如果我没有条件,我就把自己管好了,如果我有条件了,那我就为天下百姓和君王效劳,这是孟子的说法。孙子说:"善战者,立于不败之地。"永远不让自己变成殉葬者。孟子说:"孔子圣之时者也""伯夷叔齐圣之清者也""伊尹圣之任者也""柳下惠圣之和者也"。伊尹是任劳任怨,完成实际任务的。柳下惠是很和睦,好说话的人。他最大的特点就是只要有活儿他就做,不管级别和待遇。

那么,"圣之时者也"又是什么意思呢?就是因为孔子生活的时代千变万化,民不聊生,国无宁日,孔子如果不随时调整自己,把握分寸的话,他早就灭亡了。孔子尤其有一句话,让人看了心里面一动,他说:"我则异于是,无可无不可。"我的选择更加宽泛,没有什么一定可以,也没有什么一定不可以。孟子讲过孔子一个故事,说他在一个地方当官,因为君王对他实在太好了,所以孔子认为自己的仁政可以实行。但是一次在祭祀的时候,用于祭祀的好肉没有拿到,孔子一怒之下就辞职了。别人和孟子讨论,说孔子太小心眼了,如果肉没到,那么再等会儿,好肉就送过来了。孟子说,你们不明白啊!孔子是因为君王对他态度太好,他不能对不起君王,所以才答应在这里做官。结果过了一段时间后,他觉得在这儿不能实现他的理想,那么他就要走。说是由于仁政不能实现才走,那矛盾就激化了,所以他就找一个借口,说是肉正好没来,所以官没法当,就走了。大家也不会去责备这个国家的君王,缓和了矛盾。孟子有很正义的一面,但是也还有这种很世故的解释。

中国的思想理论是要想办法走"通",老子、庄子更是主张以退为进,以弱胜强,以无胜有。老子甚至主张,柔弱是生命的特色,僵强是死亡的特色。

重视养生

中华文化还有一个特色就是重视养生,尤其是道家,把养生看作人生核心价值之一。其实孔子没有专门讲养生,但是很多说法也是讲养生的。比如说,"君子坦荡荡,小人长戚戚""仁者乐山,智者乐水"。孟子也不是不注意这个,他讲究的是"居移气,养移体",影响人的体态、气质、精神状态。孟子认为理想的小康社会是大家有足够的土地,然后五十岁的人可以穿上丝绸做的衣服,七十岁以上的人可以吃上肉,孟子十分重视民生。同时,老子提出了"无死地"的概念,人因为进入了死地,所以才会死亡。老子说:"盖闻善摄生者,陵行不遇兕虎,入军不被甲兵。兕无所投其角,虎无所措其爪,兵无所容其刃。夫何故?以其无死地。"摄生就是养生,有凝聚的意思,能够把自己的生命凝聚起来。这样的人,在陆地上走碰不到犀牛、老虎,在军队里面走，碰不到武器。碰到这样的人，犀牛没有地方用它的角，老虎没有地方下爪，士兵没有地方用兵器，这就是人不应该进入死地。说起来很简单，很有道理，就是危险的地方不要去，恶劣的习惯不要有，如果酗酒，就是进入死地了；和黄赌毒发生了关系，也是进入死地；贪污腐化也是死地，自取灭亡。庄子还说："善其生，善其死。"活着的时候要好好活，死的时候要好好地死，充分认识到大自然的规律。庄子这些话都很令人感动："夫大块载我以形，劳我一生，佚我以老，息我以死。"大块就是宇宙，要活着就要辛辛苦苦干活，稍微安逸一些，年龄已经大了，死就是休息。对死看得最开的就是庄子，他有很多名言。

孔子最有意思的是讲究吃饭的规矩，十分认真，说明了他对健康的重视、对食文化的重视，也说明了他对此岸、现实生活、活在当下的珍惜。孔子有很多讲究："食不厌精，脍不厌细。食饐而餲，鱼馁而肉败，不食；色恶，不食；臭恶，不食；失饪，不食；不时，不食；割不正，不食；不得其酱，不食。肉虽多，不使胜食气。惟酒无量，不及乱。"人吃得再多，不能够把自己吃东西消化能力压倒，这样就不好了。孔子说得如此正确，越是好东西，不能让它把人压住，人要压住它。

中国有一种特殊的说法，把儒、释、道、名、法、阴阳都能混合起来，化为一体。我去美国的次数比较多，有的时候和他们聊起中国，外国人对中国人的了解有一个非常重要的就是"all mixed"，所有的都混合在一起。我上世纪八十年代去的时候，还没有这种观念，一直到九十年代、新世纪，大学教工食堂会宣布，今天有中国菜。一看，大杂烩就是中国菜，肉片、土豆片、胡萝卜片都混合在一起。他们认为中国的特点是混合。司马迁的父亲就说过："天下一致而百虑，同归而殊途。"天下大道是一，但是人的考虑却有一百种，归宿是一，但是道路途径有很多，关键是一而生多，多而归一。

北魏时期由于佛教盛行，已经出现了儒释道三教合一的主张，到了唐代，这种主张已经被很多人所接受。合一混一的主张，一方面养成了学理上马马虎虎、不求甚解、不讲求准确性严谨性的毛病,另一方面其实解放了接受某种主张的信仰者的头脑,扩大了某种学派成员的选择空间,同时弱化了不同学派乃至不同信仰、不同宗教间的价值争拗与文化冲突。至于中国民间,这种类似"三教合一"的现象多有所见,天真可爱,莫名其糊涂。从好的一面看,中国人想办法把不同的道理、学派放在一起解释,不但是命运共同体,而且是博大精深的文化共同体。

2017 年